COLLECTION « BEST-SELLERS »

DU MÊME AUTEUR

chez le même éditeur

L'Espionne de Tanger, 2012

MARÍA DUEÑAS

DEMAIN À SANTA CECILIA

roman

Traduit de l'espagnol par Eduardo Jiménez

ROBERT LAFFONT

Titre original : MISIÓN OLVIDO

ISBN : 978-2-221-13613-3
(édition originale ISBN 978-84-9998-178-9, Ediciones Planeta, Madrid)

À Pablo Dueñas Vinuesa, mon frère,
pour acquitter ma dette envers lui

À tous ceux qui bataillent jour après jour dans les salles de classe
avec enthousiasme et opiniâtreté : mes collègues, mes maîtres, mes amis

1.

Parfois, tout s'écroule autour de nous, telle une pesante et froide chape de plomb.

Ce fut ce que je ressentis en ouvrant la porte de mon bureau. Si familier, si chaleureux, si personnel. Avant.

Pourtant, de prime abord, rien ne justifiait ce désespoir. Tout était resté en l'état. Les rayonnages remplis de livres, le tableau de liège couvert d'horaires et d'avertissements. Chemises, dossiers, affiches d'expositions anciennes, enveloppes à mon nom. Le calendrier figé deux mois auparavant, juillet 1999. Tout était intact dans cet espace qui m'avait servi de refuge pendant quatorze années, le réduit qui, une année scolaire après l'autre, accueillait des hordes d'étudiants indécis, revendicateurs et ambitieux. Dans ce décor immuable, seuls avaient changé les piliers qui me soutenaient. De haut en bas, en totalité.

Deux ou trois minutes s'étaient écoulées depuis mon arrivée. Peut-être dix, ou bien même pas une. En tout cas, assez pour prendre une décision. Mon premier mouvement consista à composer un numéro de téléphone. Pour toute réponse, je n'obtins que celle aseptisée d'une boîte vocale. J'hésitai entre raccrocher ou non, le non l'emporta.

— Rosalía, ici Blanca Perea. J'ai besoin de ton aide, il faut que je m'en aille. Je ne sais pas où et je m'en fiche. Là où je ne connaîtrai personne et où personne ne me connaîtra. Je sais que ça tombe on ne peut plus mal, au tout début de l'année scolaire, mais appelle-moi dès que possible, s'il te plaît.

Je me sentis mieux après avoir laissé ce message, comme si je m'étais arrachée à la morsure d'un chien en plein cauchemar. Je savais pouvoir compter sur Rosalía Martín, sur sa compréhension, sa bonne volonté. Nous nous connaissions depuis nos premiers pas à l'université, quand j'étais encore une jeune professeure vacataire et elle la personne chargée d'enrichir le tout nouveau service des relations internationales. Le terme « amies » était sans doute exagéré, mais je connaissais la nature de Rosalía et j'étais certaine que mon cri ne tomberait pas dans l'oreille d'une sourde.

Ce n'est qu'après mon appel que je parvins à rassembler la force nécessaire pour faire face aux obligations du mois de septembre qui venait de commencer. Le courrier électronique s'ouvrit à la façon d'un barrage qui déborde et je m'engloutis un bon moment dans un flot de messages ; je répondis à quelques-uns, en négligeai d'autres trop anciens ou dépourvus d'intérêt. Finalement, je fus interrompue par le téléphone.

— Qu'est-ce qui t'arrive ? Tu es devenue folle ? Tu crois que tu peux partir n'importe quand ? Et pourquoi une telle hâte ?

Sa véhémence me rappela aussitôt d'innombrables moments vécus autrefois. Les longues heures passées devant le noir et blanc d'un écran d'ordinateur préhistorique. Les visites, effectuées ensemble, d'universités étrangères, en quête d'échanges et d'accords, les chambres doubles dans des hôtels oubliés, les petits matins à attendre dans des aéroports vides. Nos routes s'étaient séparées au fil du temps et l'éloignement avait peut-être fait son œuvre. Mais il restait des traces, les sédiments d'une vieille complicité. Ce fut pourquoi je lui racontai tout sans hésiter. Avec une sincérité douloureuse, en évitant les commentaires. Sans plaintes ni adjectifs. Sans filet.

Elle sut en deux minutes ce qu'elle devait savoir. Qu'Alberto était parti. Que la prétendue solidité de mon mariage avait volé en éclats au début de l'été, que mes enfants se débrouillaient seuls désormais, que je venais de passer les deux derniers mois à essayer de m'adapter tant bien que mal à cette nouvelle réalité et que, face à cette année universitaire, je n'avais plus l'énergie suffisante pour garder la tête hors de l'eau, pour me raccrocher une fois de plus à la routine et aux responsabilités, comme si dans ma vie il ne s'était pas produit une coupure aussi nette et précise que celle de la chair tranchée par le fil d'un rasoir.

Rosalía – quatre-vingt-dix kilos de pragmatisme – comprit sur-le-champ la situation : je n'avais nul besoin de pitié ni de conseils doucereux. Elle ne me demanda donc aucun détail, pas plus qu'elle ne m'offrit son épaule douillette en guise de consolation. Elle se contenta de faire un pronostic qui, comme je m'y attendais, frisa d'abord la rudesse.

— Eh bien, je crains que nous n'ayons quelques difficultés, ma chérie. – Elle avait utilisé le pluriel, prenant immédiatement en main cette affaire comme si elle nous concernait toutes les deux. – Les délais pour les offres avantageuses sont clos depuis longtemps, ajouta-t-elle, et il n'y aura pas d'appel à candidature pour une bourse intéressante avant plusieurs mois. De tout façon, laisse-moi un peu de temps, on vient juste de démarrer et j'ignore encore si on a reçu du nouveau au cours des dernières semaines; il arrive parfois des propositions isolées ou imprévues. Attends la fin de la matinée, au cas où je tomberais sur quelque chose. Je te rappelle plus tard.

Je tuai le temps en déambulant à travers l'université. Je signai des papiers en suspens, rendis des livres à la bibliothèque, bus un café. Rien ne m'absorba assez, néanmoins, pour patienter jusqu'au coup de téléphone. J'étais trop nerveuse, je n'en eus pas le courage. À deux heures moins le quart, je frappai à la porte entrebâillée de son bureau. Rondouillarde et sans complexes, les cheveux teints en violet, Rosalía s'y trouvait en plein travail.

— J'allais justement t'appeler, m'annonça-t-elle avant même que j'eusse le temps de la saluer. – Elle montra alors son écran de son index pointé tel un missile et commença à débiter les informations qu'elle avait glanées à mon intention. – J'ai relevé trois propositions pas mal du tout, qui sont arrivées pendant les vacances. À vrai dire, c'est mieux que je ne l'espérais. Trois institutions et trois activités différentes. Lituanie, Portugal et États-Unis. Mais attention ! Aucune n'est une planque, chacune d'entre elles va te presser comme un citron, sans ajouter grand-chose à ton CV, mais c'est toujours ça, non ? On commence par quoi ?

Je haussai les épaules tout en serrant les lèvres dans ce qui aurait pu passer pour un minuscule sourire : le premier soupçon d'espoir depuis trop longtemps. Elle ajusta ses lunettes à la monture vert chewing-gum, tourna de nouveau les yeux vers l'ordinateur et en scruta le contenu.

— La Lituanie, par exemple. Ils cherchent des spécialistes en pédagogie linguistique pour un nouveau programme de formation. Deux mois. Ils ont obtenu une subvention de l'Union européenne sous réserve de constituer une équipe internationale. Et c'est ton domaine, n'est-ce pas ?

En effet, c'était mon domaine de recherche. Linguistique appliquée, didactique des langues, formation des maîtres. Ces voies, je les parcourais depuis vingt ans. Mais avant de succomber au premier chant des sirènes, je préférai creuser un peu plus.

— Et le Portugal ?

— Universidade do Espirito Santo, à Sintra. Privée, moderne, pleine de pognon. Ils ont créé un master en enseignement de l'espagnol seconde langue et ils cherchent des experts en méthodologie. Le délai s'achève vendredi, autant dire tout de suite. Un module intensif de douze semaines avec une tripotée d'heures de cours. Ils paient assez bien, j'imagine donc qu'il y aura des candidatures à la pelle. Mais tu as des années de boulot derrière toi, et de notre côté on a des relations excellentes avec la Espirito Santo ; du coup, ça ne devrait pas être trop dur d'y parvenir.

Cette proposition semblait infiniment plus tentante que celle de la Lituanie. Sintra, avec ses forêts et ses palais, si proche de Lisbonne, si proche de chez moi, aussi. La voix de Rosalía me ramena à la réalité.

— Et enfin, la Californie, poursuivit-elle sans détacher son regard de l'écran. C'est une possibilité qui me paraît plus incertaine, mais on peut l'étudier à tout hasard. L'université de Santa Cecilia, au nord, près de San Francisco. Pour le moment, on dispose de peu d'informations. L'offre vient d'arriver et je n'ai pas encore pu leur demander de précisions. À première vue, il s'agit d'une bourse financée par une fondation privée, bien que le travail doive être effectué dans l'université elle-même. Ce n'est pas Byzance, mais tu pourrais survivre.

— Et ça consiste en quoi, fondamentalement ?

— Plus ou moins à compiler et à classer des documents. Ils cherchent quelqu'un de nationalité espagnole, avec un doctorat quelconque en sciences humaines.

Elle ôta alors ses lunettes et commenta :

— A priori, ce genre de bourse est destiné à des gens ayant un niveau professionnel inférieur au tien, tu sortirais donc du lot au moment d'évaluer les candidatures. Et la Californie, ma petite, c'est une vraie tentation. Alors, si tu le souhaites, je peux essayer de m'informer un peu plus.

— Sintra, insistai-je en rejetant cette nouvelle proposition.

Douze semaines. Assez, peut-être, pour que mes blessures cessent de me lancer. Suffisamment éloignée pour me détacher de ma réalité la plus immédiate, assez proche pour que je revienne souvent si la situation venait à évoluer et que tout reprît son cours une bonne fois pour toutes.

— Sintra, sans l'ombre d'un doute, répétai-je.

Une demi-heure plus tard, je quittai le bureau de Rosalía, le formulaire électronique expédié. J'emportai mille détails dans la tête, une poignée de papiers dans la main, ainsi que la sensation que, peut-être, la chance, en catimini, avait enfin décidé de se mettre de mon côté.

Le restant de la journée s'écoula dans une espèce de brouillard. Je mangeai sans appétit un sandwich végétarien à la cafétéria de la faculté, poursuivis mon travail à moitié déconcentrée, puis assistai sans grand enthousiasme à la présentation du nouvel ouvrage d'un collègue du département de Préhistoire. Je tentai de m'échapper dès la fin de la séance, mais quelques collègues me traînèrent avec eux en quête d'un demi bien frais, et je n'eus pas la force de refuser. Lorsque je rentrai enfin chez moi, il était près de dix heures. Avant même d'allumer la lumière, j'aperçus dans la pénombre le clignotement insistant du répondeur automatique dans un coin du séjour. Je me rappelai alors que j'avais éteint mon portable au début de la présentation et que j'avais oublié de le rallumer.

Le premier message était de Pablo, mon plus jeune fils. Adorable, incohérent et confus ; avec la musique tonitruante et des rires en arrière-fond, j'eus du mal à comprendre le flot précipité de ses paroles.

— Maman, c'est moi, où tu es?... Je t'ai appelée un tas de fois sur ton portable pour te dire... pour te dire que... que je reviendrai pas non plus cette semaine, je reste à la plage, et que si... si... que bon, que je te passe un coup de fil plus tard, d'accord?

Pablo, murmurai-je tout en cherchant son visage parmi les rayonnages de la bibliothèque. Il était là, photographié des dizaines de fois. Quelquefois seul et presque toujours flanqué de son frère, tous deux tellement semblables. Les sourires immuables, la frange noire retombant sur les yeux. Témoignages mouvementés de leurs vingt-deux et vingt-trois ans. Indiens, pirates et Pierrafeu dans des représentations à l'école, bougies soufflées de plus en plus nombreuses. Colonies de vacances, fêtes de Noël. Bribes de vie imprimées sur du papier Kodak, fragments de la mémoire d'une famille soudée qui avait cessé d'exister en tant que telle.

Avec mon fils Pablo dansottant encore dans mon esprit, j'appuyai de nouveau sur la touche du répondeur afin d'écouter le message suivant.

— Euh... Blanca, ici Alberto. Tu ne réponds pas sur ton portable et j'imagine que tu es peut-être chez toi. Euh... je t'appelle parce que je dois... mmm... pour te dire que... euh... Bon, mieux vaut attendre que je te parle directement quand je t'aurai trouvée. Je te téléphone plus tard. Au revoir, à tout à l'heure, au revoir.

Je m'inquiétai de la voix si hésitante de mon mari. De mon ex-mari, plutôt. Je n'avais pas la moindre idée du motif de son appel, mais son intonation suggérait des nouvelles peu agréables. Comme d'habitude, je pensai aussitôt qu'il était peut-être arrivé quelque chose à l'un de mes fils. Comme je savais, grâce au message précédent, que rien ne clochait au sujet de Pablo, je me dépêchai de sortir mon téléphone de mon sac à main, de l'allumer et d'appeler David.

— Tout va bien? demandai-je, anxieuse, dès que j'entendis le son de sa voix.

— Bien sûr, oui, moi, je vais bien. Et toi, comment tu vas?

Il paraissait tendu. Sans doute une fausse impression due à la distance. Ou bien non.

— Moi ? Bon, plus ou moins... En réalité, ton père m'a téléphoné et je...

— Je suis déjà au courant, m'interrompit-il. Il vient de me téléphoner à moi aussi. Alors, comment tu l'as pris ?

— Comment j'ai pris quoi ?

— Le truc du garçon.

— Quel garçon ?

— Celui qu'il va avoir avec Eva.

Sans penser, sans percevoir, sans voir. Avec la même sensibilité qu'un mausolée en marbre ou le rebord d'un trottoir, je restai dans cet état, suspendue dans le vide, durant un moment dont je fus incapable de mesurer la durée. De nouveau consciente, je réentendis la voix de David hurlant depuis le téléphone tombé dans mon giron.

— Je suis toujours là, répondis-je enfin. – Et sans lui laisser le temps de creuser davantage, je conclus la conversation. – Tout est parfait, à plus tard.

J'étais assise, immobile sur le canapé, contemplant le néant tandis que j'essayais de digérer la nouvelle : mon mari allait avoir un enfant avec la femme pour laquelle il m'avait abandonnée à peine deux mois plus tôt. Le troisième fils d'Alberto : ce troisième enfant qu'il m'avait toujours refusé malgré ma longue insistance. Le fils qui naîtrait d'un ventre qui n'était pas le mien, dans une maison qui n'était pas la nôtre.

Je sentis l'angoisse monter, irrépressible, depuis mon estomac, annonçant des bouffées de nausée et de désolation. Chancelante, heurtant les murs et les montants des portes dans ma hâte, je gagnai à grand-peine la salle de bains. Je me précipitai vers la cuvette des W.-C. et vomis, à genoux.

Je conservai cette position pendant un temps infini, le front appuyé sur la froideur des carreaux du mur, tout en m'efforçant de me raccrocher à un brin de cohérence dans cette confusion. Quand je parvins à me relever, je me lavai les mains. Lentement, minutieusement, laissant l'eau et la mousse s'écouler entre mes doigts. Je me brossai ensuite les dents, dûment, de sorte que mon cerveau eût le temps de se remettre à fonctionner, sans se hâter, en mode parallèle. Puis je rejoignis le séjour. Les mains et la bouche désormais bien propres, l'estomac vide, l'esprit en bon ordre et le cœur sec. Je cherchai mon portable, le trouvai par terre sur le tapis. Je composai un numéro mais personne ne répondit. Une fois de plus, je laissai mon message dans la boîte vocale.

— Ici Blanca, c'est encore moi. Je change de projet. Il faut que je parte plus loin, plus longtemps, immédiatement. Vérifie cette histoire de bourse en Californie, s'il te plaît.

Neuf jours plus tard, j'atterrissais à l'aéroport de San Francisco.

2.

L'interruption brutale des coups de marteau me ramena à la réalité. Je regardai l'heure. Midi. Alors seulement je fus consciente du nombre d'heures que j'avais passées à remuer des papiers dont j'ignorais totalement l'utilité. Je me relevai péniblement, tout ankylosée. Tandis que je secouais la poussière de mes mains, je me dressai sur la pointe des pieds et jetai un coup d'œil à travers la lucarne voisine du plafond. Pour tout paysage, j'aperçus un chantier momentanément à l'arrêt et les bottes rigides d'une poignée d'ouvriers occupés à déjeuner au milieu des piles de planches. Je sentis un pincement dans l'estomac : un mélange de faiblesse, de désarroi et de faim.

J'étais arrivée en Californie la veille au soir après trois correspondances et d'innombrables heures de vol. Après avoir récupéré mes bagages, j'avais découvert au bout d'un moment mon nom sur un panneau. Écrit en grosses lettres, au feutre bleu, et brandi par une femme robuste au regard absent, d'un âge incertain. Trente-sept, quarante ans, peut-être un peu plus. Une robe vanille et des cheveux raides coupés à hauteur de la mâchoire lui donnaient une certaine allure. Je m'approchai, mais elle ne parut pas me remarquer, alors que j'étais plantée sous son nez.

— Je suis Blanca Perea, il me semble que vous me cherchez.

Je me trompais, elle ne me cherchait pas. Ni moi ni personne d'autre. Elle se tenait immobile et absorbée en elle-même, étrangère au brouhaha du terminal.

— Blanca Perea, insistai-je. La professeure Blanca Perea, d'Espagne.

Elle réagit enfin, ferma et rouvrit les yeux avec force, comme si elle débarquait soudain d'un voyage cosmique. Elle me tendit alors la main et secoua énergiquement la mienne ; ensuite, toujours muette, elle se mit en marche sans m'attendre, tandis que je m'efforçais de la suivre avec mes deux valises et un grand sac en équilibre, outre mon ordinateur portable accroché à mon épaule.

Un 4×4 blanc nous attendait sur le parking, garé de travers et occupant deux places sans se gêner. Sur la vitre arrière, un autocollant proclamait *Jesus Loves You.* D'une accélération puissante, contrastant avec l'aspect plutôt réservé de la conductrice, nous nous enfonçâmes dans la nuit humide de San Francisco. Destination : Santa Cecilia.

Elle conduisait concentrée, collée au volant. Nous échangeâmes à peine quelques mots durant le trajet ; elle répondit à mes questions par des monosyllabes et quelques rares et brèves bribes d'information. Pourtant, même ainsi, j'obtins quelques précisions. Elle s'appelait Fanny Stern. Elle travaillait pour l'université, et son objectif immédiat était de me conduire à l'appartement qui, avec un salaire modeste, constituait la bourse qu'on m'avait accordée. Je n'avais qu'une vision superficielle de mes obligations : mon départ précipité m'avait empêchée d'approfondir la question. Cela ne m'inquiétait pas trop, j'aurais largement le temps de m'y consacrer. En tout cas, je prévoyais que mon travail ne serait ni stimulant ni enrichissant, mais il m'avait permis, pour l'instant, d'échapper à ma réalité comme si j'avais le diable aux trousses.

Malgré le manque de sommeil, j'avais l'esprit plutôt dégagé et les idées claires après que la sonnerie du réveil m'eut réveillée en sursaut à sept heures du matin. Je me levai et sautai aussitôt sous la douche, sans laisser à ma fraîche conscience matinale la moindre chance de revisiter le cours obscur des jours précédents. À la lumière du soleil, mes intuitions de la veille au soir se confirmèrent : cet appartement destiné aux professeurs visitants n'avait rien de spécial, néanmoins il constituerait un refuge convenable. Un petit séjour avec une cuisine sommaire intégrée au fond. Une chambre, une petite salle de bains. Des murs nus, quelques meubles banals. Un abri anonyme, mais décent. Habitable. Acceptable.

Je parcourus la rue en quête d'un endroit où prendre mon petit déjeuner tout en observant, au rythme de mes pas, le spectacle que m'offrait Santa Cecilia. J'avais trouvé dans l'appartement une chemise à mon nom contenant toutes les indications nécessaires : un plan, une brochure, un cahier blanc avec le blason de l'université. Rien d'autre, à quoi bon !

Je ne découvris pas la moindre trace du décor californien auquel nous ont habitués les séries télévisées et l'imaginaire collectif. Ni côte, ni palmiers ondoyants, ni grandes villas avec dix salles de bains. La Californie hyperprospère, paradis de la technologie, du non-conformisme et du spectacle, il faudrait la chercher ailleurs.

Je m'assis enfin avec un appétit de loup à une terrasse et, pendant que je dévorais un muffin aux airelles et buvais un café noyé d'eau, je contemplai longuement le paysage. Une grande place arborée entourée de bâtiments rénovés dont les façades, du pisé semblait-il, offraient un aspect mi-mexicain, mi-nord-américain, accompagné de légères réminiscences espagnoles. Une succursale de la First National Bank, un magasin de souvenirs, l'indispensable Post Office et une pharmacie CVS étaient alignés le long du flanc principal.

Mon objectif suivant fut d'atteindre le Guevara Hall. J'y trouverais le département de Langues modernes : le nid qui, pour mon bonheur ou pour mon malheur, allait m'accueillir pendant un nombre encore indéterminé de mois. Ces derniers seraient-ils pour mes blessures un baume efficace ou un simple pansement? Cela restait encore à démontrer. Cependant, je ne voulus pas me laisser une fois de plus envahir par les idées noires; mieux valait me concentrer afin de ne pas me perdre dans ce parc couvert d'un dédale de chemins, où des hordes d'étudiants se croisaient, à pied ou à vélo, en route vers leur salle de classe.

Le bruit de la photocopieuse qu'elle utilisait étouffa le bruit de mes pas et empêcha Fanny, la première personne rencontrée, de se rendre compte de mon arrivée avant que je fusse devant elle. Alors seulement elle leva les yeux et me contempla deux secondes d'un air inexpressif; puis elle tendit le bras droit, tel un automate, et montra la porte ouverte d'un bureau. « On vous attend », dit-elle. Avant de s'éloigner du même pas rageur que la veille, quand elle me précédait dans les couloirs de l'aéroport.

Je jetai un coup d'œil rapide à l'inscription sur la porte : *Rebecca Cullen* – le nom qui figurait à la fin de presque tous les messages électroniques que j'avais reçus les derniers jours avant mon départ; il s'incarnait enfin dans un lieu où rayonnages et dossiers cohabitaient avec des tableaux multicolores, des photographies familiales et un bouquet d'iris blancs. Rebecca me salua d'une affectueuse poignée de main, transmettant sa chaleur à travers le toucher de sa paume et par deux yeux clairs illuminant la beauté d'un visage nullement altéré par les rides. De grandes mèches argentées lui retombaient sur le front. Elle devait avoir une soixantaine d'années et je devinai qu'il s'agissait de l'une de ces innombrables secrétaires indispensables qui, avec le tiers du salaire de leurs supérieurs, se révèlent souvent plus compétentes qu'eux.

— Ah ! Blanca, enfin... Ç'a été une vraie surprise d'apprendre que nous aurions cette année une chercheuse, nous sommes ravis...

À mon grand soulagement, je n'eus aucun problème pour la comprendre. J'avais acquis de bonnes bases en anglais grâce à des séjours en Grande-Bretagne pendant ma jeunesse, et je les avais perfectionnées tout au long de mes études et lors de fréquents contacts avec des universités britanniques. En revanche, mes expériences avec le monde nord-américain avaient été sporadiques : quelques congrès, une visite à New York pour fêter le bac de mon fils Pablo, un bref séjour de recherche dans le Maryland. Je fus donc rassurée en constatant que je pourrais me tirer d'affaire dans cette côte Ouest.

— Il me semble t'avoir dit, dans un de mes derniers messages, que le docteur Luis Zárate, le directeur du département, s'est absenté une semaine pour se rendre à un congrès à Philadelphie; c'est donc moi qui, pour le moment, te donnerai les indications nécessaires à ton travail.

Rebecca Cullen m'expliqua à grands traits ce que je savais

déjà plus ou moins : ma tâche était subventionnée par un organisme privé récemment créé, la Fundación de Acción Científica para Manuscritos Académicos Filológicos, la Fondation d'action scientifique pour les manuscrits académiques philologiques (FACMAF), dont l'objectif était de classer le legs d'un ancien membre de la faculté mort depuis plusieurs dizaines d'années.

— Il s'appelait Andrés Fontana et, comme tu le sais, il était espagnol. Il a habité Santa Cecilia jusqu'à son décès en 1969 et était très estimé, mais tu sais comment ça se passe : puisqu'il n'avait pas de famille ici, personne n'a réclamé ses affaires et elles sont restées là, entassées dans un sous-sol, en attendant qu'on sache enfin quoi en faire.

— Plus rien n'a bougé depuis lors ?

— Non, jusqu'à ce que la FACMAF, cette nouvelle fondation, accorde une bourse pour réaliser ce travail. À vrai dire, ajouta-t-elle d'un ton complice, je trouve un peu honteux qu'on ait laissé passer toutes ces années, mais tu connais la situation : tout le monde est toujours très occupé, les professeurs vont et viennent, et parmi ceux qui ont fréquenté et apprécié en son temps Andrés Fontana, il ne reste personne, à part quelques vétérans tels que moi.

Je m'efforçai de lui cacher que, si ses propres collègues se fichaient de cet expatrié tombé dans l'oubli, il m'intéressait moins encore.

— Et à présent, si tu es d'accord, reprit Rebecca, revenant aux renseignements pratiques, je vais te montrer ton bureau et ensuite le dépôt où se trouve tout le matériel. Tu devras nous excuser, la nouvelle de ton arrivée a été un peu précipitée et nous n'avons pas eu la possibilité de te trouver un meilleur endroit.

Je me gardai bien de lui préciser les raisons de ma hâte à m'installer ici le plus tôt possible, ou à me raccrocher de toutes mes forces à cette bourse modeste si éloignée de mes centres d'intérêt. Je fis mine de chercher dans mon sac un mouchoir en papier pour me moucher en attendant que Rebecca Cullen change de sujet, cesse de se demander pourquoi une professeure espagnole, à la carrière professionnelle plus que solide, à l'excellent CV, avec un bon salaire, une famille et des relations, avait décidé en quatre jours de remplir à toute allure deux valises et de partir à l'autre bout du monde, comme si elle fuyait la peste.

Mon nouveau bureau était exigu, sans le moindre confort et pourvu d'une unique fenêtre – étroite et plutôt sale – donnant sur le campus. L'équipement, sommaire, se réduisait à une table surmontée d'un vieil ordinateur et à un téléphone imposant posé sur deux annuaires périmés. Des résidus d'autres temps et d'autres mains, des surplus décrépits que plus personne ne voulait. Nous devrions bien nous entendre, pensai-je. En fin de compte, nous étions amortis, eux et moi; nous suivions des voies parallèles.

— Il est également important que tu saches où trouver Fanny Stern, c'est elle qui te fournira l'aide matérielle nécessaire, annonça Rebecca pendant qu'elle me cédait le passage en direction du recoin qui abritait le lieu de travail de Fanny.

En le découvrant, je fus partagée entre le rire et l'attendrissement. Aucun espace n'avait été gâché sur les murs : affiches, calendriers, une profusion de couchers de soleil parmi des sommets enneigés et messages optimistes dégoulinants de bons sentiments : « Tu peux y arriver, ne te laisse pas aller », « Après la pluie, le beau temps », « Il y a toujours quelqu'un pour te donner la main »... Au milieu, Fanny, béate et absente, engloutissait deux barres d'une tablette de chocolat blanc avec la gloutonnerie d'une enfant de cinq ans. À cette différence près qu'elle en avait plus ou moins huit fois plus.

Avant qu'elle n'eût eu le temps d'avaler pour nous saluer, Rebecca s'approcha d'elle et se plaça derrière son dos. La prenant par les épaules, elle la serra affectueusement.

— Fanny, tu as déjà rencontré la docteure Perea, notre chercheuse visitante, et tu sais aussi où se trouve son bureau, n'est-ce pas? Rappelle-toi que tu dois faire tout ce qu'elle te demande, d'accord?

— D'accord, madame Cullen, répondit Fanny, la bouche pleine.

Et, pour bien montrer ses bonnes dispositions, elle accompagna ses mots de plusieurs hochements de tête enthousiastes.

— Fanny est très serviable et très travailleuse. Sa mère a, elle aussi, fait partie de ce département pendant des années, sais-tu, Blanca?

Rebecca parlait très lentement, comme si elle pesait chaque mot.

— Darla Stern a longtemps travaillé ici, elle a même occupé mon poste actuel pendant un certain temps. Comment va ta mère, Fanny ?

— Maman va très bien, madame Cullen, merci, dit Fanny en avalant son chocolat.

— Salue-la de ma part. À présent, nous y allons : il faut que je montre le local à la docteure Perea.

Nous laissâmes Fanny engloutissant le chocolat, entourée de ses images béates et peut-être de quelque diable tapi au fond d'un tiroir.

— Avant de prendre sa retraite dans les bureaux du doyen, voici quelques années, sa mère a pris soin de léguer Fanny au département, précisa Rebecca sans aucune ironie apparente. Elle n'a pas de grandes responsabilités car ses capacités sont assez limitées, comme tu as pu le constater. Mais ses tâches sont bien définies, et d'ailleurs elle les assume plutôt bien : elle distribue le courrier, se charge des photocopies, range les fournitures et effectue de petites courses. C'est comme une grande fille, une composante essentielle de cette maison. Tu peux faire appel à elle chaque fois que tu en auras besoin.

Un labyrinthe de couloirs et d'escaliers nous conduisit vers une partie éloignée du sous-sol. Rebecca marchait devant, avec l'assurance de quelqu'un ayant foulé les mêmes dalles depuis longtemps. Moi, derrière, prévoyant les nombreuses fois où je me perdrais avant de maîtriser ce dédale, j'essayais en vain de me rappeler les virages et les croisements. Au rythme de ses pas, Rebecca m'énumérait quelques détails sur l'université. Un peu plus de quatorze mille étudiants, dit-elle, la plupart non originaires de Santa Cecilia. Au départ, c'était un collège qui, au fil des années, avait évolué pour se transformer en une petite université jouissant d'un prestige indéniable. Une institution qui générait beaucoup d'emplois, ajouta-t-elle, et se révélait donc très rentable pour la communauté.

Nous atteignîmes finalement un couloir étroit flanqué de portes métalliques.

— Et voici ton débarras, ma chère Blanca, m'annonça-t-elle en tournant la clé dans la serrure de l'une d'entre elles.

Quand elle eut réussi à ouvrir, non sans mal, elle actionna plusieurs interrupteurs, et les néons du plafond nous éblouirent avec des clignotements hésitants.

C'était une pièce étroite et allongée tel un wagon. Des rayonnages industriels remplis des vestiges d'époques révolues couvraient les murs en ciment brut. La lumière du jour filtrait à travers deux fenêtres horizontales situées en hauteur, et l'on entendait les coups de marteau d'un chantier proche. L'espace semblait au premier abord rectangulaire, mais Rebecca me fit remarquer que la taille et la forme étaient trompeuses. Au fond, à gauche, le dépôt formait un coude, et une autre pièce s'ajoutait à celle-ci.

— Nous y voilà, déclara-t-elle en pressant un nouvel interrupteur. Le legs du professeur Fontana.

Je fus envahie par une sensation de découragement si intense que je faillis la supplier de ne pas m'abandonner là, de m'emmener avec elle, de m'accueillir dans n'importe quel coin de son bureau hospitalier et humain, où son voisinage serein atténuerait mon désarroi.

Lisant peut-être dans mes pensées, elle essaya de m'insuffler un peu d'optimisme.

— Impressionnant, non? Mais je suis sûre que tu régleras la question en quelques jours, tu verras…

Je n'avais jamais imaginé que remettre en ordre le leg poussiéreux d'un professeur décédé serait ma bouée au milieu de la tempête. Dans ma hâte à fuir mes démons domestiques, j'avais supposé qu'un changement radical de travail et de lieu représenterait une espèce de planche de salut dans la dérive des sentiments. Pourtant, en découvrant cet amas de caisses et de dossiers, les chemises éparpillées sur le sol et les piles de documents empilés au hasard, je constatai mon erreur.

Malgré tout, il n'était plus temps de faire marche arrière. Trop tard, trop de ponts coupés. Et, après le départ de Rebecca, je me retrouvais enfermée dans cette cave, dans un village perdu de la côte la plus éloignée d'un pays étranger, tandis qu'à des milliers de kilomètres mes fils entamaient seuls leurs vies adultes, et que celui qui avait été mon mari jusqu'alors se disposait à revivre la passionnante aventure de la paternité avec une avocate blonde de quinze ans ma cadette.

Je m'appuyai contre le mur et couvris mon visage de mes mains. Tout paraissait aller de mal en pis, et mes capacités d'endurer cette situation s'épuisaient. Pas d'amélioration, aucun progrès. Même l'immensité de la distance se révélait incapable de m'apporter un sursaut d'optimisme ; chaque fait nouveau se retournait obstinément contre moi. Malgré mes bonnes résolutions – que je serais forte, que je ferais preuve de courage, que je n'hésiterais à aucun moment –, je commençai à percevoir dans ma bouche la saveur salée et trouble de la salive qui précède les pleurs.

Je parvins néanmoins à me maîtriser. Je repris mes esprits et écartai la menace d'un effondrement. Juste avant que je saute dans le vide, un mécanisme étranger à ma volonté me fit effectuer un triple salto arrière et, à l'instant où la chute semblait inéluctable, la mémoire me ramena à tire-d'aile vers un passé lointain.

C'était moi, avec la même chevelure châtain, le même corps mince, et vingt-quatre années de moins, confrontée à des circonstances adverses qui, malgré leur dureté, ne réussirent pas à m'abattre. Elles m'avaient touchée, blessée, sans me jeter à terre. De prometteuses études universitaires interrompues en quatrième année par une grossesse inopinée, des parents intolérants incapables d'encaisser ce choc, un triste mariage dans l'urgence. Un assistant immature en guise de mari, un appartement froid et en sous-sol comme foyer. Un bébé chétif qui pleurait, inconsolable, et toute l'incertitude du monde devant moi. Une époque de sandwichs au maquereau, de tabac noir et d'eau du robinet. Des cours particuliers mal payés et des traductions sur la table de la cuisine effectuées avec plus d'imagination que de rigueur, peu d'heures de sommeil et beaucoup de pression, des manques, de l'inquiétude et du désarroi. Je n'avais même pas de compte en banque. À mon crédit, rien que la force inconsciente de mes vingt et un ans, celle donnée par mon fils nouveau-né et la présence de celui que je croyais être à jamais l'homme de ma vie.

Et soudain tout avait tourné de travers. À présent j'étais seule, je n'avais plus à lutter pour élever ce gamin malingre et pleurnichard, ni son frère qui vint au monde à peine dix-huit mois plus tard. Je n'étais plus obligée de me battre pour que s'épanouisse ce jeune ménage formé à la hâte, pour aider mon mari dans ses aspirations professionnelles, pour terminer mes études en travaillant dès l'aube à l'aide des notes qu'on m'avait passées, une bouillotte sous les pieds. Pour pouvoir payer les baby-sitters, les garderies, les bouillies aux céréales et une Renault 5 d'occasion, pour déménager dans un appartement loué avec chauffage central et deux balcons. Pour prouver au monde que mon existence n'était pas un échec... Tout cela était resté derrière moi et j'étais seule pour entamer ce nouveau chapitre de ma vie.

Stimulée par l'accès de lucidité insufflé par ces souvenirs, j'ôtai mes mains de mon visage et, tandis que mes yeux s'habituaient de nouveau à la lumière froide et laide du néon, je remontai les manches de ma chemise au-dessus de mes coudes.

— Des montagnes plus hautes ont été renversées, murmurai-je.

Je n'avais pas la moindre idée de la manière dont je devais commencer à classer le désastreux legs du professeur Andrés Fontana, cependant je me mis au travail, manches retroussées et décidée, comme si ma vie entière dépendait de cette tâche.

3.

Les premiers jours furent les pires : plongée dans le débarras, j'essayai de trouver un fil conducteur parmi ce fatras où des douzaines de cahiers se mêlaient à des monceaux de feuillets écrits des deux côtés, à des centaines de paquets de fiches jaunies et à d'innombrables lettres et cartes sens dessus dessous. Le tout éparpillé sur le sol, entassé contre les murs ou en piles brinquebalantes sur des rayonnages menaçant de s'écrouler.

La première semaine s'écoula dans une certaine tranquillité. Ma peur face à ce capharnaüm se dilua progressivement et je finis par me mouvoir, à la lenteur d'un escargot, sans beaucoup d'assurance, au milieu de cette masse informe. J'avais cependant à peine le temps de jeter plus qu'un coup d'œil fugace à chaque document : juste le nécessaire pour en deviner le contenu et l'associer à la catégorie correspondante selon mon rudimentaire plan d'organisation. Critique littéraire, prose et poésie, histoire d'Espagne, histoire de Californie. Correspondance professionnelle, correspondance privée. Tout avait sa place parmi les écrits du défunt professeur.

Réaliser cette répartition en blocs m'occupa des journées entières. Je commençais avant neuf heures du matin et n'arrêtais pas avant dix-sept heures, m'octroyant une pause plutôt brève pour déjeuner seule dans un coin de la cafétéria du campus, tout en feuilletant distraitement le journal de l'université.

Je mangeais plus tard que les autres, vers deux heures, alors que les employés de ménage passaient mollement leurs gigantesques balais-serpillières sur le sol et qu'il ne restait plus que quelques rares étudiants assis çà et là. Certains lisaient, d'autres sommeillaient, quelques-uns soulignaient des phrases sans grand enthousiasme ou avalaient à la hâte les dernières bouchées de leur repas tardif.

Je finis par faire la connaissance de Luis Zárate, le chef de département. J'avais besoin d'une paire de ciseaux pour couper les rubans de certains dossiers et les miens, sans doute égarés sous quelque tas, n'apparaissaient nulle part. Comme je ne trouvais pas non plus Fanny pour lui demander qu'elle m'en prête, je décidai d'aller voir Rebecca, et je les surpris tous les deux dans son bureau, corrigeant de concert un catalogue de cours. Elle, assise, parlait lentement. Lui, debout à côté d'elle, les mains appuyées sur la table et le dos penché, paraissait l'écouter avec attention. Je perçus son image en un éclair : élancé, pantalon gris foncé, chemise noire, cravate acier. Des lunettes aux verres sans monture, des cheveux châtains bien coupés, d'un âge imprécis, proche du mien, supposai-je.

Nous échangeâmes les formules de politesse d'usage et il m'invita à l'accompagner dans son bureau, tandis que je maudissais intérieurement mon aspect déplorable. Les vêtements pratiques résistant à la crasse et aux toiles d'araignée étaient ma tenue quotidienne, celle dans laquelle me découvrit celui qui serait plus ou moins mon nouveau chef : poussiéreuse et délavée, ma chevelure contenue à grand-peine en un chignon et des mains grisâtres que je dus frotter sur le fond de mon pantalon avant de tendre l'une d'elles pour le saluer.

— Eh bien, je suis ravi de vous accueillir au sein de notre département, docteure Perea, dit-il en m'indiquant un fauteuil en face de sa table. Ou Blanca, si vous me le permettez, ajouta-t-il en s'asseyant.

Il avait l'air sincèrement cordial et son espagnol était excellent : poli, modulé, avec une pointe d'accent que je ne sus pas situer d'emblée.

— Blanca, s'il vous plaît, acquiesçai-je. Je suis moi aussi enchantée et reconnaissante d'avoir été acceptée ici.

— Il n'y a pas de quoi, vraiment. C'est toujours un plaisir de recevoir des professeurs visitants, mais nous n'avons pas l'habitude d'en accueillir beaucoup en provenance d'Espagne. Voilà pourquoi votre visite, ou ta visite, si tu préfères, nous satisfait doublement.

Je profitai de cette entrée en matière pour jeter un coup d'œil rapide à son bureau. Lampe d'architecte en acier léger, gravures modernes, livres et documents parfaitement rangés. Ce n'était pas tout à fait minimaliste, mais peu s'en fallait.

— Pour nous, poursuivit-il, cela a été particulièrement agréable de mettre en place cet accord avec la FACMAF afin de financer ta mission. Toute initiative susceptible d'attirer des chercheurs d'autres institutions est la bienvenue. Pourtant, nous ne nous attendions pas à quelqu'un avec un tel CV.

Ses paroles éveillèrent ma méfiance. Je préférais en révéler le moins possible sur les raisons qui m'avaient poussée à solliciter un tel poste et je n'avais pas plus l'intention d'être sincère que d'inventer un mensonge extravagant. Je décidai donc de modifier la tournure de la conversation, ou du moins d'essayer.

— La FACMAF et le département ont effectué toutes les formalités de façon très efficace. Ils ont aplani toutes les difficultés et me voilà ici, travaillant à fond. En outre, je trouve Santa Cecilia très agréable. Un endroit différent pour terminer ce siècle. Peut-être que la vie s'achèvera sur terre pendant mon séjour, ajoutai-je, tâchant d'être spirituelle.

À mon grand soulagement, il tomba dans mon piège grossier.

— Quelle paranoïa en cette fin de millénaire ! Et, en Espagne, toute cette folie autour de l'an 2000 doit encore plus vous affecter, avec la prochaine adoption de l'euro. Comment ça se présente, à propos ? Quand les vieilles pesetas vont-elles disparaître ?

Les raisons de ma demande de bourse se révélaient beaucoup moins importantes pour le directeur qu'une conversation superficielle sur les derniers changements de mon pays à l'aube du nouveau siècle. Sur l'Espagne en général, sur la situation de l'université espagnole en particulier ; sur tout et rien. Je me tirai ainsi d'affaire et en profitai, au passage, pour l'observer de plus près.

Il devait avoir trois ou quatre ans de moins que moi. La quarantaine bien sonnée, sans doute, mais pas beaucoup plus, avec les signes qui en découlaient. Les premiers cheveux blancs sur les tempes et, au coin des yeux, de petits plis qui n'ôtaient rien à sa séduction. Fils d'une psychologue chilienne, me dit-il, et d'un traumatologue de Santander depuis longtemps installé aux États-Unis, qu'il ne semblait plus guère fréquenter. Cordial, beau parleur.

Luis Zárate aimait parler, sans l'ombre d'un doute, et je l'y encourageai. Tant mieux si j'en révélais le moins possible sur ma situation. En revanche, je fus mise au courant de son parcours académique, appris qu'il n'était à Santa Cecilia que depuis deux ans et devinai que son intention était d'en partir au plus tôt pour un poste dans quelque université prestigieuse de la côte Est. En outre, je me réjouis de constater que ce spécialiste en études culturelles postmodernes se désintéressait pour l'essentiel de la paperasse jaunie de l'ancien professeur qui mangeait les pissenlits par la racine depuis trente ans. Pour moi, il était fondamental de continuer à travailler à mon rythme, sans devoir fournir d'explications à quiconque.

Je me trouvais déjà dans le couloir, m'apprêtant à reprendre le chemin de ma cave après avoir pris congé, quand il me rappela, comme s'il se refusait à me laisser partir.

— Ce serait une bonne idée d'organiser une petite réunion pour te présenter aux autres membres du département, non ?

Et, sans attendre ma réponse :

— Jeudi à midi, par exemple. Dans la salle de réunion.

Pourquoi pas ? Sortir de mon trou ne me ferait pas de mal. De plus, le moment était venu de mettre des noms sur les personnes qui me devenaient familières : des visages et des corps que je croisais souvent dans l'escalier ou l'ascenseur, quand j'attendais mon tour dans la queue du Starbucks, lorsque j'effectuais des achats dans quelque boutique du village ou longeais un quelconque sentier du campus.

La date du repas arriva enfin. La salle de réunion, que je découvris alors, était une pièce spacieuse avec de grandes baies vitrées sur deux de ses quatre murs. Le troisième était complètement occupé par une bibliothèque remplie de volumes vétustes reliés en cuir. Quant au quatrième, il était couvert d'une collection de photos. Le service restauration de l'université avait installé un buffet : des viandes froides, du fromage, des fruits, des salades. Presque tout le monde resta debout, nous nous servîmes nous-mêmes, en petits groupes qui se formaient puis se défaisaient au gré des conversations.

Présentée par le directeur, je bavardai avec les uns et les autres, des professeurs de langues diverses, parmi lesquels les enseignants d'espagnol formaient le contingent le plus nombreux. Des Hispaniques américanisés, des Américains hispanisés et quelques phénomènes enfermés dans leur no man's land, des professeurs de littérature chicana et des spécialistes de Vargas Llosa, Galdós ou Elena Poniatowska, de Bryce Echenique ou de linguistique comparée, des exégètes de kharjas ou des passionnés de la cause métisse ou alternative... je trouvai de tout. Rebecca était également présente; elle allait de groupe en groupe, surveillant l'intendance d'un œil avisé. Fanny, seule dans un coin, s'empiffrait de rosbif et de Pepsi light, absorbée dans son propre univers et mastiquant à la cadence d'une broyeuse industrielle.

La réunion commença à midi et dura exactement soixante minutes. À treize heures pile, la foule s'égailla tandis que deux étudiants revêtus des couleurs de l'université, le jaune et le bleu, ramassaient les restes du déjeuner. Et seulement alors, quand tous furent presque partis, je pus enfin me concentrer sur le quatrième mur, celui des photos : le témoin graphique de l'évolution de ce département devenu temporairement le mien.

J'y découvris toutes sortes d'instantanés : clichés anciens, modernes, individuels ou collectifs, en couleurs, en noir et blanc. Ils représentaient souvent des cérémonies institutionnelles – remises de diplômes, soutenances, conférences – où les gens portaient des tenues formelles : toge et toque. Je cherchais quelque visage familier lorsque je remarquai la présence de Rebecca à côté de moi.

— L'histoire de ta nouvelle maison, Blanca, dit-elle avec une note de nostalgie.

Elle resta un bref instant silencieuse, puis elle pointa successivement son index sur quatre clichés.

— Et voici Andrés Fontana.

L'allure forte et énergique, les yeux sombres, intelligents, sous des sourcils épais. La chevelure abondante, frisée, peignée en arrière. La barbe fournie, une grande bouche, la mine sévère quand il paraissait écouter. Un homme en chair et en os, malgré le caractère statique des images. Sous cette immobilité silencieuse, un frémissement figé.

Aussitôt je fus consciente de mon erreur. Avant de le contempler à travers le verre opaque de ces vieilles photographies, j'avais confusément pensé que ma tâche avait un seul but : organiser machinalement un ensemble de documents rédigés de la main d'un être dont j'avais négligé l'âme. Mais devant ces clichés, je me rendis compte que je m'étais lancée dans ce travail avec une froideur qui frisait l'indifférence, comme si ce legs se réduisait à un simple produit commercial prêt à être aseptiquement emballé et que j'étais moi-même un ouvrier anonyme en blouse blanche dans une usine quelconque. Absorbée dans mes propres préoccupations et me forçant à travailler de façon compulsive pour évacuer mes problèmes, je n'avais pas daigné observer les traits d'humanité qui se cachaient dans chaque page : tapis entre les lignes, embusqués derrière les phrases, accrochés telles des araignées au tracé de chaque mot.

Je ressentis un pincement à l'estomac.

Je m'écartai du mur : j'avais besoin d'espace, de distance, d'air. Pour la première fois depuis mon arrivée, je décidai de m'accorder une trêve.

Sans même retourner au débarras pour éteindre les lumières, je me mis à déambuler dans Santa Cecilia, traversant des lieux que je n'avais jamais fréquentés. Des rues où n'apparaissaient que de rares automobiles isolées ou quelque étudiant solitaire à vélo, des zones résidentielles et des étendues presque dépeuplées. Mon vagabondage me conduisit vers un vaste parc arboré, une masse de pins escaladant une pente et se perdant à l'horizon. En cette fin d'après-midi, le calme en était saisissant. Le panorama était dépourvu de la beauté extrême et spectaculaire de certains paysages, du choc esthétique que peut produire une carte postale, mais il exhalait la sérénité d'un lieu spécial engendrant la paix et la consolation. Qui réconforte, qui apaise.

Je découvris néanmoins que ce petit paradis à proximité de chez moi allait très bientôt cesser de l'être. Sur un immense panneau publicitaire, couvert de photos virtuelles et de visages prétendument heureux, des lettres de plus de cinquante centimètres de haut annonçaient l'imminent destin de la zone : *Premier Retail Center. Exciting Shopping. Dining and Entertainment. Specialty Stores. Restaurants and Attractions. Family Fun.*

Clouées au pied du panneau et alentour, tel un David multiple face au gigantesque Goliath de la publicité, de nombreuses affichettes et pancartes individuelles sur du carton, du bois et du tissu répétaient des douzaines de fois le mot NON. Non à l'*exciting shopping*, non aux *speciality stores*, non à ce genre de *family fun*. Je me rappelai alors avoir lu de fréquentes mentions à ce sujet dans le journal de l'université. Des éditoriaux et des lettres contre ce projet de centre commercial ; des interviews, des convocations à des assemblées et des articles d'opinion. L'éternelle histoire.

Je m'éloignai de l'affiche promettant un éden infini de boutiques et de loisirs. Tandis que le soir tombait, j'observai le retour à la civilisation des derniers passants. Quelques étudiants en nage brûlant des calories, une mère avec un enfant et un tricycle, un couple de vieillards amoureux. Des gens qui profitaient de ce parc, qui peut-être cesseraient bientôt de le faire. Cette histoire de dévastation avec boissons à volonté me semblait tristement familière ; il était l'heure de rentrer chez moi.

En route, je m'arrêtai pour acheter de quoi dîner. D'habitude, je pourvoyais à mes besoins domestiques au Meli's Market, dans une ruelle près de la place centrale. Malgré l'apparent manque de prétention du local, avec ses planchers en bois, ses murs en brique et cet aspect de vieux magasin de western, la profusion d'alimentation fine et les produits bio étiquetés avec une élégante simplicité prouvaient qu'il s'agissait d'un établissement destiné à des palais raffinés et à des poches bien pleines, et non à des étudiants ou à des familles de la classe moyenne ayant du mal à joindre les deux bouts.

En arrivant à Santa Cecilia, j'avais laissé derrière moi mes anciennes habitudes et, parmi elles, les grandes courses bimensuelles dans des hypermarchés fonctionnels aux haut-parleurs stridents, remplis de surgelés en promotion et d'offres alléchantes. Comme tant d'autres choses dans ma vie, les chariots métalliques débordant de packs de lait demi-écrémé et de douzaines de rouleaux de papier hygiénique appartenaient désormais au passé. La visite quotidienne au Meli's Market les remplaçait honorablement.

C'était bientôt l'heure de la fermeture ; les derniers clients achetaient avec une certaine précipitation et les employés, vêtus de grands tabliers noirs, paraissaient pressés de terminer leur journée de travail. Au rayon fromages, j'optai sans trop réfléchir pour un morceau de parmesan, puis j'ajoutai dans mon panier un pot de tomates séchées à l'huile et un sachet de roquette ; je me dirigeai ensuite vers la boulangerie, en devinant que j'y aurais peu de choix. Là, à ma grande surprise, je sentis un léger attouchement sur mon épaule gauche. Le frôlement de deux doigts et une pression infime. Tandis que j'hésitais bêtement entre un petit pain rond aux olives et une baguette recouverte de graines de sésame, Rebecca Cullen, dont la présence dans la boutique m'avait échappé, appelait mon attention. Comment vas-tu, je t'ai aperçue de loin, bien, et toi, je regarde, j'hésite, moi aussi, je ne sais pas quoi choisir, moi non plus, on va fermer…

Quelqu'un apparut soudain derrière son dos. Un individu élancé, chemise blanche, barbe claire sur peau hâlée, cheveux blonds tirant sur le gris et d'une longueur inhabituelle. Les lunettes au bout de son nez suggéraient qu'il venait juste d'étudier une étiquette.

— Mon ami Daniel Carter, ancien professeur de notre département, me dit Rebecca pour toute présentation.

Rien de plus, rien de moins.

Il me tendit une grande main ; je remarquai à son poignet droit une montre digitale noire et volumineuse, un modèle souvent utilisé par les sportifs et presque jamais par la caste universitaire. Je lui tendis à mon tour la main en imaginant un salut en anglais qui ne vint pas. Une formule de politesse devenue machinale à force de la répéter sans cesse depuis mon arrivée. Comment ça va ? Ravie de te rencontrer, voulus-je dire. Mais il me prit de court. D'une façon inattendue et déconcertante, cet Américain à l'aspect athlétique et presque juvénile malgré sa maturité bien sonnée, dont l'apparence ressemblait fort peu à celle de mes collègues, qui gardait ma main dans la sienne tout en me regardant de ses yeux clairs, cet Américain, donc, s'exprima dans ma propre langue et me laissa stupéfiée par son castillan catégorique.

— Rebecca m'a parlé de ton arrivée à Santa Cecilia, ma chère Blanca, de ton entreprise pour sauvegarder l'héritage de notre vieux professeur. J'avais envie de te connaître, les belles femmes de noble lignée espagnole ne foisonnent pas dans ces parages éloignés.

J'éclatai de rire malgré moi. Grâce à l'humour de cette scène galante surannée. Grâce à la chaleur accompagnant sa spontanéité. Grâce au réconfort, après d'obscures semaines de réclusion, de cet accent si proche, si impeccable chez quelqu'un de tellement étranger à mon univers.

— J'ai passé de longues années dans ta patrie, poursuivit-il sans me lâcher la main. De grands attachements, de grands amis espagnols, Andrés Fontana entre autres. Plus de la moitié d'une vie à aller et venir entre ici et là-bas, de grands moments. Quel pays ! J'y retourne toujours, toujours !

Nous eûmes à peine la possibilité d'échanger quelques mots : on baissait déjà les rideaux du magasin et les lumières s'éteignaient. Ils avaient un dîner, et moi un appartement vide m'attendait. Tandis que nous nous dirigions vers les caisses et ensuite vers la sortie, j'eus juste le temps d'apprendre qu'il était professeur à l'université de Californie, à Santa Bárbara, et que l'obtention d'une année sabbatique et l'amitié de Rebecca l'avaient ramené temporairement à Santa Cecilia.

— J'ignore encore combien de temps je vais rester ici, conclut-il en me tenant la porte. Je suis en train de terminer un ouvrage et j'ai intérêt à me préserver des distractions quotidiennes. Le roman espagnol de la fin du siècle, tu dois en connaître un rayon, je verrai comment ça avance.

Nous prîmes congé dans la rue, avec la vague promesse de nous revoir, puis chacun partit de son côté, alors que les étoiles commençaient à peupler la nuit.

Malgré l'après-midi passé dans des décors inhabituels et après avoir surmonté momentanément mon désarroi grâce à la rencontre de Rebecca Cullen et de son inattendu ami à moitié espagnol, malgré le fait que ce dernier avait réussi à m'arracher un véritable rire après une longue période d'indifférence, je fus de nouveau envahie par une sensation de malaise en rentrant dans mon appartement. Une sensation difficile à définir, que je traînais comme un poids mort depuis le déjeuner du département.

Je dormis mal cette nuit-là, inquiète, retournant sans doute dans mon subconscient une idée que j'avais du mal à préciser. La vision de l'Andrés Fontana réel, de son visage, de son corps et de sa présence frappante avait d'une certaine façon bouleversé mes schémas, engendrant une inquiétude diffuse. Au petit matin, je rêvai de photographies anciennes : un délire angoissant où je m'efforçais d'identifier un visage parmi des centaines d'images, alors que celles-ci, rétives, se diluaient en taches aqueuses jusqu'à disparaître.

Au réveil, j'avais soif et chaud, mal à la tête. L'aube blanchissait, cognait timidement à la fenêtre. J'en ouvris les deux battants, en quête d'air frais. On entendait à peine le bruit des voitures et seules les silhouettes de deux joggeurs brisèrent la quiétude de la scène de leur trottinement cadencé. Je pris machinalement un verre, ouvris le robinet, le remplis. À mesure que l'eau s'écoulait dans ma gorge, je me souvins des images de la veille. Et alors, juste alors, je compris tout.

Je pris enfin conscience de mon point de vue fautif au moment d'entamer cette tâche, je découvris enfin mon erreur. La discipline que je m'étais imposée et les longues heures enfermée dans ce sous-sol à batailler contre une tonne de vieux documents ne suffisaient pas ; il aurait fallu quelque chose de plus. Quelque chose qui m'aurait empêchée de considérer les papiers d'Andrés Fontana comme s'il s'agissait de boîtes de boulons. Qui m'aurait alertée contre le danger de transformer mon travail en une invasion irrespectueuse de l'intimité d'un être humain.

Entre le matériel à classer et les photos de la salle de réunion, il existait un peu plus qu'un fil conducteur ténu. La relation entre le legs et les quatre images où l'on distinguait un personnage pris sur le vif, dont je ne connaissais jusqu'à présent que le nom, était évidente et puissante. Et elle ne devait ni ne pouvait être négligée.

Je compris que je devais changer d'approche quant aux papiers laissés par Andrés Fontana à sa mort. Impossible désormais de se contenter de classer les documents selon leur poids : ce n'était plus une simple compilation d'écrits sans âme susceptibles d'être manipulés avec la froideur de données statistiques ou de bons de commande dans un magasin de chaussures. Me frayer un passage dans la vie d'Andrés Fontana à la manière dont on creuse une tranchée, ce n'était pas la bonne méthode. Il fallait que mon optique soit radicalement différente et parte d'une autre perspective. Je devais adopter une attitude humaine, proche, m'efforcer de découvrir la personne cachée entre les mots.

Ma mission était de récupérer la mémoire d'un homme.

La mémoire enterrée d'un homme oublié.

4.

Un père mineur et quasi analphabète. Une mère domestique dans une maison de la haute, qui possédait quelques notions d'écriture et qui, à force de compter et de recompter les maigres revenus familiaux, avait appris tant bien que mal à faire des additions et des soustractions. Elle s'appelait Simona et elle avait accouché d'Andrés à trente-sept ans, après plus d'une quinzaine d'années d'infécondité suivant la naissance de deux filles et celle d'un enfant mort-né, qu'on avait enterré de façon anonyme et furtive et qu'elle avait à peu près oublié. Ils vivaient dans un village du sud de la Mancha, dans une bicoque de deux pièces sans eau ni électricité, au sol de terre battue. L'arrivée intempestive de ce bébé ne déchaîna guère d'enthousiasme : une bouche de plus à nourrir et un peu d'espace en moins. Simona avait continué à travailler jusqu'à la veille de l'accouchement, l'éclat des parquets de Madame ne devant pas souffrir des grossesses tardives. Le lendemain, la mère et l'enfant étaient déjà de retour dans la maison de doña Manolita ; elle, lavant à grande eau les patios, le bébé, au fond d'un panier et enveloppé de chiffons dans un coin de la cuisine.

Doña Manolita, la maîtresse de maison, avait la cinquantaine. Elle avait été longtemps une vieille fille riche, boiteuse et laide, mais, dix ans auparavant, elle s'était entichée de l'un des employés du moulin à huile hérité de son père. Ramón, le jeune homme brun aux épaules larges et au sourire lumineux, à son service pendant les mois de l'olive, s'était transformé en don Ramón Otero à vingt et un ans, grâce à la foucade de sa patronne. Personne n'avait prévu un tel destin pour ce beau gosse dégourdi qui, chaque automne, fuyait avec ses frères le froid rigoureux de son village de montagne en quête d'un emploi de travailleur saisonnier dans d'autres contrées plus clémentes. Mais doña Manolita avait un faible pour les hommes jeunes, a fortiori s'ils possédaient un corps vigoureux, des yeux provocants et la peau couleur cannelle. Les nuits d'hiver étaient glacées, et elle n'avait pas du tout l'intention de mourir la plus riche du cimetière. Ainsi, avec l'impudence et l'audace de qui connaît son pouvoir, la dame fit ouvertement des avances à Ramón. D'abord des regards, puis des contacts furtifs, des frôlements et l'échange de quelques privautés sous des mots d'apparence banale. En moins de vingt jours, ils s'ébattaient sur les trois matelas moelleux du lit en acajou, lors d'une rencontre charnelle qui se révéla immensément gratifiante pour les deux, quoique pour des raisons différentes. Elle, parce qu'elle avait enfin assouvi ses désirs grâce au corps musclé de ce jeune homme qui la rendait folle depuis des semaines. Lui, car jamais auparavant il n'avait goûté au plaisir intense que procurent des choses aussi simples que le contact de draps en fil sur la peau nue, marcher nu-pieds sur un tapis ou plonger son corps fatigué dans un bain chaud.

Ils se retrouvèrent à maintes reprises les mois suivants, à la grande satisfaction des deux parties. Pourtant, Ramón était convaincu que cette relation si mal assortie s'achèverait brutalement à la fin de la saison, quand il serait obligé de retourner chez lui. Ce fut le contraire qui se passa, lors d'une nuit d'orage. Alors qu'il se baignait dans la baignoire en porcelaine de doña Manolita, celle-ci, sans cesser de déverser des brocs d'eau presque bouillante sur son dos, lui proposa de l'épouser. Comme il était futé, et qu'il ne savait que trop que « pour une bonne faim, il n'y a pas de pain dur qui tienne », il mesura sur-le-champ les bénéfices à tirer d'une telle opération. Ses calculs tombèrent juste : devenir le prince consort d'une femme fortunée, si défraîchie et contrefaite fût-elle, se révélerait toujours plus rentable qu'une vie de migrations entre la coupe des pins dans les montagnes et la récolte puis le pressage des olives dans les propriétés d'autrui. Il accepta donc le mariage sans sourciller.

La stupéfiante nouvelle suscita, à parts égales, satisfaction et jalousie chez ses frères et ses collègues du moulin, de même qu'elle déchaîna les impitoyables ragots du village. Mais le couple s'en fichait éperdument. Doña Manolita ne devait de comptes à personne, car elle gérait elle-même ses biens et son argent ; une brève cérémonie à la paroisse de la Asunción les transforma donc en mari et femme, malgré les vingt-trois années qui les séparaient.

Outre le fait que doña Manolita ne dormit plus jamais seule et que lui, Ramón, cessa de se casser le dos à trimer du lever au coucher du soleil, ce mariage eut deux autres conséquences, conformément aux prédictions des villageois. D'abord, ils n'eurent pas d'héritier. Ensuite, le jeune époux – dorénavant don Ramón – fut très vite infidèle à sa femme, sautant sur chaque jeunette appétissante qu'il croisait sur son chemin, et cela dès le jour des épousailles. Face à une telle situation, doña Manolita s'en tint à deux lignes de conduite : accepter chez elle les bébés des femmes qui y travaillaient et fermer la porte à toute jeune postulante à un emploi de domestique. Les enfants d'autrui ne remplacèrent jamais ceux qu'elle ne put avoir, de même que l'absence de femmes d'un âge affriolant n'empêcha pas son fougueux conjoint d'avoir des douzaines d'aventures extramatrimoniales. Cependant, les raisons pour lesquelles elle avait pris ces décisions, personne d'autre qu'elle-même ne les connaissait.

Le fils de Simona fut baptisé Andrés, en souvenir du défunt père de la patronne, celui qui lui avait légué sa fortune, son visage camus et ses formes si peu attirantes. Elle fut sa marraine et offrit au petit une médaille en or de Notre-Dame des Grâces, que le père du marmot s'empressa de revendre le soir même pour s'acheter de l'anisette. Peut-être doña Manolita avait-elle décelé quelque chose de spécial chez cet enfant brun qui, une année plus tard, commença à déambuler à travers la maison comme chez lui, ou bien tout simplement vieillissait-elle ; en tout cas, elle lui témoigna un intérêt qui, loin d'être maternel, s'apparentait néanmoins à la tendresse d'une grand-tante ennuyeuse et ronchonne mais, au fond, affectueuse. Tout en étant insensible aux problèmes d'une famille de mineur, la dame prit l'habitude d'offrir au garçon de coûteux caprices que ni lui ni sa mère n'étaient capables d'estimer à leur juste valeur : des costumes en velours pour qu'il l'accompagne à la messe de midi, un petit piano mécanique, des albums aux images en papier glacé, et même une casquette de marin qui aurait déchaîné les sarcasmes de ses copains s'ils l'avaient aperçu ainsi attifé un dimanche.

Simona éprouvait peu de satisfaction à voir son fils parfois vêtu de ces tenues ostentatoires alors qu'il traînait chaque jour en espadrilles et haillons, de même qu'il lui paraissait incongru et superflu que doña Manolita s'obstinât à lui apprendre à manier les couverts en argent tandis que, dans son misérable foyer, tous partageaient une unique bouillie, plongeant directement leur cuiller dans la casserole commune avant de la porter à la bouche. Cette marraine spéciale ne se soucia jamais de couvrir les besoins réels du garçon, pas plus qu'elle ne sembla consciente du fait que chacune de ses fantaisies, commandée dans la capitale, dépassait l'addition des salaires hebdomadaires de ses parents. Pourtant, Simona ne broncha jamais; elle ne développa aucune animosité envers le comportement capricieux de sa patronne, ne se moqua pas du caractère ridicule et cruel de ses actes. Elle se contentait de la laisser faire et, en fin de journée, presque toujours à la nuit tombée, elle prenait son fils par la main et ils retournaient chez eux, en silence, transis, marchant dans le brouillard, pour retrouver le quotidien misérable de leur infâme logis. Ils se comprenaient sans se parler.

La situation changea cependant quand Andrés eut six ans. Il apprit à lire dans les écoles de l'Ave Maria, et, enfin, sa mère et lui trouvèrent le côté positif de cette tutelle : l'accès à la lecture. Simona n'était pas une femme intelligente, mais elle observait de près la vie des riches depuis des dizaines d'années et elle était capable de comprendre que, outre l'argent et les propriétés, l'éducation et la culture jouaient un rôle important. Pour cette raison, quand doña Manolita se mit à donner à son fils des livres pour enfants qu'il n'aurait jamais pu avoir autrement, elle pressentit que sa patronne servait finalement à quelque chose.

À quatorze ans, Andrés, ayant abandonné l'école, travaillait comme garçon de courses pour une entreprise locale d'envoi de colis. Son père lui répétait qu'il était temps de descendre à la mine : il n'envisageait pas un autre métier pour son rejeton. Simona, de son côté, s'efforçait de retarder ce triste destin qu'elle supposait inévitable. Le jour de ses quinze ans, doña Manolita offrit à Andrés *Le Trésor de la jeunesse*, une encyclopédie qui devint aussitôt son unique ouverture sur l'univers. À seize ans, il ne reçut aucun cadeau : sa marraine avait un pied dans la tombe. Elle mourut à la veille de Noël 1929, en léguant sa fortune à son mari.

Pourtant, à la surprise générale, elle laissa une lettre manuscrite adressée à Simona et à son fils, ainsi qu'une autre au nom d'un certain don Eladio de la Mata. Sans s'attarder à des démonstrations inutiles d'affection, elle stipulait, dans la première, l'octroi d'une rente fixe à son filleul, exclusivement réservée à son éducation. Les conditions auxquelles devait se soumettre le garçon étaient on ne peut plus claires. Au cas où il les accepterait, le jeune homme s'installerait à Madrid, où il serait, rue de la Princesa, l'hôte des concierges d'un immeuble appartenant à doña Manolita. Il devrait préparer et passer l'examen du baccalauréat, puis, dans l'hypothèse où il réussirait, s'inscrire à l'université pour les études de son choix. Don Ramón Otero prendrait en charge toutes les dépenses. Si Andrés n'entrait jamais à l'université, il n'obtiendrait aucune compensation, ni en argent liquide ni sous aucune autre forme. La proposition, parfaitement ficelée, n'admettait aucune ambiguïté ; elle ne présentait aucune faille susceptible de la faire dévier de son but : éviter au garçon l'avenir misérable qui l'attendait dans les profondeurs de la mine. Selon les termes de doña Manolita, il s'agissait d'en faire ce qu'on appelait à l'époque « un homme de bien ».

Ce despotisme éclairé laissa Andrés et sa mère remplis d'espoir, en même temps qu'il rendit le père et mari fou de rage. Incapable de déchiffrer la signification d'une telle volonté, le mineur maudit son mauvais sort et agonit d'injures la mémoire de la défunte sans se rendre compte que son comportement justifiait les pronostics de celle-ci. Et ainsi, sans cesser de mêler dans ses insultes la dame et la sainte mère de cette dernière, il attrapa une telle cuite qu'il s'évanouit en pleine rue et dut être traîné jusque chez lui par deux foreurs du puits nord.

Simona s'opposa à son époux avec la même énergie qu'elle mettait à nettoyer les maisons de riches. Mais le mineur Fontana était têtu comme une mule ; chaque fois que son épouse essayait de lui faire saisir les avantages de cette affaire, elle recevait en échange plus de coups que d'arguments. Elle décida donc de tailler dans le vif, et pendant la dernière nuit de l'année, sans en piper mot à quiconque, elle fourra dans un misérable baluchon du linge de rechange, une chemise propre et une demi-miche de pain avec du fromage, puis elle attendit. Le jour de l'an, le mineur Fontana revint chez lui à trois heures du matin, victime d'une nouvelle biture monumentale. Quand elle fut parvenue à le coucher, elle s'assit sur une chaise en jonc, se rapprocha du brasero à charbon de bois et resta immobile, contemplant les braises, absorbée dans ses pensées.

Une heure plus tard, elle réveilla Andrés et lui ordonna à voix basse de s'habiller. Transis par les frimas de l'aube, ils pressèrent le pas en direction de la gare. Une fois arrivés, elle remit à son fils l'enveloppe contenant les documents et les billets qu'elle venait de recevoir des mains de don Ramón Otero. Ensuite, elle l'embrassa avec rage, le serrant bien fort contre tous les os de son corps malingre. À cinq heures dix du matin, le 1er janvier 1930, Andrés Fontana monta dans le tortillard qui le conduirait vers un monde étranger dont il ne reviendrait plus. Il ne revit jamais sa mère.

Simona rebroussa chemin, enveloppée dans son châle haillonneux et en traînant les pieds, inconsolable. Elle renfermait toute la douleur du monde dans ses entrailles, mais elle ne versa pas une larme. Il n'en restait plus aucune dans ses yeux secs et fatigués.

5.

La gare du Midi éblouit le jeune Fontana, avec sa structure majestueuse en fer forgé. Il ignorait que cette gare, qu'il trouvait gigantesque, avait été le lieu de départ des soldats pour la guerre d'Afrique et celui de la réception triomphale de la dépouille du torero Joselito, mort dix jours auparavant dans les arènes de Talavera. En réalité, le garçon ignorait presque tout. Pour commencer, il ne savait même pas comment quitter cet endroit rempli de fumée, de vacarme et d'un tohu-bohu d'individus croulant sous les bagages et se hâtant sur les quais.

Il portait un costume élimé et une vieille casquette, et, à seize ans à peine, il dépassait déjà beaucoup d'hommes mûrs qui descendaient chaque jour dans les mines, au village laissé derrière lui. Il tenait dans la main gauche le baluchon préparé par sa mère, délesté du pain et du fromage, qu'il avait mangés dans le train. Il serrait dans sa poche droite l'enveloppe de don Ramón. Il y conservait l'adresse de sa destination, un peu d'argent pour les premiers frais et la lettre qui lui donnerait accès au savoir. Le reste des allocations mensuelles lui serait versé en temps utile par Mme Antonia, la concierge chez qui il habiterait. La manière dont l'argent du testament de doña Manolita parviendrait entre les mains de cette femme n'était ni son affaire ni de son ressort.

Il parvint enfin à sortir de la gare en se faufilant dans le flot rapide des voyageurs, pour pénétrer dans la ville immense et inconnue. Le soleil était éclatant mais le froid vif. Quand il sentit les rayons caresser son visage, il cala sa casquette, remonta les revers de sa veste et se mit en mouvement sans avoir la moindre idée de sa destination. Poussé par ses jeunes jambes et par un mélange d'anxiété, d'euphorie et de désarroi, il eut tôt fait de trouver son chemin.

Il lui fallut plus de trois heures pour atteindre son but, non que la longueur du trajet l'exigeât, mais parce qu'il s'arrêtait à chaque pas, émerveillé par les prodiges que la cité déployait devant ses yeux : les bâtiments grandioses, la vitesse des automobiles, l'opulence des vitrines, l'élégance des femmes trottinant sur leurs talons hauts le long des trottoirs flamboyants de la Gran Vía. Finalement, grâce aux indications de plusieurs passants, il arriva au numéro 47 de la rue de la Princesa, tout près de la statue de don Agustín de Argüelles.

Mme Antonia se révéla être une femme petite et gaie, beaucoup plus jeune qu'il ne l'avait imaginé, mariée à un maçon du nom de Marcelino. Ce dernier militait à la CNT, qui était alors illégale. Leur patrimoine se réduisait à deux gamins, Joaquín et Angelito, qui à cette époque avaient moins de dix ans. La chambre réservée à Andrés dans la loge était obscure et exiguë ; son ameublement plus que sommaire était adossé aux murs en partie écaillés : un lit en fer, une armoire délabrée, la table de cuisine qui ferait office de bureau. Une ampoule de vingt-cinq watts était suspendue au plafond. Une lucarne donnait sur la cour intérieure dans laquelle Mme Antonia lavait et étendait son linge et où cohabitaient quelques pots de géraniums, deux canaris dans une cage et des W.-C. rudimentaires que la famille partageait avec un voisin ébéniste. La toilette quotidienne s'effectuait dans l'évier de la cuisine, où il y avait également une grande bassine en zinc pour les actes hygiéniques plus importants.

Les jours suivants, Marcelino, sans travail à ce moment-là, lui fit visiter le quartier afin de familiariser le garçon avec son nouvel environnement. En moins d'une semaine, il lui avait présenté la plupart des voisins ; en outre, anarchiste convaincu et parleur infatigable, il lui fallut peu de temps pour mettre Andrés au courant des derniers événements, lui infligeant au passage des harangues politiques dont il se souciait fort peu, fasciné qu'il était par sa réalité la plus immédiate. De fait, il remarqua à peine que le roi Alphonse XIII avait accepté la démission de Primo de Rivera au cours de ce mois de janvier, qu'il avait chargé le général Berenguer de former un nouveau gouvernement et que le peuple de Madrid – pauvre, inculte et de plus en plus agité – exigeait de ses dirigeants un changement radical.

Ce fut aussi Marcelino qui accompagna Andrés à sa première visite au lycée Cardenal Cisneros, où il devrait obtenir son baccalauréat selon les instructions de doña Manolita, diplôme qui lui ouvrirait les portes de l'université. Il avait alors d'énormes lacunes en matière d'éducation. Ses maigres connaissances provenaient pour la plupart d'une scolarisation élémentaire, de la lecture des livres fournis par sa capricieuse marraine et des tomes de l'encyclopédie pour la jeunesse qu'il avait dévorés passionnément au cours des derniers mois. Grâce à eux, Andrés avait acquis certains rudiments dans des domaines variés et un brin pittoresques : géographie du monde, technologie appliquée, un peu de folklore international. En revanche, les notions de base dans des matières aussi fondamentales que les mathématiques, la grammaire, le latin ou le français lui faisaient défaut ; il ignorait les concepts éthiques et sociaux les plus élémentaires, il n'avait pas la moindre idée de ce qu'impliquait le fait d'étudier. Sa situation témoignait du désolant panorama éducatif de cette Espagne du début du XXe siècle, alors que l'analphabétisme frappait plus de soixante pour cent de la population, et que les maîtres d'école – en nombre insuffisant et souvent mal formés – touchaient des salaires misérables, pas toujours payés à temps ni intégralement.

Andrés se fichait des déficiences du système, ce matin-là, tandis qu'il parcourait la rue de los Reyes en compagnie de Marcelino afin de pénétrer pour la première fois dans l'enceinte du lycée Cardenal Cisneros. En guise de sauf-conduit, il apportait la lettre adressée au directeur par la défunte doña Manolita. Ils suivirent dans un silence respectueux l'appariteur qui les conduisit le long d'un large couloir baigné d'une lumière hivernale. Ils marchaient, tenant dans leurs mains leurs casquettes de prolétaires, attentifs à étouffer le bruit de leurs pas, pleinement conscients de l'incongruité de leurs modestes présences dans un lieu aussi érudit.

L'appariteur leur indiqua un banc avec une moue de mépris ; ils s'assirent et n'attendirent que quelques minutes, le temps qu'un monsieur osseux et chauve vienne les chercher. Ils se levèrent alors, comme mus par un ressort. Le monsieur sourit à peine. C'était don Eladio de la Mata, le directeur.

Il les introduisit dans son bureau rempli de livres, de diplômes encadrés et de portraits des éminents individus qui l'avaient précédé à ce poste. Après avoir lu la lettre testamentaire de doña Manolita, il écouta attentivement les explications du jeune homme, interrompant d'un geste discret mais inflexible les irruptions intempestives du loquace Marcelino. Ensuite, il posa quelques questions à Andrés, auxquelles celui-ci répondit avec un sérieux et une maturité qui, étant donné ses origines et son âge, lui parurent surprenants.

Don Eladio reprit alors la parole ; avec une diction modulée et une précision millimétrique, il exposa au garçon les piliers sur lesquels devrait désormais reposer son existence s'il souhaitait réellement achever ses études pour entrer à l'université. Il lui parla de trigonométrie, de déclinaisons et d'opiniâtreté ; de poètes, de formules chimiques et d'énergie. D'équations, de syntaxe, de force de caractère. Le jeune homme écouta, sous le charme, absorbant un mot après l'autre et enregistrant mentalement tous les concepts, tous les noms, toutes les idées. Quand ils quittèrent le bureau une demi-heure plus tard, le directeur et lui-même étaient convaincus que l'objectif était accessible. Quant au pauvre Marcelino, il se disait qu'il loupait quelque chose d'essentiel dans la vie.

Ils sortirent du lycée en silence et déambulèrent dans les rues avoisinantes. Marcelino marchait devant à grands pas, les mains dans les poches et anormalement muet. Andrés le suivait en s'efforçant de ne pas le perdre de vue, tout en savourant encore le discours de don Eladio. Ils arrivèrent bientôt dans une taverne proche du marché des Mostenses. Ils se frayèrent à coups de coude un passage jusqu'au zinc, et Marcelino commanda deux verres de vin. Ils burent sans parler, enveloppés dans le brouhaha des clients. Le garçon ne comprenait pas ce qui arrivait à Marcelino, quelle était la cause de ce calme inhabituel. Il le découvrit quand le maçon anarchiste, qui avait plus de cœur que de connaissances, eut avalé la dernière gorgée de son verre. Il le posa alors sur le comptoir d'un geste sec, se nettoya la bouche du revers de la main et, regardant fixement le jeune homme, il lui demanda de lui apprendre à lire et à écrire.

Dès lors, une nouvelle étape commença pour Andrés : les semaines et les mois se fondirent dans un magma de journées de travail sans trêve, enfermé dans la chambrette de la loge. Il dormait juste le temps nécessaire et ne mangeait que lorsque Mme Antonia l'y obligeait. Il partageait alors avec la famille le potage ou les œufs frits avec des poivrons et des tomates, et il se forçait à participer à leurs conversations, à s'intéresser aux nouvelles de la rue que rapportait Marcelino ou à rire des trouvailles des enfants. Il essayait, mais son esprit était loin, ressassant le théorème de Pythagore, décortiquant le tableau périodique des éléments, récitant en lui-même des fragments de l'*Énéide* : *At regina gravi iamdudum saucia cura*...

La rente mensuelle de sa marraine lui suffisait pour survivre sans trop de difficultés. Outre qu'elle lui procurait le matériel indispensable – les crayons, les plumes et porte-plume, l'encre –, elle lui permettait de s'offrir de temps à autre quelque luxe destiné à renforcer ses nouvelles connaissances : un atlas de l'Espagne et de ses provinces, un jeu de planches sur papier glacé du corps humain, une ardoise de marque La Moderna. Et il y avait même de quoi ajouter à l'occasion un petit cadeau pour son hôtesse, inviter Marcelino dans un bistro ou donner quelques sous aux petits pour un cornet de pois chiches grillés ou un sucre d'orge de La Habana.

Pendant qu'il préparait son baccalauréat, des événements eurent lieu qui allaient changer définitivement le cours de l'histoire de son pays; des péripéties dont il se serait à peine aperçu, tant il était absorbé par sa quête de savoir, n'eût été la débordante logorrhée de Marcelino, lequel, ferme dans son acharnement, apprenait à lire et à écrire, plongé dans le *Catón*[1].

1. Manuel que les petits Espagnols utilisèrent dès 1922 pour apprendre à lire et à écrire. (*Toutes les notes sont du traducteur.*)

Ils fêtèrent ensemble leur premier Noël dans la loge, trinquant, avec de la limonade et du gros rouge, à une année 1931 bénéfique et paisible. Et bien que cette année-là ne le serait guère, ils considérèrent comme très prometteurs les changements qui se produisirent quelques mois après avec le départ en exil du roi et le souffle d'air frais apporté par l'avènement de la Seconde République.

Le 23 mai 1932, le fils de l'humble femme de ménage et du mineur analphabète, bien peigné, cravaté et sans nervosité apparente, réussit largement l'examen du baccalauréat devant un jury sévère. Doña Manolita aurait été fière de son filleul : celui-ci avait tenu ses promesses. Ils téléphonèrent depuis le logis de Mme Consuelo, la robuste Asturienne du deuxième droite, pour transmettre la nouvelle à Simona, laquelle reçut l'appel alors qu'elle se trouvait chez don Ramón Otero, repassant, en sueur, les chemises de son maître. Émue et incapable de prononcer la moindre parole cohérente à cette distance insondable des câbles téléphoniques, la pauvre femme parvint juste à bredouiller plusieurs fois : « Mon fils, mon fils, mon fils », tout en tortillant avec force son tablier de percale défraîchi.

6.

Conformément aux stipulations du testament, l'épisode suivant dans la vie d'Andrés Fontana fut l'université. Au début des années trente, l'université de Madrid était disséminée dans de nombreux sites à travers la capitale, pour la plupart vétustes quand ils n'étaient pas carrément obsolètes. La cité universitaire était encore en phase de construction, immergée dans un long processus commencé en 1927 sous l'impulsion d'Alphonse XIII, qui rêvait de doter Madrid d'une enceinte universitaire semblable aux institutions américaines, où régneraient la planification intégrale, l'architecture fonctionnelle et les vastes zones destinées aux sports et aux loisirs.

L'avènement de la Seconde République et le soudain départ en exil d'Alphonse XIII n'avaient pas freiné le projet ; au contraire, celui-ci reprit de la vigueur, mais sans plus de prétention à la grandeur et à l'excès. Quand Andrés s'inscrivit en première année, les humanités se déroulaient encore dans le vieil édifice de la rue de San Bernardo. Elles y restèrent très peu de temps : en effet, dès 1933, la faculté de philosophie et lettres déménagea dans son bâtiment inachevé de la cité universitaire, un pavillon carré et compact, en brique rouge et percé de multiples fenêtres, où les étudiants se rendaient à bord d'autobus modernes à deux étages. À la même époque, la faculté réorganisa ses enseignements et inclut d'éminents professeurs dans ses rangs : Américo Castro, Ramón Menéndez Pidal, Xavier Zubiri, Tomás Navarro Tomás, Pedro Salinas, Rafael Lapesa… Ce fut cette université-là que connut Andrés Fontana : une institution qui s'efforçait de se moderniser et qui, peu à peu, était passée de l'atrophie la plus persistante à un dynamisme modéré mais à coup sûr encourageant.

Au cours de ses études supérieures, le jeune homme fit preuve de la même ténacité qui lui avait permis d'obtenir son baccalauréat. Il fut si brillant que le professeur Enrique Fernández de la Hoz lui proposa, en troisième année, de participer en qualité d'assistant boursier aux cours d'espagnol langue étrangère du trimestre suivant. Andrés accepta, sans se rendre compte de l'ampleur de la tâche.

La diffusion de l'espagnol était l'une des actions menées par la Junte pour le développement des études : des lecteurs étaient envoyés chaque année dans des universités à l'étranger, et l'on organisait réciproquement des formations pour des étudiants et des professeurs visitants. Andrés se consacra à cette tâche à partir de janvier 1935, et elle dura jusqu'à fin mars. Il devait organiser des travaux pratiques de conversation, jouer le rôle d'accompagnateur lors des visites et des excursions et être disponible en cas d'imprévu au sein d'un groupe de professeurs américains : dissiper, par exemple, des malentendus provoqués par la langue, retrouver un stagiaire à une heure indue ou les emmener dans les tavernes les plus pittoresques du vieux Madrid.

Tout le surprit et le frappa chez ces étrangers. L'énergie infatigable avec laquelle ils figeaient à l'aide de leurs modernes appareils photo les scènes les plus simples – un chat sur un balcon, un écusson en pierre, une vieille endeuillée avec son panier en osier au bras –; leur désinvolture face à l'argent; les couleurs souvent criardes de leurs vêtements; leurs sourires aux dents éclatantes. Grâce à eux, il apprit que leur pays d'origine était composé de quarante-huit États, il fuma sa première cigarette filtre blonde et dansa le swing avec une walkyrie de Detroit dans la rotonde de l'hôtel Palace. À leurs côtés, il s'émut devant l'aqueduc de Ségovie et *Les Ménines* de Velázquez, savoura pour la première fois le chocolat épais de La Mallorquina, leur apprit les expressions typiques et à boire du vin à la cruche. Ils apprécièrent tous ensemble, au théâtre

María Isabel, l'œuvre de Jardiel Poncela : *Un adulterio decente*, et achetèrent des livres chez les bouquinistes de la Cuesta de Moyano. Et, bien loin d'être un simple et fidèle guide pendant ces quelque quatre-vingt-dix jours d'allées et venues, il se révéla de la plus grande utilité pour ces infatigables étrangers, les aidant à pratiquer leur castillan une fois les cours terminés, rectifiant leur prononciation de la *jota* et de la *zeta* et leur expliquant l'emploi des subjonctifs, corrigeant l'orthographe de leurs rédactions, éclairant des aspects confus de la nature hispanique. En somme, leur séjour à tous fut plus agréable et plus fructueux que s'il n'avait pas été là.

Deux semaines avant le retour du groupe, l'une des professeures – Sarah Burton, la blonde mince toujours en pantalon et qui fumait sans arrêt, laissant une trace perpétuelle de rouge à lèvres sur le filtre de ses cigarettes – lui indiqua que son université avait mis en place un système de bourses annuelles destinées à des lecteurs étrangers. Elle pourrait le recommander s'il était intéressé. En cas d'acceptation, outre le fait d'enseigner sa propre langue, il aurait le loisir d'apprendre l'anglais et de poursuivre sa formation en prenant des cours relativement proches de ceux de son diplôme : linguistique, histoire de l'Amérique, littérature comparée. À la fin de l'année, il pourrait réintégrer son cursus après avoir découvert une partie du monde, vécu de nouvelles expériences et acquis d'autres connaissances.

Les Américains retournèrent dans leur pays fin mars, croulant sous les *botijos* et les espadrilles à semelles de corde. À leur insu, ils avaient laissé derrière eux un Andrés Fontana avec une vision du monde définitivement modifiée. Il se couchait chaque soir en réfléchissant à la proposition de bourse et se levait le matin avec la même idée en tête. Abandonner son village minier avait représenté un pas immense mais accessible ; l'idée de franchir l'océan pour effectuer un séjour dans une université nord-américaine lui paraissait un abîme. Un abîme insondable et pourtant fascinant.

L'été 1935 s'installa paisiblement à Madrid tandis qu'il préparait la dernière ligne droite de son année d'études. Il attendait impatiemment des nouvelles du Michigan. Quatre semaines plus tard, il reçut une enveloppe format allongé, que Mme Antonia lui remit à son retour de la faculté. Malgré l'immense angoisse qu'il ressentit en la voyant, il l'ouvrit avec le plus grand soin, en extirpa lentement la lettre et s'assit pour la lire tranquillement, au pied de son lit. Adressée par le directeur du département de Langues classiques et romanes, elle lui annonçait que, au vu du rapport hautement favorable rédigé par la docteure Burton, l'université avait le plaisir de lui envoyer une invitation formelle à bénéficier d'une bourse au sein du programme d'Études hispaniques dispensé par l'institution. Il serait chargé de quinze heures de cours hebdomadaires et participerait à quelque chose du nom de *The Spanish Club* les vendredis après-midi. En contrepartie, il vivrait sur le campus, recevrait une modeste rétribution en dollars pour couvrir ses dépenses et s'inscrirait gratuitement à autant de matières qu'il le souhaiterait. L'institution pourrait éventuellement lui verser cinquante pour cent du montant du voyage. Son engagement durerait neuf mois, du 1er septembre 1935 au 31 mai 1936. La missive était rédigée dans un espagnol parfait, soigneusement tapée à la machine sur un épais papier ivoire et signée à l'encre noire et d'un trait énergique par un certain Richard J. Taylor, Ph. D., Chairman. On exigeait une réponse avant la fin du mois.

Il replia la lettre soigneusement, la remit dans son enveloppe, puis la rangea dans la poche intérieure de sa veste ; il s'assit alors à la table familiale et se mit à manger en essayant de cacher sa nervosité entre les conversations et les haricots. À peine eut-il fini qu'il sortit de la maison et marcha sans but précis. Quand il revint, à la nuit tombée, il avait pris sa décision, mais il n'en parla à personne et se coucha sans dîner. Le lendemain matin, il annonça solennellement son choix à Mme Antonia, qui à ce moment-là étendait des draps sur le fil de fer du patio. À Simona, il écrivit une lettre que lui lirait don Ramón.

Le 14 juillet 1935, il prit place dans une couchette de l'entrepont du *Cristobal Colón*, à Cadix, en route vers un pays immense et inconnu. Il avait eu l'intention de revenir début juin, dès la fin des cours, cependant une invitation à collaborer à un stage d'été destiné à des professeurs du secondaire lui fit reporter son retour au début août 1936. Il espérait pouvoir acheter, grâce à cette rétribution supplémentaire, quelques cadeaux, des nouveautés technologiques, des appareils qu'on n'avait pas même imaginés dans son pays.

Ce petit changement de date infléchit irrémédiablement son destin : au vu des aléas de l'Histoire, il ne retourna jamais chez lui. Il resta en Amérique le cœur serré, avec une valise remplie de vêtements neufs, d'une demi-douzaine de cartouches de tabac blond et de quatre magnifiques fers à repasser électriques de la société General Electric. Mme Antonia, sa mère et ses sœurs seraient encore obligées d'utiliser les anciennes méthodes pendant de longues années.

La guerre changea le pays pour toujours. Madrid se prépara à une résistance acharnée et sa physionomie subit une transformation radicale. La statue de don Agustín de Argüelles, qui saluait Andrés quand il quittait chaque matin la loge de la rue de la Princesa, fut abattue, afin de ne pas entraver les mouvements de troupes et de véhicules. La rotonde de l'hôtel Palace, où il avait dansé aux ordres d'une blonde sculpturale, se transforma en un hôpital de campagne. Au début des combats, les travaux des centres et facultés de la nouvelle cité universitaire étaient déjà bien avancés, voire achevés. Pourtant, l'odeur de peinture fraîche, l'éclat des vitres et les pupitres en bois fraîchement verni allaient durer très peu de temps. La cruauté de la guerre réduirait à néant une université tournée vers l'excellence. Elle broierait une grande partie de son patrimoine scientifique, artistique et bibliographique en expédiant dans l'abîme de l'exil bon nombre des membres de son corps professoral. À la chute de Madrid, cet ambitieux rêve monarchique d'un campus à la magnificence américaine se trouva brutalement anéanti et ses bâtiments réduits à l'état d'effrayants squelettes. Il restait à peine les racines des quarante mille arbres qu'on y avait plantés. Les salles de classe avaient été remplacées par des tranchées et les laboratoires par des parapets. Les dictionnaires et les encyclopédies avaient servi à dresser des barricades, et les sacs de terre, les fusils et les cadavres, disséminés à travers les amphithéâtres et les bibliothèques, offraient un spectacle sinistre.

Il y eut des milliers de morts dans la cité universitaire et, parmi eux, Marcelino, tombé dans l'*Hospital Clínico*, le crâne défoncé, la face contre ce sol voué à faire fleurir la science, le savoir et l'espérance, et non l'horreur et la mort. Dans la poche gauche de sa vareuse, une lettre inachevée et chiffonnée ; on y lisait, dans une écriture enfantine, un salut transocéanique qui ne parviendrait jamais à destination : « Mon cher ami Andrés, j'espère que tu seras en bonne santé quand la présente arrivera... »

7.

Avec l'aide de quelques étudiants en master, je transportai la première partie du legs dans mon bureau et empilai les caisses contre le mur. Le changement était significatif : non seulement je passai de l'obscurité et de l'isolement du soussol à un environnement plus agréable, mais j'eus aussi l'impression d'extirper enfin Andrés Fontana des ténèbres.

Mon approche plus humaine et mon implication dessinèrent d'un trait de plus en plus ferme les contours jusqu'alors vagues d'Andrés Fontana. La vie du professeur commençait à s'éclairer, tout prit désormais un peu plus de sens : ses écrits, ses déplacements, sa correspondance.

Et les journées s'écoulèrent ainsi, tandis que j'empruntais d'un pas assuré, pensai-je, la voie directe menant à la reconstruction. Jusqu'à ce qu'un coup de fil inopiné me fît trébucher et rompît cet équilibre que je croyais harmonieux – naïve que j'étais. Ce fut début octobre. Et ce fut Alberto qui, une fois de plus, brisa ma quiétude.

Nous n'avions plus parlé ensemble depuis le début de l'été, même pas quand David m'avait appris la nouvelle de la future paternité d'Alberto. En réalité, c'était moi qui m'étais fermée à double tour, qui avais refusé toute forme de contact. Je préférais l'éviter, sachant combien il serait douloureux de l'affronter, vu la cruauté des circonstances : c'eût été comme mettre du sel sur une plaie ouverte ou de l'huile bouillante éclaboussant et brûlant la main qui tient l'écumoire. D'ailleurs Alberto, ayant dû penser de même, avait évité de m'appeler pour m'épargner des souffrances. Ou peut-être n'avait-il rien compris; peut-être m'avait-il simplement oubliée, absorbé par sa nouvelle vie dans un loft rénové, avec cette collègue de travail beaucoup plus jeune que lui et désormais sa nouvelle compagne.

Nous avions vécu ensemble, pendant trois années, la préparation d'Alberto au concours qui lui permettrait d'intégrer le corps des administrateurs de l'État – nous efforçant en parallèle d'atteindre un objectif similaire. Aucun de nous deux n'avait terminé ses études au moment de notre mariage. À moi, il me manquait une année et demie, et à lui quelques mois à peine. Nous pensâmes alors qu'il valait sans doute mieux concentrer nos efforts mutuels sur sa carrière professionnelle. Outre le fait qu'il avait une année d'avance sur moi dans ses études, il savait clairement ce qu'il voulait : passer un concours, comme son père et ses frères. Mes projets étaient en revanche beaucoup plus vagues, voire inexistants. J'aimais les langues, j'aimais les livres, j'aimais voyager. De vagues banalités, en somme, rien qui pût se concrétiser immédiatement par un travail productif et convenablement rémunéré. Alberto, dont le dossier était beaucoup moins brillant que le mien, se consacra donc à ses études. Et moi, je laissai de côté mes humbles aspirations pour me recentrer sur les besoins de notre petite famille.

Le succès final lui appartint logiquement : il avait révisé comme un fou l'immense corpus et atteint son objectif à sa seconde tentative. Pendant ce temps, je ne passai aucun concours, ne fus pas félicitée à la parution de la liste des reçus, n'échangeai pas mes sempiternels jeans et mes pulls longs en grosse laine, que je tricotais moi-même dans mes rares moments de liberté, contre des tailleurs et des robes. En revanche, je fis d'autres choses qui contribuèrent sans doute, indirectement, au triomphe de mon jeune et alors prometteur mari. Pendant qu'il mémorisait ses lois et décrets, avec des boules Quies dans les oreilles pour s'isoler des routines vulgaires, moi, j'avais conçu et enfanté ses deux fils, je les élevais et m'employais jour et nuit à empêcher qu'ils n'interrompent par leurs pleurs ou leurs jérémiades enfantines le calme indispensable à son travail. Ma vie s'écoulait – le long de kilomètres de trottoirs ou au cours d'heures interminables, assise sur la pierre froide des bancs des parcs, collée à un landau occupé par un enfant tandis qu'un bébé se formait dans mon ventre, puis par deux enfants, ensuite deux petits garçons me tinrent par la main, avançant à pas minuscules. Je les relevais quand ils tombaient, séchais leurs larmes, nettoyais leurs petits bobos et leur nez avant de repartir. Et ainsi pendant des mois et des années, dans le froid, la lassitude et la pluie, dans le vent, la fatigue et la chaleur, pour qu'Alberto pût travailler avec la tranquillité nécessaire. Sans être distrait, sans être perturbé. Dans des conditions que je ne connus jamais.

Et tandis que mon mari restait enfermé dans sa bulle juridique, bien loin des banalités domestiques telles que payer le loyer et le butane, ou acheter des œufs, du poulet ou des détergents, je jouais les mercenaires au jour le jour, saisissant chaque occasion. Des cours particuliers durant la sieste des enfants ou tandis qu'ils marchaient à quatre pattes entre les jambes de mes élèves; des traductions de textes médicaux tapés d'une main, l'autre étant occupée par le biberon de David; la saisie de manuscrits indéchiffrables avec Pablo accroché à un sein. Pour qu'Alberto étudiât comme j'aurais aimé le faire. Mais cela, nous ne l'envisageâmes jamais. Peut-être parce que nos enfants étaient déjà conçus, ou bien parce que ma seule ambition était d'être professeure de lettres, et que c'était beaucoup moins important que les aspirations de mon mari : appartenir à l'élite des fonctionnaires.

Je pris sur moi pour achever péniblement mes études. Je fus néanmoins obligée de renoncer à mon ambition de terminer mon doctorat dans la foulée et de chercher un emploi digne afin de l'aider, lui, dans sa très noble intention de devenir un grand serviteur de l'État tel que son père : ce père qui – à l'instar de mes parents – avait considéré comme un déshonneur pour la famille le fait de se marier si jeunes en raison d'une grossesse plus qu'évidente. Ce père qui ne s'était jamais inquiété de son fils, ni de la femme de son fils, ni des fils de son fils, avant que le *Journal officiel* publie la nomination de son rejeton. Alors seulement il parut oublier notre infamie et nous rouvrit les portes de son monde. Vous imaginez si on en avait besoin à ce moment-là ! Pourtant, Alberto accepta de revenir au bercail avec le même stupéfiant naturel qu'à présent, quand il n'avait pas hésité à se débarrasser de moi et à entamer une vie nouvelle avec Eva. Comme si de rien n'était; comme s'il n'existait aucun avant. Comme si la douleur n'avait pas été présente tout au long du chemin. C'était tout Alberto : déterminé si son intérêt était en jeu, insensible face aux complications. Nous nous connaissions très bien.

Je pus enfin chercher un travail régulier à temps complet quand il eut réussi son concours. Les innombrables cours particuliers dispensés à des adolescents me firent écarter l'enseignement secondaire. Je n'étais pas en mesure d'affronter la voix passive et les propositions relatives en me coltinant en même temps l'explosion hormonale et l'âge bête de mes élèves. Je m'accrochai donc du mieux que je pus à un poste offert par l'une des nouvelles universités qui fleurissaient ces années-là, un poste situé à l'échelon le plus bas de la carrière professorale mais qui m'enthousiasma d'emblée. Et ce fut ainsi que je démarrai.

Je terminai ma thèse, mon travail se stabilisa. Nous déménageâmes : nous passâmes de quelque soixante mètres carrés sur cour et mal distribués à près de deux cents tout neufs avec un petit jardin. Les enfants grandirent et se mirent à entrer et à sortir, et la vie se déroula ainsi. Puis, un jour, un jour parmi tant d'autres, mon mari croisa quelqu'un et, soudain, sa femme et son univers quotidien lui parurent sans doute terriblement ennuyeux. Et début juillet, lorsque la chaleur devint étouffante, Alberto m'annonça qu'il quittait la maison.

Pour la première fois de ma vie, je fus consciente de la fragilité des choses qui nous paraissent permanentes, de la facilité avec laquelle les éléments stables se fissurent et les réalités se volatilisent sous un souffle d'air pénétrant par la fenêtre. Quand Alberto s'en alla ce soir-là, il emporta avec lui davantage qu'une valise remplie de vêtements d'été. Il emporta également ma confiance, ma certitude naïve que l'existence est monolithique, qu'elle suit un fil directeur préétabli forgé par les années, qu'elle repose sur des piliers solides et durables. Quand il referma la porte derrière lui, il n'abandonna pas seulement une femme au cœur brisé. Il laissa aussi une personne à jamais différente : un être qui se croyait fort mais était devenu vulnérable, sceptique et méfiant vis-à-vis du reste du monde.

Son appel me prit par surprise : l'un de mes fils avait dû lui donner mon numéro. À distance, sa voix me parut étrangère. C'était toujours la même, mais sans cette complicité que nous avions nouée pendant près d'un quart de siècle. Cette complicité s'était effacée, ou bien il l'avait peut-être emportée avec lui quand il avait vidé son armoire et ramassé une poignée d'objets aux quatre coins de l'appartement. Il n'existait plus entre nous ce code imperceptible par le biais duquel nous avions communiqué avec une précision mathématique. Sa voix actuelle était celle d'un monsieur attentif et distant, qui me parlait d'avocats, de comptes courants, d'hypothèques et d'actes notariés. J'acceptai toutes ses propositions, tel un automate, n'opposai ni refus ni solution alternative. Je me fichais désormais de tout, au fond.

Nous n'avions jamais établi d'autres limites, dans nos biens et notre existence en commun, que celles imposées par la force de l'habitude : le côté du lit où chacun dormait, la place occupée à table, le rangement de nos affaires dans les armoires ou les rayonnages de la salle de bains. Nous avions commencé à cohabiter avec si peu d'effets que tout ce qui vint par la suite échut dans le pot familial. Notre patrimoine se réduisait à nos deux voitures pour aller au travail, à l'appartement que nous habitions et à une petite villa en bord de mer. Il me suggéra donc de vendre les deux habitations, de rembourser les crédits en cours et de nous partager la somme restante. L'idée ne me sembla pas mauvaise. Ni bonne. Je m'en moquais éperdument.

Je raccrochai. Je me tins immobile, essayant de me remémorer et de digérer la conversation, la main encore agrippée au combiné. Le téléphone sonna de nouveau au bout de quelques secondes, brisant brutalement ma quiétude. Je supposai que c'était encore lui, qu'il avait oublié un détail. Pourtant, ce fut une autre voix que j'entendis.

— Blanca, ici Luis Zárate. Tu es libre pour le déjeuner? Je veux te proposer quelque chose. Ou plutôt deux.

Je retrouvai le directeur à l'entrée du Guevara Hall et nous gagnâmes ensemble la cafétéria du campus. Malgré mes efforts pour paraître normale, les mots d'Alberto résonnaient encore à mes oreilles. Ils avaient fait irruption avec une telle force, une telle intensité inattendue, que mon esprit était perdu dans d'autres parages tandis que le directeur parlait et que je feignais de l'écouter en hochant de temps en temps la tête. Finalement, après nous être servis, nous nous assîmes l'un en face de l'autre et il aborda la raison de ce rendez-vous. Je fus donc obligée de redescendre sur terre et de lui prêter attention.

— Le département a reçu une invitation à participer à un nouveau programme de spécialisation, dit-il en attaquant consciencieusement sa salade. Il s'agirait d'une formation d'intérêt général. J'ai donc songé qu'on pourrait mettre ton séjour à profit en choisissant une thématique liée à l'Espagne. On connaît peu ton pays par ici, la quasi-totalité de l'influence hispanique vient du Mexique. Voilà pourquoi il serait sans doute très intéressant de concevoir un cours réservé à ceux qui veulent à la fois améliorer leur maîtrise linguistique et découvrir certains aspects de l'Espagne contemporaine. Qu'en penses-tu ?

Pas grand-chose, en réalité. Ça ne me faisait ni chaud ni froid à cet instant. Pas plus cette proposition que n'importe quelle autre. Mais j'essayai de ne pas manifester mon indifférence de façon trop voyante.

— Je trouve ça intéressant, mentis-je brièvement, tout en piquant un triste champignon.

— Il ne s'agirait pas d'un séminaire académique, ce serait plus informel, poursuivit-il. Tu pourrais utiliser des articles de la presse écrite, des journaux télévisés, des fragments de romans : tout type de document qui te passe par la tête. Des films, même, j'ai tout un tas de vidéos. Tu ne serais occupée que deux après-midi par semaine et ce serait assez bien payé.

— Qui seraient les élèves ?

— Des cadres, des étudiants diplômés d'autres départements. Des gens liés à l'université ou de simples résidents de Santa Cecilia qui auraient envie d'améliorer leurs connaissances.

En dépit de mon manque d'enthousiasme, l'offre était tentante. J'aimais le travail dans la salle de classe et la conception de mon propre matériel pédagogique. En outre, je n'avais rien de spécial à faire les après-midi, et un peu plus d'argent serait le bienvenu. Malgré tout, je n'eus pas la force de m'engager.

— Je peux y réfléchir ?

Il me regarda d'un œil interrogateur. Comme s'il se demandait si j'avais vraiment besoin de temps pour prendre ma décision, ou bien si je tardais à donner ma réponse pour une tout autre raison.

— Bien entendu ! Prends ton temps. De toute façon, Rebecca dispose des renseignements nécessaires au cas où tu voudrais des précisions. Bien, à présent ma seconde proposition, encore plus brève et plus simple.

J'étais convaincue que, quoi qu'il dît, ça n'éveillerait pas en moi un enthousiasme excessif. Cependant je dissimulai mon désintérêt.

— Raconte-moi.

— J'ignore si tu sais que, dans ce pays, on fête le mois de l'Hispanité entre le 15 septembre et le 15 octobre. Une célébration qui, me semble-t-il, remonte aux années soixante, un tribut à la richesse de l'héritage hispanique.

— Et ça consiste en quoi, fondamentalement ?

— En une foule de projets différents, depuis des manifestations folkloriques jusqu'à des conférences à caractère politique. Par exemple, le service des relations internationales de l'université organise tous les ans un débat auquel participe un représentant du département. Et j'ai imaginé que cette année ce pourrait être toi, en qualité de professeur visitant.

— Pour parler de quoi ?

— D'un tas de choses. D'habitude, c'est un large panel, avec sept ou huit participants spécialisés dans divers domaines touchant au monde hispanique. Des professeurs d'histoire de l'Amérique latine, de relations internationales ou de science politique, un professeur visitant, un doctorant…

Je ne le laissai même pas terminer.

— Ça t'embête vraiment si je te dis non ?

Je manquais de l'envie et de la force nécessaires pour émettre des opinions plus ou moins intéressantes sur n'importe quel sujet au sein d'une table ronde aussi nombreuse ; je n'avais même pas envie de réfléchir.

— Pas du tout ! Ce n'était qu'une idée. Je peux le proposer à un autre collègue. Ou peut-être même que j'y assisterai.

— Je ne suis pas dans les meilleures dispositions pour jouer les vedettes, tu sais.

— Ne t'inquiète pas, ça nous arrive à tous, de temps à autre…

Nous prîmes les plateaux et les déposâmes dans un chariot ; c'était l'heure de rentrer. Luis continua à parler en chemin, monopolisant la conversation sans rien me demander ni attendre que je lui réponde, conscient de mon mutisme.

— C'est donc à Rebecca que tu devras t'adresser si finalement tu te décides. C'est elle qui te fournira tous les éléments du cours. Tu me tiendras au courant, d'accord ? conclut-il en sortant de l'ascenseur.

J'esquissai un sourire, murmurai un autre « d'accord » en réponse au sien et me tournai, prête à partir. Une main, cependant, me retint avant que je fasse un pas. Une main sur mon poignet, une brève pression.

— Tu sais où je suis si à un moment tu as envie de parler.

Sans rien ajouter, il fit demi-tour en direction de la salle de réunion, et moi je cherchai Rebecca, un tant soit peu déconcertée par ce geste inattendu. Je n'étais sans doute pas aussi seule que je l'imaginais. Peut-être devrais-je remplir ma vie avec de nouvelles relations au lieu de pleurer les amours perdues.

Je trouvai porte close ; un Post-it jaune annonçait : « Je vais manger. » Je me dirigeai donc vers mon bureau afin de continuer à travailler. En attendant l'heure de son retour, je réfléchis à cette proposition de cours. Je sentais encore l'empreinte des doigts de Luis Zárate sur ma peau. Malgré tout, et comme par un tour de magie, toutes ces idées – les cours, le débat, Rebecca, le directeur, mes bonnes intentions et le grand parapluie de l'Hispanité –, toutes, absolument toutes, furent brutalement chassées par la violente irruption, dans ma mémoire, de l'appel d'Alberto.

Mais je résistai une fois de plus. Je m'interdis d'analyser les termes employés, de disséquer les propositions si cruelles et si tristes de celui qui avait été pendant longtemps la personne la plus proche de moi. Comment était-il possible qu'une telle chose nous soit arrivée, à nous ? Cette question, je refusai de me la poser encore.

Je me réfugiai de nouveau dans les papiers de Fontana. Je les examinai longtemps, les utilisant en guise d'analgésique, avant qu'un coup discret sur la porte ne me tire de ma concentration. Je levai les yeux et découvris le visage toujours sympathique de Rebecca.

— Je sais que tu es venue me voir et pourquoi. Voici les précisions.

Je débarrassai une chaise – la seule de mon bureau exigu, outre mon vieux fauteuil – d'une pile de documents et la priai de s'asseoir.

— Ainsi que le directeur a dû te le dire, commença-t-elle en s'installant devant ma table, il s'agit d'un séminaire de quatre heures hebdomadaires pendant huit semaines. Certaines personnes sont d'ores et déjà intéressées ; moi-même, j'aimerais bien y participer, mais je crains que mes connaissances linguistiques ne soient trop élémentaires.

— Tu es allée en Espagne, Rebecca ? demandai-je alors.

J'ignorais les raisons de cette question. Peut-être parce que, malgré le courant de sympathie qui s'était établi entre nous, je ne m'étais jamais interrogée sur ses connaissances au sujet de ma patrie. Ou bien me fallait-il en ce moment un peu de chaleur.

Sa réaction fut lente. Elle ôta d'abord ses lunettes, puis elle me répondit, tandis qu'elle les nettoyait avec l'extrémité d'un pan de sa chemise :

— J'ai failli y aller une fois, il y a très longtemps. J'avais une amie espagnole. Une grande amie. Elle vivait ici, à Santa Cecilia, et nous avions organisé un voyage pour passer tout un été en Espagne. Hélas, il s'est produit un événement imprévu ce printemps-là et nous avons été obligées de renoncer à nos projets. Peut-être bien que je me déciderai à nouveau un de ces jours.

Nous nous plongeâmes dans la proposition de cours ; j'étais presque sûre d'accepter. Nous évoquâmes des dates, des délais et d'éventuels assistants. Soudain, il fut près de cinq heures, le bon moment pour s'arrêter. Rebecca rassembla ses documents et se leva pour prendre congé. Debout devant la porte, sur le point de partir, elle me regarda avec un sourire timide et une pointe de nostalgie dans les yeux et dans la voix.

— C'était une femme magnifique. Sa mémoire est toujours présente par ici.

8.

La semaine suivante, le département fut recouvert d'affiches annonçant le débat sur l'Hispanité, afin qu'aucun d'entre nous n'oubliât la date.

— Tu iras, n'est-ce pas? me demanda Rebecca, dont la tête venait de poindre à la porte de mon bureau.

— Je suppose que oui. Et toi?

— Bien sûr, je ne le rate jamais. Je passerai te prendre.

La salle des actes était pratiquement pleine, en revanche l'estrade était vide, à l'exception de deux techniciens qui réglaient les micros en face de neuf chaises inoccupées. Je fus soulagée en constatant qu'il n'y en avait pas pour moi.

Luis Zárate bavardait dans le couloir avec des collègues et des étudiants. Dès qu'il nous vit, il s'écarta du groupe et s'approcha.

— J'espère que ça vous paraîtra intéressant, et peut-être même amusant. J'aurais adoré te voir intervenir, Blanca. Ce sera pour une autre fois, j'espère.

— Une autre fois, promis, dis-je en sachant parfaitement que cette autre fois ne se produirait jamais. C'est toi qui y participes, finalement?

— Je crains que oui. Il ne me reste pas d'autre solution. Je souhaite ne pas vous ennuyer...

Je n'en doutais pas. Il avait la parole facile, se montrait rapide et subtil dans ses interventions et avait amassé un nombre considérable de connaissances. Je m'en étais rendu compte car nous nous voyions souvent : des rencontres dans les bureaux et les couloirs, parfois un repas à la cafétéria où nous ne manquions jamais de sujets de conversation.

Je m'assis avec Rebecca à l'extrémité de l'un des premiers rangs. Les lumières s'éteignirent, les membres de la table ronde grimpèrent à leur place tandis que le silence se faisait peu à peu dans la salle.

Luis Zárate, en tenue foncée comme d'habitude, occupa la troisième chaise à droite, celle qui m'aurait été réservée si j'avais accepté sa proposition. Le dernier arrivant fut Daniel Carter, qui s'installa en deux enjambées; Carter, l'ancien professeur de cette université que j'avais connu au Meli's Market. Veste mais sans cravate, barbe claire et cheveux mi-longs. Sûr de lui, l'air de s'être dépêché d'arriver. Avant de s'asseoir, il distribua parmi les orateurs poignées de main, gestes chaleureux et quelques rapides accolades. En revanche, il n'eut pas l'occasion d'échanger un mot avec notre directeur : au moment où il passait devant lui, ce dernier notait quelque chose dans son agenda.

— Pourquoi ton ami est-il là? murmurai-je à Rebecca pendant qu'il prenait place à côté du modérateur.

— On invite toujours un professeur visitant ayant un rapport avec le monde hispanique, comme Zárate a fait avec toi.

— Mais n'était-il pas de passage?

Il était impossible qu'il nous eût entendues; pourtant, à cet instant précis, il nous aperçut et nous adressa un salut furtif.

— Il envisage de séjourner plus longtemps que prévu, me chuchota rapidement Rebecca.

Nous en restâmes là. Le modérateur commença les présentations. Une femme peintre guatémaltèque, enseignante au département d'Art, vêtue d'un huipil couvert de fleurs et d'oiseaux; un jeune professeur argentin, svelte et le menton orné d'un bouc blond, spécialiste en relations économiques internationales; une journaliste d'âge mûr tout juste arrivée d'Équateur, où sa fille travaillait au sein des Peace Corps; une doctorante, dont la thèse en cours traitait des relations Chili-États-Unis à l'époque d'Allende; enfin Zárate et Carter, que je connaissais, et un autre participant dont j'ai tout oublié.

Le débat fut des plus harmonieux. Du fait de la composition de l'auditoire, l'anglais fut la langue véhiculaire, mais on entendait quelques mots d'espagnol lorsque les références ou les évocations l'exigeaient. La peintre était la seule à se perdre parfois dans des considérations sans aucun intérêt, toutefois le modérateur maniait les temps de parole à bon escient, et chaque intervenant respectait celui qui lui était imparti. Il y eut des explications claires et des données significatives, des idées ingénieuses, des plaisanteries qui déclenchèrent des rires dans le public, et on achoppa sur deux ou trois petits points qui se réglèrent rapidement.

On parla de quantités de choses différentes liées à l'univers hispanophone ; on émit des opinions, des pronostics et des perspectives pour le futur millénaire qui allait commencer dans moins de trois mois ; on passa de l'arrivée d'Hugo Chávez au Venezuela aux dialogues de Pastrana, en Colombie, avec la guérilla des FARC. De la politique de plus en plus souple de Clinton à l'égard de Cuba à l'invasion latine dans la musique pop, ou de l'oscar reçu par Pedro Almodóvar pour *Tout sur ma mère.* Et alors l'allumette prit feu.

— L'obtention de ce prix me procure une immense satisfaction, déclara Zárate lorsque le sujet fut abordé. Et pas seulement parce qu'il exprime une reconnaissance de la qualité créative exceptionnelle de ce cinéaste. En effet, ce succès confirme enfin ce que certains de mes collègues n'ont pas voulu ou su mesurer dans le cinéma espagnol contemporain.

Personne ne répliqua, les divers orateurs attendirent la suite, sans bien comprendre la signification de ces paroles.

— Je me réfère, continua-t-il, aux positions réactionnaires d'un secteur bien précis de notre communauté académique hispaniste.

Les participants au débat restèrent de nouveau silencieux, puis soudain Carter se redressa, se pencha en avant et, au lieu de s'adresser au public, se tourna vers Zárate.

— Par simple curiosité, professeur Zárate, cette flèche que vous venez de décocher a-t-elle quelque chose à voir avec ma modeste personne ?

— Je ne pense pas que le docteur Zárate ait eu la moindre intention de…, tenta d'intervenir le modérateur.

— Parce que si c'était le cas, et pardonnez-moi, Raymond, je vous en prie, reprit-il en effleurant le bras du modérateur afin qu'il le laisse poursuivre. Je dis donc que si c'était le cas, vous pourriez peut-être vous montrer plus direct et explicite dans votre argumentation, au lieu de vous retrancher derrière de vagues fioritures rhétoriques incompréhensibles pour l'auditoire.

— Vous avez tout à fait le droit d'interpréter mes propos comme ça vous chante, professeur Carter, rétorqua Luis Zárate avec une pointe d'arrogance.

— Eh bien, expliquez-vous plus clairement, et ainsi vous échapperez aux interprétations subjectives.

— La seule chose que j'ai voulu dire, c'est que cette récompense permettra peut-être à certains chercheurs de reconsidérer la valeur de la production almodovarienne…

— Je ne pense pas que quiconque, parmi nos collègues, ait jamais remis en cause la qualité et l'originalité du cinéma de Pedro Almodóvar, l'interrompit de nouveau Carter.

— … la valeur de cette production et celle d'autres productions présentant un intérêt similaire, j'insiste, en tant que produit culturel digne d'être soumis à de rigoureuses études scientifiques, continua Zárate, ignorant son interlocuteur.

Le débat collectif s'était subitement transformé en un échange aigre-doux entre deux participants. Le public, lui, comptait les points sans bien comprendre les intentions.

Je crus néanmoins déceler quelque chose de plus sous la sophistication des notions théoriques. Quelque chose de charnel, d'humain, qui rampait secrètement sous les interventions de chacun, bien que nul n'en fît clairement mention. Qui, en tout cas, avait dû engendrer à un moment donné l'évidente et palpable antipathie qu'on observait à présent entre le chevronné professeur visitant et le directeur du département de Langues modernes.

Ils continuaient à se disputer. Luis Zárate attaquait avec un flot incessant de paroles et très peu de langage corporel : statique, il agitait un stylo-bille qu'il tapotait de temps en temps sur la table pour donner plus de poids à ses propos. De son côté, Daniel Carter, adossé à sa chaise avec la décontraction apparente d'un homme accoutumé aux joutes, accompagnait son discours de gesticulations.

— Ce que j'essaie de dire, c'est que certains membres de l'université sont encore engoncés dans de vieilles pratiques matérialistes liées à la simple critique sociale, insista le directeur. Comme s'il n'y avait eu aucune avancée ni dans la méthodologie de recherche ni dans la culture espagnole depuis le cinéma de Carlos Saura ou la publication des *Demeures du silence* de Martín-Santos. Comme si l'engagement marxiste survivait et que l'Espagne en était restée à ses poncifs folkloriques.

— Dieu du Ciel ! Zárate, ne me dites pas que nous allons aussi parler de corrida...

Le ton, plus que les mots, provoqua un éclat de rire général. Je regardai alors autour de moi : au lieu d'être gênés par cette discussion houleuse, les auditeurs paraissaient jouir de la situation.

— C'est un domaine dans lequel vous vous défendriez beaucoup mieux que moi. Votre goût pour un spectacle aussi sanglant est de notoriété publique. Sans doute un témoignage supplémentaire de cet immobilisme que j'ai dénoncé.

— Et vous y voyez également un soutien manifeste, de ma part, à la plus désuète et la plus rétrograde survivance du franquisme, n'est-ce pas? Parce que c'est la dernière connerie qu'il vous reste à dire.

— Ne rabaissez pas le niveau, je vous en prie, professeur Carter. Il s'agit d'un débat intellectuel.

— Je ne rabaisse rien du tout, mon cher collègue. C'est vous qui avez ressorti les vieux clichés récurrents de la culture espagnole. Encore qu'il vous en ait manqué quelques-uns pour compléter le catalogue des démons du parfait hispaniste postmoderne. Que diriez-vous d'y ajouter la brunette de la chanson ou les tricornes de la garde civile ?

Carter prononça cette dernière phrase en espagnol et, bien que quatre-vingt-dix pour cent de l'assistance ne l'eût pas comprise, j'eus du mal à réprimer un éclat de rire. Daniel Carter dut s'en rendre compte à distance car, haussant brièvement les sourcils, il me fit un clin d'œil complice, presque imperceptible mais indéniable.

— Je vous serais reconnaissant d'utiliser des arguments valables, professeur Carter.

— Je n'ai nul besoin de vos conseils en matière d'arguments, merci, répliqua celui-ci, recouvrant une sérénité désormais dépourvue de la moindre pointe d'humour. Vous êtes le seul à avoir d'emblée faussé cette discussion en transformant de simples considérations personnelles en un prétendu désaccord de nature intellectuelle.

Le directeur se prépara aussitôt à contre-attaquer, mais Daniel Carter, dont la patience semblait avoir atteint ses limites, décida de cesser unilatéralement les hostilités.

— Eh bien, mon cher ami, je crois que nous sommes arrivés au bout.

Et soulignant ses paroles par une tape sonore sur la table, il reprit :

— Il me semble que nous avons assez ennuyé l'auditoire avec notre petite dispute dialectique. Laissons donc notre modérateur mettre un terme à ce débat, sinon, nous allons nous y embourber jusqu'aux oscars de l'année prochaine, quand le grand favori sera un film sur les malheurs d'un orphelin en Ouzbékistan et que nous-mêmes aurons oublié pourquoi nous nous sommes chamaillés aujourd'hui.

J'aperçus une légère contrariété sur le visage de Luis Zárate. Je devinai qu'il aurait aimé voir la polémique continuer, démolir les arguments de son adversaire, gagner son bras de fer contre lui. Mais il n'obtint pas cette satisfaction. Il n'y eut ni vainqueur ni vaincu. Face à l'impossibilité de rétablir l'harmonie entre eux, la discussion fut tout simplement close. Au-dessus de l'estrade planaient encore, néanmoins, des questions sur les véritables causes de cette hostilité réciproque.

Le modérateur remercia les participants et la salle, qui se remplit à nouveau de bruit, de mouvement et de lumière. Les orateurs descendirent de l'estrade. Daniel nous fit signe de loin, à Rebecca et à moi, de l'attendre et il se dirigea vers nous en se frayant un passage parmi le public.

Cependant, pour atteindre l'extérieur, il lui fallait passer à côté de Luis Zárate qui, à ce moment-là, échangeait quelques mots avec deux professeurs du département voisin de Linguistique. Je m'attendais à ce qu'ils s'évitent, ou du moins se saluent avec froideur. À ma grande surprise, il n'en fut rien : Daniel s'arrêta, posa une main sur le bras de Zárate qu'il pressa légèrement.

S'il s'était exprimé en anglais, je n'aurais à coup sûr rien compris des deux phrases qu'il prononça alors, et qui se seraient perdues au milieu des douzaines de voix qui s'exprimaient dans cette langue. Mais il choisit l'espagnol, et ses paroles parvinrent à mes oreilles avec une parfaite clarté.

— Ne prenez pas tout au sérieux, mon gars. Ne restez pas le nez fourré dans les livres et accordez-vous du bon temps une bonne fois pour toutes.

9.

Tandis que Daniel Carter prenait congé d'un certain nombre de collègues qui ne voulaient pas le laisser partir, nous bavardâmes avec notre directeur à la porte de la salle. Si le débat l'avait contrarié, il n'en montra rien. La dernière phrase glissée par son adversaire ne semblait pas non plus l'avoir fâché. Ou du moins était-ce l'impression qu'il donnait.

— L'université sert à cela, non ? À stimuler le débat et la réflexion critique, à confronter des idées et des opinions. C'est ça, la vie académique et ses méandres, plaisanta-t-il avant d'ajouter : À propos, Blanca, as-tu déjà décidé si tu acceptais le cours ?

— Je pensais te le dire demain. C'est oui. Ça me paraît très intéressant, je crois que je vais aimer.

— Je compte donc sur toi. Rebecca se chargera des formalités.

Nous le vîmes s'éloigner, apparemment seul. Pourtant, j'aperçus du coin de l'œil, un peu plus loin, une des jeunes professeures du département qui l'attendait dans la pénombre. Je ne me souvins pas de son nom à ce moment-là. Ils se dirigèrent ensemble vers sa Toyota immatriculée dans le lointain État du Massachusetts et se perdirent tous deux dans la nuit.

— J'ai bien cru que je ne réussirais jamais à m'échapper, déclara Daniel en nous rejoignant enfin. Je suis très heureux de te revoir, Blanca, tu étais la seule personne habilitée au cours de ce chaotique débat sur l'essence espagnole, car nous avons tous parlé par ouï-dire. Qu'est-ce que tu as dans ton frigo, Rebecca? demanda-t-il ensuite en se frottant énergiquement les mains. Quelque chose de bon, j'espère, pour que nous dînions tous deux chez toi.

Je fus surprise tant par son commentaire que par son auto-invitation spontanée. Par son commentaire, en raison de la considération qu'il me témoignait alors que nous nous connaissions à peine, par son auto-invitation, car il n'avait pas hésité à m'y inclure avec un parfait naturel, sans même m'avoir consultée. Cette proposition était mille fois plus séduisante que ce qui m'attendait ce soir-là : une omelette ou n'importe quelle cochonnerie grillée, tout en regardant deux épisodes d'une vieille série télévisée.

— Un magnifique morceau de saumon de l'Alaska, répondit Rebecca. Et je crois qu'il reste deux ou trois bouteilles de la caisse de merlot que tu m'as apportée de Napa.

— C'est réglé, donc. On y va à pied?

En chemin vers l'appartement de Rebecca, nous bavardâmes au sujet de la table ronde qui venait de s'achever. Sans prendre parti ni pour lui ni pour Luis Zárate, je confessai à Daniel Carter que j'avais failli éclater de rire à ses allusions ironiques aux stéréotypes espagnols.

— Tu m'as sans doute inspiré.

Je ne réagis pas, ne sachant que dire.

— En te voyant dans le public, depuis l'estrade, mille images de ta patrie me sont soudain venues à l'esprit, et pas seulement les vieillottes que nous avons mentionnées, ton directeur et moi.

— Tant que tu ne m'as pas imaginée en train de jouer des castagnettes avec une robe à volants à l'ombre d'un taureau Osborne..., répliquai-je malgré moi en espagnol.

Il rit de bon cœur et expliqua à Rebecca en anglais le portrait burlesque que je venais d'esquisser.

— Cette Espagne où votre directeur souhaite m'enraciner, et que j'ai moi-même connue, avec ses ombres et ses lumières, eh bien, elle est enterrée depuis des décennies, poursuivit-il en s'adressant à son amie.

— Heureusement! approuvai-je.

— Heureusement, en effet. Mais on ne peut pas nier qu'elle ait existé et qu'elle ait influencé votre pays tel qu'il est aujourd'hui, que ça vous plaise ou non.

— Peut-être le professeur Zárate ignore-t-il cette essence espagnole, intervint Rebecca.

Toujours loyale, elle voulait sans doute rompre une lance en faveur de son chef. Elle continua :

— Bien que son père soit espagnol, il n'a peut-être pas vécu dans son pays assez longtemps pour le connaître à fond. En plus, ses racines hispaniques se trouvent aussi au Chili, la patrie de sa mère. Peut-être qu'il se sent plus attiré par la culture de cette dernière…

— Cela n'excuse pas son attitude, l'interrompit Daniel. Notre valeur professionnelle ne dépend pas du lien affectif ou passionnel que nous éprouvons à l'égard de tel ou tel pays, mais des travaux que nous publions, des congrès auxquels nous participons, des thèses que nous dirigeons ou des cours que nous dispensons. L'affect ne constitue pas un ajout quantifiable, c'est simplement une affaire strictement personnelle.

— Pourtant, cet affect doit bien avoir une certaine utilité, dis-je.

— Il est sacrément utile ! confirma-t-il, caustique. Mais certains ne s'en sont pas encore rendu compte.

Je n'avais jamais parcouru le campus de nuit, et pour la première fois je découvrais ses bâtiments aux salles de classe et aux bureaux presque tous éteints, ses résidences entièrement éclairées. Pour la première fois je ne voyais pas les étudiants presser le pas pour se rendre d'un cours à l'autre, mais mollement assis à leurs portes, fumant, bavardant, riant, faisant passer le temps. Pour la première fois je voyais les projecteurs aveuglants des terrains de basket-ball, tandis que les ballons tapaient bruyamment contre les panneaux et qu'une légère odeur de restauration collective s'échappait des grilles d'aération des cuisines.

Nous avions laissé derrière nous mon appartement et marchions vers la place de Santa Cecilia, la zone la plus urbanisée de la petite ville. J'étais là depuis moins d'un mois, mais soudain, en la regardant, j'eus l'impression qu'un siècle s'était écoulé depuis ce matin où je m'étais assise pour y boire mon premier café, déboussolée et indécise, me forçant à accepter de faire de cet endroit, pour une durée encore indéterminée, mon nouvel espace de vie.

Cette pensée dura le temps d'un éclair, Daniel venait de mentionner Andrés Fontana, ce qui me ramena sur-le-champ à la réalité.

— Tu sais, Blanca, il aimait beaucoup s'asseoir ici. Il disait que ça avait le parfum d'un village espagnol.

— Je suis d'accord, dans une certaine mesure, ça y ressemble vaguement.

— C'est logique, n'est-ce pas ? nota alors Rebecca. Cette ville a été fondée par les anciens Californiens, des Mexicains de pure souche espagnole, quand ce n'étaient pas de vrais Espagnols.

— Voilà pourquoi cette place et Los Pinitos constituaient ses lieux favoris de détente. Il s'y promenait pour y réfléchir, il disait qu'ainsi il s'oxygénait le cerveau.

Je savais déjà que Los Pinitos était cette zone que j'avais parcourue l'après-midi où la vision des photographies du défunt professeur avait bouleversé l'approche de mon travail.

— Il y a apparemment des problèmes avec cette zone. On va y construire un centre commercial, non ?

Ils me répondirent presque de concert.

— En effet, acquiesça Rebecca. Un centre commercial qui aura certainement des retombées économiques pour Santa Cecilia, mais défigurera un endroit qui nous est très cher et que les habitants du coin ont toujours considéré comme leur appartenant. Un endroit intimement lié à nous et à nos familles, un lieu de détente, de pique-nique avec les enfants...

— D'âneries d'étudiants..., ajouta Daniel.

— De simples promenades.

Ils continuèrent à m'expliquer la situation, tous deux ouvertement opposés au projet.

— En tout cas, la bataille n'est pas complètement perdue : il existe des doutes sérieux quant à la viabilité du plan, reprit Daniel. La propriété légitime du terrain paraît des plus embrouillées depuis au moins un siècle.

— J'avais cru que c'était un terrain public qui appartenait à la mairie locale, dis-je.

— La mairie en dispose et elle peut négocier sa cession car il n'existe aucune preuve digne de foi établissant son propriétaire historique. Il s'agit d'une affaire très confuse.

— Voilà pourquoi la plateforme citoyenne s'efforce de trouver quelque argument légal susceptible de freiner la vente, mais cela fait des mois qu'ils cherchent en vain, intervint alors Rebecca. Et le délai pour introduire un recours contre le projet s'achèvera en décembre, nous craignons donc le pire.

Nous étions plongés dans cette conversation lorsqu'une porte s'ouvrit juste devant nous ; quelqu'un sortit sur le trottoir, interrompant momentanément nos pas et nos propos.

Il s'agissait d'une petite clinique. Les lumières à l'intérieur étaient déjà presque toutes éteintes, elle était donc sur le point de fermer et ceux qui en sortaient étaient sans doute les derniers employés. Une jeune infirmière, en uniforme et sabots d'hôpital, tenait la porte, qui resta un instant ouverte sans que personne ne la franchît, néanmoins nous fûmes obligés de descendre du trottoir et d'emprunter la chaussée. Juste à ce moment-là, un fauteuil roulant apparut lentement.

Une chevelure claire tombant sur les épaules, un visage très pâle et ridé, des lèvres d'un rouge éclatant et, en guise de tenue, un vieux survêtement. Telle était l'image offerte par son occupante. Choquante, à coup sûr. Ou du moins très éloignée de celle d'une vieille dame conventionnelle. Malgré la nuit déjà bien avancée, elle se protégeait les yeux à l'aide de grandes lunettes de soleil. Dépassant de la monture, on apercevait, sur son œil droit, un pansement fixé par un sparadrap, comme si elle venait de recevoir un soin.

— Ça alors..., entendis-je Daniel murmurer à côté de moi d'une voix rauque à peine audible.

— Madame Cullen, docteure Perea, quelle surprise de vous voir par ici ! Professeur Carter, je vous ai déjà salué l'autre jour à la bibliothèque, mais je suis très heureuse de vous rencontrer à nouveau. Regarde, maman ! Regarde-les tous les trois !

Celle qui nous accueillait avec un tel enthousiasme et poussait le fauteuil n'était autre que Fanny. Elle s'arrêta et se planta, immobile, au milieu de la chaussée, tandis que l'infirmière rentrait promptement dans la clinique.

— Bonsoir, Fanny. Enchantée de te revoir, Darla, salua cordialement Rebecca. Tu as un problème ? J'espère que ce n'est rien de grave cette fois-ci.

La vieille femme ne prêta pas attention à ses paroles. Elle ne répondit pas, ne regarda même pas Rebecca, comme si elle ne l'avait pas entendue. Ses facultés étaient peut-être un tant soit peu affaiblies ; à en juger par son aspect, c'était bien possible. Pourtant, il me suffit de l'entendre parler pour comprendre mon erreur et constater qu'elle avait toute sa tête.

— Eh bien... eh bien... Tu as vu qui est là ?

Je devinai aussitôt qu'elle parlait de Daniel. Peut-être étaient-ils de vieux amis, pensai-je. Tout le monde, ici, semblait éprouver de la sympathie pour cet enfant prodigue de l'université.

— Ça fait longtemps, Darla, dit Carter avec une certaine froideur. Comment vas-tu ?

Ils se saluèrent, éloignés de trois ou quatre mètres. Lui, les mains dans les poches de son pantalon, ne fit aucun effort pour se rapprocher d'elle. Ni un pas en avant ni le geste de se pencher vers elle ou de lui tendre la main et d'effleurer sa peau.

— Du feu de Dieu ! Il suffit de me regarder, mon cher, répondit la vieille d'un ton cynique. Et toi, tu vas bien, professeur ?

— Pas mal non plus. Je travaille, comme toujours...

Leurs phrases respectaient les règles de la courtoisie, cependant il ne fallait pas être grand clerc pour y déceler une totale absence de chaleur. Je me demandais jusqu'où irait leur antipathie réciproque lorsque Rebecca décida d'intervenir.

— Qu'est-il arrivé à ton œil, Darla ?

— Maman a heurté la porte de l'armoire de la salle de bains. Elle s'est fait une bonne plaie et elle a beaucoup saigné. On est venues aujourd'hui pour un contrôle.

— Tais-toi, Fanny, tais-toi, n'exagère pas, grogna Darla. Ç'a juste été un petit accident domestique, une bêtise.

— Je te présente la docteure Perea, poursuivit sa fille. Je t'en ai parlé un tas de fois, tu la connais enfin.

— Enchantée, dis-je simplement.

Pour une raison qui m'échappait, le comportement de Daniel avait déteint sur moi ; je ne m'approchai donc pas.

— Une autre petite Espagnole à Santa Cecilia, c'est parfait ! Ma fille m'a déjà raconté ce que tu fabriques dans le coin.

— Elle aussi elle travaille, Darla. Comme tout le monde à l'université, intervint Daniel sans me laisser le temps de répondre.

— On m'a dit que tu es plongée jusqu'au cou dans les papiers légués par notre vieil ami Andrés Fontana, reprit-elle en s'adressant de nouveau à moi comme si elle n'avait pas entendu Daniel. Tu as trouvé des choses intéressantes ? Des chèques ? Des messages anonymes ? Des lettres d'amour ?

— Il ne s'agit que de documents officiels, précisa Rebecca. La docteure Perea se contente de…

Par chance, la porte de la clinique se rouvrit derrière nous et interrompit cet échange de propos aigres-doux. Un homme en sortit ; la cinquantaine, la mine sévère et une mallette à la main. Sans doute le médecin. Il était suivi de l'infirmière, en jeans à présent. Celle-ci ferma la porte de l'extérieur à l'aide d'un imposant trousseau de clés.

— Attention, madame Stern, n'enlevez en aucun cas votre pansement avant la visite de la semaine prochaine. Et n'oubliez pas de prendre rendez-vous, s'il vous plaît.

Le ton était sec. La mère et la fille avaient dû débarquer en fin de journée et sans prévenir, ce qui avait sans doute obligé le médecin à dépasser ses horaires habituels.

Fanny bafouilla quelques excuses, prétextant ses nombreuses obligations : son travail, ses réunions spirituelles, les soins dispensés à sa mère. Mais plus personne ne l'écoutait. Profitant de l'intervention du médecin, Daniel s'était remis à marcher ; Rebecca et moi-même lui emboîtâmes le pas après de vagues au revoir.

— Passe me voir un de ces jours, Carter ! s'écria la vieille femme de loin.

— Ciao, Darla, porte-toi bien, répliqua-t-il simplement, sans daigner se retourner.

— Une sacrée paire, non ? dis-je tandis que nous traversions la rue.

— Une sacrée paire, répéta Rebecca avec un bref éclat de rire qui sonna un peu faux, comme si elle essayait de minimiser la situation.

Daniel avançait en silence. Rebecca lui avait pris le bras gauche et le pressait tendrement. Lui, touché par ce geste mais un peu absent, sortit enfin sa main droite de la poche de son pantalon et lui tapota la sienne.

— Personne n'a jamais prétendu que le passé n'avait pas ses zones d'ombre.

10.

Il ne manquait que dix minutes avant le début du premier cours du nouveau programme lorsque le vieux téléphone du bureau fit entendre sa sonnerie stridente. Je ne répondis pas, je n'avais pas le temps. À peine une demi-heure plus tôt, après avoir tourné et retourné la question dans tous les sens, je m'étais résolue à modifier l'ordre de certains contenus. L'imprimante se bloqua alors et refusa tout net de fonctionner tandis que j'essayais de sortir de nouveaux documents. Je m'en remis donc à la photocopieuse, en vain : une affiche indiquait « hors service ». Ni Fanny, ni Rebecca, ni le directeur, ni aucun de mes collègues n'étaient visibles. La porte fermée de la salle de réunion suggérait une assemblée générale du département. En désespoir de cause, je pris d'assaut l'imprimante, l'ouvrant et la refermant un tas de fois, ôtant la cartouche d'encre et la remettant en place. En plein milieu de ce combat à mort contre la technologie, le téléphone recommença à sonner avec insistance. Je décrochai enfin à contrecœur et lançai un cassant *hello.*

— Tu as complètement perdu la tête, je ne sais pas ce qui t'arrive, espèce de foldingue. Hier soir, j'ai croisé Alberto chez Vips, avec sa poupée Barbie engrossée, et il m'a dit que vous aviez décidé de tout bazarder. Tu te rends compte de ce que tu fais, malheureuse ? Ça ne te ressemble pas du tout,

Blanca, tu as toujours été une battante… Qu'est-ce que tu as, t'es devenue cinglée, ou quoi ?

Ma tumultueuse sœur faisait irruption dans ma vie, comme tant de fois, à l'improviste et au pire moment. África, treize ans de plus que moi et si radicalement différente que nous ne semblions pas être du même sang. Ouverte, spontanée, la langue bien pendue. Médecin urgentiste, mère de quatre enfants. Hyperactive, mordante, non conventionnelle et toujours prête à se mêler de tout. Un condensé d'énergie capable de bouffer le monde entier ; elle m'appelait au beau milieu de sa garde nocturne, sans doute au moment d'une pause entre une colique néphrétique tout juste expédiée et un probable accident de moto.

— Je sais ce que je fais, África, bien sûr que je le sais, répondis-je avec plus de hâte que de conviction.

— Toi, tu as perdu la tête, mais alors complètement, poursuivit mon bulldozer de sœur. Toutes les magouilles de ton mari t'ont beaucoup plus affectée que tu ne le crois. Je ne te reconnais plus. Ce salopard te cocufie pendant des mois. Ensuite, du jour au lendemain, il te plaque pour aller vivre avec l'autre et tu apprends qu'elle est enceinte, qu'elle l'était sans doute avant même qu'il t'ait plantée. Et pour le remercier de sa gentillesse à ton égard, tu le laisses se barrer tout faraud et faire ce qui lui chante avec tes affaires. Vendre ta maison, te virer de chez toi tandis que tu te tires en Californie le cœur léger, en vacances, pour fêter tout ça… Réveille-toi, Blanca, ma chérie ! Redeviens celle que tu as toujours été. Réagis une bonne fois pour toutes, que diable !

— Nous en reparlerons, promis. Maintenant, ça tombe mal, j'ai du travail.

— Ce que tu dois faire, c'est rendre la vie impossible à ce connard d'Alberto.

— Allez, dépêche-toi !

Mon impatience s'adressait en réalité à l'imprimante. Puisqu'elle ne semblait pas se prêter à des interventions raisonnables, j'avais décidé de la traiter à la dure. Mais ma sœur, à distance, ne comprit pas la situation.

— Qu'est-ce que tu dis ? s'écria-t-elle, en colère. Tu le défends ?

— Il n'y a pas de défense ou d'accusation qui tienne, África. C'est la vie : il a rencontré une femme qu'il aime plus que moi. Et il est parti. Point final, dis-je en frappant la machine sur le flanc gauche. Je ne vois pas l'intérêt de rendre les choses plus compliquées qu'elles ne le sont. Je me contente de ne plus avoir aucun contact avec lui. En tout cas, ne t'inquiète pas, je réfléchirai à tout ce que tu m'as dit.

De fait, je n'en avais pas du tout l'intention ; je souhaitais seulement qu'elle se calme, qu'elle raccroche et qu'elle m'oublie. Pour donner plus de poids à mes paroles, je donnai un nouveau coup à l'imprimante, attaquant cette fois-ci le flanc droit. En vain.

— Tu vas y réfléchir ! brailla-t-elle. Eh bien, si tu continues comme maintenant, tu es mal barrée ! Tu n'as qu'une seule solution : rentrer chez toi et redevenir celle que tu étais. Vivre comme avant. Sans ton mari mais avec ton travail, tes enfants près de toi, avec tes amis de toujours, avec ta famille...

— Plus tard, África, il faut que je te laisse...

À cet instant précis, le visage rond de Fanny apparut à la porte.

— Vos nouveaux élèves vous attendent dans la salle 215, annonça-t-elle.

— Je te rappelle un de ces jours, bisous à tout le monde, au revoir, au revoir, au revoir...

Tout en raccrochant d'une main le combiné d'où sortait encore la voix tonitruante de ma sœur, j'assenai une dernière claque frontale à l'imprimante. Et, par miracle, tel un orage au milieu de la campagne desséchée, l'engin émit un borborygme et commença à cracher du papier.

— Aide-moi, Fanny, je t'en supplie ! Agrafe-moi ces feuilles deux par deux, comme ça, d'accord ?

Elle s'élança pour me sauver, prompte et enthousiaste, avec une telle impétuosité qu'elle renversa un tas de documents de Fontana posés sur un coin de mon bureau.

— Je suis désolée, docteure Perea, vraiment désolée, murmura-t-elle, contrite, tandis qu'elle se baissait pour les ramasser.

— Ce n'est pas grave, occupe-toi des feuilles, je me charge du reste.

J'enfilai ma veste et ramassai à pleines poignées ce qui

venait de tomber : des feuillets manuscrits, des lettres jaunies et une tripotée de cartes postales. J'essayai de tout remettre sur la table mais Fanny, avec sa façon très spéciale de faire les choses, l'avait entièrement recouverte des photocopies du programme. Je déposai donc le tout précipitamment sur mon fauteuil, accrochai mon sac à main à mon épaule et refis tomber quelques cartes d'un geste maladroit. Je les ramassai de nouveau alors que Fanny, triomphante, me remettait les photocopies prêtes.

— Tu es un ange, Fanny, un ange...

J'ouvris mon classeur pour les y ranger, et les cartes postales de Fontana suivirent le mouvement.

J'entrai dans la salle de classe presque sans reprendre mon souffle, soulagée de m'être débarrassée d'África et d'avoir finalement préparé mon cours. Je m'excusai pour les cinq minutes de retard.

Le titre du cours était : « Espagnol niveau avancé à travers l'Espagne contemporaine ». Autrement dit, il s'agissait d'un mélange entre civilisation et conversation. Je me présentai, ils se présentèrent; les participants avaient de multiples centres d'intérêt : passion pour les voyages, besoins professionnels, curiosité pour l'histoire... Leurs âges et situations étaient également des plus variés, depuis un professeur émérite du département d'Histoire jusqu'à une femme sculpteur d'une trentaine d'années passionnée par l'œuvre de Gaudí.

Le niveau général se révéla convenable et je devinai d'emblée, par pure intuition et à force d'avoir bataillé près de vingt ans dans les salles de classe, que le cours allait fonctionner.

J'avais décidé de commencer par un simple jeu; je savais parfaitement, en effet, que les adultes adorent les pitreries inattendues qui les tirent de leurs habitudes. Avais-je pourtant le cœur à plaisanter après le coup de fil de ma sœur, ou étais-je plutôt désireuse de m'enfermer dans les toilettes pour y pleurer à chaudes larmes? En réalité, j'appliquai la règle d'or de tout bon professeur : laisser les problèmes personnels dans le couloir, puis aller de l'avant, tel un comédien entrant en scène.

— Autrefois, dans les années soixante-dix, il existait un programme très populaire à la télévision espagnole qui s'appelait « Un, deux, trois, répondez une autre fois ». On y joue ensemble ?

Bien entendu, je ne voulais pas seulement m'amuser. Le but était de relier leur monde au mien d'une façon totalement informelle. La réponse fut un oui unanime.

— D'accord, eh bien, pour vingt-cinq pesetas imaginaires je vous demande de citer des villes de l'État de Californie ayant des noms de saints en espagnol. Par exemple Santa Cecilia. Un, deux, trois, répondez une autre fois…

Je n'eus pas le temps de leur indiquer la règle du jeu, c'est-à-dire répondre le plus vite possible après l'exemple. Avant même que j'eusse ouvert la bouche, ils se coupaient la parole pour égrener la liste complète du calendrier. San Francisco, Santa Rosa, San Rafael, San Mateo, San Gabriel, Santa Cruz, Santa Clara, Santa Inés, Santa Bárbara, San Luis Obispo, San José…

— Ça suffit, ça suffit…, dis-je quand ils eurent atteint les deux douzaines de saints et qu'ils ne s'arrêtaient pas. Bon, à présent, des endroits qui parsèment la carte de la Californie et qui portent des noms communs en espagnol.

Alameda, Palo Alto, Los Gatos, El Cerrito del Norte, Diablo Range, Contra Costa, Paso Robles, Atascadero, Fresno, Salinas, Manteca, Madetra, Goleta, Monterrey, Corona, Encinitas, Arroyo, Burro, La Jolla… Avec une prononciation relativement fantaisiste, souvent à la limite du compréhensible, ils égrenaient une liste interminable comportant des ports et des villes, des montagnes, des comtés et des baies…

Je leur indiquai d'un geste ferme que ça suffisait.

— Et Chula Vista, près de San Diego, insista un élève sans pouvoir résister au plaisir d'ajouter un autre nom.

— Et le comté de Mariposa, ajouta un autre, incapable de se réprimer.

— D'accord, d'accord, d'accord…, dis-je.

— Et n'oubliez pas Los Padres et le Camino Real : ils sont à l'origine de tout.

Celui qui venait de parler était le professeur émérite d'histoire, Joe Super. Tous se tournèrent vers lui, vers sa chemise hawaïenne et ses doctes yeux bleus. Joe me demanda alors la permission de continuer.

— Bien entendu, mais à condition que ce soit en espagnol.

— Je vais essayer de toutes mes forces, répondit-il avec une moue sympathique qui arracha un éclat de rire général. Los Padres National Forest fait référence aux moines franciscains espagnols qui ont commencé l'exploitation et la colonisation de la Californie au cours de la seconde moitié du XVIIIe siècle. *Legendary men*; comment traduit-on *legendary*?

— Légendaires. Des hommes légendaires, Joe?

— Exactement. Des hommes légendaires *pushed*...

— Poussés...

— Merci. Des hommes légendaires poussés par une force qui, erronée ou non, leur permit de poursuivre leurs objectifs avec détermination. Le Camino Real en est le résultat : une succession de missions fondées par ces pères tout au long de la Californie.

— Il y en eut vingt, n'est-ce pas? demanda Lucas, un étudiant diplômé en politique internationale.

— Vingt et une, corrigea Joe. Ils ont commencé dans le Sud, avec San Diego de Alcalá, et ont fini dans le Nord, tout près d'ici, à Sonoma, avec San Francisco Solano. En Espagne, on ne connaît pas grand-chose de cette aventure californienne. Je me trompe, Blanca?

— En effet, admis-je avec une pointe de honte. On en sait très peu à ce sujet.

— Et c'est dommage, parce que tout cela appartient à votre héritage. Un héritage historique et sentimental qui est essentiel pour vous, pour nous et pour tout le monde.

Nous terminâmes le «Un, deux, trois», et je repris le contrôle du cours. La séance, animée et fructueuse, dura une heure et quart de plus que prévu. Je conservai sans doute, dans quelque recoin de mon subconscient, ces références à des moines, à des missions et à des chemins; à un moment, je me souvins de certains documents de Fontana, que je devais encore étudier de près, qui faisaient allusion à ces franciscains et à leurs constructions. Tous ces papiers étaient entassés dans des cartons dans mon bureau, et je n'avais pas eu le temps de les analyser. Peut-être pourraient-ils m'aider à combler mes lacunes.

Je sortis sur le campus à la fin du cours, satisfaite et épuisée. Je respirai un bon coup, absorbant l'odeur des eucalyptus à la tombée du soir.

— Ç'a bien marché ?

La voix provenait d'une voiture qui s'était arrêtée à côté de moi, alors que je déambulais sur le trottoir, l'esprit ailleurs. Luis Zárate rentrait chez lui, comme moi. Au lieu de sa tenue habituelle de travail, il portait un short et un maillot grenat orné de l'écusson d'une université autre que Santa Cecilia. Un sac de sport occupait la place du copilote.

— Parfaitement. C'est un groupe excellent, très motivé. J'ai de la chance.

— Tant mieux. Je te rapproche de chez toi ?

— Euh... je te remercie, mais j'ai envie de prendre l'air. Je suis enfermée depuis neuf heures du matin, je ne suis même pas sortie pour manger.

— OK. Bonne promenade, alors, et à demain.

J'allais lui répondre, mais il avait déjà relevé sa vitre. Je me contentai donc d'un geste d'adieu. Soudain, à ma grande surprise, il baissa la vitre.

— On pourrait peut-être dîner ensemble un soir.

— Quand tu voudras.

Je m'attendais à cette invitation, fort séduisante au demeurant. J'aurais même accepté ce soir-là. Pourquoi pas ?

— Tu connais Los Olivos ?

Un nom de plus à ajouter à la liste, pensai-je en me rappelant mon dernier cours.

— Non, je ne connais pas. J'en ai entendu parler plusieurs fois, mais je n'y suis jamais allée.

— Ils ont des pâtes fantastiques et des vins excellents. On en reparle, OK?

L'automobile se perdit au loin et je poursuivis ma route jusque chez moi, tandis que, les idées se bousculant dans ma tête, je retraçais les différents épisodes de cette intense journée. Je m'efforçai de chasser le souvenir de l'appel d'África, me refusai mordicus à admettre la moindre parcelle de raison dans les paroles impétueuses de ma sœur. Je préférai me remémorer les instants agréables, comme la proposition de Luis Zárate. Ou même penser aux documents de Fontana, ces papiers qui me hantaient et m'absorbaient au point que je reportais jusqu'à la dernière minute mes autres obligations et me contentais d'un misérable sandwich craché par une machine au moment du déjeuner. Je prenais de plus en plus de plaisir à ce travail qui constituait, en outre, une très bonne thérapie. J'oubliais d'autant plus mes problèmes que je me concentrais davantage sur le legs du défunt professeur, dont le charisme et la valeur me paraissaient chaque jour plus évidents.

Je savais déjà qu'il avait eu l'intention de retourner en Espagne après son séjour en qualité de maître de conférences. Son projet était de passer le concours de professeur de l'enseignement secondaire, prestigieux à cette époque, ou même de rejoindre l'université. Entre-temps, il trouverait un emploi dans une académie privée ou une école religieuse. Mais la guerre civile allait bouleverser ses projets et glacer son cœur à distance. Secoué, bouleversé, désespéré, il déciderait de ne pas revenir.

Je ne retrouvai jamais dans ses documents le désir de regagner cette patrie désormais irrémédiablement différente de celle qu'il avait quittée, bien qu'on décelât parfois dans ses écrits une ombre de nostalgie. Il ne douta jamais : il emballa ses sentiments avec les émotions et les images de ses jeunes années, les noua avec des nœuds bien serrés pour les empêcher de s'échapper et les renferma dans les tréfonds de sa pensée. Dès lors, il s'installa définitivement dans son pays d'accueil, où il se consacra à l'enseignement de la langue et de la littérature de sa patrie, à la transmission de ses frémissements, de ses connaissances et de la mémoire de son monde perdu à des centaines, à des milliers peut-être d'élèves qui, parfois, comprenaient tout ce que cela représentait pour lui, et parfois non.

On trouvait, parmi ses papiers, de nombreux témoignages de ces étudiants. Je me rappelai soudain ces cartes postales que j'avais précipitamment rangées dans mon classeur cet après-midi même. Elles témoignaient à l'évidence de cette gratitude que je n'avais pas encore eu le temps de traiter.

Je les sortis tout en marchant. La nuit était tombée, mais les réverbères me fournissaient largement assez de lumière pour les lire. Il devait y en avoir une douzaine. Les textes n'étaient pas particulièrement mémorables, ce n'étaient que de courtes missives dont les auteurs saluaient l'ancien maître, lui transmettaient leur bon souvenir depuis des villes lointaines ou lui racontaient leur vie en quatre lignes. Elles ne comportaient pas plus de quelques phrases, ne semblaient répondre à aucun critère, provenaient de villes diverses et avaient été expédiées à des dates capricieusement réparties dans le temps : Mexico, juillet 1947; Saint Louis, MO, mars 1953; Séville, avril 1961; Buenos Aires, octobre 1955; Madrid, décembre 1958. Des vues des pyramides de Teotihuacán, du Mississippi, du parc de María Luisa, du cimetière de La Recoleta, de la Puerta del Sol.

La Puerta del Sol m'arracha un sourire. C'était amusant de découvrir soudain une vision aussi familière, un instantané de cette époque où les photographies en couleurs s'ornaient encore de femmes coiffées de mantilles. On y voyait l'enseigne lumineuse du Tío Pepe, l'horloge marquant l'entrée dans la nouvelle année, l'agitation constante du cœur de la capitale. Je m'arrêtai sous un lampadaire pour l'examiner plus attentivement, pendant que les étudiants, pressés, sac au dos, passaient à côté de moi.

Je cherchai la date du cachet de la poste : 2 janvier 1959. Le contenu de la carte, lapidaire, avait été rapidement griffonné à l'encre.

Cher professeur,
L'Espagne reste fascinante.
Mon travail avance bien.
Après les raisins, je partirai à la recherche de Míster Witt.

Le texte n'était en soi qu'un petit exemple des bonnes relations entretenues par Fontana et ses disciples, et n'apportait pas grand-chose à ma tâche. Cependant, les dernières lignes de la carte, la formule de politesse, me sautèrent aux yeux.

Non ce qu'elles disaient, mais leur auteur.

Je vous souhaite une très bonne année,
Votre ami,
Daniel Carter

11.

L'Espagne qui accueillit Daniel Carter la première fois qu'il traversa l'Atlantique s'était déjà réveillée de la brutale torpeur de l'après-guerre, mais c'était toujours une nation vivant au ralenti, arriérée et d'un pittoresque stupéfiant aux yeux d'un étudiant nord-américain.

Il apportait ses vingt-deux années et un tas de raisons confuses de s'embarquer dans cette aventure : une certaine aisance dans la pratique de l'espagnol, une passion croissante pour sa littérature et des envies immenses de poser le pied sur cette terre à laquelle il se sentait lié depuis qu'il avait décidé de dynamiter les lignes trop bien tracées de son destin.

Fils d'un dentiste et d'une maîtresse de maison cultivée, Daniel Carter avait grandi dans la confortable et conventionnelle petite ville de Morgantown, West Virginia, stimulé par l'air pur des Appalaches et le rêve de ses parents selon lequel leur aîné – bon élève, bon sportif et bon garçon – deviendrait forcément un brillant avocat ou un prestigieux chirurgien. Au moins. Mais, comme souvent dans ces circonstances où prédomine une naïve certitude, les projets des géniteurs empruntèrent une voie tandis que les pas et les centres d'intérêt du garçon s'égarèrent dans une autre.

— J'ai réfléchi à mon avenir.

Daniel laissa tomber cette phrase comme à son insu, entre une bouchée d'escalope et des petits pois bouillis.

À l'occasion d'un dîner quelconque. Un dimanche soir parmi d'autres.

— C'est le droit, finalement? demanda sa mère, souriante, s'apprêtant à porter à la bouche sa fourchette pleine de purée de pommes de terre.

— Non.

— La médecine, alors? interrogea son père, incapable de cacher sa satisfaction.

— Non plus.

Ils lui jetèrent un regard abasourdi tandis qu'il leur dévoilait d'une voix ferme ce qu'ils n'auraient jamais imaginé, même après avoir tourné et retourné la question pendant des jours : au terme de ses études universitaires, il n'avait pas du tout l'intention de se spécialiser dans le droit, malgré son admission à l'université de Cornell. La médecine ne l'intéressait aucunement. Il se fichait du fonctionnement de la jurisprudence ou du corps humain, il rejetait en bloc un avenir rempli de juges, de salles d'opération, d'inculpés ou de bistouris. Ce qu'il souhaitait faire de sa vie, c'était découvrir de nouvelles cultures. Et se consacrer à l'étude de la littérature. Étrangère, pour être plus précis.

Le père posa lentement sa serviette, les yeux rivés sur la nappe.

— Excusez-moi, murmura-t-il.

Le claquement de la porte résonna dans toute la rue. La mère, la fourchette encore en l'air, resta bouche bée tandis que les larmes jaillissaient de ses beaux yeux verts et qu'elle se demandait où et quand ils s'étaient trompés avec ce fils à qui ils avaient cru donner une éducation exemplaire.

Néanmoins, confrontés quotidiennement à sa véhémence et à sa forte capacité à se passionner, ils connaissaient Daniel. Ils savaient donc que cette résolution, si extravagante, ridicule et folle leur parût-elle, était sans nul doute définitive. Ses petits frères échangèrent des coups de pied sous la table, mais ne se risquèrent pas à piper mot, de peur de subir eux aussi les foudres parentales.

Face à l'action : réaction. Le silence s'étendit dès lors sur la maison telle une chape de plomb; durant des semaines, les parents adressèrent à peine la parole à leur fils, naïvement persuadés que cette guerre d'usure finirait par mettre un peu de sagesse dans la tête du jeune récalcitrant. Le seul résultat fut une atmosphère si irrespirable que Daniel, bien loin de changer d'attitude, fut pris d'une envie débordante de couper les ponts.

Il sollicita son inscription à un programme de master à l'université de Pittsburgh. En retard et de justesse, il parvint à être accepté en lettres classiques et romanes : les cours de français et d'espagnol qu'il avait suivis les années précédentes avaient facilité son admission. Les confortables revenus familiaux et la précipitation avec laquelle il avait présenté sa demande l'empêchèrent cependant d'obtenir une bourse. Son père restant inébranlable dans son refus de financer cette lubie, le jeune Carter quitta la maison familiale à la fin de l'été, sac au dos et soixante-sept dollars en poche, et toujours en lutte ouverte contre ses parents.

La première chose qu'il fit, une fois à Pittsburgh, fut de chercher un emploi à temps partiel : il devinait que son maigre pécule allait durer bien peu de temps. Il eut tôt fait d'en trouver un, chez Heinz, la grande société qui produisait du ketchup, des haricots cuits et des soupes en conserve. Débuta dès lors une étape fondamentale de son existence.

Le premier trimestre passa en un éclair. Il loua une chambre dans une bicoque délabrée avec sept autres étudiants, cinq chats et bon nombre de fenêtres brisées. Il se moquait de la vétusté des lieux, qui ne lui servaient que pour dormir, le reste de son temps s'écoulant entre l'université et son travail chez Heinz. Il mangeait n'importe où, aussi bien une boîte de haricots froids, assis sur une marche, tout en révisant ses exercices de grammaire, qu'un sandwich au fromage avalé en trois bouchées dans un couloir, entre deux cours. Quand il avait un peu de temps libre, à peine une heure par jour, il chaussait ses baskets et s'élançait comme un fou sur les pistes d'athlétisme de l'université. La présence de ce grand garçon extraverti, débordant d'énergie et toujours pressé s'imposa bientôt parmi les professeurs et les camarades de l'université. Dans son autre univers, l'usine, on plaisantait avec lui chaque fois qu'on le voyait un livre entre les mains pendant les pauses, assis en bleu de travail au milieu des piles de caisses. Il ne s'isolait pas complètement, cependant. Il ne perdait pas une miette des multiples sujets abordés, depuis la dernière et honorable défaite des Pittsburgh Steelers dans la ligue de football jusqu'aux blagues que s'échangeaient des ouvriers de toutes origines sur les chefs, les femmes et la vie.

Il suivit quatre matières au deuxième trimestre, dont la littérature espagnole du XXe siècle. Ce cours avait lieu de deux heures à trois heures et demie de l'après-midi dans le bâtiment emblématique de Pitt, la « Cathedral of Learning », comme tous appelaient ici l'université. Une grande partie du budget nécessaire à la construction de cette œuvre monumentale provenait de contributions de philanthropes, de sociétés et de gouvernements, ainsi que de petites donations privées. Certaines d'entre elles furent particulièrement émouvantes, comme celles des enfants du coin pendant les périodes les plus dures de la Grande Dépression, alors que ce projet d'une tour du savoir risquait de ne jamais voir son terme. Grâce à l'ingénieux slogan de *buy a brick for Pitt*, les écoliers des alentours obtinrent près de cent mille minuscules dons de dix *cents*, qui permirent la fin du chantier en 1937. En échange, chaque petit reçut un certificat officiel le désignant comme propriétaire d'une des briques de l'édifice.

Daniel était arrivé à son premier cours in extremis, juste après avoir mangé, en courant comme d'habitude. Les jambes allongées et les bras croisés, il attendait l'arrivée du professeur. Un moment difficile pour ce jeune homme épuisé après une nuit passée à charger des camions : en deux minutes à peine, il se retrouva le menton appuyé contre la poitrine, les cheveux sur les yeux et le cerveau encombré de ces présences bizarres peuplant les neurones au tout début de l'endormissement.

Il reprit ses esprits en sentant un coup bref et précis sur son pied gauche. Il bredouilla un honteux *I'm sorry* tout en se redressant. Un homme brun se tenait devant lui. Une barbe fournie de corsaire, les cheveux noirs peignés en arrière et des yeux éclatants tels deux cristaux de roche.

— La sieste, chez soi et en été. Et si possible à l'ombre d'une treille et avec une cruche remplie d'eau fraîche.

— *I beg your pardon, sir…*

— Ici, c'est un lieu de travail, jeune homme ; il existe des endroits plus adaptés pour fermer l'œil. Votre nom, s'il vous plaît ?

Daniel, dont l'espagnol était approximatif, hésitait encore à se spécialiser dans cette langue ou en français, à choisir entre ces deux cultures. Mais il saisit parfaitement la signification de ce message et la personnalité de son interlocuteur, cet homme sévère qui ne semblait pas disposé à tolérer la moindre incartade dans ses cours.

Ces derniers ne tardèrent pas à faire pencher la balance : les poètes de la Génération de 27 et la fascination pour la lutte fratricide s'imposèrent aisément; les études en langue et littérature hispaniques renforcèrent l'étudiant dans ses convictions. Malgré l'opposition de sa famille, son obstination avait payé. Ses relations familiales ne s'étaient d'ailleurs pas améliorées. Ses parents ne comprenaient toujours pas les foucades de leur fils, son goût pour des lettres étrangères, incapables qu'ils étaient d'accepter qu'il gâche d'incontestables dons intellectuels dans cette absurde spécialité académique qui, à leurs yeux, augurait un avenir professionnel incertain et un statut social très peu prometteur.

Peut-être Daniel était-il lui aussi dans l'impossibilité de fournir des arguments convaincants pour justifier sa décision. De fait, avant de briser à tout jamais les espoirs familiaux, son contact avec le monde hispanique s'était limité aux connaissances élémentaires acquises à l'occasion de ces cours intensifs où l'on apprend des listes de vocabulaire et des rudiments de grammaire. Il avait puisé dans les manuels scolaires quantité d'informations plus ou moins hétéroclites sur des peintres, des monuments et quelques-unes des raretés gastronomiques telles que le poulpe, la queue de taureau ou le pousse-pied. L'on pouvait ajouter à tout cela la lecture, au cours d'une longue nuit d'été, de *Pour qui sonne le glas*, d'Hemingway, ainsi qu'une poignée d'expressions marmonnées le samedi soir, sur le grand écran du Warner Theatre de son Morgantown natal, par les Mexicains moustachus des westerns. Ces minces couches de sédimentation avaient peut-être nourri la semence de sa résolution. Ou bien tout cela n'était-il dû qu'à son esprit rebelle, à son désir inconscient de s'opposer à l'ordre établi.

En tout cas, quelle que fût l'étincelle ou la précarité de son origine, l'incendie avait consumé les projets de ses aînés et laissé place nette aux fondements de sa vie. Et, par-dessus tout, intangible mais puissante, il y eut l'impulsion donnée par Andrés Fontana.

Presque à leur insu, un vers déclencha ce phénomène. Un vers simple, écrit à la main, retrouvé dans la poche d'un poète défunt. Neuf mots d'une apparente simplicité que Daniel n'aurait jamais compris dans toute leur dimension si son professeur ne lui avait pas ouvert les yeux. Neuf mots qu'Andrés Fontana traça à la craie sur le tableau noir. *Estos días azules y este sol de la infancia*[1].

— Monsieur, comment était le soleil pendant l'enfance d'Antonio Machado ?

La question avait jailli de la bouche d'une étudiante dégourdie, au visage de petite souris et aux grandes lunettes cerclées, qui s'installait toujours au premier rang.

— Jaune et lumineux, comme toujours, intervint le pitre de service sans être drôle.

Il y eut quelques rires timides.

Fontana ne rit pas.

Ni Daniel.

— On apprécie le soleil de son enfance seulement quand on l'a perdu, dit le professeur en s'asseyant sur le bord de sa table, le morceau de craie entre les doigts.

— Quand on perd le soleil, ou quand on perd l'enfance ? demanda Daniel en levant son crayon en l'air.

— Quand on perd le sol qu'on a foulé, les mains qui nous ont tenu, la maison où l'on a grandi. Quand le départ est définitif, quand on est chassé par des forces étrangères et qu'on est sûr de ne jamais revenir.

Et le professeur, qui jusqu'alors avait sobrement et scrupuleusement respecté le programme, se dépouilla de son aspect doctoral et leur parla. De la perte et de l'exil, d'écrivains expatriés et du cordon ombilical de la mémoire ; celui qui ne se brise jamais en dépit des monts et des océans qui finissent par séparer les cœurs des soleils de leur enfance.

Lorsque la sonnerie annonça la fin du cours, Daniel savait désormais, sans l'ombre d'un doute, où le mèneraient ses pas.

---

1. « Ces jours bleus et ce soleil de l'enfance. »

Quelques semaines plus tard, après avoir lu *Nanas de la cebolla*, de Miguel Hernández, Fontana s'adressa soudain à ses élèves.

— J'ai besoin d'un volontaire pour…

La phrase n'était pas achevée que Daniel levait déjà son long bras bien haut.

— Carter, vous ne pensez pas que vous devriez attendre la fin de la phrase avant de répondre ?

— Ça n'a pas d'importance, monsieur, compte sur moi.

— Comptez sur moi.

— Comptez sur moi, pardon.

Le comportement du garçon ne manquait pas de surprendre Fontana au fil des jours. Pendant les nombreuses années passées à batailler dans les salles de classe nord-américaines, il avait affronté des étudiants en tout genre et de toutes conditions, mais bien peu avaient manifesté l'enthousiasme de ce grand gaillard dégingandé et à la mèche rebelle.

— J'aurai besoin de vous pendant trois jours. Il va y avoir une réunion de professeurs hispanistes, une espèce de congrès. Nous nous réunirons ici à partir de jeudi et vous devrez vous tenir à notre entière disposition jusqu'au samedi après-midi, par exemple pour raccompagner les participants à leur hôtel ou leur servir le café à toute heure. Je compte toujours sur vous ou vous regrettez déjà ?

Bien que Fontana eût expliqué à ses étudiants la signification de l'exil grâce au poème de Machado, Daniel ignorait presque tout, à cette époque, des nombreux universitaires espagnols qui avaient dû emprunter ce chemin amer vingt ans auparavant. Certains étaient partis pendant les combats, d'autres à la fin de la guerre après avoir été chassés de leur poste. La plupart avaient entamé un périple en Amérique centrale et du Sud, errant d'un pays à l'autre avant de trouver une destination définitive ; une poignée s'était finalement établie aux États-Unis. D'autres encore étaient retournés en Espagne, où ils s'accommodèrent de l'intransigeance du régime ou, au contraire, restèrent fidèles à leurs principes malgré la cruauté des représailles ; enfin certains n'étaient jamais partis et vivaient un exil intérieur, douloureux, muet. La liste de la diaspora intellectuelle était des plus fournies, et Andrés Fontana allait bientôt en retrouver quelques membres.

— Bien sûr, monsieur, compte sur moi.

Fontana n'eut pas le temps de le corriger; plutôt que de s'enliser dans l'emploi de l'impératif, le garçon préféra ajouter :

— À vos ordres, monsieur.

Il tentait de se montrer correct et convaincant, mais il mentait. Il devait travailler chez Heinz cinq heures par nuit en continu. Grâce à quelques combines et la généreuse promesse de doubler ses horaires les jours suivants, il parvint finalement à obtenir la complicité de quelques-uns de ses collègues. Il savait que leur renvoyer l'ascenseur lui coûterait des efforts considérables et qu'il serait obligé de tenir strictement sa parole. Mais son intuition lui disait également que ces trois journées entre hispanistes en vaudraient la peine.

À bord de l'Oldsmobile de Fontana, il alla accueillir à l'aéroport et dans les gares routières et ferroviaires les nouveaux arrivants, dont l'anglais était parfois courant, malgré un accent très marqué, mais le plus souvent limité. Il les transporta çà et là, les choya, fut attentif à tout et apprit par cœur bon nombre de noms, de postes et de spécialités. Un dénommé Montesinos, de Berkeley, Californie ; le plus grand *lopeveguesco*[1] du monde, avait dit Fontana en le présentant, et ils avaient éclaté de rire l'un et l'autre devant son air ébahi, tout en se donnant de vigoureuses tapes sur les épaules. Un certain Américo Castro, nettement plus âgé que la moyenne et que tous semblaient révérer. Vicente Llorens, dévasté par la mort de son épouse, d'après ce que comprit Daniel. Un oncle et son neveu du nom de Casalduero. Et ainsi de suite, jusqu'à atteindre le chiffre de deux douzaines de professeurs.

Et pendant que ces derniers débattaient de leur littérature dans un territoire étranger à la patrie commune qui l'avait engendrée, Daniel, sans savoir qu'il recréait les vieux jours madrilènes de son maître, retournait dans leurs hôtels en quête de lunettes et de cartables oubliés, emmenait l'un chez un médecin ou fournissait du tabac à l'autre, ou bien accompagnait les noctambules dans la tournée des derniers bars ouverts. Et, surtout, il mit ses cinq sens en éveil pour déchiffrer ce qu'il y avait derrière ces hommes qui, dans leur désir de parler, se coupaient la parole ; il s'efforça de les

1. Spécialiste de Lope de Vega, l'auteur de théâtre du Siècle d'or.

connaître, de les comprendre, de vérifier le contenu des extravagantes étiquettes qu'ils s'appliquaient mutuellement : *galdosiano, lorquiano, cervantista* ou *valleinclanesco*[1].

À travers eux, il rechercha aussi la nostalgie du soleil de l'enfance dont avait parlé Fontana, mais il n'en trouva qu'une ébauche isolée, comme s'il existait un accord tacite entre eux tous pour ne pas se briser le cœur ou se perdre dans les profondeurs du passé. Ils préféraient rester en surface, dans la banalité, ne jeter aux oiseaux que quelques miettes de la mémoire. L'un maudit le froid démoniaque de ces contrées et rappela la tiédeur du climat d'Almería ; l'autre regretta le vin de la Rioja au cours d'un repas sans alcool dans la cafétéria de l'université ; un troisième fredonna une petite copla au passage d'une serveuse aux formes particulièrement généreuses. « Quelques bons pois chiches au lieu de tant de maïs, ça ne lui ferait pas de mal ! » Ils ne parlèrent pas politique, malgré quelques tentatives immédiatement avortées. Personne ne souhaitait qu'une ombre noire survolât cette rencontre que tous prévoyaient cordiale.

Daniel se mit en quatre pour eux et apprit mille choses nouvelles. Des mots sonores et des titres d'ouvrages, des phrases, des noms d'auteurs et de peuples, et même quelques jurons, tel ce *¡coño!*[2] retentissant qui ponctuait nombre de leurs conversations. Finalement, le samedi après-midi arriva, et il ramena chacun à ses train, avion et autocar. Jusqu'à ce que, soudain, l'inattendu se produisît.

Le vestibule de l'hôtel était pratiquement vide. La secrétaire du département et Daniel croyaient en avoir fini avec les transferts successifs. Elle venait de partir et lui-même, sur le point de l'imiter, attendait Fontana pour lui rendre les clés de sa voiture.

Il les vit alors sortir du bar.

— Qu'est-ce qui est prévu pour ce soir ? demanda l'un d'eux de loin. Nous sommes encore trois et le chef nous a dit que vous vous occuperiez de tout jusqu'au bout.

Daniel sentit une sueur glacée lui couler dans le dos. Il s'était engagé auprès de l'un de ses collègues de l'usine – un

1. Spécialistes de Galdós, Lorca, Cervantes, Valle-Inclán.
2. Équivalent de l'exclamation « putain ! ».

Polonais taiseux et père de cinq enfants, qui n'avait pas l'habitude de plaisanter – à doubler son service ce soir-là.

— Je ne suis pas au courant, monsieur, dit-il en cherchant Fontana du regard.

— Allons ! Allons ! Nous avons décidé de changer nos billets pour ne pas voyager de nuit. Nous avons mangé un morceau et nous ne resterons pas enfermés dans nos chambres jusqu'à demain matin.

— Je dois en référer au docteur Fontana, excusez-moi.

Il s'efforçait de cacher son inquiétude tout en continuant à chercher le professeur. Il le trouva à la porte de l'hôtel, sur le trottoir, prenant congé d'un couple en partance pour Buffalo. Fontana et le couple échangeaient des embrassades, se remerciaient mutuellement.

— Bon, eh bien, c'est fini, déclara le professeur, satisfait, avant de donner deux petites tapes amicales sur l'épaule de son étudiant quand il l'eut aperçu. Bon travail, Carter, je vous dois deux bières.

— Je crains que non, monsieur…

— Vous refusez de boire des bières avec moi ! Alors ce sera un café. Ou non… Laissez-moi plutôt vous inviter à dîner dans un bon restaurant, vous l'avez bien mérité.

— Je ne dis pas que je ne veux pas boire de bière. Je dis que ce n'est pas fini.

Il montra discrètement les professeurs de l'autre côté de la vitre. Le trio patientait dans le hall. Les chapeaux à la main, attendant qu'on les sorte de là.

— Moi, je suis occupé, marmonna Fontana. On ne m'avait pas prévenu que ces trois-là souhaitaient rester un soir de plus.

Daniel savait qu'il y avait une femme dans la vie de son professeur. Il ignorait son nom et son visage, mais il avait entendu sa voix. Une étrangère. Une étrangère avec un excellent anglais. Il avait lui-même répondu à l'un de ses appels dans le bureau de Fontana voici deux semaines, alors qu'il était venu chercher des instructions. « Décrochez, Carter, lui avait demandé Fontana à la troisième sonnerie, tandis qu'il enfilait sa veste. Et dites-lui que j'arrive. » Elle ne prononça que son prénom : « Andrés ? » Puis : « Parfait, merci », quand il lui eut transmis le message. Assez pour découvrir qu'il s'agissait d'une femme relativement jeune. Et rien de plus.

— Nous étions convenus que mes obligations s'achèveraient le samedi après-midi, insista-t-il. Je suis obligé d'aller travailler à l'usine, aujourd'hui, je dois récupérer les journées où j'ai été remplacé.

— Fichez-moi la paix, Carter. S'il vous plaît !

— Monsieur, vous savez bien que je le ferais avec plaisir. Mais je ne peux pas, vraiment..., répéta-t-il en lui tendant les clés de son automobile.

Leur conversation fut interrompue par un vigoureux coup de klaxon de l'autre côté de la rue. Ils détournèrent machinalement le regard vers une Chevrolet blanche. Sur le siège du conducteur, coiffée d'un foulard en soie fleurie et les yeux protégés par des lunettes de soleil, une femme. Fontana leva la main, lui fit signe d'attendre.

— Trouvez une solution, Carter, trouvez une solution, murmura-t-il de nouveau sans presque desserrer les lèvres et sans prendre les clés que son élève lui tendait. Vous voyez bien que je ne peux pas m'en charger.

— Si je ne viens pas travailler ce soir, je serai viré lundi.

Fontana alluma une cigarette, aspira une bouffée nerveuse. Les trois professeurs livrés à eux-mêmes commençaient à s'agiter derrière la vitre.

— Si je pouvais, je n'hésiterais pas, monsieur, mais...

— Le département va bientôt évaluer les demandes de bourse pour l'année prochaine, le coupa Fontana en expulsant un rond de fumée.

— Et vous pensez que cette activité jouera en ma faveur ? demanda Daniel, saisissant au vol l'invite.

— Je n'en doute pas, même si elle a lieu en dehors des cours.

Le klaxon retentit de nouveau. Les trois professeurs étaient sur le point de franchir la porte tambour.

— Je garde votre voiture.

La grande main de Fontana se posa sur sa nuque tandis qu'il glissait les clés dans sa poche.

— Choyez-les bien, jeune homme.

Sans ajouter un mot, il inhala une ultime et profonde bouffée, jeta sa cigarette sur le bitume et traversa la rue en direction de la Chevrolet.

12.

Ils parcoururent au hasard Pittsburgh, la ville de l'acier; Daniel, au volant de l'automobile de Fontana, jetait de furtifs coups d'œil à sa montre. Il fallait qu'il trouve une solution pour larguer les trois hispanistes : il ne lui restait que quarante minutes avant le début de son service. La neige commençait à tomber.

Son copilote était un professeur mexicain spécialiste de San Juan de la Cruz et ils échangèrent quelques mots en anglais. Derrière, engoncés dans leur manteau et fumant comme des pompiers, un Espagnol âgé et discret et un autre plus jeune qui s'exprimait dans un charabia que lui-même comprenait à peine. Trop tard pour visiter le Carnegie Museum. Ils passèrent par le Pitt Stadium, dans le campus. Daniel croisa les doigts, mais la chance n'était pas avec lui : les Pittsburgh Panthers, l'équipe de football de l'université, ne s'entraînaient pas ce soir-là. Il poursuivit sa route. Les alentours du Forbes Field, le stade des Pittsburgh Steelers, étaient également déserts. Ils atteignirent le Penn Theatre trente minutes avant sa prise de service et il leur proposa d'aller voir Elvis Presley dans *Love Me Tender.* Aucun des trois ne manifesta le moindre intérêt. Et l'Atlantic Grill de Liberty Avenue, temple local de la gastronomie allemande? Le vieux silencieux s'esclaffa sans pudeur puis fut pris d'une quinte de toux. Un verre au bar du Roosevelt Hotel? Pas question.

Vingt minutes avant de pointer, calcula-t-il en regardant de nouveau l'heure. Il continuait à neiger. Maudite bourse !

— Écoutez, jeune homme, dit enfin le Mexicain alors qu'ils franchissaient l'un des ponts sur la rivière Monongahela pour la troisième fois. Les humbles professeurs que nous sommes, et que vous avez la gentillesse d'accompagner ce soir, viennent de New York. Moi, j'enseigne à l'Hispanic Institute de Columbia University, le docteur Montero est professeur émérite du Brooklyn College de CUNY, et le jeune docteur Godoy vient d'intégrer le College de cette même université, à Staten Island. Les restaurants, les cinémas et les événements sportifs, nous y sommes déjà plus qu'habitués. Ce soir, nous aimerions donc découvrir quelque chose de singulier. Quelque chose de spécial, propre à Pittsburgh. Vous me comprenez ?

— Parfaitement, acquiesça Daniel en donnant un coup de volant.

Il avait enfin une idée. Une folie, peut-être, mais c'était son dernier atout.

L'usine n'interrompait pas son activité pendant la nuit, elle se contentait de la réduire. Le premier obstacle fut le gardien.

— Attendez-moi ici, s'il vous plaît.

Il laissa les trois hommes toujours fumant dans la voiture, le chauffage poussé au maximum. Intrigués par sa réaction, ils l'observaient à travers les vitres tandis qu'il se dirigeait vers la guérite d'accès. Ce qu'il dit ensuite n'arriva pas aux oreilles de ses passagers. Heureusement.

— Bonsoir, Bill, salua-t-il en lisant la plaque que l'employé portait agrafée sur sa poitrine.

Ils changeaient selon les jours et les horaires, et Daniel ne les connaissait pas tous par leur prénom. Mais il se souvenait de celui-ci, et il savait que ce n'était pas vraiment une lumière. Il décida donc d'en profiter.

— Salut, mon gars, répondit le dénommé Bill sans détacher les yeux de la page des sports du *Pittsburgh Post-Gazette.*

— Je commence maintenant, dit Daniel en lui montrant sa carte professionnelle, mais tu ne peux même pas imaginer ce qui m'est arrivé en venant dans ma voiture.

— Tu as crevé ?

— Pas du tout ! J'ai sauvé trois vies.

— Tu as sauvé trois vies ? demanda Bill, abasourdi, en laissant de côté son journal.

— Oui, mon vieux, trois vies. Et peut-être aussi l'avenir de cette boîte.

Daniel désigna l'automobile où les hispanistes ruminaient leur désarroi en tirant sur leurs Lucky Strike. Puis il poursuivit d'un ton de complice :

— Ce sont trois représentants européens du secteur agroalimentaire. Ils effectuaient une visite commerciale auprès de la mythique société Heinz, mais la voiture qu'ils avaient louée est tombée en panne juste en sortant de l'aéroport. Le moteur a pris feu, ils auraient pu y rester…

— Eh ben !

— Mais figure-toi que je les ai aperçus par le plus grand des hasards. Et heureusement que j'ai pu les ramener ici, quoique avec beaucoup de retard.

Le gardien, grand dadais ventru, balourd, se gratta la tête, soupçonneux. Juste derrière l'oreille gauche.

— Je pense pas qu'ils puissent entrer maintenant. Il y a que les travailleurs qui ont le droit.

— Je comprends parfaitement, mais ils ont besoin de voir l'usine tout de suite.

— Et pourquoi pas demain ?

— Parce que demain, c'est dimanche.

— Alors lundi.

— Impossible, on les attend à Atlanta, chez Coca-Cola.

Daniel lui-même était stupéfié par sa facilité à débiter des mensonges. Sans doute cette fichue bourse…

— Ben, j'sais pas quoi te dire, mec…

— D'accord, mais comment tu vas expliquer la semaine prochaine, au responsable, que ces représentants sont repartis en Europe prêts à y vendre des millions de litres de Coca-Cola et pas un seul de nos produits ?

Le malabar se gratta de nouveau la tête, cette fois le sommet du crâne.

— Je vais avoir un problème, non ?

— C'est bien mon avis.

Deux minutes plus tard, ils étaient tous entrés.

— Bienvenue, messieurs, au cœur de l'Amérique ! proclama alors Daniel dans un espagnol grinçant qui voulait avoir des accents triomphants.

— Pardon ? s'inquiéta le professeur émérite.

— Quelle est l'essence de la vie américaine ? poursuivit Daniel.

Il était revenu à sa langue maternelle : il en avait besoin pour le scénario qu'il était sur le point d'inventer. Sans leur laisser le temps d'esquisser une réponse, il se répondit à lui-même, machinalement :

— Le hamburger, bien entendu !

Ils parcouraient les couloirs tandis que Daniel continuait à proférer des idioties sans savoir où tout cela le mènerait.

— Et quel est le secret d'un bon hamburger ? La viande, pensez-vous. Pas du tout ! Le pain ? Non plus. Ni la laitue ni l'oignon. Non, messieurs, rien de tout cela. Le secret du bon hamburger, c'est le ketchup. Et où se cache le secret du ketchup, le cœur du ketchup ? Chez Heinz !

Ils avaient atteint la zone de remplissage des bouteilles, obscure et fantasmagorique à cette heure-là, plongée dans un silence de cimetière, toutes les machines arrêtées. Il chercha les interrupteurs, les actionna avec enthousiasme jusqu'à ce que tous les néons eussent éclairé l'immensité du hangar. Il aurait sans doute de gros ennuis si un employé passait par là, mais c'était la seule solution. Allant d'un bout à l'autre de la pièce, il inventa au fur et à mesure l'utilisation de chacune de ces gigantesques machines. Il en ignorait presque tout : il n'avait que très peu fréquenté cette partie de l'usine. Néanmoins, faisant appel à toute son imagination et à ses vagues souvenirs, il retrouva la machine à étiqueter et en décrivit l'emploi. Ensuite il obligea chacun d'entre eux à fourrer dans sa poche une poignée de bouchons visseurs quand ils parvinrent à l'endroit où l'on fermait et scellait les bouteilles. Puis, en atteignant ce qu'il supposait être le début du processus, le remplissage, Daniel grimpa d'un bond sur la plateforme contenant la cuve à partir de laquelle on effectuait cette opération. Il y plongea un doigt, le ressortit rouge.

— Le ketchup, messieurs, la fierté de la grande maison Heinz ! Le voilà, inutile d'aller plus loin ! Montez et goûtez-le.

Il tendit une main au plus jeune ; un peu déconcerté, celui-ci n'osa pas refuser.

— Goûtez, goûtez la gloire de l'Amérique, professeur! insista-t-il en l'obligeant à mettre sa main dans la cuve.

Puis il aida le Mexicain, un peu plus rétif, à se hisser jusqu'à la cuve et à y tremper lui aussi la main droite. Le vieux docteur Montero, lui, refusa tout net, et ce malgré l'insistance de Daniel.

Pendant qu'ils redescendaient de la plateforme après avoir goûté à la saveur douceâtre de la sauce tomate, Daniel jeta un nouveau coup d'œil à sa montre. Le temps s'était écoulé et il n'avait pas la moindre idée de la suite des événements. Il conduisit ses visiteurs jusqu'au vestiaire, les pria de l'attendre tandis qu'il enfilait la combinaison beige que tous les employés étaient obligés de porter. On entendait au fond le vacarme des tapis roulants et des chariots élévateurs utilisés pour remplir de caisses les camions. Et des voix d'hommes aboyant des ordres, des rires, des jurons aussi, parfois. Entretemps les professeurs, incongrus dans leurs longs manteaux foncés, avec leurs cravates et leurs chapeaux, se demandaient encore ce que diable ils faisaient ici.

Alors que Daniel sortait du vestiaire des hommes, trois jeunes filles en faisaient autant de celui des femmes.

— Salut, l'étudiant! s'écrièrent deux d'entre elles d'un ton moqueur, tandis que la troisième rougissait légèrement en l'apercevant.

Elles portaient leurs vêtements de ville, leurs lèvres étaient maquillées, leur uniforme plié dans le sac, et chacune arborait un manteau de couleur différente. Violet pour la grande brune, jaune pour la blonde rondelette, bleu-vert pour la châtain qui avait rosi. Le Mexicain et le jeune professeur espagnol montrèrent enfin un semblant d'intérêt. Le vieux toussa de nouveau.

— Ça va, les filles, vous rentrez chez vous? salua Daniel en se dépêchant.

— On est bien obligées, rétorqua la blonde avec une moue d'ennui. On n'a personne pour nous emmener quelque part.

C'était l'occasion qu'il attendait, et il s'empressa de la saisir au vol.

— Messieurs, je vous présente mes amies Ruth-Ann, Gina et Mary-Lou. Les femmes les plus belles de tout le South Side.

Les empaqueteuses de boîtes de soupe les plus rapides de toute l'industrie manufacturière mondiale. Mesdemoiselles, vous êtes devant trois savants.

Il parlait à toute vitesse ; en effet, il ne lui restait que deux minutes avant que l'ouvrier qui le précédait sur son chariot appuie sur le bouton stop. Pendant qu'ils se serraient la main et échangeaient leurs prénoms, il glissa sa proposition dans l'oreille de la blonde.

— Cinq dollars pour chacune si vous les occupez pendant trois heures, chuchota-t-il en lui remettant discrètement les clés de la voiture de Fontana. Et je vous invite au ciné jeudi après-midi.

— Six par tête, rectifia, impitoyable, la dénommée Mary-Lou. Et tu nous invites à dîner après le cinéma.

Il n'eut même pas le temps de calculer qu'il y gaspillerait le salaire de toute une semaine.

— Mes chers professeurs, ces charmantes demoiselles rêvent de continuer à vous faire visiter les installations de notre magnifique entreprise. Ensuite elles vous proposent d'aller danser. Vous ne trouverez pas meilleure compagnie dans toute la ville, je vous l'assure. Je crains cependant d'être de trop, par conséquent, si vous me le permettez, je vous laisse.

Ébahis, les hispanistes le virent partir en courant comme un dératé dans le couloir conduisant au dépôt. Mais les jeunes filles, avec leur humour prolétaire et la désinvolture de leur jeunesse, leur firent rapidement oublier son départ, au milieu des boîtes de nuit, des cocktails et des pas de cha-cha-cha. Le trio de professeurs se souviendrait longtemps de ce voyage à Pittsburgh comme d'une rencontre académique sans aucun équivalent.

Près de deux intenses années plus tard, et après une éternité de cours et de conférences, Daniel Carter parcourait un tout autre couloir à grandes enjambées. Beaucoup plus mûr sur tous les plans – mental, moral et physique –, il apparut enfin devant la porte ouverte du bureau du professeur Fontana, à l'un des derniers étages de l'imposante Cathedral of Learning.

— Entrez, Carter, entrez, salua ce dernier de sa voix ferme, en espagnol. Je vous attendais. Je vois que vous êtes essoufflé, comme d'habitude. Asseyez-vous, s'il vous plaît.

Daniel était déjà plus qu'accoutumé à la bigarrure des rayonnages remplis de livres, aux tas de travaux et de copies d'examens empilés dans tous les coins et à la table toujours couverte de papiers. Au fil des matières et des trimestres, Andrés Fontana n'était pas seulement devenu son tuteur académique mais également son mentor respecté et même son ami, un ami qui avait peu à peu dévoilé à ce jeune Américain divers mystères de l'essence d'un pays qui n'avait pas encore réussi à panser les blessures de l'un des plus grands drames de son histoire.

Le professeur conservait son austère formalisme espagnol dans les relations avec ses collègues et ses élèves et ne prodiguait jamais d'éloges gratuits. Il était vif, résolu, robuste de cœur et de corps, avec une barbe sombre et drue qui commençait à blanchir, un torse athlétique et de grandes mains en apparence vouées à des tâches moins sophistiquées que celles qui l'attendaient dans les salles de classe ou de réunion et les bureaux. Quant à son épaisse chevelure noire toujours peignée en arrière, elle ne révélait son âge – près de la cinquantaine – que par quelques filets d'argent sur les tempes. Malgré sa longue présence sur les terres américaines et sa maîtrise de l'anglais, parfait dans la forme, mais dont la prononciation n'avait pas limé les aspérités de sa langue natale, il ne cachait pas sa réprobation devant certaines attitudes désinvoltes propres à l'univers estudiantin : les rires intempestifs, les cavalcades dans les couloirs ou bien la propension de certains élèves à piquer un petit somme pendant ses cours en début d'après-midi. Il ne supportait pas la frivolité et faisait preuve d'une intolérance obstinée envers la négligence et la paresse. Pourtant, il aimait la vie, il se montrait généreux et ouvert, toujours disposé à bavarder si on le sollicitait, toujours capable d'écouter et de débattre sans camper sur des préjugés. Toujours prêt à tendre la main.

Brandissant son stylo à la façon d'une épée, il effectua encore quelques griffonnages énergiques avant de lever les yeux de la copie de quelque étudiant médiocre qu'il était en train de tailler en pièces.

— Je suppose qu'on a toujours l'intention d'aller passer un long séjour en Espagne, dit-il, cigarette aux lèvres et l'air inflexible.

— Bien sûr, monsieur, vous savez que c'est le cas.

Daniel et lui avaient noué des rapports de confiance, avec le temps, mais maintenaient un parfait formalisme dans le cadre académique.

— Eh bien, il faut que je vous montre quelque chose. Jetez un coup d'œil là-dessus.

Les feuillets attachés par un trombone volèrent par-dessus la table. Daniel les attrapa au vol.

— Programme Fulbright, lut-il à voix haute.

— Il arrive enfin en Espagne, Dieu soit loué !

Afin de parachever son commentaire ironique, Fontana barra d'un dernier trait horizontal le texte massacré. Ensuite, il vissa le capuchon de son stylo et se concentra sur l'affaire pour laquelle il avait convoqué l'étudiant.

— Il s'agit d'un programme d'échange académique international. Il fonctionne depuis une dizaine d'années sous les auspices du Congrès des États-Unis. L'Espagne avait néanmoins été tenue à l'écart jusqu'à présent, comme dans beaucoup d'autres domaines. Mais comme il semblerait que nos pays entament le chemin d'une timide réconciliation, on a finalement décidé de lui ouvrir la porte, et donc de créer dans les plus brefs délais une commission conjointe.

— En quoi consiste exactement ce programme ? demanda Daniel en tournant les pages avec avidité.

— Des bourses pour suivre des études de spécialisation ou réaliser un travail de recherche dans une université du pays choisi.

— J'espère que vous n'exigerez pas de moi, en contrepartie, que je m'occupe de quelques professeurs.

Fontana rit de bon cœur. Daniel avait fini par lui avouer, au fil du temps, les détails de cette nuit chez Heinz.

— Ne vous inquiétez pas. Je vous garantis que cette fois-ci tout se déroulera dans la plus stricte orthodoxie administrative, répondit Fontana en éteignant sa cigarette dans un cendrier rempli de mégots.

Il avait encore du mal à reconnaître dans cet homme jeune, dynamique et à l'aise, le garçon impétueux qui, il n'y avait pas si longtemps, avait débarqué dans ses cours avec son espagnol hésitant et des envies effrénées d'apprendre. Daniel avait mûri, il s'était adouci, avait multiplié par dix sa maîtrise de la langue et, malgré tout, il n'avait pas perdu une once de son enthousiasme et de sa curiosité intellectuelle. Conformément à leur accord, il avait obtenu la bourse qui l'avait enfin libéré de son travail de nuit, lui permettant ainsi de se concentrer sur ses études. Pourtant, il lui restait encore un long trajet à parcourir avant de donner toute sa mesure, pensa Fontana. Il fallait continuer à le mettre sur les bons rails.

— Vous pensez que j'ai une chance ?

— Pourquoi pas ? répliqua le professeur avec une pointe de malice.

— Ça pourrait marcher, alors.

Daniel plia les feuillets, les glissa dans la poche arrière de son pantalon et commença à ramasser ses livres, ses chemises et sa veste, avec la hâte de celui qui manque toujours de temps et a trop de choses à faire.

— Un moment, Carter, du calme, du calme. Pourrez-vous enfin, un de ces jours, venir me voir sans être obligé de repartir cinq minutes après comme si vous aviez le diable à vos trousses ?

— Vous savez que je suis six matières ce trimestre-ci, monsieur, et que…

— Ne me racontez pas vos malheurs, jeune homme. Concentrez-vous sur ce que je viens de vous dire. Il faut présenter à ces gens-là un projet sérieux et bien ficelé. Rasseyez-vous, s'il vous plaît.

Daniel lui obéit, curieux.

— J'ai pensé à quelqu'un, Ramón J. Sender.

— Ramón quoi ?

— *Jo-ta,* Sen-der.

— Qui est-ce ?

— Un écrivain suffisamment bon pour envisager d'en faire le sujet de votre thèse. En outre, un ami.

Fontana lui lança alors un livre par-dessus sa grande table de travail.

— Vivant ? demanda Daniel en l'attrapant habilement de la main gauche.

— Et bien vivant. Il enseigne la littérature moderne à Albuquerque, Nouveau-Mexique. Et il continue à écrire. J'étais avec lui au congrès du roman d'Amherst.

— Il n'est pas venu à votre colloque d'hispanistes ?

— Il n'a pas pu, et croyez bien que j'ai regretté son absence.

— Professeur visitant ?

— En permanence. Exilé.

— *Mosén Millán,* lut Daniel sur la couverture.

Il feuilleta les pages du pouce.

— Très court, ajouta-t-il pour tout commentaire.

— Et excellent. Définitif. Il l'a publié au Mexique il y a quatre ou cinq ans. Il songe à changer le titre, à choisir *Requiem pour un paysan espagnol.* De plus, il possède une œuvre antérieure.

— Il existe déjà des travaux sur lui ?

— Presque rien. C'est un écrivain qui est persona non grata en Espagne et en dehors de son pays également. C'est pourquoi, si vous vous décidez finalement, il vous faudra marcher sur des œufs.

Daniel ajouta *Mosén Millán* à tout ce qu'il transportait déjà et sortit du bureau avec l'intention de se battre bec et ongles pour obtenir cette bourse qui contribuait à l'amélioration des relations entre son pays et cette Espagne qu'il rêvait de connaître. Il faudrait néanmoins réfléchir sereinement à cette idée de Sender. Son intention d'entreprendre une thèse de doctorat sur un auteur contemporain, il en avait discuté auparavant avec Fontana, mais il ne connaissait pas cet auteur, et il préférait savoir qui il était vraiment plutôt que de s'enfermer à l'aveuglette dans un laborieux travail sur ses ouvrages qui l'occuperait pendant des années. Cependant, l'idée que Sender fût un proscrit en Espagne et au-dehors lui donnait envie de goûter au fruit défendu.

Dans le couloir, alors qu'il s'élançait pour ne pas arriver en retard au cours suivant, il entendit la voix tonitruante de Fontana claironnant une dernière phrase qui lui parut absconse :

— On verra comment se débrouiller pour tous les mettre dans notre poche malgré eux !

13.

Un Lockheed Super Constellation de TWA déposa Daniel Carter un matin sur la piste de l'aéroport de Barajas, à la fin de l'été torride de 1958. Daniel transportait deux valises, une machine à écrire portable et une dose d'optimisme capable de remplir les soutes de l'avion. Pour subvenir à ses besoins, il comptait sur la bourse Fulbright qui lui avait été finalement accordée. Avec un taux de change de quarante-deux pesetas pour un dollar, il avait l'espoir de la faire durer assez longtemps pour vivre à l'aise pendant toute l'année universitaire.

Un porteur émacié s'approcha promptement de lui. Le clope aux lèvres, il lui proposa de charger ses bagages sur une brouette à moitié rouillée. Une fois à l'extérieur du terminal et après une dispute entre plusieurs chauffeurs, le propriétaire d'un taxi noir lui ouvrit obséquieusement la portière arrière de son véhicule. Comme si on pouvait ne pas se battre pour un touriste américain, pensa l'individu. Par les temps qui courent...

— Où monsieur désire-t-il se rendre ? demanda le chauffeur en mâchonnant un cure-dent.

— Rue Luisa Fernanda, au 26, répondit Daniel – sa première tentative pour communiquer sur le sol espagnol.

Il absorba peu à peu les images de Madrid à travers les vitres de l'automobile ; tout le fascinait, tout éveillait sa curiosité. Depuis l'étendue aride et désolée par où passait la route conduisant à la banlieue jusqu'aux bâtiments et à la population de plus en plus dense qu'on voyait sur les places, les rues et les carrefours. Le chauffeur, résolu à lui arracher un bon pourboire, lui proposa de jouer les cicérones.

— N'hésitez pas si vous voulez me poser une question, míster, je suis à votre entière disposition.

— Merci beaucoup, monsieur, répliqua courtoisement Daniel.

Néanmoins, plutôt que d'écouter le taxi, il souhaitait surtout continuer à se pénétrer de tout ce qui s'offrait à ses yeux.

Sans en être vraiment sûr, et à mesure qu'ils empruntaient des rues de largeur et de longueur inégales, il commença à soupçonner le chauffeur de rallonger la course. Il eut même l'impression de repasser plusieurs fois par le même endroit. Des ouvriers, en bleu de chauffe et béret, devant une tranchée, des petites bonnes en train de courir, des policiers par groupes de deux et en uniforme gris... il y avait de tout. Et aussi des aveugles vendant des billets de loterie à la criée, des mères de famille, le panier au bras, en route vers le marché, des facteurs à bicyclette, trois curés en soutane traversant ensemble la chaussée. Des figurants dans ce grand décor qu'il imaginait depuis des mois.

— Et voici la Puerta de Alcalá, quelle merveille ! précisa le chauffeur après moult tours et détours. Et la Cibeles, maintenant, vous avez vu ? On dirait une reine. Et on va tout de suite emprunter la Gran Vía. Regardez, regardez ce triomphe : Sarita Montiel dans *El último Cuplé*. Elle est à l'affiche depuis plus d'un an, ça me rend malade chaque fois que je passe devant le Rialto. Vous n'allez quand même pas retourner chez vous sans l'avoir vue chanter *Fumando espero*[1]...

Les regards de Daniel se portaient sur les publicités de liqueurs ou de lessives, sur les noms des bouches de métro et sur les agents de police régentant à grands coups de sifflet la circulation. Sur les gigantesques affiches de films nationaux et étrangers, et sur les jeunes femmes faisant fièrement claquer leurs talons sur le trottoir, vêtues de robes bien serrées à la taille, tandis que des hommes maigres, les cheveux

1. « J'attends en fumant... » Tango composé en 1922 par Viladomat et Garzó et qui fit fureur en Espagne dans les années cinquante.

soigneusement peignés, tiraient compulsivement sur leur cigarette tout en leur lançant des compliments et des obscénités sans une ombre de pudeur. Tout le subjuguait sous le soleil encore chaud de septembre.

— Nous arrivons maintenant à la Plaza de España. Vous voyez ? La Tour de Madrid, on vient de la terminer, on dit qu'elle mesure près de cent cinquante mètres de haut. Comment vous la trouvez ?

— Magnifique, mentit Daniel, sans mentionner qu'il avait séjourné deux jours à New York avant de venir en Espagne.

— Trente-sept étages et tout un tas d'ascenseurs pour un régiment ! ajouta le chauffeur, fier comme Artaban. Le plus haut gratte-ciel d'Europe. Et il y en a qui prétendent qu'on fait pas les choses en grand, ici.

— Magnifique, répéta Daniel.

Il suivait des yeux, à ce moment-là, une femme en deuil qui, assise par terre et donnant le sein à un enfant haillonneux, tendait la main à quelques mètres de l'entrée principale.

— Et on est presque arrivés à destination, le quartier d'Argüelles. Voici la rue Princesa, et ce truc, qu'on aperçoit à peine, c'est le palais de Liria, la bicoque du duc d'Alba. Il a pas à se plaindre, le gars. Et maintenant on tourne et on prend la rue Luisa Fernanda, pareil que la zarzuela. Au bout de la rue, c'est le numéro 26, comme vous m'avez demandé. Ça y est, l'ami. Trente-sept cinquante pour la course, plus dix pesetas pour les bagages, et à vot' bon cœur pour les informations. Et n'allez pas me dire que vous avez pas aimé le circuit, hein, míster ?

Daniel ne doutait pas que le même trajet lui aurait coûté la moitié avec un chauffeur moins malin et un peu plus honnête. Il paya néanmoins sans regimber la quantité demandée. Un extra supportable, pensa-t-il, en raison du cours de littérature appliquée qu'il venait de recevoir : roman picaresque espagnol du XXe siècle. En direct.

Pour le pourboire, ce fut une tout autre affaire.

— Qu'est-ce que vous m'avez refilé, l'ami ?

Le taxi observait les étranges pièces que lui avait remises l'Américain. Sous l'effet de la surprise, le cure-dent qu'il continuait à suçoter tomba par terre.

— Quinze *cents*, monsieur. Comme ça, vous en saurez vous aussi un peu plus sur mon pays.

Il laissa derrière lui son guide ruminant quelque chose d'inintelligible sur ses morts et entra dans l'immeuble avec ses bagages. Le vestibule était vaste, typique d'une bonne maison bourgeoise. Suspendues au plafond, deux lampes en métal poli. On apercevait un large escalier au fond et il y avait un ascenseur au milieu. À droite, un cubicule vitré, vide à cet instant-là, et la porte ouverte d'un logement. Une plaque indiquait *Concierge* : il était arrivé à bon port.

Il frappa ; personne ne répondit. Puis il remarqua la sonnette, pressa le bouton ; en vain. Il pencha alors la tête dans l'entrebâillement de la porte et découvrit une pièce exiguë. Une table ronde, recouverte d'un napperon en dentelle et flanquée de quatre chaises, en occupait le centre. « Bonjour », dit-il à voix haute. « Bonjour, bonjour », répéta-t-il en haussant le ton. Personne n'apparut. Convaincu désormais qu'il n'y avait pas âme qui vive, il poussa ses bagages à l'intérieur de la pièce et décida de ressortir. Il n'était pas disposé à perdre une seule minute de cette première matinée.

Il partit le nez au vent, absorbant tout par ses cinq sens. Il s'efforçait à chaque pas de déchiffrer les affiches et les voix, tandis qu'il découvrait des commerces dont il ignorait ce qu'ils pouvaient bien offrir à leur clientèle : *churrería, mercería, ultramarinos.* Finalement, il tomba sur un kiosque, et son attention fut attirée par les titres des journaux. Il lut les premières pages et choisit quelques exemplaires au hasard, dans l'espoir d'y trouver une radiographie de ce pays. *Ya, Pueblo* et *ABC,* dont le vendeur lui assura qu'ils étaient les plus diffusés. *El Caso,* parce qu'il promettait des détails juteux sur les quatre assassinats perpétrés par un criminel du nom de Jarabo. Et un magazine en couleurs, qui s'appelait paradoxalement *Blanco y Negro,* orné de la photo d'un petit garçon chétif et brun, « Joselito le petit rossignol ». Deux morveux, qui n'atteignaient même pas sa ceinture, se collèrent à ses jambes. Ils mangeaient des yeux les revues pour enfants tout en se grattant la tête, pour l'un, et en se curant le nez, pour l'autre. *Tío Vivo,* ça vous convient ? demanda Daniel. Il acheta trois exemplaires, en donna deux aux petits et garda le troisième pour sa collection personnelle.

Après avoir payé avec un billet de cinq pesetas et reçu quelques pièces en échange, il pressentit que sa vie à Madrid lui coûterait beaucoup moins cher que prévu. Tant mieux, pensa-t-il en poussant la porte de l'établissement voisin. Il pourrait faire plus de choses, visiter plus d'endroits, acheter plus de livres. Mais, pour le moment, sa priorité était de trouver de quoi remplir son estomac affamé à onze heures et demie du matin, dans une taverne qui proclamait en lettres rouges sa spécialité de sandwichs et de tapas.

Il ouvrit sur la table les journaux qu'il venait d'acheter, tandis qu'il savourait à l'aveuglette ce que le serveur lui avait servi devant son incapacité à déchiffrer les informations de l'ardoise : une demi-baguette de pain farcie de calamars frits et un verre de vin blanc un peu trouble tiré directement d'un tonneau. Il dévora les quotidiens en même temps que la nourriture; un article lui apprit ainsi, entre deux bouchées, que le bateau de Franco s'appelait l'*Azor*, la localisation sur la carte du port de Vigo et la signification de mots tels que le verbe «mouiller». Il découvrit également qu'un torero connu, un certain Litri, recommencerait à toréer la saison prochaine et qu'un cheminot, Emiliano Bermejo Salcedilla, avait été écrasé par une locomotive à la gare du Nord juste avant le bouclage de l'édition.

Il était près de deux heures quand il revint à sa destination initiale. La porte toujours entrouverte de la loge du concierge laissait enfin filtrer du bruit et de l'agitation. Un chantonnement, de l'eau qui coulait. Le cri «J'arrive! j'arrive! j'arrive!» au son de la sonnette. Des petits pas de plus en plus proches.

— Sainte Vierge! Vous êtes vraiment un beau garçon, monsieur Daniel!

Tel fut le salut de la femme rondelette, Mme Antonia, qui arriva à la porte en se séchant les mains sur un torchon.

Il ne put réprimer un éclat de rire devant cette déclaration. Aussitôt, à la demande de la femme, il dut se pencher presque à angle droit pour que la concierge pût lui planter deux baisers sonores comme des ventouses sur les joues. Elle les gardait en réserve depuis deux mois, depuis qu'elle avait reçu la lettre d'Andrés Fontana lui annonçant l'arrivée du jeune Américain.

— Entrez, entrez, n'hésitez pas, le *cocido*[1] attend sur le feu, cuit au petit poil. Quelle idée j'ai eue d'aller à la droguerie juste quand vous arriviez !

Daniel voulut lui dire qu'il avait déjà mangé, de ne pas s'inquiéter pour lui, qu'il aurait peut-être envie de piquer un somme. Bataille perdue avant même de l'avoir commencée ! Il fut obligé de s'asseoir à la table, qui était déjà mise, et de nouer une serviette à carreaux autour de son cou, ainsi que le lui indiqua Mme Antonia. Ce *cocido,* le premier d'une longue série qu'il mangerait pendant toute sa vie, avec son potage, ses pois chiches et ses autres ingrédients – comme tant d'autres choses à partir de ce jour, comme tant d'autres jours au cours des prochains mois –, ce *cocido,* donc, lui procurerait un plaisir indéfinissable. Même avec le dictionnaire bilingue rangé dans sa valise.

La question du sommeil fut différente. Le pays qui l'accueillait n'avait plus de cartes de rationnement ni d'Aide sociale pour les miséreux, il mettait fin à son orgueilleuse autarcie en s'attirant les bonnes grâces du Vatican et des États-Unis, et il avait placé au sommet de l'État une équipe de technocrates ; lesquels, bien que doués de plus de capacités et de connaissances que leurs prédécesseurs, partageaient leur intention de démocratiser la nation. Autrement dit, aucune. Cette stagnation semblait affecter également d'autres sphères de la vie. La taille des Espagnols, par exemple – à peine plus d'un mètre soixante-dix pour les hommes et plusieurs centimètres de moins pour les femmes. Ainsi que les meubles et les ustensiles domestiques, adaptés à ces petites dimensions, tel le lit trop court qui attendait Daniel dans la chambre où avaient dormi les enfants de la concierge quand ils étaient petits.

— Doux Jésus ! Mais dans quel lit je vais vous mettre, avec vos grandes jambes !

Mme Antonia commençait à débarrasser la table. À sa grande satisfaction, l'Américain avait repris du *cocido,* englouti un demi-saladier de riz au lait et achevé le repas en buvant presque un pot entier de café. Quand il la vit empiler les assiettes, il se leva pour l'aider.

---

1. Sorte de pot-au-feu, grande spécialité madrilène.

— Pas question ! pas question ! protesta énergiquement la concierge. Rangez donc les valises dans votre chambre, j'arrive tout de suite.

Le lit était de toute évidence trop court. Cependant, il fallait vérifier jusqu'à quel point.

— Allongez-vous…

Ils eurent le plus grand mal à réprimer un éclat de rire. Les jambes de Daniel dépassaient jusqu'à mi-mollet.

— Mauricio, le menuisier, va nous arranger ça, pas de problème, dit la concierge en tapotant le bras de Daniel comme pour le rassurer. Combien mesurez-vous, monsieur Daniel, pour que je le lui indique ?

— Six pieds deux pouces, répondit-il machinalement, s'adaptant à la langue mais non aux unités de mesure du pays.

— Et ça fait combien en chrétien ?

— Pardon ?

— En mètre, mon garçon, combien mesurez-vous en mètre ?

— Euh… eh bien, je ne sais pas.

— Ça, on va le savoir en un clin d'œil, murmura Mme Antonia entre ses dents tout en quittant la pièce pour aller chercher son nécessaire à couture.

Au bout de quelques secondes, elle était de retour.

— Voyons, appuyez-vous contre ce mur.

Elle déroula son mètre ruban ; Daniel obéit, amusé.

— Attendez, j'y arrive pas. – elle rapprocha la seule chaise de la chambre, grimpa dessus sans y réfléchir à deux fois. – Voyons, redressez la tête, ne bougez pas, ça y est ! Un mètre quatre-vingt-huit, voilà, vous connaissez votre taille, au cas où on vous enverrait faire votre service militaire, à Dieu ne plaise !

Le sens de tout un tas de mots et de phrases que la veuve prononçait échappait à Daniel, mais, comme il n'existe pas de langues pour les sentiments, il saisit en revanche toute la sympathie qui émanait d'elle et ses dispositions plus que généreuses. L'un et l'autre, concierge et Américain, veuve et nouvel arrivant, opposés en tout et néanmoins en parfaite harmonie, résolurent le problème du couchage avec un peu d'ingéniosité et l'aide combinée du menuisier du quartier et d'un voisin matelassier. Le premier rallongea le lit à l'aide de quelques planches, le second confectionna un matelas à la mesure de l'ajout. Et Mme Antonia cousit aux draps des morceaux de toile de coton. Parfait, déclara Daniel quand tout fut prêt. « Super-chouette », ce fut l'adjectif que la concierge choisit pour saluer la réussite du rafistolage. Un mot que Daniel s'empressa d'ajouter dans son carnet de vocabulaire, où il inscrivait toutes ses nouvelles acquisitions.

L'histoire du lit aurait pu lui servir d'excuse pour déménager au bout de quelques jours – peut-être valait-il mieux chercher un logement un peu plus luxueux que l'humble loge de la concierge après ces premières journées d'adaptation à Madrid. Une bonne pension pour fils de famille provinciaux, un hôtel central et lumineux, ou même une place dans la prestigieuse Résidence des étudiants. Mais il préféra ne pas bouger : continuer à dormir dans cette chambre sombre ouverte sur un patio où du linge séchait en permanence et où persistait une odeur de Javel, s'éclairer à la lueur d'une ampoule nue, lire assis sur une chaise en jonc en l'absence d'un bon fauteuil. Il se moquait de tout, rien ne lui paraissait inconfortable. Bien au contraire. Il y trouvait un parfum d'authenticité. Une réalité dans son expression la plus pure, le sel de l'existence.

Sa volonté de ne pas déménager répondait sans doute aussi à celle plus ou moins consciente de s'inscrire dans une continuité, au désir secret et un brin romantique de perpétuer quelque chose qui s'était brusquement interrompu vingt ans auparavant. En effet, Andrés Fontana avait également vécu en tant qu'étudiant chez Mme Antonia, dans une autre loge de la rue Princesa, avant que cette dernière s'installe à Luisa Fernanda et perde son mari, et que ses enfants grandissent et quittent la maison. C'était lui qui avait proposé cette chambre à Daniel, qui avait écrit à la concierge depuis Pittsburgh et l'avait chargée d'accueillir son élève américain à raison de deux cents pesetas hebdomadaires. Si Fontana, avec sa robustesse, avait connu des conditions encore plus difficiles en compagnie de la même personne, pourquoi Daniel Carter n'y arriverait-il pas lui aussi ?

Finalement, cet ensemble de raisons convaincantes et pratiques ajoutées les unes aux autres dissipèrent les doutes de Daniel. Les mets roboratifs dans lesquels il trempait son pain, le café odorant sur lequel il ouvrait les yeux le matin, ses chemises lavées à la main et amoureusement repassées et amidonnées. Les anecdotes de Mme Antonia et sa mémoire intacte, qui l'aideraient à découvrir peu à peu les richesses de cette terre au cours de longues séances autour du brasero. Ce flot de parler populaire qu'il entendait quotidiennement, le bouillonnement constant de tournures et de bons mots qu'il notait à la pelle dans un carnet qui ne quittait plus sa poche.

Et peut-être y eut-il autre chose, à son insu et par-dessus tout. Une chose imperceptible, impalpable, intangible, qu'il avait ressentie dès qu'il avait franchi la porte de la loge et qu'il s'était trouvé face au napperon en dentelle et à la photo jaunie d'un mariage de campagne dont la moitié des participants avaient déjà disparu ; à l'odeur de la nourriture sur le feu ; à l'image encadrée du Sacré-Cœur ; à l'almanach orné de femmes brunes aux yeux tristes coiffés d'un chapeau cordouan ; à la radio, enfin, toujours allumée, inaudible parfois, souvent trop bruyante avec ses jeux, ses feuilletons et ses couplets : la chaleur, la tendresse, le sentiment d'être entouré, le fait que quelqu'un prenait soin de lui après tant d'années de solitude et de désarroi, depuis qu'il avait annoncé à ses parents que son avenir ne passerait jamais par les tribunaux, les cabinets d'avocats ou les hôpitaux.

14.

Son existence ne se réduisit pas à la vie domestique, bien entendu. Il s'élança dès le début dans les rues, le nez au vent, çà et là, déambulant dans ce Madrid qui lui offrait des surprises à chaque instant. Il consacra ses premières journées à ce vagabondage, se promenant dans les quartiers typiques, arpentant les places, les trottoirs et les parcs, entrant et sortant des églises et des tavernes, pénétrant dans les caves à vin, les écoles et les boutiques, et montrant ses papiers chaque fois qu'un zélé défenseur de l'ordre public et de la sécurité nationale surgissait devant lui, la mine renfrognée et à l'endroit le plus inattendu.

Une fois étanchés cette première soif, ce besoin presque organique de voir, d'entendre, de palper et de sentir, il décida de fixer un but à ses pas et un objectif à son avenir. Il choisit donc une zone à l'ouest de Madrid, voisine de son quartier d'Argüelles, où il n'avait pas encore mis les pieds, bien qu'elle constituât la justification formelle de son séjour.

Là, à la cité universitaire, l'attendait la faculté de philosophie et lettres qui, à peine inaugurée, avait accueilli Andrés Fontana. À présent, vingt ans plus tard, par une matinée nuageuse d'octobre, c'était le tour de son élève américain. Entre ces deux moments, une guerre était passée par là, une minutieuse épuration de professeurs et d'étudiants indésirables et, dans tous les domaines, une reconstruction qui avait radicalement altéré l'essence de l'institution.

Un peu avant qu'il s'y rendît, Mme Antonia s'approcha de lui, une casserole à la main, le manche entouré d'un torchon pour ne pas se brûler. Elle venait de laver à genoux, marche après marche, l'escalier, et elle se disposait à lui servir le petit déjeuner. Le chemin de croix de la concierge après la mort de son mari, le poids de jeunes enfants quand elle avait à peine de quoi les nourrir, la lutte constante pour les élever, tout cela avait fini par tremper son caractère. À force de refouler ses larmes pour cacher sa douleur à ses petits, à force de remplir les chaudières, de descendre les poubelles et d'encaisser les coups du sort, elle s'était transformée en une femme pleine de volonté : le mot découragement n'avait pas sa place dans ce corps robuste et trapu.

— Et où va-t-on aussi élégant? demanda-t-elle en versant le lait chaud dans le café.

Elle avait remarqué la cravate de Daniel et ses rayures bigarrées, si différente des habitudes espagnoles. C'était la première fois qu'il en portait une depuis son arrivée.

— Je crains que ce ne soit le moment de me mettre au travail, répondit Daniel en trempant un *churro* dans sa tasse.

— C'est fini la belle vie, alors?

Il engloutit le *churro* en deux bouchées, puis répondit :

— Ou bien elle commence maintenant, on va voir...

En chemin, il réfléchit une fois de plus à la façon de présenter le projet généreusement doté par la commission Fulbright. Il en avait longuement discuté avec Fontana. Pendant qu'ils longeaient les couloirs néogothiques de la Cathedral of Learning, croulant sous les livres, pressant le pas au milieu des étudiants en quête de leur salle. Ou bien quand ils parcouraient les rues du campus de Pitt. De temps à autre, même, en partageant des bières en fin de journée, au cours de cet ultime printemps déjà chaud et lumineux, lorsque leur relation était devenue assez solide pour que leur conversation se prolongeât au-delà des heures de travail. Prudence, mon garçon, prudence, aimait à répéter Fontana. Prudence et idées claires.

— Pourquoi insistez-vous tellement sur la prudence, monsieur?

— Parce que Sender déplaît à la plupart, et qu'il vaut mieux ne pas éveiller de la méfiance.

Fontana savait de quoi il parlait. L'Aragonais Ramón J. Sender constituait en effet, à la fin des années cinquante, une personnalité à part dans le cercle des écrivains exilés en raison de la guerre civile. Auteur et journaliste prolifique avant les combats, homme d'armes et de lettres dans le camp républicain, il avait eu une existence remplie de turbulences : dissident du Parti communiste, il avait été accusé par ses dirigeants d'obscurs épisodes de lâcheté et de trahison, avait été soumis à une longue opération de discrédit et exclu sans ménagement de toutes les organisations solidaires d'expatriés.

Lui-même avait toujours réfuté ces accusations, bien qu'il reconnût sans ambages des périodes d'indiscipline, voire d'irresponsabilité, au combat. Mais là où le Parti communiste voyait de la déloyauté et de la bassesse, Sender et ses rares défenseurs relevaient un simple désaccord sur la ligne politique et la stratégie militaire : une forme personnelle de rébellion et une défense héroïque de son intégrité en tant qu'individu. En tout cas, l'écrivain, fidèle à son engagement politique, s'était exilé, comme beaucoup d'autres. Il fut cependant souvent traité en ennemi et considéré comme un indésirable compagnon de route par la diaspora.

Malgré tout, il ne varia pas d'un iota. Sa famille ayant été définitivement brisée – sa femme avait été fusillée dans le cimetière de Zamora et ses enfants recueillis par une riche Américaine –, après de longs séjours en France et au Mexique il s'installa finalement aux États-Unis, où il continua à écrire et à dispenser des cours et où il se remaria. Il s'y fit de nouveaux amis. Souvent américains et plus rarement espagnols. Andrés Fontana, par exemple.

Daniel se remémorait leurs conversations à mesure qu'il avançait dans la cité universitaire à la recherche de sa destination. Quand il fut arrivé dans les locaux de la faculté, un huissier revêtu des chamarrures d'un colonel lui fournit les informations nécessaires :

— Docteur don Domingo Cabeza de Vaca y Ramírez de Arellano, bureau 19, au fond du couloir, à droite.

Daniel parcourut respectueusement les corridors, n'entendant que le bruit de ses pas sur le sol poli. Les cours n'avaient pas encore commencé, il était neuf heures et demie du matin, et on n'apercevait pas âme qui vive. Il frappa à la porte du bureau indiqué ; une voix bien timbrée lui répondit :

— Entrez !

Il obtempéra.

Même en s'y efforçant, il n'aurait pu trouver lieu ni homme plus contraires à ses attentes. Cabeza de Vaca avait été un des camarades de classe de Fontana pendant leurs études avant-guerre, et Daniel, naïvement, s'était imaginé découvrir certains points communs entre les deux. Une légère ressemblance, quelques similitudes. Mais rien de tout cela.

Soin, tradition, raffinement. Trois nouveaux concepts à ajouter dans son carnet de vocabulaire. Trois caractéristiques applicables tant à l'individu qu'à son environnement. Une grande table en noyer aux pieds tournés, une garniture de bureau en argent, un support de calendrier et un crucifix en ivoire. Un lutrin supportant un livre ancien ouvert, de lourds rideaux en velours vert, des armoiries émaillées, une bibliothèque vitrée remplie d'ouvrages reliés en cuir. Derrière le bureau, un homme mince et d'une extrême élégance. Peau très pâle, costume impeccable et cheveux blancs peignés en arrière. Des boutons de manchettes, la cravate fixée par une épingle en or. Il ne se leva pas pour saluer Daniel, se contenta de lui tendre une main par-dessus la table. Une main légère mais non dénuée d'énergie.

— Enchanté de faire votre connaissance, monsieur Carter, asseyez-vous.

Daniel obéit, conscient de son incongruité en ce lieu et devant cet homme. Il ajusta discrètement le nœud de sa cravate, rectifia les revers de sa veste et rejeta en arrière la mèche rebelle qui avait toujours tendance à retomber sur son front. Son apparence physique lui parut soudain trop envahissante et sa tenue trop fantaisiste.

— Je suis très flatté que mon estimé collègue Andrés Fontana ait pensé à moi pour diriger vos travaux. C'est un grand honneur.

La voix de Cabeza de Vaca était mélodieuse, et son amitié pour le professeur de Pittsburgh avait l'air sincère.

— Fontanita, Fontanita, murmura-t-il comme pour lui-même. Tu t'en es bien tiré, finalement… Tant mieux… tant mieux... Bien, monsieur Carter, poursuivit-il en changeant de ton, vous souhaitez donc vous spécialiser dans notre roman contemporain.

— En effet, monsieur.

— Parfait, jeune homme, parfait. Un excellent objectif académique. Une idée formidable.

Nul besoin d'être absolument bilingue pour déceler sous ces deux adjectifs, « excellent » et « formidable », une pointe d'ironie.

— Auriez-vous l'amabilité de m'exposer de façon succincte les raisons qui sous-tendent un tel choix ?

Il fallut à Daniel sept minutes et demie pour exposer son raisonnement : la réponse était toute prête. La grande littérature espagnole et ses plus nobles plumes, la force de sa prose, la tradition et l'héritage, la représentation loyale de l'esprit d'un peuple. Un discours foisonnant, exprimé dans un castillan correct quoique entaché d'un accent étranger très marqué, dont furent absents des adjectifs tels que « exilé », « proscrit » ou « contradictoire ». Et encore plus le nom de Ramón J. Sender.

Cabeza de Vaca l'écouta en restant de marbre, un stylo en argent entre les doigts.

— Et pour ce qui est de votre méthodologie, pouvez-vous m'en toucher un mot, s'il vous plaît ?

Travail suivi et minutieux, rigueur bibliographique, interprétations exactes. Cinq longues minutes d'acrobaties verbales pour éviter de dire que sa priorité, en Espagne, était de découvrir les endroits où s'étaient déroulés la vie et les romans d'un écrivain chassé de son pays.

— J'en déduis donc que vous n'avez pas trop l'intention de vous enfermer entre les murs des salles de classe ou des bibliothèques.

Daniel s'efforça de cacher sa nervosité croissante face aux remarques un tant soit peu incisives du professeur.

— En fait, je cherche surtout des influencements, des points de départ, des sources et des évocations.

— Des influences ?

— Pardon ?

— On dit « influences », pas « influencements ». Continuez, je vous prie.

— Influences, excusez-moi, monsieur. Je veux… Je voudrais… mon but est de suivre le parcours des auteurs, afin de mieux comprendre leur production postérieure.

La phrase sortit toute seule, il l'avait bien apprise. Sa satisfaction fut cependant de courte durée.

— Fouler les mêmes sentiers, humer les exhalaisons de leurs contrées, creuser dans leurs tréfonds géophysiques et les reporter sur leurs tâches intellectuelles, ce sont là vos intentions ?

Il y avait bien longtemps que Daniel n'avait pas ressenti cette sensation : une chaleur excessive sur le visage et la certitude de rougir.

— J'ai du mal à vous comprendre, monsieur.

— Qu'est-ce que vous ne comprenez pas ?

— Presque tout.

— Fouler ? Humer ? Exhalaisons ? Contrées ? Tréfonds ?

— Tous ces mots, monsieur, je n'en connais pas le sens.

— Vous les apprendrez le moment venu, jeune homme. Continuons, donc. Vous pensez à un auteur en particulier ?

Avant de demander à Cabeza de Vaca d'accepter de diriger la thèse de Daniel, Fontana avait soupesé d'autres options et pensé à plusieurs camarades d'études à présent membres du corps professoral de son ancienne faculté. Par le truchement de collègues d'autres universités américaines, il avait collecté des informations sur leurs carrières et leurs statuts, sur leur degré d'adhésion au régime et leur niveau de connivence avec les autorités. Voulant éviter des problèmes à son élève dans une Espagne regorgeant de contrôles et d'interdits, il cherchait quelqu'un capable de l'accueillir officiellement au sein de son institution, de signer les documents nécessaires et de le laisser travailler à sa guise. Quelqu'un qui accorderait le minimum nécessaire d'attention à cet étranger lâché dans la nature. Un simple lien administratif, une simple formalité. Rien de plus. Le reste, les directives académiques qui donneraient corps à sa thèse à son retour, il s'en chargerait lui-même.

Il s'était finalement décidé pour Domingo Cabeza de Vaca, bien que le domaine de spécialisation de son ancien camarade fût à mille lieues du roman contemporain et encore plus éloigné des écrivains exilés à la suite de la guerre.

Conscient du fait que celui-ci appartenait au camp des vainqueurs, et qu'il n'existait pas l'ombre d'une relation entre lui et ceux qui, pendant ces trois années atroces, s'étaient battus dans l'autre camp, Fontana pressentit néanmoins qu'il pouvait lui faire confiance. Cependant il préféra rester en retrait, au cas où. Il espérait que son collègue, absorbé dans son univers de manuscrits vieux de huit siècles, accepterait une coopération bureaucratiquement correcte, mais distante. Apparemment, Cabeza de Vaca n'était pas du même avis. Il était plus exigeant.

À ses questions sur son intérêt pour un écrivain en particulier, Daniel savait qu'il lui fallait répondre la vérité. Certes, il valait mieux taire le nom de Sender, s'en tenir à une notion générale et abstraite concernant des « auteurs » en général. Cependant Fontana et lui étaient tombés d'accord : il serait dangereux de continuer à éluder la question si Daniel se sentait acculé.

— Je dois reconnaître que je songe surtout à un auteur, même si tous sont dignes...

Cabeza de Vaca haussa les sourcils sans avoir à demander lequel. Daniel comprit qu'il n'avait plus d'échappatoire.

— Ramón J. Sender, monsieur.

— Franchement intéressant... Autrement dit, votre souhait est de suivre les pas de Sender en Espagne pour ensuite effectuer des recherches sur sa production.

— Oui, plus ou moins, confirma Daniel sur un ton un peu plus bas que la normale.

— Alors, et corrigez-moi si je me trompe, vous n'étudierez pas la prose de cet écrivain pendant votre séjour ici ?

Daniel s'agita sur sa chaise, croisa et décroisa machinalement les jambes. Cette entrevue allait plus loin que ne l'avaient prévu Fontana et lui à Pitt.

— Cela ne me serait pas possible, monsieur.

— Auriez-vous l'amabilité de m'en expliquer les raisons ?

L'étudiant changea à nouveau de position, réajusta le nœud de sa cravate qui lui coupait la respiration.

— Ses livres sont difficiles à trouver en Espagne.

— Difficiles ?

— Impossibles, plutôt.

— Il existe une cause précise ?

Daniel se racla la gorge.

— *Censorship*, souffla-t-il.

— En castillan, s'il vous plaît.

— La censure, monsieur. Les livres de Ramón J. Sender sont interdits.

— Et vous pensez qu'il s'agit d'une décision correcte ?

Daniel avait la bouche sèche. En revanche, ça bouillonnait sous son crâne.

— Vous croyez que c'est correct ou non, monsieur Carter ? répéta le professeur face au mutisme de son interlocuteur.

Ce dernier savait qu'il jouait son va-tout. Que cette conversation pouvait marquer la fin de son séjour en Espagne, de sa bourse, de sa carrière professionnelle encore balbutiante. Pourtant, il risqua le tout pour le tout. Il n'avait pas d'autre issue.

— Non, monsieur le professeur, je ne crois pas que ce soit correct.

— Pourquoi ?

— Parce que je crois que les voix ne doivent pas taire.

— Être tues.

— Pardon ?

— Taire, verbe transitif direct, il faut donc lui ajouter un complément d'objet direct ou l'employer à la forme passive. Il existe aussi la forme pronominale : se taire. Il s'agit bien ici d'une décision imposée de l'extérieur, n'est-ce pas ?

— Oui, monsieur.

Il s'employa à cacher qu'il se fichait éperdument, à cet instant, des nuances linguistiques, que son seul souci était de ne pas être jeté dehors à coups de pied.

La réaction du professeur se fit attendre quelques secondes. Tandis qu'ils restaient là à se fixer, les pires pronostics auxquels, par excès d'optimisme, il n'avait pas voulu penser, passèrent par la tête de Daniel. Fontana s'était trompé. Compter sur ce collègue avait été une décision lamentable et irréfléchie. Le travail sur l'œuvre de Sender allait être condamné à mort avant même qu'il l'ait commencé. C'était la fin de son premier grand projet universitaire. On informerait la commission Fulbright de l'ineptie de son projet, on lui supprimerait sa bourse, il serait obligé de retourner à

Pittsburgh dans les plus brefs délais. Adieu Madrid, adieu son rêve de visiter l'Espagne ! Il aurait peut-être dû écouter ses parents, renoncer à cette absurde volonté de se spécialiser en littérature étrangère. Son avenir professionnel se trouvait sans doute dans une fac de droit. Ou dans le service des urgences d'un hôpital. Ou à l'usine Heinz, à charger des caisses de ketchup et de haricots dans des camions jusqu'à ce que son dos crie grâce.

— Bien, monsieur Carter, très, très bien..., déclara finalement le professeur en esquissant un léger sourire un peu moqueur. Malgré le mauvais moment que je vous ai fait passer, je suis persuadé que vous deviendrez un bon hispaniste quand vous aurez consolidé votre maîtrise de la langue et avancé dans vos recherches. Pour l'instant, vous êtes en bonne voie, convaincu d'être dans le vrai, et à l'évidence déterminé.

Daniel faillit laisser échapper un ouf de soulagement. Il était sur le point de se détendre et de rire. De se sentir sain et sauf.

— Pour autant, la route n'est pas dégagée, ajouta Cabeza de Vaca. Et d'abord, avant de vous engager plus avant dans votre tâche, vous devrez souscrire à plusieurs obligations formelles.

Daniel ressentit de nouveau un certain trouble, mais il était sûr que le pire était passé. Le professeur continua sur sa lancée.

— Afin de couvrir toutes les exigences académiques, nous allons vous inscrire dans deux matières. La première sera la paléographie wisigothe, avec l'accent mis sur *Comentario al Apocalipsis,* de Beato de Liébana. C'est un cours que je donne les lundis, mardis et mercredis à huit heures du matin. Et la seconde, l'analyse comparative des *Glosas Silenses et Emilianenses.* Le jeudi et le vendredi, de sept heures et demie à neuf heures du soir.

Le jeune Américain tenta de trouver, dans son espagnol hésitant, les arguments lui permettant d'échapper à cette obligation : suivre un enseignement tellement éloigné de ses centres d'intérêt.

— Excusez-moi, monsieur, mais... Euh... moi, je...

— Vous serez néanmoins dispensé d'assister au cours de ces deux matières, sans préjudice de l'obtention de la mention très bien dans chacune d'entre elles, à condition de revenir me voir le mois prochain et de me raconter votre voyage dans le Haut-Aragon.

Le visage de Daniel refléta sans doute un sentiment proche de la stupeur. Cabeza de Vaca, sortant alors de son attitude froide et sophistiquée, laissa échapper un retentissant éclat de rire.

— Vos paroles ont été convaincantes, à l'instar des lettres de recommandation de l'université de Pittsburgh et du rapport du programme Fulbright. Bien sûr, je n'étais pas disposé à accepter un étudiant de mon cher Andrés Fontana sans avoir au préalable renoué contact avec lui. Non par manque de confiance, comprenez-moi : j'aurais répondu à n'importe quelle demande de sa part sans même me poser la question. Mais je ne voulais pas rater la chance d'obtenir des nouvelles de mon vieux camarade et de savoir ce qu'il était devenu pendant toutes ces années.

Il s'était donc déjà entretenu avec Fontana. Cabeza de Vaca était au courant de ses projets et de la vie de son ami depuis qu'ils s'étaient séparés. Il s'était seulement contenté de mettre Daniel à l'épreuve. Ce dernier éprouva un tel soulagement qu'il faillit éclater en sanglots.

En même temps qu'il se sentait rasséréné, Daniel comprit soudain qu'il ignorait presque tout du passé de son professeur. Leurs conversations s'étaient quasiment toujours centrées sur le présent et, surtout, sur l'avenir : des plans et des projets, des programmes à réaliser, des objectifs à atteindre. Le peu qu'il connaissait du Fontana d'autrefois se limitait aux salles de classe et aux conférences, à l'histoire politique et littéraire de sa patrie. À presque rien d'autre.

— Ce fut très émouvant, croyez-moi. Je n'ai plus eu de ses nouvelles depuis que nous avons terminé nos études, en 1935. Il souhaitait partir comme maître de conférences dans une université nord-américaine, mais j'ignorais s'il était revenu, s'il avait combattu pendant la guerre, si on l'avait tué ou s'il avait survécu.

— Il est resté là-bas, dit Daniel.

— Je sais, je sais. À présent, je sais tout. Et j'ai constaté à quel point l'opiniâtreté et l'enthousiasme de ce fils de mineur, qui ne s'est jamais senti mal à l'aise au milieu des fils de famille, si nombreux alors à l'université, lui avaient réussi. J'ai toujours admiré ceci en lui : cette confiance en soi, sa capacité à ne pas se laisser intimider, à s'adapter à tout sans jamais oublier ce qu'il était ni d'où il venait. Le retrouver m'a procuré une joie immense. Et il m'a envoyé un message pour vous. Le voici, retranscrit mot à mot.

Il tendit une feuille pliée.

Let him do his way, lut Daniel. Laissez-le agir à sa guise, conseillait son professeur.

— Contrairement à ce dont vous étiez convenus tous deux, je me suis engagé auprès d'Andrés Fontana à ne pas me contenter d'un simple rôle de superviseur, chargé de veiller à ce que vous remplissiez toutes les obligations administratives de votre bourse, monsieur Carter. Je vous apporterai donc une aide concrète dans tout ce qui sera à ma portée.

— Je vous en suis très reconnaissant, monsieur.

Il s'efforçait d'avoir l'air sincère, mais il était déconcerté, incapable de savoir si cette réaction de Cabeza de Vaca se révélerait positive ou deviendrait un poids mort difficile à traîner derrière soi.

Le professeur poursuivit ses propos comme s'il ne l'avait pas entendu.

— À l'inverse de ce que vous pensiez au début, votre projet me plaît. Du moins je ferai en sorte qu'il me plaise, pour être plus précis. Je vais tout de suite vous expliquer pourquoi.

Se penchant alors de côté, il attrapa un objet dissimulé derrière la table qui les séparait. Une béquille, qu'il ajusta adroitement sous son bras droit avant d'effectuer un effort énergique pour se lever. Daniel découvrit alors son handicap.

— La guerre m'a arraché ma fiancée, deux frères et une jambe. Il faut être très fort pour surmonter ces drames et envisager sans angoisse l'avenir. Et je ne l'ai pas été. J'ai manqué de courage et me suis donc réfugié dans le passé. Je suis revenu au Moyen Âge, dit-il en se laissant retomber sur la chaise et en jetant sa béquille par terre. – Le fracas du bois contre les dalles ne parut pas l'affecter. – Au milieu des manuscrits anciens, des chroniques et des cantiques, j'ai retrouvé la paix que m'avaient volée la mémoire et les cauchemars. J'en ai fait bien plus que ma profession de médiéviste : je les ai transformés en un repaire où me réfugier.

— Je comprends..., murmura Daniel.

Sa sincérité n'était pas totale ; il croyait comprendre, mais il n'était pas certain de juger à sa juste valeur l'aveu du professeur.

— Cependant, je ne pense pas que mon attitude ait été la plus sage, et il s'en faut de beaucoup. Par conséquent, je me dois d'aider ceux qui s'obstinent à aller de l'avant. J'y ai beaucoup réfléchi depuis que j'ai repris contact avec Fontana, voyez-vous. Et bien que je n'aie jamais imaginé adopter une telle position, j'en suis arrivé à la conclusion que ce pays serait en bien mauvaise voie si tous les intellectuels se cachaient comme moi dans le passé, absents et étrangers, sourds, aveugles et muets face au présent.

— Je comprends, répéta Daniel.

Au fond, il était toujours perplexe.

— Ma vie s'écoule, tournée vers autrefois. Pourtant, je crois qu'il est également nécessaire que notre littérature continue à s'enrichir, que nous laissions notre culture aller de l'avant dans toutes les directions. Et dans ces directions, que cela nous plaise ou non, s'entendent les voix de tous ceux qui ont survécu à l'atrocité de la guerre : ceux qui sont restés et ceux qui sont partis. Ceux qui sont présents ici et les exilés.

— Vous vous référez à des exilés tels que Sender, monsieur ? demanda Daniel, dubitatif.

— Absolument. Les seuls qui sont à jamais réduits au silence, ce sont les morts. Les autres, même à distance, sont encore des enfants de cette patrie, ils en conservent une mémoire vivante, ils anoblissent notre langue avec leurs paroles. Les ignorer et perpétuer cette douloureuse scission séparant ceux de dehors de ceux de dedans ne contribueront qu'à altérer encore plus le développement intellectuel de notre pays.

— C'est aussi l'avis du docteur Fontana, monsieur le professeur.

— Et nous devrions tous penser de même, ici. Considérer ceux qui ne peuvent pas ou ne veulent pas rentrer comme une partie essentielle de notre culture représente, qu'on le veuille ou non, une responsabilité morale. Vous pouvez par conséquent compter sur moi pour récupérer votre écrivain, cher ami, et aussi pour vous aider à comprendre ce pays, ainsi que pour tout ce dont vous aurez besoin. Je devine que je ne pourrai pas grand-chose pour vous, mais je suis à votre disposition, au cas où. En échange, j'exige seulement que vous me teniez au courant de l'avancement de votre tâche.

— Je vous obéirai en tout point. Merci beaucoup, monsieur le professeur.

Ce furent les seuls mots qui lui vinrent à la bouche : trop d'informations, trop d'émotions refoulées pour les digérer d'un seul coup.

— J'attendrai de vos nouvelles, conclut Cabeza de Vaca en lui tendant la main sans se relever. Celui qui prend congé de vous est un Héroïque Requeté[1] et un Chevalier Mutilé pour la Noble Cause de Dieu, la Patrie et les Fueros[2]. Un naïf qui n'eut pas la chance de son mentor, goba la chanson de la grande croisade et ne sut pas se mettre à l'écart au moment opportun.

Daniel lui serra la main avec force, lui transmettant par ce geste un mélange d'admiration et d'ébahissement.

— Je reviendrai dans un mois, monsieur, c'est promis.

— Je l'espère. Ah, encore un détail, avant de partir. Vous ne connaissez sans doute pas le film *Bienvenue Mr. Marshall*, de Berlanga, n'est-ce pas ?

— Non, en effet.

— Il est sorti il y a quelques années ; en 1953, me semble-t-il. C'est à la fois drôle et amer, et au fond désolant. Allez le voir si vous en avez l'occasion, et réfléchissez-y. Essayez de ne pas vous conduire comme vos compatriotes dans le film. Respectez ce peuple, jeune homme. Ne passez pas à côté de nous sans chercher à savoir qui nous sommes. Ne vous en tenez pas aux anecdotes, ne nous jugez pas trop vite. Nous avons confiance en vous, Daniel Carter, ne nous décevez pas.

---

1. Milice carliste navarraise qui joua un rôle important pendant la guerre civile aux côtés des franquistes.

2. En Espagne, charte garantissant les libertés et privilèges d'une ville ou d'une province.

15.

Ce fut l'automne, Halloween avec ses sorcières, ses épouvantails et ses citrouilles. Puis vinrent des journées pluvieuses, et mon courage commença lui aussi à se gâter.

La cause ne se situait plus sur un autre continent et à la distance d'un océan ; elle était beaucoup plus proche. Elle gravitait autour de mon environnement immédiat et de mon travail quotidien, autour de la production du professeur Fontana, de plus en plus embrouillée au fil du temps. Les textes sur lesquels je m'échinais dataient à présent des années soixante ; certains étaient tapés à la machine, mais la plupart étaient manuscrits. Pourtant, c'était le contenu qui posait problème, et non l'écriture. L'absence de cohérence et de liens, les lacunes. Comme s'il manquait de grands morceaux d'information, comme si on en avait arraché des parties entières.

En outre, au cas où leur caractère hétéroclite n'aurait pas suffi, les thèmes abordés n'étaient plus du tout les mêmes que précédemment. Les auteurs espagnols, la littérature de l'exil et d'autres sujets récurrents avaient été progressivement abandonnés depuis que Fontana s'était établi en Californie, au début des années soixante. Les romanciers, les poètes et les dramaturges cédaient la place à des explorateurs et à des moines franciscains dont j'ignorais totalement la vie et les actions. Les ouvrages littéraires étaient remplacés par de vieilles chroniques sur les Espagnols de cette extrémité septentrionale de la Nouvelle Espagne. Là où l'on trouvait auparavant des critiques de livres apparaissaient des noms de présides et de missions. Remettre un peu d'ordre dans cette masse de données m'avait tourmentée pendant toute la semaine. Je passais mes journées enfermée dans mon bureau, accumulant les heures pour tenter de réunir des feuillets, établir des corrélations et relier des paragraphes épars. J'avais souvent la sensation de m'attaquer à un puzzle géant où manquaient bon nombre de pièces.

Les doutes m'assaillirent jusqu'au jeudi, moment où je décidai, enfin, de m'adresser à la personne qui m'aurait peut-être été utile dès le début. Mais je passai d'abord par le bureau de Rebecca, pour qu'elle me dise où aller.

— Essaie le Selma's Café, à côté de la place. Il y va presque tous les après-midi quand il est dans le coin.

Je m'y rendis donc, considérant le travail de ce jour-là terminé beaucoup plus tôt que d'habitude.

Ce fut dans une atmosphère agitée que je quittai le Guevara Hall. Quelques étudiants m'expliquèrent qu'ils préparaient une manifestation contre le projet de centre commercial menaçant la zone de Los Pinitos, ce paradis de calme et de verdure que j'avais découvert le même jour que le portrait d'Andrés Fontana, parmi les photographies de la salle de réunion. Un endroit où ce dernier se promenait souvent.

Le *Santa Cecilia Chronicle* et le journal de l'université consacraient de plus en plus de pages à cette affaire : des reportages, des articles d'opinion pour ou contre, des lettres de lecteurs... Le noyau dur opposé à la construction s'était formé au sein de l'université, et parmi les plus actifs figurait mon élève Joe Super, le professeur émérite du département d'Histoire qui, lors de mon premier cours, avait exalté l'épopée des franciscains et de leurs missions. Les raisons invoquées pour renoncer au projet étaient des plus convaincantes : le désastre environnemental et même un éventuel usage illégal de cette parcelle; en effet, sa propriété n'était pas du tout établie, ainsi que me l'avaient déjà indiqué Rebecca et Daniel. Le terrain n'était ni privé ni public. Il était contrôlé par les autorités mais sans titre légal. Un conflit d'intérêts, en somme, qui avait été à l'origine de la constitution de cette plateforme antiprojet. Faute de solutions définitives, celle-ci bataillait avec entrain et s'employait à faire un maximum de bruit.

Certains étudiants brandissaient des pancartes, d'autres des haut-parleurs, plus loin se tenait un garçon coiffé de dreadlocks avec une grosse caisse. La manifestation n'avait pas encore commencé, mais il régnait déjà un mouvement intense. Je me frayai un passage au milieu d'un groupe de femmes âgées aux cheveux d'un blanc artificiel ; l'une d'entre elles voulut me vendre un tee-shirt orange orné de phrases de protestation, une autre me remit un autocollant avec le mot « Non ! ». En chemin, je croisai également des voitures surmontées de banderoles et klaxonnant sans arrêt en guise de soutien.

Je parvins à traverser la foule et à atteindre ma destination en zigzaguant parmi les manifestants ; je n'allais pas très loin, d'ailleurs. Je voulais me rendre dans un café qui paraissait avoir ouvert il y a très longtemps, un lieu devant lequel j'étais passée des dizaines de fois sans jamais en franchir la porte, mais où je pénétrai cette fois-ci. Daniel était là, près de la baie vitrée.

— C'est toi que je cherchais.

— Quel immense honneur ! répondit-il en se levant pour me saluer. Je t'avais aperçue tandis que tu tâchais d'avancer au milieu de tous ces fous, mais je n'aurais jamais imaginé que tu venais me voir. Assieds-toi, dis-moi…

Sur la table, en face du vieux fauteuil en cuir, il y avait un ordinateur portable, plusieurs livres et un bloc rempli de notes et de gribouillis. J'ignorais si le moment était bien choisi, mon irruption était peut-être un peu brutale. C'était néanmoins Daniel qui m'avait proposé de me donner un coup de main, au sujet de Fontana et de son bric-à-brac, à l'occasion du dîner impromptu chez Rebecca.

— Je ne t'interromps pas ? demandai-je tandis que j'ôtais mon imperméable. Nous pouvons nous rencontrer à un autre moment, si tu préfères.

— Bien sûr que tu m'interromps ! Et tu ne peux pas imaginer à quel point j'apprécie une interruption aussi agréable après une journée entière de travail.

L'endroit était confortable, accueillant : sol et murs en bois, fauteuils disséminés et deux tables de billard. Derrière le long comptoir vide, un garçon séchait lentement des verres tout en regardant un match de football américain sur un grand écran dont le son était coupé. Presque inaudibles à travers les baffles, Crosby, Stills, Nash & Young grattaient leurs guitares et égrenaient les notes de la légendaire *Teach Your Children.*

— Rebecca m'a dit que tu venais très souvent ici l'après-midi, expliquai-je en arrangeant mes cheveux ébouriffés par le vent.

— Le matin, je travaille en général chez moi, et l'après-midi, je préfère changer de cadre, m'aérer un peu. Ici, je me sens bien, il n'y a presque personne à cette heure-ci. Et le café n'est pas mauvais. Rien à voir, bien entendu, avec un bon café au lait servi dans un bar espagnol, mais c'est toujours ça.

Il leva sa tasse pour attirer l'attention du garçon et lui en demander un autre pour moi sans avoir à ouvrir la bouche.

Parmi ses livres, je découvris certains titres laborieusement lus lorsque mes enfants étaient petits. Je transportais, à cette époque, de grands sacs remplis des objets les plus inattendus : des personnages de Playmobil mélangés avec des paquets de Ducados, deux bananes, des stylos-billes sans capuchon et des sandwichs au jambon blanc entamés. Et un livre. Toujours un livre dans lequel je picorais tant bien que mal tandis que David dévalait un toboggan ou que Pablo donnait ses premiers coups de pied dans un ballon, ou bien en patientant dans la salle d'attente du pédiatre. Avec le temps, j'arrêtai de fumer, j'augmentai mon pouvoir d'achat, mes fils oublièrent les pompiers et les cow-boys et exigèrent des consoles vidéo et la liberté d'entrer et de sortir. Et ces grands fourre-tout se transformèrent en véritables sacs à main, en cuir, à la mode. Pourtant, je conservai de cette époque l'habitude d'y ranger presque toujours un roman.

Le garçon s'approcha, ma tasse dans une main et une cafetière en verre dans l'autre ; il resservit également Daniel.

— Les narrateurs espagnols de la fin du siècle, voilà ce qui m'occupe ; les vingt-cinq dernières années de votre littérature. Ceux d'avant et ceux qui ont surgi par la suite. Mais je suppose que tu n'es pas venue me voir pour bavarder de cette tribu, que tu connais sans doute autant que moi.

— Non, en effet, dis-je en ouvrant un petit sachet de sucre. Je voulais t'entretenir d'autre chose.

Il me jeta le regard de quelqu'un qui avait lu et vécu bien avant cet après-midi grisâtre.

— D'Andrés Fontana, je présume.

— Tu présumes bien.

— L'héritage se complique ?

— Tu n'imagines pas à quel point.

Je lui répondis, les yeux fixés sur mon café noir. J'avais baissé le ton sans même m'en rendre compte. Comme si j'évoquais les problèmes intimes d'un proche au lieu de commenter une affaire touchant au travail. Comme si ma tâche était subitement devenue quelque chose de profondément personnel.

— Tu peux me demander tout ce dont tu auras besoin, Blanca, je te l'ai déjà dit.

— C'est la raison de ma présence. À propos, tu sais que j'ai trouvé l'autre jour, au milieu de ses papiers, une carte postale de toi ?

— Impossible ! s'exclama-t-il avec un rire incrédule.

— 31 décembre 1958. Tu y annonçais ton départ depuis Madrid vers je ne sais où à la recherche de Míster Witt.

— Mon Dieu…, murmura-t-il tandis qu'il esquissait un sourire un peu nostalgique. Mon premier Noël en Espagne, alors que j'hésitais encore sur le sujet de ma thèse. C'est précisément lui qui m'a proposé de travailler sur Sender, et ce choix, qui aurait pu le prévoir? a profondément et à jamais bouleversé ma vie. Enfin, je ne souhaite pas te faire perdre ton temps avec mes batailles mélancoliques de l'époque des cavernes. Raconte-moi plutôt dans quel embrouillamini est en train de te fourrer à présent mon vieux professeur.

Je pris mon temps pour trouver les mots adéquats, pendant que je faisais fondre le sucre avec ma petite cuiller. Je ne savais pas comment expliquer exactement ce que j'attendais de Daniel.

— J'ai fini le classement par périodes de dix années jusqu'à fin 1950, et j'entame maintenant les textes de l'étape californienne, à partir de 1960, dis-je finalement. Ils sont intéressants, mais très différents des précédents.

— Moins littéraires, sans doute.

— En effet. Ils ne sont plus centrés en priorité sur des auteurs ou sur la critique littéraire, bien qu'il subsiste des notations à ce sujet. Ils se révèlent en général plus historiques, plus californiens, moins familiers, d'où mes difficultés à les traiter. En outre, de nombreuses données sont mélangées et j'ai parfois l'impression de me perdre, qu'il manque des informations.

— Et à présent tu veux savoir ce que j'en pense, s'il manque vraiment quelque chose.

— Exactement. Et tant qu'à faire, par pure curiosité intellectuelle, j'aimerais aussi que tu me dises, si tu es au courant, pourquoi il a effectué cette volte-face dans sa carrière. Pourquoi la littérature a-t-elle soudain cessé de l'intéresser et s'est-il consacré à l'histoire de la Californie, un domaine qui lui était étranger, éloigné de ses compétences académiques ?

Daniel réfléchit lui aussi un moment avant de me répondre, ses grandes mains entourant sa tasse.

— Pour ce qui est de la première question, à savoir s'il manque des informations et si je connais leur utilisation postérieure, la réponse est claire : je n'en ai pas la moindre idée. J'ai quitté Santa Cecilia très peu de temps après sa mort et, pour autant que je sache, tous ses documents sont restés à l'université et personne n'y a touché avant ton arrivée. Moi-même, je ne les ai jamais vus en dehors de son bureau.

— Combien de temps as-tu passé ici ? demandai-je à brûle-pourpoint.

J'étais peut-être un brin indiscrète ; la vie privée de Daniel Carter n'avait rien à voir avec mon travail sur Andrés Fontana et ses affaires, mais j'avais subitement très envie de la découvrir.

— Un peu plus de deux ans, moins de trois années scolaires.

— Il y a longtemps ?

— Je suis parti en 69, ça fait donc…

Il effectua un rapide calcul mental et ajouta :

— Trente ans déjà, mon Dieu… quelle horreur !

Il restait enfoncé dans le fauteuil en cuir. Ses longues jambes croisées, le coude gauche sur le haut du dossier, en pull-over bleu marine. Il semblait à l'aise, avait l'apparence de ces individus qui, à force d'aller et venir, sont capables de se sentir partout chez eux.

— Quant à ta seconde question, la raison de son revirement en matière de recherche, je me risquerai juste à émettre une hypothèse : après tant d'années, ma mémoire est un peu rouillée. Il me semble néanmoins qu'il s'est entiché de l'histoire de la Californie dès son arrivée, ce qui expliquerait ce changement que tu as observé dans sa production. Il a découvert une affinité entre cette terre et l'Espagne, et pourquoi? je l'ignore, elle l'a passionné.

— Mais pourquoi s'est-il installé ici, pourquoi a-t-il quitté Pittsburgh?

Je me sentais bien moi aussi. Grâce au caractère accueillant du lieu ou au réconfort de la tasse du café; ou bien à la facilité avec laquelle Daniel me mettait à l'aise.

— Tous ceux qui le connaissaient ont été surpris de sa décision : après avoir passé tant d'années dans un campus aussi grand et aussi urbain que celui de Pitt, déménager dans cette petite ville à l'autre extrémité du pays! Mais il avait ses raisons. En premier lieu, on lui offrait un poste de directeur plutôt tentant. Ensuite, il venait de divorcer, il avait mis fin à une relation qui lui avait laissé un goût amer et j'imagine qu'il a voulu prendre ses distances.

Je m'étonnai de cette information : nulle part je n'avais trouvé trace d'un quelconque mariage ou divorce parmi ses documents.

— Il avait épousé une enseignante de biologie d'origine hongroise. Je l'ai à peine connue, mais je sais qu'ils sont restés quelques années ensemble, se séparant, reprenant la vie commune, se torturant mutuellement. Puis ils se sont mariés. Je n'étais pas à Pitt à ce moment-là. C'est lui-même qui m'a raconté des années plus tard, sans entrer dans les détails, qu'ils s'étaient rendu compte de leur erreur au bout de quelques mois.

J'aurais voulu en apprendre davantage sur cette histoire, mais Daniel ne paraissait pas détenir d'autres informations à ce sujet.

— Bien qu'il n'en ait parlé à personne, continua-t-il, ce changement d'air lui avait sans doute été dicté par une santé délicate. Il respirait la force et l'énergie, ses élèves le surnommaient le taureau espagnol, mais c'était un fumeur invétéré et ses poumons avaient été fragilisés. L'hiver implacable et les fumées des usines de Pittsburgh l'éprouvaient de plus en plus. Il avait donc décidé de déménager, de gagner un endroit calme au climat tempéré et sans pollution. D'où son arrivée à Santa Cecilia.

— Et tu l'as suivi...

Je m'aperçus de nouveau, un peu tard, de mon indiscrétion. Pourtant, il ne parut pas s'en formaliser.

— Non, non, pas du tout..., répondit-il en changeant de position. Je suis venu longtemps après. Je suis d'abord allé dans différents endroits, puis un poste intéressant s'est libéré au sein de ce département, il me l'a proposé, et je me suis retrouvé ici. Mais ce n'était qu'une étape. En réalité, j'avais un autre but : l'université de Californie, à Berkeley.

Son espagnol me surprenait de plus en plus. Peu de natifs l'auraient manié avec une telle aisance et une telle richesse de vocabulaire.

— Tu as obtenu Berkeley, finalement ?

— En fait, tout s'est déroulé de façon imprévue... En résumant, je ne suis jamais devenu professeur à Berkeley et Andrés Fontana est décédé un peu plus de deux ans après mon arrivée à Santa Cecilia.

— Il était si malade ?

— Pas du tout. De fait, il allait beaucoup mieux, ici.

— Alors quoi ?

— Il s'est tué dans un accident.

Daniel but une gorgée de café avant de poursuivre.

— Au volant de sa voiture, une vieille Oldsmobile qu'il avait depuis un siècle.

L'idée d'une telle fin ne m'était jamais passée par la tête. J'étais inconsciemment convaincue que sa vie s'était achevée naturellement, qu'il était mort de vieillesse.

Je voulais continuer à lui poser des questions, Daniel semblait disposé à me répondre sans réserve. Certes, il ne m'apportait qu'une ébauche de la vie de Fontana, mais elle m'était précieuse pour resituer ses écrits dans leur contexte, pour tout considérer sous un nouvel éclairage. Je regrettais de ne pas avoir fait appel à lui plus tôt ; cela m'aurait évité de longues heures de doute et quelques migraines.

Notre attention fut soudain attirée par les bruits de la rue. Une foule nombreuse approchait, précédée du garçon aux dreadlocks et à la grosse caisse. La manifestation regroupait une multitude des plus disparates : des étudiants brandissant pancartes et haut-parleurs, des jeunes couples avec des poussettes, des professeurs et des habitants d'âge moyen, des scolaires avec des ballons colorés, les petites grands-mères énergiques qui vendaient des tee-shirts et vociféraient comme des harengères ; et aussi quelque individu extravagant par-ci, par-là, plus propre à un défilé de carnaval ou de Drag Queens.

— On y va ? dit Daniel en ramassant ses livres.

J'enfilai mon imperméable tandis qu'il finissait de ranger ses affaires, laissait plusieurs dollars sur la table sans attendre que le garçon apporte la note et inscrivait quelque chose sur une serviette en papier.

— Au cas où tu aurais encore besoin de moi.

C'étaient deux numéros de téléphone, sans doute son fixe et son mobile, que je m'empressai de fourrer dans une poche. Ensuite, il prit son sac à dos plein à craquer et l'accrocha à son épaule ; je fis de même avec mon sac à main.

— Merci beaucoup pour ces précisions, dis-je pendant que nous nous dirigions vers la sortie.

— Au contraire, Blanca, c'est toi qui me rends service. J'aime me souvenir de mon vieil ami, reparler de lui. Ça fait du bien de rafraîchir sa mémoire et de se réconcilier avec son passé.

L'après-midi devenait de plus en plus désagréable. À peine arrivés dans la rue, je serrai mon imperméable contre ma poitrine en croisant les bras et il remonta le col de son trois-quarts. Le vent s'engouffra dans nos cheveux.

— Tu sais ? ajouta-t-il en esquissant un sourire dans sa barbe claire. Andrés Fontana aurait à coup sûr participé à cette action. Il s'était toujours opposé à la moindre construction à Los Pinitos. Je t'ai déjà dit qu'il s'y promenait souvent, n'est-ce pas ? Surtout au cours des derniers mois, quand il ignorait encore l'imminence de sa fin.

Il me passa alors un bras autour des épaules, en partie pour me protéger du tumulte et en partie pour m'entraîner à l'intérieur de la foule. Nous étions maintenant au milieu de la manifestation, entourés de chants, de slogans et de roulements de tambour. Daniel, qui ne m'avait pas encore lâchée, fut obligé de crier pour se faire entendre.

— Il répétait souvent, mi-sérieux, mi-badin, qu'il était en quête de la vérité.

16.

À la mi-novembre, ce fut mon anniversaire, et avec lui son cortège de messages cybernétiques émanant de ma famille et de mes amis. La plupart me souhaitaient tous les bonheurs possibles et me demandaient au passage, comme si de rien n'était, la date de mon retour. Je ne répondis pas à cette question, non par goût du secret, mais parce que je l'ignorais moi-même. Ma bourse ne fixait aucun délai précis, elle stipulait simplement une durée d'environ trois à quatre mois jusqu'à l'achèvement de mon travail. Il me restait encore beaucoup à faire et, pour le moment, je n'avais pas l'intention de rentrer.

Accumuler les années n'était cependant pas la perspective la plus réjouissante pour celle qui vient d'être quittée par son mari pour une femme plus jeune, plus blonde et plus riche. Vivre loin de mes fils ne soulevait pas non plus mon enthousiasme, pas plus que, tous les quatre ou cinq jours, les coups de fil insistants de ma sœur me sommant rageusement de pourrir le chemin de mon ex-mari vers la félicité. Pourtant, je décidai de fêter l'événement, peut-être pour me prouver à moi-même que la vie continuait malgré tout.

À Santa Cecilia, personne ne savait que c'était mon anniversaire, la journée aurait donc pu s'écouler sans aucune célébration. Mais sans doute pour cela, pour rompre la monotonie quotidienne et introduire un peu de couleur dans mon existence, j'eus l'idée d'organiser une fête. Une fête espagnole pour ces nouvelles relations américaines qui m'avaient ouvert les portes de leurs maisons et offert leur attention et leur amitié. Une fête où seraient présents tous les ingrédients folkloriques des guides de voyage, peut-être un clin d'œil à cette soirée déjà lointaine du débat sur l'hispanité. Tortillas, gazpacho, sangria, olives farcies. En revanche, j'en cacherais le motif : mon âge n'intéressait personne.

Dans un accès de créativité, je confectionnai des invitations à l'aide de la vieille imprimante de mon bureau. Comme d'habitude, elle faisait des caprices, elle fonctionnait une fois sur deux. Je distribuai les papiers dans les casiers du département et parmi les élèves de mon cours. Conformément aux règles du savoir-vivre nord-américain, j'aurais dû prévenir plus tôt. Mais l'idée m'était venue sans que j'y réfléchisse, à l'improviste. Comme presque tout ces derniers temps.

Au fur et à mesure des réponses positives ou négatives, j'estimai le nombre de présents à une trentaine, personnes seules ou en couple. Luis Zárate accepta sur-le-champ, de même que certains collègues. Rebecca également, bien sûr. Daniel Carter essaierait de passer s'il arrivait à temps ; il rentrait ce soir-là d'un congrès à Phoenix, Arizona, me dit-il quand je lui téléphonai. La plupart de mes étudiants viendraient aussi.

Après avoir hésité, j'invitai Fanny, qui refusa sous prétexte qu'elle dînait tous les samedis avec les fidèles de son église. Je m'étais habituée à son étrange personnalité et nous avions fini par bien nous entendre. Avec de la tendresse, même. Ses petites excentricités ne m'étonnaient plus, ni son comportement parfois désordonné ; elle s'était transformée, au fil des jours, en une personne proche, voire chère. Pas exactement une amie, mais quelqu'un de spécial.

— Tu veux que je t'aide ou que je te prête quelque chose ? me proposa Rebecca quand je lui révélai mon projet.

Avant que j'aie eu le temps de répondre, elle jugea qu'elle avait mon accord et se mit à énumérer tous les objets indispensables à la transformation de mon appartement d'une quarantaine de mètres carrés en un endroit approprié pour une fête acceptable.

— Attends un peu… J'ai une table et des chaises pliantes pour lorsque nous sommes trop nombreux chez moi. Je peux te laisser des ustensiles de cuisine, et aussi une grande nappe, des verres et des couverts…

Je fus obligée de freiner son envahissante générosité, sinon mon espace, déjà réduit, n'aurait pas contenu même le cinquième de mes invités. J'acceptai la table, quelques chaises et deux ou trois autres choses. Le reste serait jetable. Zéro complication, à quoi bon !

— Tu me rejoins à la fin du cours vendredi après-midi et on va ensemble chez moi. On charge ma voiture et on porte tout dans ton appartement. Je dois aller à Oakland samedi matin, j'arriverai sans doute juste à temps pour la fête. Mieux vaut donc tout préparer la veille.

Nous nous garâmes devant chez elle un peu après cinq heures. Rebecca habitait depuis toujours cette maison avec un jardin touffu et une piscine à l'arrière. Et un grand chien placide, aux longs poils blancs et gris, au modeste pedigree, au goût prononcé pour les bords des pizzas et aussi sympathique que sa maîtresse. Il s'appelait Macán. Il était arrivé un jour, une dizaine d'années plus tôt, collé à la roue arrière du vélo de l'une de ses filles, me raconta Rebecca. Personne ne l'avait réclamé malgré les nombreuses affichettes apposées pour retrouver son propriétaire. Et Macán n'était jamais reparti.

Les lieux conservaient des traces des anciens occupants : des patins et des bicyclettes dans le garage, des cirés accrochés derrière la porte. Ni les trois enfants ni les cinq petits-enfants ne vivaient à proximité. La maison, cependant, ne paraissait pas être celle d'une femme mûre et indépendante, mais plutôt celle d'une famille dont les membres étaient allés au cinéma ou faire des courses. Bien que le nid fût vide, et qu'ils fussent tous partis construire leur propre vie aux quatre coins du pays, elle restait un refuge où chacun pourrait revenir à tout moment et se sentir de nouveau chez soi.

— Commençons par la cuisine, proposa-t-elle.

Une grande baie vitrée ouvrait sur le jardin et, au milieu de la pièce, un élément en bois contenait le four et la plaque de cuisson. Au-dessus de cet élément, les poêles à frire, les casseroles et des bouquets d'herbes séchées étaient suspendus à une armature en fer. L'efficacité de Rebecca s'étendait au-delà de son bureau et se manifestait jusque dans son environnement domestique. Tout était à sa place, les pots étiquetés, le calendrier accroché au mur avec des inscriptions parfaitement calligraphiées, les fleurs fraîchement coupées sur le plan de travail.

— Voilà pour le gazpacho, dit-elle en sortant de l'armoire un énorme engin électrique accouplé à un pot en verre.

J'essayai de lui préciser qu'un simple fouet suffirait, mais dans ce pays où tout se faisait en grand, c'était l'instrument le plus sommaire dont disposait Rebecca pour broyer quelques tomates.

— Et ça, pour la sangria. Pablo González, le professeur colombien, me l'a rapporté d'Espagne il y a des années, déclara-t-elle en brandissant triomphalement un énorme récipient en faïence doté d'un robinet à la base. Et maintenant, allons au sous-sol pour les chaises.

Le sous-sol était un espace ouvert où s'accumulaient en bon ordre les objets et le matériel les plus invraisemblables. Une table de ping-pong, des cartons sur lesquels étaient inscrits le nom du propriétaire et le contenu, des posters de chanteurs démodés, des centaines de disques vinyle, des tas de photographies, des fanions et des diplômes cloués sur un grand panneau de liège fixé à un mur. Le paradis d'un brocanteur rangé avec la perfection d'un défilé militaire.

Tandis que Rebecca cherchait les chaises pliantes, je ne pus résister à la tentation de regarder les photos accrochées avec des punaises. Elles retraçaient en images toute l'histoire de sa famille : pique-niques à la plage, fêtes enfantines, bals de promotion. Des bébés qui étaient désormais des adultes, des jeunes sans doute parents et grands-parents à présent.

— Bon, tout est prêt, annonça-t-elle une fois qu'elle eut entassé quelques chaises près de l'escalier.

Elle s'approcha quand elle vit que j'observais les photos.

— Elles sont très anciennes, ajouta-t-elle en souriant.

De même qu'elle m'avait montré le visage d'Andrés Fontana, peu de temps après mon arrivée, dans la salle de réunion du département, elle m'indiqua cette fois-ci qui était qui dans son grand album familial. Chaque image lui rappelait un souvenir, une anecdote.

— Celle-ci, c'est un 4 Juillet à la plage; ça s'est fini par un orage terrible qui a gâché le feu d'artifice. Là, une excursion à Angel Island, dans la baie. Ça, c'est le jour où mon fils Jimmy est tombé de sa trottinette; il s'est ouvert l'arcade sourcilière et on a dû lui faire sept points.

Elle continua à éplucher des scènes, se transportant dans le temps à mesure qu'elle montrait les photos. Jusqu'à celle d'un groupe de jeunes adultes.

— Mon Dieu! Ils ont une de ces dégaines! C'est si loin! Il y a bien longtemps que je ne l'avais regardée. Voyons si tu es capable de reconnaître quelqu'un, me défia-t-elle.

J'observai soigneusement l'instantané. Quatre individus à l'air libre, un homme de chaque côté, deux femmes au milieu. Tous adossés à une grande automobile rouge couverte de poussière. Au fond, un paysage désertique et ce qui ressemblait à des maisons mexicaines. Au loin, la mer. Le premier à gauche était un homme brun, le front ceint d'un large bandeau. Très mince, avec une chemise à fleurs et une bière à la main tendue vers l'avant, comme s'il portait un toast au photographe. Près de lui, une jeune fille menue au large sourire, les mains fourrées dans les poches de son short, deux tresses et un tee-shirt jaune orné du mot PEACE. Le troisième personnage était une jeune femme svelte, très belle. Sa grande bouche semblait sur le point d'éclater de rire. Sa robe blanche couvrait presque ses pieds nus, une multitude de colliers bariolés entourait son cou. À côté d'elle, un homme de grande taille en chemise délavée et jeans élimés complétait le groupe. On distinguait à peine les traits de son visage, cachés par des cheveux blonds retombant sur les épaules, une barbe touffue et des lunettes de soleil. C'était sans doute l'été, ils étaient hâlés, ils irradiaient de joie.

— Pas la moindre idée.

J'ignorais de qui il s'agissait, mais j'aurais bien aimé être l'un d'eux. Si radieux. Si insouciants.

— Celle-ci, c'est moi, dit Rebecca en montrant la jeune fille aux tresses.

— Non! m'esclaffai-je.

Il était en effet difficile d'imaginer la Rebecca Cullen élégante et mûre que j'avais devant moi sous les traits de cette gamine vêtue d'un short couvrant le strict minimum, et dont la poitrine proclamait la paix mondiale.

— Et tu connais quelqu'un d'autre. Regarde plus attentivement.

J'obtempérai, en vain. Elle posa alors un doigt sur le dernier personnage, le grand blond chevelu et barbu.

— Concentre-toi…

Je crus alors le reconnaître. Le visage était à peu près méconnaissable, mais il y avait quelque chose en lui qui me parut familier.

— Daniel Carter ? demandai-je, dubitative.

— Lui-même, confirma-t-elle avec un sourire nostalgique. Mon Dieu, que c'est loin ! Tu as vu comme on était jeunes, ces vêtements, ces cheveux !

Elle montra de nouveau la photo, pointant du doigt les deux autres personnages.

— Sa femme et mon ex-mari, Paul.

Je me mordis la langue pour ne pas demander aussitôt ce qu'ils étaient devenus. Ce fut inutile et ma curiosité fut satisfaite : tandis qu'elle s'éloignait du panneau et se dirigeait vers les chaises, Rebecca se mit spontanément à parler.

— Cette photo date de l'été 1968, au cap San Lucas, en Basse-Californie. Même si j'ai l'air très jeune, mes trois enfants étaient déjà nés. Paul, mon mari, était professeur de philosophie ici, à Santa Cecilia. Nous avions quitté le Wisconsin pour la Californie trois ans auparavant. Les Carter sont arrivés peu après et on est devenus de grands amis.

Nous grimpions l'escalier, elle devant portant les chaises pliantes. Moi traînant la table derrière.

— À cette époque, je ne me consacrais qu'à ma famille. Je ne travaillais pas, les enfants étaient petits et ils se suivaient de près. Nous venions d'acheter cette maison, elle était dans un état déplorable et nous étions encore en train de l'arranger. Mes parents sont venus de Chicago cet été-là ; ils ont gardé nos enfants pendant une semaine pour qu'on puisse enfin prendre des vacances.

Nous étions de nouveau dans la cuisine ; la Rebecca d'aujourd'hui et son efficacité étaient de retour dans la réalité.

— Bon, à présent, on va tout ranger dans le coffre.

D'abord la table, c'est ce qui prend le plus de place, ensuite les chaises et le reste dessus. D'accord ?

J'acquiesçai, mais j'aurais préféré qu'elle continue à me raconter des histoires de sa vie, de cet été de leur jeunesse où ils avaient parcouru la côte du Pacifique dans une voiture poussiéreuse.

Par chance, elle se débrouilla pour faire les deux choses en même temps.

— Paul nous a abandonnés quatre ans plus tard. Il s'est tiré avec une étudiante de doctorat. Ma fille Annie avait neuf ans, Jimmy, sept, et Laura, cinq. Il a prétendu que c'était une passion animale, une force supérieure impossible à contrôler.

Nous étions arrivés dans la partie avant du jardin, près de son auto. La nuit était tombée.

— Il a fait des va-et-vient durant un certain temps ; mes enfants ne savaient pas à quoi s'en tenir et moi je devenais folle. Il disparaissait une semaine, puis revenait en me suppliant de lui pardonner, jurant que c'était fini, qu'il me serait fidèle le restant de ses jours. Comme ça pendant quatre ou cinq mois.

Elle posa les chaises par terre et ouvrit le coffre sans cesser de parler. Sans dramatiser mais sans légèreté excessive, avec le détachement de celle qui, longtemps après, se remémore des événements passés. Macán, le chien, nous avait suivies et observait la scène étendu sur l'herbe.

— Annie, qui jusqu'alors avait été une fillette douce et appliquée, est devenue hargneuse, et en plus mauvaise à l'école. Jimmy a recommencé à faire pipi au lit. Laura ne parvenait à s'endormir que si je me couchais à côté d'elle. À un moment, j'en ai eu marre, j'ai rempli deux valises et nous sommes allés chez mes parents, à Chicago. Mets d'abord la table au fond, s'il te plaît.

J'obéis sans piper mot, puis elle se mit à ranger les chaises, une à une.

— On s'y est installés, mais Paul m'appelait tout le temps. Il admettait qu'il avait commis une lourde erreur, qu'il s'était conduit comme un véritable imbécile. Son histoire d'amour était finie, il ne verrait plus jamais cette fille. Il nous suppliait de revenir à Santa Cecilia, il affirmait qu'il ne pouvait plus vivre sans les enfants et sans moi. J'étais son seul et unique amour. Finalement, il a débarqué à Chicago. Il a discuté avec mes parents et avec nous, nous a demandé pardon pour les souffrances qu'il nous avait infligées, m'a juré que tout redeviendrait comme avant. Passe-moi le mixeur.

Elle parlait d'une voix normale, sans douleur, méthodiquement concentrée sur sa tâche.

— Finalement, il m'a convaincue. On est tous rentrés à la maison, et ça s'est très bien passé pendant deux mois. Le meilleur père, l'époux le plus tendre. Il restait des heures avec les enfants, jouait avec eux ; il leur a même acheté un chiot. Le soir, il faisait la cuisine et mettait des bougies sur la table, m'achetait tout le temps des fleurs. Puis un matin, après avoir préparé le petit déjeuner, il est parti à l'université et n'est pas rentré, ni ce soir-là, ni le suivant, ni encore le suivant. Le quatrième jour, il est réapparu. Il nous manque quelque chose, Blanca ?

— Et comment tu as réagi ? lui demandai-je tandis que je lui tendais le récipient pour la sangria, le dernier objet à ranger.

Elle referma le coffre d'un geste sec.

— Je ne l'ai pas laissé entrer. Je l'ai envoyé au diable et j'ai cherché un travail.

Elle tourna la tête et me regarda. À la lueur des réverbères du jardin, des rides fines et harmonieuses marquaient son visage autour de ses yeux clairs. Malgré l'histoire triste qu'elle me racontait, elle me sourit avec une pointe de douceur.

— Si cet été du cap San Lucas avait pu être éternel ! Je n'aurais jamais imaginé, alors, à quel point la vie serait dure pour nous tous.

17.

Daniel Carter partit fin octobre 1958 pour l'Aragon natal de Ramón J. Sender. Il visita dans la province de Huesca le village qui l'avait vu naître, Chalamera, ainsi que plusieurs lieux de sa prime jeunesse qui resteraient toujours gravés dans la mémoire de l'écrivain : Alcolea de Cinca, sous la montagne qui, selon ses propres termes, paraissait avoir été taillée au couteau; Tauste, où il situerait sa *Chronique de l'aube*, évoquant son amour d'enfance pour Valentina.

Il parcourut des chemins, s'abrita de la pluie dans des ermitages en ruine, dormit dans des auberges misérables et parla avec les habitants, dont il apprit une infinité de mots. Il but du vin dans les gourdes qu'on lui offrit et mangea ce qu'il y avait là où quelqu'un de généreux posait une assiette sur la table. De l'Aragon, il passa à la Navarre, de la Navarre à la Vieille Castille, de la Vieille à la Nouvelle. Prenant des trains ou des autocars, selon les cas, et grimpant dans de nombreux fourgons, camionnettes et charrettes lorsque des conducteurs bien disposés croisaient sa route, l'étudiant américain parcourut cahin-caha la topographie espagnole, subjugué par tout ce qui se présentait à lui. Des capitales de province avec des grand-rues, des jougs et des flèches; de nobles demeures, des maisons moins nobles et des maisons qui n'avaient presque rien de noble au milieu des flaques d'eau, des marchés et des bidonvilles. Dans les villages et la campagne, il découvrit des décors où apparaissaient presque toujours, récurrentes, les mêmes images : enfants crasseux, femmes marchant avec un panier en équilibre sur la tête, cochons et poules livrés à eux-mêmes dans les rues boueuses, hommes édentés coiffés d'un béret et juchés sur de vieilles mules. Dans le Nord, il trouva de la pierre, puis, à mesure qu'il descendait dans le Sud, de la chaux, mais les différences n'étaient jamais criantes. Arriération et misère partout, dans une Espagne qui n'avait atteint que depuis cinq ans le même revenu par tête qu'avant la guerre, lequel était déjà misérable.

Absolument rien à voir avec cette patrie qu'il avait laissée derrière lui : une nation prospère et dynamique où le baby-boom atteignait son apogée et où les citadins installaient, emplis d'optimisme, leurs maisons modernes dans les zones arborées des faubourgs. Un pays où les Ford Fairlane et les Chevy Impala encombraient les rues et où les appareils électroménagers n'étaient plus des objets de luxe mais des instruments indispensables à la routine domestique. Une Amérique gagnée par la société de consommation et pleine de contradictions, où le bien-être et les loisirs cohabitaient avec la paranoïa anticommuniste, les derniers soubresauts de la ségrégation raciale et la menace de la guerre nucléaire.

Malgré les immenses contrastes qu'il perçut lors de son périple espagnol, Daniel profita de chaque aspect de cette terre aride remplie de quignons de pain, de bouillies de farine au lard, de chicorée et de tabac haché, de cloches d'église, d'hymnes impériaux et de gardes civils allant par deux. Le froid était devenu mordant quand il regagna Madrid fin novembre, les pieds calleux, avec cinq cahiers pleins de notes, plusieurs rouleaux de pellicule pas encore révélés et la sensation d'avoir tiré le maximum de chaque minute de ce voyage initiatique.

Une fois installé de nouveau sous l'aile protectrice de Mme Antonia, après deux journées passées à se gaver des saveurs de ses marmites, il tint ses promesses et retourna dans le bureau de Cabeza de Vaca.

Il lui remit le rapport qu'il avait tapé à la machine dans sa chambre de la loge. Il y décrivait par le menu ses aventures : ce qu'il avait découvert sur la terre de Sender, les conversations avec les habitants, les visites dans les villes, les villages et les campagnes. Ce qu'il avait vu, vécu, senti, appris.

— Excellent, monsieur Carter, excellent, dit le professeur en rangeant les feuillets dans un tiroir. Et maintenant il vous reste à exploiter Madrid. Je vous attends demain au musée du Prado.

— Je vous suis très reconnaissant de votre intérêt, monsieur le professeur, mais je suis déjà allé au Prado. J'y ai passé un après-midi entier, et j'ai vu *Les Ménines*, *La Reddition de Breda* et *Les Fusillades du 3 mai*, et aussi…

Le haussement du sourcil gauche de Cabeza de Vaca lui suggéra qu'il valait mieux se taire.

— Considérez-le comme ma contribution à votre formation complète, jeune homme. Deux semaines intensives d'introduction à la peinture espagnole. À dix heures. Sous ma tutelle.

Ce fut ainsi que l'Américain finit l'année, parmi les tableaux, écoutant son nouveau mentor tandis qu'ils parcouraient ensemble, l'un claudiquant lentement, les galeries du musée. Par son intermédiaire, Daniel suivit également quelques cours qui se rapprochaient de ses centres d'intérêt et fit la connaissance de plusieurs étudiants qui l'invitèrent à deux fêtes et à une excursion à La Granja. Et ses journées s'écoulèrent de la sorte, à déambuler dans les rues automnales envahies par les marchandes de marrons et les vendeurs de billets de loterie qui promettaient un avenir opulent à un peuple encore affamé et misérable.

Mme Antonia n'eut pas à trop insister pour qu'il accepte de passer Noël avec le reste de la famille chez son fils Joaquín, qui logeait alors rue Santa Engracia. Celui-ci avait une femme, Teresa, et trois fillettes qui tombèrent amoureuses de ce grand escogriffe parlant espagnol avec un accent bizarre, capable d'avaler les *polvorones*[1] deux par deux, qui chantait à tue-tête avec elle les *villancicos*[2] et demandait la signification de mots que personne ne connaissait à part lui. Daniel prit un plaisir indicible à cette célébration bruyante au rythme de

1. Petits gâteaux que l'on mange d'habitude à Noël.
2. Chants de Noël.

la *zambomba*[1], des tambourins des enfants et d'une bouteille d'anis La Asturiana grattée à l'aide d'une fourchette. Il était tellement pris par l'ambiance qu'il ne remarqua pas les larmes furtives qui coulèrent des yeux fatigués de la veuve au souvenir de son Marcelino et du temps jadis, de cette époque à la fois terrible et si douce à jamais conservée dans sa mémoire.

— Tu passeras aussi la fin de l'année avec nous, n'est-ce pas ? lui demanda-t-elle deux jours plus tard.

Daniel avait dû insister pendant des mois pour qu'elle s'habitue enfin à le tutoyer.

— Eh bien... vous savez que je vous remercie du fond du cœur de votre hospitalité, mais j'avais pensé..., je pense... que j'aimerais peut-être sortir quelque part, si ça ne vous embête pas.

Il avait d'autres projets, ou, pour être plus exact, un autre. Se rendre à pied à la Puerta del Sol afin d'y retrouver l'agitation de la foule. Simplement. Il s'efforçait de suivre les conseils de Cabeza de Vaca : « Ne vous laissez pas aveugler par l'anecdote, jeune homme, ne vous contentez pas d'une vision superficielle. » Malgré tout, bien qu'il sût qu'il allait céder à la banalité et à la médiocrité, il ne put résister à la tentation de manger ses douze premiers grains de raisin au son des douze coups de minuit, entouré d'une foule tapageuse où foisonnaient les bouteilles de cidre et les langues de belle-mère, une masse informe de soldats en permission, de chenapans de toutes sortes et de provinciaux endimanchés tout juste arrivés à la capitale.

— Tu devrais dîner avec nous et t'en aller ensuite. J'ai déjà prévenu ma belle-fille : j'irai tôt chez elle cet après-midi-là pour cuire un petit cochon de lait qu'on va m'apporter de mon village. Je suis sûre qu'il sera délicieux, meilleur que ceux de Casa Botín[2].

— Vous croyez que j'aurai le temps ? demanda Daniel, qui en avait l'eau à la bouche.

---

1. Membranophone à friction souvent utilisé à l'occasion des fêtes de Noël.

2. Célèbre restaurant madrilène dont le cochon de lait est la spécialité.

La veuve savait que l'estomac du jeune homme était son point faible.

— Ne t'inquiète pas, nous aurons fini pour onze heures, je m'en charge.

Et il en fut ainsi : à onze heures et demie, il se trouvait Puerta del Sol. Il eut même assez de temps pour acheter quelques cartes postales, y griffonner deux ou trois mots et les glisser dans une boîte aux lettres.

Quand il se réveilla, le matin du nouvel an, il découvrit, sur un mur de la salle à manger de la loge, *La Chiquita Piconera*[1] ouvrant le mois de janvier dans l'almanach flambant neuf de 1959. Sur la table, du café frais et des *porras*[2] bien chaudes. Comme tous les jours.

— Bon, ça y est, encore une année. Et qu'est-ce que tu penses faire, à présent ? Rester à Madrid ou repartir vagabonder Dieu seul sait où ?

— Partir, partir. C'est ce que j'ai prévu, il faut que je travaille.

— Et tu peux nous dire où tu as l'intention d'aller, cette fois-ci ?

— Au Cantón de Cartagena, si je réussis à trouver le moyen de m'y rendre.

Míster Witt en el Cantón était le roman qui avait permis à Ramón J. Sender de remporter le Prix national de littérature en 1935. Pour son voyage suivant, Daniel avait donc choisi cette destination tellement significative dans la production littéraire de l'auteur. La veuve s'y connaissait très peu en géographie, comme dans beaucoup d'autres domaines étrangers à ses tâches domestiques. Incapable de l'aider, elle fut obligée d'aller chercher sa vieille carte d'Espagne après le petit déjeuner.

Daniel écarta le bol vide du café au lait et déplia la carte sur la table. Il prit la capitale pour repère et parcourut les environs de Madrid de l'index, en vain. Il continua en augmentant son rayon d'action jusqu'aux provinces voisines, rien. Et rien non plus un peu plus loin. Finalement, il atteignit les côtes. Il tarda un long moment à localiser ce coin

---

1. Tableau peint en 1930 par Julio Emilio Torres.
2. Sorte de grand beignet en forme de matraque.

perdu de la Péninsule. En réalité, il ne trouva que le nom de « Cartagena », le mot « Cantón » n'apparaissait nulle part. Mais c'était là, à cette extrémité sud-est. Il prit un crayon rouge et fit une croix. Sa prochaine destination.

18.

À la fin des années cinquante, traverser la Péninsule en train depuis Madrid représentait une aventure héroïque. Daniel la vécut, en spectateur privilégié et à la place d'honneur, depuis son wagon de troisième classe. Quand il avait pris son billet à la gare d'Atocha, il avait hésité : dans son pays, il aurait certes dû y penser à deux fois, mais ici les prix étaient si bas qu'il pouvait considérer toutes les options sans grand dommage pour son portefeuille. La première classe promettait un voyage confortable, mais fade. La deuxième, ni vrai confort ni expériences nouvelles. Il se décida donc pour la troisième, un pas supplémentaire pour connaître à fond la véritable essence du peuple espagnol. Et il ne fut pas déçu : de l'essence, il en reçut à pleines mains.

Les locomotives à vapeur constituaient l'âme des chemins de fer nationaux, une âme bringuebalante, pour laquelle le respect des horaires se réduisait à une simple illusion dépendant du croisement des omnibus et des trains de marchandises. Dans les wagons dotés de sièges en lattes de bois, on supportait l'hiver tant bien que mal grâce à la chaleur des corps entassés. Les trains s'arrêtaient sans cesse pour l'alimentation des chaudières; on entendait des coups de marteau sur les roues, les grincements des interminables manœuvres. Par les fenêtres entraient et sortaient des amas de valises en bois, de caisses en carton attachées par des cordes, de paquetages de militaires et de ballots enveloppés dans du tissu et contenant tout et rien. Il vit même un père et son fils échanger deux poules et un matelas enroulé à La Roda.

Il fut émerveillé par les quais transformés en marchés provisoires où, selon la localité, on proposait des biscuits d'Alcázar, des couteaux d'Albacete ou des billets pour le tirage au sort d'un jambon. Il fut encore plus fasciné, en l'absence de service de restauration, par le va-et-vient des paniers d'où émergeaient, toujours accompagnées d'un sempiternel et solidaire « Voulez-vous goûter ? », des miches de pain et des gamelles en fer-blanc remplies de tranches de lard. Les gourdes de vin passaient de main en main tandis que les voyageurs dévoraient férocement des sandwichs aux sardines longs comme des torpilles et entourés de papier journal, un cocktail d'huile et de nouvelles qui répandait des taches aussi noires que des escarbilles. « Buvez un coup, l'ami, disait-on à l'Américain. Goûtez ce petit bout de chorizo, prenez un morceau de boudin, c'est nous-mêmes qui avons tué le cochon, vous allez voir comme c'est bon. » Daniel ne refusa rien à personne.

La fumée dense des Celtas et du tabac haché s'accumulait au long d'interminables kilomètres, accompagnée des pleurs des enfants, des soupirs des vieilles éternellement en deuil et d'une odeur de pied persistante. Des inconnus bavardaient entre eux : prévisions sur les récoltes à venir, commentaires sur la dernière corrida d'Antoñete ou sur les exploits épiques réalisés l'année précédente par des parents émigrés à Barcelone.

De temps à autre, au prix d'un immense effort, il parvenait à se consacrer à *Míster Witt en el Cantón*. Recouvert de papier, pour éviter des problèmes. Il l'avait déjà lu à Pittsburgh mais à présent il avait besoin de reprendre quelques notes. Malgré des conditions inconfortables, il souligna au crayon des descriptions de lieux, des anecdotes et des noms parmi les pages de ce roman sur les aspirations indépendantistes et révolutionnaires de la ville où il se rendait. Vingt-trois jours, lui avait précisé Fontana, Sender avait décrit en vingt-trois jours, de sa plume agile, les aventures et mésaventures de la Cartagena insurgée de la Première République.

Deux policiers en civil déambulèrent plusieurs fois à travers le wagon. À mesure qu'ils demandaient les papiers, l'air mauvais, le volume des conversations baissait et les yeux des voyageurs se fixaient au sol, sans que s'élève la moindre protestation. Ensuite, une fois la formalité accomplie, tout redevenait comme avant et certains échangeaient des regards rapides ou étouffaient un soupir de soulagement. Finalement, tout le monde fut pris de somnolence ; tandis que l'un s'allongeait par terre et ronflait bientôt comme un bienheureux, d'autres laissaient aller leur tête sur l'épaule du voisin avant de se réveiller en sursaut.

À Chinchilla, Daniel sortit s'étirer et respirer un peu d'air frais – qui se révéla glacial dès qu'il eut posé les pieds sur le quai. Il se réfugia au buffet et demanda d'un geste la même chose que ce que consommaient les deux soldats accoudés au zinc : un verre de chicorée au lait et une coupe d'anis Machaquito.

Enfin, il arriva à destination. À sa grande surprise, la ville lui parut d'emblée radicalement différente de celles qu'il avait découvertes à l'intérieur de l'Espagne. Peut-être eut-il cette sensation parce qu'il s'agissait de son premier contact avec la lumière hivernale de la Méditerranée. Ou à la suite d'une altération de sa perception due à la fatigue accumulée dans le train. En tout cas, il y pénétra disposé à ouvrir un nouveau chapitre de ses vagabondages ibériques.

C'était un dimanche, les habitants s'étaient habillés en conséquence et s'adonnaient aux occupations du grand jour de la semaine. Sortie de messe, apéritif, choix de gâteaux à la pâtisserie La Royal. Il se laissa conseiller par deux dames qu'il aborda en pleine rue. Un endroit où dormir ? Ici même, à l'hôtel de la rue del Duque. Dans le centre et très propre, à quoi bon chercher ailleurs ? Pour le prix modique de soixante-quinze pesetas par jour, il prit une chambre, en principe pour trois nuits. En grimpant l'escalier avec sa valise, il éprouva des élancements dans la tête et une certaine torpeur, mais il attribua son malaise à la fatigue et au froid qui lui glaçait encore les os. Le lit exigu de la chambre lui parut soudain accueillant, pourtant il ne succomba pas à la tentation. Au lieu de se coucher comme le réclamait à l'évidence son corps, il rassembla toute son énergie et ressortit. Il ne se sentait pas bien et il en était conscient, mais sa volonté de ne rien rater le poussait à parcourir les rues, à vaquer le nez au vent.

Il trouva bientôt une rue piétonne. Longue, étroite et flanquée de terrasses, elle s'ouvrait sur une place qui, comme dans tous les centres de toutes les villes qu'il avait visitées, s'appelait del Caudillo. On devinait le port un peu plus loin, mais il ne réussit pas à l'atteindre. Ses forces déclinaient peu à peu, il avait la bouche sèche et dans ses tempes battaient les bruits de la rue et les voix des passants. Il décida de rebrousser chemin, de regagner la populaire calle Mayor, d'entrer prendre quelque chose dans l'un de ses cafés. Il ne remarqua même pas le nom prédestiné de l'établissement qu'il choisit au hasard : Bar Americano.

— Un verre d'eau, s'il vous plaît.

— Comment?

Le garçon, nœud papillon et calvitie luisante, l'avait parfaitement compris, mais il préféra y réfléchir à deux fois avant de le servir. La présence de ce grand type, le cheveu en bataille et les vêtements fripés, avait suscité une réaction hostile parmi les clients. Devant leur vermouth avec olive et leurs soucoupes de cacahouètes, les clients sur leur trente et un l'accueillaient avec des coups d'œil réprobateurs, des murmures soupçonneux et pas la moindre trace de sympathie.

— Un verre d'eau, s'il vous plaît, répéta Daniel. Ou de limonade...

Sans remarquer les regards ni les commentaires, Daniel, sa capacité de réaction nettement amoindrie, resta quelques secondes immobile, attendant qu'on lui serve une boisson quelconque pour soulager la sécheresse de sa gorge. Il ne reçut qu'une tape sur l'épaule, comme si l'on essayait d'attirer son attention.

— Il me semble que vous vous êtes trompé d'établissement, l'ami.

— Pardon?

En se retournant, il se retrouva nez à nez avec un individu à la fine moustache et tiré à quatre épingles qui lui arrivait à peine à hauteur des épaules.

— Ici, c'est un endroit pour les honnêtes gens. Sortez, je vous en prie.

— Je veux juste boire un verre d'eau.

Et regardant de nouveau le serveur, il insista une troisième fois pour qu'on accède à sa requête.

— Ou un Coca-Cola, si c'est possible…

— L'eau, c'est bon pour les grenouilles. Et les Coca-Cola, vous n'avez qu'à les boire chez vous. Allez, dehors ! Et au trot ! proféra le père la vertu.

Daniel s'efforça d'expliquer une fois de plus ce qu'il voulait à ce monsieur dont le visage, la voix et la moustache parvenaient de plus en plus déformés à ses yeux et à ses oreilles. Ses paroles, pâteuses et confuses, bien loin d'éclairer la situation, ne firent que confirmer les suppositions de tout un chacun : cet étranger malpropre était déjà saoul comme un cochon. Et il était à peine midi.

Le type l'attrapa par le bras.

— Fichez le camp, bordel ! C'est pas un endroit pour des minables comme vous.

L'espagnol de Daniel était sans doute heurté et difficile à comprendre, ou peut-être le mélangeait-il inconsciemment avec de l'anglais.

— Lâchez-moi, monsieur. *Please, sir, please…*

L'aguerri redresseur de torts ne paraissant pas vouloir changer d'attitude, Daniel, tout abasourdi qu'il était, se dégagea avec une brusquerie involontaire qui faillit expédier l'autre par terre.

La réaction apparemment agressive de l'étranger provoqua l'arrivée immédiate de renforts. Plusieurs clients ôtèrent leur veste afin de neutraliser l'intrus. La bagarre fut de courte durée : Daniel, ébahi et chancelant, se retrouva dehors en l'espace de deux minutes, au beau milieu de la calle Mayor, exposé aux regards indiscrets des passants, la chemise en bannière, le cheveu désordonné et une manche de la veste à moitié arrachée à hauteur de l'épaule.

« Misérables ! Vous allez vraiment oser ? Si vous voulez vous battre, vous serez servis ! Michael O'Reilly n'a jamais reculé ! » Le réceptionniste s'était rendu compte de l'arrivée de son hôte, toutefois il ne daigna pas lever les yeux : il était complètement absorbé dans la lecture d'un roman de Marcial Lafuente Estefanía. Sans le regarder, il se contenta de tendre la clé à Daniel, de faire claquer sa langue et de hocher la tête en signe de résignation ; puis il mouilla son pouce avec de la salive et tourna la page de *Incendiaires dans l'Oklahoma.* Tous ces étrangers extravagants qui débarquaient ici n'allaient sûrement pas l'empêcher de lire, dut-il penser. Et encore moins à l'instant précis où le shérif du comté allait truffer de plomb les deux hors-la-loi qui semaient la panique au saloon.

Daniel passa trente heures dans sa chambre spartiate, couché entre ses draps chiffonnés. Tantôt glacé, tantôt en sueur, comme en plein désert. À un moment, il reprit conscience, se leva et s'approcha du lavabo d'un pas chancelant pour boire un verre d'eau. Ce fut tout ce qu'il avala. L'après-midi du deuxième jour, on frappa à sa porte. Un coup discret, d'abord, puis plus insistant. Daniel articula péniblement un faible « Entrez ! », et il aperçut alors une tête féminine, l'air inquiet. Il ne sut pas qui c'était, la propriétaire de l'hôtel ou une employée, ou bien un ange avec un tablier envoyé du ciel. En tout cas, cette âme charitable, alarmée par l'absence de bruit dans sa chambre, changea les draps de son lit, ajouta une couverture et lui apporta deux pilules d'Okal, un verre de lait chaud et un solide sandwich à l'omelette qui lui parut délicieux, à présent qu'il se sentait un peu revigoré.

Cette nuit-là, il réussit à dormir d'un sommeil un peu plus calme, sans tremblements ni cauchemars. Le lendemain, en fin de matinée, il parvint à rassembler assez de forces pour se lever ; à gestes encore lents, il se doucha, se rasa, s'habilla et sortit. La fièvre et l'absence de nourriture lui avaient fait perdre deux kilos et avaient effacé jusqu'au moindre détail le souvenir de l'altercation du Bar Americano.

Un soleil amical l'accueillit. Il fut agréablement surpris par les façades modernistes et leurs capricieux balcons en fer forgé, par les miradors blancs ornant de nombreux bâtiments et les rues remplies de monde ; il fut séduit par la lumière et l'odeur de la mer. Pourtant il préféra ne pas s'égarer et se concentrer sur son objectif : trouver une pharmacie. Il savait qu'il avait souffert d'un simple et inopportun syndrome grippal et qu'il n'avait pas besoin d'un médecin, mais il se sentait encore faible et redoutait une rechute. Il lui fallait donc obtenir un remède infaillible pour ne pas rester à nouveau prostré dans sa chambre lugubre. Les indications du réceptionniste lui permirent d'arriver rapidement à destination.

La pharmacie du docteur Carranza allait fermer pour la longue pause de la mi-journée. Le propriétaire était parti depuis un bon moment ; il irait boire un apéritif et jeter un coup d'œil sur les journaux au casino avant de rentrer déjeuner chez lui – il ne fallait pas perdre les bonnes habitudes. Lorsque Daniel poussa la porte, l'employé quadragénaire, au teint jaune, ôtait déjà sa blouse blanche, pressé de se retrouver devant le riz au lapin que sa mère lui avait promis la veille au soir. Il essaya de dissuader le jeune étranger d'entrer :

— Nous fermons, monsieur, revenez cet après-midi si ça ne vous dérange pas trop.

En vain. Daniel était bien décidé à ne pas quitter les lieux sans sa dose de médicaments. Leur marchandage s'acheva quand une voix féminine s'éleva depuis l'arrière-boutique.

— Partez donc, Gregorio, ne vous inquiétez pas, c'est moi qui fermerai !

Quoique satisfaisante pour son estomac affamé, la proposition ne parut pas convaincre l'employé. Il n'était guère enthousiasmé à l'idée d'abandonner la pharmacie avec un étranger à l'intérieur, et il hésita un instant. Finalement, sa gloutonnerie l'emporta. Après avoir longuement dévisagé le nouvel arrivant, comme pour évaluer son degré de respectabilité, le dénommé Gregorio prit congé de la voix de l'arrière-boutique d'un hâtif « À tout à l'heure ».

La pharmacie dégageait une atmosphère apaisante, préfigurant les remèdes qu'espérait y trouver Daniel. Tout en elle inspirait la paix et le bien-être : le comptoir en marbre en face de l'entrée, surmonté d'une caisse enregistreuse centenaire ; l'arcade majestueuse donnant accès à l'arrière-boutique ; le sol en dalles noires et blanches tel un grand échiquier. Dans l'attente d'être servi, Daniel tua le temps en examinant les pots en céramique enfermés dans les armoires vitrées et en essayant de déchiffrer les inscriptions en latin.

La voix lointaine retentit de nouveau, et il fut désarçonné par sa proximité.

— Excusez-moi, j'étais en train de déballer une commande…

Il détourna son attention des étiquettes, la chercha. Elle se tenait à moins de trois mètres. Les pommettes encore rougies par l'effort et tâchant de remettre de l'ordre dans les bouclettes d'une chevelure blonde. Différente d'une pharmacienne conventionnelle, différente de ses camarades de classe et de couloir. Différente de toutes les femmes croisées jusqu'alors.

— En quoi puis-je vous aider?

Les bras en l'air, elle s'appliquait à dompter ses mèches rebelles, attendant qu'il s'exprime. Elle esquissait un sourire à mi-chemin entre la sympathie et la surprise de voir sa matinée s'achever sur un client si peu commun.

— Il me semble que j'ai un grippe, réussit enfin à balbutier Daniel.

— Une grippe? demanda-t-elle en accentuant son sourire du fait de l'erreur.

— Une grippe, je suis désolé.

Il se trompait encore souvent sur le genre des mots en espagnol. Plus encore quand, à peine convalescent, il se sentait un peu fébrile. Et a fortiori en présence de l'être le plus adorablement échevelé qu'il eût jamais rêvé de contempler.

Il l'écouta en silence lui conseiller quelques médicaments. Puis il l'entendit dénoncer les traîtrises d'un climat fatal aux étrangers, persuadés que tout n'était que volupté près de la Méditerranée. Muet, attentif, abasourdi, il ouvrit ses oreilles avec la foi d'un catéchumène, incapable de détacher son regard une seule seconde de la jeune femme, tandis qu'elle cherchait les médicaments dans les armoires et les tiroirs, avec une agilité de chat, et les disposait sur le marbre blanc du comptoir.

Les instructions sur les doses et la fréquence des prises touchant à leur fin, Daniel fut bien obligé de se préparer à payer. En même temps qu'il comptait l'argent, dans sa tête encore confuse il s'efforçait désespérément d'inventer une excuse pour prolonger ce moment, pour rester, pour ne pas perdre de vue ni la chevelure dépenaillée, ni les yeux gris, ni les longs doigts de l'inattendue pourvoyeuse de son bien-être. Mais son esprit obscurci semblait incapable de lui fournir le moindre prétexte ; et lui de ralentir ses mouvements, de compter et recompter les billets dans son portefeuille, de glisser celui-ci dans la poche de sa veste, de feindre de changer d'avis pour le mettre dans son pantalon.

Finalement, il n'eut plus rien à faire. Plus de monnaie à ranger, plus de portefeuille à fourrer dans sa poche, plus de mots à prononcer. Il lui restait juste à prendre son paquet et à partir.

— Vous avez été très aimable, merci beaucoup, dit-il poliment sur un ton dont il forçait le naturel autant que son cerveau troublé le lui permettait.

— Il n'y a pas de quoi, répondit-elle en lui tendant le paquet.

Il eut l'impression que leurs doigts se frôlaient l'espace d'une demi-seconde.

— Soignez-vous et couvrez-vous bien, ajouta-t-elle.

Il acquiesça ; tenant d'une main les médicaments enveloppés dans du papier de soie il éprouvait une sensation bizarre au creux de l'estomac. Il se dirigea vers la sortie, les yeux fixés sur les dalles blanches et noires, croyant sentir le regard de la jeune fille rivé sur son dos. Quand il actionna la poignée en laiton poli, il entendit tinter la vitre de la porte. La rue était à un pas. Et dans la rue, les gens. Des gens anonymes, des masses de gens parmi lesquels il ne retrouverait sans doute pas le visage qu'il allait laisser derrière lui.

Soudain, la voix de la jeune fille l'arrêta.

— Vous êtes un militaire de la base américaine ?

La porte se referma, la vitre cessa de sonner.

— Je suis américain, en effet, mais pas soldat, dit-il sans se retourner, sans la regarder, sans lâcher encore la poignée.

Puis il tourna enfin les yeux vers elle. Et fugacement, en un éclair vertigineux de lucidité et d'anticipation, ce bref mouvement lui permit de deviner que, d'une façon ou d'une autre, il ne s'en irait jamais complètement.

La jeune fille s'attendait sans doute à une réponse négative. Cet étranger n'avait pas une allure martiale, malgré sa prestance. Ses cheveux étaient trop longs, et ses postures, ses gestes, bien que corrects, dénotaient une certaine désinvolture impropre aux façons militaires. Elle lui avait néanmoins posé la question, et il avait répondu.

La réponse de Daniel visait un peu plus que de brèves indications sur son identité : il désirait ardemment qu'elle voie en lui l'homme qu'il était, dans son essence, et non un simple client de passage en quête du remède qui lui rendrait la santé. Il lui dit qu'il était en train de se spécialiser en littérature espagnole, qu'il aspirait à être professeur, qu'il était arrivé dans ce port sur les traces d'un roman...

La porte se rouvrit subitement dans son dos, l'empêchant de continuer. Trois petits tourbillons tousseurs et morveux s'engouffrèrent dans la pharmacie, suivis d'une mère aux abois.

— De justesse ! J'étais sûre que c'était trop tard !

L'établissement se remplit de voix, les enfants commencèrent à se poursuivre tandis que la pauvre dame s'efforçait de les contenir tout en farfouillant dans son sac à la recherche d'une ordonnance. L'un des gamins en poussa un autre contre l'une des armoires remplies de pots, le meuble vacilla, faillit se renverser. La mère colla une gifle au coupable tandis que la victime en rajoutait, se cachant la moitié du visage, hurlant comme un possédé et gigotant par terre.

Derrière le comptoir, la jeune fille, qui s'était résignée à interrompre leur brève complicité, haussa les épaules et adressa à Daniel une moue d'excuse et d'impuissance.

— Ne vous inquiétez pas, murmura ce dernier en esquissant un sourire à demi avorté.

Ils échangèrent leurs derniers mots, étrangers à la dispute familiale, se regardant par-dessus les trois garnements et leur génitrice résignée.

— Au revoir, lut-il sur ses lèvres.

Sa voix, noyée au milieu des pleurs des enfants et des réprimandes furibardes de la mère, parvint à peine à ses oreilles.

— Au revoir, répondit-il, presque inaudible lui aussi.

Lorsqu'il réussit enfin à détourner le regard de cette grande bouche et de ces yeux gris, il sortit de la pharmacie.

Jamais la rue ne lui avait paru aussi froide.

19.

Il ne la perdit pas de vue tandis qu'il la suivait à distance, sans deviner le moins du monde où les mèneraient finalement les pas élastiques de la jeune fille et son impétueuse foucade. Il savait qu'il n'y avait qu'une seule attitude raisonnable : retourner à l'hôtel, avaler ses médicaments et se reposer. Mais il n'avait pas pu, il n'en avait pas été capable. Il s'était posté à un coin de rue et il l'avait attendue en s'efforçant de cacher sa haute taille derrière un camion de livraison garé à proximité. Ensuite, il l'avait vue sortir.

D'abord, ç'avaient été la mère et ses trois petits démons toujours en pleine chamaillerie. Puis un vieux patraque qui avait réussi à se faufiler à la dernière minute dans la pharmacie, telle une couleuvre. Et finalement, elle. Enfilant un manteau bleu, écartant de son visage une mèche rebelle, cillant des yeux lorsque le soleil de midi l'aveugla par surprise. Sans l'obstacle du comptoir, Daniel put contempler son corps tout entier pendant qu'elle fermait et rangeait les clés dans une poche. Il sentit en lui quelque chose d'indicible. Même dans sa propre langue.

Guidé par sa chevelure blonde, il adapta le rythme de ses jambes à la démarche gracieuse de la jeune fille qui traversait les rues et avançait au milieu de la foule. Il la vit saluer les uns et les autres, à deux reprises elle s'arrêta pour échanger quelques mots. Lui, pendant ce temps-là, afin de passer inaperçu, feignant de renouer le lacet de sa chaussure, allumait une cigarette en se cachant le visage de ses mains ou lisait une affiche publicitaire collée à un mur. Plusieurs fois il se dit que c'était de la folie : il aurait dû l'aborder, lui demander son nom et la permission de l'accompagner, lui proposer un rendez-vous pour boire un café. Mais il n'en avait pas la force. Il avait du mal à réfléchir, il sentait encore les séquelles de la grippe. À tout autre moment, il aurait surmonté n'importe quelle difficulté. Maintenant, au contraire, il doutait.

Elle emprunta une courte côte qui parut les mener au-dessus du niveau de la mer, et l'absence de mouvements autour d'eux le fit redoubler de précautions. Il n'y avait presque personne, à part quelque véhicule de temps à autre. Il ralentit le pas, se retourna, rebroussa chemin de quelques mètres avant de reprendre sa filature. Ils atteignirent finalement un espace indéfini. À sa gauche s'alignaient les façades de divers bâtiments plus ou moins hauts; à sa droite, il découvrit une espèce de promenade flanquée d'une balustrade suspendue. En dessous, le port et, au fond, la mer. Pendant quelques secondes – le temps qu'elle mit pour entrer sous un porche – il eut le souffle coupé par le soleil et l'air marin, par la paix qui régnait à cet endroit. Chez elle, pensa-t-il.

Deux mouettes crièrent au-dessus de sa tête; le soleil se cacha soudain. Le vent était désagréable; Daniel remonta le col de sa veste, serra les bras autour de son corps et se prépara à rentrer à l'hôtel. Il retournerait cet après-midi à la pharmacie – il irait peut-être mieux.

Avant de partir, il regarda le nom de la voie. Paseo de la Muralla, lut-il. Il sentit aussitôt après un élancement dans son estomac et, parallèlement, il remarqua deux choses importantes qui lui avaient échappé jusqu'alors. La première, c'était que tôt ou tard il serait venu ici; en effet, Míster Witt, le héros romanesque dont il suivait la trace dans cette ville, était censé avoir vécu ici même. La seconde, qu'il jeûnait depuis plus de deux jours, à l'exception du sandwich apporté par la femme inconnue de l'hôtel. Par chance, cette question fut vite réglée dès qu'il eut trouvé une gargote. Le ragoût le fit réfléchir et les sardines parachevèrent sa réflexion; le flan balaya ses derniers doutes : ses recherches passeraient forcément au second plan. Au moment le plus inattendu, presque magiquement, il venait de trouver dans sa vie une obligation beaucoup plus pressante.

Il regagna son hôtel pour s'y allonger un peu, dans l'espoir que les médicaments commenceraient à faire de l'effet. Il en avait besoin : il avait de nouveau froid, ses jambes flageolaient et il ne s'était pas complètement débarrassé de la fièvre, bien qu'elle fût moins virulente que les jours précédents. Il se coucha tout habillé. Il pensait à elle, décidé à renouer le contact dès qu'il serait reposé. Mais il sombra dans un sommeil si lourd qu'il ne se réveilla qu'à vingt et une heures quinze, troublé et l'esprit embrouillé. Il se précipita hors de sa chambre, dévala l'escalier en enfilant sa veste et en maudissant sa sottise avec de sonores *fuck, fuck, fuck*. Il sortit de l'hôtel tout en se peignant les cheveux avec les doigts, puis il parcourut les rues à grandes enjambées vers la pharmacie. Les rares passants se hâtaient de rentrer dîner chez eux en famille, les trottoirs étaient presque vides et les boutiques fermées. À son grand dam, la pharmacie Carranza l'était elle aussi.

Il attaqua le lendemain matin avec la ferme intention de se lancer à la recherche de la jeune fille sans nom. L'employé était seul pour s'occuper des nombreux clients quand il franchit le seuil de la pharmacie. Daniel attendit patiemment son tour; on entendait, dans l'arrière-boutique, l'insistante retransmission radiophonique du tirage au sort de la Loterie de l'Enfant, et il écoutait les gens rêver à ce qu'ils feraient d'un gros lot qu'ils ne toucheraient jamais. *Deux mille quatre cent quinze : trois miiiille pesetas. Treize mille six cent quarante et un : trois miiiille pesetas...*

— Je suis à vous, monsieur...

— De l'aspirine, s'il vous plaît.

Il n'en avait pas besoin. Il espérait juste que le dénommé Gregorio lui fournirait quelque renseignement sur sa collègue de travail en sus de l'acide acétylsalicylique. En vain. Il obtint tout au plus le petit paquet de pilules adroitement enveloppé dans un morceau de papier.

— Huit cinquante, parce que c'est vous.

— Comment?

Daniel n'avait pas compris la plaisanterie; un bref instant, il se demanda s'il avait un traitement de faveur en tant que client de la veille. Ou comme étranger, ou pour une raison quelconque liée à la jeune fille absente. Mais il se trompait. Gregorio s'était contenté de ressortir, pour la énième fois, une blague qui lui semblait des plus amusantes.

— Huit cinquante, monsieur. Un petit billet de cinq, trois pesetas et cinquante centimes. Pas cher du tout. Et pour vous, madame Esperanza, ce sera comme d'habitude ? Deux boîtes de suppositoires laxatifs et de l'eau de Carabaña ?

Ainsi qu'il l'avait fait la veille, Daniel essaya de ralentir au maximum le paiement. Mais ses chances d'obtenir des informations diminuaient à mesure que l'employé se détournait de lui pour s'occuper des autres clients. C'est maintenant ou jamais, pensa-t-il.

— La demoiselle n'est pas là, aujourd'hui ? se risqua-t-il enfin à demander en montrant d'un geste l'arrière-boutique.

À tue-tête, comme si Daniel n'était pas seulement étranger mais également sourd, Gregorio proclama aux quatre vents :

— Non ! non ! La demoiselle n'est pas là, aujourd'hui ! Elle fait des courses ! Les Rois ! Les Rois mages ! Les Rois viennent ce soir !

Et d'entonner d'une voix de stentor : « Voici les Rois mages, voici les Rois mages, sur le chemin de Bethléem... » tandis qu'il actionnait avec agilité la caisse enregistreuse et qu'on entendait au fond les enfants de San Ildefonso claironner, pleins d'enthousiasme, le troisième gros lot sorti de l'urne.

Daniel erra à la recherche de la jeune fille pendant tout le reste de la matinée ; il changeait sans cesse de direction, parcourait du regard coins et recoins, les entrées des boutiques, les terrasses des cafés, les groupes d'amies. Mais la zone commerciale était limitée ; après avoir tourné et retourné plusieurs fois, il se retrouva à déambuler vainement dans les mêmes rues. À une heure et demie, tous les établissements se préparèrent à la fermeture de la mi-journée ; les employés baissèrent les rideaux métalliques à l'aide de longs crochets, les dames regardèrent soudain leur montre en poussant des cris inquiets, et l'agitation décrut peu à peu.

Ce fut alors qu'il l'aperçut enfin, fine comme une liane, enveloppée dans un imperméable beige serré à la taille, ses boucles rebelles s'échappant une fois de plus de la barrette qui les maintenait sur la nuque. Elle marchait entre deux femmes à l'aspect élégant et plus âgées qu'elle, qui bavardaient en se coupant sans cesse la parole. Soudain, elle le remarqua. Elle découvrit le bel Américain grippé qu'elle avait servi la veille, l'étudiant qui voulait exercer l'extravagant métier d'enseigner la littérature espagnole dans une université de son lointain pays. Et, pour la seconde fois de sa vie, Daniel Carter, d'habitude si résolu, resta les bras ballants.

Cet homme précocement indépendant qui, malgré sa jeunesse, avait déjà plus voyagé que beaucoup d'autres pendant toute leur existence, qui avait été capable de subvenir à ses propres besoins en travaillant au coude à coude avec de rudes ouvriers, qui avait lu tous les classiques espagnols et parcouru en solitaire les chemins poussiéreux de cette étonnante patrie, cet homme se sentit désarmé quand il la vit s'approcher.

— J'espère que les médicaments vous ont fait du bien.

Il ne réussit jamais à se rappeler sa réponse. Sans doute une banalité truffée d'incohérences grammaticales et de fautes de prononciation. Il se rendit seulement compte de la fin de l'entretien quand le dos de son interlocutrice se fut évanoui au milieu de la foule. Il n'avait rien appris de neuf, il ignorait toujours son nom. Mais le souvenir de son visage et de sa voix l'accompagna pendant tout le déjeuner. À aucun moment il ne parvint à la chasser de ses pensées, tandis qu'il essayait vainement de se concentrer sur la lecture en début d'après-midi, allongé tel un prisonnier sur le lit étroit de sa chambre d'hôtel. Il se sentait plus fragile que jamais, sans avoir rien à faire, sans savoir où aller ni avec qui partager ce qui le brûlait en dedans.

Quand il perçut enfin que la vie envahissait de nouveau les rues, après la longue pause que les familles espagnoles consacrent au déjeuner, il se prépara à sortir. Il ignorait encore que, ce soir-là, Melchior, Gaspard et Balthazar, doués d'un miraculeux et annuel don d'ubiquité, parcouraient simultanément des centaines de villes et de villages aux quatre coins de l'Espagne.

Daniel fut une fois de plus émerveillé par ces festivités urbaines inattendues. À tel point qu'il chassa un bref instant de son esprit la jeune fille de la pharmacie pour contempler le spectacle, observant, fasciné, les réactions des petits enfants et les somptueuses tenues des rois d'Orient et de leur suite. L'oubli fut malgré tout de courte durée. Le hasard voulut que la silhouette de la jeune fille surgît, à l'improviste, sans qu'il eût à la chercher au milieu de la foule.

Elle se tenait sur le trottoir opposé, presque en face de lui, tandis que le défilé passait entre eux au milieu des rires et des applaudissements. Elle portait le même imperméable que le matin ; il ne remarqua qu'un seul changement : l'écharpe verte autour de son cou. Elle riait et parlait avec quelqu'un à côté d'elle, quelqu'un dont la vue dissipa les illusions de Daniel, tel un château de cartes soufflé par le vent. Un homme jeune, cheveux coupés très court et visage hâlé, qui souriait en acquiesçant de la tête pendant qu'elle lui parlait, accrochée à son bras en toute confiance. Son fiancé, probablement, ou peut-être son mari. Un militaire ou un marin. Ce fut du moins ce qu'il pensa.

L'intérêt de Daniel pour tout ce qui l'entourait s'évanouit soudain telle une bulle de savon. Les enfants applaudissant à tout rompre cessèrent à ses yeux d'être de délicieux bambins pour devenir d'horribles braillards. Les majestueuses tenues des Rois mages et de leurs pages lui parurent d'un mauvais goût ostentatoire dans un pays qui manquait de tout. Et, pour comble, le cirage coulait sur le visage de Balthazar et Gaspard était en train de perdre sa fausse barbe.

Il sentit un brusque coup de chaleur, la fièvre sembla monter en flèche. Suffoquant, il décida de regagner son hôtel, de fuir ce tohu-bohu à présent insupportable. Mais il était bloqué parmi les gens, prisonnier de la foule massée autour de lui qui, étrangère à l'effondrement de ses pauvres rêves, continuait à s'amuser au passage du cortège. À ce moment-là, alors qu'il essayait désespérément de s'échapper, elle remarqua sa présence et le salua depuis le trottoir d'en face. Elle ouvrit et referma plusieurs fois la main, en un geste assuré, cordial, auquel il répondit maladroitement en esquissant un sourire machinal. Il regrettait de tout son cœur d'être venu dans cette ville où il collectionnait les ennuis. Finalement, il parvint à se frayer presque de force un passage au milieu des spectateurs mais, avant de se volatiliser, il ne put s'empêcher de se retourner encore une fois. Ils l'observaient. Et ils parlaient. De lui, sans l'ombre d'un doute.

Les tambours de ce maudit défilé continuaient à résonner dans la chambre. Il voulut lire, mais sans pouvoir se concentrer. Il voulut dormir, sans trouver le sommeil. Il resta allongé un très long moment, les bras croisés derrière la tête, la bouche fermée en un rictus amer et le regard fixé sur une tache d'humidité au plafond. Bouleversé, abattu. Lorsque son irritation se transforma en une contrariété plus supportable et qu'il réussit à analyser la situation sereinement, il admit qu'il n'avait jamais tiré les bons numéros dans cette loterie.

Ç'avait été un non-sens dès le début. La croire accessible, une pure illusion. Et une fanfaronnade de s'imaginer que, derrière sa sympathie, son sourire et l'éclat de ses yeux, se cachait quelque chose d'autre que de la simple courtoisie à l'égard d'un étranger désemparé.

Quand il eut plus ou moins réussi à se convaincre de l'impossibilité d'arriver à ses fins, il s'abandonna à des préoccupations plus terre à terre. Il était mort de faim. Bien que le défilé se fût achevé depuis longtemps, il ne se sentait pas le courage de ressortir dans des rues désertes parsemées des vestiges de la fête. Il descendit donc à la réception, dans l'espoir que la femme secourable de la nuit où il avait été malade lui préparerait un autre sandwich. « Avec du pain, on a moins de chagrin », se plaisait à répéter Mme Antonia, puisant la phrase dans son catalogue inépuisable de proverbes populaires.

Il ne trouva pas celle qu'il cherchait, mais le réceptionniste du premier jour était bien là, de nouveau absorbé par sa lecture. Il traversait cette fois-ci le désert de l'Arizona sans savoir si le gouverneur condamnerait ou non à mort les voleurs de bétail. *Nés pour la potence*, lut Daniel du coin de l'œil sur la couverture.

— Intéressant ? demanda-t-il.

Pour dire quelque chose. Au fond, il se fichait éperdument du contenu de cette littérature de gare.

— Bof… J'ai préféré *Du plomb dans le corps*, il y a pas photo. Et aussi *Le Lâche de Syracuse*, je vous raconte même pas. Je les ai rangés là-dessous, dit le réceptionniste en disparaissant derrière le comptoir.

Il en émergea aussitôt avec deux vieux bouquins aux pages cornées à la main.

— Si vous voulez, je vous en prête un pour ce soir. Je les rends pas avant demain au kiosque.

Daniel avait vu un tas de westerns au cinéma, mais il n'avait jamais lu de romans de l'Ouest américain. Même ceux de son légendaire compatriote, Zane Grey. Ce serait une mauvaise idée d'attaquer par des récits écrits par un Espagnol; qui sait quelles bêtises ils devaient contenir.

— Alors, vous m'en prenez un, l'ami? Les deux valent vraiment le coup, insista le réceptionniste. Et si ceux-ci vous plaisent pas, demain je vous en apporte quelques-uns avec les aventures du Coyote, j'en ai gardé un tas depuis des années. Ça se passe en Californie et les personnages ressemblent à des Espagnols, vous voyez ce que...

— Ne vous inquiétez pas, merci beaucoup. J'ai mes propres livres dans ma valise.

Il ne mentait pas, il avait plusieurs lectures en suspens. Des livres plus sérieux, plus essentiels pour ses études. Parlant de Jarama, de rideaux, de ruche et de vent d'est[1]. Des œuvres d'auteurs espagnols contemporains qu'il commençait à connaître.

— Bon, eh ben c'est vous qui voyez, mais sûr que vous trouverez rien de mieux. Allez, choisissez-en un...

La conversation fut interrompue par l'arrivée de son ange gardien anonyme, celle qui l'avait soigné lors de ses accès de fièvre. Pantoufles aux pieds, frisant la cinquantaine et avec un tablier à carreaux.

— Je voudrais savoir, Modesto, si tu vas toi-même prendre le service de nuit, ce soir, ou si ça sera enfin ton cousin Fulgencio.

— J'en sais rien, Catalina, il ne m'a pas encore prévenu.

— Est-ce que je dois déjà préparer le dîner ou j'attends un peu? J'ai de la soupe au vermicelle et des étourneaux en

1. Allusion à quatre romans datant de l'époque du voyage de Daniel et ayant tous marqué les lettres espagnoles : *El Jarama*, Rafael Sánchez Ferlosio, 1955; *La Colmena* («La ruche»), Camilo José Cela, 1951; *Entre visillos* («Entre les rideaux»), Carmen Martín Gaite, 1957; *Con el viento solano* («Avec le vent d'est»), Ignacio Aldecoa, 1956.

escabèche. Vous voulez que je vous en monte une assiette dans votre chambre? demanda-t-elle à Daniel, toujours accoudé au comptoir. La soirée est en train de se gâter, pas question que vous ressortiez dans la rue. Ça vous fera du bien. Vous avez une petite mine. Avec toute cette fièvre que vous avez eue; et en plus vous avez pas arrêté, vas-y que je monte et que je redescends! Vous allez retomber malade. Je vous mets de côté un peu de notre repas, quand il y en a pour deux, il y en a pour trois!

— Attends, Catalina! Avant, il doit choisir un roman. Alors lequel, l'ami?

Du plomb dans le corps fut le prix à payer pour le souper.

Daniel voulait consacrer la journée suivante à explorer le passé de Sender au moment où il avait écrit son roman. Avant de se coucher, il relut ses notes sur les lieux et les personnages. La taverne de la Turquesa sur la colline du Molinete, Paco, «el de la Tadea», dans le quartier d'Escombreras, Milagritos, passionnée et proche du peuple, toute une population à la vie et aux goûts modestes, le fort de Galeras. Plus rien ne l'intéressait, subitement. Malgré sa ferme intention de travailler, il décida de retourner à Madrid le lendemain ou le surlendemain si les choses restaient en l'état.

Sur le point de s'endormir, il ajouta une dernière résolution à sa liste : effacer de son esprit le souvenir de la jeune fille de la pharmacie. D'ailleurs, tout bien réfléchi, il n'y avait pas de quoi en faire tout un plat : elle marchait d'un pas trop dominateur, sa taille détonnait par rapport aux femmes de son âge. Et ces mèches en bataille, d'un blond criard au milieu des cheveux bruns et bien coiffés des Espagnoles. Il avait croisé dans sa vie, et il croiserait encore, songea-t-il, des femmes plus belles, plus accessibles, moins lointaines. Il plongea dans le sommeil, convaincu que son attirance pour la jeune fille s'était définitivement évanouie. À jamais, se répéta-t-il fermement. Une demi-heure plus tard, il rêvait que ses doigts s'enfonçaient dans les boucles blondes de sa nuque et qu'il l'attirait à lui, embrassant sa bouche si grande et si douce, semblable à un puits de miel.

Il pleuvait à verse le lendemain matin, et le déluge se poursuivit jusqu'au soir. Une journée triste, lugubre, des rues désertes, des commerces aux rideaux baissés, un ciel de plomb et des flaques où clapotait la mélancolie. Bien loin de perdre courage, Daniel s'élança à l'extérieur, muni d'un parapluie prêté par Catalina et auquel il manquait deux baleines, et de son exemplaire de *Míster Witt en el Cantón*. Couvert avec du papier journal, de peur d'exposer à la vue de tout un chacun le nom de cet auteur exilé. Il avait un but plus ou moins précis : découvrir qui avait été la source d'inspiration de Sender quand il avait créé son personnage de vieil ingénieur anglais dans la Cartagena insurgée de la Première République. Se renseigner sur les faits qui s'étaient alors produits ou sur les individus et les lieux truffant les pages du roman. Mais sa quête se révéla vaine : il ne rencontra personne digne d'intérêt au cours de cette journée jalonnée par les averses, les jouets et les réunions familiales. Et il ne trouva rien, comme il s'y attendait, au fil de sa déambulation. Ni le nom d'une rue, ni la plus petite plaque commémorative, ni la couverture d'un livre dans la vitrine d'une librairie. En plus, la bibliothèque municipale était fermée.

Le seul qui parut jeter un semblant de lueur dans un environnement aussi sombre fut un habitant d'un certain âge et qui avait l'air d'avoir bu quelques verres de trop. Dans une taverne de la rue Cuatro Santos, il lui déclara que Sender était une canaille rouge et que son nom était interdit dans cette patrie de paix et d'ordre obtenue grâce au Caudillo. Pour parachever sa diatribe, il se dressa sur ses jambes chancelantes et proféra un sonore « *¡Arriba España!* ». Le claquement de talons qui accompagna ce slogan patriotique fut si vigoureux que l'individu faillit tomber en arrière, et Daniel le retint de justesse.

Il revint à l'hôtel trempé et le moral en berne. Il passa l'après-midi le regard perdu dans la contemplation des taches du plafond, puis il commença une lettre destinée au professeur Fontana sans réussir à dépasser l'en-tête. Vers dix-neuf heures, il descendit à la réception et jeta un coup d'œil sur la presse locale. Un encart y annonçait la sortie, le jour même, au cinéma Central, du film *Le Prince et la Danseuse*. En cinémascope et technicolor. S'il se dépêchait, il arriverait à temps pour la séance de dix-neuf heures trente. Ça l'occuperait un peu. Même s'il redoutait d'entendre Laurence Olivier et Marilyn Monroe flirter en espagnol.

De retour dans sa chambre, il prépara sa valise : dans tous les cas, il retournerait à Madrid le lendemain. Sans avoir découvert quoi que ce soit d'intéressant pour son travail et sans la moindre intention de se donner une chance supplémentaire. Et avec l'image de la jeune fille de la pharmacie imprimée dans sa mémoire malgré tous ses efforts pour l'effacer. Il aurait bien l'occasion de consulter d'autres sources à la Bibliothèque nationale. Quant à ses regrets, ils s'évanouiraient avec le temps.

Pour éviter de revivre ses expériences de l'aller, il prit sans hésiter un billet en première. Il aurait le temps d'approfondir ses recherches sur l'essence espagnole; pour le moment, il n'aspirait qu'à s'en aller. Le plus vite possible.

Le train était déjà à quai, mais il préféra ne pas y monter tout de suite et contempler le va-et-vient des passagers et des bagages depuis un banc. Il ne restait pas trace de la pluie de la veille, il put donc s'asseoir et savourer sur sa peau les derniers rayons de soleil de cette terre où il ne reviendrait jamais.

Il aimait les gares et leur agitation, imaginer la vie des voyageurs et leur destination, les motifs de leurs déplacements. Certaines habitudes des Espagnols l'amusaient particulièrement, comme cette tendance à réunir des familles entières, toutes générations confondues, pour accueillir l'un de leurs membres ou prendre congé de lui.

Il observait le spectacle et se sentait un peu mieux du fait de l'imminence de son départ. Derrière lui, à travers la porte ouverte du buffet, au milieu du bruit des assiettes et des verres qui s'entrechoquaient, on entendait la radio. *Olé, olé, tu danses mieux que les vagues et tu as la grâce du ciel, la nuit dans tes cheveux, femme espagnole...* Le rythme cadencé s'insinua dans sa tête, sans qu'il s'en rendît compte, et il commença à taper du pied inconsciemment, tout en restant absorbé dans ses pensées. *Olé, olé, tes yeux sont si charmeurs que quand je les regarde de près, par leur éclat captivé, je suis leur serviteur...* Il en était persuadé, cette ville tomberait bien vite dans un oubli sans fond. *Olé, olé, les fleurs sont jalouses de toi, car tu renfermes, dans tes entrailles, l'essence de l'Espagne, María Dolores.* Dès que le train commencerait à s'éloigner, il ne subsisterait derrière lui que le léger souvenir d'un personnage littéraire dont il n'avait pas retrouvé la trace, et celui d'une femme qui l'avait furtivement séduit et dont il ne connaissait même pas le nom. *Olé, olé, parce que tu es belle et gracieuse, je t'aime…* Le martèlement de son pied s'arrêta, brutalement interrompu entre deux notes, laissant Jorge Sepúlveda poursuivre sa ritournelle désormais sans accompagnement. *Et au lieu de te dire bravo! María Dolores, je te chante un boléro…*

Un couple élégant dans la force de l'âge, une vieille dame très distinguée et trois jeunes garçons venaient de pénétrer sur le quai. Ils arrivaient en courant, les valises à la main. Instinctivement, Daniel ouvrit l'un des journaux qu'il avait achetés et se cacha derrière, non sans les observer du coin de l'œil.

Ils étaient accompagnés d'une jeune fille blonde qui retournait à l'université de Madrid, après les fêtes de Noël, pour finir sa dernière année de pharmacie. Il les vit échanger baisers et étreintes, plus chaleureux encore quand vint le tour du frère aîné, un jeune lieutenant d'aviation aux cheveux très courts et au visage hâlé, qui allait très bientôt rejoindre son affectation aux Canaries.

Daniel attendit la dernière seconde pour grimper dans son wagon. Penché à sa fenêtre, il vit la famille se rapetisser à mesure que le train s'éloignait, ses membres serrés les uns contre les autres, déjà conscients de cette absence tandis que leurs bras s'agitaient mollement.

La jeune fille, elle, s'efforçait de refouler une larme qui menaçait de couler le long de sa joue. Pour éviter de se mettre à pleurer, elle se concentra sur le rangement de ses bagages. Une grande valise, un sac de voyage, le manteau bleu du premier jour…

— Je peux t'aider? entendit-elle derrière son dos.

Elle accueillit Daniel avec un sourire radieux et ces yeux gris brillant comme la mer devant son balcon par les froides matinées d'hiver. Il découvrit enfin les six lettres de son nom.

20.

J'avais toujours aimé me débrouiller avec les poêles à frire et les casseroles, et j'éprouvais le même plaisir à me risquer à des innovations qu'à honorer de vieilles traditions culinaires. N'importe quelle excuse, la célébration du moindre événement étaient mises à profit pour réunir autour de la table famille et amis. La fin de l'année scolaire, un anniversaire, la plus modeste réussite de mes enfants ou un simple vendredi soir. Parfois, ç'avaient été des dîners bruyants avec conversations entrecroisées et interminables fins de repas. Ou bien des soupers intimes, vin et bougies allumées jusqu'à l'aube, avec la sensation que le monde s'était arrêté sous nos pieds.

Mais tout était différent, à présent. Mes amis de toujours étaient à l'autre bout du monde, ma famille s'était désintégrée et je n'avais rien de particulier à célébrer, sauf la confirmation, par le calendrier, que j'avais une année de plus. Triste perspective qui, à y regarder de plus près, me fournirait peut-être une bonne occasion de m'installer dans ma nouvelle vie. Une vie inattendue et non choisie, remplie d'absences et d'incertitudes. Une vie qui, soudain, presque d'un jour à l'autre, m'avait obligée à me réinventer, à aller de l'avant sans bien savoir où. Tel un enfant qui commence à marcher, mais avec quelque quarante-cinq années sur les épaules. Un âge qui aurait dû me garantir une maturité sereine, confortée par mon expérience et par tout ce que j'avais conquis au fil des ans, mais qui m'attrapait à un changement de cap. Avec une estime de soi en miettes, une vulnérabilité à fleur de peau et la saveur amère de l'échec dans la bouche. Sans attentes, sans illusions. Maîtresse d'un avenir confus et obscur, aussi flou que de l'encre diluée dans de l'eau.

Je sortis faire des courses au milieu de la matinée. Il me fallait des œufs, des pommes de terre, des tomates pour le gazpacho, des pêches pour la sangria, et de l'ail. Les anchois de la mer Cantabrique, les deux portions de manchego affiné et les divers autres mets, je les avais achetés quelques jours avant à prix d'or. Il ne me manquait maintenant que les ingrédients les plus élémentaires ; je ne choisis donc pas l'élégant Meli's Market mais me rabattis sur le G&G situé derrière la place. Là où s'approvisionnaient les étudiants et les familles aux revenus modestes. L'Amérique profonde.

J'allai droit au but et finis rapidement ; j'étais pressée de revenir et de me mettre aux fourneaux. Mais soudain, alors que je faisais déjà la queue à la caisse, je me rappelai que j'avais oublié les serviettes en papier. J'étais furieuse contre moi. Je fis demi-tour. Où pouvaient bien se trouver ces maudites serviettes ? J'étais en train de les chercher quand je l'aperçus, au milieu du rayon des articles pour la maison. Elle semblait étudier le contenu d'un gros pack de Kleenex, l'observait à l'endroit et à l'envers. Elle se soutenait à l'aide d'un déambulateur et, avec ses cheveux teints d'une blondeur incongrue à son âge et ses énormes lunettes de soleil, je l'aurais reconnue entre mille. La mère de Fanny, Darla Stern. L'ancienne secrétaire du département, il y avait bien longtemps de cela, celle qui n'était pas parvenue à susciter chez Daniel Carter la cordialité qu'il montrait toujours l'égard du reste des mortels.

Je lui tournai subrepticement le dos, au cas où elle m'aurait remarquée. J'avais peur aussi de voir Fanny débarquer à ses côtés, ce qui allait certainement se produire, et d'être obligée de m'arrêter et d'échanger quelques mots. Je supprimai donc tout risque, et donc tout danger, attrapai mes serviettes et m'éclipsai.

La journée s'écoula entre la cuisson des tortillas et le bruit des tomates dans le mixeur. D'une main, je battais des œufs, de l'autre, je chassais les fantômes qui, impitoyables, me hantaient, tant est grand le pouvoir des odeurs pour nous renvoyer au passé et extirper les émotions du plus profond de nous. Tout fut prêt une demi-heure avant huit heures. La table pliante de Rebecca avait un côté mobilier d'immigrés et ma nostalgie était bien sagement enfermée dans sa cage. Je m'habillai en noir, mis un CD de Ketama et, pour parachever l'espagnolade, accrochai à mes cheveux deux œillets d'un rouge éclatant que j'avais achetés sur un coup de tête à la sortie de G&G.

Je finissais d'appliquer la seconde couche de mascara lorsque le téléphone sonna. Sans doute Rebecca, pour me demander si j'avais besoin de quelque chose, ou bien quelqu'un s'excusant tardivement de ne pas pouvoir venir à la fête. Je me trompais. La voix tellement lointaine à l'autre bout du fil appartenait à celui qui, vingt ans auparavant, avait été presque une partie de moi-même. Quelqu'un qui, beaucoup plus grand que moi désormais, se débrouillait tout seul dans la vie, alors que j'aurais voulu le garder pour toujours à mes côtés et qu'il ne grandît jamais.

— Eeeeeeh ! Qu'est-ce que tu fiches, m'man ? Ici, la crème de l'Espagne !

Mon fils Pablo, à coup sûr en train de faire la tournée des bars au petit matin. Il séjournait, depuis l'été, dans la région de Cadix ; il passait son temps à y faire du surf, sa dernière grande passion avant sa prochaine lubie. Il avait terminé ses études de gestion en juin, déjouant tous les pronostics puisqu'il avait dû repasser, en cinquième année, trois matières de quatrième et une de troisième. Mais il était comme ça, impulsif et imprévisible. Sa décision de prendre une année sabbatique avant de songer à son avenir professionnel avait été, elle aussi, imprévisible. Alors que son frère avait obtenu l'année précédente une bourse pour un master à la London School of Economics, Pablo consacrait ses premiers mois de jeune diplômé à sauter comme un fou par-dessus les vagues au sud du sud de la Péninsule. Pourtant, il avait prévu de revenir à Madrid cette fin de semaine, et c'était de là qu'il m'appelait, en pleine nuit de bringue.

— Qu'est-ce que t'es vieille, mamie, quarante-cinq ans… Mais non… je blague… t'as l'air d'une gamine… La plus beeelle !

Je ne pus m'empêcher de sourire tandis qu'un pincement de mélancolie me vrillait l'estomac. Je m'assis sur le bord de la baignoire et me tins immobile dans l'espace réduit de la salle de bains. Mon petit garçon. Il était devenu grand bien trop vite.

— Écoute… tu m'entends ?

Il continuait à crier, sur fond d'un vacarme difficile à identifier.

— On est ici… et on était en train de parler de toi, on est sortis dîner et après boire un verre dans le coin, et puis un autre, et encore un autre, et… et… et çui-là il va avoir de mes nouvelles quand il rappliquera…

Un éclat de rire féroce ponctua sa phrase. J'ignorais qui était « çui-là », probablement l'un de ses copains. Il ne me laissa pas le temps de lui poser la question, il se contenta de me dire « Attends » et, ensuite, « Je te le passe ».

— Bonjour, Blancurria. C'est moi.

Le sourire que la voix de Pablo avait dessiné sur mon visage se transforma en un rictus. C'était Alberto, mon ex-mari, la voix nasillarde. M'appelant par le tendre diminutif habituel, celui du quotidien, de la complicité.

— Je suis ici, avec Pablito, j'ai été obligé de venir avec lui, il a un de ces culots ! poursuivit-il sans attendre ma réponse. C'est un homme, maintenant, avec une de ces tignasses… espérons qu'il va se couper les cheveux une bonne fois pour toutes, tu devrais lui en parler, tu sais bien qu'il se contrefiche de ce que je lui dis. Bon, eh bien… bon anniversaire. Je n'ai aucun cadeau pour toi, comme tu es si loin. L'autre jour, j'ai vu un tableau, pas grand-chose, une bricole, une marine avec des petits bateaux, une connerie, et j'ai pensé, pour Blanca, qui regrette toujours la mer en hiver. Mais ensuite je me suis rappelé que tu n'étais plus là, que tu es partie… bon, que… c'est moi qui suis parti…

Il se tut enfin, et je fus incapable d'articuler un seul mot. Le bruit de fond assourdissant rendait notre silence encore plus pesant. Nous restâmes ainsi un instant qui me parut interminable, muets tous les deux, lui dans son bar et moi dans ma salle de bains, chacun conscient de la présence de l'autre à distance. Malgré l'éloignement outre-Atlantique et l'abîme ouvert entre nous, malgré la distanciation affective que j'essayais de surmonter de toutes mes forces, nous nous sentîmes proches, Alberto et moi, pour la première fois depuis longtemps. Il fut le premier à parler. Le son de sa voix était clair. Pâteux, mais clair comme le cristal.

— Je ne sais pas si ç'a été une folie…

J'avais la gorge nouée, mes yeux se remplirent de larmes, néanmoins je parvins à les refouler. Je fus submergée par une douleur immense. Alberto. En un éclair, je revis son visage, son omniprésence. Le bruit de ses pas dévalant l'escalier, la chaleur de son dos contre moi, dans le lit. Ses cheveux bruns, son rire, ses doigts, sa peau. L'espace d'un instant, je désirai qu'il eût raison, que tout n'eût été qu'un mauvais rêve, et son abandon, qu'un cauchemar fiévreux. Que cet enfant qui grossissait dans le ventre d'une autre femme ne fût qu'un délire de mon imagination. Je pensai qu'il était encore temps de reconstruire nos vies, de recommencer. Temps de pardonner et d'oublier. Et je voulus le lui dire.

Pourtant, par quelque étrange manque de coordination neuronale entre les canaux de la pensée et ceux du langage, ou peut-être grâce à ce filet de sauvetage que la lucidité nous envoie parfois quand nous sommes au bord du précipice, les paroles qui sortirent de ma bouche furent toutes différentes.

— Adieu, Alberto. Ne me rappelle plus jamais.

Je n'eus pas le temps de digérer ce qui venait d'arriver ; j'entendis frapper à la porte alors même que je raccrochais. Je regardai ma montre, un peu plus de huit heures. Le moment de commencer. Avant de quitter la salle de bains, je vérifiai rapidement mon image dans le miroir. L'ornement folklorique au-dessus de mon oreille gauche me sembla soudain absurde. Ni mon humeur ni mon visage n'étaient propices à des œillets, je les arrachai donc d'un coup sec de mes cheveux. Je les jetai dans les toilettes, tirai la chasse d'eau, puis, avec un sourire plus faux que Judas, je sortis recevoir mes invités.

Bien entendu, Rebecca arriva la première. Avec un grand dip d'épinards et un gigantesque saladier de guacamole ; prête à aider, comme toujours. Ensuite une professeure de portugais et son ami canadien, puis, à peine deux minutes plus tard, trois de mes élèves avec chacun sa bouteille de vin. Luis Zárate, le directeur, reposé, en jeans, tequila sous le bras, leur succéda. L'appartement se remplit bientôt de voix, de musique et de fumée. Les assiettes et les plats de nourriture se vidèrent à une rapidité vertigineuse tandis que je m'efforçais de cacher, du moins superficiellement, mon désarroi. On entrait et sortait, il commençait à faire chaud, quelqu'un ouvrit une fenêtre. Certains ne vinrent pas, d'autres amenèrent des amis. Un de mes étudiants apporta une guitare. Il était accompagné d'un couple d'Uruguayens que je ne connaissais pas. Alors que je les saluais, je sentis qu'on me touchait le bras pour attirer mon attention.

— Je vais chercher des citrons verts et des glaçons, je reviens tout de suite.

C'était Luis Zárate, qui s'était spontanément chargé du bar dès son arrivée. Contrairement à ce que je pensais, il était venu seul, sans la jeune professeure d'allemand avec laquelle je l'avais aperçu et qui, d'après les rumeurs du département, sortait avec lui. Je ne l'avais jamais considéré comme un fêtard ou un noctambule, mais, à ma grande surprise, il faisait preuve d'une immense dextérité en préparant margaritas et caipirinhas et servait tout le monde avec bonne humeur.

— Parfait, et n'en profite pas pour t'échapper. On a besoin de toi pour la boisson, la nuit est loin d'être finie. À propos, d'où tiens-tu ce savoir-faire ?

— C'est juste un coup à prendre, dit-il en se rapprochant de mon oreille. Apprentissage académique de base. J'ai suivi un cours de cocktails il y a deux ans, mais motus et bouche cousue.

— Alors sois gentil avec moi, pour que je n'aie jamais à m'en servir contre toi.

— Si tu te conduis bien avec moi…

Il se rapprocha un peu plus. À en juger par son comportement, il avait dû boire la moitié des cocktails qu'il avait concoctés. J'entrai néanmoins dans son jeu : il était détendu et amusant.

— On verra quand tu auras changé l'imprimante de mon bureau, lui répondis-je en m'esclaffant, car j'avais moi aussi ingurgité pas mal de cocktails. Contente-toi de t'occuper des glaçons pour le moment.

— Et si… ? insista-t-il en faisant un pas de plus en avant.

Je ne le laissai pas poursuivre ; je le pris par le bras et le menai à la porte.

— Il y a un 7-Eleven au coin de la rue. Et ne t'avise surtout pas de conduire.

— À vos ordres, *doctorsita,* dit-il en imitant l'accent mexicain.

Je ne pus m'empêcher de rire tandis qu'il refermait la porte derrière mon dos.

Il y eut davantage de rires, de mélanges de langues, et finalement des accords de guitare et des claquements de mains qui ponctuèrent un répertoire hétéroclite de vieux standards en espagnol et en anglais, entonnés à tue-tête sans la moindre vergogne.

À un moment de la soirée, au milieu des éclats de rire et des strophes d'une *ranchera*[1], j'entendis frapper à la porte. Je supposai que c'était enfin Luis, parti depuis longtemps. Mais ce n'était pas le directeur. Daniel Carter se tenait devant moi, vêtu d'une vareuse en cuir, un sac de voyage dans une main et un sachet en plastique dans l'autre. Au fond, on continuait à massacrer pour toute une année la mémoire du grand José Alfredo Jiménez[2].

— Je pensais déjà que tu allais me faire faux bond.

— Plutôt mourir, dit-il en enlevant sa vareuse et en posant son bagage par terre. L'avion avait du retard, j'ai failli étrangler le pilote.

Et sans me laisser le temps de répliquer ni d'ajouter un seul mot, il saisit l'une de mes mains, m'attrapa par la taille et, unissant sa voix puissante au chœur discordant – *parce que j'aurai le courage de ne pas le nier, je crierai que je me tue pour ton amour, et on saura que par la faute de tes baisers je me suis perdu...* –, il m'entraîna à travers le salon en esquissant quatre pas de danse, à la recherche d'un reste de tortilla, introuvable à une heure aussi tardive.

La fête prit fin je ne sais plus quand, sans le plus misérable vestige de mes efforts culinaires et sans aucune nouvelle de Zárate. Mes responsabilités de bonne hôtesse s'enfuirent avec mes derniers invités ; je décidai donc de ne toucher à

1. Chanson typique mexicaine évoquant la vie des employés des ranchs (*rancheros*).

2. De nationalité mexicaine, José Alfredo Jiménez (1926-1973) fut et reste l'un des plus grands compositeurs de *rancheras.*

rien et d'aller immédiatement me coucher. Je n'avais pas la force de quoi que ce soit. Pas plus de ranger mon appartement que d'analyser les bribes de ma conversation avec Alberto, qui n'avaient cessé de tourner dans ma tête de toute la soirée. La fatigue et l'alcool me facilitèrent les choses : je m'endormis sur-le-champ sans consacrer une seule seconde de plus à ces tristes retrouvailles téléphoniques.

Le lendemain matin, après une bonne douche rafraîchissante, je me mis au travail. Au milieu des serviettes chiffonnées, des coupes vides et des dizaines de bouteilles bues jusqu'à la dernière goutte, je découvris deux objets oubliés la nuit précédente : un pull rouge tombé par terre derrière un fauteuil – il appartenait à l'un de mes étudiants – et un sac en plastique vert et blanc de la chaîne de librairies Barnes & Noble. Je regardai à l'intérieur pour savoir à qui il était, j'y trouvai un livre et une enveloppe à mon nom. Je revis soudain l'image de Daniel Carter lors de son arrivée tardive. Il tenait ce sac dans une main.

L'enveloppe contenait une simple carte avec deux phrases rédigées à l'encre noire d'une écriture ferme.

Que la lumière des années t'aide à voir plus clairement ton avenir.
Joyeux anniversaire.

Et un livre. D'un format moyen et à la jaquette jaune. *A History of California*. Je le feuilletai. Trois cent quarante-quatre pages en anglais qui égrenaient l'histoire de la Californie en quatorze chapitres, avec une carte, une chronologie, quelques photographies et une liste de références bibliographiques.

Je ne compris pas la signification de ce cadeau inattendu – sans doute un achat fait en passant, une simple formalité. Mais j'ignorais aussi comment Daniel avait appris que c'était mon anniversaire. Probablement une indiscrétion de Rebecca. J'y jetai un dernier coup d'œil, puis le posai à côté du pull, sur une chaise, afin de continuer mon ménage.

J'aérai l'appartement, remplis trois énormes sacs-poubelle, lessivai consciencieusement le sol et portai les innombrables bouteilles jusqu'au conteneur de recyclage. Après avoir terminé, je me rendis compte que j'étais morte de faim et que le frigo était vide. Je sortis donc manger un morceau. J'en profitai pour acheter les journaux et faire un tour. Puis je rentrai chez moi. Un dimanche après-midi d'automne. Un mauvais moment pour tenir en respect la nostalgie, a fortiori après le récent appel d'Alberto.

J'allumai la télévision dans l'espoir de me distraire un peu. CNN parlait d'un accident d'avion ayant provoqué dix-huit morts au Mexique, d'une explosion dans une maison de retraite du Michigan et de l'arrivée des Pokémon dans les cinémas. En zappant, je tombais sur une resucée de *Rambo III*, deux télé-achats, un reportage sur des salons de coiffure pour chiens et un énième et rebattu épisode de « Miami Vice ». La chaîne locale de Santa Cecilia suivait de nouveau l'affaire de Los Pinitos. Je m'y intéressai un court instant : les caméras parcouraient la zone et interrogeaient quelques passants. Avec plus ou moins de fougue, tous exprimaient leur hostilité au projet du centre commercial. Il y eut ensuite une interview de mon élève Joe Super, le professeur émérite d'histoire, dont je savais déjà qu'il était un fervent activiste de la plateforme favorable à la préservation des lieux. Il n'avait pas pu assister à ma fête de la veille. Il m'avait prévenue longtemps à l'avance qu'il serait en déplacement. Je fus contente de le voir au moins à la télé, dénonçant de façon convaincante les conséquences néfastes du projet immobilier. Après Joe intervinrent d'autres membres de la plateforme qui cessèrent de m'intéresser. Je m'endormis au moment où l'un d'entre eux mettait en doute l'authenticité légale de la propriété de la parcelle.

Il faisait nuit lorsque je me réveillai. Je regardai ma montre, la tête lourde : j'avais dormi plus de trois heures d'un sommeil dense et profond. Peut-être était-ce dû à la fatigue d'avoir nettoyé l'appartement. Ou aux effets de l'alcool et du coucher tardif. Ou bien était-ce un mécanisme inconscient de défense contre la mélancolie. En tout cas, et quelle qu'en fût la raison, la cruelle réalité était que j'étais ici, seule, face à la perspective d'une longue insomnie, enfermée dans un appartement à moitié vide. J'avais fini un roman vendredi et je n'avais pas eu le temps d'acheter un autre livre ou de passer à la bibliothèque. Je parcourus alors des dizaines de fois toutes les chaînes de télévision sans rien trouver de regardable. Je pris un yogourt, tournai les pages des journaux qui paraissaient avoir perdu toute actualité en quelques heures. Je lus un article sur le « dessein intelligent » ainsi qu'une interview avec Oprah Winfrey. Je mangeai une banane. Je maudis ma décision de ne pas avoir rapporté mon ordinateur portable cette fin de semaine : je ne pensais pas avoir le temps de m'en servir à cause de la fête. Ce fut alors que mon regard s'arrêta sur le livre de Daniel Carter, l'histoire de la Californie. Je l'ouvris et commençai à le lire.

J'en eus l'intuition à la troisième page et la certitude à la sixième. Ce cadeau ne se réduisait pas à un simple achat précipité. Au cours de l'après-midi où nous avions conversé en buvant des cafés, je lui avais raconté le casse-tête que constituait pour moi le legs de Fontana. Avec ce présent inattendu, Daniel me suggérait que ma façon de faire n'était peut-être pas la plus judicieuse et me donnait un conseil. Dans la constante fuite en avant qui paraissait caractériser toutes les facettes de ma vie depuis de longs mois, mon objectif immédiat se limitait à avancer dans l'étude des documents, à sauter rapidement par-dessus les barrières et les vides, à éluder d'emblée les obstacles et les manques qui surgissaient sans cesse dans les écrits. Textes incomplets, références inconnues, commentaires sur des annotations inexistantes et une immense ignorance de ma part.

L'ancien disciple de Fontana me soufflait à présent une solution pleine de sagesse et qui m'avait échappée, malgré son évidence. Du calme, avant tout. Et une documentation exhaustive, afin de compléter la feuille de route des écrits du vieux professeur sur la carte réelle du temps et des faits.

Je lus d'un trait les premiers chapitres et compris l'exactitude de mon intuition. Cette lecture m'aidait déjà à apprécier plus clairement la dernière partie du legs. Mais le contenu relatif à la présence espagnole en Californie n'occupait que les trois chapitres initiaux de l'ouvrage. Bien que cette information décrivît à grands traits l'arrière-plan général de cette histoire, je sus que je devais en apprendre davantage.

Il était près de quatre heures du matin. J'étais sur le point de m'endormir enfin quand je décidai de ne pas remettre à plus tard quelque chose d'important. Je tapotai sur mon téléphone portable :

LEÇON APPRISE. J'ESSAIERAI DE ME MONTRER À LA HAUTEUR.

Je supposai que Daniel ne lirait pas mon message tout de suite, mais quelque motif irrationnel me poussa à le remercier immédiatement. J'avais à peine éteint la lumière qu'un bip-bip résonna. Bien qu'engourdie, j'ouvris l'icône en forme d'enveloppe.

COMME TOUJOURS.

21.

Elle n'était pas flambant neuve, mais comparée à mon ancienne casserole antédiluvienne, on aurait cru un modèle d'une autre galaxie. Je ne perdis même pas mon temps à la brancher. J'allai tout droit voir le responsable.

— Ta fugue est pardonnée, déclarai-je depuis la porte.

Le Luis Zárate de toujours était assis derrière son bureau, maître de lui et professionnel. En apparence.

— Vraiment? demanda-t-il en levant ses yeux de l'écran de son ordinateur.

— On a perdu tes margaritas, mais j'y ai gagné une imprimante correcte, ça vaut la peine.

— J'ai même réussi à acheter des glaçons, tu as vu? Mais finalement j'ai préféré rentrer chez moi. J'avais un coup dans l'aile, et un verre de plus aurait été néfaste.

— Pour ta gueule de bois ou pour ta réputation?

— Pour les deux, je suppose. Ça s'est bien terminé?

— Bien, bien... On a un peu dépassé les bornes, mais c'était bien. Ç'a été une soirée très amusante.

— Et tu crois que je pourrai récupérer un peu de ce que j'ai loupé? dit-il en se levant de son fauteuil.

Je restai debout à la porte, sans la moindre intention d'entrer. La semaine commençait à peine, nous avions tous un tas de travail. Le moment était mal choisi pour une conversation prolongée. Je passais juste deux minutes dans son bureau, pour le remercier.

— Je crains que, comme hôtesse, je n'aie déjà rempli mes obligations.

— Alors c'est mon tour, à présent, rétorqua-t-il en s'appuyant sur le devant de sa table. Plus près de moi, plus à ma hauteur.

— Tu vas organiser une fête chez toi ?

— Je voudrais bien, sauf que, contrairement à toi, je suis nul pour ces choses-là. Non, mais nous avons un dîner en suspens à Los Olivos, tu t'en souviens ?

Exact. Depuis l'après-midi où il avait stoppé sa voiture près de moi sur le campus, quand nous avions fini de travailler.

— Je t'ai déjà donné ma réponse, c'est quand tu voudras.

Ma réponse était une fois de plus sincère. L'idée de sortir souper avec lui ne me déplaisait pas. Nous avions toujours mille choses à nous dire ; en outre, après avoir révélé, au cours de ma fête, sa facette plus humaine et moins formelle, il avait au moins gagné deux places dans mon tableau d'avancement personnel.

— Ce sera bientôt les vacances de Thanksgiving, tu préfères quand ? Avant, ou après ?

— Je n'ai pas de projets ; quand ça t'arrangera.

— Ma mère m'attend à Concord pour le fêter en famille, le devoir d'un fils unique. Et avant j'ai deux ou trois engagements. Peut-être vaut-il mieux attendre la rentrée.

Je faillis lui répondre que la semaine avait sept jours, que ce n'était sans doute pas nécessaire de prévoir autant à l'avance. Mais je me retins. Disons plutôt qu'elles me retinrent. Trois femmes surgirent alors devant la porte sur laquelle j'étais appuyée. Trois professeures du département installées à un autre étage et que je croisais rarement. L'une d'elles était Lisa Gersen, que nous tenions tous pour l'amie, la fiancée ou la copine de Zárate, la trentaine, la peau très claire, les cheveux tirés en arrière en un chignon et toujours juchée sur des talons hauts. Les deux autres étaient des collègues d'allemand.

Je m'écartai un peu en les voyant chargées de documents et de dossiers : elles avaient sans doute une réunion avec le directeur.

— On en reparle, dis-je à Luis en guise d'adieu.

Les nouvelles arrivantes protestèrent devant mon intention de partir.

— Ne t'en va pas, nous pouvons attendre, insistèrent-elles.

Luis se redressa et regarda sa montre.

— Parfait. Et nous fixerons une date pour notre rendez-vous.

Nous avions parlé entre nous en espagnol, mais Luis avait préféré ne pas mentionner le terme « dîner ». Il s'était contenté de « rendez-vous ». Peut-être machinalement, ou bien à cause de Lisa, quelqu'un qui avait été ou était encore très proche de lui. La seule chose qui me manquait, pensai-je : interférer dans une relation alors que je sortais à peine d'une histoire à trois dont j'avais été la personne de trop. Le moment était mal choisi pour être impliquée, sans crier gare, dans un nouveau triangle.

Je ne vérifiai même pas le fonctionnement de ma nouvelle imprimante, pas plus que je ne m'interrogeai sur les raisons qui empêchaient Zárate d'appeler un dîner par son nom. J'avais plus urgent à faire. Quelque chose qui n'était pas directement lié à ma fête mais à l'une de ses conséquences : le livre sur la Californie que m'avait apporté Daniel Carter dans un banal sac plastique, comme s'il s'agissait d'une lecture anodine. Ce livre qui avait éveillé mon envie de savoir.

Une demi-heure plus tard, j'étais installée à la bibliothèque, bien décidée à ne plus analyser le legs de Fontana tant que je n'en saurais pas davantage sur son contexte. Là, seule et isolée du bruit dans un coin perdu du quatrième étage, j'examinai les coordonnées géographiques et historiques indispensables à une meilleure compréhension des événements de cette Californie partagée aujourd'hui entre deux nations.

Parmi les documents que je consultai, je trouvai des faits concordants, des passages dramatiques et des centaines de données harmonieusement regroupées. Grâce à eux, je m'introduisis dans les grandes et les petites histoires de mes compatriotes lors de la naissance de la Californie, resituant dès lors les écrits de Fontana dans leurs justes lieux et circonstances. Et je compris comment le courage et la passion peuvent pousser certains bannis à affronter l'impossible au-delà de leurs propres frontières.

Je restai cloîtrée, sans quasiment parler à personne, pendant les deux premiers jours. Je prévins juste Rebecca de l'endroit où j'étais et je me plongeai dans le travail, comme si je cherchais les pièces éparses d'un trésor répandu au fond de la mer. Mais, à l'instar des plongeurs, moi aussi j'avais besoin de m'alimenter pour reprendre des forces. Je sortis donc manger quelque chose de rapide aux alentours de treize heures. J'avais enfin réussi à habituer mon estomac aux horaires de mes voisins.

Ce mercredi-là, en pénétrant dans la cafétéria, au milieu de l'agitation des étudiants et des professeurs, parmi les sacs à dos, les livres, les bruits de plats et de couverts et les relents de graillon pas des plus appétissants, j'aperçus Daniel Carter de loin. Il m'était toujours facile de le distinguer dans la masse grâce à ses cheveux clairs, sa stature et son allure décontractée. En pleine discussion avec deux autres professeurs, il semblait avoir fini de déjeuner et je l'entendis rire à deux reprises. Je supposai qu'il n'avait pas remarqué ma présence.

J'optai pour un burrito au poulet et un Coca-Cola. Entourée d'étudiants transportant des plateaux remplis de pâtes variées, de sandwichs gigantesques et de ce qui apparaissait comme le produit phare du jour, le goulasch de veau, je fis stoïquement la queue pour payer et m'assis dans un coin avec le journal de l'université en guise de compagnie. J'avais à peine goûté au burrito que la chaise devant moi cessa d'être vide.

— Quelle énorme surprise de te voir par ici, docteure Perea ! Je croyais que tu avais disparu.

— C'est ta faute !

Il me jeta un regard interrogateur.

— Ton livre sur la Californie m'a donné envie d'en savoir davantage. À propos, j'aurais dû te remercier, excuse-moi.

— Tu t'es déjà plus ou moins exécutée l'autre jour, à quatre heures moins dix du matin. À moins que je ne commence à rêver de toi ?

À mesure que j'apprenais à le connaître, je m'habituais à ses façons décontractées, à la cordialité qu'il affichait à l'égard de tous, et qu'on lui témoignait en retour. Il flirtait avec les serveuses, a fortiori quand elles étaient grosses et laides. Il serrait bien fort ses amis dans ses bras, regardait toujours les choses à travers le prisme de l'ironie, rendait tout facile autour de lui. Je ne l'avais vu tendu que devant deux personnes, par hasard le même jour. Zárate, lors du fameux débat sur l'Hispanité. Et la mère de Fanny, peu après. Pour quelles raisons? Je l'ignorais, et d'ailleurs je m'en fichais. Mon principal souci était de pouvoir compter sur lui afin qu'il m'aide à y voir plus clair dans les documents de son vieux professeur.

— Ce n'était pas un rêve. Tu as juste réussi à m'empêcher de dormir. Et à m'enfermer comme une nonne dans la bibliothèque.

— Tu ne peux pas savoir à quel point je suis content, dit-il en attrapant un petit morceau de mon burrito.

— Mais tu viens de finir de manger ! protestai-je.

— Tu as fait un meilleur choix que moi, mon goulasch était plutôt dégueu. Parle-moi de toi, où en es-tu ?

— Tout me paraît plus clair, à présent. Je commence à comprendre la fascination progressive de Fontana pour l'histoire de ses compatriotes sur cette terre ; il a développé une espèce d'engouement personnel pour cette question, d'où le revirement de ses recherches et cette passion de plus en plus forte pour la vieille Californie. En réalité, je perçois de mieux en mieux l'essence de ce monde qui l'a absorbé.

— Et en ce moment, tu étudies quoi, plus précisément ?

— Des documents ayant trait aux dernières missions franciscaines, à la fin de la Californie hispanique. Quelques années avant sa brève indépendance et son intégration aux États-Unis.

— Cette histoire des missions est très intéressante, bien que j'aie mis longtemps à m'en rendre compte. Je me rappelle que ça me semblait être un sujet soporifique lorsque Fontana travaillait dessus.

— Pourquoi ?

— Parce que j'étais un ignorant alors que je me prenais pour une lumière ! Je ne voyais pas du tout pourquoi un spécialiste de son acabit prêtait attention à de simples bâtisses en pisé, à une poignée de curés haillonneux et à quelques Indiens déboussolés dont on avait soudain transformé les noms, la langue et les fondements essentiels. Il n'a jamais réussi à me convaincre de l'intérêt de ses travaux, malgré tous ses efforts.

Il attrapa un autre bout de mon burrito.

— Le dernier, promis.

La cafétéria s'était vidée, il ne restait que trois ou quatre tables occupées. Le bruit de fond s'était atténué, on entendait quelques au revoir isolés et le choc des assiettes entre elles à mesure que le personnel les ramassait.

— Peut-être qu'il en a eu assez de se répéter, suggérai-je. Il avait besoin de découvrir de nouvelles perspectives dans ses recherches. Dans ces missions, tellement éloignées spatialement et pourtant si proches de sa propre culture, il a sans doute trouvé quelque chose de différent.

— Tu as probablement raison. Mais dis-moi, simple curiosité de ma part, as-tu trouvé une quelconque référence à une supposée mission Olvido ?

— Dans la documentation que je suis en train de consulter à la bibliothèque ?

Il fit non de la tête.

— Dans les papiers de Fontana.

— Non, mais il me reste encore pas mal d'écrits à analyser. Pourquoi tu me poses cette question ?

— Parce qu'il a mentionné plusieurs fois ce nom à la fin de sa vie. Bah ! je suppose que tu finiras par tomber dessus s'il en parle.

Nous sortîmes de la cafétéria et chacun retourna à ses occupations. Tandis que je me dirigeais vers la bibliothèque, et après l'évocation de cette supposée mission, les noms de la vingtaine d'établissements bâtis par les franciscains espagnols le long du Camino Real, du nord au sud de la Californie, trottaient dans ma tête. Je m'étais familiarisée avec eux ces derniers jours : San Diego de Alcalá, San Luis Rey, San Buenaventura, La Purísima, Santa Inés, La Soledad... Des histoires de moines intrépides et de soldats brutaux, d'Indiens baptisés et d'Indiens rebelles, de rois ambitieux d'expéditions en terre inconnue et d'une vieille Espagne aspirant à étendre à l'infini ses confins sans prévoir le caractère éphémère de ses conquêtes. Mais aucune trace d'une certaine mission Olvido, ça, j'en étais sûre. Je classai donc cette donnée dans le dossier *missions* de ma mémoire et poussai énergiquement la porte de la bibliothèque. J'étais de nouveau dans mon paradis si particulier, un paradis moquetté où m'attendaient tous les savoirs dont j'avais besoin en ce moment.

Le lendemain, au milieu de la matinée, je reçus une visite inattendue. Fanny, haletante et nerveuse, des petites gouttes de sueur coulant sur ses tempes. Elle soupira de soulagement en me voyant.

— Je vous trouve enfin, professeure !

Il était en effet difficile de me dénicher dans ce coin perdu du quatrième étage, un endroit presque toujours désert. La plupart des étudiants se concentraient à l'étage principal, dans les zones plus accessibles et devant les ordinateurs. J'imagine que toutes les places devaient être occupées en période d'examens. Mais ces jours-ci, à l'exception de quelque élève en quête d'un ouvrage précis, il régnait un calme absolu dans mon espace de travail. Un calme qui fut néanmoins troublé par l'arrivée spectaculaire de Fanny.

— Il se passe quelque chose ? demandai-je un peu inquiète.

— Non, non, grâce à Dieu. C'est juste que je vous cherchais depuis un bon moment. Mme Cullen m'a donné ça pour vous.

Elle me tendit une enveloppe couleur crème. À mon nom, un peu chiffonnée et avec deux taches imprimées dessus par les mains moites de la messagère dans ses impétueux efforts pour me localiser. À l'intérieur, une carte manuscrite : Rebecca m'invitait à partager avec elle et avec sa famille le dîner de Thanksgiving. Elle faisait preuve de son tact habituel en ne me proposant pas à brûle-pourpoint quelque chose qui ne me plairait peut-être pas.

Le jour de Thanksgiving ne signifiait rien pour moi. Il s'agissait d'une fête étrangère à ma culture et à ma liste de réjouissances nostalgiques. J'aurais pu passer la soirée seule dans mon appartement, à lire un livre ou à regarder un film, sans me sentir désemparée ni regretter mes fils, la dinde ou la tarte au potiron. Mais je savais que pour les Américains cela représentait un événement fondamental, la réunion familiale à laquelle ils étaient le plus attachés. Je fus donc touchée par l'invitation de Rebecca.

— Remercie Mme Cullen de ma part. Dis-lui que j'accepte bien volontiers et que je passerai la voir dès que possible.

— OK, murmura-t-elle.

Elle avait commencé à se balancer. D'avant en arrière, comme un rocking-chair. Les pieds collés au sol, les mains derrière le dos et les yeux baissés, concentrée. Son attention n'était plus fixée sur mes paroles, son OK aurait pu s'adresser à n'importe quoi. Son regard parcourait ma table et les nombreux livres, cartes et documents qui la recouvraient.

Nous restâmes un moment silencieuses ; tandis qu'elle observait la table, je l'observais à mon tour, et aucune de nous deux ne se décidait à parler. Finalement, elle me chercha des yeux.

— Vous ne travaillez plus sur le legs du professeur Fontana, docteure Perea ?

Sa voix était timide, presque honteuse. Elle pensait sans doute qu'elle se mêlait de ce qui ne la regardait pas.

— Si, bien sûr que si, Fanny. Seulement j'avais besoin de me documenter sur certains points avant de continuer, d'où ma présence ici. J'aurai bientôt fini. Dans quelques jours, je retournerai à mon bureau et nous nous verrons plus souvent.

Elle acquiesça sans interrompre son balancement. D'avant en arrière et d'arrière en avant. Ses cheveux raides, retenus sur un côté par une barrette enfantine en forme de nuage rose, suivaient le rythme. Elle fixa de nouveau son regard éteint sur mon matériel de travail. Trois livres ouverts et quelques autres fermés. Un tas de photocopies. Deux cartes dépliées. Plusieurs feuillets remplis de notes. Je me demandais ce qui pouvait bien l'intéresser dans tout ça.

— Lui aussi travaillait ici, dit-elle enfin en montrant la table. Comme vous, avec beaucoup de papiers et des cartes, toujours en train d'écrire. Il utilisait son stylo et une machine à écrire. Mais il n'aimait pas taper à la machine, du coup maman le remplaçait parfois. Maman tapait très vite. Trèèèèès vite. Sauf en espagnol ; elle ne comprenait pas l'espagnol. Rien qu'en anglais. Mais lui préférait écrire en espagnol. Et parler en espagnol. Tonton Andrés était gentil. Trèèèèès gentil. Il me faisait tout le temps des cadeaux. Des chaussures. Des vêtements. Et des poupées. Et il m'emmenait dans sa voiture. Et il m'achetait des glaces et des milk-shakes. À la fraise, surtout.

Il me fallut plusieurs minutes pour bien comprendre, pour me faire à l'idée que le Fontana de mes insomnies et ce tonton Andrés, dont elle prononçait laborieusement le nom dans ma langue, étaient une seule et même personne. J'étais surprise de cette relation si étroite entre Fanny et le professeur, et je continuai donc à l'écouter attentivement. Elle parlait sans me regarder; quoique en apparence encore posés sur la table, ses yeux étaient dans le vague, perdus dans le passé.

Je ne l'interrompis pas; elle ne m'aurait d'ailleurs pas entendue.

— Une fois, il nous a conduits à Santa Cruz Beach Boardwalk, près de la mer. C'est très ancien, le plus ancien parc d'attractions de Californie. Certains manèges étaient très amusants, trèèèèès amusants. Et d'autres dangereux. J'ai grimpé dans presque tous, c'est les montagnes russes que j'ai le plus aimées. Il est monté avec moi et il m'a donné la main pour que je n'aie pas peur. Maman est restée en bas. Ç'a été une journée magnifique.

Le demi-sourire qu'elle venait d'esquisser s'effaça sur son visage.

— J'ai été très triste quand il est mort. J'étais en train de dormir et j'ai été réveillée par Mme Walker, la voisine. Maman n'était plus là, elle était partie pendant la nuit. Je n'aimais pas être avec Mme Walker, elle me traitait d'idiote et d'autres vilains mots. Tonton Andrés ne me disputait jamais, il me disait toujours : « Très bien, Fanny ! », ou : « Parfait, Fanny ! » Lui aussi est comme ça avec moi. Il ne dit que des mots gentils et agréables. Rien que des bonnes choses.

Je battis des paupières, étonnée. J'avais perdu le fil de son discours. Je la regardai en essayant de fouiller dans son esprit pendant qu'elle égrenait souvenirs et sensations en balançant son corps, vêtue d'une robe couleur saumon bouilli boutonnée jusqu'au cou, le visage encore en sueur. Les yeux restaient égarés et les mots sortaient de sa bouche sans grâce, mais avec une certaine délicatesse.

— Il est comme tonton Andrés, mais différent. Je n'en vois aucun, mais je sais qu'ils sont là. Les deux sont gentils avec moi. Lui aussi me dit : « Vas-y, Fanny ! Tu y arriveras, Fanny ! Tu es une bonne petite, Fanny ! »

J'eus soudain un déclic. Je me rappelai son bureau, les autocollants de sa voiture, ses saluts enthousiastes. J'avais découvert qui était *lui*, cet autre individu qui la traitait avec la même affection qu'Andrés Fontana autrefois. Elle parlait de son dieu, ce dieu spécial qu'elle avait elle-même conçu à sa mesure pour illuminer les recoins obscurs de sa vie.

— Maman n'est pas contente quand je parle trop de lui, quand je lui consacre trop de temps, poursuivit-elle sur un ton monocorde. Sans doute parce qu'elle sait qu'il ne lui donnera jamais ce qu'elle veut. Ce que tonton Andrés lui donnait quand j'étais petite, mais pas après. Des cadeaux, des balades en voiture. Quelquefois, il la laissait même conduire. Je m'asseyais à côté d'elle et elle fonçait, elle fonçait. Elle aimait beaucoup conduire mais on n'avait pas d'auto, papa était parti avec en quittant la maison et on n'avait pas les moyens d'en acheter une, c'est pour ça que maman conduisait quelquefois la voiture de tonton Andrés. Moi aussi j'aime conduire. J'aime beaucoup. Après l'accident, son auto s'est retrouvée à la casse. Maman aurait bien aimé la garder, mais on ne pouvait plus la réparer. Elle était en miettes.

L'arrivée de deux étudiantes interrompit son monologue. Décontractées, en survêtement, bronzées sous des lampes. Elles bavardaient, riaient et agitaient en cadence leurs queues-de-cheval blondes. Elles nous ignoraient. Le fait de ne pas trouver le livre recherché semblait leur paraître hautement amusant. Leur babillage futile ramena Fanny à la réalité.

— Il faut que je m'en aille, il se fait tard, dit-elle en approchant sa montre à hauteur de ses yeux. Je dirai à Mme Cullen que vous irez la voir dès que possible.

Elle s'éloigna de sa démarche pataude tandis que je prenais un stylo feutre pour me remettre au travail. Mais je ne le débouchais pas. Fontana et Fanny flottaient encore dans ma tête. Fontana et Fanny, Fontana et Darla Stern, des liens inattendus qui surgissaient devant moi. Je n'avais jamais imaginé des relations aussi étroites entre la mère, la fille et le professeur, mais ce n'était pas non plus invraisemblable. Fontana avait été directeur du département; Darla, sa secrétaire; Fanny, une gamine un peu lente qui suscitait sans doute de la tendresse autour d'elle.

Le temps avait fait son office et remis de l'ordre. Lui était à présent absent, elles restaient ici. Lui, mort, elles, vivantes. Vivantes et avec son souvenir gravé dans la mémoire. Fanny, du moins. Et peut-être aussi Darla.

Je me forçai à reprendre mon travail et parcourus de nouveau la carte des vieilles missions. De Santa Bárbara à Santa Inés, de Santa Inés à la Purísima Concepción. L'après-midi s'écoula, le soleil déclina à travers les fenêtres. L'image du professeur espagnol et d'une petite fille grimpés sur une montagne russe continua néanmoins à flotter dans les airs. Pour me tenir compagnie, telle une minuscule araignée suspendue à un fil invisible.

22.

Je retournai le lendemain matin au Guevara Hall pour voir Rebecca. Son accueil fut chaleureux, comme d'habitude; elle me servit un thé. Elle travaillait avec une douce musique de fond et des fleurs fraîchement cueillies près de la fenêtre, mon rêve! Pour ma part, je n'avais jamais réussi à avoir une cafetière, une bouilloire ou une chaîne hi-fi dans mon bureau, malgré mes bonnes résolutions à chaque début d'année scolaire. Même pas un bouquet de marguerites ou un vieux poste transistor. J'avais tout juste gardé deux pots de fleurs qui avaient séché pendant l'été.

— Il y aura mes enfants et mes petits-enfants, comme toujours. Nous mangerons la dinde que je cuisine tous les ans selon la recette de ma grand-mère maternelle. Après le dîner, les garçons regarderont le football à la télé tandis que les filles rangeront la cuisine, conformément à la tradition, dit-elle avec un clin d'œil ironique.

— Ça me fera vraiment plaisir de passer avec vous une journée aussi spéciale.

Elle resta silencieuse quelques secondes, comme si elle hésitait entre partager une information avec moi et la garder pour elle.

— Daniel Carter viendra également.

— Super!

— Et… et quelqu'un d'autre.

Elle se tut de nouveau un instant, avant d'ajouter :

— Il y aura Paul, aussi.

— Paul... ton ex-mari?

Elle acquiesça d'un simple geste. Elle ne m'avait plus reparlé de lui depuis le jour de ma fête, et j'avais déduit de notre conversation qu'il avait complètement disparu de sa vie ; à l'évidence, je m'étais trompée.

— Peut-être parce que... ?

— Si tu penses à une réconciliation, la réponse est non.

— Alors quoi?

— Eh bien parce que la vie connaît des retournements inattendus, Blanca. Parfois on croit que tout est clair, et soudain on se rend compte que c'est plus compliqué qu'on ne le supposait. Maintenant je ne veux qu'une chose : qu'il se retrouve avec ses enfants.

— J'imaginais que vous aviez perdu tout contact avec lui...

— Il nous appelait de temps en temps; au début, il essayait de voir les petits au moins deux fois par an. Mais eux n'ont jamais compris son attitude changeante, un jour adoration, et le lendemain indifférence...

— Et ils se sont eux-mêmes éloignés de lui.

— En effet, oui. Il s'est créé une distance de plus en plus grande, dans tous les sens du terme, et finalement ils n'ont plus voulu en entendre parler.

— Il vivait sans doute loin.

— Il n'est jamais parvenu à s'installer vraiment quelque part; il a changé d'université un tas de fois et, d'après ce que je sais, aucune de ses relations amoureuses n'a été stable. Puis les enfants ont grandi et ont mené leur propre vie. Malgré tout, je veux de nouveau les réunir.

— Pourquoi, Rebecca? Pourquoi maintenant, après tant d'années?

— Pour qu'ils se disent adieu. Ce sera très probablement la dernière fois.

Elle ôta ses lunettes et ferma les yeux. Elle massa, de deux doigts, le haut de son nez, là où la monture avait laissé deux légères marques symétriques. C'était peut-être un peu douloureux, ou bien elle souhaitait se protéger avant de répondre à la question suivante.

— Et eux ne savent pas qu'il sera là, n'est-ce pas?

Elle fit non de la tête, puis elle mit quelques secondes à peine à éclaircir la situation, sans me laisser le temps de l'interroger.

— Paul est revenu en Californie depuis trois ans. Il est interné dans une institution à Oakland, où je vais le voir de temps à autre. Il a la maladie d'Alzheimer.

Le grand jour arriva finalement : quatrième jeudi de novembre. Ainsi que me l'avait annoncé Zárate, l'université supprima quelques journées de cours et le campus se retrouva désert, avec pour seul occupant un automne déjà bien installé. La plupart des étudiants s'étaient envolés vers le nid familial, les résidences et les colocations étaient désormais vides, les casquettes, les vélos et les sacs à dos avaient disparu, de même que les rires et les voix dans les salles de classe et les couloirs. Et les expatriés tels que moi furent par chance accueillis chez des amis.

Je mis longtemps à choisir ma tenue pour ce dîner : je ne savais pas si ce serait une soirée très habillée ; quant à l'atmosphère dans laquelle elle se déroulerait, je n'en savais rien non plus, vu que les enfants ignoraient la présence de leur père. Peut-être qu'ils l'accepteraient tout naturellement, en comprenant les sentiments de leur mère. Ou bien ils le prendraient très mal, incapables d'admettre que Rebecca veuille recoller les morceaux d'une famille brisée. Brisée, mais réelle.

J'optai pour un ensemble en velours bordeaux avec des boucles d'oreilles en argent qui m'avaient séduite le printemps dernier, lors d'un voyage à Istanbul avec Alberto et ses frères. Des boucles très longues que je n'avais jamais portées. Je les avais gardées pour l'été, pour ces soirées détendues au bord de la mer, pour ces soupers remplis d'odeurs salines, de rires et d'amis. Pour ces journées de toujours qui ne s'étaient jamais renouvelées. Au cours de ces mois de chaleur et d'amertume, il n'y avait pas eu de dîners sous les étoiles, ni rires ni amis. Rien que de la rage et du désarroi, ce désarroi qui m'avait poussée à changer de vie. Mais tout cela était désormais derrière moi. Il fallait que je regarde vers l'avant, maintenant, et, en hommage à cet avenir qui s'ouvrait devant moi, je décidai de mettre enfin mes nouvelles boucles en vieil argent.

À cinq heures de l'après-midi, une heure de repas totalement saugrenue pour un estomac espagnol, je sonnai à la porte de la maison de Rebecca, munie d'une bouteille de vin Tondonia achetée pour le prix d'un bidon de pétrole et d'une boîte de chocolats pour les enfants. Je fus accueillie par deux petits lutins blonds qui m'imposèrent une série de questions et de conditions avant de me laisser entrer. Comment tu t'appelles ? D'où es-tu ? Pour qui sont ces bonbons au chocolat ? Combien d'enfants tu as ? Montre-nous tes chaussures, baisse-toi, montre-nous tes boucles d'oreilles, promets-nous que tu nous les prêteras à la fin du dîner. Puis les deux blondinettes filèrent comme des balles en direction du jardin, et je remarquai seulement alors Daniel, son long corps appuyé contre le chambranle. Veste grise, chemise bleue et cravate, un verre à la main, il observait la scène, amusé.

— Examen réussi, dit-il en souriant tandis qu'il s'approchait pour me saluer.

— Ce n'est pas si facile que ça : les enfants sont impitoyables, et si tu ne leur plais pas tout de suite, tu es fichu Cette cravate te va très bien, mais elle est un peu tordue.

– Ces deux diablesses ont essayé de me l'enlever, elles sont très dangereuses.

— Laisse-moi faire.

Je lui tendis le vin et la boîte pour avoir les mains libres et redressai le nœud.

— Maintenant c'est parfait.

Il régnait un calme surprenant dans la maison, compte tenu des préparatifs d'un grand dîner familial. On entendait néanmoins les sons étouffés d'une conversation derrière les portes coulissantes qui séparaient le séjour de l'entrée.

— Les choses en sont où ? demandai-je tandis qu'il me conduisait à la cuisine.

— Aucune idée. Je suis arrivé depuis à peine dix minutes. En ce moment, Rebecca discute avec ses enfants. Je suppose qu'elle leur explique la situation. Ils ont sans doute été plutôt ébahis de découvrir leur père ici. On l'a amené il y a un instant, il est dans le jardin en compagnie de son infirmière. Les petits aussi sont dans le coin, ils font des bêtises et regardent leur grand-père comme s'il s'agissait d'une bête de foire.

— Ils ne le connaissent pas ?

— Ils ignoraient même jusqu'à son existence.

Je parcourus la cuisine du regard pendant qu'il me servait un verre de vin. Tout était parfaitement organisé pour le repas. Plats et saladiers, paniers à pain, tartes au potiron. Le four dégageait une odeur alléchante. Nous nous assîmes sur deux hautes banquettes sous les casseroles suspendues.

— Paul était ton ami, n'est-ce pas ?

— Un très grand ami, mais cela fait longtemps.

Il but une gorgée et ses yeux fixèrent un point à travers la fenêtre. Peut-être l'endroit où se tenait Paul.

— Il a été mon principal soutien à une époque compliquée de ma vie. Ensuite nous avons emprunté des voies différentes et nous avons perdu le contact. Lui a abandonné sa famille, il me semble que tu connais déjà cette partie de l'histoire, et moi j'ai traîné par-ci, par-là, avant de m'installer à Santa Bárbara. En revanche, mon amitié avec Rebecca ne s'est jamais démentie au fil des ans. Elle m'a tenu au courant de la vie de Paul. De ses allées et venues, de ses amours agitées, de ses déménagements d'une université à l'autre avec de moins en moins de succès. C'est ainsi que j'ai été informé de son moral défaillant et de son déclin professionnel. Et finalement de sa maladie.

— Tu ne l'avais pas revu avant aujourd'hui ?

Ma question lui fit dévier le regard de l'infini et il se tourna vers moi. Il parlait paisiblement, sans mélancolie.

— Quand on l'a interné, il y a deux ans. J'avais été prévenu par Rebecca et je suis allé à Oakland, près d'ici, dans la baie. Je lui devais bien ça, une visite dans son enfer particulier, puisqu'il avait été une fois témoin d'honneur du mien.

Il but une autre gorgée, regarda de nouveau dehors.

— Ce sont des histoires d'il y a très longtemps, de vieilles histoires pratiquement oubliées. Quand je suis parti de Santa Cecilia, ça fait... Combien d'années je t'ai dit l'autre jour ? Trente, déjà ?

La cuisine restait calme. Rebecca et ses enfants étaient toujours enfermés dans le séjour, on entendait parfois un éclat de voix, et les rires des petits résonnaient en provenance du jardin.

— Quand je l'ai rencontré après tout ce temps, ce n'était plus le même. Ce n'était plus cet individu perpétuellement agité qui avait été mon ami, ce professeur de philosophie un peu plus âgé que moi, malin comme un singe et d'un humour féroce, dont j'avais fait la connaissance en arrivant dans cette université. Au lieu de Paul Cullen, je ne trouvai que son ombre. Mais comme les ombres apprécient elles aussi, et à leur façon, la compagnie, quelquefois, tous les deux ou trois mois, je vais le voir.

— Il te parle ? Il te comprend, au moins ?

— Ni l'un ni l'autre. Au début, il était encore capable d'une certaine communication, mais il oubliait des mots, il avait du mal à terminer ses phrases, il se perdait facilement. Puis son vocabulaire est devenu de plus en plus limité, avant qu'il ne perde complètement la mémoire. Lors de ma première visite, il n'a su qui j'étais qu'un bref instant; un moment très dur, mais émouvant. Il faut dire que la fois précédente s'était déroulée dans des circonstances particulièrement difficiles, ce qui donnait à ces retrouvailles un caractère très spécial. Lors de la deuxième visite il m'a traité cordialement, quoique sans bien me situer ni comprendre ma présence. Et à partir de la troisième, tout échange est devenu impossible.

— Pourtant tu continues.

— Je passe l'après-midi avec lui et je lui raconte des choses, n'importe quoi. Je lui parle de livres et de films, de voyages, de politique. De la ligue de basket-ball, du postérieur des infirmières, de ce qui me traverse l'esprit, qu'est-ce que j'en sais…

Il termina son verre.

— Viens, je vais te présenter. Je lui ai parlé de toi, dernièrement.

Presque malgré moi, je me vis entraînée dans le jardin transformé en un zoo rempli d'étranges spécimens humains. Les plus jeunes, en principe sous le contrôle d'une fille au pair japonaise, étaient livrés à eux-mêmes. Un Terminator de cinq ans s'était déchiré le pantalon avec une branche coupée et des jumeaux se battaient comme des chiffonniers pour un camion en plastique tandis que leur nounou était concentrée sur sa Game Boy. Les deux blondinettes redoutables qui m'avaient reçue au début – Natalie et Nina – infligeaient d'intenses soins esthétiques à la copine de leur oncle Jimmy. Allongée sur une chaise longue, la malheureuse endurait stoïquement les mauvais traitements : l'une des sœurs lui tordait les cheveux en d'impossibles chignons et l'autre lui peignait les ongles dans un vert criard. Au fond, près de la piscine, une infirmière rougeaude et opulente tournait les pages de la revue *People* en commentant les derniers potins sur les vedettes d'Hollywood à un homme assis dans un fauteuil roulant.

— Betty, voici notre amie Blanca. Elle souhaite vous rencontrer, Paul et toi.

Les paroles de Daniel ne laissaient aucun doute sur le rôle essentiel de Betty dans la vie de Paul. Il fallait en passer par elle pour accéder à ce dernier.

— Enchantée de faire ta connaissance, ma chérie, répondit-elle en me tendant une main boudinée. L'après-midi s'annonce magnifique. Je disais à Paul que je n'aime pas du tout le nouveau look de Jennifer López. Qu'est-ce que vous en pensez, vous ?

— Et je te présente Paul, Blanca.

Il s'était placé derrière la chaise de son ami ; après avoir appuyé ses mains sur ses épaules, il lui administrait un massage vigoureux dont celui-ci ne semblait pas avoir conscience.

Dans mon esprit, j'avais conservé l'image du Paul d'autrefois : celle de la photo épinglée sur le panneau du sous-sol, dans cette maison qui avait été la sienne. Celle d'un homme jeune aux longs cheveux bruns. Avec un bandeau lui entourant le front et une chemise bariolée, le rire aux lèvres et une canette de bière à la main. Rien à voir avec cet être rabougri à la chevelure clairsemée, aux yeux perdus dans le vague, auquel Daniel s'adressait comme si son esprit était encore avec nous, dans ce jardin, et non un puits sans fond peuplé d'inconnus. Que ce soit Jennifer López ou son propre reflet dans un miroir.

— Tu te souviens de Blanca, Paul ? Je t'ai parlé d'elle il y a peu de temps. C'est elle qui travaille sur les documents de Fontana. Andrés Fontana, tu sais ? Vous discutiez sur Thomas d'Aquin chez moi. Il n'était pas facile, mon ami espagnol, hein ?

Le silence éternel de Paul, face aux questions de son ancien ami, fut rompu par la voix de Rebecca nous appelant depuis la porte de la cuisine. Les petits entrèrent en trombe, suivis par les autres. Daniel poussait le fauteuil de Paul pendant que Betty poursuivait son interminable caquet sur les derniers ragots de la jet-set. À mon grand soulagement, je fus sauvée par Rebecca.

— J'adore tes boucles d'oreilles, merci pour le vin et les chocolats. J'espère que les enfants t'ont bien traitée.

Elle souriait, mais ses yeux reflétaient une tristesse impossible à cacher.

La maison s'était soudain remplie de bruits et de voix. Les petits se lavaient les mains dans une salle de bains voisine, puis s'installaient à table l'un après l'autre. On entendait des allées et venues dans l'escalier, des conversations entre adultes, des rires enfantins. Rebecca parlait sans me regarder; elle s'activait dans la cuisine, préparant ce qui restait à emporter à la salle à manger.

— Maintenant tu vas connaître mes enfants. Pardonne-moi de ne pas m'être occupée de toi avant, nous avons eu une longue discussion.

— Aucun problème ! J'étais avec Daniel et j'ai rencontré Paul. Dis-moi ce que je peux faire pour t'aider.

— Attends… Avant tout, on va sortir la dinde du four, il ne faut pas qu'elle soit brûlée.

En moins de dix minutes nous étions tous assis autour d'une table grandiose aussi bien par sa taille que par sa décoration. Carrée, ornée d'une nappe de couleur chaudron et d'une vaisselle en porcelaine blanche. Cinq petits et douze adultes. La famille, les pièces rapportées, leurs enfants. Plus un ami d'autrefois, une étudiante japonaise et une infirmière grosse comme une barrique. Et moi. Seize esprits actifs et un absent. Annie, Jimmy et Laura étaient aussi adorables que leur mère. Ils m'avaient saluée chaleureusement avant que nous n'occupions nos places respectives. Paul se trouvait entre Betty et Daniel, puis venait ma place, ainsi que l'indiquait un carton à mon nom. Une composition de fruits d'automne ornait le centre de la table. En face de moi, l'une des deux blondinettes, Natalie, s'amusait à loucher et m'adressait des grimaces monstrueuses. Je lui en fis deux ou trois.

Soudain, Daniel se pencha vers moi.

— Rebecca veut que je prononce quelques paroles. J'obtempère, sans filet.

Il réclama alors l'attention de tous en tapant sur un verre avec sa fourchette ; le tintement joyeux du métal contre le cristal ramena enfin le silence.

— Chère famille Cullen, chers amis. Rebecca m'a demandé de prononcer quelques mots à l'occasion de ce dîner de Thanksgiving, et comme je ne pourrai jamais rien refuser à cette femme, même au cours de cent vies, me voici donc, en qualité de plus vieil ami de la famille, prêt à jouer aujourd'hui le maître de cérémonie. Mais avant tout, avant de remercier, je prendrai la liberté de vous raconter certaines choses qui me trottent dans la tête depuis plusieurs jours. Depuis que Rebecca m'a fait part de sa décision de tous nous réunir aujourd'hui et ici.

« Quand je suis sorti de votre vie, vous, Annie, Jimmy et Laura, vous étiez encore tout petits, et sans doute ne conservez-vous aucun souvenir d'une époque aussi lointaine. – Il tourna alors son regard en direction des plus jeunes. – Est-ce que vous savez, Natalie et Nina, que votre mère, quand elle avait votre âge, a fait un gâteau chez moi, dans ma cuisine, et qu'on a tous failli brûler ? – Un geste théâtral simulant une explosion déclencha un éclat de rire général parmi les bambins tandis qu'Annie se cachait le visage derrière ses mains. – Et toi, Jimmy, tu adorais grimper sur mes épaules, comme ça, disais-tu, tu touchais les nuages. Et toi, Laura, tu étais si petite que tu marchais à peine. Une fois, avec l'aide de Paul, votre père, poursuivit-il en posant de nouveau une main sur l'épaule de son ami, je vous ai construit une cabane en bois et en carton dans le jardin. Elle n'a pas duré très longtemps : elle est restée debout trois jours, puis elle a été renversée la nuit suivante par un orage, et nous n'avons jamais réussi à la réparer.

« Beaucoup de temps s'est écoulé depuis lors. Néanmoins, bien que je ne vous aie pas vus au cours de toutes ces années, j'ai suivi vos vies par l'intermédiaire de votre mère : vos études, vos amours et vos progrès, la naissance de vos enfants, ces petits garçons et ces petites filles si charmants qui sont assis avec nous à cette table et rêvent de planter leurs dents dans cette dinde. Rebecca et moi, nous ne nous voyons pas aussi souvent que nous le souhaiterions, mais nos conversations téléphoniques nocturnes durent parfois des heures, et je suis donc au courant de tout. Savez-vous, les enfants, dit-il en se tournant de nouveau vers les plus petits, que votre grand-mère est comme une chouette et qu'elle ne dort pas la nuit ? Lorsque le monde entier se couche, elle revit et commence à se livrer à mille occupations : se connecter à Internet, cuisiner des recettes bizarres, nager dans la piscine ou téléphoner à quelqu'un. Jusque tard dans la nuit. Et c'est moi qui reçois quelquefois ces appels.

« Voilà pourquoi, Annie, Jimmy et Laura, je connais tout ce que vous avez vécu, enduré, et les adultes que vous êtes devenus. Et je sais que vous êtes tous les trois conscients du rôle joué par cette femme extraordinaire à qui nous devons ce dîner que nous allons partager. Pour cette raison, et pour elle, même si c'est seulement pour elle, je vous demande d'accepter que les choses soient aujourd'hui comme elles sont. Que soient ici ce soir, autour de cette table, tous ceux qui s'y trouvent.

« Une année de plus, quand on est vieux, jeunes gens, ce n'est pas aussi drôle que quand on est enfant. Pas de cadeaux intéressants, rien que des livres, des disques, des foulards ou des bricoles dans ce genre. Pourtant, atteindre un certain âge comporte des aspects positifs. Tu perds différentes choses en chemin mais tu en récupères d'autres. Tu apprends à considérer le monde d'un œil neuf, par exemple, et tu développes des sentiments insolites. Des sentiments comme la compassion. La compassion, c'est souhaiter qu'autrui soit libéré de toute souffrance, indépendamment des souffrances qu'il aurait pu nous infliger lui-même. Sans rendre de comptes ni regarder en arrière. Nous ne savons pas, aujourd'hui, si Paul souffre, nous ne pouvons pas sonder son esprit. Peut-être qu'il s'en fiche d'être parmi nous, bien qu'on prétende que les personnes telles que lui conservent des traces de leur mémoire affective et leur sens du goût, et que, à leur façon, elles nous sont reconnaissantes d'une simple parole affectueuse, d'une cuillerée de glace ou d'une caresse.

« On affirme que la compassion est un signe de maturité émotionnelle ; ce n'est ni une obligation morale ni le fruit de la réflexion. C'est simplement un sentiment qui arrive quand il arrive. Le souhait de compter Paul parmi nous en ce moment ne constitue ni une trahison ni une preuve de faiblesse de la part de Rebecca. C'est seulement un exemple de sa formidable générosité. Pour ce qui me concerne, Paul a été un grand ami, le meilleur pendant un certain temps. Il a fait pour moi des choses dont j'aurais bien voulu que personne n'eût jamais à les faire. Vous savez qu'il m'a même coupé les ongles des pieds, une fois? Clac, clac, clac, avec de vieux ciseaux énormes que quelqu'un lui avait prêtés. Ç'a été un grand ami, mais ce n'est qu'une petite partie de sa vie.

«Il n'a pas rempli ses obligations de père et de compagnon, je ne l'ignore pas, et c'est difficile à pardonner et à oublier. C'est pourquoi sa présence ne vous aidera pas à surmonter le passé, pas plus qu'elle ne comblera le vide de ses années d'absence. Néanmoins, c'est la volonté de Rebecca, et je vous demande de la respecter. Paul n'a pas été un bon père, certes, mais, si j'en crois ce qu'il m'a dit, dans le désordre de sa vie et à sa façon très spéciale, il vous a tous beaucoup aimés, infiniment. Tant qu'une dernière lueur a subsisté dans son esprit.

«Je ne veux pas être trop long, il me semble que la dinde réclame à grands cris que nous la mangions une bonne fois pour toutes. Aujourd'hui, c'est Thanksgiving, et je pense que tous les présents, malgré les blessures éventuelles du passé, ont beaucoup de raisons de témoigner de la gratitude. Ce dont je doute un peu, c'est de l'identité du destinataire, mais cela est du ressort de chacun. Cependant, en réfléchissant à cette question, qui remercier aujourd'hui tous ensemble? Je me suis rappelé une chanson que Rebecca aimait beaucoup autrefois. Une chanson qui se trouve sur un disque grand et noir, qu'elle met quelquefois sur ce vieux machin dans le sous-sol. Parce que, au cours de ces nuits bizarres, au cas où vous ne seriez pas au courant, votre grand-mère chante aussi, et danse à travers la maison, avec la musique à toute berzingue et en chemise de nuit. Si, si, ne riez pas : épiez-la au petit matin, vous verrez. Cette chanson dont je vous parle était chantée il y a des siècles par une autre grand-mère, elle aussi un peu folle, qui s'appelle Joan Baez. Elle l'avait elle-même empruntée à une autre grand-mère folle qui était chilienne et s'appelait Violeta Parra. Les paroles de la chanson sont en espagnol; son titre? *Gracias a la vida.* En somme, elle remercie tout ce qui nous aide à être heureux chaque jour. Les yeux, pour voir les étoiles, l'alphabet, pour composer de beaux mots, les pieds, pour parcourir les villes ou sauter par-dessus les flaques… Tous ces petits bonheurs quotidiens dont sont privés quelques-uns, et ceux qui ont la chance immense d'en bénéficier doivent être reconnaissants.

« Par conséquent, même si les temps deviennent parfois difficiles à la fin, parce que nous disposons de ces petites choses nous allons tous dire merci en ce jour de Thanksgiving, un merci à la vie bien fort, de tout notre cœur. En espagnol et en anglais : *¡ Gracias a la vida ! Here's to life !* »

La fin du discours provoqua des réactions disparates. Les plus petits, captivés par la rhétorique et la dégaine de ce grand gaillard barbu qui paraissait connaître tous les secrets du passé familial, crièrent à pleins poumons de multiples mercis à la vie tout en lançant leurs serviettes en l'air au milieu des éclats de rire. Annie sortit de la pièce en courant et s'élança dans l'escalier, tandis que Laura, agrippée à la main de son mari, versait des larmes silencieuses qui avaient coulé longtemps avant. Rebecca et Daniel s'étreignirent, la copine de Jimmy et moi échangeâmes un regard mêlé de surprise et d'une émotion contenue. La fille au pair japonaise ne comprenait rien à rien et photographiait dans toutes les directions avec son appareil numérique. Betty, l'infirmière, s'était mise à couper elle-même la dinde vu que personne ne semblait pressé de dîner. Seul Paul restait étranger à tout. Jimmy se leva et alla occuper la chaise laissée libre par Daniel qui embrassait Rebecca. Avec une douceur immense, il prit la main de son père et lui caressa le visage. Je crus alors distinguer, du coin de l'œil, un sourire – léger, très léger – de Paul.

Je ne remportai pas seulement deux tupperwares remplis des restes du repas de chez les Cullen, lorsque je retournai à mon appartement. J'emportai également une sensation douce, difficile à décrire, un subtil souffle d'optimisme que je n'avais plus ressenti depuis longtemps. Un optimisme diffus, sans aucune perspective concrète. La simple certitude que tout peut toujours s'améliorer à un moment ou à un autre.

Outre de la nourriture pour plusieurs jours et le moral en hausse, j'avais également retiré de ce soir-là deux petites propositions de nature à conserver active ma vie sociale. La première émana de Rebecca et de ses filles : du shopping, afin de satisfaire à la tradition des courses le lendemain de Thanksgiving.

— Comme ça tu pourras acheter des cadeaux pour ton retour en Espagne, à Noël. Car tu rentreras à cette date, n'est-ce pas ?

La question de Rebecca me prit par surprise alors que nous finissions de ranger la cuisine. Quand je parvins à réagir, mon attention était fixée sur une saucière, comme si l'humble tâche de la sécher requérait mes cinq sens.

— Je ne sais pas, on verra.

J'étais sincère, je n'avais pas la moindre idée de la suite des événements quand j'aurais fini de traiter les papiers de Fontana. Ce qui adviendrait sous peu. Mes responsabilités à l'université prendraient fin avec l'achèvement de ma mission. Je n'aurais plus d'excuses pour prolonger mon séjour, même si l'idée m'avait traversé l'esprit de prendre contact avec la FACMAF, la fondation qui me finançait, et de les interroger sur les possibilités d'obtention d'une bourse similaire. De fait, même si ce n'était pas du tout nécessaire pour l'avancement de mes travaux ni d'un point de vue administratif, j'avais souvent pensé à les prévenir que tout se déroulait normalement. J'avais eu l'intention de demander leur adresse ou leur numéto de téléphone à Rebecca, ou d'en parler avec Luis Zárate. Mais il y avait toujours eu un impondérable, et par oubli, par manque de temps ou par simple négligence, je n'y étais jamais parvenue.

Par ailleurs, j'étais consciente qu'il me faudrait rentrer bientôt. Je voulais voir mes fils, je devais retourner à mon université et, à un moment ou à un autre, malgré mes réticences, j'aurais à affronter Alberto et à discuter avec lui. Mon séjour en Californie était un baume sur les blessures qu'il m'avait infligées. Mais sous ce bien-être superficiel restait tapie la cruauté de la vraie vie, et tôt ou tard je serais obligée de l'assumer dans toute sa dimension.

La seconde proposition vint de Daniel qui, en me ramenant chez moi ce soir-là, me demanda si j'avais des projets pour le week-end.

— Demain, je fais des courses avec les filles Cullen. D'après elle, le Black Friday est un jour à ne pas rater. Ce n'est pas vrai ?

— Bien sûr que si. Tu vivras une formidable expérience interculturelle. De l'Amérique pur jus.

— Et samedi je ferai une petite excursion ; Rebecca me prêtera sa voiture, je veux visiter Sonoma.

— Le village ou la vallée de Sonoma ?

— La mission Sonoma, San Francisco Solano, la fin du Camino Real. Tu sais que depuis des semaines je lis des choses sur les missions dans les papiers de Fontana, et j'aimerais bien voir au moins celle-ci. À propos, la mission Olvido, dont tu me parlais l'autre jour, n'apparaît nulle part.

— Je m'y attendais. Et il faut absolument que tu y ailles ce samedi ?

— Non, ça pourrait être n'importe quand. Mais je n'avais rien de plus affriolant ce week-end. Pourquoi cette question ?

Il était descendu de voiture pour m'accompagner jusqu'à la porte, nous parlions devant mon immeuble, sous l'éclairage blafard de la façade et entourés d'un silence inhabituel. Il régnait un calme anormal aux alentours, du fait de la fuite collective des étudiants partis célébrer Thanksgiving en famille. Presque pas de voitures, pas de musique obsédante en provenance du parking du tout proche 7-Eleven, où le soir ils s'approvisionnaient en alcool, ni rires ni cris sous les porches des maisons voisines où les fêtes étaient notre lot quotidien.

— Parce que ça me plairait de t'accompagner, mais je ne peux pas cette fin de semaine. Je retourne demain à Santa Bárbara, un autre dîner m'attend chez moi, une espèce de Thanksgiving un peu particulier. Cette année, je n'ai pas voulu rater les retrouvailles avec Paul et avec sa famille, d'où ce report.

— Autrement dit, tu vas manger de la dinde deux jours de suite.

— En réalité, c'est juste une excuse pour nous retrouver entre vieux amis et garder le contact. On boit comme des cosaques, on joue au poker et on refait le monde, ça se résume à ça, fondamentalement. Une version un peu marginale et plutôt irrespectueuse du Thanksgiving traditionnel.

Si tu as envie de venir, tu es plus que bienvenue; tu serais la première femme ayant l'honneur de partager cette soirée avec une demi-douzaine de troglodytes bourrés de whisky jusqu'aux oreilles.

— Non, merci beaucoup, répondis-je catégoriquement. Très mauvais plan.

— Ça ne me surprend pas, néanmoins je te signale que tu pourrais en profiter pour voir la mission de Santa Bárbara au lieu de celle de Sonoma.

— La reine des missions.

— C'est comme ça qu'on l'appelle, en effet. En fait, j'habite relativement près de là et…

Mon geste de dénégation le fit renoncer.

— D'accord, je retire ma proposition. Je serai de retour mardi, donc, si tu m'attends et que tu ne vas pas à Sonoma toute seule après-demain, on ira ensemble le week-end prochain. Et même, si on a assez de temps, on pourrait visiter une autre mission, je ne me rappelle plus s'il en reste une autre dans cette zone, au nord de la baie.

— Si, la vingtième. San Rafael Arcángel. Fondée en 1817 par le père Vicente de Sarría.

— Tu m'impressionnes ! s'esclaffa-t-il. Qu'est-ce que tu as fait depuis la dernière fois que je t'ai vue ? Un doctorat en missions ?

— Documentation de base, selon tes conseils.

— Documentation de base ? C'est comme ça qu'on t'a appris à te documenter, à la Complutense[1] ?

— Non, pas du tout. Cette façon de travailler, je l'ai acquise par moi-même, en m'échinant pendant de nombreuses années. Bon, alors tu m'appelles à ton retour. Et merci pour ta proposition de m'accompagner.

Je gravis l'escalier en direction de chez moi, un peu déconcertée. Quelque chose m'avait choquée à la fin de la conversation, sans que je puisse identifier de quoi il s'agissait. Un mot qui détonnait, inopportun. J'avais déjà la clé dans la serrure quand je compris. Je dévalai les marches et sortis dans la rue à l'instant où Daniel démarrait.

— Daniel !

---

1. La plus grande et plus fameuse université de Madrid.

Il s'arrêta net, baissa sa vitre.

— Comment peux-tu savoir que j'ai fait mes études à la Complutense ? m'écriai-je depuis la porte.

Il ne s'approcha pas; assis derrière son volant, il se contenta de m'imiter en criant dans la nuit :

— Je l'ai sans doute deviné. Fontana est passé par là, et moi aussi, pendant un certain temps. Et d'autres gens que j'aime bien et que j'ai connus en Espagne. Elle s'appelait encore Universidad Central, à l'époque. Je t'ai probablement mise dans le même sac sans m'en rendre compte.

23.

Le professeur Cabeza de Vaca l'attendait dans son bureau comme si rien ne s'était passé entre les deux rendez-vous. Il était toujours tiré à quatre épingles derrière sa table en noyer, les épais rideaux filtraient la lumière matinale, la garniture de bureau en argent et le crucifix en ivoire occupaient leurs places respectives, parfaitement alignés.

— Bon, jeune homme, je me réjouis de votre retour, dit-il en tendant la main sans bouger de son fauteuil. Nous sommes déjà mi-février et je n'ai plus eu de vos nouvelles depuis début décembre. J'imagine que votre incursion dans le vieux *Cantón* a dû être une expérience enrichissante.

Malgré ses efforts pour se concentrer, Daniel ne parvint pas à se remémorer un seul des lieux littéraires qu'il était allé chercher sans finalement en découvrir aucun ; à leur place, son esprit était traversé par une succession d'images et de sensations Le visage d'Aurora, les yeux d'Aurora, le parfum d'Aurora. Sa tendresse infinie, son rire éclatant, sa voix.

— Enrichissante, monsieur, en effet, bredouilla-t-il en ravalant sa salive. Une expérience très enrichissante.

— Je suppose donc que vous êtes revenu à Madrid en connaissant sur le bout des doigts l'arrière-plan géographique du roman de Sender.

Il acquiesça sans dire un mot. Il mentait, bien sûr. Il avait à peine visité les décors de *Míster Witt en el Cantón.* En revanche, il s'était aventuré dans le territoire de la femme qui l'avait captivé là-bas. La petite cicatrice sur la pommette, le velouté de ses lèvres et ces quatre grains de beauté juste à la naissance des cheveux. La douceur de ses doigts au milieu des caresses et ce goût marin qu'elle conservait toujours collé à la peau en plein Madrid, à cent lieues d'un quelconque rivage.

— Et j'imagine que vous vous êtes familiarisé avec les événements historiques décrits dans le livre.

Daniel hocha de nouveau la tête, mentant une fois de plus. Les seuls faits importants qui s'étaient gravés dans sa mémoire étaient liés à sa relation avec Aurora. La première rencontre dans la pharmacie de son père, quand elle essayait de coiffer ses cheveux en désordre. Sa filature fébrile, de peur de la perdre. Les retrouvailles en pleine rue le lendemain, lui fasciné par les battements de cils de ses yeux gris sans savoir que faire ni que dire. Sa rage lors de la cavalcade des Rois, du fait de sa fausse interprétation sur l'identité de celui qui l'accompagnait. Ce long voyage en train où ils avaient appris à se connaître, le début de tout ce qui allait suivre.

— Et je suppose enfin, continua Cabeza de Vaca, bien loin des pensées qui se bousculaient dans la tête de l'Américain, que vous avez déjà rédigé le rapport obligatoire sur vos résultats et réflexions.

Daniel répondit cette fois par un raclement de gorge. Puis, incapable de mentir davantage, il murmura quelque chose d'inintelligible.

— Je ne vous ai pas compris, Carter. Parlez plus fort, s'il vous plaît.

— Je n'ai pas pu le faire, monsieur.

— Je ne comprends toujours pas. Qu'est-ce que vous n'avez pas pu faire ? Trouver des éléments pertinents pour votre travail ou écrire votre rapport ?

— Les deux choses.

Cabeza de Vaca eut un geste de surprise. Sobre mais sévère : un simple pincement de lèvres. Efficace.

— Auriez-vous l'amabilité, si vous n'y voyez pas d'inconvénient, de m'expliquer pourquoi ?

Daniel se racla de nouveau la gorge.

— Pour des raisons personnelles.

— Personnelles jusqu'à quel point ?

— Très personnelles, monsieur.

Les attentes interminables devant la faculté de pharmacie, espérant la voir dévaler les marches quatre à quatre, ses livres sous le bras et le manteau entrouvert. Les coups de fil tard dans la nuit pour se dire une quelconque bêtise. Les longs baisers en cachette, dans la pénombre. Les mille promenades main dans la main le long des rues madrilènes, essayant de s'apprendre leurs langues respectives, séparés par un océan et soudain rapprochés par leur amour. Aurora lui enseignant des termes de science et de laboratoire, des mots de tous les jours fleurant la famille, l'enfance et la cour d'école. Daniel, de son côté, lui apprenant des substantifs simples, des verbes et des adjectifs élémentaires, guidant ses premiers pas dans l'acquisition de l'anglais à l'aide d'un vocabulaire amoureux. *Aurora is beautiful, Aurora is gorgeous. I love Aurora from the morning until the night.*

Comment raconter tout cela au docte philologue ? Comment ce médiéviste mutilé, perdu dans son monde de codex et de parchemins, pourrait-il comprendre le froid mortel qui l'envahissait chaque fois qu'il repartait seul en donnant des coups de pied dans la neige sous la lueur des réverbères, après avoir laissé Aurora à dix heures dans sa résidence universitaire ? Que pourrait-il savoir de ses nuits, enfermé dans sa chambre, couché dans son lit rafistolé, évoquant dans l'obscurité le corps élancé d'Aurora, sa douceur, sa chaleur ?

Cette fois-ci, ce fut le professeur qui se racla la gorge. Il posa ensuite une question ; une question un tant soit peu rhétorique, certes, mais qui attendait une réponse.

— Nous parlons d'une dame, peut-être ?

Impuissant face à l'inévitable, Daniel acquiesça.

— *Homo sine amore vivere nequit...*

— Pardon ?

— L'homme, Carter, ne peut pas vivre sans amour. Et encore moins dans une terre étrangère.

— Euh... en fait je...

— Ne vous forcez pas, jeune homme, je n'ai pas l'intention de me mêler de votre vie privée. Mais, si vous me le permettez, je voudrais tout de même vous donner un conseil.

Daniel devinait ce que le professeur allait lui dire. Il ne s'attendait pas à un savon en bonne et due forme, ce n'était pas le style de Cabeza de Vaca, mais à une admonestation, par ailleurs justifiée. Rappelez-vous que vous avez contracté des responsabilités et des obligations, crut-il entendre par avance. Rappelez-vous que cette bourse Fulbright dont vous bénéficiez a pour objectif de financer un projet académique et non une aventure sentimentale. Rappelez-vous que, aussi bien le professeur Fontana que moi-même, nous avons déposé toute notre confiance en vous. Consacrez-vous, pour le moment, à ce qui est véritablement important pour votre carrière. Oubliez les amourettes et centrez-vous sur votre travail.

Ce ne furent cependant pas ces paroles qui sortirent de la bouche du vieil aristocrate carliste. Ni aucune autre transmettant un message similaire.

— Encore une question. La main sur le cœur, êtes-vous bien certain qu'il ne s'agit pas d'une foucade ?

— Foucade ? Je ne sais pas ce que cela veut dire, répondit Daniel, déconcerté.

— Je crains que les finesses de la langue ne vous échappent encore, mon ami. Je vais donc reformuler ma question dans d'autres termes : êtes-vous persuadé qu'il ne s'agit pas d'un simple éréthisme passager ?

— Je ne comprends pas non plus le sens de ce mot, monsieur, reconnut Daniel sans cacher son trouble. Vous avez dit éré, quoi ?

Cabeza de Vaca arrêta net ses interrogations linguistiques; ensuite, prenant son mal en patience, il essaya de s'expliquer avec une plus grande précision.

— Je m'enquiers s'il existe vraiment de votre part une volonté d'engagement, un désir d'airain de surmonter l'adversité ensemble. Soif de pérennité et lutte de concert face aux infortunes que la vie vous fera subir, lesquelles, compte tenu de votre situation à l'un et à l'autre, et si vous me permettez de vous parler franchement, seront, je le subodore, assez nombreuses…

Daniel gigota sur sa chaise, incapable d'assimiler ces questions qui lui paraissaient de plus en plus déconcertantes. Ni ses euphémismes ni ses circonlocutions ne semblant le mener nulle part, le professeur décida de tailler dans le vif.

— Pour que vous me compreniez une bonne fois pour toutes, jeune homme : êtes-vous sûr que c'est la femme de votre vie ?

Enfin. Enfin il saisit. Enfin il n'hésita pas.

— À cent pour cent, monsieur.

— Alors ne la laissez pas s'échapper, mon ami.

Appuyé sur sa béquille, le vieux professeur, depuis la fenêtre, les vit s'éloigner du pas insouciant de ceux qui sont enfermés dans la bulle de leur amour. Le bras d'Aurora enserrant la taille de Daniel, le bras de ce dernier autour des épaules de sa compagne, traversant sa chevelure en bataille, l'attirant vers lui. Il supposa qu'ils étaient en train de se parler, qu'il la mettait au courant de ce qui s'était passé quelques minutes auparavant, entre les murs de son propre bureau.

Il les avait aperçus échangeant des baisers au pied de l'escalier d'entrée, étrangers au monde sous le timide soleil hivernal, tandis que le vent tournait les pages du traité de bromatologie qu'Aurora avait relu en attendant Daniel. Elle lui avait murmuré quelque chose au creux de l'oreille, il s'était mis à rire de bon cœur et lui avait donné un autre baiser. Cabeza de Vaca savait à quel point le bonheur est éphémère, et comme sont brutaux les coups du destin qui balaient nos certitudes et nos illusions. Malgré tout, il aurait renoncé à la seule jambe qui lui restait pour revivre, dans son âme, les sensations de cet amour absolu et confiant qui réunissait ces deux-là.

Le printemps commença à poindre sous les yeux de Daniel Carter et d'Aurora Carranza, au milieu des salles de classe et des caresses, des éprouvettes, des promesses et des bibliothèques. Jour après jour également, sans presque s'en rendre compte, à force d'ouvrir les yeux de ce jeune Américain passionné par l'Espagne, sa littérature et l'une de ses femmes, le médiéviste mutilé et mélancolique sortit la tête de la caverne obscure où elle était enfermée. Et il découvrit qu'il y avait de la lumière dehors. Que le monde avançait, que les blessures guérissaient, que les gens s'aimaient.

Vinrent ensuite les vacances de Pâques, le moment où Aurora dut irrémédiablement retourner chez elle. Elle se sépara de Daniel en gare d'Atocha, sur le même quai qui les avait accueillis, après un voyage qui était passé comme un souffle. Ils laissaient derrière eux trois mois intenses, et onze jours de séparation les attendaient. Tu vas me manquer, moi encore plus, non, moi, souviens-toi de moi, et toi aussi, moi, je ne pense qu'à ça...

Daniel avait pris de bonnes résolutions en prévision de cette absence : il profiterait au maximum de ces journées. Depuis son entrevue de février avec Cabeza de Vaca, il avait décidé de ne plus se disperser et il y était parvenu. Avec Aurora toujours près de lui et son amour pour elle intact, mais sans perdre de vue ses objectifs, il s'était remis au travail avec énergie. Mais, elle partie, toutes ces belles intentions s'écroulèrent dès qu'il eut pris conscience de son absence. Au bout de trois jours, plus rien ne l'intéressait. Incapable de mesurer l'impact de leur séparation, il n'avait pas pu imaginer à quel point Aurora lui manquerait. Il resta alors chez lui, tournant en rond tel un enragé, comme s'il étouffait. Attendant un appel ou une lettre bien peu probable, du fait de son départ tout récent. Envisageant l'avenir, aussi.

— Mais qu'est-ce qui t'arrive, mon pauvre garçon? Tu erres de-ci, de-là toute la journée comme une âme en peine.

La question de la veuve traduisait de l'inquiétude. Une préoccupation presque maternelle. Tandis qu'elle cuisinait, elle entendait Daniel, incapable de lire un livre plus de dix minutes d'affilée, entrer et sortir de sa chambre. Tout en repassant, elle le voyait aller et venir tel un lion en cage aux quatre coins de la loge, ouvrant et refermant des portes, grommelant, changeant les objets de place sans rime ni raison. Il s'élançait sur les pistes de la cité universitaire aux premières heures de la matinée, une habitude héritée de Pittsburgh avec laquelle il avait renoué une fois installé à Madrid. Au milieu de l'après-midi, il se rendait tout au plus au café Viena, pour y boire une noisette. Le reste du temps, il pensait à Aurora, incapable de se concentrer sur un autre sujet.

— C'est à cause de cette jeune fille que tu fouines partout depuis avant Pâques, hein? La grande blonde maigre avec laquelle je t'ai vu la semaine dernière rue Altamirano, celle avec un manteau bleu? demanda Mme Antonia tout en projetant des gouttes d'eau sur l'une de ses chemises.

— Vous pensez qu'elle m'accompagnera en Amérique quand il me faudra rentrer?

Elle faillit lui répondre que non, mon petit, non ; ici, personne ne pense comme ça, même si on est bête à manger du foin. Mais avant d'ouvrir la bouche, elle posa son fer à repasser et le regarda.

Il avait pris une mandarine dans la coupe en faïence qui trônait sur la table basse de la salle à manger et la pelait lentement, les yeux baissés et la mèche lui retombant sur le visage, concentré sur sa tâche comme s'il allait trouver une solution à son chagrin sous la peau grumeleuse. Un si brave garçon, tellement étranger et à la fois déjà tellement proche, pensa la veuve. Avec cette envergure qui rapetissait tous les objets de la loge. Avec cet accent et cette façon de voir la vie qui suscitaient en elle de l'étonnement et de la tendresse.

— Jusqu'au trognon, dit-elle en s'asseyant en face de lui.

— Quoi ?

— Tu es amoureux jusqu'au trognon, malheureux !

Il n'avait pas encore noté cette expression dans son carnet de vocabulaire, mais il en devina le sens.

— Je suppose que oui.

— Tu calcules combien de temps il te reste avant de rentrer chez toi, et tu n'as pas ton compte.

— Moins de trois mois, c'est tout ce qu'il me reste.

La photo jaunie du mariage d'Antonia avec le défunt Marcelino, et la gravure du mois sur le calendrier, Julio Romero de Torres, les contemplaient comme d'habitude depuis le mur. On entendait à la radio la voix étouffée de Marifé de Triana chantant « Torre de arena[1] » : « Comme une plainte de mon âme sont mes soupirs, grands dieux ! Fidèles témoins de l'agonie qui consume mon cœur. » Si Daniel avait prêté la moindre attention à cette copla, il y aurait trouvé une copie conforme de son état d'esprit.

— Parce que je me disais que toi, même si tu voulais, tu ne pourrais pas rester dans le coin..., sonda la veuve en pesant ses mots.

— Et je ferais quoi ? Comment je gagnerais ma vie dans ce pays ? Quel avenir m'y attend ? Je donnerais tout au plus quelques cours particuliers d'anglais, mais ça n'intéresse

1. « Tour de sable », chanson interprétée par la chanteuse dès 1956, puis souvent reprise par la suite, jusqu'à nos jours.

presque personne, ici, il n'y en a que pour le français, répliqua Daniel sans détacher le regard d'une nouvelle mandarine – il en avait déjà pelé quatre sans en manger aucune. – Mais si elle acceptait de venir avec moi, plus tard, peut-être que…

Mme Antonia hocha la tête avec résignation, soupira, puis agrippa Daniel de sa main calleuse et habile.

— Tu n'as rien compris, mon petit Daniel, tu ne saisis toujours pas.

— Je ne saisis pas quoi ?

— La question n'est pas de savoir si elle partira avec toi ou si elle restera ici avec ses souvenirs, reprit la veuve en lui serrant très fort le poignet. Chez nous, elle n'a pas son mot à dire.

— Mais…

— Il n'y a pas de « mais » qui tienne. Ou tu passes par l'église avant de t'en aller, malheureux, ou c'est perdu.

24.

Mardi saint, midi. L'heure de rentrer chez soi, l'heure de déjeuner. Trois silhouettes s'avançaient en direction de la Muralla del Mar, après avoir bu l'apéritif au Mastia, échangeant des propos enjoués avec l'animation propre à une famille qui se trouve réunie pendant les vacances. Soudain, elle l'aperçut. Accoudé à la balustrade, tournant le dos à la mer et guettant son arrivée. Confuse, presque décontenancée, elle s'excusa auprès de ses parents.

Il fut de nouveau attendri en voyant sa chevelure et son visage, en la voyant s'approcher de son pas élastique, en ayant devant lui cette bouche pour laquelle il aurait à coup sûr vendu son âme au diable. Il eut le plus grand mal à réprimer son envie de l'embrasser.

— Qu'est-ce que tu fais là ? parvint-elle seulement à murmurer.

Le ton de sa voix dégageait un mélange de nervosité et d'inquiétude.

— Je suis venu te demander de m'épouser, dit-il en approchant sa main de son visage.

Elle le retint. La caresse et la proposition matrimoniale restèrent en suspens.

— Pas ici, Daniel, pas comme ça, balbutia-t-elle.

— Je ne peux pas retourner dans mon pays sans toi, tu dois venir avec moi.

Ses explications auraient pu se prolonger à l'infini, mais il n'en eut pas le temps. Derrière lui, de l'autre côté de la rue, on entendit une voix. Celle de sa mère, plus précisément, appelant sa fille d'un ton coupant.

— Tu es fou, ne t'avise pas…, chuchota Aurora.

Trop tard. Avant même qu'elle eût réussi à l'arrêter, il l'avait déjà attrapée par la main et la traînait vers le trottoir opposé.

— Je m'appelle Daniel Carter, je suis américain et je veux vous demander la main de votre fille.

Il avait répété. Des dizaines de fois. Tandis que la concierge lavait la vaisselle dans l'évier de la cuisine et qu'elle étendait le linge dans le patio ou goûtait les lentilles devant le fourneau, lui, dans l'espoir de corriger ses imperfections, lui cassait les oreilles en rabâchant sa demande jusqu'à plus soif. Il prononça donc cette phrase sans hésiter. À la perfection. Mais il ne s'attendait pas, en revanche, à leur réaction.

Carranza, le pharmacien, resta bouche bée, incapable d'articuler quoi que ce soit tout en jetant un regard incrédule aux coupables de cette folie. La mère, furieuse et les sourcils froncés, pure incarnation de la distinction et de l'autorité derrière la broche en perles ornant le revers de son vêtement, finit par se prononcer :

— Il me semble que vous dites n'importe quoi, jeune homme.

Puis elle le toisa de bas en haut, méprisante.

— Je vous prie de nous ficher la paix, ajouta-t-elle.

— Madame Carranza, je…

Elle ne daigna même pas le regarder.

— À la maison, Aurora, aboya-t-elle.

— Non, répondit cette dernière avec fermeté, s'agrippant de ses deux mains au bras de Daniel.

— J'ai dit à la maison, et tout de suite, répéta la mère en haussant le ton.

— Juste une minute, madame…

Une fois de plus elle ignora Daniel. Plusieurs personnes passèrent dans la rue sans s'arrêter, mais elles observaient la scène du coin de l'œil, curieuses. La mère les salua brièvement tout en leur adressant un sourire hypocrite, puis, se tournant vers eux deux à mesure que les passants s'éloignaient :

— Ne te donne pas en spectacle en pleine rue, Aurora, marmonna-t-elle entre ses dents en essayant de retenir sa colère. Nous sommes devenus tous fous, ou quoi ? D'où il sort, cet effronté ? Que fais-tu avec lui ? À la maison immédiatement, je ne vais pas le répéter encore une fois.

— Non, pas tant que vous ne l'écouterez pas.

— Aurora, ma patience a des limites.

— Madame, je vous en prie, insista Daniel pour la troisième fois.

— Fichez-nous la paix, j'ai dit ! s'écria la mère, au bord de l'hystérie.

Les passants se retournèrent à distance et elle, décomposée, baissa la voix sans pour autant se montrer plus accommodante.

— Mais qu'est-ce que vous avez cru, Dieu du Ciel !

À cet instant précis, Aurora éclata en sanglots, incapable de supporter davantage la tension. Inconsolable, sans pouvoir se retenir, déversant dans ses larmes un mélange de frustration, de rage et de tristesse. Daniel esquissa le geste de l'étreindre, de la protéger et de la soutenir, mais ce fut le père qui, ayant enfin repris ses esprits, le devança.

— Allez-vous-en, s'il vous plaît, dit-il d'un ton autoritaire tandis qu'il attirait vers lui Aurora. Viens, ma fille, partons aussi.

Comprenant que son audace aurait des conséquences incalculables, Daniel revint à la raison.

— Nous en reparlerons, dit-il à Aurora en guise d'au revoir.

La mère, toujours teigneuse, répliqua :

— Comment, nous en reparlerons ? Il n'y a rien à ajouter ! En aucun cas nous ne permettrons à notre fille d'entretenir une relation avec un étranger inconnu, compris ? Non mais ! Ne vous approchez plus d'elle, jamais !

— Mais vous serez obligés de m'écouter un jour ou l'autre, je vous en supplie. Moi, je veux seulement…

Peine perdue. Avant qu'il eût terminé sa phrase, tous trois se trouvaient déjà à mi-distance de leur portail. La mère, furibonde. Le père, muet et plongé dans ses pensées. Et

Aurora, son Aurora, en larmes, sanglotant sans trêve ni consolation.

Il les regarda s'éloigner, désemparé. Quelques mouettes crièrent au-dessus de sa tête. Pour la première fois depuis longtemps, il eut des doutes.

Au cours des six mois qu'il avait passés en Espagne, il s'était toujours efforcé d'excuser plus ou moins les innombrables attitudes irrationnelles auxquelles il s'était heurté. Le comportement de moutons de Panurge du peuple devant l'autorité, le manque de réaction et d'esprit critique, la fierté mal placée. L'inertie réfractaire au progrès et cette logique bien-pensante et pétrie de lieux communs incompatible avec le moindre soupçon de modernité. Il avait néanmoins suivi les conseils de Cabeza de Vaca et avait fermé les yeux sur les détails, se gardant de tout préjugé. Il avait toujours cherché une justification à tout, des raisons cautionnant l'indéfendable ou rendant intelligibles des situations à première vue incompréhensibles. Il avait souvent accordé une absolution plus que généreuse lorsque étaient dépassées les limites de l'absurdité. Respectez ce peuple, jeune homme, pas de jugement hâtif, avait dit le vieux professeur carliste au cours de leur première entrevue, et Daniel Carter lui avait obéi. Puis, un jour, cette façon de considérer le monde à travers le prisme d'une certaine condescendance n'avait plus concerné son seul environnement : elle l'avait frappé de plein fouet, dans sa propre chair. Et il en avait souffert. Bien malgré lui, il fut obligé de reconnaître que l'âme de sa patrie d'accueil pouvait devenir elle aussi ingrate et déraisonnable.

Il ne réussit pas à revoir Aurora de tout l'après-midi. Il l'attendit devant chez elle, mais elle ne sortit pas. Pas plus qu'elle n'apparut sur un balcon ou à l'une des fenêtres. Il lui téléphona depuis un bar bruyant, avec un jeton qu'il demanda à l'un des garçons derrière le comptoir. Une voix revêche lui répondit qu'elle n'était pas là, et il sut qu'elle mentait. Il la chercha aussi en vain à la pharmacie, où il ne trouva que Gregorio et sa clientèle de catarrheux et d'éclopés. Ensuite il déambula, désemparé, triste, toujours interloqué. Il croisa des hommes revêtus de longues tuniques, avec des cagoules sous le bras, des femmes habillées en noir et coiffées de mantilles, et il se rappela les jours heureux de Madrid. Aurora lui avait vanté la célébration de la Semaine sainte dans sa ville, un spectacle qu'il avait imaginé envoûtant et qui, à présent, étant donné sa mauvaise humeur et son incompréhension, lui paraissait de plus en plus sinistre. Propre aux gens ancrés dans le passé le plus archaïque, pensa-t-il en bon Américain issu d'une grande ville industrielle. Des individus, par exemple, semblables à ce couple qui ce matin l'avait rejeté avec une telle bêtise.

Tandis qu'il essayait désespérément, à deux heures du matin, de trouver le sommeil, il était bien loin de soupçonner que la bonne société de Cartagena savait déjà qu'un étranger d'origine douteuse avait demandé la main de la fille des Carranza en pleine rue. Dans sa chambre d'hôtel, il n'entendit pas la rumeur des conversations qui, depuis sa rencontre avec les parents, se répandaient dans la ville, sautant des bouches les plus dignes aux oreilles les plus raffinées. « C'est comme je te l'ai dit, au milieu de la rue, oui, oui, Marichu a failli avoir une attaque et Enrique est resté bouche bée, qu'est-ce qu'il pouvait faire d'autre ! Un vagabond ou Dieu sait quoi, il paraît qu'il n'a aucune situation, le petit chéri, quel toupet ! En fait, il a plutôt bon genre, mais ce n'est pas une raison, personne ne sait d'où il vient, quelle insolence, un coureur de dot, non mais où va-t-on ! Peut-être qu'il est communiste, à coup sûr protestant, ou même athée, je ne sais pas ce qui est pire, et la gamine qui s'est enfermée dans sa chambre, elle refuse d'en sortir, quelle effronterie et quel manque de pudeur, voilà ce qui arrive quand on envoie les filles étudier à l'université, et alors, tu dis qu'il ressemble à quel acteur ? »

Il n'était pas encore neuf heures du matin le lendemain qu'il se trouvait déjà dans la rue d'Aurora, en partie caché derrière un palmier, à regarder tour à tour la mer scintillante et le portail. À dix heures moins le quart, il vit sortir le pharmacien. Seul. Une demi-heure plus tard, la mère avec l'un de ses plus jeunes fils, à qui elle passait un bon savon.

La voie se dégageait, mais il décida d'attendre un peu plus. Après la longue attente de la veille, il connaissait par cœur les fenêtres et les balcons de la maison des Carranza, les particularités de son architecture et la mine rébarbative du concierge, un individu malingre répondant au nom d'Abelardo. Au courant de la tension qui régnait dans les lieux et dûment chapitré par la femme du pharmacien, il surveillait l'accès tel un cerbère.

Daniel patienta plus d'une heure et demie, dans l'espoir d'un coup de chance, plongé dans ses pensées et en compagnie des mouettes qui survolaient le port. Une heure et demie d'attente pesante, jusqu'à l'arrivée simultanée du facteur, d'un livreur de fruits et de légumes et de deux marins transportant un gros colis qui bloquèrent la rue devant l'entrée de l'immeuble pendant quelques instants. « Nous devons remettre ceci au domicile du colonel del Castillo, ce certificat est pour Mme Conesa, signez ici, s'il vous plaît, bonjour, Abelardo, l'Osasuna a perdu trois zéro, vous êtes vraiment nul en pronostics, c'est pas demain la veille qu'on sera riches avec les paris dans cette putain de vie, vite, donnez-moi un coup de main pour ce sac de patates, ensuite je vous dirai qui va gagner entre le Celta et le Betis, vous allez voir ce que vous allez voir. »

L'opportune collision entre les commentaires footballistiques et quelques autres contingences secondaires créa l'occasion attendue. Gento ? Gento, vous dites ? N'importe quoi ! il y a pas de comparaison avec Kubala...

En un clin d'œil, avant qu'Abelardo ait pu donner son avis sur les prouesses du Hongrois, l'Américain s'était glissé à l'intérieur en quatre enjambées feutrées.

L'immeuble respirait l'aisance et disposait d'un ascenseur, mais il préféra ne pas l'utiliser. Le cœur battant la chamade et les tempes bourdonnantes, il grimpa quatre à quatre les marches de l'escalier et atteignit le deuxième étage. Une fois sur le palier, il eut un moment de doute. Il avait espéré cet instant pendant toute la matinée et à présent il hésitait. Deux portes s'offraient à sa vue, fermées l'une et l'autre à double tour. Valait-il mieux frapper tout de suite ? Ou attendre la sortie de quelqu'un et interroger discrètement cette personne ? Le temps jouait contre lui, les amateurs de football avaient cessé de débattre dans la rue. L'ascenseur se mit en marche. On montait.

Par chance, la porte de gauche s'ouvrit. Une voix s'éleva depuis l'intérieur de l'appartement, juste avant que sa propriétaire ne sorte.

— Mais oui, mais oui, je n'oublierai pas, vous êtes vraiment casse-pieds… Bon, à bientôt, au revoir, au revoir…

Cette magnifique vieille dame à l'allure solide et aux cheveux bien coiffés était sur le point d'ajouter quelques mots quand elle le vit. En réponse, Daniel ne sut que faire. Trop tard pour se volatiliser, trop décontenancé pour agir lucidement. Il décida de ne pas bouger. Il se peigna rapidement avec les doigts, tira les poignets de sa chemise en dessous des manches de sa veste et rectifia le nœud de la cravate qu'il avait mise pour avoir l'air présentable, puis il se tint immobile, dubitatif quant aux résultats de sa témérité.

Surprise par la présence de l'étranger sur le palier, la femme sursauta, puis elle porta aussitôt un doigt à la bouche et murmura un sonore « Chuuuuuut ! ». Émergeant d'une étole de zibeline et de deux rangs de perles, c'était la grand-mère d'Aurora, celle que Daniel avait furtivement aperçue à la gare. Basque de naissance, un peu spéciale, lui avait dit Aurora. Connue de tous sous le diminutif de Nana.

— Vous êtes l'Américain qui a rendu folle ma petite-fille, n'est-ce pas ? demanda-t-elle d'un ton péremptoire.

— Oui, madame, je crains que oui.

Il n'était plus temps de faire des présentations en bonne et due forme ou de dissiper des malentendus. Il préféra donc passer pour un séducteur étranger plutôt que de rater l'occasion d'obtenir des informations au sujet d'Aurora et de sa famille.

— Eh bien, sachez que la petite est tourneboulée, que ma fille est transformée en une furie et qu'il n'existe pas un chrétien capable de supporter une minute de plus l'ambiance de cette maison, continua-t-elle désormais à haute voix. J'ai dit que j'allais prendre l'air, que je devais faire un tas de courses, mais c'est faux, je veux juste m'échapper. J'aimerais vous parler, jeune homme. Par conséquent, si vous avez un petit moment à me consacrer, attendez-moi dans une demi-heure au Gran Bar.

Et d'une main parcheminée, énergique et parfaitement manucurée, elle lui indiqua l'escalier. Le tintement des pièces d'or suspendues à ses bracelets intima à Daniel l'ordre de partir de là au trot.

— Ma fille est une rétrograde et mon gendre, une chiffe molle.

Telle fut la phrase d'introduction de la grand-mère, après qu'elle eut exhalé une longue bouffée de fumée.

Daniel l'avait vue entrer et s'était levé pour l'accueillir. Il lui tint le fauteuil quand elle s'assit, lui tendit un briquet après qu'elle eut placé la cigarette qu'il lui avait offerte dans son fume-cigarette en ivoire.

— Ils pèsent des tonnes et ça ne va pas être facile de les faire bouger. Si vous voulez emmenez la petite aux Amériques, vous n'y arriverez qu'à la force du poignet.

Daniel fut décontenancé par le naturel stupéfiant de son interlocutrice, qui faisait des confidences à un étranger inconnu et censé porter atteinte à l'honneur familial.

— Moi aussi, j'ai failli traverser la mare aux harengs quand j'étais jeune, tu savais ça, mon chéri ? continua la vieille après une gorgée de vermouth. J'ai eu un prétendant qui est parti en Argentine, comment s'appelait-il ? Ro... Ro... Romualdo, c'est ça, Romualdo, Romualdo Escudero de la Sierra, c'était son nom, et ne croyez pas que ses affaires marchaient mal, ici, bien au contraire. Il appartenait à une famille magnifique, formidable, extraordinaire, mais il est parti parce que c'était un aventurier, un garçon entreprenant, qui allait toujours de l'avant. Et il a monté là-bas un commerce fabuleux de... de...

Son oubli momentané parut la contrarier un court instant, mais elle poursuivit en éludant ce point.

— Bon, de n'importe quoi. En tout cas, il a fait fortune, il s'en est vraiment mis plein les poches. On m'a raconté qu'il possédait des immeubles entiers rue Corrientes, et une hacienda dans la Pampa, et mille choses en plus, mais vous savez quoi ? demanda-t-elle, impétueuse.

— Non, pas du tout, répondit Daniel, qui ne comprenait pas où voulait en venir la vieille dame avec cette histoire farfelue.

— Eh bien, j'ai appris longtemps après qu'il ne s'était jamais marié, et je me dis qu'il a peut-être passé sa vie à se souvenir de moi. Moi, en revanche, je ne l'ai pas beaucoup regretté quand il est parti, ça ne m'a même pas traversé l'esprit de l'accompagner, à quoi bon aller ailleurs avec la vie super que je menais alors à Neguri? Des nèfles! je lui ai répondu, et je suis restée, la plus heureuse du monde. Mais par la suite, avec les années, en y réfléchissant, eh bien, parfois je me dis : À propos, à quoi aurait ressemblé ma vie si j'avais accepté ce prétendant et que je l'avais suivi en Argentine? Sûr que je danserais divinement le tango et que je parlerais comme eux, avec cet accent et ce je-ne-sais-quoi qu'ils ont, là-bas...

Ses yeux brillaient soudain, rêveurs comme ceux d'une adolescente malgré les quelque quatre-vingts ans accumulés sur ses os. Elle éteignit ensuite sa cigarette avec une élégance extrême en contemplant le solitaire étincelant qu'elle portait à l'annulaire. Un éclat de lumière sur une main couverte de taches, de veines saillantes et de rides, un phare illuminant la douloureuse évidence de la décrépitude. Elle baissa le ton et s'approcha de l'oreille de Daniel, comme si elle allait lui révéler son secret le plus intime.

— Imaginez la joncaille dont notre petite Aurorita hériterait à présent.

Daniel ne mit pas longtemps à comprendre que cette maîtresse femme coquette et verbeuse était plus ou moins considérée, par sa fille et par son gendre, comme une vieille dame fofolle parfaitement incapable d'infléchir les décisions du clan. Sa logorrhée s'étendit à sa jeunesse opulente et à ses dizaines d'admirateurs dans des fêtes grandioses sur rythme de fox-trot. Elle évita néanmoins d'évoquer les aspects amers de sa vie, ceux qui, plus ou moins consciemment, s'étaient évaporés de sa tête à l'impeccable chignon gris. La banqueroute de l'entreprise familiale de fournitures industrielles, après que son dingue de père eut passé des nuits fiévreuses au casino de Biarritz. Son mariage mouvementé avec un homme tyrannique qui ne la rendit jamais heureuse. Le départ forcé et précipité vers cette région lointaine, en quête d'un avenir leur permettant de sauver les meubles à l'abri des mines de La Unión. La mort à la guerre de ses deux fils, alors qu'ils n'avaient pas encore vingt-cinq ans. Les insupportables douleurs des os, provoquées par l'humidité marine en hiver, et quelque autre mésaventure qu'elle préféra omettre, occupée qu'elle était à réveiller la nostalgie d'une époque révolue depuis plus de cinquante ans.

Après avoir fumé à la suite cinq cigarettes du paquet de Chesterfield de Daniel et avalé les trois vermouths qu'elle avait commandés et qu'il paya, la vieille dame – « appelle-moi Nana et tutoie-moi, mon chéri » – se prépara à partir. Elle ajusta son étole de zibeline autour du cou, rangea son fume-cigarette dans son sac en le faisant claquer, puis se leva, avec une distinction majestueuse, tandis qu'il retirait son siège derrière son dos. Sur un ton complice et en guise d'au revoir, elle reprit l'idée qu'elle avait formulée en arrivant.

— Tu es très mignon, mais ma fille et mon gendre sont une paire d'abrutis, et ils ne te laisseront pas emmener leur fille aussi facilement.

Son visage s'éclaira alors d'un sourire adorable au milieu de ses rides, de ses étourderies et de son faisceau de souvenirs sélectifs.

— Tu l'aimes beaucoup, n'est-ce pas ?

Daniel lui rendit son sourire en haussant les épaules. Il ne pouvait pas lui révéler ses sentiments dans un bar, à l'heure de l'apéritif.

— Eh bien, si c'est comme ça, si tu veux vraiment l'avoir à tes côtés pour toujours, moi, à ta place, je me chercherais un bon parrain.

Et elle lui tapota affectueusement l'avant-bras pour souligner son idée, tout en baissant légèrement la voix.

— Dans ce pays, mon trésor, tout s'obtient avec un bon parrain, ne l'oublie pas.

Daniel esquissa sans doute une moue d'incompréhension que la vieille dame capta sur-le-champ.

— Réfléchis, réfléchis... Il doit bien y avoir quelqu'un qui puisse te donner un coup de main.

Et, sans lui laisser le temps de réagir, elle frôla ses joues de deux baisers légers comme des ailes de papillon et partit d'un pas vainqueur. On aurait cru qu'elle avait dix-neuf ans et qu'un aventurier intrépide l'attendait à la porte du Gran Bar, pour l'emmener au-delà des mers en quête de nouvelles fortunes.

25.

Sa rencontre avec Nana avait un peu remonté le moral de Daniel. Mais au fond, tout restait à l'identique, la conversation n'avait rien résolu et il n'avait rien de concret. Malgré tout, et en dépit de l'absence totale de capacité de manœuvre de la vieille dame dans cette bataille, ses paroles un brin foldingues avaient réussi à lui insuffler un peu d'optimisme, une minuscule transfusion d'énergie l'empêchant de se laisser aller.

De retour vers son hôtel, il ruminait le dernier conseil de Nana. Qu'il se cherche un parrain, lui avait-elle recommandé. Un bon parrain. Il ignorait à peu près tout des manigances et combines propres à la façon d'opérer des Espagnols, mais il soupçonnait que cette suggestion allait au-delà de la signification du mot « parrain » dont il se souvenait : le personnage qui accompagne la fiancée à l'autel ou le nouveau-né sur les fonts baptismaux. Son dictionnaire lui fournit la réponse : personne qui en introduit une autre dans un cercle, une société… Ayant saisi le sens, mais sans bien en percevoir l'utilité, il le laissa en suspens. En attendant.

Il téléphona encore une fois à Aurora de la réception de l'hôtel. Il tenait, de la bouche de la vieille dame, qu'elle refusait de parler à quiconque chez elle, sauf à Nana elle-même et à Asunción, sa nounou de toujours, qui lui apportait des tasses de bouillon, des croquettes et du pain perdu dans une tentative inutile de la ramener à la raison. Mais personne ne répondit à l'autre bout du fil, et il renonça au troisième essai. Modesto, le réceptionniste, assis derrière le comptoir, gardait un œil fixé sur *Le Justicier du Colorado* et surveillait de l'autre Daniel. Au milieu des coups de feu et des menaces dans les plaines du Far West, il se demandait, indiscret, qui l'Américain pouvait bien appeler avec tant d'insistance, et pourquoi il raccrochait chaque fois brutalement, sans avoir parlé à quiconque et la mine renfrognée.

— On dirait que vous aimez bien venir chez nous, hein, l'ami? se risqua-t-il à suggérer, abandonnant un instant le tourbillon de balles, de poussière et de hennissements de son roman.

Il voulait savoir une bonne fois pour toutes ce que son hôte mijotait.

Daniel se contenta d'acquiescer courtoisement, mais Modesto ne se tint pas pour satisfait. Il insista.

— Même si c'est pas l'Amérique, on vit pas mal dans le coin, míster Daniel. C'est vrai qu'on roule pas sur l'or, il faut dire la vérité, mais chacun s'en tire plus ou moins et se débrouille avec ses gamins comme il peut, et puis il y a toujours du foot le dimanche, et on a de ces toreros, c'est pas la peine d'en rajouter! Il y en a même qui ont des frigos, il y a rien de meilleur qu'une petite bière bien fraîche… Pour sûr, on fonctionne encore à coups de bâton et de « pas de rouspétance! », mais ça empêche pas qu'on va tous devenir riches vite fait avec ce truc du tourisme, vous allez voir.

Daniel ne contredit pas les prévisions optimistes du concierge – à quoi bon lui faire perdre ses illusions?

— Mais chez vous on doit vivre encore mieux, me dites pas que non, continua Modesto, de plus en plus animé. Avec ces grosses bagnoles qu'on voit au ciné et ces blondes avec ces jambes et ces tailles fines, et vas-y que je te fume avec de ces décolletés, Jésus Marie Joseph! vous devez avoir de sacrées femelles, dans le coin, hein, míster Daniel? Et avec ces savons qui sentent si bon que c'en est une pure merveille et qui s'émiettent pas comme la terre entre les mains, et ces briquets, on croirait qu'ils sont en argent, et ils s'éteignent jamais que le vent souffle de l'est ou de l'ouest, et ces rasoirs qui vous laissent le visage aussi doux que le cul d'un bébé, c'est pas comme la lame Palmera qui vous massacre comme le Christ, même si la pub de la radio vous dit qu'elle a pas de rivale. Allez, vous avez une de ces chances d'être américain, je peux vous raconter n'importe quoi, míster…

— Bon, d'accord, mais il ne faut tout de même pas exagérer…, tenta de l'interrompre Daniel, pour mettre fin à cette logorrhée sur les bienfaits matériels de son propre pays.

— Vous prétendez qu'il ne faut pas exagérer ? On me la fait pas, à moi. Vous savez comment j'ai appris tout ça ? Par mon beau-frère. Il bosse avec vos compatriotes, du côté de la Algameca, et il dit que les gars de la Navy sont vraiment très forts, ils sont super organisés. Ils font même des plans pour construire un mur de clôture. L'Agustín, mon beau-frère, il raconte que l'autre jour les ouvriers espagnols ont bâti une baraque en bois, et quand ils ont vu qu'elle bougeait pas avec la moitié des clous, eh ben, ils l'ont laissée comme ça. Et au bout d'un moment voilà le sergent américain qui rapplique, il la regarde, il la reregarde, et il gueule qu'il faut la foutre par terre, la démonter et recommencer. Si dans les instructions on met cinq cents clous, eh ben, c'est cinq cents clous. Il en a, le salaud ! Et ils l'ont démolie, la baraque, et puis ils l'ont reconstruite avec les cinq cents clous à leur place, bien comme il faut…

Il fit claquer sa langue et une moue d'admiration se peignit sur son visage.

— Putains d'Américains, c'est des sacrés types !

Daniel sentit la curiosité le titiller à mesure que le concierge poursuivait son laïus. Base, Américains, Navy. Une trilogie porteuse d'espoir.

— Alors, commença-t-il en choisissant ses mots, tandis qu'il glissait son paquet de Chesterfield sur le comptoir en direction de Modesto, si votre beau-frère travaille avec mes compatriotes, cela signifie qu'il existe des contacts quotidiens entre les Américains et les Espagnols.

— Bien entendu, qu'ils existent, míster, répliqua Modesto en sortant deux cigarettes blondes de Virginie, bout filtre.

Il en mit une entre ses lèvres et l'autre au-dessus de son oreille gauche.

— Je vous ai pas dit qu'il y a tout un tas de petits gars de chez nous déjà en poste ? Dans les journaux, on a publié des annonces il y a pas très longtemps pour du personnel civil espagnol, même moi, j'ai rempli des papiers, mais on m'a pas pris, pour quelle raison ? J'en sais rien, parce que le boulot, je l'aurais fait aux petits oignons. Dans ma guérite et en uniforme, comme un général : vous, entrez par là, et vous, dehors, voyons, papiers s'il vous plaît... Pouh ! J'aurais été heureux comme un roi, moi, là-bas avec les Américains, si on m'avait embauché.

Indifférent à ces mirages professionnels, Daniel, mû par la plus pure intuition, continua.

— Et dites-moi, Modesto, ces Américains, ils vont et viennent ou ils restent toujours par ici ?

— Eh ben, à mon avis, il y en a très peu qui vivent dans le coin. Au moins on les aperçoit de temps en temps dans les rues, avec des bagnoles du feu de Dieu, des fois en uniforme et des fois avec des chemises de toutes les couleurs par-dessus le pantalon, ils ont une de ces dégaines ! Qu'est-ce que vous voulez que je vous dise d'autre ? Vous en avez jamais croisé un ?

Non, Daniel n'avait jamais croisé aucun de ses compatriotes ; ses séjours avaient été trop brefs. Ou peut-être que si, mais il ne s'en était pas rendu compte tant il était absorbé par ses propres préoccupations. Il se rappela alors le jour où il avait connu Aurora, quand elle lui avait demandé s'il était un militaire de la base américaine. Plus de trois mois s'étaient écoulés depuis lors. Le moment était sans doute venu de faire leur connaissance.

— Et vous pensez que ça poserait un problème si j'allais les voir là-bas ?

— À la base ? Eh ben, je crois que ça va pas être de la tarte, répondit le réceptionniste avec un autre claquement de langue. Mon beau-frère m'a dit que tout est super contrôlé, et que je te demande un passe..., ou un permis... On peut vous bloquer à la porte et vous entrez pas. Maintenant, si j'étais de garde à l'entrée, c'est une supposition, et si je vous voyais arriver...

La connexion potentielle entre ses compatriotes et le parrainage suggéré par Nana avait pris forme dans l'esprit de Daniel tandis que le concierge, après s'être rêvé en gardien, reprenait son soliloque sur les blondes dévergondées qui fument et les gratte-ciel des films, le tout agrémenté de ses vagues connaissances géographiques glanées dans ses romans de cow-boys et les exploits californiens du Coyote de José Mallorquí. Jusqu'à l'arrivée de Catalina, son épouse, armée d'un plumeau et d'une serpillière, qui se joignit à la discussion et régla l'affaire avec son bon sens habituel.

— Pourquoi tu serais au courant du fonctionnement de ces gens, Modesto ? Tu les as seulement vus de loin, et en plus tu as rendu en retard les formulaires pour travailler chez eux. On va tout de suite appeler mon frère, Agustín, qui bosse les après-midi dans un atelier près d'ici. Allez, compose le numéro, et arrête de dire des bêtises une bonne fois pour toutes.

Agustín ne tarda pas à se présenter. En bleu de chauffe et béret, les ongles noirs de crasse et plus que disposé à apporter son aide.

— Dites-moi, l'ami, ce que vous voulez savoir, j'aurai tôt fait de vous renseigner.

Les travaux de cette station navale – la base conjointe hispano-américaine – avaient commencé au cours des années précédentes, entre Tentegorra et la Algameca. Des installations qui ne seraient pas aussi gigantesques que celles de Rota, dont elles dépendaient, et qui n'appartiendraient pas seulement aux Américains, ainsi que leur nom l'indiquait.

Son système logistique couvrait tous les besoins de la marine des États-Unis ; le personnel occupait un lotissement installé dans une zone vallonnée et arborée à environ deux kilomètres de la ville. Même s'ils habitaient et travaillaient entre eux, les Américains manifestèrent dès le début la volonté de se rapprocher de la vie locale – un comportement encouragé par les autorités qui souhaitaient instaurer une atmosphère cordiale entre les deux peuples. On organisa donc des manifestations institutionnelles et beaucoup d'autres qui exigeaient tout naturellement une coopération mutuelle ; les femmes des marins accouchaient dans les cliniques locales, aidées par des sages-femmes espagnoles et des interprètes, les gamins du coin formaient des chœurs bruyants autour des marins pour leur réclamer des chewing-gums à grands cris, et quelques militaires jeunes et célibataires finiraient par épouser de jolies habitantes de Cartagena, tandis que d'autres, peut-être un peu moins romantiques, se défoulaient les jours de permission avec les hétaïres du Molinete, leur offrant ensuite galamment, outre le tarif réglementaire payé en billets d'un dollar, des boîtes de lait condensé et un ou deux paquets de Philip Morris.

Daniel allait apprendre tous ces détails au cours des jours suivants et par le biais de différentes sources. À ce moment-là, néanmoins, il ne retint que deux des informations – anecdotes interculturelles aussi importantes que les histoires de clous, de sergent ou de guérite – du frère de Catalina : les lieux où il pourrait enfin retrouver ses compatriotes et la manière d'entrer en contact avec eux.

— Eh ben, je vous ai déjà répondu, l'ami, déclara le beau-frère après une dernière taffe de son cigarillo effiloché. Sans papiers ou machins dans ce genre, vous réussirez même pas à faire lever la barrière. C'est pas comme si vous croisiez vos pays dans la rue ou dans un bar, parce qu'ils sont tous sacrément contents de rencontrer des gens.

La réunion spontanée se poursuivait à la réception de l'hôtel, seulement interrompue par l'arrivée inopinée d'un hôte auquel personne ne prêtait attention : ils étaient tous trop absorbés par les fabuleuses aventures conjointes de ces deux tribus tellement disparates. Modesto derrière son comptoir, Agustín et Daniel accoudés de l'autre côté et Catalina passant la serpillière et le plumeau sans grand enthousiasme en se mêlant de temps à autre à la conversation.

— Et si j'allais les voir chez eux, vous croyez qu'ils me recevraient? demanda au hasard Daniel, toujours en quête d'une solution.

— Euh... je sais pas..., répondit Modesto.

Celui-ci se passa la main dans ses cheveux clairsemés. En fait, il n'avait pas la moindre idée de l'attitude de ces étrangers dans ce cas précis.

— Certains habitent déjà à Tentegorra, et ils se sont construit de sacrées villas. Avec machines à laver automatiques, chauffage et tapis collés au sol dans toutes les chambres, d'après ce qu'on m'a dit, ajouta le beau-frère en soufflant la fumée en coin après avoir allumé un nouveau cigarillo. Il paraît même qu'ils ont un grand champ à côté, avec de l'herbe, et qu'ils jouent à mettre une petite balle dans un trou en tapant avec une canne. Comment ça s'appelle, ça, míster ? Gor ? Gos ? Ça ressemble à goal, mais sans cage...

— Golf, dit Daniel en réglant ce problème lexical le plus vite possible pour ne pas perdre de temps. Les militaires, ils vivent là tout seuls ou avec leurs familles ?

— Avec leur moitié, j'imagine, intervint Modesto avec un entrain renouvelé. Parce que, sinon, expliquez-moi pourquoi je croiserais toutes ces pouliches qui se baladent avec leurs pantalons tellement serrés que j'ai envie de... de...

— Vas-y mollo, Modesto, après tu t'échauffes et ça fait grimper ta tension, le réprimanda Catalina, coupant court à ses élucubrations.

Elle ajusta ensuite le plumeau sous le bras et s'adressa directement à Daniel, afin d'insuffler un peu de sens dans cette conversation à bâtons rompus qui semblait ne déboucher sur rien.

— Míster Daniel, si je ne suis pas indiscrète, pourquoi vous voulez tellement rencontrer vos compatriotes ? Pour une histoire de travail ? Pour qu'ils vous trouvent un boulot ou quelque chose dans le genre ?

Les trois paires d'yeux de ses interlocuteurs restèrent fixées sur lui, dans l'attente d'une explication palpitante, tandis qu'un client qui venait d'arriver donnait des coups de clé insistants sur le comptoir, furieux de voir que personne ne lui prêtait attention.

— Eh bien... c'est un peu plus... plus... familial, on pourrait dire.

Il n'était pas si loin que cela de la vérité. Ne prétendait-il pas former une famille avec Aurora ?

— Dans ce cas, moi, à votre place, si vous me le permettez, vous savez ce que je ferais ?

Tous se tournèrent vers Catalina, impatients de découvrir enfin une issue. Le frère, parce qu'elle était de son sang. Modesto, car bien qu'elle n'eût pas les fesses d'albâtre ni les poitrines turgescentes des beaux châssis d'Hollywood, sa Catalina s'y connaissait vraiment dans les choses de la vie.

— Donc, moi, à votre place, poursuivit-elle, j'irais dès demain chercher les épouses. Nous autres, les femmes, on comprend mieux ces histoires de famille. Et après, si c'est nécessaire, elles en causeront avec leurs maris pour qu'ils trouvent une solution.

La lumière. Catalina lui apportait la lumière. De même qu'elle était apparue comme tombée du ciel avec son sandwich à l'omelette, le soir où il grelottait de fièvre, à présent elle lui soufflait un éventuel angle d'attaque.

— À quelle heure ils finissent de travailler, à la base, Agustín ? demanda Daniel en jetant un rapide coup d'œil à sa montre – il était seize heures vingt –, et en ajustant sa veste.

— La sirène mugit à dix-sept heures pile, et à partir de cet instant chacun vaque à ses occupations, par conséquent...

Comme elles lui manquaient, ses vieilles chaussures de sport, avec lesquelles il allait courir chaque jour à Madrid !

— Vous pourriez m'avoir un taxi, Modesto, s'il vous plaît ? demanda-t-il, mettant un terme à ses regrets et au flot de paroles du beau-frère.

— C'est comme si c'était fait, míster. J'imagine que vous voulez pas que je vous accompagne, hein ?

26.

À peine arrivé, Daniel eut l'impression d'avoir été arraché à la réalité du Mercredi saint au bord de la Méditerranée pour se retrouver, par un coup de baguette magique, dans un recoin quelconque de son propre pays. Une zone résidentielle de n'importe quelle banlieue américaine s'offrait à ses yeux. Des maisons modernes avec un toit à deux pentes et entourées d'un gazon impeccable, des bouches d'incendie rouges sur les trottoirs et des enfants blonds en jeans jouant au frisbee sur l'herbe.

Il marcha d'un pas lent, incrédule, plongé dans cette expérience presque surréaliste : il se croyait vraiment dans un coin de l'Ohio, du Connecticut ou de la Caroline du Nord. Soudain, un groupe d'habitantes avec des bébés dans les bras et des petits dans leurs jupes devinèrent sa nationalité à son allure et le saluèrent dans sa langue. *Hi! Hello! Are you American ? How're you doing ?*

Il prit sa décision en parcourant la courte distance qui les séparait. Pas question pour le moment de leur avouer la vérité, de leur exposer ouvertement ses intentions. En outre, il ne savait pas comment traduire en anglais le vague concept de parrain à l'espagnole.

Il s'agissait de six ou sept jeunes mères, qui correspondaient parfaitement au portrait type de la fiancée qu'il aurait dû choisir s'il avait voulu se bâtir un avenir paisible et sans complications. Mais il en avait déjà assez vu pour connaître le caractère capricieux de l'existence. Ainsi, non content d'avoir esquivé l'avenir professionnel rêvé par sa famille, le fils du dentiste de Morgantown, West Virginia, avait également dévié du droit chemin en matière d'amours, trouvant l'élue de son cœur dans la réserve spirituelle de l'Occident au lieu de tomber tout simplement amoureux d'une brave fille de chez lui. Et il était là, essayant de se faire accepter dans cette ville aux comportements incompréhensibles pour lui, tels que promener sur les épaules la Très Sainte Déposition du Christ et Notre-Dame des Douleurs, ou enfermer un saint Pierre dans un arsenal militaire aux accents d'un paso doble. C'est sans doute pour cela qu'il préféra en révéler le moins possible à ses compatriotes, sans lésiner pour autant sur son enthousiasme et sa détermination : il voulait les mettre dans sa poche tout en ignorant le pourquoi et le comment.

— *Awesome!*

— *Amazing!*

— *So interesting!*

Telles furent certaines des réactions des Américaines, en plus des sourires éclatants et des mimiques d'émerveillement, lorsque Daniel, après les présentations et les salutations d'usage, commença à leur commenter ses aventures à travers une Espagne qu'elles connaissaient à peine. Soirées dans des châteaux médiévaux en ruine hantés par des fantômes, visites de caves remplies de tonneaux gigantesques ou de basiliques largement plus grandes qu'un stade de base-ball.

« *Wow! Fascinating! Really ?* » La liste des anecdotes eût été inépuisable si les maris ne s'étaient pas joints peu de temps après à la conversation. Dès lors tout changea dans cette énonciation de hauts faits itinérants. Deux d'entre eux arrivèrent à pied, traînant des cannes de golf comme l'avait décrit le beau-frère Agustín, et trois autres en voiture et en uniforme. Mis à part leurs tenues, ils semblaient tous sortir du même moule : bonne stature, corps élancé, large sourire et cheveux coupés ras. Ils saluèrent Daniel avec des poignées de main cordiales et échangèrent quelques phrases amicales. « Comment ça va ? Quelle surprise ! Ah, expert en littérature ? Ça alors ! c'est très intéressant. »

Finalement, tout le monde prit part à la conversation, et Daniel perdit la vedette. Chacun des nouveaux arrivants y allait de son histoire et l'attention des épouses se détourna de lui ; son étoile déclina jusqu'à disparaître, tel le bouquet final d'un feu d'artifice. Sa gloire n'avait guère duré qu'une demi-heure et, le pire, c'était son impression de voir cette occasion lui filer irrémédiablement entre les doigts à mesure que le groupe se défaisait. « Bon, eh bien, bonne continuation, mon gars, à la prochaine, espérons que ça marchera pour toi », lui dirent-ils. « Enchantées de t'avoir rencontré, Dan, continue à bien t'amuser », dirent-elles. Point final.

Chaque couple regagna ses pénates en entraînant sa progéniture. Les rires enfantins et les bavardages cessèrent, l'endroit retrouva progressivement son calme tandis que le découragement de Daniel augmentait en proportion inverse. Peut-être s'était-il conduit très maladroitement, pensa-t-il alors que l'une des dernières familles s'éloignait en lui tournant le dos. Sans doute était-ce une erreur de se présenter comme un compatriote en goguette, un étudiant sympathique mais insouciant. Il aurait dû être plus clair et plus direct, leur parler du mépris des parents d'Aurora, de la résistance acharnée de celle-ci, de son obstination pour découvrir à tout prix un moyen de ne pas la perdre. Il fallait avouer que, pour la première fois depuis son arrivée en Espagne, sa passion presque viscérale à l'égard de cette culture étrangère s'était transformée en malaise. Que l'éternelle lune de miel qu'il avait vécue jusqu'alors paraissait battre de l'aile.

Ne restèrent finalement avec lui que deux jeunes femmes. Les plus mûres, malgré leur évidente jeunesse. La plus grande, couettes châtains, yeux verts et chemise jaune à carreaux, léger accent du Sud, s'appelait Vivian. La blonde, avec un foulard turquoise attaché dans les cheveux en guise de turban, se prénommait Rachel. Le réceptionniste en aurait sans doute eu l'eau à la bouche s'il les avait aperçues.

— Bon, il va falloir qu'on pense nous aussi à rentrer, dit la première mollement.

Aucune des deux ne semblait avoir à s'occuper d'un bébé ou d'un enfant en bas âge, leurs rejetons étaient sûrement cette demi-douzaine de sauvages qui s'éclataient à vélo dans les alentours.

Daniel sentit que sa dernière chance lui échapperait définitivement dès qu'elles auraient refermé derrière elles les portes de leurs logements respectifs. Il serait de nouveau seul. Seul au bord du précipice. Après avoir brûlé sa dernière cartouche et sans même l'ombre de ce maudit parrain.

— Où sont vos maris? demanda-t-il sans ambages.

Il s'en fichait d'avoir l'air indiscret : il n'avait plus rien à perdre.

— Ils arriveront demain au petit matin, ils rentrent de la base de Rota, précisa Vivian.

Il s'efforça de cacher le sursaut d'énergie que venait de provoquer en lui cette nouvelle : deux épouses de membres de l'US Navy seules, et quelques heures de répit devant lui ! Son regain d'enthousiasme ne l'empêcha cependant pas de se souvenir du pauvre Modesto.

— Rota? C'est vraiment très intéressant. Ça se trouve en Andalousie, n'est-ce pas? demanda-t-il en leur offrant une cigarette afin de prolonger la conversation.

Rachel haussa les épaules tandis qu'il lui offrait du feu. Vivian acquiesça. Elles ne semblaient pas très au fait des détails de la géographie péninsulaire.

— Ça doit être agréable, pour eux, de rentrer tard dans la nuit et de retrouver la chaleur du foyer, dit-il en soufflant sur l'allumette pour l'éteindre, l'air faussement désemparé. Si j'avais quelqu'un près de moi pour me cajoler...

Traître, lui chuchota la voix de sa conscience. L'amour fougueux d'Aurora ne te suffit pas? Pas plus que les petits plats qu'Antonia te mijote jour après jour?

— Que quelqu'un prépare, rien que pour toi, un simple poulet rôti, par exemple, continua-t-il en faisant la sourde oreille à ses scrupules.

Il aurait bien le temps de se réconcilier avec eux. Pour le moment, il lui fallait à tout prix saisir l'occasion.

— Des pommes de terre au four, avec de la *sour cream*, et de la glace au chocolat. Les bonnes vieilles saveurs de toujours...

En réalité, rien de cela ne lui avait réellement manqué pendant ces six mois passés en Espagne de taverne en gargote et de gargote en ragoûts de sa logeuse. Tripes et gésiers, foies de volaille, boudins frits et oreilles de cochon, il aimait chacun de ces plats. Mais il ne fallait surtout pas que Vivian et Rachel s'en doutent. Il était prêt à tout pour dîner ce soir chez l'une d'entre elles.

Les hurlements de l'un des gamins à vélo interrompirent la conversation. C'était un des fils de Rachel, un cataclysme de neuf ans qui saignait du nez, puis venaient son petit frère, expliquant les causes de la chute, et une rouquine avec deux tresses et sa propre version. Ensuite ce furent deux autres garnements suivis d'un chien.

— Je suis mort de faim, maman, qu'est-ce qu'on mange, ce soir ? demanda l'un d'eux.

— Des macaronis au fromage, répondit Rachel en appuyant bien fort un mouchoir sur le nez de son fils aîné.

— Et nous ? s'inquiéta un autre petit tandis qu'il relevait son vélo tombé par terre.

— Du poulet rôti, annonça Vivian.

Daniel ne put pas se retenir.

— Avec des pommes de terre ?

Bizarrement, il espérait qu'elles lui apporteraient une solution. Il était conscient qu'elles disposaient de très faibles atouts pour atteindre un tel objectif : elles ne parlaient pas espagnol, ne connaissaient personne d'important en ville et ignoraient tout du fonctionnement des relations sociales dans ce pays. En apparence, ce n'étaient que de jeunes mères de famille totalement dévouées à leurs proches. Sans doute se fichaient-elles dans une large mesure de la culture locale, étaient-elles dépourvues de la curiosité intellectuelle et de la sensibilité nécessaires pour apprécier la richesse historique et artistique de leur pays d'accueil. Pour elles, habiter le sud-est de la péninsule Ibérique, Haïfa ou Corfou revenait probablement au même. Malgré tout, sous cette enveloppe si simple et si domestique, Daniel devinait la présence de femmes fortes, volontaires et déterminées, qui avaient été capables d'abandonner leur patrie et de s'occuper seules de leurs enfants pendant les longues absences de leurs maris. Des femmes qui étaient toujours prêtes à emballer leurs vies dans des valises et des cartons pour entamer une nouvelle étape, là où l'US Navy jugerait bon de les envoyer. Des femmes positives et solidaires, habituées à trouver une réponse à tout, à s'adapter à mille changements et à vivre dans le transitoire, dans l'attente de la promotion suivante ou d'une mutation capricieuse qui les expédierait une fois de plus au bout du monde.

Elles échangèrent un rapide regard.

— Allez, entre. Dès qu'on se sera occupées de la marmaille, on t'invite à dîner.

27.

Dans le laps de temps compris entre la nuit du Mercredi saint et le matin du Dimanche de résurrection, deux forces divergentes se mirent en marche à pleine puissance. D'un côté, la ville tout entière se livra à la célébration enthousiaste des grandes journées de la Semaine sainte. Les rues se remplirent d'une foule immense voulant contempler la majesté des *pasos*[1], les riches coloris des tuniques à la lueur des cierges et l'ordre martial des pénitents. De l'autre, sourds à leur environnement et à la ferveur religieuse, un groupe d'étrangers ourdit un plan stratégique si minutieux que le commandement de la Sixième Flotte ne l'aurait pas désavoué.

L'action démarra le jeudi matin, lorsque Vivian et Rachel, les jeunes mères américaines, se rendirent à l'improviste chez le capitaine de vaisseau David Harris, tout en sachant que le plus haut responsable de la base conjointe n'y serait pas, puisqu'il serait déjà parti pour son bureau. En revanche, elles étaient sûres de la présence de sa femme. La seule chose qu'elles n'avaient pas bien calculée, c'était l'heure, trop matinale pour une maîtresse de maison sans enfants ni obligations.

1. Représentations du Christ et de la Vierge transportées à dos d'homme pendant les processions de la Semaine sainte en Espagne.

Loretta Harris, décoiffée, en robe de chambre et encore à moitié endormie, reçut avec méfiance les deux femmes qui avaient sonné à sa porte à neuf heures dix, une tarte aux framboises à la main en guise d'alibi.

— *Morning, my darlings.*

La voix rauque, elle laissa transparaître sa mauvaise humeur mais les fit malgré tout entrer.

Elle suivit la procédure habituelle : leur proposer un café, allumer une cigarette et attendre qu'elles dégainent les premières. Elle parcourait le monde depuis vingt-cinq ans en compagnie d'un marin énergique et elle savait que si des femmes de lieutenants de vaisseau venaient voir l'épouse de leur supérieur, c'était pour une raison précise et urgente.

Rachel et Vivian s'étaient décidées à intervenir la veille au soir, entre le simple poulet rôti et les humbles pommes de terre au four accompagnées de *sour cream* qu'elles avaient servis à leur invité. Daniel avait cessé de leur mentir à mesure qu'il vidait son assiette : se débarrassant de son déguisement initial d'insouciant globe-trotter, il était apparu tel qu'il était, avec ses soucis et ses contingences. Et son gigantesque problème non résolu.

— Je crois que je ne suis pas gâté par la chance depuis que je suis arrivé dans cette ville, déclara-t-il.

Il se sentait en confiance, maintenant, tandis que la conversation se poursuivait après le dîner, avec en arrière-fond l'American Forces Radio. Les deux amies avaient expédié leurs enfants au lit, elles avaient enfin ôté leurs chaussures et l'écoutaient, allongées sur le canapé. Tout était chaleureux et familier autour d'eux : les poignées des portes, les vieux exemplaires de la revue *Time*, la couleur de la nappe. Des attentions de l'US Navy pour son personnel éparpillé aux quatre coins de la planète. Daniel avait l'impression d'être plus ou moins chez lui, aussi finit-il par baisser la garde.

— J'ai tout de suite attrapé la grippe, continua-t-il, et on m'a presque expulsé par la force d'un café, les gens pensaient que j'étais saoul.

— Ça n'est pas très surprenant, dit Rachel avec une moue ironique. Ils ont dû imaginer que tu étais un de ces Américains ivrognes, un de plus parmi ceux, nombreux, qui dépassent la mesure et se donnent en spectacle presque tous les jours.

— Voilà l'un des principaux problèmes auxquels nos maris sont confrontés en ce moment, précisa Vivian. C'est pareil dans toutes les bases. Certains de nos jeunes gens boivent beaucoup trop et ils font du grabuge. Ils finissent souvent par se bagarrer avec la population locale ou même entre eux. Les rixes entre les soldats de Rota et ceux de Morón sont devenues légendaires, d'après ce qu'on m'a dit.

— Et je suppose que cela donne une mauvaise image, ajouta-t-il.

— Déplorable, acquiescèrent les deux jeunes femmes à l'unisson.

Rachel intervint alors.

— Ordre a été donné de ne pas froisser la population espagnole. La consigne est donc d'être amical, généreux, cordial et toujours prêt à donner un coup de main. Nos maris sont en partie responsables de ça, et nous nous efforçons de les soutenir.

— Comment ?

S'il avait lu la presse locale, Daniel aurait su, par exemple, qu'un bonhomme habillé en rouge, avec un gros ventre, une barbe et des cheveux blancs, et une hotte remplie de cadeaux avait été amené à la Casa de Misericordia[1]. Ce type prétendait s'appeler Santa Claus, mais tout savaient qu'il s'agissait en réalité d'un sergent dénommé Smith.

— Nous essayons également d'organiser un tournoi de football entre nos enfants et des enfants espagnols. Et un championnat de natation en été.

— Et une semaine culturelle.

Chacune des deux amies prenait la parole à tour de rôle, à l'évidence emportées par leurs projets.

— Et un défilé de vêtements de sport.

— Et nous songeons à un immense feu d'artifice pour le 4 Juillet.

— Et nous distribuons constamment de la nourriture et des médicaments aux vieilles personnes.

Daniel était enfermé dans ses propres pensées, pourtant

1. Établissement de santé catholique.

cela ne l'empêchait pas de les entendre. Il était incapable de déterminer si derrière cet enthousiasme existait un véritable intérêt pour se gagner les bonnes grâces de la population, si elles souhaitaient réellement aider leurs maris dans l'accomplissement de leurs tâches professionnelles, ou si elles aspiraient simplement à combattre l'ennui de leur exil grâce à toute une batterie de distractions.

— Mais il nous reste encore à frapper un grand coup, remarqua Vivian.

— Un truc vraiment brillant et spectaculaire, qui impliquerait beaucoup de gens.

— Un truc comme quoi ? voulut savoir Daniel.

— On n'est pas encore fixées, on réfléchit. Il faut créer de l'attente, qu'on réussisse à attirer des personnes influentes et qu'on en parle pendant des jours et des jours. Peut-être un bal avec beaucoup, beaucoup d'invités.

— Ou un festival grandiose.

— Qu'est-ce que vous diriez d'un mariage ?

Rachel en resta bouche bée, son verre figé à un demi-centimètre de ses lèvres ; quant à Vivian, elle fut incapable d'exhaler la fumée qu'elle venait d'aspirer. Toutes deux le regardèrent avec des yeux ronds comme des soucoupes.

— Je suis volontaire. Prêt à apporter cinquante pour cent de la contribution nécessaire.

Le mécanisme se mit en marche le lendemain matin. À mesure que la caféine agissait sur son cerveau, Lorreta Harris commençait à entrevoir l'objet de la visite impromptue des deux amies. Elle les écouta avec toute l'attention que lui permettaient ses neurones à moitié endormis et crut saisir les intentions de ces jeunes femmes : elle-même devait obtenir de son époux qu'il joue les intermédiaires auprès de qui de droit, afin qu'ensemble ils convainquent des parents réticents et obstinés d'autoriser le mariage de leur fille avec un jeune compatriote. C'était tout bénéfice si on y arrivait : le gratin de l'US Navy affecté à Cartagena partageant les bancs de l'église et le gâteau de mariage avec le dessus du panier de la société locale. Rien à perdre, et sans doute beaucoup à gagner.

L'épouse du capitaine Harris ne fut pas étonnée qu'on lui demande d'intercéder pour un civil. Là où il n'existait pas d'ambassades ni de consulats, les chefs militaires agissaient souvent comme représentants officieux de leur pays. La requête ne lui parut donc pas absurde, pourtant elle garda un silence prudent. Au cours de sa longue vie nomade passée à élever cinq enfants un peu partout dans le monde, au hasard des affectations, elle avait vécu des situations infiniment plus compliquées entre des militaires et des civils : grossesses inopportunes, pères irresponsables, disputes, vols, chantages et escroqueries. Il lui paraissait infiniment plus simple de faciliter les épousailles de deux amoureux. *A piece of cake*, comme on disait dans sa langue. Et si cela pouvait leur apporter à tous un surcroît de popularité auprès de la société locale et contribuait à les réunir, eh bien, tant mieux. Vivian et Rachel n'avaient donc pas tort : qu'elles manœuvrent de façon satisfaisante et chacun en retirerait des bénéfices. Mais elle devait procéder d'abord à diverses vérifications. Ensuite, s'il n'y avait rien de douteux, il faudrait planifier soigneusement l'opération.

Bien entendu, elle se garda bien de le dire à ses deux visiteuses. Elle leur servit un nouveau café, alluma une autre cigarette et posa une première condition : connaître personnellement la personne concernée. Afin d'obtenir des informations de base et d'avoir une image globale de l'affaire, expliqua-t-elle. Elle était libre cet après-midi, son mari avait des obligations professionnelles jusqu'en fin de soirée, ses enfants n'étaient pas là puisqu'ils poursuivaient des études universitaires aux États-Unis. C'était d'ailleurs la première année où ils étaient seuls. « OK, mes chéries, annonça-t-elle en éteignant son mégot. Je veux le dénommé Carter ici à dix-sept heures tapantes. »

Le réceptionniste Modesto se crut dans le plus torride de ses rêves quand il vit une jeep sans capote freiner sèchement devant la porte de l'hôtel et deux jeunes et ravissantes Américaines en descendre, moulées dans leurs jeans. Sans prononcer un seul mot compréhensible en espagnol, elles réussirent néanmoins à se faire comprendre au milieu des rires et des moues délicieuses.

— Ah ! Vous cherchez míster Daniel ? Míster Daniel Carter ! Je me trompe pas ? s'exclama-t-il.

— Exactement, confirma Vivian en clignant de l'œil à Modesto.

Le concierge ravala sa salive et glissa un doigt dans le col de sa chemise pour retrouver sa respiration. *Laisse-toi aller, poupée,* écrivait-on dans les romans de l'Ouest. *Fais gaffe avec moi, petite, je suis pas un mec très recommandable.* Comment ça pouvait bien se dire en anglais ?

— Míster Daniel est sorti, il est déjà parti, déclara-t-il en montrant la rue.

Il regretta sur-le-champ ses propos. Bigre ! pensa-t-il, si je fais pas attention, ces deux pouliches vont se tirer elles aussi.

— Ou peut-être qu'il est revenu et je m'en suis pas rendu compte, rectifia-t-il aussitôt. Ou bien il revient tout de suite.

— Alors, on peut... *escriver a note for him.* Pour lui, *I mean, si* ?

— Oui, madame, bien sûr que oui. Tout ce que vous voudrez, ma jolie. On est ici pour vous servir..., répondit Modesto à Rachel, sans décoller les yeux de son décolleté comprimé par un mini-pull jaune citron.

Il leur tendit l'envers d'une fiche cartonnée remplie de calculs de dépenses domestiques et un vieux crayon mordillé. Et tandis qu'elles rédigeaient un message enjoignant à leur nouvel ami de se rendre cet après-midi même chez le chef de la base, son regard fiévreux allait de l'une à l'autre. Des hanches rondes de Vivian à la poitrine généreuse de Rachel, de la chevelure blonde de Rachel à la taille de guêpe de Vivian. Il commença à transpirer.

— Merci beaucoup, dirent-elles de concert quand elles eurent terminé.

Le réceptionniste vit briller les dents les plus blanches qu'il eût jamais vues de sa vie. Et les lèvres les plus charnues. Et les sourires les plus troublants.

— Jésus Marie ! murmura-t-il, la bouche sèche.

Il les escorta vers la sortie en essayant de les frôler discrètement, puis il leur ouvrit galamment la porte. Il les regarda s'éloigner, maudissant sa malchance et son manque de ressources linguistiques pour les retenir davantage.

— On est obligé d'aller se faire foutre, grommela-t-il avant de cracher par terre. La moitié de la vie à chevaucher les romans de Marcial Lafuente Estefanía en compagnie du

Coyote, et tout ça pour n'apprendre à dire que « whisky », « shérif » et « saloon ».

La matinée fut également fructueuse pour Daniel. Il décida de se poster à proximité de l'immeuble d'Aurora ; assez près pour contrôler les entrées et les sorties, et assez loin pour passer inaperçu. De même que la veille, il aperçut d'abord le père ; il ne put déchiffrer son visage mais devina qu'il devait être de très mauvaise humeur au salut glacial qu'il adressa au gardien. Puis ce fut le tour de la mère et de la grand-mère. Distinguées et furibondes l'une et l'autre, échangeant des récriminations qu'il ne put entendre. Dès qu'il vit leurs silhouettes se découper à la porte du bâtiment, il se cacha prestement derrière le tronc d'un palmier.

Dès qu'elles tournèrent au coin de la rue, il abandonna sa cachette et s'approcha. Abelardo, le concierge, essaya de lui interdire l'accès avec toute la vigueur qu'on pouvait attendre de lui à ce poste. L'Américain s'était déjà faufilé une fois et Abelardo voulait s'éviter de nouveaux reproches.

— On ne peut pas entrer ici ! On ne peut pas entrer !

Un billet de cent pesetas renversa l'obstacle : le plus convaincant des arguments plié entre deux doigts comme s'il s'agissait d'un sauf-conduit. Le concierge n'y réfléchit pas à deux fois, l'argent disparut dans les profondeurs de la poche gauche de son pantalon avec la même rapidité que le garçon s'introduisait à l'intérieur et grimpait les marches quatre à quatre. En fin de compte, soupira l'homme avec un certain soulagement, une engueulade de plus ou de moins de la colérique Mme Carranza, il s'en fichait un peu : il avait presque de quoi acheter le costume de première communion de ses fils grâce à cette somme.

Une femme au visage débonnaire, chignon sur la nuque et âge avancé, ouvrit la porte, alarmée par les impérieux coups de sonnette qui avaient retenti dans tout l'appartement. Daniel ne salua pas, pas plus qu'il ne se présenta ni n'indiqua l'objet de sa visite. À peine la porte ouverte, il ne prononça qu'un mot, répété trois fois à grands cris : Aurora.

Une fraction de seconde, tel fut le temps qu'un tourbillon en pyjama mit à apparaître, depuis le fond du couloir, avant de se jeter dans les bras de Daniel à la façon d'un chat sauvage. Elle s'agrippa à son cou, à son torse et à ses jambes, lui planta ses doigts dans le dos, lui caressa la nuque en riant et en pleurant à la fois. Lui, de son côté, ne parvenait qu'à murmurer son prénom tandis qu'il la serrait contre lui de toutes ses forces, une main enlaçant ses épaules et l'autre sa taille menue, avec son rire dans l'oreille et la délicieuse humidité de ses larmes sur son visage.

Deux femmes les observaient, abasourdies, sans bien savoir si cette étreinte traduisait une absence totale de pudeur et un comportement scandaleux et impie, ou plutôt une tendresse débordante que nulle force humaine ne pouvait endiguer. La première était Asunción, celle qui avait ouvert la porte ; depuis plus de quarante ans elle se dépensait sans compter pour la famille et n'avait d'autre réaction, face à cette scène, que de balbutier des « Très Sainte Vierge » et des « Doux Jésus » en une interminable litanie. La seconde était Adelaida, la jeune bonne. Cachée derrière un chiffonnier isabellin, elle était sous le choc de la vision du couple et se demandait pourquoi son fiancé n'était pas aussi romantique avec elle à chaque permission.

Asunción réagit finalement, et son acharnement pour arracher Aurora des bras de Daniel les ramena à la réalité.

— Petite ! Petite ! Petite !

Daniel comprit seulement à cet instant qu'il se trouvait là où Aurora était née ; qu'il foulait le sol où elle avait appris à marcher ; qu'il voyait furtivement tout ce qui avait entouré Aurora au cours de sa vie : les photographies familiales dans des cadres en argent, la bibliothèque héritée de la branche paternelle, les balcons donnant sur le port, le portrait à l'huile d'une Nana très jeune et coquette souriant à un peintre anonyme.

Pendant ce temps, Aurora implorait la gouvernante de laisser se prolonger un peu le répit momentané de son calvaire.

— Juste un petit instant, Asunción, laisse-le rester quelques minutes de plus, je t'en supplie…

Mais elle avait affaire à rude partie avec la vieille Asunción. Celle-ci avait élevé Aurora, elle l'adorait et souffrait pour elle depuis des jours. Mais elle avait aussi élevé sa mère avant, connaissait son mauvais caractère et savait qu'elle ferait tout un drame si elle apprenait la présence de l'Américain ici.

— Pas question ! Il doit partir tout de suite. Mon Dieu, ma chérie, mon Dieu, c'est impossible, impossible, répétait la brave femme en tenant la porte ouverte et en invitant Daniel à sortir.

— Pitié, Asunción, pitié, une minute et il s'en va, je te le promets...

Pendant ce temps, Daniel s'efforçait de garder son calme. Il désirait rester non pas un instant mais toute la vie, tout en sachant qu'il avait déjà fait preuve de beaucoup d'audace en pénétrant dans cette maison et qu'il n'avait pas intérêt à ajouter un surcroît de tension. Pourtant, il ne put en supporter davantage.

— Accordez-moi juste un petit moment, s'il vous plaît. C'est promis, Asunción, cinq minutes, pas une de plus. Vous avez notre parole d'honneur, dit-il en portant la main à son cœur.

— Non.

— À l'endroit qui vous conviendra le mieux et en votre présence, évidemment, proposa-t-il alors dans une démonstration désespérée de bonne volonté.

— Non.

— Et nous ne vous embêterons plus jamais, je m'y engage.

Le courage de la jeunesse et la bonne éducation eurent finalement raison des cheveux blancs. Mais Asunción, quoique séduite par les manières et les paroles convaincantes de ce jeune homme, qui était bien loin de correspondre au démon qu'elle s'était imaginé, imposa ses conditions en bon chien de garde. Montre en main. Devant elle. Et les mains bien sages, ou c'était terminé. Pour peu, les amoureux auraient dit amen.

Elle les installa dans la vaste cuisine, blanche et carrée, une grande table en marbre en son milieu. La table des petits déjeuners et des pains au chocolat au retour de l'école. Des devoirs, des ogres ou des sorcières gentilles, d'exemplaires des bandes dessinées de Pumby, « le petit chat heureux », des Petits Poucets et des Guerriers masqués. Des disputes et des confidences entre frères et sœurs, du lait chaud par les froids après-midi d'hiver et des petits morceaux de pain chipés juste avant l'heure du repas. C'était à présent le territoire choisi par Asunción pour cette urgente mise au point de la situation sentimentale de la jeune fille de la maison. Les jeunes gens étaient assis l'un en face de l'autre, de chaque côté de la table, comme dans un parloir de prison. Asunción, elle, resta debout, arborant l'air sévère d'un garde civil. À deux mètres, et un œil fixé sur la montre.

— Quelqu'un pourrait peut-être nous aider, annonça Daniel.

Il mit Aurora au courant de sa visite dans le lotissement de l'US Navy et de la ferme promesse de ses compatriotes.

— Mais comment? demanda-t-elle en se cachant le visage dans un geste de désespoir. Mes parents ne connaissent aucun Américain, ils n'ont aucune relation avec ces gens.

— Eh bien, il faut un début à tout.

Ce n'était qu'un vœu pieux. Une tentative aussi illusoire qu'inconsistante pour insuffler un peu d'optimisme à la jeune fille par une solution dont Daniel lui-même doutait.

Ils partagèrent une cigarette et profitèrent du passage de la bouche de l'un à celle de l'autre pour poser leurs lèvres au même endroit, pour se frôler les doigts, pour se toucher à peine et se transmettre ainsi un millième de ce que leurs corps feraient si une force mystérieuse désintégrait magiquement Asunción.

Ils venaient d'allumer la seconde Chesterfield lorsque Asunción annonça que l'entretien était arrivé à son terme.

— Allez, mon petit monsieur, je vais avoir de gros ennuis, dit-elle en montrant la porte.

Puis elle soupira, comme si elle avait besoin de se libérer d'un excès de pression.

Ils eurent beau insister, ils savaient tous deux qu'ils ne lui arracheraient pas une seconde de plus.

— Quand repars-tu à Madrid? demanda Aurora tandis qu'ils se levaient avec l'entrain de condamnés à mort allant à l'échafaud.

— Je ne partirai pas sans toi.

— Ne me dis pas ça, Daniel…, murmura-t-elle en esquissant le geste de lui caresser le visage.

Asunción coupa net cette tentative.

— C'est fini !

Finalement, il dut se résigner à franchir le seuil. Une fois dehors, il se retourna et chercha Aurora des yeux. Elle était là, vêtue du pyjama à rayures de l'un de ses frères, avec ses bouclettes blondes en bataille, les yeux brillant de larmes contenues qui annonçaient d'inconsolables sanglots à peine aurait-il commencé à descendre l'escalier. Et alors, malgré ses bonnes résolutions, bien qu'il eût résisté jusqu'à la dernière seconde, sa passion fut la plus forte. Au risque de perdre à jamais la confiance d'Asunción, il se précipita dans l'appartement et prit congé d'Aurora avec le baiser le plus intense qu'on eût jamais vu dans l'histoire de tous les baisers du monde.

S'il avait été filmé, il n'aurait jamais passé la censure, même avec une recommandation personnelle du secrétaire général du Movimiento, le parti franquiste.

28.

Lorsque Daniel apprit que l'épouse du chef de la base acceptait de le recevoir, il se sentit revigoré. Il lut le mot plusieurs fois et en mémorisa les détails. Le réceptionniste ne le quittait pas des yeux, ayant beaucoup de mal à ne pas l'interroger sur le contenu de son message : l'image de ces deux beautés lui trottait encore dans la tête.

— Vous pourriez me commander un autre taxi pour cinq heures moins le quart, Modesto, s'il vous plaît ?

— C'est comme si c'était fait, míster Daniel. Vous allez revoir vos amies, les Américaines ?

— Pas pour le moment. J'ai quelques points à régler aujourd'hui.

Un taxi l'attendait à l'heure convenue à la porte de l'hôtel. Et aussi quelqu'un.

— Il paraît qu'on a eu de la visite, ce matin.

— Nana, mais qu'est-ce que tu fais là ?

Cette fois, elle était vêtue de gris, un voile noir lui couvrant la tête.

— Je venais te voir, mon chéri. Pour que tu m'invites à boire un petit café avant la messe, mon corps n'est pas encore en état de s'agenouiller. Où tu m'emmènes ?

— Nulle part, je suis désolé. On m'attend.

— Eh bien, c'est vraiment dommage, tu n'auras pas le temps de lire ce que j'apportais dans mon sac.

Il la regarda, quelque peu sceptique.

— En réalité, c'est une lettre très courte, pas aussi longue que celles que nous écrivions à nos amoureux à notre époque, avec tout un tas de bêtises. Mais je suis sûre qu'Aurora aurait bien aimé que tu la lises.

— J'ai une idée, proposa-t-il dès qu'il eut saisi la tentative de chantage de la vieille dame. Tu me donnes la lettre, j'y vais, et ensuite, à mon retour, nous nous revoyons. Et alors on prend un café ou on fait ce que tu voudras.

— Non, mon cher, parce qu'à ce moment-là Marichu m'aura déjà chopée et on sera toutes les deux en train de se préparer pour la procession.

— On démarre, monsieur, s'impatienta le chauffeur. Il est moins dix passé et je dois être à la gare à cinq heures et quart : j'ai des voyageurs qui arrivent avec une tonne de colis.

Daniel lui fit signe d'attendre d'un geste de la main et s'adressa de nouveau à la grand-mère d'Aurora, en s'armant de patience.

— Écoute, Nana, j'adorerais rester avec toi cet après-midi, mais c'est impossible, j'ai un rendez-vous très, très important. Important pour Aurora et important pour moi. Important pour nous deux.

— Laisse-moi t'accompagner, alors. En fin de compte, je suis du même sang que l'une des parties impliquées, peut-être même que je peux t'aider.

— Je te remercie du fond du cœur, mais ce n'est pas possible. Je dois me débrouiller tout seul.

— Monsieur, il est déjà moins cinq, insista le taxi.

— Tant pis ! Je crains de ne pas pouvoir te donner ma petite lettre.

— Nana, je t'en supplie.

— Monsieur, mes voyageurs sont chargés de bagages, je les perds si je n'arrive pas à temps…

— Et notre Aurora va avoir un de ces chagrins, je ne vous dis même pas.

— Monsieur, moins cinq passé…

Hésitant entre étrangler la vieille ou le chauffeur, Daniel opta pour une voie médiane.

— Monte dans la voiture, vite. Mais avant, donne-moi la lettre. Et vous, foncez autant que vous le pourrez, s'il vous plaît.

Il déplia la missive avec une telle rage qu'il faillit la déchirer. Elle ne contenait que quelques mots tendres décrivant la joie que lui avait procurée sa visite inattendue. Il la lut tout de même quatre ou cinq fois, sans prêter attention au bavardage incessant de Nana tandis qu'elle ôtait son voile, le fourrait en boule dans son sac à main et lissait sa coiffure en se regardant dans le rétroviseur.

Loretta Harris sortit recevoir son invité dans le jardin de devant de sa résidence. Si elle fut surprise de le voir s'approcher en compagnie d'une respectable vieille dame accrochée à son bras, elle le cacha de façon magistrale.

— Je suis la grand-mère d'Aurora, se présenta cette dernière pour justifier la légitimité de sa présence.

Et avant que Daniel eût l'occasion d'ouvrir la bouche, elle déversa un torrent d'expressions et de salutations désuètes, dans un français par ailleurs plus que correct.

L'Américaine l'écouta mi-ébahie, mi-amusée, tout en observant Daniel du coin de l'œil, afin de le jauger. Lui fit de même, curieux de découvrir cette compatriote d'allure chevaline et décontractée qui avait daigné intercéder en sa faveur.

— Merci beaucoup de nous recevoir, madame Harris, réussit-il à caser alors que Nana reprenait son souffle.

Ces paroles, il les avait prononcées en espagnol, par égard pour cette dernière, mais il s'empressa d'ajouter en anglais que la vieille dame s'était associée à la visite malgré lui et d'une façon tout à fait intempestive.

Loretta balaya l'anecdote en exhibant dans un large sourire une denture proéminente.

— Entrez, entrez, je vous en prie, dit-elle en cédant le passage à la vieille dame. C'est un plaisir de vous avoir.

La maison, vaste, de construction récente et meublée selon les tendances de l'Amérique des années cinquante – les « *fabulous fifties* » –, était loin de ressembler aux demeures de la bonne société que fréquentait d'habitude Nana. La conception de l'intérieur traduisait l'optimisme et la consommation à tout-va engendrés par la victoire de la Seconde Guerre mondiale – l'état d'esprit d'un pays qui se sentait moderne et puissant. Là où les Espagnols accumulaient des tentures de velours ornées de dentelles, des tables basses avec des braseros à charbon et des portraits jaunis d'aïeux, les Américains exhibaient fièrement des fauteuils à trois pieds et des cendriers aux couleurs éclatantes. Face à la tradition, à la réserve et à l'opacité, la luminosité et une légèreté inconnues ici.

À peine Nana eut-elle découvert ce décor fascinant qu'elle s'arrêta net et porta une main à la bouche dans un geste théâtral, pour témoigner de son admiration absolue. Ses yeux parcoururent les murs couverts de tableaux abstraits et les lampes un tant soit peu extravagantes, en forme de cône et d'un bleu criard.

— J'adore ! J'aime beaucoup, tout ça est merveilleux ! Ces maisons si modernes et ces meubles tellement... tellement... tellement, les mots me manquent, ça me rend folle !

— Merci beaucoup, chère madame, répondit Mme Harris.

— Si tu pouvais devenir amie avec ma fille Marichu, ma chérie, ajouta Nana en tapotant le bras de Loretta, tu lui dirais de se débarrasser de toutes nos horreurs et d'acheter ce genre de choses, si modernes, et si fabuleuses, et si fantastiques, et si, si, si...

Mme Harris et Daniel échangèrent un rapide coup d'œil. Lui pour s'excuser et elle pour le rassurer : il ne fallait pas qu'il s'inquiète, la présence de cette femme pour le moins singulière ne posait aucun problème.

Lorsque Nana eut fini de passer au crible la pièce, Loretta parvint enfin à faire asseoir ses invités dans de grands fauteuils dont l'esthétique et le confort suscitèrent de nouvelles louanges exagérées de la part de la vieille dame.

— Café ? Thé ? demanda la maîtresse de maison.

Le geste élégant de refus de la grand-mère d'Aurora l'obligea à ajouter une proposition à la liste.

— Ou peut-être un martini ?

La conversation prit son envol dans un mélange d'espagnol et d'anglais saupoudré de quelques phrases intempestives en français prononcées par Nana évoquant ses voyages d'autrefois à Paris ou ses joyeux étés de célibataire à Biarritz, avant que les folies de son fêtard de père ne provoquent la ruine complète de la famille. Ils bavardèrent ainsi pendant deux heures, jusqu'à ce que Mme Harris eût estimé qu'elle avait une image assez précise de la situation, y compris de la généalogie des deux familles en Espagne et aux États-Unis, du positionnement des Carranza dans la structure sociale locale et des points faibles d'Enrique et de Marichu. Assez pour se mettre au travail, pensa-t-elle.

La visite aurait dû se terminer à ce moment-là, le bon moment pour Loretta de leur dire *goodbye my dear friends*. Mais il était près de huit heures, et l'après-midi était passé beaucoup plus vite que prévu. Son mari était occupé et elle commençait à avoir faim, sa tête tournait un peu à cause des effluves de l'alcool. Sur un coup de tête, elle les invita à dîner.

Avant que Daniel eût réfléchi à l'opportunité d'accepter ou non cette offre, Nana avait déjà demandé un téléphone pour appeler sa fille et lui raconter un bobard monumental. Ils l'entendirent ainsi dévider une litanie de mensonges où se mêlaient la prétendue glissade de son amie María Angustias en pleine rue, une éventuelle fracture du poignet et son obligation absolue de la veiller jusqu'à l'arrivée d'une remplaçante dans le rôle de bonne Samaritaine.

— Ne vous inquiétez pas du tout pour moi, insista-t-elle avant de raccrocher. Pour une amie de cœur, on est capable de tout. Je rentrerai dès que je pourrai, pas de souci…

Il avait déjà assez de problèmes avec cette famille pour avoir séduit la fille, il ne voulait pas qu'on l'accuse à présent de pervertir la grand-mère, songea Daniel. Mais il n'y pouvait plus rien. « Bon cœur contre mauvaise fortune », comme disait Mme Antonia. Ou bien était-ce « contre mauvaise fortune bon cœur » ? Ça revenait au même, pensa-t-il en terminant son troisième martini.

Le dîner se prolongea par une conversation détendue jusqu'à ce que, après le gâteau au fromage blanc de Sara Lee et le café, Nana, coudes sur la table, administre une tape sonore en criant :

— Et maintenant? Si on se faisait une petite partie, mes chéris?

Daniel comprit que le moment était venu de la sortir d'ici, même s'il fallait la traîner dehors. Ses relations avec les Carranza étaient certes déjà mauvaises, mais elles pouvaient encore empirer.

Le lendemain matin, Loretta Harris téléphona d'abord à Vivian pour lui confirmer que l'opération était désormais en route. Elle lui demanda aussi d'aller chercher son compatriote et de le prendre en charge, sous prétexte que le garçon avait besoin d'un peu de distraction. Mais elle cacha ses véritables intentions; il s'agissait surtout de le tenir à l'écart des actions menées en sa faveur pendant les prochaines heures. La longue soirée de la veille avait été amusante et fructueuse grâce à l'obtention de certaines informations utiles, mais elle se méfiait d'un Daniel circulant en toute liberté. Cela serait même éventuellement contre-productif : il pourrait apparaître à tout moment à l'endroit le moins opportun, agir de façon inappropriée ou prononcer des paroles malvenues. Elle jugeait également dangereux qu'il continue à voir Nana. La vieille dame avait beau avoir de l'esprit et de l'allure, elle n'en constituait pas moins une bombe à retardement aux conséquences imprévisibles en cas d'explosion.

Elle souffla donc une idée aux jeunes femmes. Puisque c'était un jour férié et qu'il faisait un temps magnifique, pourquoi ne pas aller camper au bord de la mer jusqu'au samedi soir? Une proposition en apparence innocente, mais qui visait surtout à se débarrasser de tout le monde.

Son conseil fut bien entendu suivi. Deux heures plus tard, les deux familles accompagnées d'une troisième partirent chercher Daniel à bord de trois jeeps d'où sortaient des rires d'enfants, des cris et le *Jailhouse Rock* d'Elvis Presley diffusé à plein volume. Ignorant les temps et les rythmes locaux, sans savoir qu'en traversant la ville à la file un Vendredi saint elles brisaient la quiétude de la journée la plus lugubre de l'année.

Loretta Harris les vit s'éloigner cachée derrière un rideau, tout en fumant sa quatrième cigarette de la matinée. Quand elle estima qu'ils étaient tous assez loin, elle décrocha son téléphone et composa un numéro qu'elle connaissait par cœur.

— Ici Nieves, répondit une voix à l'autre bout du fil.

Et la boule commença à rouler.

Le sergent Ricardo Nieves était arrivé à Cartagena deux ans auparavant, avec pour mission de rendre le plus agréable possible la vie des militaires américains et de leurs familles.

Par ses traits et par ses façons, il semblait descendre en droite ligne de Pancho Villa, mais il devait sa nomination à ce poste à son parfait bilinguisme et non à son ardeur au combat. Son aptitude à jongler avec l'espagnol et l'anglais n'était nullement surprenante pour quelqu'un ayant passé sa vie à cheval entre Laredo, Texas, et Nuevo Laredo, Mexique, deux villes réunies par un pont et séparées par un fleuve qui changeait de nom selon la rive où l'on se trouvait. Deux années après avoir rejoint les bords de la Méditerranée, le sergent hispanique de l'US Navy se sentait autant à l'aise qu'un natif dans sa ville d'affectation. Il manquait de connaissances en matière de stratégie navale, d'instruments des services secrets ou d'armes sous-marines, mais c'était un véritable prodige dès qu'il s'agissait de résoudre, de négocier ou d'obtenir quelque chose, autant deux vélos qu'une opération de l'appendicite, une boîte d'Alka-Seltzer ou trois gourgandines pour un enterrement de vie de garçon.

Loretta et lui se distribuèrent équitablement le travail. Le garçon américain voulant à tout prix épouser la jeune Espagnole paraissait charmant, certes, mais l'épouse du capitaine de vaisseau en avait plus qu'assez de ces jeunes gens sans défaut apparent et aux manières exquises, qui, en fin de journée, se révélaient être des menteurs compulsifs, des canailles sans scrupule ou de simples foldingues quasi psychopathes. Il faudrait donc d'abord vérifier si l'individu en question méritait d'être aidé – un problème facile à régler pour l'épouse d'un chef de base de l'US Navy. La mission qui lui incombait était donc de s'occuper de Carter.

De son côté, Nieves traiterait le contexte local. Il nota tous les éléments qui lui furent indiqués par Mme Harris sur un carnet à la couverture en toile cirée noire : le nom exact de la famille, comment étaient ses membres, où ils habitaient, quels étaient leurs relations, leurs moyens de subsistance, le montant de leurs biens... Tout ce qu'il fallait pour se mettre à l'œuvre.

Chacun étendit ses tentacules dans son domaine d'action au cours des heures suivantes. Loretta, à distance. Le poste de son mari lui offrait beaucoup d'opportunités, mais elle préférait se fier à son flair, c'est-à-dire, dans ce cas, à ses contacts personnels. Deux des cinq coups de téléphone qu'elle donna lui fournirent des pistes. Le reste vint tout seul.

Le sergent Nieves travailla sur le terrain. Il engagea de multiples conversations avec des entrepreneurs, des consignataires de bateaux et des marins de la flotte espagnole, ainsi qu'avec des fouineurs et des traîne-savates de tout acabit. Il n'utilisa que la rue, les tables des cafés et les comptoirs des bars, plutôt sinistres en ce Vendredi saint.

Ils se retrouvèrent le soir même. Grâce à son réseau, Loretta Harris était désormais certaine que Daniel Carter était bien celui qu'il prétendait être. Nieves, lui, avait accumulé un nombre incalculable d'informations garantissant le succès de l'opération. L'étape suivante consistait à mettre en place le décor.

La caravane des campeurs revint le samedi après-midi. Ils avaient dressé leurs tentes sur la plage ; bénéficiant d'un temps magnifique, ils avaient nagé, fait la course, bâti des châteaux de sable, mangé des plats réchauffés sur un feu de bois, entonné des chansons dans leur propre langue, sous les regards des locaux qui les observaient à distance comme s'il s'agissait d'une bande d'extraterrestres. Une note manuscrite les attendait au retour, glissée sous la porte de Rachel. Daniel Carter était convoqué chez les Harris. De toute urgence.

Pour la énième fois au cours des derniers jours, une table de cuisine servit de base d'opérations pour programmer la suite. Daniel s'assit à l'une des extrémités, l'inquiétude visible sur son visage contrastant avec son allure négligée : short et chemise kaki prêtés par l'un des marins, le visage brûlé par le soleil et les cheveux en bataille, encore pleins de sable et de sel. À l'autre bout, Nieves, muni de son petit carnet noir, exhalant les premières bouffées du cigare qu'il venait d'allumer. Et, debout, à mi-chemin entre les deux, Loretta Harris appuyée sur le plan de travail et fumant en silence. L'esprit en éveil, attentive.

Ils lui annoncèrent, sans ménagements ni lui demander son avis ou lui offrir la possibilité de modifier le scénario, que tout était organisé et serait réglé le soir même, au cours du dîner offert par le chef de la base et son épouse à un groupe d'invités choisis. Il fallait faire vite : mieux valait les prendre par surprise plutôt que de laisser la situation se dégrader davantage.

Comme s'il s'agissait de l'entraînement d'un agent secret, Nieves, le Farias entre les doigts, exposa à Daniel Carter, avec une froideur de neurochirurgien, la façon exacte dont il devrait se conduire. En premier lieu, ne mentionner à aucun moment que le responsable de son arrivée en Espagne était un professeur qui avait décidé de ne plus jamais revenir dans la patrie grande et libre de Franco, ni qu'il logeait depuis six mois chez la veuve d'un anarchiste, ni que le sujet de sa thèse portait sur un écrivain rouge, bien qu'il eût reçu le Prix national de littérature. Il avait également intérêt à passer sous silence ses mois de travail parmi les ouvriers syndiqués à Pittsburgh, les études qu'il suivait grâce à l'obtention de bourses ou sa première découverte de l'Espagne à travers un roman d'Hemingway, *Pour qui sonne le glas*, œuvre d'une idéologie discutable, dont le héros était un professeur américain enrôlé comme dynamiteur au sein des Brigades internationales et défendant la République dans la sierra de Guadarrama.

En revanche, il devrait s'étendre sur la description du cabinet d'odontologie de son père et sur les dons de pianiste de sa mère, sur les multiples activités caritatives de celle-ci et sur le lien familial qui l'unissait à un député conservateur de l'État du Wyoming, même si ce n'était qu'un petit-cousin rencontré pour la dernière fois quatorze ans auparavant lors d'un enterrement. Quant à sa religion, au cas où on lui poserait la question, qu'il réponde simplement qu'il était chrétien ; à quoi bon gloser sur son agnosticisme croissant ou préciser que sa famille assistait à l'office d'une église méthodiste tous les dimanches matin ? Au sujet de sa formation académique, il faudrait qu'il manifeste son admiration pour la littérature espagnole antérieure au XXe siècle, en se concentrant de préférence sur les héros, les saints, les moines et les romantiques. Le Cid Campeador, San Juan de la Cruz et Fray Luis de León pourraient être exaltés sans la moindre réserve. Les libéraux, les régénérationnistes[1] et les auteurs influencés

1. Pensée politique s'inspirant des auteurs de la génération de 1898 et prônant le développement économique et l'éducation comme principaux moyens pour sauver l'Espagne.

par l'étranger, autant les tenir à l'écart. Interdiction formelle d'évoquer des exilés. Et surtout Ramón J. Sender.

— Et pour ce qui est de don Domingo Cabeza de Vaca, Héroïque Requeté et Chevalier Mutilé, conclut Nieves après avoir expulsé la dernière bouffée de son cigare, parlez-en jusqu'au petit matin si ça vous chante, fiston.

Daniel Carter ne sut pas quoi répondre en entendant cette série de conseils qui témoignait d'une connaissance exhaustive de toutes les facettes de son existence. D'un côté, il se sentait mal à l'aise, violé dans son intimité ; on déformait ses centres d'intérêt, on bafouait les décisions personnelles pour lesquelles il avait tellement lutté. Ni sa vie ni sa propre personne n'étaient respectées, et il faillit donc exprimer sa gêne.

D'un autre côté, cependant, il fut bien obligé de reconnaître la qualité impeccable du travail réalisé. Il se rappela qu'il avait lui-même appelé à l'aide sans aucune pudeur, que c'était lui qui était allé chercher ses compatriotes pour qu'ils le tirent du mauvais pas dans lequel il se trouvait. Seulement alors, il eut la lucidité suffisante pour comprendre qu'il n'avait pas d'autres cartes en main. C'était ça ou rien, son unique et lointaine possibilité de se concilier les bonnes grâces de la famille d'Aurora.

Ou il acceptait cette distribution des rôles, ou il ne lui restait plus qu'à rentrer chez lui.

Ou il utilisait sa tête, ou la partie était perdue.

29.

Le sergent Nieves et Loretta Harris décidèrent de réunir tous les figurants nécessaires pour leur mise en scène de la soirée du Samedi saint, dans la résidence du chef de la station navale. L'excuse invoquée était un *Dîner d'amitié.* Ils étaient conscients que la date n'était pas des mieux choisies, mais ils comptaient sur la réaction des personnes concernées, qui jugeraient cette invitation aussi précipitée comme une simple maladresse interculturelle, finalement compréhensible de la part d'étrangers extravagants, peu ou pas du tout au courant des us et coutumes de la ville. Sans soupçonner ce qui se tramait derrière.

Le matin même deux soldats distribuèrent à domicile les imposantes cartes ornées de l'écusson doré et bleu de l'US Navy. Approuvée par l'épouse du chef de la base, la liste des invités fut minutieusement confectionnée par Nieves en fonction de ses recherches antérieures. Elle comportait les forces vives, de hauts responsables militaires locaux et bon nombre de couples d'un certain rang social : on ne devait oublier personne qui eût de l'argent, du poids ou un nom. Toutes les invitations furent reçues par leurs destinataires avec des manifestations équivalentes de surprise et de confusion, mais nul n'envisagea sérieusement de refuser.

Pour la plupart d'entre eux, c'était leur premier face à face avec ces étrangers qui leur paraissaient tellement intrigants.

C'est pourquoi, sans se douter le moins du monde des tenants et aboutissants de la chose, ils se retrouvèrent tous, et en particulier les dames, entraînés dans un tourbillon effréné pendant les heures précédant l'événement. Celles-ci convoquèrent de toute urgence leurs coiffeuses chez elles et firent des crises de nerfs en essayant et réessayant des robes ; elles en écartaient certaines parce que trop voyantes et d'autres pour leur modestie, sans savoir comment s'habiller sans détonner dans ce genre de soirée.

Les messieurs, de leur côté, accueillirent l'invitation avec surprise, mais aussi avec une pointe de fierté en découvrant que seul le gratin local était de la fête. C'était l'occasion idéale pour consolider des liens ou des affaires et gommer certaines aspérités, songèrent-ils souvent. Pour s'informer des ragots et être dans le secret des négoces les plus juteux. Pour mettre de l'huile, en somme, dans les rouages toujours rentables des relations sociales.

La situation ne fut pas différente chez les Carranza. Marichu, en bigoudis et combinaison, soufflant nerveusement sur ses ongles après les avoir vernis, hésitait entre un éblouissant ensemble de cocktail bleu canard ou un autre plus terne, corail. Le pharmacien, détendu, tuait le temps dans son salon en faisant des mots croisés ; il savait qu'il devait juste se raser et enfiler son smoking le moment venu. Nana allait et venait d'un bout à l'autre de l'appartement, cigarette au bec et se demandant comment embobiner sa fille pour qu'ils l'emmènent avec eux. Peine perdue. Néanmoins, à peine le couple eut-il franchi la porte que parvenait au domicile un bouquet de fleurs avec une carte de Loretta. Cette dernière s'excusait et lui proposait de déjeuner avec elle le lendemain, sous prétexte de lui raconter en détail ce qui se passait. En réalité, elle voulait tenir la vieille dame à l'écart pour le moment.

Les invités commencèrent à arriver à huit heures pile à la résidence des Harris ; un magnifique buffet les y attendait, quelque chose de terriblement chic et d'inhabituel dans l'Espagne de 1959, dont le taux d'analphabétisme frôlait les quarante pour cent et qui avait un revenu annuel par tête atteignant à grand-peine les trois cents dollars. Les excellentes relations de Loretta avec la femme du chef de la base de Rota, d'une part, et les copinages de Nieves, de l'autre, avaient permis de suppléer la disponibilité fort limitée de produits américains sur place. Salades Waldorf, filets de saumon sauvage, langoustes de Nouvelle-Angleterre avec une sauce au beurre et autres délices d'outre-Atlantique apportés dans des caisses réfrigérées à bord d'un véhicule militaire. Avec les victuailles, des piles de vaisselle en porcelaine blanche décorée d'un filet doré et bleu et de l'écusson de l'US Navy. Rien ne devait manquer.

Le capitaine de vaisseau Harris n'avait appris que la veille les manigances de son épouse et de son subordonné, mais il leur faisait confiance. Et il était toujours partant pour une fête. Au fur et à mesure de l'arrivée des invités, Loretta les accueillait dans sa robe d'un rouge intense, les saluait, charmante, tandis que lui, contenant son embonpoint dans un uniforme orné de quatre galons sur la manche de sa veste, les recevait avec un sourire figé. Tous deux s'efforçaient de mettre en pratique leur meilleur espagnol tandis que résonnait en fond sonore la trompette de Louis Armstrong. Le sergent Nieves, conformément à son grade, se tenait au second plan.

Les vêtements et les bijoux des dames brillaient de mille feux et elles échangeaient entre elles des regards acérés et jaugeurs, tout en observant du coin de l'œil la décoration moderne de la résidence des Américains. Chez les messieurs, les uniformes et les smokings prévalaient, bien que quelques-uns, étourdis ou ignorants, se fussent présentés en vulgaire costume de ville, effroyable bourde qui resterait à jamais gravée dans la mémoire de leurs épouses déconfites.

Du regard, Nieves indiqua discrètement aux Harris qui étaient les Carranza. L'élégante femme en bleu riant au milieu d'un groupe animé était la mère. Le père, ce monsieur un peu distrait qui observait curieusement ces étranges tableaux où les lignes et les formes géométriques se croisaient sans rime ni raison. Ils ne les perdaient pas de vue mais les laissaient tranquilles pour le moment. Il ne fallait pas leur tomber dessus tout de suite.

Peu à peu, tous commencèrent à s'approcher du buffet et à se servir dans les différents plats avec un naturel feint, ignorant presque toujours ce que diantre ils venaient d'avaler.

La mode du servez-vous vous-même n'avait pas encore atteint la patrie des marchés de gros, des économats, des auberges et des tavernes, et il s'avérait diablement compliqué pour un Espagnol de piocher ici et là, puis de manger debout. La plupart étaient à l'évidence incapables de jongler avec une assiette, une fourchette, une coupe et une conversation, et plus d'un se résigna à jeter l'éponge après plusieurs tentatives infructueuses, préférant ne pas dîner et avoir faim plutôt que de courir le risque de voir sa nourriture répandue sur la très digne poitrine de quelque dame.

Un peu plus tard, Nieves, Harris et son épouse s'interrogèrent du regard : il était temps de commencer. Une question innocente sur la composition chimique du Calmant Vitaminé permit à Loretta d'acculer le pharmacien dans un coin du salon, puis de le submerger sous un flot de paroles à peu près incompréhensibles au sujet des médicaments espagnols et américains. Presque simultanément, à un autre bout de la pièce, le capitaine évita que le faux pas d'un maladroit ne souille irrémédiablement l'ensemble bleu canard de Marichu. Par un heureux hasard, le marin qui se trouvait près d'elle attrapa au vol un verre de vin, préservant ainsi l'intégrité de la toilette de la dame, et suscitant chez cette dernière une gratitude qui lui servit d'excuse pour entamer le dialogue.

Ni l'apothicaire ni sa femme ne furent en mesure de se rappeler par la suite le contenu de leurs conversations, mais en tout cas, au milieu de toute une série de propos futiles, de rires et de badinages, le père d'Aurora entendit soudain qu'on lui proposait de distribuer deux cents ampoules de pénicilline, le médicament le plus convoité dans cette patrie arriérée et pauvre, à partir de sa pharmacie. Presque au même instant, la mère acceptait, rougissante de plaisir, une invitation pour assister à la feria de Séville en compagnie de la fine fleur des officiers américains affectés en Espagne. Nieves, lui, éclusait sa septième tequila et observait d'un œil bienveillant ces deux scènes, tout en songeant à l'étape suivante de son plan.

Une fois surmontées les acrobaties du buffet, l'alcool et le rock and roll furent les deux ingrédients qui détendirent l'atmosphère, mêlant les éclats de rire au tintement des coupes, tandis que les manigances et les commérages couraient bon train d'un groupe à l'autre et que quelques couples s'efforçaient de régler leurs pas sur le rythme de cette musique bizarre mais entraînante. Le conseiller à l'ordre public, de son côté, essayait sournoisement de peloter la femme d'un capitaine de corvette de l'US Navy qui tenait déjà une cuite monumentale.

Les Carranza étaient sous le charme du capitaine et de son épouse. Ces derniers, qui étaient restés séparés jusqu'alors, commencèrent à se rapprocher insensiblement, afin que les deux couples se trouvent finalement réunis. Ils agissaient en réponse à une nouvelle indication de Nieves. Lorsque les quatre furent ensemble, le sergent se glissa dans la cuisine et de là dans le jardin. Il porta deux doigts à la bouche, et un coup de sifflet troua la nuit. Cinq ombres surgirent aussitôt d'une maison voisine et se matérialisèrent sous la forme de deux uniformes de gala, de deux robes de cocktail et d'un smoking impeccable qui avait été expédié avec les victuailles depuis la base de Rota.

L'entrée du quintette interrompit momentanément les conversations.

— Bonsoir, mes chéris ! s'exclama Loretta de l'endroit où elle se trouvait.

Eux, fringants et bronzés après le camping au bord de la mer, offraient une image impressionnante. Les femmes étaient splendides, leurs robes fourreau mettaient en valeur des bras, des épaules et des décolletés délicieusement dorés. Daniel, le visage hâlé, la mèche toujours rebelle aplatie par une bonne dose de gel, tiré à quatre épingles dans son smoking d'emprunt, balaya la scène d'un regard rapide jusqu'à ce qu'il eût localisé les Carranza à côté des Harris : ils étaient bien là. Le premier pas avait été franchi, continuons à avancer, et à l'attaque ! pensa-t-il avec un nœud de la taille d'un poing au creux de l'estomac.

Les hôtes accueillirent la bande avec un enthousiasme frisant l'euphorie. En partie parce que le plan l'exigeait; et en partie parce qu'ils étaient passablement éméchés après avoir levé le coude sans modération pendant plus de deux heures.

— *Danny, my dear, you look absolutely gorgeous !* s'écria Loretta avec un de ses rires chevalins.

Elle se fraya à coups de coude un chemin jusqu'à lui au milieu des invités.

— Ma chère Loretta, tu es magnifique, merci infiniment pour cette fête grandiose, répondit Daniel dans son espagnol consciencieux.

Après quoi, il lui baisa galamment la main. Comme s'ils s'adoraient depuis la nuit des temps.

Daniel suivait parfaitement la procédure. L'entrée, d'abord, puis la reconnaissance du territoire ennemi ; ensuite, un salut chaleureux à la maîtresse de maison pour se faire remarquer. Et, pour finir, le capitaine. Allons-y, s'encouragea-t-il intérieurement.

Quand les parents d'Aurora virent comment le puissant chef de la base américaine serrait dans ses bras son jeune compatriote, qu'eux-mêmes avaient dédaigné quelques jours auparavant, le prenant pour un vulgaire coureur de dots, le père faillit s'étrangler avec un des glaçons de son whisky et la mère sentit couler dans son dos une sueur froide qui lui fit craindre le pire pour la soie de sa robe. Une telle cordialité témoignait sans nul doute de l'amitié sincère d'Harris pour le nouveau venu ; par chance, nul ne vit que cet acte était la réponse automatique à un ordre donné à son époux par Loretta, qui lui avait cloué son talon gauche sur le pied. Personne ne devina, dans l'assistance, que ces deux hommes se voyaient pour la première fois de leur vie.

Alors seulement, une fois remplis les objectifs initiaux, Daniel se détendit tandis qu'un essaim de dames tournoyait autour de Loretta. Elles s'intéressaient à ce jeune homme qu'elles avaient jugé immédiatement des plus recommandables ; en outre, comme Loretta s'était accrochée à son bras avec une évidente familiarité, elles en déduisirent qu'il était disponible et flairèrent la proie éventuelle : toutes avaient une fille, une nièce ou une petite sœur en âge de se marier, prêtes à décrocher la timbale. A fortiori si ladite timbale était très liée avec ces délicieux Américains à qui elles devaient cette fête magnifique, la plus merveilleuse depuis longtemps. Par chance pour lui, elles ignoraient la réalité : celle d'un étranger tourmenté se consumant d'amour pour la fille de ce couple qui, en ce moment, chuchotait dans un coin, consterné.

Jusqu'à présent, le plan de Loretta et de Nieves marchait à merveille; pourtant, lorsque le sergent découvrit les nombreuses femmes agglutinées autour de Carter et fascinées par ce que Loretta disait de lui, quand il vit leurs efforts pour attirer son attention à force de flatteries et de sous-entendus, il perçut le danger. Il se redressa, se racla la gorge et lissa sa moustache. Ce n'était pas prévu. Le rapprochement entre les Harris et les Carranza n'était qu'un hors-d'œuvre; il resterait beaucoup à faire après l'arrivée de Daniel : présenter le jeune homme, convaincre peu à peu les parents, leur montrer qu'il était digne de leur fille, que son statut d'étranger n'impliquait pas forcément qu'il fût un libertin, un amoral ou un quelconque miséreux sans papiers ni fortune.

Nieves n'avait à aucun moment imaginé les effets de l'accolade du capitaine Harris et de l'affection affichée par son épouse; ils avaient en réalité suffi à balayer de façon instantanée, magique, radicale, tous les soupçons parmi les personnes présentes. Il comprit donc l'inutilité des conseils qu'il avait prodigués au jeune homme pour la soirée. Ça n'intéressait personne, tout le monde s'en fichait. Le simple fait d'apparaître en société sous la protection des Harris avait transformé un extravagant coureur de dots en objet de désir, un sale étranger en bon parti. La grand-mère d'Aurora avait fait preuve d'une immense sagesse en lui suggérant de se trouver un parrain.

Nieves chercha les Carranza des yeux. Ils s'étaient réfugiés dans un coin, décomposés, hésitants. Daniel, quant à lui, se tenait toujours au milieu du salon, entouré de ses hôtes. Il avait à la main un verre de gin-tonic vide, qu'il venait de boire en trois gorgées, et il dissimulait du mieux qu'il pouvait sa stupeur devant les éloges exorbitants que proférait sur lui-même, ses origines et son formidable avenir professionnel, une Loretta à l'espagnol de plus en plus pâteux.

Le sergent comprit alors qu'il devait agir. Sur-le-champ. Le pharmacien et son épouse étaient tellement déconcertés qu'ils avaient perdu toute capacité de réaction. Il fallait les aider, sans user de subtilités ni de subterfuges. Il traversa donc le salon en quelques foulées rapides et vint se placer derrière le couple, sans qu'ils le remarquent. Il approcha alors sa tête jusqu'à ce que sa bouche se retrouve entre l'oreille droite de la femme et l'oreille gauche de son mari. Et après avoir ôté son sempiternel Farias d'entre ses dents, il livra son message :

— Ou vous rejoignez le groupe des Harris, ou c'est la femme du conservateur des hypothèques qui fauche le petit gringo pour sa fille Marité, et votre gamine sera tout juste bonne à entrer au couvent. Allez, magnez-vous !

Même la pointe d'un couteau n'aurait pas éperonné plus efficacement Marichu Carranza. L'apothicaire en était encore à s'interroger sur ce type en uniforme de l'US Navy qui parlait espagnol avec l'accent de Cantinflas[1] que son épouse l'avait déjà attrapé par le bras et le traînait vers le groupe, où la tête de Daniel dépassait de toutes les autres.

Une fois de plus, Loretta s'occupa du reste.

La fête s'acheva à quatre heures du matin dans le jardin, tous les invités dansant sur « La conga de Jalisco » autour de la résidence. Nieves observait la scène, satisfait, agrippé à un arbre et éclusant au goulot une bouteille de tequila Herradura. Mme Harris ouvrait le défilé, sa robe rouge remontée jusqu'à mi-cuisse. Elle était suivie d'une longue file de corps dans les positions les plus invraisemblables. Daniel s'accrochait à la taille de sa future belle-mère, le pharmacien Carranza levait les jambes à contretemps, empoignant la veste de smoking du jeune homme, le conseiller à l'ordre public, en sueur, nœud papillon défait et pans de chemise au vent, salivait, coincé entre le postérieur rebondi de Vivian et la poitrine pulpeuse de Rachel. Le chef de la base conjointe hispano-américaine fermait la ronde, inconscient de son rôle positif dans le développement des accords bilatéraux historiques souscrits entre les gouvernements espagnol et américain, dans le cadre du pacte de Madrid.

Aurora Carranza et Daniel Carter se marièrent trois mois plus tard, par un magnifique dimanche de la fin juin. La jeune mariée portait une robe en organza ivoire et, malgré sa mère qui voulait qu'on la coiffe avec un chignon à la Grace Kelly, elle avait catégoriquement refusé de ramasser ses che-

1. Acteur comique mexicain (1911-1993), célébrissime dans le monde hispanique.

veux. Le fiancé, en jaquette, attendit sa future femme devant l'autel de l'église de la Caridad, comme s'il avait toujours espéré ce moment-là. Du côté d'Aurora, ce fut le gratin de la bonne société locale qui assista au mariage, une véritable exposition de capelines, de perles et de tissus précieux. Du sien, signèrent en qualité de témoins Domingo Cabeza de Vaca – qui vint en compagnie d'une jeune professeure d'art wisigoth qu'il avait commencé à courtiser au début du printemps – et les fils de Mme Antonia, qui ne cessèrent de tendre des mouchoirs à leur mère, incapable de retenir des larmes d'émotion. Participèrent également à la cérémonie l'état-major de l'US Navy basée à Cartagena et les parents de Daniel, arrivés des États-Unis, une présence due, une fois de plus, à la médiation efficace de Loretta pour clore un chapitre amer qu'il fallait désormais oublier. Andrés Fontana leur envoya un télégramme depuis Pittsburgh :

Avec mes meilleurs vœux du fond du cœur, pour cette grande aventure que vous entamez ensemble.

Le repas eut lieu au bord de la Méditerranée, dans le Club de Regatas, et ils passèrent ensuite leur nuit de noces au Gran Hotel. Au grand dam des deux mères, et pour la plus grande joie de Nana, ils ne sortirent pas de la suite nuptiale avant six heures de l'après-midi, le lendemain. Ils partirent alors pour leur lune de miel dans un voyage qui les conduirait à Chalamera, Pampelune, Biarritz et Paris. Chalamera, car Daniel voulait à tout prix montrer à Aurora la terre natale de l'écrivain grâce auquel ils s'étaient connus. Une façon de revenir à l'origine de tout. Le séjour à Biarritz, en guise d'hommage à Nana, et Paris, comme cadeau de ses parents pour essayer de compenser les années de froideur qui les avaient séparés.

Ils ne révélèrent à personne le motif de leur venue à Pampelune. Les deux familles le découvrirent néanmoins quand elles reçurent, quelques mois plus tard, parmi plusieurs photographies, une de Daniel, vêtu de blanc avec un mouchoir rouge autour du cou, courant comme un dératé rue Estafeta à quelques centimètres des cornes d'un taureau. Les jeunes mariés apparaissaient sur une autre photo, assis à une terrasse de café en compagnie d'un homme trapu et à barbe blanche. Peu reconnurent Ernest Hemingway. Ce fut la dernière année qu'il se rendit aux Sanfermines, ainsi qu'il le raconta dans son reportage «L'été dangereux» que la revue *Life* publia peu après. Pour certains, les excès commis par l'écrivain au cours de ces mois qui l'avaient vu parcourir l'Espagne dans un frénétique pèlerinage taurin et festif altérèrent tellement sa santé qu'ils finirent par lui coûter la vie. Pour le jeune couple, en revanche, ce fut le début d'une époque de bonheur absolu.

Aurora apportait en dot une licence en pharmacie et un trousseau de nappes et de parures de lit en dentelle de Valenciennes hérité de sa grand-mère, mais elle savait à peine faire cuire un œuf et baragouiner quelques phrases dans la langue du pays qui allait l'accueillir jusqu'à la fin de ses jours. Sans les connaître, elle avait fait siennes les paroles du Livre de Ruth, dans la Bible : *Là où tu iras, j'irai moi aussi; là où tu vivras, je vivrai; ton peuple sera mon peuple et ton Dieu sera mon Dieu.* Daniel, de son côté, disposait pour tout capital d'une formidable maîtrise de l'espagnol et d'une modeste offre d'emploi, par le biais d'Andrés Fontana, dans une université du Middle West; en même temps, il rédigeait cette thèse sur Ramón J. Sender qui avait bouleversé sa vie.

Ils laissaient derrière eux le pays le plus pauvre d'Europe au côté du Portugal. Une nation soumise à un conformisme moral et à un système social déficient, où seuls quatre pour cent des foyers possédaient un réfrigérateur et où les femmes ne pouvaient ni ouvrir un compte bancaire ni voyager à l'étranger sans l'autorisation de leur père ou de leur mari. La situation allait cependant évoluer peu à peu. Les voiles noirs, les enfants mendiant dans la rue, les pots de chambre sous les lits et la grandiloquente rhétorique du régime céderaient très lentement la place à un timide progrès industriel et à une ouverture plus que modérée qui déboucheraient sur l'Espagne du développement.

À la fin de cette même année, Franco, autrefois ennemi à mort des Américains, serra affectueusement dans ses bras le président Eisenhower en visite à Madrid, parachevant ainsi l'accord de 1953; un accord renouvelable qui, d'après certains, autorisait les États-Unis à agir à leur guise en Espagne. En contrepartie, l'Espagne recevrait des aides économiques et militaires qui atteindraient deux milliards de dollars en dix ans. Bien que cet argent tombât à pic, ils furent plus d'un à estimer que le Caudillo avait vendu la souveraineté nationale pour un plat de lentilles.

Dès lors, et malgré les réticences de nombreux gouvernements étrangers quant à la légitimité du régime, l'Espagne fut acceptée dans toutes sortes d'institutions internationales. Les résultats ne se firent pas attendre : amélioration spectaculaire des routes, premières arrivées de touristes regorgeant de devises, modernisation des forces armées, augmentation du revenu par tête. Finalement, le pays ravagé par la guerre civile commença à s'approcher de la piste de décollage vers la prospérité. Comme si cela ne suffisait pas, et pour le plus grand enthousiasme des petits, on distribua dans les écoles des tonnes de lait en poudre et d'énormes fromages – bizarres, crémeux et dans des boîtes de conserve – avec une étiquette décorée de l'emblème du programme : deux mains entrecroisées sur fond de drapeau américain.

De leur côté, les Américains, faisant preuve de leur efficacité coutumière, utilisaient déjà à plein rendement les installations concédées : trois bases de bombardiers B-47 pour la Force aérienne à Torrejón, Zaragoza et Morón de la Frontera, et une grande base aéronavale à Rota, outre des installations secondaires dans les ports d'El Ferrol, Palma de Mallorca, Las Palmas et Cartagena.

Ainsi que l'avait pressenti le concierge Modesto, les plages se rempliraient bientôt de Nordiques en bikini. La télévision, les usines et les hauts fourneaux, les émigrants traînant leurs valises en carton en route vers l'Allemagne et des espaces de loisirs autres que le foot, la corrida, les chorales et les danses feraient dorénavant partie intégrante de la vie quotidienne. L'émergente classe moyenne mangerait du poulet le dimanche et apprendrait, au prix de gros efforts, des mots étranges et des barbarismes qui résonnaient comme si on avait des cailloux dans la bouche : Winston, Hollywood, Kelvinator...

Et, début août 1959, tandis que l'Espagne tirait le verrou du sous-développement et entrouvrait la porte à la modernité, à bord d'un vol sur l'Atlantique, un jeune Américain chuchotait des vers de Pedro Salinas à l'oreille d'une jeune Espagnole somnolente, dont la chevelure blonde et ébouriffée cachait la moitié du visage. *Je te veux pure, libre / irréductible : toi / Je sais que quand je t'appellerai / parmi tous les gens / du monde, / seulement toi tu seras toi. / Et quand tu me demanderas / qui est celui qui t'appelle, / celui qui te veut sienne, / j'enterrerai les noms, / les écriteaux, l'histoire. / Je briserai tout / ce que l'on m'a mis dessus / dès avant de naître. / Et revenu désormais à l'anonymat / éternel de la nudité, / de la pierre, du monde, / je te dirai : / Je te veux, je suis moi.*

Ils s'engageaient ensemble dans un avenir dont ils ne pouvaient encore rien deviner, par chance pour tous les deux.

30.

Il m'attendait dans la rue appuyé contre sa voiture, une Volvo bleue ni trop neuve ni trop propre. Lunettes sombres, barbe blonde encore plus blonde au soleil du matin et les cheveux un peu plus longs qu'il ne convient, comme toujours. Les bras croisés avec décontraction, un pantalon froissé, en toile, et une vieille veste en jean, détendu et séduisant une fois de plus.

— On dirait que tu viens de te lever, je suis sûr que tu n'as même pas pris ton petit déjeuner, dit-il en me saluant.

Il avait raison, j'avais à peine pu avaler une demi-tasse de café. Je m'étais réveillée juste à temps pour une douche et pour me préparer vite fait, et j'étais sortie au deuxième coup de klaxon.

Il m'avait appelée au milieu de la semaine, afin de fixer la date de l'excursion que nous avions évoquée le soir de Thanksgiving.

— Samedi soir, je dîne avec Luis Zárate, disons donc dimanche, lui avais-je proposé.

Le directeur et moi, nous avions en effet fini par trouver un jour après le pont de Thanksgiving.

— Et s'il t'enlève et que tu ne reviens pas? m'avait-il demandé sur un ton sarcastique. Avançons à vendredi.

J'acceptai. J'avais toujours plaisir à le voir et je m'intéressais beaucoup à cette mission si souvent citée dans les papiers de Fontana. À quoi bon le remettre à plus tard ! Avant, néanmoins, je vécus des journées plutôt désagréables. Au début du dernier mois de l'année, j'avais été bombardée de mails en provenance d'Espagne qui m'interrogeaient sur mes projets à court terme de façon plus ou moins discrète. Mes collègues de l'université désiraient savoir si je participerais au traditionnel dîner qui précédait les vacances de Noël, et ma sœur África m'assommait de conseils belliqueux pour torpiller mon ex. Les amis que nous avions en commun avec Alberto, ceux avec lesquels nous avions partagé nos vies et l'éducation de nos enfants, voulaient connaître mes intentions ; j'imaginai que c'était pour éviter l'incident diplomatique d'une rencontre sous leur toit. Je les envoyai tous paître. « Plus tard, on verra, nous restons en contact, j'ai beaucoup de travail, au revoir, à bientôt... »

Une ambiance de fin de semestre commençait à régner sur le campus. Fin de semestre, fin d'année, fin de siècle et de millénaire, de grands changements en perspective. Pour le moment, néanmoins, ce qui inquiétait davantage les étudiants, c'étaient l'approche des examens et les dates de remise des travaux, des mémoires et des projets. Le stress était palpable, leur présence toujours bruyante se faisait rare dans les espaces de loisirs, dans le centre récréatif, sur les pistes du stade et dans les cafés. Les lumières des résidences universitaires et des appartements restaient allumées jusqu'au petit matin, et la bibliothèque, tel un vaste camp de réfugiés, ouvrait vingt-quatre heures sur vingt-quatre.

Il régnait une atmosphère identique parmi les professeurs. Des conversations de couloir beaucoup plus brèves, des tas de sujets à préparer, des montagnes de copies à corriger, la pression de ce qui était urgent et une envie irrésistible de clore définitivement le chapitre de la première moitié de l'année. Voilà ce que ressentaient tous mes collègues, et ce que j'avais moi-même vécu chaque année dans ma propre université. Sauf cette fois-ci. Pour la première fois de ma vie, je redoutais les vacances.

Il était de plus en plus évident que mon travail sur les documents d'Andrés Fontana touchait à sa fin. La hauteur des piles de papiers sur mon bureau diminuait progressivement, à mesure que j'en entrai le contenu dans la mémoire de l'ordinateur. Une fois lus et classés, les feuillets étaient rangés en bon ordre dans des caisses en carton alignées par terre. Tout ce que j'avais compris et retenu au sujet de l'histoire de la Californie au cours des semaines précédentes avait certes facilité ma tâche dans une large mesure, mais j'étais consciente de mes lacunes quant à la dernière phase de production du professeur. J'avais l'impression qu'il me manquait des données, des documents, des pièces de ce grand puzzle qu'avait été son ultime recherche. Doter l'ensemble de toute la cohérence nécessaire était au-dessus de mes forces, il y avait trop de vides à combler. C'était sans doute pour cela que j'attendais impatiemment le vendredi.

— Si on mangeait d'abord un morceau ? proposa Daniel après que je lui eus avoué mon inanition.

Sans hâte excessive, nous nous arrêtâmes dans un café des alentours, où une poignée de hippies en goguette partageait les lieux avec des ouvriers et des petites grands-mères aux cheveux blancs en route pour leur visite hebdomadaire au salon de coiffure. Assis devant une baie vitrée, nous commandâmes consciencieusement des œufs au bacon, des pancakes, des jus d'orange. Sans nous énerver et avec deux tasses de café.

Nous bavardâmes tout en mangeant de bon appétit les deux énormes assiettes que déposa devant nous une robuste serveuse mexicaine. Elle les remplit probablement plus qu'elle n'aurait dû, pour remercier Daniel des compliments qu'il lui lança dans sa propre langue, brisant ainsi l'ennui de sa matinée.

— J'abandonne, dis-je sans terminer mon plat. Je n'en peux plus.

— Mange tout, plaisanta-t-il. Pour que ta famille ne pense pas que nous t'avons maltraitée en Californie.

Je gardai mon regard rivé sur les vestiges d'un jaune d'œuf au plat.

— Pour ce qui me reste de famille, et le cas qu'ils font de moi…

J'avais à peine fini de prononcer ces paroles que je les regrettais déjà. Sous prétexte de lancer une phrase ironique, j'avais laissé sortir de ma bouche un flot d'amertume déversé à brûle-pourpoint sans aucune justification. Je n'aimais pas parler de moi, exhiber mes sentiments et mes malheurs.

Je ne comprenais donc pas pourquoi, soudain, je me fustigeais de la sorte. A fortiori en cet instant précis, alors que je ressentais un léger regain d'optimisme, d'amélioration de mon moral. Peut-être avais-je baissé la garde pour cette raison. Ou bien cela faisait-il trop longtemps que j'avalais un tas de couleuvres seule, et je n'avais pas pu me contenir davantage.

— Ne dis pas ça, Blanca, je t'en prie. Tu as au moins tes enfants, je t'ai parfois entendue parler d'eux. Et même si tu prends soin de te protéger en ne livrant rien sur toi, je m'imagine qu'il doit bien y avoir quelqu'un d'autre qui s'inquiète à ton sujet. Quelqu'un qui veut s'assurer que tu vas bien, que tu travailles beaucoup, que tu es en bonne santé et que tu te soignes, que tu te fais de nouveaux amis dans ce pays si éloigné de chez toi et de ta vie habituelle. Frères et sœurs, parents, amis, copain, ex-copain, futur copain. Ou un mari, ou plutôt un ex-mari, qu'est-ce que j'en sais ! Le moment est peut-être venu de m'en raconter un peu plus sur toi, sans te limiter à l'avancement de tes travaux sur le passé de Fontana.

— Tu veux que je te parle de moi ? dis-je alors en levant les yeux de mon assiette à moitié vide. Eh bien, allons-y. Mes fils, qui sont deux, se débrouillent à présent chacun de leur côté. Ils ont obtenu leurs diplômes et se sont envolés du nid. L'un est à Londres, où il poursuit ses études, et l'autre s'éclate entre Tarifa et Madrid. Logiquement, ils s'occupent d'eux-mêmes et ils m'oublient un peu. Je n'ai plus de parents, ils sont morts tous les deux. Mon père, d'un cancer de la prostate il y a quinze ans, et ma mère, d'une hémorragie cérébrale il y en a quatre, si tu veux des détails. En revanche, j'ai une sœur qui s'appelle África et qui me téléphone tous les deux jours pour me saper le moral, persuadée qu'à sa manière elle arrange ma vie, sauf que sa manière ne correspond jamais à la mienne. Et puis, jusqu'à il y a peu, j'avais aussi à mon côté un homme avec lequel j'étais mariée depuis près de vingt-cinq ans, et je croyais former avec lui un couple stable et raisonnablement heureux. Mais un beau jour il a cessé de m'aimer et il est parti. Il est tombé amoureux d'une autre femme, il va avoir un enfant avec elle et je n'ai plus voulu le voir. Voilà pourquoi j'ai décidé de m'en aller et pourquoi je suis ici. Non en raison d'un intérêt particulier pour la vie académique de cette université du bout du monde, ni pour déterrer l'héritage intellectuel et poussiéreux d'un mort. Je suis seulement venue pour fuir la détresse la plus dure et la plus amère. C'est tout, voilà ma vie, professeur Carter. Fascinante, n'est-ce pas ? Par conséquent, ainsi que tu peux le constater, que je mange ou non, tout le monde s'en fiche.

Je fus soudain envahie par un bref accès de faiblesse et je me retournai pour ne pas le fixer dans les yeux. Mais je n'éprouvais aucun regret de lui avoir parlé. Ni aucune satisfaction, d'ailleurs. Au fond, ça m'était égal. Je ne perdais ni ne gagnais rien à lui dévoiler mon vécu.

Je tournai alors mon regard vers la baie vitrée près de laquelle nous étions assis, sans observer rien de précis. Ni le couple souffreteux qui pénétrait à ce moment-là dans le café, ni le 4×4 en train de se garer, ni la camionnette déglinguée, sur le point de partir, qui faisait marche arrière.

Soudain, je remarquai que les bras de Daniel se tendaient vers mon assiette. Deux longs bras avec, au bout, deux mains grandes et osseuses. Il s'empara de mes couverts, les retourna et s'activa sur les restes de mon petit déjeuner. Il coupa, piqua, posa le couteau et leva la fourchette. Vers ma bouche. Et alors il parla. Avec une autorité professorale, celle qu'il utilisait sans doute quand il devait tancer ses élèves.

— Eh bien moi, je ne m'en fiche pas. Mange.

Sa réaction faillit me faire rire. Avec un peu d'amertume et sans beaucoup d'envie, certes. Mais aussi avec une immense gratitude.

— Allez, on y va, dis-je quand j'eus enfin avalé le morceau de pancake qu'il me tendait.

Je sortis tandis qu'il payait, et il m'eut bientôt rattrapée. Nous nous dirigeâmes vers la voiture, sans nous dépêcher, chacun plongé dans ses pensées. À un moment, il fourra sa main dans mes cheveux et me serra la nuque.

— Blanca, Blanca…

Il n'ajouta rien.

Sonoma était à la fois semblable et différente de Santa Cecilia. Sans étudiants bruyants, plus calme. Nous nous garâmes dans une rue en plein centre, près d'une grande place où se dressaient l'hôtel de ville et quantité d'arbres centenaires. Tout autour, des constructions basses et bariolées : le légendaire hôtel Toscano et la Blue Wing Inn, le théâtre Sebastiani, de vieux baraquements de l'armée mexicaine et la Casa Grande qui avait appartenu au commandant général Mariano Guadalupe Vallejo, au cours des premières années ayant suivi l'indépendance.

— Et voici notre mission…

À un coin de rue. Simple, blanche, dépouillée. Avec un porche soutenu par des poutres en bois sur toute la longueur. San Francisco Solano, plus connu sous le nom de mission Sonoma. La fin de la chaîne conçue par les franciscains au cours de leur épopée missionnaire ; le dernier exemplaire du mythique Camino Real, cette route parcourue par les moines à dos de mule ou en martelant le sol de leurs solides sandales de cuir. Flanquée, sur sa façade, d'une cloche en fonte suspendue à des barres transversales, le symbole qui traversait la Californie du sud au nord, annonçant, tout au long du chemin, que là s'étaient installés ces hommes austères dans un passé pas tellement lointain.

Nous la contemplâmes, muets, immobiles. Elle n'avait rien de particulier, à part ses lignes pures et sa simplicité. Mais d'une certaine façon, et peut-être même pour cela, elle nous émut l'un et l'autre. Les tuiles en argile, le soleil sur la chaux. Deux minutes s'écoulèrent.

— Je n'ai pas été tout à fait sincère avec toi.

Il ne me demanda pas en quoi, il préféra que je le lui dise moi-même. Et je m'exécutai sans le regarder, sans détourner les yeux de la façade de la mission.

— Il est exact qu'au début j'ai accepté de prendre en charge les documents de Fontana comme une obligation, pour m'éloigner de mes propres problèmes, pour m'en séparer physiquement et psychologiquement. Mais j'ai bien vite changé d'attitude : ce qui n'était au début qu'un devoir s'est transformé en un centre d'intérêt personnel.

Il resta silencieux, passa quelques minutes à ruminer mes paroles. Puis il m'attrapa par le coude et dit :

— On y va.

Et nous commençâmes à marcher.

De même que les vingt autres missions, San Francisco Solana avait été complètement restaurée et il restait bien peu du bâtiment originel. Mais elle en avait conservé l'esthétique, l'âme et la structure, avec son humble croix en bois grossier dans sa partie supérieure. Une plaque métallique résumait son histoire. La simplicité dans toute sa pureté, chaleureuse et émouvante dans sa sobriété.

Nous étions les seuls visiteurs et, sans autre compagnie que le bruit de nos pas, nous parcourûmes la chapelle aux murs clairs et aux dalles en argile, avec son autel rudimentaire et naïf. Ensuite, l'aile où avaient vécu les pères, transformée en un tout petit musée qui exposait une maquette dans une cage en verre, une marmite en cuivre, des fers pour marquer le bétail et une poignée de photos en noir et blanc retraçant divers moments de la vie dans la mission.

Nous continuâmes notre visite en échangeant à peine quelques mots. Malgré la taille réduite des installations et l'humilité de leur contenu, l'endroit avait un caractère à la fois enchanteur et apaisant. Sur les murs de ce qui avait dû être le réfectoire, nous découvrîmes une collection d'aquarelles anciennes. Quarante ou cinquante. Soixante, peut-être. Des images des missions à l'époque de leur superbe décadence, avant leur reconstruction ultérieure. Des murs écroulés, des toits sur le point de s'effondrer ou en ruine. Des clochers soutenus par des échafaudages, des cloisons trouées, des enceintes mangées par le lierre, et une grande sensation d'abandon et de solitude.

— Tu penses qu'il avait raison ?

Daniel brisa le silence, les yeux toujours rivés sur la représentation d'une arcade à moitié démolie, sans ôter ses mains de ses poches, sans se tourner vers moi.

— Qui, et en quoi ?

— Fontana, en estimant qu'il avait peut-être existé une mission dont on ne trouve trace nulle part.

Il continuait à regarder droit devant lui, figé, comme s'il pouvait trouver une partie de la réponse derrière les coups de pinceau de l'aquarelle.

— En tout cas, aucune preuve évidente n'est apparue dans ses papiers, dis-je. Mais, d'après ce que toi-même tu m'as raconté, il avait l'impression que oui. Il l'appelait la mission Olvido, n'est-ce pas ?

— C'est le nom que je l'ai entendu prononcer. Le vrai nom, ou bien un nom imaginaire qu'il a choisi pour désigner quelque chose dont il n'a jamais établi l'existence.

Un couple de touristes entra dans la salle, elle, appareil photo en joue et visière juchée sur sa permanente rousse ; lui, avec une imposante banane sous sa bedaine et une casquette de base-ball à l'envers. Nous nous déplaçâmes pour les laisser passer, mais ces peintures pleines de nostalgie ne semblèrent pas susciter chez eux un enthousiasme excessif.

— Eh bien, ajoutai-je quand ils furent partis, je crains que cette mission perdue n'ait disparu à jamais.

À mesure que nous nous éloignions des aquarelles et nous rapprochions du jardin intérieur, des voix enfantines nous parvenaient. Il s'agissait d'un groupe scolaire sous les ordres d'une jeune maîtresse et d'une guide d'âge mûr réclamant le silence sans guère de succès. Nous nous approchâmes. À distance prudente, près d'une fontaine centrale en brique, nous écoutâmes ce qu'elle parvint enfin à leur raconter. Des morceaux d'histoire simplifiée, digérables pour des élèves en fin d'école primaire. L'année de la fondation, 1823, le fondateur, le père Altamira, et les méthodes de travail et d'enseignement des Indiens néophytes accueillis à cet endroit.

Nous abandonnâmes la mission en silence. Daniel se remémorant sans doute l'Andrés Fontana de son époque et ses intuitions auxquelles il avait très peu porté attention. Moi imaginant le professeur à partir des témoignages écrits laissés à sa mort. Deux versions différentes de la même chose : l'homme face à sa mémoire ; la chair et les os face à l'héritage intellectuel.

En passant de nouveau devant la cloche en fonte de l'entrée, Daniel s'arrêta. De ses grandes mains il toucha les grosses poutres en bois qui la soutenaient et en caressa les aspérités. Ensuite, sans que nous nous consultions, nous nous dirigeâmes instinctivement vers la place. Nous nous assîmes sur un banc, savourant paresseusement les derniers rayons de soleil. Devant nous, au milieu d'énormes arbres, se dressait une sculpture en bronze. Un soldat avec le vieux drapeau orné d'un ours ondoyant sur son épaule, hommage à l'éphémère indépendance de la Californie. Un peu plus loin, une aire de jeux où régnait un calme absolu, avec les balançoires immobiles et pas l'ombre d'une présence enfantine.

Je me sentais mieux depuis que j'avais parlé de moi à Daniel. Libérée, plus légère, plus en paix avec moi-même. Contrairement à ce que j'avais pensé jusqu'alors, dévoiler ma vie devant un étranger avait eu un effet cathartique. Peut-être parce que j'avais l'impression d'être de plus en plus forte. Peut-être parce que cet étranger l'était de moins en moins.

— Parmi toutes les missions, c'est celle, j'ignore pourquoi, qui intéressait davantage Fontana. La mission et son fondateur, le père José Altamira, celui qu'évoquait la guide tout à l'heure aux écoliers. C'était un jeune franciscain catalan qui venait juste de s'installer en Haute-Californie. J'ai trouvé quelques documents le concernant parmi ses papiers.

— Et qu'est-ce qu'Andrés a appris? dit Daniel en changeant de position.

Il s'était tourné vers moi; un coude appuyé sur le dossier du banc, il m'écoutait attentivement.

— Altamira s'est débrouillé pour qu'on l'autorise à bâtir cette dernière mission au pire moment. La mission Dolores de San Francisco était alors dans un état lamentable, et il a proposé de la transférer ici. Ses supérieurs ont refusé. Le Mexique avait obtenu depuis peu son indépendance vis-à-vis de l'Espagne, et l'on pressentait déjà que les missions seraient bientôt sécularisées, malgré l'attitude des franciscains qui s'obstinaient à ne reconnaître qu'un seul gouvernement : celui de leur roi espagnol. Le gouverneur de Californie a accepté en revanche la proposition d'Altamira, et c'est grâce à lui qu'il a entrepris cette construction.

— J'imagine que le gouverneur se moquait complètement de l'âme des infidèles.

— Bien entendu. Il a accepté pour une raison beaucoup plus pragmatique : afin de garantir une présence stable dans la région face à la menace des Russes. Ces derniers, en échange de quelques couvertures, de quelques paires de pantalons pour monter à cheval, de deux ou trois pioches et d'à peu près rien d'autre, avaient obtenu des Indiens un vaste territoire plus au nord, au bord du Pacifique.

— Des types malins, les Russes de Fort Ross. Tu veux qu'on aille voir tout ça un de ces jours? Demain, par exemple?

— Je dois dîner avec Zárate, ne l'oublie pas.

— Invente une excuse et viens encore avec moi. Tu vas beaucoup plus t'ennuyer, avec lui.

— Allez, tais-toi! dis-je avec un petit rire. Tu ne souhaites pas savoir ce qui est arrivé ensuite à Altamira?

— Bien sûr que si, ce n'était qu'une petite interruption. Continue, je suis tout ouïe.

— Bon, eh bien, comme j'étais en train de te le dire, Altamira avait une autorisation civile, mais non celle de ses supérieurs. Malgré tout, il s'est débrouillé tout seul, il a choisi cet endroit, totalement inhospitalier à l'époque, et, avec quatre troncs et quelques branches en guise d'autel, il a cloué une croix de bois par terre et il a fondé cette mission.

— Un peu turbulent, cet Altamira, non?

— Plutôt rebelle, en effet, mais ses supérieurs se sont finalement inclinés, et il a eu le droit de maintenir sa mission en activité. Fontana le considérait comme un personnage très intéressant, pour une raison qui me paraît encore obscure. Il se réfère plusieurs fois à lui, comme je te l'ai déjà dit, et il s'efforce de reconstituer son parcours au-delà de Sonoma.

— Avec succès?

— Plus ou moins. Il avait enfin installé, contre vents et marées, sa mission ici, à Sonoma, lorsque les néophytes, c'est-à-dire les Indiens baptisés qui y vivaient, se sont révoltés contre lui. C'était apparemment un gestionnaire efficace et un bon administrateur, mais il n'a jamais réussi à créer une relation affectueuse avec les natifs. Il voulait tellement les civiliser qu'il en est devenu trop dur et exigeant; il leur infligeait sans cesse des châtiments physiques sans parvenir à gagner leur confiance.

— Et ils se sont donc rebellés?

— Exact. Deux ou trois ans plus tard, les Indiens ont mis à sac la mission, puis ils l'ont incendiée. Altamira et quelques néophytes en ont réchappé de justesse et ont pris la fuite. Malgré toute l'obstination de Fontana à suivre sa trace, on ne sait pas précisément ce qui s'est passé au cours des jours ou des mois suivants. Je n'ai rien trouvé à ce sujet.

— Et je suppose que son départ a signé l'arrêt de mort de la mission.

— Pas du tout ! Peu après l'incendie et la fuite d'Altamira, un autre franciscain l'a prise en charge. Il s'agissait du père Fortuni, un prêtre d'âge mûr et énergique, qui a rapidement remis de l'ordre et a rétabli la confiance nécessaire pour la reconstruire. Pourtant, il allait devoir faire face à quelque chose de pire qu'un feu ou un pillage.

— La sécularisation des missions.

— Oui, monsieur. Une sécularisation qui a mal commencé. Ensuite on a essayé d'améliorer la situation, avant de passer finalement en force. Au début, les nouveaux représentants militaires du Mexique sont venus en Haute-Californie avec l'intention de redéfinir un nouvel ordre social. Du jour au lendemain, ça a déclenché une infinité de conflits. Entre les soldats et les franciscains, ces derniers étant fidèles, à la vie, à la mort, au pouvoir espagnol. Entre les militaires et la population locale non indigène, les Californiens d'origine espagnole, qui jusqu'alors vivaient paisiblement dans leurs ranchs, cultivant leurs terres et gérant leurs biens.

— Montant à cheval, égrenant leur chapelet et chantant, ou bien dansant et jouant de la guitare à l'occasion de leurs fandangos, le nom qu'on donnait à leurs fêtes par ici. Je ne suis pas surpris qu'ils n'aient pas adhéré aux sermons libéraux, avec la belle vie qu'ils menaient, nota Daniel sur un ton ironique.

— Mais ils n'avaient pas le choix ! Au Mexique, on avait décidé que le système des missions constituait un anachronisme et ordonné leur sécularisation, ainsi que le partage des terres entre les Indiens hispanisés et les nouveaux colons qui allaient s'y installer. Ce qui, par ailleurs, a entraîné de nouvelles disputes. Des petits malins ont prétendu rafler ces propriétés, et d'autres, plus raisonnables, ont estimé qu'elles devaient revenir à leurs propriétaires légitimes.

— Les Indiens, j'imagine, la population autochtone.

— Exactement. D'après ce que j'ai lu, les franciscains n'ont jamais voulu s'emparer des terres où ils s'étaient installés. Et, bien qu'ils aient largement échoué et souvent utilisé des méthodes contestables, ils n'avaient qu'un seul objectif :

inculquer leur foi aux natifs, les transformer en des citoyens plus ou moins intégrés à leurs communautés.

Nous étions toujours assis au milieu des arbres de la place ; le soleil déclinait, seuls quelques rares passants distrayaient parfois notre attention.

— Mais on n'y est pas parvenus…

— Non, car ce magnifique projet de procéder à une juste dévolution a été au bout du compte ignoré, et seul un petit pourcentage des terres a été rendu à ceux à qui elles revenaient de droit.

— Et les Indiens, arrachés presque de force à leur mode de vie et à leur culture, ont été, comme d'habitude, les grands perdants du film.

— Malheureusement oui. Le reste, tu le connais beaucoup mieux que moi, parce que c'est désormais l'histoire de ton pays.

— La brève République de Californie, ensuite la guerre entre le Mexique et les États-Unis d'alors. Et, enfin, le traité de Guadalupe Hidalgo, qui a reconfiguré notre carte et nous a cédé tout le nord du Mexique, y compris la Californie.

— Voilà. Dès lors, les missions sont complètement tombées dans l'oubli, jusqu'aux années vingt. On a alors commencé à les restaurer, puis, à partir des années cinquante, on a assisté au démarrage de la recherche historique.

— Et quelques romantiques du genre d'Andrés Fontana au cours des dernières années de sa carrière se sont laissé prendre, ajouta Daniel.

— Ça explique pourquoi nous nous retrouvons ici, toi et moi, à l'extrémité du mythique Camino Real, dans la dernière mission de cette chaîne de reliques du passé colonial espagnol. Des reliques d'un hier relativement proche, mais dont presque personne ne se souvient à présent.

— Encore moins en Espagne.

— Absolument. Sauf moi, plaisantai-je, qui ai comblé mon ignorance grâce à une fondation inconnue qui a placé sous mes yeux, juste au bon moment, une bourse, dont j'ai demandé l'attribution sans même savoir quelle serait ma tâche.

Daniel changea de nouveau de position, sans me regarder cette fois-ci. Ses yeux, dans le vague, fixaient un point quelconque de la place. Peut-être la statue en bronze du soldat héroïque, ou bien les balançoires vides.

— J'ai eu beaucoup de chance d'être sélectionnée par la FACMAF, poursuivis-je. C'est vraiment très agréable de travailler pour elle sans délais ni pression. Elle m'envoie un chèque tous les mois et j'avance à mon rythme. Quand j'aurai terminé et que tout sera bien en ordre, je lui enverrai le rapport final.

Il garda le silence, m'écoutant sans en avoir l'air, prêtant attention à mes paroles avec un mélange de distance et d'intérêt.

— On y va, dit-il. Nous retournons à Santa Cecilia, ou nous faisons un tour dans le coin ?

Nous nous promenâmes aux alentours de la place. Les ruelles réservées aux piétons étaient bordées de boutiques, de galeries d'art et de cafés. Soudain, nous tombâmes sur un pub irlandais parfaitement incongru dans cet environnement. Une pancarte à la porte annonçait un concert et nous avions envie de prendre quelque chose, nous décidâmes donc d'entrer.

Nous nous installâmes au bar. L'heure du déjeuner était dépassée depuis longtemps et ce n'était pas encore celle du dîner, mais on semblait disposé à nous servir ce que nous voulions. Un trio de musiciens chevronnés préparait ses instruments dans un coin. Aucun d'entre eux n'avait plus de soixante ans. L'un avait une longue tresse grise qui lui tombait dans le dos ; un autre couvrait sa bedaine proéminente d'un tee-shirt noir orné d'une feuille de marijuana ; le troisième, penché sur le sol, fouillait dans un sac.

Nous commandâmes des bières et continuâmes notre conversation au milieu des trèfles verts et des phrases en gaélique. Sur Fontana et ses activités, un tribut peut-être inconscient à la mission que nous avions visitée grâce à lui.

— Au cours des derniers temps, quand il a commencé à s'intéresser à l'histoire de la Californie espagnole et des missions, dit Daniel après avoir ingurgité une première gorgée de sa bière brune, je me rappelle qu'il s'est mis à acheter aussi des documents sur l'histoire coloniale. Des registres, des cartes, des dossiers appartenant, j'imagine, aux missions ou à des institutions voisines.

— Il y en a très peu dans les éléments qui me sont parvenus. Où obtenait-il tout ça ?

Daniel haussa les épaules.

— Un peu partout, et ça lui coûtait à peine quelques dollars. Apparemment, peu de gens attachaient de valeur à ces vieux papiers rédigés en espagnol.

— Il y cherchait peut-être la mission Olvido.

On plaça devant nous un petit panier rempli de chips.

— C'est possible, acquiesça-t-il tout en mâchant les premières chips. En plus, si je me rappelle bien, il a même indiqué une fois qu'elle aurait pu se trouver près de Santa Cecilia, d'où sans doute ses achats de documents anciens sur la zone, dans l'espoir de recueillir des informations. Tu es sûre qu'il n'y a rien dans ce que tu as ?

— Sûre et certaine. Pourtant j'ai l'impression qu'il manque des éléments, qu'il devrait y avoir quelque chose de plus qui donnerait du sens à cette dernière partie de ses recherches.

— C'est bizarre, ajouta-t-il, pensif, tout en picorant quelques chips. Depuis que tu m'en as parlé la première fois, je n'arrête pas de me demander où sont passés ces documents disparus. Peut-être ont-ils été perdus à la suite d'un déménagement. Ou Andrés s'en est débarrassé, ce dont je doute : il ne jetait jamais rien. Si tu avais vu son bureau, c'était une vraie caverne d'Ali Baba.

— Il est possible que je me trompe, que ce soient de simples suppositions de ma part. En tout cas, ça me faciliterait grandement le travail de pouvoir répondre à tous ces points d'interrogation.

Le pub se remplissait peu à peu, l'ambiance montait, les musiciens se préparaient toujours à jouer.

— Il y a pas mal de notes sur une bibliothèque de l'université de Californie où se trouvent réunis la plupart des registres des missions. C'est une autre visite que j'aimerais faire.

— La Bancroft Library, à Berkeley.

Je fus surprise de voir qu'il connaissait un détail aussi précis dans un domaine si éloigné du sien. Pourtant, il ne me proposa pas de m'y emmener.

— Il en revenait quand il s'est tué. Il y était allé pour

consulter des données et des documents. La nuit tombait, ce 17 mai 1969. Il pleuvait, une de ces grosses averses de printemps. Un camion lui a fait une queue-de-poisson, il a dérapé…

— C'est vraiment triste, non ? l'interrompis-je. Consacrer tant d'efforts à combattre l'oubli et finir mort, tout seul, étendu sur un bas-côté, par une nuit pluvieuse.

Daniel mit quelques secondes à répondre. Les clients autour de nous se chargèrent de combler bruyamment le silence qui s'était installé entre nous. Quand il parla enfin, ses yeux étaient rivés sur le verre qu'il tenait. Il le faisait tourner, comme s'il y cherchait l'inspiration ou la force nécessaire pour poursuivre.

— Il n'était pas seul dans la voiture. Quelqu'un d'autre s'est tué dans cet accident.

— Qui ?

Les musiciens jouèrent les premiers accords de leur musique celte et le bruit des conversations s'éteignit.

— Qui, Daniel ?

Il leva les yeux de sa bière, finit par répondre.

— Une femme.

— Quelle femme ?

— Son nom n'a plus d'importance, à présent, après tout ce temps. Tu as encore faim, on commande quelque chose d'autre ?

31.

Ce samedi-là, je passai vers midi devant chez Rebecca. Je savais qu'elle était à Portland, qu'elle y fêtait l'anniversaire de l'une de ses petites-filles, il n'y avait donc aucune raison pour que je me promène dans ce coin. Malgré tout, je parcourus sa rue et observai les fenêtres fermées, le garage à la porte baissée et l'absence de son brave chien Macán.

J'aurais aimé parler avec elle. Au sujet de Daniel, de Fontana, de cet enchevêtrement de sensations que l'un et l'autre tissaient en moi, et de cette époque où Rebecca les avait bien connus, peut-être même de cette femme qui était morte près du professeur lors d'une nuit pluvieuse. Par pure curiosité viscérale, par intérêt presque organique. Ce sont de vieilles histoires d'il y a bien longtemps, m'avait dit Daniel en évoquant l'accident avec cette pointe d'émotion résiduelle qui subsiste avec le temps. Ensuite, nous avions continué à bavarder de tout un tas de choses. Nous commandâmes d'autres bières, on nous servit deux hamburgers, Daniel en mangea un et demi et moi une moitié, et tout l'après-midi s'écoula entre la musique celte et le souvenir de la visite de la mission.

Nous nous décidâmes à rentrer à Santa Cecilia alors qu'il faisait déjà nuit noire. En chemin vers le parking, il aperçut quelque chose dans une vitrine, et, après un simple : «Attends-moi un instant», il entra dans une boutique et en ressortit presque aussitôt avec une petite cloche en fer, une réplique du mythique symbole missionnaire. « Un souvenir de cette journée », dit-il en me la tendant.

— Tu as encore le temps de prendre la fuite avec moi et d'oublier demain ton directeur, me déclara-t-il avec son ironie habituelle en s'arrêtant devant mon appartement. Si nous allions à Napa, visiter quelques caves ?

— Négatif.

— OK, même si tu t'en repentiras plus tard. Et la semaine prochaine, qu'est-ce que tu vas faire ?

— Travailler. Achever des choses, régler quelques points du legs. Commencer à refermer des portes, je le crains. Le temps a passé très vite, nous sommes déjà en décembre et, comme je te l'ai dit, ma tâche se réduit de plus en plus.

— Et ensuite tu nous quitteras.

J'attendis quelques secondes avant de répondre.

— Je suppose que je serai obligée.

J'aurais pu ne rien ajouter d'autre, garder le reste de mes pensées pour moi, mais je m'étais déjà confiée à lui le matin, pourquoi ne pas continuer ?

— Je ne veux pas m'en aller, tu sais ? Je ne veux pas rentrer.

— Ce que tu ne veux pas, c'est te confronter à la réalité.

— Tu as sans doute raison.

— Mais tu dois le faire.

— Je sais bien.

Nous parlions à l'intérieur de la voiture à l'arrêt, dans l'obscurité.

— Sauf si la FACMAF m'offre une nouvelle bourse, poursuivis-je. Sans doute est-ce trop tard, mais je devrais tout de même la contacter.

— Je ne pense pas que ce soit une bonne idée.

— Pourquoi pas ?

— Toute chose doit avoir une fin, Blanca, même si c'est douloureux. Il n'est pas bon de laisser des blessures ouvertes. Le temps guérit tout, mais il faut d'abord se réconcilier avec ce que l'on a laissé derrière soi.

— On verra, dis-je, guère convaincue.

— Prends soin de toi, alors.

Il posa sa main sur la mienne et me la serra dans un geste d'adieu. Je ne bougeai pas.

Soudain apparut dans notre champ de vision mon voisin taïwanais, un professeur de mathématiques, croulant sous un énorme colis qui, en raison de son volume, semblait contenir un téléviseur. Il commença à se contorsionner pour entrer dans le bâtiment sans que sa charge tombe par terre et il détourna notre attention.

J'ôtai ma main de dessous celle de Daniel, ouvris la porte et sortis.

— À la prochaine, dis-je en penchant la tête pour me mettre à sa hauteur.

— Quand tu voudras.

Il démarra dès qu'il me vit entrer.

Luis Zárate vint me chercher au même endroit le lendemain en fin d'après-midi. Moi qui avais toujours eu l'habitude d'aller partout en conduisant, cela me faisait un drôle d'effet de me retrouver soudain sans voiture et d'attendre que quelqu'un vienne me prendre. Un changement de plus, parmi tant d'autres.

Los Olivos était notre destination ; je connaissais enfin le restaurant le plus huppé de la ville. Plein à craquer, avec une bonne table réservée pour nous. Classe et sans chichis, avec de hauts murs en briques apparentes recouverts de grands tableaux et des casiers regorgeant de bouteilles de bons vins.

— Cabernet ? Syrah ? Ou bien nous goûtons un petit verdot. J'aime beaucoup tes boucles d'oreilles, elles te vont très bien.

Je portais les mêmes qu'à la soirée de Thanksgiving, chez Rebecca. Quand je les avais achetées dans le grand bazar d'Istanbul, qui aurait imaginé de tels bouleversements dans ma vie seulement quelques mois plus tard ? Mais c'était ainsi : moins d'un an après ce dernier voyage avec mon mari, alors que j'étais encore naïvement persuadée que notre couple reposait sur une base solide, je me retrouvais dînant à l'autre bout du monde avec un autre homme, un peu plus jeune que moi, d'ailleurs, et mon chef actuel. Un homme qui, à la lueur de la bougie blanche qui nous séparait dans un photophore en verre épais, concentré sur la carte des vins, vêtu de sombre comme d'habitude, mais avec un je-ne-sais-quoi de différent, promettait d'être un compagnon plutôt agréable.

— Merci, elles viennent de Turquie. Il vaut mieux que tu choisisses toi-même le vin.

— Vous, les Espagnoles, vous avez un don particulier pour vous faire belles. Les Espagnoles et les Argentines. Les Italiennes aussi. Tu aimes les pâtes ? Je te conseille les *linguine alle vongole.*

— Je pense que je vais me décider pour le risotto aux champignons, annonçai-je en refermant la carte. Cela fait des siècles que je n'ai pas mangé de riz.

— Excellent choix.

— Je te laisserai goûter. Bon, alors, comment ça va ?

— Bien, bien, bien…

Le département, ses cours, les miens, un ou deux livres, un endroit, tel ou tel collègue et mille autres thèmes variés nourrirent notre conversation entrecoupée de verres de vin sous une lumière ténue.

Insensiblement et presque sans nous en rendre compte, à mesure que nous étions passés de l'houmous et de la tapenade de l'apéritif à une salade puis au plat principal, les considérations purement professionnelles glissèrent vers un terrain plus personnel. Aucun de nous n'entra dans les détails ou n'exprima ouvertement des émotions ou des sentiments, comme cela m'était arrivé la veille. Néanmoins nous abordâmes des sujets dont nous n'avions jamais parlé auparavant. Rien d'intime, en réalité, quoique en dehors du cadre du travail. Qu'il avait une fille, dans le Massachusetts, bien qu'il n'eût jamais épousé la mère. Que je venais de me séparer d'une façon un peu brutale. Que son déménagement en Californie avait refroidi leur relation. Que mes fils n'avaient plus guère besoin de moi. Il ne mentionna pas Lisa Gersen, la jeune professeure d'allemand avec qui je l'avais vu le soir du débat ou en d'autres occasions. Celle dont tout le département pensait qu'elle était pour lui quelqu'un de spécial. Je ne lui posai pas la question.

Soudain, quelqu'un s'approcha de notre table en plein milieu de nos bavardages et du repas. Un de mes élèves, Joe Super, l'adorable historien de mon cours de conversation. Je ne l'avais pas remarqué, il était assis derrière moi.

Je fus heureuse de le voir. Luis également, à qui il serra la main.

— Je voulais seulement dire à ma chère et admirée professeure, déclara-t-il avec beaucoup d'élégance, dans son espagnol plus que convenable, que ce mardi je ne pourrai pas assister à son cours.

— Eh bien, nous allons te regretter, Joe.

C'était le cas. Il était sans nul doute l'un des participants les plus actifs du groupe, toujours prêt à apporter un point de vue original et intelligent sur n'importe quelle question.

— Et il en sera probablement de même pour plusieurs de mes camarades, ajouta-t-il.

— C'est encore à cause de l'affaire de Los Pinitos, je suppose, intervint Luis avant que j'aie eu le temps d'interroger Joe.

Joe Super était toujours fortement impliqué dans la plateforme opposée au projet. Je l'avais vu à la télévision et il en parlait parfois pendant mes cours, sans jamais être agressif ni pesant.

— En effet, oui. On se rencontre à nouveau ce mardi à l'auditorium. Le délai pour introduire un recours contre le centre commercial s'achève très bientôt et on est tous assez nerveux.

— Vous êtes par conséquent excusés.

— Et si tu as envie d'en savoir davantage, tu es invitée également.

— Merci, Joe, mais je pense qu'il ne vaut mieux pas. Je suis seulement de passage à Santa Cecilia. De toute façon, vous me tiendrez au courant.

— J'imagine que notre ami commun Daniel Carter traînera également par là, dit-il en prenant congé. Sûr qu'il me reprochera d'avoir séché le cours de la belle professeure espagnole qui est venue nous rendre visite.

Il regagna sa table après un clin d'œil amical ; nous nous retrouvâmes de nouveau seuls, Luis et moi. Le ton et le contenu de notre conversation précédente avaient cependant changé.

— Votre ami commun Dan Carter, répéta Luis avec une moue ironique, en levant sa coupe comme s'il trinquait. Ça y est, revoilà le grand homme !

Dan. Ses vieux amis de Santa Cecilia l'appelaient ainsi, en abrégeant son prénom. Rebecca, par exemple. De toute évidence, Luis Zárate n'appartenait pas à ce cercle.

— Tu n'iras pas ? demandai-je en finissant mon risotto.

Je préférai faire abstraction de son commentaire.

— Non, merci, je n'entre pas dans ce jeu, répondit-il en avalant une dernière bouchée de pâtes. Délicieuses, conclut-il après s'être essuyé la bouche. En réalité, je me contrefiche de toute cette histoire de Los Pinitos et de son avenir.

Je fus choquée par sa réaction, mais n'en montrai rien tandis que la jeune serveuse débarrassait la table. J'étais nouvelle dans cette communauté, j'ignorais absolument tout de ses affaires. Cependant, je comprenais l'opposition de mes collègues à ce projet de raser un coin de nature pour y implanter un centre commercial. Son attitude me semblait donc vraiment incompréhensible.

— Pourtant tu vis ici, ça doit bien te concerner un peu. Presque tout le monde est contre, les raisons sont évidentes, tes propres collègues se sont mobilisés...

— Tu vois ? dit-il avec un demi-sourire. Ce vieux renard de Carter t'a déjà fait pencher pour son camp. Un autre verre de vin avec le dessert ?

Je ne refusai pas. Ce fut peut-être ceci : ce vin que nous buvions généreusement, qui me poussa à parler sans ambages à Luis.

— Il y a vraiment de l'eau dans le gaz entre vous, non ?

— N'exagérons pas, il s'agit d'un simple désaccord. Sais-tu que les premiers à planter des vignes sur cette terre californienne ont été tes compatriotes, les moines franciscains ? Ils ont apporté des ceps d'Espagne, parce qu'ils avaient besoin de vin pour la consécration...

— Pas de faux-fuyants, Luis. Dis-moi une bonne fois pour toutes ce qui vous arrive : quel genre de désaccord ?

— Un désaccord académique, bien entendu. Et personnel aussi. Rien de bien profond, ne dramatisons pas. En fait, mis à part le débat du jour de l'Hispanité, je n'ai discuté avec lui qu'une seule fois, et notre première rencontre a été beaucoup moins mémorable.

— Tu ne vas pas me la raconter ?

Nous bavardions en toute confiance ; il ne s'efforçait pas, comme au début, de se comporter en parfait gentleman, en parfait chef ou en parfait collègue attentionné et accueillant. Et, ainsi, nous nous entendions très bien. Nous étions des êtres d'une nature différente, néanmoins nous partagions des codes qui favorisaient notre conversation. Malgré ses trois ou quatre ans de moins que moi nous appartenions à la même génération et nos parcours étaient équivalents. Pour cette raison, et pour les bonnes relations que j'entretenais autant avec Daniel qu'avec lui, quoique de façon différente, j'étais gênée de les entendre se décocher des flèches venimeuses quand j'étais au milieu. Et si, à un moment donné, j'avais pensé que cela ne me regardait pas, j'avais changé d'opinion. Je souhaitais à présent connaître le motif de cette antipathie réciproque qui, d'où qu'elle vînt, finissait toujours par rejaillir sur moi.

— Quelle importance, Blanca ? Ton comportement est le plus intelligent. Bien avec tous, en dehors des mésententes particulières. Un jour tu dînes avec moi, un autre tu petit-déjeunes avec lui…

— Et toi, comment tu es au courant ?

— Quelqu'un m'a dit qu'il vous avait vus sortir du café de la route de Sonoma, rien de plus. Santa Cecilia est un tout petit village… En tout cas, le grand Daniel te mangeant dans la main, tu dois te sentir très flattée !

— Ne pousse pas, Zárate…, rétorquai-je en goûtant enfin à mon cheese-cake. En tout cas, je me demande quel est son intérêt personnel dans l'affaire de Los Pinitos, à part le fait de soutenir ses amis opposants.

Je savais qu'il en était ainsi parce que nous avions parlé à l'occasion et que Daniel m'avait traînée avec lui à la manifestation le jour du café et du vent. Mais j'ignorais si son implication se limitait à un simple appui moral.

— Eh bien il en a un. Et énorme, qui plus est.

J'essayai de masquer ma surprise.

— À la fin de l'année dernière, continua Luis en empoignant sa fourchette sans toucher à son tiramisu, Daniel m'a appelé de son bureau à Santa Bárbara pour me rencontrer ici, à Santa Cecilia. Il voulait évoquer un sujet qu'il ne m'a pas précisé. Je lui ai fixé un rendez-vous la semaine suivante et il a débarqué dans le département comme une prima donna. Sans même me connaître, il est venu m'expliquer plus ou moins comment je devais diriger mon service. Il exigeait presque que j'agisse selon ses propres intérêts.

Je ne voyais pas où il voulait en venir. Les effets du vin, peut-être, ou bien une raison beaucoup plus profonde.

— Tout était lié au projet de Los Pinitos. Il s'efforçait de me convaincre d'une intervention directe et active du département, avec toutes ses ressources.

— Quelles ressources ? l'interrompis-je.

— Je l'ignore, je ne lui ai pas laissé la possibilité de me le préciser. Sans doute voulait-il que tous les professeurs signent un manifeste, ou que nous mobilisions nos étudiants, ou que nous fassions un don... J'ai refusé de l'écouter davantage. L'affaire ne m'intéressait pas plus alors qu'à présent. Mais, surtout, je n'admettais pas qu'un individu totalement extérieur à cette université, si célèbre fût-il en dehors, se permette d'exercer des pressions sur moi. De me dire ce que je devais faire ou ne pas faire dans mon travail. De m'indiquer les mesures à adopter dans des domaines si étrangers à nos compétences.

Comme les vieilles auto-tamponneuses, les idées se bousculèrent violemment dans ma tête à mesure que Luis parlait. Daniel et le legs de Fontana, Fontana et Los Pinitos, Daniel et moi, Fontana et moi. Je soupçonnai à l'instant même ce que Luis Zárate n'avait jamais su. En une fraction de seconde, je redescendis en pensée dans le sous-sol crasseux du Guevara Hall. Et si c'étaient les ressources auxquelles s'était référé Daniel ? Des ressources palpables, documentaires, quantifiables, propriété d'un département qui les avait toujours négligées. Et si Daniel avait cherché à obtenir de Luis Zárate que ce soit le département lui-même qui dépoussière le legs de Fontana et le mette au service de la cause de Los Pinitos ? Et s'il avait d'emblée subodoré que s'y trouvait un élément clé susceptible d'entraver la construction du centre commercial ? Et si, face au refus du directeur, il s'était débrouillé pour les tirer seul de l'oubli ?

— J'ai donc dit non, poursuivit Luis. Par principe. Parce que j'avais les couilles, comme vous diriez en Espagne. Avec toutes mes excuses.

Je ne réagis pas à la vulgarité de ses mots : mon esprit continuait à rassembler les pièces du puzzle. Des ressources documentaires, des ressources tangibles sans doute contenues parmi les milliers de papiers sur lesquels je travaillais depuis trois mois. Voilà qui pouvait expliquer les questions répétées de Daniel au sujet de l'avancement de ma tâche, de mes trouvailles, de cette fuyante mission Olvido sur laquelle il m'interrogeait souvent.

— Et la bataille s'est arrêtée là. Même si ç'a été intéressant, ajouta Luis, ironique. On ne tient pas tous les jours tête à une légende vivante.

J'étais occupée à nouer des liens intérieurement, afin de donner consistance à un soupçon croissant, mais mon visage dut traduire une évidente curiosité. À laquelle il réagit.

— Étant donné que vos domaines de compétence divergent, tu ne connais peut-être pas le véritable Daniel Carter, n'est-ce pas ?

— Eh bien, vas-y.

J'avais besoin de le savoir. De le savoir tout de suite.

— Dans la communauté des hispanistes de ce pays et, crois-moi, nous sommes plusieurs milliers, Daniel Carter est une pointure. Il a été président de la MLA, la Modern Language Association of America, et directeur de l'une des plus prestigieuses publications périodiques dans notre spécialité, *Letras y Crítica*. Certains de ses livres, comme *Literatura, vida y exilio,* ou *Claves para la narrativa española del siglo XX*, sont des œuvres emblématiques utilisées depuis de longues années par tous les départements d'espagnol des États-Unis. Sa présence est valorisée plus que toute autre lors de nos congrès et conventions. Qu'il ouvre ou referme une rencontre académique par une conférence en séance plénière est une garantie de succès. Une référence positive ou une lettre de recommandation signée par lui peut propulser la carrière professionnelle de n'importe lequel d'entre nous.

Le profil de l'homme qui se dessinait sous mes yeux commença à me gêner, de même que son intérêt pour les ressources d'un département qui n'était plus le sien depuis des dizaines d'années.

— Ton ami Daniel Carter, ma chère Blanca, n'est pas un simple professeur anonyme et sympathique, avec peu de responsabilités et beaucoup de loisirs dans la dernière ligne droite de sa carrière. Au jour d'aujourd'hui, il est toujours l'un des personnages ayant le plus de renom intellectuel et de pouvoir d'action dans notre communauté d'hispanistes nord-américains.

Chacune de ces observations ne faisait que renforcer mes doutes. J'essayai de cacher mon désarroi à Luis; le cheesecake me servit d'alibi.

— En outre, il a la réputation d'être un type très charismatique, avec beaucoup d'amis et d'influence et, paraît-il, un passé plutôt particulier. Dommage que j'aie raté l'occasion et que, à la différence de la tienne, ma relation avec lui se soit soldée par un échec total.

Il termina son tiramisu tandis que j'étais encore plongée dans mes pensées.

— Je ne supporte pas ces vaches sacrées qui se croient capables de projeter leur ombre là où ça leur chante, tu vois?

Il continuait à parler désormais sans réserve, comme s'il avait ressassé ces idées et qu'elles avaient encombré son cerveau depuis très longtemps.

— Je n'aime pas que, dans cette profession, on passe son temps à vénérer les dinosaures sans que personne n'ose s'y frotter.

Joe Super revint vers notre table à cet instant, juste pour nous dire au revoir. Nous lui sourîmes, il nous sourit en retour. Il ne s'était pas encore complètement retourné quand je pris enfin la parole.

— Mais qu'est-il venu faire en réalité à Santa Cecilia?

— Profiter d'une année sabbatique et écrire un livre. C'est du moins ce qu'il prétend.

— Littérature espagnole de cette fin de siècle, jusque-là, je comprends. Mais pourquoi ici et maintenant, précisément?

Sa réponse fusa, comme s'il s'attendait à cette question.

— C'est exactement ce que je me demande chaque fois que je le vois.

32.

Je passai tout mon dimanche à ruminer mes soupçons. Je ne vis pas Daniel ni ne l'appelai, il ne m'appela pas non plus, son nom ne fut mentionné à aucun moment et, d'ailleurs, je ne croisai presque personne de la journée. Néanmoins son image ne m'avait pas quittée depuis ma conversation avec Luis Zárate.

Je me réveillai tôt et ne réussis pas à me rendormir. Je me rendis à la piscine du campus, qui était pratiquement vide. Je nageai sans force ni envie, puis j'allai acheter la presse et bus près de la place un café que je ne pus terminer. Je fus incapable d'avaler la moindre bouchée à midi. Mon estomac semblait s'être rétréci. En revanche, je ne cessai de réfléchir à tout cela. Ce qui m'avait paru jusqu'alors innocent et fortuit devenait soudain suspect : la raison de la présence permanente de Daniel dans un endroit où il n'avait rien à faire, son intérêt constant pour mon travail, sa connaissance de certains renseignements sur moi-même que je ne me rappelais pas lui avoir fournis.

Me remémorant les mois qui s'étaient écoulés depuis mon arrivée, je le revis dans la longue suite de décors et de moments que nous avions partagés. Il marchait sans hâte le long des sentiers du campus, deux livres sous le bras et les mains dans les poches ; il trottait au loin en tenue de sport à la tombée du soir. Je me souvins de notre première rencontre au Meli's Market, et du jour où il m'avait traînée de façon apparemment spontanée au cœur de la manifestation. Du déjeuner où il m'avait chipé des petits morceaux de mon burrito au poulet à la cafétéria, de l'après-midi passé ensemble tandis qu'il me parlait affectueusement de l'Andrés Fontana qu'il avait connu, de sa voix forte chantant des *rancheras* au cours de ma fête, de ses bras alors qu'il poussait le fauteuil roulant de son ami mentalement absent et de ce discours grâce auquel il avait arraché des rires et des pleurs tandis qu'il remerciait la vie et entonnait un hymne à la compassion. Et, plus près encore dans le temps, de ses doigts sur ma nuque après le petit déjeuner inachevé, de l'attention extrême qu'il prêtait à mes histoires sur la mission Sonoma, alors que nous étions tous deux assis sur un vieux banc en bois. De son évocation de la mort de Fontana aux côtés d'une femme sans nom, de son conseil, à l'intérieur de la voiture, de ne pas laisser mes blessures ouvertes. De sa main dans la mienne, avant de nous séparer. Toujours détendu, chaleureux, accessible. Trop, peut-être.

Je sortis de nouveau au milieu de l'après-midi. Je retournai chez Rebecca : tout était toujours fermé et silencieux; elle n'était pas revenue. Je me dirigeai ensuite vers la bibliothèque. Malgré le jour férié, il y avait beaucoup d'étudiants. Le chauffage marchait à plein, la plupart des élèves avaient des chemises à manches courtes, certains étaient même en bermuda, j'aperçus aussi un original en tongs.

Je m'installai devant un des ordinateurs du rez-de-chaussée en quête de références et de coordonnées. Comment voulez-vous effectuer votre recherche? me demanda la machine. Je sélectionnai l'option *auteur*, puis tapai le nom de famille suivi du prénom. Les résultats apparurent aussitôt. Quatorze livres à son nom, des tas de coordinations et de publications en qualité de coauteur, des dizaines d'articles dans des revues de prestige, une bonne poignée de prologues et d'éditions annotées. Roman, critique, Ramón J. Sender, exil, voix, lettres, analyse, nostalgie, regard, identité, révision. Tous ces mots clés étaient dispersés, dans un ordre bien précis, parmi la riche production scientifique de Daniel Carter.

Je cherchai ensuite des indications et les suivis. Jusqu'au troisième étage, section de littérature espagnole. Je pris quelques volumes dans les rayonnages, parcourus certaines pages et en lus d'autres avec soin; je feuilletai, je soupesai. Luis Zárate n'avait pas exagéré. C'était là le travail d'un universitaire de haute volée, non les réalisations d'un simple professeur qui s'ennuyait un peu, sans autre obligation qu'accompagner une collègue fraîchement arrivée dans ses visites de missions franciscaines et boire de la bière brune avec elle dans un pub irlandais.

Je partis vers dix-neuf heures. J'en avais assez vu, j'avais largement vérifié ce que je voulais savoir. Cela ne m'aurait servi à rien de lire d'autres articles de lui sur des bandits adolescents, des après-midi avec Teresa, des lances rouillées ou des signes d'identité[1]. Maintenant, j'avais une idée plutôt précise de la personnalité de cet homme.

Il régnait une relative agitation dans la grande nef centrale de la bibliothèque quand je gagnai la sortie : quelques étudiants arrivaient, certains se dirigeaient vers le coin des ordinateurs, la plupart étaient à la recherche d'une table pour se réunir ici ou là. D'autres s'en allaient, enfin, dans la rue, dans la nuit, vers leurs résidences ou leurs appartements, vers la vie normale en dehors du confort capitonné des moquettes et des rayonnages remplis de livres.

J'aurais sans doute dû partir avec eux. M'occuper de moi-même, arrêter de creuser.

Je ne le fis pas.

Au dernier moment, et alors que j'avais déjà enfilé mon trois-quarts, je décidai de me fier à mon intuition, qui me soufflait un moyen éventuel de découvrir la vérité, d'obtenir une pièce supplémentaire qui viendrait s'ajouter à toutes celles que j'avais accumulées. Le témoignage irréfutable de ce qui était arrivé un jour.

J'allai m'informer auprès de la personne concernée. La presse de 1969? Le journal local? Tout était sur microfilm. « Un instant, je vous prie. » En trois minutes, j'avais entre les mains la bonne microfiche; une de plus et j'étais assise

1. Allusions à quatre romans écrits par quatre des plus grands écrivains espagnols d'après-guerre : *El Bandido adolescente*, Ramón J. Sender, 1965; *Últimas Tardes con Teresa*, Juan Marsé, 1966; *Herrumbrosas lanzas*, Juan Benet, 1983-1986; *Señas de identidad*, Juan Goytosolo, 1966.

devant le puissant écran lumineux qui agrandirait sous mes yeux les pages d'un journal vieux de trente ans. Daniel avait mentionné mai 1969 comme date de l'accident de Fontana, il ne se souvenait pas du jour exact : 7 ? 17 ? 27 ?

Dès que j'eus compris le maniement de l'appareil, je fis rapidement glisser les pages, jusqu'à l'apparition de la une du *Santa Cecilia Chronicle.*

USC PROFESSOR KILLED IN CAR ACCIDENT

> Spanish Professor Andrés Fontana, 56, Chairman of the Department of Modern Languages, was killed last night in a car crash... Along with him, Aurora Carter, 32, wife of Associate Professor Daniel Carter, was killed as well...

Aurora Carter, trente-deux ans, épouse du professeur Daniel Carter. *Killed as well.* Morte elle aussi. *Along with him.* À côté de lui.

J'étais frappée de stupeur. La chaleur de la bibliothèque devint soudain étouffante. Ma gorge était sèche, mes doigts se crispèrent sur le rebord de la table, je me sentis prise d'un accès de faiblesse. Épuisée, je parvins néanmoins à fixer de nouveau mon attention et lus les trois colonnes de l'article sur l'écran. La pluie, la nuit, un camion. Le choc, les pompiers, plusieurs heures, police. Espagne, mari, mort.

Je refusai de chercher de plus amples détails, je manquai de courage. Ou de force. Ou d'estomac. Si je l'avais fait, j'aurais sans nul doute trouvé mille précisions dans les éditions des jours suivants. Comment se déroula le deuil ? Qui les veilla ? Où furent-ils enterrés ? Mais je ne voulus pas le savoir. Je ne souhaitai pas non plus que mon imagination envahît sans pudeur ce triangle douloureux et stupéfiant qui se révélait à moi. Je lus donc la nouvelle jusqu'au point final et me levai si brusquement que la chaise se renversa.

La responsable de l'hémérothèque m'appela depuis son comptoir sur un ton revêche en observant mon départ précipité. Je devais éteindre l'appareil, crus-je entendre. Et rendre le microfilm. Je ne fis pas attention à elle, ne m'arrêtai pas, ne tournai même pas la tête. Pressant le pas, je la laissai se plaindre derrière mon dos. Je sortis presque en courant sur la moquette silencieuse.

À peine arrivée à mon appartement, j'expédiai un message.

> Rosalía, je suis toujours en Californie. S'il te plaît, vérifie le plus vite possible tout ce que tu pourras sur la FACMAF, la fondation qui finance ma bourse. J'ai besoin de savoir ce qu'il y a derrière, qui la dirige. J'espère me tromper, mais j'ai l'impression que quelqu'un m'a mêlée à une affaire pas très nette.

Le lendemain matin, le département respirait la même atmosphère que n'importe quel autre lundi. Des gens, des pas, le bruit d'un clavier, la photocopieuse recrachant des feuilles. Je saluai comme toujours ceux que je croisais, bonjour à un collègue près de l'escalier, bonjour à un autre dix mètres plus loin. Je m'efforçai d'avoir l'air naturelle, la professeure visitante habituelle, l'Espagnole tombée du ciel qui s'enfermait quotidiennement dans le bureau le plus exigu et le plus isolé de l'étage, devant un tas de vieux papiers dont tout le monde se fichait éperdument.

J'ouvris d'abord ma boîte mail. La réponse que j'attendais s'y trouvait déjà.

> Mille réunions et sur le point de sortir pour une qui va être longue, la folie, ma chérie ! Pour ta bourse, je trouve juste l'appel à candidature + les docs et messages échangés avec Sta Cecilia, et tu les as déjà. Mais j'ai trouvé dans la corbeille le message avec le tél. de la personne de la FACMAF contactée alors, un mec marrant qui parle très bien espagnol. Le voilà, j'espère qu'il te servira. Bisous, Ros.
>
> P.-S. : Tu seras là pour le pot de Noël du recteur ?

J'aspirai une grande bouffée d'oxygène, soulevai le combiné de mon vieux téléphone et composai le numéro indiqué par Rosalía. Ainsi que je le redoutais, ce fut sa voix qui résonna après la cinquième sonnerie. Il parla d'abord dans sa langue, puis dans la mienne. Bref, rapide et concis. À quoi bon en rajouter !

C'était le répondeur du docteur Daniel Carter, département d'espagnol et de portugais de l'université de Californie,

Santa Bárbara. « Je suis absent pour des raisons professionnelles. Pour laisser votre message, contactez le secrétariat. »

Je faillis balancer le téléphone contre la vitre de la fenêtre, donner un coup de pied de toutes mes forces à l'ordinateur, hurler les pires insultes que je conservais dans ma mémoire et me mettre à pleurer. Tout à la fois ou une chose après l'autre, c'était pareil.

Mais je ne fis rien. Absolument rien. Je me contentai de croiser les bras sur la table et d'y enfouir mon visage ; et dans l'obscurité, absorbée en moi-même, je pensai. Je pensai pendant un long moment. Quand j'eus enfin mis de l'ordre dans mon esprit, j'expédiai un mail rassurant à Rosalía. Ensuite, sans ouvrir aucun document de travail ni même poser les doigts sur l'un des rares papiers restants de Fontana, j'attrapai sur un rayonnage le livre à la couverture jaune sur la Californie que Daniel m'avait offert, accrochai mon sac à mon épaule et sortis.

— Tu le savais déjà, toi ? demandai-je à brûle-pourpoint depuis la porte, sans prendre le temps de la saluer.

Rebecca leva les yeux du clavier. Elle portait une chemise aubergine, respirant comme toujours l'harmonie.

— Bonjour Blanca, répliqua-t-elle avec son calme habituel. Cela t'embêterait de me préciser à quoi tu fais allusion, s'il te plaît ?

— Tu savais que ton ami Daniel Carter était derrière la FACMAF ?

Elle ne parut pas surprise par ma question. Avant de me répondre, elle ôta juste ses lunettes de myope et s'enfonça dans son fauteuil.

— Pas au début.

— Et après ?

— Après, je m'en suis doutée. Mais sans jamais en être sûre.

— Pourquoi ?

— Parce que je ne lui ai pas posé la question. Parce que ça ne me regarde pas. Et parce que je devine les raisons qui l'ont poussé à le faire, j'ai donc préféré ne pas chercher plus loin.

— Des raisons qui ont à voir avec Andrés Fontana et avec sa femme. Avec ton amie Aurora, n'est-ce pas ?

— Je suppose, mais tu devrais en parler directement avec lui.

— J'y vais de ce pas, dis-je en ajustant mon sac sur mon épaule. Dès que tu m'auras indiqué où il habite.

— Tu ne l'appelles pas d'abord? demanda-t-elle tandis qu'elle notait son adresse sur un post-it jaune.

— Ce n'est pas la peine. Il travaille chez lui tous les matins, non? Je veux le voir.

J'étais déjà sortie dans le couloir lorsque j'entendis sa voix.

— N'oublie pas, Blanca, d'une façon ou d'une autre, nous avons tous des dettes en suspens vis-à-vis de notre passé.

Je tombai nez à nez avec Fanny. Elle voulut me retenir : elle désirait me montrer quelque chose. Je m'efforçai de sourire sans y parvenir. « Plus tard », lui dis-je sans ralentir le pas. Je la laissai plantée là, immobile, déconcertée.

Je découvris bien vite que Rebecca ne se trompait pas. Non au sujet de cet obscur conseil qu'elle m'avait lancé au dernier moment et dont je me fichais, mais en me suggérant de prévenir Daniel de mon arrivée. Personne ne m'ouvrit quand je sonnai à la porte de l'appartement 4B dans ce grand bâtiment divisé en plusieurs logements indépendants. Nul ne vint au-devant de moi alors que je tapai de toute la force de mon poing fermé contre la porte en bois blanc de son domicile temporaire. Je m'assis sur une marche et sortis mon téléphone.

J'avais deux numéros, celui de son appartement et celui de son mobile; il me les avait donnés l'après-midi où je l'avais rejoint au Selma's Café. « Au cas où tu aurais besoin de moi », avait-il précisé. Le moment était venu.

J'appelai le premier, en devinant la suite : derrière la porte, plusieurs sonneries successives retentirent et personne ne décrocha. J'essayai ensuite le second. Le numéro que vous avez composé n'est pas disponible, répondit en anglais une jeune femme à la voix de fausset. Et elle le répéta, encore et encore... Jusqu'à ce que je raccroche.

Je sortis alors de mon sac le livre sur la Californie. Le supposé cadeau judicieux destiné à me simplifier la tâche. Ce qui, pour lui, n'avait sans doute été qu'un appât pour que je redouble d'efforts, comme la carotte qu'on accroche devant l'âne pour le faire avancer. Un piège, un leurre. Un de plus. *TU M'AS MANIPULÉE ET TU M'AS TRAHIE. PRENDS CONTACT AVEC MOI DÈS QUE TU REVIENS.* La fureur de mes majuscules faillit déchirer le papier. Je ne signai pas.

Je glissai le livre d'un coup sec à l'intérieur de la boîte aux lettres à son nom; il tomba avec un son métallique. Ensuite je m'en allai, bien décidée à ne pas le rappeler. Je ne voulais plus entendre sa voix ni lire ses messages. Seulement le voir face à face, sans subterfuges ni échappatoires.

Il ne donna signe de vie qu'au bout de trente-quatre heures. Trente-quatre heures longues et désolantes, qui s'achevèrent au moment le moins opportun.

On frappa à la porte de la salle de classe, qui s'ouvrit aussitôt. Une tête et un buste apparurent. Cheveux clairs, barbe claire, la peau hâlée d'un visage qui ne cachait pas son inquiétude; un pull à col roulé gris et une veste habillée. Il lui fallut moins de deux secondes pour jauger l'atmosphère de la pièce. Près du tableau, une professeure, moi, debout, légèrement appuyée contre le devant de la table. Un feutre à la main, les bras croisés sous la poitrine, la fatigue peinte sur le visage et un évident désarroi masqué à grand-peine. Cinq élèves de mon cours de culture dispersés autour de moi, la moitié du groupe habituel.

Il ne prononça aucun mot. Il se contenta de brandir quelque chose, l'air sérieux. Le livre sur la Californie. Le mien. Le sien. Son cadeau dans un sac en papier anonyme, un soir de tortillas, de gazpacho et de rires. Le même livre que je lui avais rendu rageusement en le jetant au fond de sa boîte aux lettres. Je ne veux rien de toi, avais-je voulu lui signifier. Il avait probablement compris. Il esquissa le geste de l'introduire quelque part. Dans mon casier, devinai-je. Je ne répondis pas et il n'attendit pas ma réponse. Il referma la porte entrouverte et disparut.

Ça n'a jamais été mon intention.
Je t'attends dans l'auditorium.
Viens asap, pls.

Voilà ce que je trouvai à la fin de mon cours, dans l'espace où l'on déposait les messages internes à mon nom et les lettres que je recevais de temps à autre en provenance de mon pays. Rédigé sur une carte blanche sans en-tête et glissé au hasard entre les pages d'un livre à la couverture jaune que je commençais à avoir trop vu.

La première ligne rejetait mon accusation.

La deuxième me sommait de le rencontrer.

La dernière ajoutait une notion d'urgence. Viens asap, *as soon as possible*, le plus vite possible.

Pls, *please*, s'il te plaît.

Cinq orateurs se tenaient sur l'estrade, je distinguai parmi eux mon élève Joe Super et deux professeurs que je connaissais de vue. De même que lors de la manifestation, la faune des sympathisants était mélangée. Une pléthore d'étudiants, les grands-mères belliqueuses avec leurs pancartes, d'honnêtes citoyens par dizaines et le rasta dont la tête volumineuse se détachait à distance. Il ne subsistait rien, en revanche, de l'ambiance festive du premier jour. Des mines sérieuses, de rares sourires et des visages concentrés, voilà ce que j'aperçus.

Le meeting avait débuté depuis plus d'une heure, l'un des orateurs évoquait des fouilles archéologiques sur le terrain. Sur l'estrade, on avait écrit sur un tableau blanc à l'aide d'un gros feutre *10 days to Dec. 22.* Il ne restait plus que dix jours à la plateforme pour agir. Dix jours jusqu'à la date limite. Après, s'ils n'avaient rien à présenter aux autorités, ils auraient perdu la bataille.

Daniel était assis à l'avant-dernier rang.

— Il faut qu'on parle, chuchotai-je sans même lui dire bonjour en m'installant à côté de lui. Allons-y !

— Cinq minutes, me demanda-t-il. Je t'en prie, Blanca, donne-moi juste cinq minutes.

— Tu viens ou tu restes, c'est toi qui choisis.

Son nom fut alors mentionné à haute voix : il devait répondre à l'une des questions qui avaient été posées.

— Attends-moi, insista-t-il en m'attrapant par le poignet, tandis que depuis le micro de l'estrade on répétait son nom et la question.

Je l'obligeai à lâcher prise d'une secousse, puis je me levai et sortis.

33.

Une demi-heure plus tard, je lui ouvris la porte.

— Je regrette infiniment, dit-il en entrant tout de suite, bouleversant de sa présence imposante et agitée le calme qui régnait dans mon appartement. Je ne pensais pas qu'ils compteraient sur moi, ils m'ont appelé à la dernière minute, je venais d'arriver de Los Angeles quand j'ai découvert ton livre dans ma boîte, je suis immédiatement allé te chercher, je suis parti hier à la première heure…

Je ne l'interrompis pas. Si je l'avais eu devant moi un jour et demi plus tôt, je me serais peut-être jetée sur lui, je lui aurais hurlé dessus ou bien j'aurais déchargé toute la colère qui s'était accumulée au fond de moi devant ce que j'avais découvert. Mais ma fureur s'était atténuée et la rage qui me rongeait s'était transformée en quelque chose de différent. En une espèce de chagrin, d'amertume intense qui était peut-être pire, à la longue.

Lorsqu'il eut fini de débiter le tas d'excuses que je ne lui avais pas demandé, ce fut enfin à mon tour.

— Pourquoi m'as-tu menti ? dis-je froidement.

— Je n'ai jamais voulu le faire, Blanca, je n'ai jamais cherché à te tromper.

Il avança, tendit un bras comme si, grâce à ce contact physique, il espérait ajouter un surplus de sincérité.

— Mais tu l'as fait, répondis-je en reculant d'un pas pour qu'il ne parvienne même pas à me frôler. La FACMAF n'existe pas et la bourse avec laquelle tu as assuré ma subsistance pendant tous ces mois n'est rien d'autre qu'une machination, que tu as cachée. Tu me l'as cachée, et ainsi tu m'as trompée, tu m'as déçue et tu m'as blessée.

— La main sur le cœur je t'affirme que tu ne peux pas savoir à quel point je le regrette. Mais je veux que tu saches que...

— Je n'attends pas des excuses, seulement des explications, le coupai-je. J'ai juste besoin que tu m'expliques ce qu'il y a derrière ces manigances, et qu'ensuite tu sortes à jamais de ma vie.

Il se passa une main sur la tête, puis sur la barbe. Très gêné, de toute évidence.

— Des explications, Daniel, rien que des explications.

Sans passion, désenchantée, glaciale. Je ne fis aucun effort pour renvoyer cette image. Je me montrai simplement telle que je me sentais.

— Bon, eh bien, tu as raison pour ce qui est de la FACMAF, elle n'apparaît nulle part de façon officielle en tant que Fundación de Acción Científica para Manuscritos Académicos Filológicos. Tu ne te trompes pas, il s'agit en effet d'un faux nom. En revanche elle existe sous forme d'un organisme, disons, non formel. Comme une entité différente.

— Comme quoi ? Un truc que tu as inventé après la mort de Fontana et de ta femme ?

Il me regarda un instant. Attentif. Sérieux. Mais pas du tout surpris.

— J'imaginais que tu vérifierais.

La réponse était si évidente que je ne pris pas la peine de la formuler.

— La FACMAF, poursuivit-il, je l'ai conçue en substance comme le Fonds Aurora Carter pour la mémoire d'Andrés Fontana. Aurora Carter ou Aurora Carranza, son patronyme espagnol, ça revient au même. En définitive, il s'agissait d'un projet pour que subsiste le legs intellectuel de mon mentor à travers l'héritage de ma femme. L'acronyme convient pour les deux versions.

— Arrête de m'embrouiller avec des conneries linguistiques, je m'en fiche complètement si le premier F de FACMAF signifie fonds ou fondation. Ce que je désire savoir, c'est pourquoi, trente années après leur mort, tu as décidé de monter cette sinistre combine, et pourquoi tu m'as impliquée là-dedans.

Il plongea les mains dans ses poches et baissa les yeux, comme si la réponse était écrite par terre. Le regard rivé sur l'horrible moquette taupe qui étouffait quotidiennement le bruit de mes pas dans ce logement provisoire.

— Parce que c'était la seule façon de tirer de l'oubli les documents de Fontana, dit-il en me fixant enfin. L'unique solution qui m'est venue à l'esprit après qu'on m'eut fermé toutes les portes.

— Quelles portes ?

— Les portes habituelles, si on avait suivi les procédures normales, par le biais du département de Langues modernes.

— Et qui te les a fermées ? Luis Zárate ?

— Qui d'autre, sinon ?

Je me rappelai les paroles du directeur pendant notre dîner, sa description de la première visite de Daniel dans son bureau, sa version radicalement différente de leur rencontre.

— Je ne te crois pas. Tu as essayé de le forcer à agir selon tes propres intérêts. Et il a refusé.

— Je suppose que c'est ce qu'il t'a raconté.

— En principe, ce n'est ni plus ni moins crédible que ce que tu dis.

— Sans doute, sauf que c'est faux. Je n'ai jamais tenté de le contraindre à quoi que ce soit. Je lui ai simplement suggéré que le département devrait peut-être utiliser ses ressources…

— … pour intervenir dans l'affaire de Los Pinitos, d'après ce que j'ai compris.

— Exactement.

— Et bien que tu ne le lui aies pas précisé explicitement, en parlant de ressources, tu pensais aux papiers de Fontana.

— Je vois que tu es au courant de tout.

Je me tus face à cette nouvelle évidence ; j'attendis la suite.

— À cette époque, on soupçonnait que, parmi les documents laissés dans son bureau du département après sa mort, on trouverait peut-être des données intéressantes. Des éléments dignes de foi susceptibles de relier Los Pinitos à une lointaine utilisation historique particulièrement significative, quelque chose qui permettrait de s'opposer au projet d'installer là un absurde et inutile centre commercial.

— Quelque chose d'aussi significatif qu'une mission franciscaine.

— Par exemple.

— Parce que, si on démontrait l'existence d'une ancienne mission à cet endroit, comme le supposait Fontana, on pourrait suspendre la construction.

— Ou au moins essayer. La municipalité de Santa Cecilia exerce son autorité sur cette zone, mais elle est dépourvue du moindre titre de propriété, on ignore à qui a appartenu ce territoire autrefois. Si on réussissait à arguer d'un ancien usage missionnaire à un moment quelconque de son histoire, tout devrait repartir de zéro. Et, en attendant de régler cette affaire, le projet serait forcément paralysé.

— Et c'est pour ça que tu m'as souvent interrogée sur une éventuelle mission Olvido dans les documents de Fontana. Pour ça que tu m'as sans arrêt tiré les vers du nez. Pour ça que tu t'es obstiné à contrôler mon travail : aujourd'hui, je t'offre un bouquin sur l'histoire de la Californie, le lendemain, je t'emmène visiter une mission près d'ici…

— Non, Blanca, je n'ai jamais essayé de te contrôler ou de m'immiscer dans tes recherches. Je t'ai toujours largement fait confiance, j'ai seulement cherché à t'aider à tout moment. Tu dois me croire : au début, tout s'est enchaîné à partir du refus de Zárate. J'ai été dès lors obligé d'inventer cette histoire de la FACMAF, de la faire accepter par le département en souplesse, sans susciter de doutes, et de rendre public l'appel à candidature. C'est alors que tu es entrée en scène.

J'étais encore fâchée, frustrée, mais à mesure qu'il parlait la curiosité s'emparait de moi. Une curiosité impatiente de découvrir les raisons cachées derrière cette trame obscure, de connaître la nature de ces relations qui l'avaient conduit à agir ainsi.

— En plus, je ne comprends toujours pas ce que la récupération de la mémoire de Fontana a à voir avec tout cela.

Si tu cherchais seulement des données précises sur une mission, pourquoi me faire perdre mon temps en classant son héritage au millimètre près ? Pourquoi m'obliger à mettre en ordre les milliers de pièces minuscules du puzzle de sa vie ? Je m'échine depuis trois mois, Daniel, trois mois entiers à gaspiller mes efforts comme une idiote dans une tâche qui n'intéresse personne, dis-je en haussant le ton, incapable de contenir mon indignation.

— Attends, Blanca, attends, attends...

Il parlait avec fermeté, soulignant ses paroles d'un geste de ses mains qu'il avait enfin sorties des poches de son pantalon gris. Sa tenue tranchait complètement avec les vêtements qu'il portait dans ses moments de loisir à Santa Cecilia. Belle coupe, beau tissu, professionnelle. Plus rien du pantalon en toile froissé et de la vieille veste en jean de Sonoma. Son autre facette. Le côté pile.

— Ton travail est intéressant, très intéressant. C'est ce qui a la plus grande valeur, ce qui est fondamental, ce qui en réalité donne un sens à tout le reste. Mais il y a d'autres questions.

— Eh bien, précise-les-moi une bonne fois pour toutes, bon Dieu !

— Voyons comment je peux te l'expliquer, dit-il en s'efforçant d'utiliser les bons termes. L'affaire de Los Pinitos a probablement été le détonateur. Un détonateur très puissant, certes. Mais il y avait quelque chose d'autre, derrière. Derrière tout cela, il y avait aussi une dette en suspens.

— Vis-à-vis de Fontana ? demandai-je, incrédule.

— Vis-à-vis de Fontana, en effet. Vis-à-vis de sa mémoire et de sa dignité.

— Tu prétends que, trente ans après son décès, tu avais encore des comptes à régler avec ton professeur ?

— C'était le cas, reconnut-il. En le regrettant beaucoup, mais c'était comme ça. Malgré toutes les années écoulées depuis sa mort et celle d'Aurora, et même si j'avais complètement refait ma vie et que tout cela était désormais du domaine de l'oubli, tout n'était pas soldé entre nous.

— Je te jure que ça dépasse mes capacités de compréhension, murmurai-je.

— Au fond, c'est simple. Tristement simple. Pour résumer au maximum les années les plus épouvantables de ma vie, je veux que tu saches que j'ai touché le fond après cet horrible accident. Comme Dante dans sa *Divine Comédie*, je me suis retrouvé dans une forêt obscure au milieu de ma vie, et je me suis égaré. Je suis descendu en enfer. Et j'ai commis un certain nombre de folies.

— Tu continues.

Il ne parut pas s'offusquer de mon commentaire.

— Malheureusement celles d'alors furent beaucoup plus regrettables. Et parmi celles-ci, l'une d'entre elles consista à négliger la mémoire de mon maître. Je pris littéralement la fuite à la suite de l'accident. Je ne savais pas ce que je fuyais, mais je voulus mettre de la distance, me débarrasser de tout ce qui me liait à ma vie antérieure.

— Surtout à ta vie avec Aurora, je suppose.

— Surtout. Dix années de bonheur absolu avec une femme magnifique à qui je dis adieu avec un long baiser devant la table de notre cuisine à l'heure du petit déjeuner, et que je revis une dernière fois le même soir, étendue sur la boue du bas-côté, recouverte d'une couverture ensanglantée et le crâne écrasé entre des bouts de métal.

Je fus émue par la cruauté de son récit. Je frémis en l'entendant le raconter avec un tel naturel. Je me tus et le laissai poursuivre.

— Mais je l'ai surmonté. Avec du temps et des efforts, après de nombreuses turbulences, le désespoir s'est d'abord transformé en un chagrin immense, puis en une tristesse plus supportable, et enfin en une simple mélancolie qui s'est atténuée au fil des ans.

Je m'assis dans un fauteuil, et il m'imita. Sur le canapé, en face de moi; séparés seulement par une table basse sur laquelle étaient posés quelques magazines périmés, un pare-feu entre nous. Il se pencha, appuya ses coudes sur ses genoux.

— Je ne suis pas un type perturbé se raccrochant à l'ombre d'une absente, Blanca. Il y a longtemps que je suis sorti des ténèbres. Avec beaucoup, infiniment de souffrance, j'ai appris à vivre sans Aurora et j'ai refait ma vie. Mais, hélas! il n'en a pas été de même avec Fontana. J'ai tellement été anéanti par la mort de ma femme, tellement perdu et tellement inconsolable que je n'ai jamais fait le deuil de son absence parce que, lui, je ne l'ai pas pleuré.

— Alors, au fil du temps, tu as créé cette prétendue bourse et tu m'as embauchée pour dépoussiérer son legs. Pas seulement en quête d'arguments contre le centre commercial, mais aussi pour chasser ta mauvaise conscience sans avoir à te salir les mains.

Il ne me répondit pas. Il soutint mon regard sans répondre.

— J'avais confiance en toi, tu sais? continuai-je en baissant les yeux vers la table qui nous séparait comme un cordon sanitaire, une métaphore à quatre pieds de la distance entre nous.

Puis je le regardai de nouveau.

— Mes problèmes te paraissent sans doute insignifiants comparés à l'horreur de ta propre tragédie, mais moi aussi j'ai connu une perte.

— Je suis au courant, Blanca, je suis au courant…

— Je suis arrivée à Santa Cecilia désorientée et blessée, fuyant, luttant pour me sauver du naufrage qu'était devenue ma vie.

— Je sais, je sais, je sais, répéta-t-il.

— Je me suis raccrochée aux documents de Fontana comme à une planche de salut. Ensuite tu es passé par là, apparemment disposé à toujours m'aider, à me faciliter la vie, à me faire rire, à… à… Et à présent…

Je ravalai ma salive, essayant de ne pas m'effondrer.

— J'ai cru que tu étais mon ami.

Il tendit une main mais je reculai. Je refusai le contact. Trop d'eau était déjà passée sous ce pont.

— Laisse-moi finir de raconter ce qu'il y a eu dès le début derrière ma façon d'agir. Avant de me juger, il faut que tu en apprennes davantage sur Fontana, Aurora et moi. Ensuite, tu feras comme bon te semble : chasse-moi de ta maison et de ta vie, déteste-moi, oublie-moi, pardonne-moi ou agis à ta guise. Mais, avant, tu dois m'écouter pour comprendre.

Je me souvins alors de la vieille photo clouée avec des punaises dans le sous-sol de Rebecca. La femme jeune et belle au sourire éclatant, à la robe blanche et à la chevelure en bataille sous le soleil du cap San Lucas, dont la vie s'était brutalement achevée par une nuit de pluie. Sans doute à cause d'elle, instinctivement, je cédai.

— Ils se sont bien entendus dès qu'ils se sont rencontrés, dès qu'Aurora et moi nous nous sommes installés à Santa Cecilia. Nous avions tous les trois une relation étroite, qui dépassait de beaucoup un cadre purement professionnel. Mais entre eux, probablement en raison de leur qualité d'Espagnols expatriés, il s'était établi un lien spécial, des complicités qui parfois m'échappaient. Des références et des codes culturels invisibles, des nuances qui les réunissaient; une amitié profonde. Et, peu à peu, Aurora a commencé à collaborer avec lui.

— Comment?

— Elle l'accompagnait souvent dans ses recherches de documentation : ils collectaient des données, ils étudiaient des papiers ensemble.

— Parce qu'elle était historienne..., supposai-je.

— Pas du tout, elle était pharmacienne. En réalité, à notre arrivée à Santa Cecilia elle avait juste fini son doctorat de pharmacologie dans l'Indiana, là où nous avions vécu les cinq années précédentes. Son domaine, c'étaient les formules et les compositions chimiques, mais, j'ignore pourquoi, peut-être parce que c'était lui qui lui avait transmis sa passion, elle s'est bientôt sentie liée à la mémoire de ces vieux compatriotes qui avaient jadis parcouru ces terres. Le fait qu'elle ait conservé intacte la foi catholique de son éducation y a sans doute contribué aussi. Une foi qui, d'ailleurs, à cette époque, se traduisait par un engagement social beaucoup plus actif : elle travaillait avec des immigrants et des vieilles gens, participait à des programmes d'alphabétisation pour adultes. Une activité des plus estimables, malgré sa cohabitation avec l'agnostique pur et dur que j'étais alors. En tout cas, elle s'est passionnée pour les missions franciscaines et, lorsque l'accident s'est produit, ils revenaient précisément de Berkeley, où ils étaient allés en quête de documents relatifs à une éventuelle mission Olvido, dont j'ignore encore si l'existence est fondée ou non. Leur disparition a mis fin à ces recherches, le chapitre de la mission non cataloguée s'est clos brutalement.

— Mais…

— Attends, laisse-moi continuer, il me semble que tu dois encore savoir certaines choses. Fontana avait indiqué quatre héritiers dans son testament. La moitié de ses économies aurait dû aller à Aurora, et c'est moi qui en ai finalement bénéficié. Les chèques à ton nom viennent de cet argent auquel je n'ai jamais touché, et de là viennent aussi les trois premières lettres de l'acronyme FACMAF, Fonds Aurora Carranza.

— Et les autres héritiers ?

— L'autre moitié est revenue à Fanny Stern, qui était une fillette à l'époque. Il éprouvait une grande tendresse à son égard. Sa mère, Darla, que tu as rencontrée l'autre soir sur la place, était alors la secrétaire du département. Fontana lui vouait une amitié un peu particulière.

— J'étais au courant, Fanny elle-même me l'a raconté.

— Sa maison, il l'a léguée à l'université, qui l'a absorbée dans ce qui est aujourd'hui une extension du campus. On l'a démolie assez rapidement et son terrain est occupé par un laboratoire, me semble-t-il. Et moi j'ai été nommé son légataire, disons, intellectuel, et en cette qualité j'ai reçu la magnifique bibliothèque qu'il avait constituée au fil des années. Mais ses documents, ses papiers personnels, ses recherches… ne sont jamais parvenus entre mes mains : ils sont restés là où ils étaient, à Santa Cecilia, empilés dans un sous-sol perdu du Guevara Hall, sans que personne ne s'en soucie.

— C'était à toi de les réclamer. Ils représentaient l'héritage de ton mentor et tu en étais le bénéficiaire.

— En effet. Cela m'incombait légalement. Et moralement aussi.

— Mais tu n'as jamais rien fait.

— Jamais.

— Parce que tu te fichais du contenu.

— Sans doute.

— Et parce que tu voulais rompre définitivement avec tout ce qui te rattachait à ce passé.

— Probablement aussi.

— Et il n'existe pas une autre raison ?

Il me regarda fixement, hostile, serrant ses mains l'une contre l'autre, soupesant ses mots.

Finalement, je lui soufflai moi-même la réponse qu'il avait du mal à prononcer.

— Ou bien il y eut, de ta part, le désir, dis-je en baissant le ton sans m'en rendre compte, d'écarter à jamais Andrés Fontana de ta vie ?

Il acquiesça d'un hochement de tête. D'abord lentement, puis avec davantage de véhémence.

— Je n'ai pas pu lui pardonner complètement, reconnut-il finalement d'une voix sourde. Pendant mon long deuil, au cours de ces mois, au cours de ces années effroyables de pur désespoir, j'ai seulement pleuré Aurora. Lui, je lui en ai toujours voulu. Non de l'avoir tuée, ç'avait été un accident, mais de l'avoir entraînée, d'une certaine manière, de l'avoir mêlée à quelque chose qui ne la concernait pas. De l'avoir séparée de moi, dans une certaine mesure, de ma surveillance, de ma protection...

— Et tu as décidé de le punir. De garder sa mémoire ensevelie dans une cave remplie de poussière pendant trente années, loin de toute intervention humaine. De l'exiler dans l'oubli.

Cette fois-ci, ce fut lui qui ravala sa salive avant de continuer.

— C'est une façon très brutale de le présenter, mais tu as sans doute raison. J'ai volontairement renoncé à son legs, et je me suis ainsi désintéressé de l'homme qu'il avait été.

— Sauf qu'il y a quelques mois, à la suite de l'affaire de Los Pinitos, tu as pris la décision de l'amnistier. Tu as pensé que le vieux Fontana, avec sa passion tardive pour ces humbles franciscains et son extravagante intuition sur l'existence d'une mission dont on aurait perdu toute trace, ne faisait peut-être pas fausse route. Et tu as choisi d'agir.

Il esquissa un sourire sarcastique. Il s'appuyait contre le dossier du canapé. Tendu et fatigué. Tendu, triste et fatigué, comme moi.

— Oui et non. Quand Rebecca m'a informé de l'aberration urbanistique qui était en cours de réalisation, j'ai commencé à réfléchir à la question. Je me suis rappelé les promenades d'Aurora et de Fontana pendant les longs après-midi de ce dernier printemps de leur vie. Je me suis souvenu de tous ces efforts vains, du travail qu'ils n'avaient jamais terminé parce que la mort les avait brutalement emportés, de leurs hypothèses, de leurs espoirs. Et, surtout, je me suis dit qu'on pourrait en tirer quelque chose à présent. Je me suis alors livré à quelques vérifications, j'ai appris que Los Pinitos était, aujourd'hui, placé sous la tutelle de la municipalité mais sans propriétaire légitime ni histoire attestée.

— Et de fil en aiguille…

— Il m'est venu l'idée, finalement pas si extravagante, qu'on trouverait peut-être, parmi ces documents oubliés, une clé. Mais le plus important de tout, ç'a été ma décision de me réconcilier avec mon passé, de faire la paix une bonne fois pour toutes avec cet homme qui a tellement compté dans ma vie. De racheter mon comportement injuste et de rendre une espèce d'hommage, mi-intime, mi-public, à sa personne et à son œuvre.

— Et c'est comme ça que tout a commencé ?

— Comme ça, en effet, Blanca. C'est comme ça qu'a débuté ma réconciliation.

34.

La nuit avançait et nous étions assis là, face à face. Éclairés par la lumière ténue d'une lampe placée dans un coin, sans le moindre verre de vin ni une musique de fond ou un simple verre d'eau qui nous aideraient à atténuer notre chagrin. Sans autre bruit qui vînt troubler la densité de notre conversation que ceux qui filtraient de temps en temps de la rue, amortis par la fenêtre fermée. Tout au plus une voiture, parfois, ou un groupe d'étudiants en direction du 7-Eleven.

La nuit avançait et la tristesse collait à ma peau. À cause de lui, à cause de moi, à cause de son passé et du mien, à cause de notre présent où tout s'effritait telle une poignée de sable coulant entre les doigts quand on ouvre la main.

Ses sentiments étaient à l'évidence réels, je ne remettais pas en doute leur sincérité. Pourtant, cela ne me suffisait pas. Au-delà de ces paroles convaincantes ou bien désolantes s'imposait à moi l'amère sensation d'avoir été une fois de plus trompée par quelqu'un à qui je faisais aveuglément confiance. Comme si l'histoire se répétait.

Avec du recul, tout cela n'avait rien à voir avec la blessure que m'avait infligée l'effondrement de mon mariage. La déloyauté d'Alberto avait été un cyclone dévastateur qui avait bouleversé mon univers. En comparaison, les manigances de Daniel se réduisaient à un simple orage estival. Mais même ainsi, à l'instar de l'averse tombant à l'improviste un soir d'août, elles m'avaient transpercée jusqu'aux os. Et elles avaient aussi accéléré mon usure, cette érosion émotionnelle dont je me croyais guérie et qui me frappait de nouveau sans que j'aie le temps d'ouvrir mon parapluie ou de me réfugier sous un abri. Il avait beau façonner un discours lucide et cohérent sur la genèse de cette trame obscure, clamer son honnêteté, je n'en démordais pas : j'avais été trompée.

— Et ensuite, une fois que tu as monté ton prétendu fonds, ou fondation, comme tu voudras appeler ton machin, pourquoi m'as-tu sélectionnée moi, parmi tous les candidats ?

Je voulais absolument aller jusqu'au bout.

— Ce sont tes fils, n'est-ce pas ? me demanda-t-il soudain en montrant une photo dans la bibliothèque.

Près de la seule source de lumière qui nous éclairait, à côté de mes clés, de la publicité d'un restaurant chinois et de la réplique de la cloche missionnaire qu'il m'avait lui-même offerte. La photographie que m'avaient envoyée David et Pablo dans un paquet qui contenait également une paire de gants et un CD de Joaquín Sabina. *Happy anniversaire, maman, avec du retard, comme d'habitude, on est nuls, pardonne-nous,* avaient-ils écrit sur la carte jointe. Sur la photo, leurs visages hâlés un jour quelconque des dernières vacances. Les cheveux mouillés et ébouriffés, les rires après une journée de plage, un souffle d'insouciance.

— Ce sont mes fils, oui, mais je ne vois pas l'intérêt d'en parler maintenant.

Comme s'il ne m'avait pas entendue, il s'approcha du rayonnage où la photo était exposée.

— Ils te ressemblent beaucoup, dit-il avec un sourire.

Le premier sourire plus ou moins sincère esquissé depuis le début de la soirée.

— Ça t'embêterait de la laisser à sa place ?

Il reposa mes fils sur leur rayon et son corps sur le canapé.

— Tu n'as jamais eu de concurrent, reconnut-il en s'appuyant de nouveau sur le dossier. Tu as été la première à répondre à mon appel et j'ai tout de suite su que tu étais la personne adéquate. Tu remplissais largement les exigences du poste. Rien de plus.

Il était sûr de lui ; il parlait avec naturel, les jambes croisées, sans fioritures ni fausse sympathie.

— Mais mon expérience dans ce domaine était quasi inexistante, répliquai-je. Ma spécialité, tu le sais bien, c'est la linguistique appliquée.

— C'était secondaire. Je recherchais un universitaire capable de réaliser ce travail avec de la rigueur et qui applique des procédures méthodologiques élémentaires. Quelqu'un qui parle anglais et qui ait l'habitude de fréquenter des institutions étrangères. En plus, j'étais pressé. Il fallait commencer le plus vite possible, l'affaire de Los Pinitos ne pouvait pas attendre.

— Et pourquoi forcément un Espagnol? Pourquoi ne pas te contenter de candidats de ton propre pays?

— Par pur et pathétique sentimentalisme, admit-il. J'ai estimé d'emblée qu'un compatriote s'impliquerait de façon beaucoup plus affective. Et, tant qu'à être absolument sincère, il y a un dernier critère qui a été décisif : l'âge. Je subodorais qu'une personne disposant d'une certaine maturité serait plus à même de reconstituer le legs d'Andrés Fontana.

Il décolla alors son dos du canapé, se pencha en avant, appuyant de nouveau ses coudes sur ses genoux, réduisant la distance entre nous.

— Je cherchais un pro et toi une nouvelle place dans le monde, dit-il en me dévisageant. J'avais besoin de quelque chose, toi également, et nous nous sommes croisés en chemin. Grâce à notre contrat, tu as atteint ton objectif, qui, je le sais à présent, était de fuir le plus vite possible ton environnement. Et moi, le mien, traiter de toute urgence les documents de mon ami. *Quid pro quo*, Blanca, c'est tout.

Je détournai mon regard du sien en direction de la fenêtre. On n'apercevait que le carré noir de la nuit.

— En tout cas, ajouta-t-il, tu dois savoir qu'il ne s'est pas passé un seul jour, depuis que je te connais, sans que j'aie pensé à tout te raconter.

— Mais tu ne l'as jamais fait! m'écriai-je.

La colère que j'avais cru maîtriser rejaillissait soudain.

— Et c'est ça le pire, Daniel, le pire de tout! Si tu avais été clair dès le début, nous en serions sans doute arrivés au même point et tu m'aurais épargné une énorme douleur.

— Tu as raison, Blanca, parfaitement et totalement raison. J'aurais dû être clair avec toi dès le premier moment, mais c'est seulement maintenant que je le sais. En fait, je n'escomptais absolument pas qu'il s'établirait entre nous une certaine forme de relation; j'imaginais que pour moi tu ne serais qu'une espèce d'employée qui demeurerait dans l'ombre. Je n'avais d'ailleurs pas l'intention de rester à Santa Cecilia. Lorsque Rebecca nous a présentés au Meli's Market, tu te rappelles? j'étais seulement venu pour te connaître et vérifier que mon projet avait enfin démarré de façon satisfaisante.

— Et pourquoi n'es-tu pas parti aussitôt après? Si nous ne nous étions pas connus, ou si nous en étions restés là, à notre première rencontre, tout aurait été beaucoup plus facile. Plus simple et moins tortueux.

— Parce que... parce que parfois les choses prennent un cours inattendu, parce que... parce que la vie est comme ça, Blanca, parce que les projets sont quelquefois déviés de leurs objectifs...

Il se leva et parcourut le salon d'un bout à l'autre. En quatre ou cinq enjambées – il n'y avait pas assez de place pour en faire plus. Puis il resta debout, détaillant les étapes de notre collaboration d'après son point de vue.

— J'ai découvert, grâce à toi, que tu suivais une voie à laquelle je ne m'attendais pas : tu t'es impliquée avec Fontana et son monde beaucoup plus que je ne le pensais. Je me suis alors rendu compte que j'avais sans doute mal calculé l'ampleur de la tâche, que j'avais sous-estimé la complexité du legs et ton attitude face à lui. J'ai donc décidé de ne pas partir. J'ai loué un appartement, j'ai apporté de chez moi, de Santa Bárbara, toutes les choses nécessaires pour un séjour, et je me suis installé. Pour te donner un coup de main en cas de nécessité. Pas pour te contrôler ni te manipuler, mais seulement pour être près de toi et t'accompagner au long du chemin.

— Trois mois, c'est long. Trois mois pendant lesquels tu ne m'as pas dit un mot...

— Parce que ç'a été impossible, parce qu'il y a toujours eu un impondérable quelconque qui m'en a empêché, insista-t-il. Zárate traînait en permanence dans le coin : j'observais que tu étais de plus en plus proche de lui, je vous voyais ensemble sur le campus, à la cafétéria. J'étais sûr que si je te révélais un détail gênant sur ta bourse, tu te sentirais obligée de le lui faire savoir. Une sorte d'obligation institutionnelle. Voire morale. Je me trompe ?

— Sans doute pas, reconnus-je malgré moi.

— Que cela me plaise ou non, c'est le directeur d'un département, et le tromper revient par conséquent à tromper l'université. Pour moi, c'est quelque chose de sérieux.

Je ne lui répondis rien tout en me levant. Une fois debout, je me massai le crâne avec les doigts écartés, comme si j'essayais de décongestionner mon cerveau ou de chasser les idées troubles de ma tête ou je ne sais quoi.

— Tu aurais dû y penser avant, professeur Carter, dis-je en me dirigeant vers la porte. Bien avant. Maintenant, c'est trop tard pour tout. Même pour que tu restes ici.

Il se tint figé, son regard clair et aigu paraissant vouloir me transmettre quelque chose. Mais il se heurta à la dureté de la cuirasse qui me protégeait du monde extérieur.

— Il y a une raison de plus, ajouta-t-il. La dernière. Sans doute la plus fondamentale.

— Laquelle ?

— J'ai appris à te connaître. Quand je me suis rendu compte de la situation, je n'étais plus en mesure de m'éclipser. J'étais trop impliqué, trop près de toi.

Je me sentis épuisée. À quoi bon tout ça !

— Va-t'en, ça ne vaut pas la peine de continuer à discuter de ce qui aurait pu être et ne sera jamais. Je repars pour Madrid la semaine prochaine, et là tout sera fini. Je veux revoir mes fils et reprendre le cours d'une vie normale. Ça ne sera pas facile de recommencer mon ancienne vie, mais au moins je suis en terrain connu et je sais qui est qui.

Il ne réagit pas. Je poursuivis.

— Pour ce qui est de mon travail, tu n'auras pas à t'inquiéter – ma main était posée sur la poignée de la porte –, tous les documents présents dans la cave ont été traités et classés, j'ai juste deux ou trois points à finaliser. Au sujet des papiers qui manquent, s'il en manque vraiment, je m'en lave les mains : cela ne figurait pas dans mon contrat. Dommage que la moitié de ton projet ne soit pas arrivée à bon port. Je crains qu'il ne soit désormais trop tard pour retrouver une trace de cette mission que tu cherchais. Toi et tes amis de la plateforme contre Los Pinitos, vous allez être obligés d'accepter la construction du centre commercial ou de ce qu'ils auront envie de bâtir à cet endroit. En tout cas, moi, je m'en contrefiche, ils peuvent même y implanter un cimetière nucléaire. Mais j'aurai au moins tiré de l'oubli l'âme de ton maître, ce qui n'est pas une mince affaire. Après tant d'années d'injustes représailles, ta conscience va enfin reposer en paix.

J'ouvris, l'invitant à sortir. Alors qu'il se trouvait déjà sur le palier, je me souvins de quelque chose et me retournai.

— Attends.

J'attrapai la copie de la cloche en fer sur le rayon de la bibliothèque et la lui donnai.

— Je ne veux plus la voir. Et toi non plus, je crois.

Puis je claquai la porte.

— Une autre fois toute seule, Blanca, me chuchotai-je à moi-même. Plus seule que jamais.

35.

Une dose de paracétamol, du café et de la volonté permirent au monde de se remettre en marche le lendemain matin. Après une nuit d'un sommeil troublé, je pris mon petit déjeuner tôt et envisageai, entre les toasts et le beurre, la façon dont se déroulerait, d'après moi, la fin de mon parcours sur cette terre étrangère. Ensuite, comme tous les jours, je me rendis à mon travail. Endolorie et sans illusions, mais de nouveau sur la brèche.

Je fis en sorte de ne rencontrer personne de la journée. Je n'allai même pas manger de peur de croiser des collègues ou des étudiants. Je ne me consacrai qu'à ma tâche, je m'absorbai dans les derniers documents de Fontana, m'efforçant de remettre de l'ordre dans ces papiers hétéroclites et de terminer ainsi mon séjour à Santa Cecilia. Peu importait qui avait imaginé cette mission, ou que l'administrateur fût une institution respectable ou un simple humain retors désireux de solder ses dettes affectives, ma responsabilité était de la mener à bonne fin avec efficacité et rigueur. C'était ainsi que je l'avais acceptée au départ, et ainsi que je l'achèverais.

Mes efforts pour rester isolée furent néanmoins vains, réduits à néant par plusieurs interruptions inopinées.

Contre tout pronostic, la première parenthèse fut provoquée par la dernière personne dont j'aurais imaginé qu'elle pût perturber mon environnement : Fanny. Elle débarqua dans mon bureau au début de l'après-midi avec un sandwich insipide enveloppé dans un vieux plastique et une bouteille de jus de fruits dont la couleur évoquait un sirop contre la toux.

— Je me suis rendu compte que vous n'êtes pas sortie déjeuner, je suppose que vous avez trop de travail, je vous ai donc apporté ça, déclara-t-elle.

Elle tendit alors le bras, comme actionnée par un ressort mécanique.

— Merci beaucoup, Fanny, dis-je en acceptant cette marque de délicatesse, peu appétissante néanmoins, partant sans nul doute d'un bon sentiment.

Malgré ma feinte cordialité et son manque de perspicacité, elle dut remarquer quelque chose sur mon visage qui la déconcerta.

— Vous allez bien, docteure Perea? Vous n'avez pas bonne mine.

— Je me sens très bien, Fanny, merci, mentis-je. Seulement un peu plus occupée qu'il ne faudrait, parce qu'il me faut terminer de toute urgence. Je retourne bientôt chez moi et je dois tout laisser organisé.

— Vous partez quand? demanda-t-elle alors sur un ton précipité.

Elle semblait réellement concernée par le départ de ce professeur visitant qui avait occupé pendant quelques mois l'endroit le plus triste du département.

— Vendredi prochain.

Elle me regarda sans ciller, la bouche entrouverte et les bras ballants. Puis elle tourna les talons et sortit dans le couloir en se parlant à elle-même.

Je cachai le sandwich au fond de mon sac pour lui faire croire que je l'avais mangé et me remis au travail. Sans envie, sans courage, mais consciente de mes obligations.

Soudain on frappa à la porte, qui était restée ouverte. Je levai les yeux de l'un des textes finaux sur la sécularisation des missions et je découvris Luis Zárate devant moi.

C'était la dernière personne au monde que je voulais voir à cet instant précis; j'empruntais même depuis plusieurs jours l'escalier de derrière pour ne pas passer devant son bureau. Ce qui était au début un simple malaise se transforma en certitude : le fait de ne pas avoir partagé avec lui, d'abord mes doutes, puis ma découverte sur la provenance de ma bourse, des informations si profondément liées à son département, m'apparaissait comme une attitude totalement déloyale de ma part. Mais il fallait que j'y réfléchisse encore, j'avais besoin de temps pour clarifier mes pensées confuses et choisir la bonne décision. Je préférais donc l'esquiver, pour le moment. Et ce fut pour cette raison que je fus décontenancée en l'apercevant devant moi.

— C'était tellement désagréable, samedi, qu'à présent tu me fuis ?

Il plaisantait ; malgré tout, je trébuchai sur les mots avant de répondre. Non, ça n'avait pas été désagréable, bien au contraire, aurais-je pu lui dire. Ce fut une soirée très agréable, un dîner délicieux, tu es un homme séduisant, je me sens bien avec toi et il règne une bonne entente entre nous. Mais. Mais quoi, alors ? aurait-il répondu. Tu as allumé la mèche. Quelle mèche ? Celle qui a mis le feu au tas de bizarreries embrouillées qui, tel un amas de feuilles mortes et sans que j'en sois consciente, s'était formé à l'intérieur de moi.

Rien de cela ne sortit de ma bouche, cette conversation ne se déroula que dans mon esprit. Luis Zárate ne soupçonnait rien et je n'avais pas l'intention, pour le moment, de lui communiquer mes inquiétudes. Pour le moment. On verrait plus tard.

— Je n'y arrive pas, tu vois bien ! J'ai un tas de choses à faire, dis-je en montrant ma table où s'empilaient les derniers documents du legs.

J'essayai d'avoir l'air crédible, aimable, normale, néanmoins mes paroles sonnaient faux.

— Il n'y a que ça, tu es sûre ?

Il fit deux pas vers moi, et je me levai aussitôt. En guise de défense, de protection illusoire. Je ne supportais pas l'idée qu'il me vît m'effondrer sur mes papiers.

— J'ai très mal dormi, j'ai peut-être mangé quelque chose que j'ai mal digéré.

— Tu es certaine qu'il n'y a aucun problème ? insista-t-il en avançant un peu plus.

— Certaine. Je voulais te dire que j'ai quasiment fini, et

que j'ai décidé d'aller passer Noël avec mes enfants, par conséquent…

— Par conséquent tu pars.

— La semaine prochaine, en même temps que les étudiants. J'étais justement sur le point d'aller te voir pour te prévenir.

Mon mensonge était à l'évidence trop gros pour le convaincre.

Il fit un dernier pas. Vu l'étroitesse de mon humble bureau, cela signifiait qu'il était maintenant tout près.

— Qu'est-ce qui t'arrive, Blanca ? murmura-t-il en tendant la main vers moi.

Je sentis sur mon cou la chaleur de ses doigts ; je ne répondis pas.

— Tu sais que tu peux toujours compter sur moi.

Il s'était encore rapproché. Sa voix résonna juste à côté de mon oreille, je sentais son haleine. Je restai muette. Trop troublée, trop fatiguée, trop fragile. Ses lèvres esquissèrent le mouvement de se poser sur les miennes, je tournai à peine le visage pour l'en empêcher. Pourtant je ne m'écartai pas de lui.

— Pour tout ce que tu voudras, compte sur moi pour tout ce que tu voudras, me chuchota-t-il de nouveau.

Avec ses doigts encore sur mon cou. Avec sa voix au creux de mon oreille.

J'aurais pu lui crier de toutes mes forces : Oui, je le sais, aide-moi, sors-moi de ce bourbier où je me suis enfoncée toute seule, fais que j'oublie tout et tous, serre-moi bien fort dans tes bras, tire-moi de là. Mais je ne lui répondis pas. Peut-être par un réflexe d'autoprotection, ou bien pour ne pas compliquer davantage la situation. Seulement ensuite, je me séparai lentement de lui.

Fanny entra en trombe exactement au même moment.

— Excusez-moi, docteur Zárate, je ne savais pas que vous étiez là ! s'exclama-t-elle.

— Entre, Fanny, entre, reprit ce dernier sur un ton directorial. J'ai fini de parler avec la docteure Perea, j'étais sur le point de partir. J'insiste, Blanca, tu sais où me trouver, dit-il en sortant.

— Maman aimerait beaucoup vous voir ce soir, docteure Perea, annonça Fanny dès que Luis fut dehors.

Sans me laisser le temps de comprendre ce qui venait de se passer entre nous. Sans m'accorder la moindre seconde de réflexion.

— Quand je lui ai raconté que vous étiez sur le départ, elle m'a dit qu'elle voulait discuter avec vous, qu'elle a quelque chose qui peut sans doute vous intéresser.

J'avais autant envie de terminer cette triste journée par une visite de courtoisie à la vieille Darla Stern que de me pendre. Mais il était vrai que Fanny me parlait constamment d'elle, qu'elle m'avait souvent affirmé que sa mère souhaitait beaucoup me voir. Et vrai, aussi, que j'avais inventé une foule de prétextes et d'excuses dans l'espoir que cette rencontre n'ait jamais lieu. Rien de moins exaltant qu'un face-à-face avec une octogénaire extravagante qui, à coup sûr, n'avait rien de mieux à m'offrir qu'une conversation décousue et tout au plus quelque souvenir poussiéreux et sans intérêt sur Fontana. Je me fichais de savoir, à ce moment-là, s'ils avaient noué autrefois une relation purement professionnelle ou bien s'ils avaient été amants. Néanmoins, je désirais donner une ultime marque d'attention à Fanny avant de reprendre ma vie de toujours, et je me sentis donc obligée d'accepter cette invitation.

— D'accord, Fanny, dis-moi où tu habites et à quelle heure je dois venir.

La troisième surprise se produisit à peine une demi-heure plus tard, sous la forme d'un appel téléphonique. Un appel qui brisa de nouveau la quiétude de mon travail et bouleversa brusquement tous mes plans.

Daniel Carter, encore lui.

Pendant les longues heures de doutes que j'avais dû endurer depuis qu'il était parti de chez moi, la veille au soir, jusqu'à ce que je réussisse à m'endormir, j'avais pris la ferme décision de le chasser de ma vie, d'éviter le moindre contact avec lui durant le peu de temps qui restait avant mon départ. Je comprenais ses raisons et sa douleur, ses intentions, ses choix et même ses actes. Je comprenais presque tout. Presque, parce qu'il y avait quelque chose qu'il n'avait toujours pas expliqué : son silence. Voilà pourquoi je voulais me tenir éloignée de lui. Oublier qu'un jour j'avais croisé un collègue américain grand et barbu qui parlait ma propre langue presque mieux que moi ; me détacher de l'ombre de quelqu'un pour qui j'avais ressenti de la complicité et de l'affection, des sentiments qui étaient partis en fumée telle l'explosion d'une cocotte-minute brisant les vitres, éclaboussant les murs et tachant le plafond de la cuisine.

Pourtant, mon vieux téléphone avait été inventé bien avant que la technologie moderne eût permis de visualiser le nom du correspondant. Pour cette raison, je ne pus deviner qui se trouvait à l'autre bout du fil. Pour cette raison aussi, sans doute, ne m'appelait-il que sur mon portable, certain que je ne répondrais pas si je découvrais qu'il s'agissait de lui.

Je faillis raccrocher dès que je reconnus le son de sa voix ; j'imaginai qu'il allait réitérer ses excuses et tenter de me fournir de nouvelles justifications. Pourtant je me trompai. Ses intentions étaient toutes différentes et n'étaient en rien liées à notre rencontre de la veille, elles concernaient le futur immédiat. Sa voix résonna, sérieuse et ferme. Pas autoritaire, mais presque.

— Ne coupe pas, Blanca, s'il te plaît. Écoute-moi juste un instant, c'est important. Je sais que Darla souhaite te voir. Elle m'a également fait parvenir un message, elle m'a fixé rendez-vous à huit heures. Comme toi, je suppose. Elle dit qu'elle veut nous proposer quelque chose à tous les deux. Tu es encore là ?

— Oui.

— Bien. Ne t'avise pas d'aller seule chez elle. Attends-moi. Je te prends chez toi et nous y allons ensemble.

— C'est inutile, merci. Je saurai m'y rendre par moi-même, lui rétorquai-je sans demander d'explications à cette mise en garde.

Il y eut une pause de deux secondes, puis à nouveau sa voix.

— Comme tu veux. Mais n'y va pas avant l'heure et n'entre pas sans moi. Je t'attendrai à la porte. À huit heures précises.

Le plan que m'avait gribouillé Fanny sur une demi-page d'une écriture quasi enfantine me permit de localiser sa maison sans aucune difficulté. Du bout de la rue, j'aperçus une silhouette sombre assise sur les marches du perron.

— Fanny ne sera pas là, annonçai-je froidement en guise de salut. Elle m'a dit qu'elle passerait la soirée à l'église, mais qu'elle laisserait la porte ouverte. À ce qu'il paraît, sa mère est tombée récemment et elle ne peut pas marcher.

Au début, la réaction de Daniel ne s'exprima pas à travers sa voix, mais par ses mains. Il se leva, se mit à ma hauteur, m'agrippa par les épaules avec force et m'obligea à le regarder droit dans les yeux. Ces yeux qui, à la lueur jaunâtre d'un réverbère, ne respiraient ni la complicité, ni la tendresse, ni l'ironie de tant d'autres fois. Juste du sérieux et de la fermeté. Et peut-être aussi une pointe d'inquiétude.

Ensuite, il parla sans me lâcher.

— Écoute-moi bien, Blanca. Même si je ne renie rien de ce que je t'ai dit hier, j'y ai beaucoup réfléchi et je comprends parfaitement ta réaction. Je comprends que tu te sentes trahie, que tu te méfies de moi et que tu aies décidé de me chasser de ta vie. J'aurais réagi de même à ta place. Ou pire. Mais, à présent, je veux aborder un sujet complètement différent. Beaucoup plus immédiat.

Je ne répondis ni ne bougeai.

— J'ignore le contenu exact de ce que nous allons affronter là-dedans, cependant je ne prévois rien de bon. Je sais comment était cette femme autrefois, je doute fortement qu'elle ait changé au fil des ans. Ç'a toujours été une vraie salope, et j'imagine qu'elle l'est restée. Je crains donc que ce ne soit pas une simple visite de courtoisie. Peut-être que je me trompe, espérons que oui, mais d'après moi Darla n'a qu'un seul but : remuer la merde et rouvrir des blessures si l'occasion s'en présente. Et si ça se passe comme ça, je sais d'ores et déjà que je ne pourrai pas garder mon sang-froid.

« Ce que nous allons entendre ce soir révélera peut-être ce qu'il y a de plus bas en moi, de plus vil, mais je ne veux pas que tu interprètes faussement ce qui pourrait arriver ici. Le fait que Darla et moi revenions sur certains aspects du passé ne signifie pas que j'y sois ancré. Je t'ai déjà dit hier que j'ai cessé depuis longtemps de vivre accroché à la nostalgie du bonheur perdu. J'ai clairement délimité la frontière entre hier et aujourd'hui. Mes morts sont enterrés depuis de longues années et, même si j'essaie de défendre leur mémoire de tout mon cœur, je ne suis plus avec eux. Je suis au milieu des vivants. Ici, maintenant, avec toi. Tu me comprends, Blanca ? Tu me comprends bien ?

Il attendit ma réponse, ses yeux toujours rivés sur les miens. Ses grandes mains agrippées à moi avec force. Jusqu'à ce que j'acquiesce d'un léger hochement de tête. Un mouvement irréfléchi, instinctif, que je regrettai immédiatement. J'aurais dû lui demander davantage de précisions. Ou bien partir sur-le-champ, m'échapper de cette obscure histoire qui n'avait rien à voir avec moi.

Il ne me laissa pas le choix. Une ferme pression de ses mains sur mes épaules me transmit sa confiance. Et il me fut impossible de rebrousser chemin.

— Allons-y ! Plus tôt nous aurons fini, mieux ce sera.

36.

Il grimpa en deux enjambées les quatre marches du perron, frappa du poing sur la porte et entra sans attendre la réponse. Je le suivis. Nous débouchâmes directement dans le salon. Sombre, lugubre, bourré de meubles et de bibelots.

Une voix âpre surgit du fond, se frayant un passage dans un air rendu épais par le manque de ventilation et cette atmosphère décadente.

— Je voulais vous inviter à dîner tous les deux depuis des semaines, mais la nouvelle du départ de la professeure Perea m'a prise de court, j'espère que vous me pardonnerez de ne pas avoir eu le temps de prévoir quelque chose.

Une lampe blafarde éclairait la pièce. En face du fauteuil de la vieille femme, un téléviseur allumé, le son coupé, projetait ses reflets cathodiques sur son environnement immédiat. Elle était telle que je me la rappelais, avec son épaisse chevelure d'une blondeur nordique incongrue à son âge. Ses lèvres, d'un rouge intense, comme si elle se rendait à une fête, tranchait sur son visage sillonné de mille rides. Sa tenue, un vieux survêtement d'une couleur indéfinissable, indiquait en revanche qu'elle n'avait pas l'intention de sortir.

— Si vous avez faim, servez-vous dans le frigo. Il doit y avoir une cuisse de poulet et sans doute aussi un demi-paquet de pain et un peu de salade de chou de la semaine dernière.

La seule idée de manger me donna la nausée, mais Daniel se montra mieux élevé que moi.

— Tout va bien, merci, Darla.

— Asseyez-vous, au moins, mettez-vous à l'aise. Faites comme chez vous.

— Nous sommes un peu pressés, vois-tu. Dis-nous vite la raison de ton appel et nous te laisserons regarder tranquillement ta télé.

La vieille fit claquer sa langue.

— Ah, Carter. Carter, toi et ta hâte… Tu n'as pas changé… Je te revois… tu cherches ta salle de classe ou tu rejoins une de ces assemblées politiques ou tu réclames quelque chose au doyen… toujours en courant comme un dératé.

Il demeura imperturbable. Elle claqua de nouveau la langue.

— C'était le bon temps, hein, mon garçon ? Un très bon temps…

Toujours le silence en guise de réponse.

— Enfin, ajouta-t-elle face à son impassibilité marmoréenne, je constate que tu n'as pas tellement envie de t'abandonner à la nostalgie. Dommage, à vrai dire, parce que nous pourrions passer une excellente soirée en nous remémorant toi et moi certaines anecdotes. Tu te souviens de quand… ?

— La docteure Perea et moi aimerions savoir une bonne fois pour toutes pourquoi tu nous as demandé de venir.

Le ton de Daniel commençait à se dépouiller de la couche de fausse courtoisie qui avait marqué le début de la conversation. Darla soupira alors dans une attitude théâtrale.

— Bon, si tu t'obstines à ne pas vouloir perdre ton précieux temps dans un bavardage entre vieux amis, passons alors aux choses sérieuses.

— Et quelles sont ces choses sérieuses ?

— Les affaires, mon bon ami. On a beau s'efforcer d'avoir l'air intellectuel ou de ressembler à de purs esprits, on se retrouve toujours embarqué en fin de journée dans des histoire d'argent.

— Ça alors…, rétorqua Daniel en manifestant une indifférence évidente.

— Affaires, argent : je vends, tu achètes. Si mon offre vous intéresse, bien entendu.

— J'en doute, mais mets-nous au courant, à tout hasard.

— Laisse-moi d'abord saluer notre invitée. Comment allez-vous, docteure Perea ?

— Bien, merci, répondis-je sèchement.

Je n'aimais pas le tour que prenait cette visite. Je n'aimais pas Darla Stern, je n'aimais pas sa manière de s'adresser à Daniel et encore moins le traitement qu'elle me réservait sans doute. Elle me détailla longuement, les yeux mi-clos, la tête penchée d'un côté.

— Elles ont à peu près la même taille, non ? Et elles sont aussi minces l'une que l'autre, mais celle-ci a l'air un peu plus sérieuse, pas vrai, Carter ? L'autre riait davantage, elle était plus, plus… Et la couleur des cheveux ne correspond pas non plus…

— Arrête, Darla ! la somma-t-il.

— Pardon, mon cher, c'était une simple observation, répliqua la vieille femme sans se laisser intimider. Bien, revenons à nos moutons. D'après ce que j'ai compris, la professeure Perea a farfouillé dans les papiers de notre regretté Andrés Fontana.

Avant que j'aie pu réagir, Daniel parla à ma place.

— La docteure Perea, comme nous te l'avons déjà dit à l'occasion, a simplement effectué un travail de classement de son legs pour le compte de l'université.

— Vous me permettrez de rire un peu. L'université se fout du legs de Fontana, ses papiers étaient bouffés par les rats depuis des dizaines d'années. Puis tout à coup, surprise, surprise, une petite Espagnole vient y fourrer son nez. Et à cet instant précis l'illustre professeur réapparaît dans le coin, rôdant dans le campus comme autrefois.

— Eh bien, tu vois, commenta Daniel sans chercher à cacher son cynisme. Les hasards de la vie.

Nous nous tenions debout au milieu de la pièce. L'ambiance était de plus en plus lourde, de plus en plus surréaliste, avec les rafales lumineuses du téléviseur déformées par les mouvements muets des images.

— Ne fais pas le malin avec moi, Daniel. On m'a raconté que tu es devenu une vraie vedette universitaire, mais je te connais depuis bien trop longtemps. Et cette histoire, je ne la sens pas. Je ne la sens pas du tout. Tu as disparu comme un pestiféré après l'accident, tu n'es même pas resté pour pleurer les morts. Tu étais complètement perdu. Et soudain te revoilà. Avec quelles intentions ? À moi, on ne la fait pas. Je n'ai peut-être pas été aussi érudite que vous tous, mais je sais toujours que deux et deux font quatre.

— Personne n'en doute.

— Pour cette raison, parce que j'ignore ce que vous cherchiez précisément, il me semble que je possède quelque chose qui peut vous intéresser. Quelque chose dont celle-là, dit-elle en me désignant d'un mouvement de menton méprisant, déplore l'absence depuis des semaines. C'est ma Fanny qui m'a mise au courant. Quand elle était toute petite, je lui ai appris à me rapporter tout ce que son cerveau enregistre. Elle est ma fenêtre ouverte sur le monde. Elle m'a raconté que celle-là a besoin de certains des papiers de Fontana qui n'apparaissent nulle part. Et je suppose qu'elle en a besoin le plus vite possible, surtout si elle part bientôt...

— J'espère que tu n'as pas conservé des objets de lui qui ne t'étaient pas destinés.

La voix de Carter exprimait un mélange de stupeur et d'incrédulité. La vieille répondit du tac au tac, avec une spontanéité surprenante chez quelqu'un à l'aspect si fragile.

— J'allais me gêner ! N'oublie pas que c'est moi qui l'ai enterré ! Parce que toi, son grand ami, son fils adoptif, tu n'es même pas venu à ses obsèques.

— J'avais malheureusement d'autres obligations, précisa Carter avec une amère ironie. Enterrer ma propre femme dans sa patrie, par exemple.

— Et combien de fois tu t'es rendu sur la tombe de ton maître, ensuite ? Combien de fois tu as pensé à remettre de l'ordre dans ses papiers ?

— Je ne vais jamais dans les cimetières. Pas plus pour Fontana que pour ma femme ou n'importe qui d'autre. Ils sont dans ma mémoire et dans mon cœur, je me contrefiche de ce qui reste dans la tombe, dit Daniel avec exaspération. Et nous allons maintenant arrêter de perdre notre temps. Explique-nous une bonne fois pour toutes ce que tu as qui est censé nous intéresser.

Il avait répondu à la première question, à son absence de visites sur la tombe de Fontana, toutefois il avait fait la sourde oreille à la seconde, son indifférence vis-à-vis du legs. Cela n'empêcha pas Darla de continuer.

— Un tas de cartons remplis de documents vieux comme Mathusalem, voilà ce que j'ai. Les derniers sur lesquels il a travaillé. Dans ton obsession pour fuir tout ce qui s'était passé ici, tu as dû aussi chasser de ton esprit les travaux du Guevara Hall pendant les semaines précédant l'accident. Tout était sens dessus dessous, Fontana a donc rapporté ces papiers chez lui pour les étudier, et c'est moi qui l'ai aidé à les transporter. Je me souviens encore du poids de ces cartons, qui pesaient une tonne. Je me suis même cassé deux ongles en les traînant. Je n'ai jamais eu la moindre idée de leur contenu, je ne comprends rien à votre maudite langue et je me suis toujours désintéressée de ses affaires universitaires. Mais il s'est plongé pendant un certain temps dans tout ce fouillis, il y avait des papiers éparpillés partout jusqu'à la fin.

Daniel entrouvrit la bouche, muet. Déconcerté, stupéfait. Se culpabilisant à cause de sa négligence, incapable d'exprimer sa réaction avec des mots.

— Où sont-ils, maintenant? demandai-je sans pouvoir me contenir.

La vieille émit un ricanement.

— Vous croyez que je suis gaga, que je vais tout vous avouer comme ça, simplement?

— Qu'est-ce que tu veux en échange? l'interrompit Daniel.

— Je te l'ai déjà dit, mon chéri, de l'argent. Qu'est-ce que je peux vouloir d'autre? Je suis une pauvre vieille invalide qui vit dans cette saloperie de maison. Garantissez-moi un avenir meilleur et vous aurez les documents pour en faire ce qui vous plaira, vous pourrez même vous torcher avec.

Je supposai que Daniel couperait court à ce chantage, qu'il ne céderait pas face à une aussi vile tentative d'extorsion; il existait sans doute des moyens plus orthodoxes et moins coûteux de récupérer le tout. Mais, comme bien souvent ces derniers temps, je me trompai. Il lui fallut à peine deux secondes pour entamer la négociation, dans laquelle il m'inclut à ma grande surprise.

— Nous devrons d'abord vérifier que ces documents présentent un intérêt pour la docteure Perea.

— Ça me paraît génial : vous les regardez, vous en parlez entre vous et vous décidez si le marché vous convient ou non. Je ne vous accorde qu'une seule chance. Demain, à dix heures du matin, un avocat sera présent ici. Vous aurez quinze minutes pour évaluer le contenu des cartons. Si vous le trouvez intéressant, vous partez avec. Sinon, je me débrouillerai pour que tout soit détruit le jour même, au cas où vos intellects sophistiqués s'imagineraient pouvoir escroquer une pauvre vieille et lui faucher tout ce matériel d'une autre façon. Le prix, par ailleurs, ne sera pas trop élevé, une somme presque symbolique.

— Symbolique à peu près comment ?

— Symbolique comme le montant d'un deux-pièces dans un complexe résidentiel pour personnes handicapées.

La demande de Darla arracha un éclat de rire à Daniel. Rauque et amer.

— Tu as perdu la tête !

— En réalité, je suis plus que généreuse avec toi, Carter. Si tu m'avais donné dès le début ce qui me revenait, j'y aurais largement gagné.

— J'ignore de quoi tu me parles.

La réponse se fit attendre un moment. Pour la première fois depuis notre arrivée, la vieille semblait soupeser ses paroles pour atteindre sa cible sans risque d'erreur.

— Tu as gardé l'argent de Fontana qui nous était destiné, reprit-elle avec une lenteur calculée. Celui qu'il avait mis au nom de ta femme dans son testament, quand elle l'a embobiné.

— Attention à ce que tu dis, Darla, attention ! la prévint Daniel en levant un doigt menaçant.

— Je sais exactement de quoi je parle. Ta femme a séduit Fontana. Et il a fini par lui laisser son fric, celui qui finalement est tombé entre tes mains. Celui que nous aurions dû recevoir, ma fille et moi, si vous n'aviez pas débarqué par ici et si lui ne s'était pas amouraché d'elle comme un vrai imbécile.

Ma peau se hérissa en l'entendant. Daniel répondit en desserrant à peine les lèvres.

— Tu dis n'importe quoi…

— Je sais parfaitement ce que je dis. Parfaitement. Andrés Fontana était fou de ta femme, et elle entrait dans son jeu. Elle traînait toujours près de lui, avec ses cheveux longs, avec son sourire permanent. Chaque fois qu'elle arrivait au département, il était déboussolé. Toi, tu lui consacrais tout juste deux minutes : un petit bisou, une petite blague, et à nouveau plongé dans ton travail. Et alors elle allait le voir, lui, et il la dévorait des yeux. Il devenait soudain quelqu'un de différent, tendre comme un agneau. Pendant toutes les années que je l'ai connu, je ne l'ai jamais entendu rire comme avec elle. Il l'adorait, Carter, et toi, tu ne t'en rendais même pas compte.

— Elle essaie seulement de te provoquer, Daniel, lui dis-je à voix basse. Partons, ne la laisse pas continuer.

— Tu vois? Elle fait pareil pour t'enjôler, celle-ci, elle emploie ce maudit espagnol. Parce que ta petite copine, comme l'autre, elle doit bien avoir un mari, non?

Je préférai ne pas répondre. Lui, en revanche, ne parvint pas à se maîtriser.

— Ça ne te regarde pas! Fiche-lui la paix! tonna-t-il.

Avec un mouvement impulsif, peut-être pour me protéger, peut-être pour se protéger lui-même, il m'agrippa la main.

— C'est une affaire entre toi et moi, Darla, ne t'attaque pas à elle!

— L'histoire se répète toujours, à la fin. Nous, les humains, nous sommes vraiment des idiots, continua Darla sans se laisser impressionner. La femme jeune et maligne séduit l'homme mûr, et l'homme mûr, qui se croyait encore plus malin, tombe dans le piège comme un collégien. Je ne sais pas si on t'attend chez toi, à Santa Bárbara ou n'importe où ailleurs, tandis que tu fais le beau, ici, avec celle-ci, mais Fontana, lui, il avait quelqu'un quand ta femme l'a dragué. Il m'avait, moi.

Cette fois-ci, elle fut interrompue par un éclat de rire cassant de Daniel.

— Fontana n'avait rien à voir avec toi. C'était juste un brave homme qui avait pitié de toi et de ta fille.

— Il était à moi avant que vous n'arriviez! hurla la vieille en décollant le dos de son fauteuil avec colère. Il veillait sur Fanny et sur moi, et il nous avait prises en charge depuis que mon ivrogne de mari nous avait abandonnées. Et puis il a fallu que vous veniez, vous, les merveilleux Carter, pour tout foutre en l'air. Ta femme l'a embobiné, il est tombé dans ses filets et il nous a négligées.

— Il en avait assez de toi, Darla, rétorqua Daniel.

Il essayait de se dominer et n'y parvenait qu'à grand-peine.

— Assez de tes caprices et de tes exigences, de ton comportement insolent avec lui et avec nous tous. J'ignore ce qui s'est passé entre vous avant notre arrivée à Santa Cecilia, il a préféré ne pas me le raconter. Vous avez peut-être eu une aventure, c'est possible. En revanche, je suis sûr qu'il ne restait plus rien des sentiments qui auraient pu exister ou non entre vous. Absolument plus rien. Nous avons été une libération pour lui, un souffle d'air frais. Grâce à Aurora et à moi, il a réussi à s'éloigner encore plus de toi.

— Et tu sais quoi ? poursuivit Darla, faisant la sourde oreille à ses paroles. Tout ce qui s'est produit ensuite est ta faute. Il fallait la surveiller davantage, garder un œil sur elle. C'était ta responsabilité : tu l'as arrachée à son pays, tu l'as séparée de sa famille et de son monde. Tu l'as traînée avec toi jusqu'à une terre étrangère, mais sans être capable de la protéger suffisamment. Si tu avais été plus attentif, sans doute que rien ne serait arrivé.

Je me rappelai les paroles de la veille dans mon appartement. Les réflexions de Daniel à ce sujet, la lourde culpabilité qu'il avait déchargée pendant tant d'années sur Fontana.

— Qu'est-ce que tu connais de ma vie avec ma femme, bordel ! hurla-t-il, furieux.

Tenant encore ma main dans la sienne, il donna un coup de pied dans une chaise avec une telle rage qu'un tas de bibelots furent projetés en l'air et s'écrasèrent contre le mur. Le sol fut jonché de porcelaines décapitées, de débris de céramique et de souvenirs. La vieille femme se désintéressa de la casse et poursuivit, impassible :

— Je vous voyais, je vous observais, je me rendais compte de tout. Elle passait son temps dans le coin, elle entrait et elle sortait à sa guise. Et toi, pendant ce temps-là, dans ton bureau, tapant la journée entière sur cette machine à écrire qui résonnait dans tout l'étage du Guevara Hall. J'ai encore l'impression de t'entendre marteler les touches, clic ! clac ! et ensuite ces coups que tu collais au chariot, comme une brute, vlang ! vlang ! Et vas-y que je retape dessus, mon Dieu, quel supplice ! Mais tu vivais étranger à tout, uniquement préoccupé par tes aspirations professionnelles. Tu voulais t'en aller d'ici, tu t'en souviens ? C'était trop petit pour toi, tu voulais partir à Berkeley, poursuivre ta carrière dans une grande université.

— Arrête, Darla..., insista-t-il en essayant de retrouver son calme.

Sa patience paraissait néanmoins avoir atteint ses limites.

— Tu étais le professeur le plus populaire de l'université, le plus authentique, le plus amusant, le plus beau, continua-t-elle, semblable à un bulldozer. Et quand tu n'étais pas enfermé dans ton bureau, ou en train de donner des cours dans des salles toujours pleines, ou invitant tes élèves à ces fêtes, chez toi, qui duraient jusqu'au bout de la nuit, tu les excitais, sur le campus, avec tes harangues contre la guerre au Vietnam, avec tes sermons contre le système. Tu as oublié ça, aussi ? On t'a averti plusieurs fois, tu as été fiché.

— Ça suffit, Darla, arrête, s'il te plaît...

— Fontana et ta femme sont morts ensemble à cause de ton égoïsme, parce que tu as fermé les yeux sur ce qu'il y avait entre eux, parce que tu étais absorbé en permanence par ton propre univers. Tu aurais dû être au courant et ne pas tolérer ce genre de relation. Tu aurais dû les séparer. Si tu l'avais fait, ni ta femme ni mon homme n'auraient connu ce cruel sort.

Un silence tendu se répandit de nouveau sur le salon lugubre. Daniel se préparait à répondre, il réfléchissait, mettait ses pensées en ordre et choisissait ses mots. Je compris alors que tout était déjà allé trop loin. Darla l'entraînait vers l'abîme, et il la suivait dans son jeu macabre.

Je dégageai ma main et lui attrapai le bras.

— Allons-y, ordonnai-je en le tirant en arrière. Tout de suite.

— Une minute, Blanca, plus qu'une minute et c'est fini.

Changeant de ton et de langue, il se tourna aussitôt vers la vieille.

— Trop de temps s'est écoulé, Darla, et on ne peut plus revenir en arrière. Rien de ce que tu me dis aujourd'hui ne ramènera auprès de moi les absents. Tes délires, qu'ils soient vrais ou non, n'atténueront pas l'immensité de ma souffrance d'autrefois, mais c'était hier, et j'ai désormais oublié cette époque terrible. Voilà pourquoi je te demande, s'il te plaît, d'en finir avec cette rencontre.

— Toi, procure-moi l'argent pour un appartement adapté à des gens comme moi, et tout sera terminé.

— Des gens comme toi ? Des gens aussi décrépits ou aussi méprisables ?

— Eh bien, eh bien, dit-elle avec un petit rire cynique, je constate que tu as conservé intact ton esprit, professeur. J'en déduis que toutes les saletés que tu as avalées ne l'ont pas complètement rongé. Le grand universitaire t'a avoué ses occupations quand il s'est enfui de Santa Cecilia, Perea ? Il t'a expliqué pourquoi il a perdu son poste ? Je ne connais qu'une partie de l'histoire, mais elle est passionnante. Raconte-lui, Carter, à ta nouvelle salope espagnole, raconte-lui pendant que tu la baises, ce soir, si tu réussis encore à bander.

— Maintenant, partons, Blanca, déclara enfin Daniel sans relever les obscénités. Et excuse ce spectacle lamentable, ce n'est qu'une vieille pathétique qui accumule de la rancœur depuis trente ans.

— Aïe, aïe, aïe, ne sois pas si méchant avec moi, mon chéri, répliqua Darla avec une apparente docilité débordant d'hypocrisie. Demain, à dix heures. N'oubliez pas.

— Nous y réfléchirons. Et à présent, si tu le permets, nous nous tirons. Nous avons entendu assez d'horreurs pour ce soir.

Laissant la vieille recroquevillée dans son fauteuil, nous gagnâmes la sortie. J'eus du mal à refréner mon soulagement, mon envie de crier, de respirer l'air de la nuit, de sortir de nouveau dans le monde réel.

Au moment d'ouvrir la porte, sa voix nous arrêta cependant.

— Carter !

Un croassement plutôt qu'un cri. Un hurlement âpre qui nous vrilla les oreilles.

Nous nous retournâmes de concert. Je compris en un éclair que je m'étais de nouveau trompée : il manquait une chute à cette fête sinistre.

Elle était enfoncée dans son siège, avec son rouge à lèvres qui avait bavé tout autour de sa bouche et cette chevelure de poupée bas de gamme répandue sur le dossier du fauteuil, se préparant à décocher sa dernière flèche empoisonnée.

— Peut-être qu'il ne serait rien arrivé de tout cela si tu avais été capable de donner à ta femme ce qu'elle réclamait à cor et à cri.

Un silence effroyable précéda le projectile.

— Un enfant, par exemple.

37.

Darla Stern laissa échapper un dernier éclat de rire, un ricanement perçant et effroyable. Je me tournai machinalement vers Daniel et observai son visage; je le vis plisser les yeux et aspirer de l'air par le nez. Prévoyant sa réaction, je l'agrippai par le bras, mais il me repoussa, fit un pas en avant et brandit un poing serré. Il se ruait sur Darla, à l'aveuglette. Je n'hésitai pas : je savais qu'il me fallait le sortir à tout prix de là. L'éloigner de Darla, de ce corps rabougri courbé sous le poids des années, des os et de l'arthrose. Il la réduirait en miettes s'il parvenait à l'atteindre.

Je me plaçai devant lui. J'appuyai mes deux mains sur sa poitrine, l'empêchant d'avancer. Lui, de son côté, hurlait. Le poing menaçant toujours en l'air, le cheveu en bataille, lançant, fou de rage, les injures les plus extravagantes dans un flot irrépressible. Je fis alors preuve d'une autorité qui me surprit moi-même.

— Ça suffit. C'est une folle et une provocatrice. N'entre pas dans son jeu, résiste.

J'eus le plus grand mal à le maintenir plus ou moins immobile pendant un instant qui me parut interminable, puis la tension de son corps se relâcha. Je l'attrapai de nouveau par le bras, le tirai en arrière de toutes mes forces, et parvins finalement à l'entraîner en dehors de ce décor grotesque.

Je ne lui demandai pas s'il était venu en voiture ; nous nous mîmes à marcher par pure force d'inertie. Muets et abattus, dépassés tous les deux par la violence de cette rencontre.

Il avait plu, les rues étaient vides, on n'entendait que le bruit de nos pas sur le sol mouillé. Nous déambulâmes un long moment au hasard, tandis que j'étais assaillie par mille questions et autant de doutes. Pourtant je préférai me taire et qu'il en fasse autant, jusqu'à ce qu'il s'arrête et me regarde.

— Aurora était enceinte. Elle avait déjà fait deux fausses couches, c'était notre troisième espoir, la plus avancée de toutes ses grossesses. Elle avait des problèmes pour les mener à bout. Elle mourait d'envie d'avoir un enfant, et malgré tout elle supportait l'adversité avec une force d'âme admirable. C'était une femme magnifique, un être exceptionnel.

Il n'ajouta rien ; je me contentai d'acquiescer d'un hochement de tête. Nous reprîmes notre marche silencieuse le long des rues et des places désertes. Tout était désormais fermé, les restaurants, les boutiques, les cafés. À l'exception de quelque automobile de loin en loin, nous étions absolument seuls dans cette zone.

— Toi aussi tu as eu parfois des soupçons, n'est-ce pas ?

Je fus moi-même surprise de ma question. De mon audace, de mon intrusion dans sa vie privée. Mais j'avais besoin de savoir, dans mon for intérieur. Et il le comprit.

— Parfois ? Non. J'y ai pensé des centaines de fois, Blanca, des milliers de fois.

Il attendit un instant, avala péniblement sa salive ; je l'entendis ingurgiter, puis il reprit.

— J'ai passé trois années hors du monde, absent, perdu, sans le moindre contact avec la réalité. Trois années, c'est assez de temps pour commettre quelques idioties et aussi pour penser.

— Et quelle a été ta conclusion ?

— Que lui est tombé amoureux d'Aurora en silence, dit-il d'une voix nouée par l'émotion. Et qu'elle ne l'a jamais su.

Il se tut de nouveau et réfléchit avant de continuer.

— Il avait déjà perdu ses illusions, était désenchanté à la suite de plusieurs relations sentimentales tortueuses qui n'avaient débouché sur rien. Il se sentait vieillir et s'était résigné à terminer sa carrière et sa vie sans trop de complications.

— Et c'est à ce moment que tu es apparu avec elle...

— Plutôt : elle est apparue dans tout son éclat. Avec sa joie de vivre et sa tendresse, incarnant l'âme de la vieille patrie qu'il n'avait jamais revue. Et lui, qui malgré son corps de taureau avait le cœur fragile, comme tous les hommes, il s'est épris d'elle alors qu'il se croyait à l'abri.

Sa voix se brisa un peu. Je décidai donc de ne plus l'interroger, je n'avais pas besoin d'en savoir davantage. Toutes les pièces étaient en place. Achever le puzzle n'avait pourtant pas été sans répercussions. Ni pour moi ni pour lui. Son visage contracté trahissait sa souffrance, de même que la tension de son corps proche du mien, dans un silence qu'il n'interrompit plus.

Nos pas nous ramenèrent à son appartement; peut-être allai-je moi-même instinctivement dans cette direction. Je le suivis à l'intérieur. Sans allumer la lumière, il ôta sa veste, la laissa tomber par terre et s'effondra dans un fauteuil.

Je gagnai le coin cuisine, toujours dans l'obscurité. Ce fut facile, il n'y avait presque pas de meubles et peu d'obstacles à franchir. Comme mon logement, celui-ci était un lieu de passage sans traces ni vestiges des individus qui y séjournaient occasionnellement. Je cherchai dans les armoires à moitié vides, seulement éclairée par le reflet jaunâtre d'un réverbère derrière les carreaux. Au milieu de quelques coupes dépareillées et de trois ou quatre assiettes à soupe, je découvris une bouteille de Four Roses à demi pleine. Je servis deux verres généreux, lui en donnai un. Il ne me remercia pas, ne me regarda même pas. Il le saisit et but une longue gorgée. Je l'imitai : nos esprits durement secoués avaient besoin d'un peu de soutien pour assumer le caractère sinistre de la situation. Pour atténuer les ravages de la bataille.

Nous n'échangeâmes aucun mot pendant un long moment. Finalement, je me levai; il était avachi, absorbé dans ses pensées. Jambes écartées et mains jointes, tenant le verre vide. Je le pris d'entre ses doigts et le posai sur la table. Je m'assis sur l'un des bras de son fauteuil, passai ma main sur ses cheveux, sur sa barbe blonde, sur les traits de son visage encore tendus.

— Je rentre chez moi.

Il me rappela avant que j'eusse atteint la porte. D'une voix rauque, assourdie, comme si elle sortait d'un puits. Du puits de l'horreur insondable qu'il venait de revivre.

Je me retournai.

— Ne pars pas. Reste avec moi cette nuit.

Je rebroussai chemin sans répondre et me pelotonnai contre lui, chacun de nous réglant ses comptes avec ses propres démons. Beaucoup plus tard, toujours sans éclairage et les yeux rivés sur le mur, il recommença à parler.

— Je n'ai jamais trouvé une explication cohérente justifiant un comportement aussi insensé pendant toutes ces années ; j'ignore s'il s'agissait d'un acte de rébellion ou de lâcheté, ou d'une simple réaction animale face au désespoir et à la douleur, mais, après l'accident, je ne me suis pas senti la force de vivre seul à Santa Cecilia, et j'ai décidé de m'enfuir sans même finir les cours, sans rien dire à personne et sans avoir la moindre idée de l'endroit où j'irais. À la fin, après avoir erré le long de la côte mexicaine du Pacifique, je me suis installé presque trois ans dans une bourgade de pêcheurs près de Zihuatanejo. Trois ans pendant lesquels je n'ai absolument rien fait d'autre que me torturer le corps et l'âme. Je n'ai pas lu un livre, pas ouvert un journal, pas écrit une seule ligne. J'ai juste avalé toutes les saloperies que j'ai trouvées et je me suis isolé dans mon désespoir ; je n'avais que la peau sur les os, j'étais habillé comme un clochard et je ne parlais à personne. Mon activité se résumait à contempler l'océan et à consommer des cochonneries.

— Jusqu'à ce que Paul Cullen aille te chercher, supposai-je, me rappelant notre conversation du jour où j'avais connu l'ex-mari de Rebecca. C'est pour cette raison que tu m'as dit, le soir de Thanksgiving, qu'il avait été témoin de ton propre enfer.

Il esquissa un sourire amer dans la pénombre.

— Il devait subsister une étincelle de lucidité dans ma pauvre tête puisque j'ai donné signe de vie, au bout d'un certain temps, et appelé les Cullen. Paul est arrivé. Quand il a découvert mon état, il a décidé de rester. Il m'a coupé les cheveux et les ongles, il m'a rasé, il m'a obligé à manger comme si j'étais un enfant. Il a soigné les plaies et les piqûres que j'avais sur tout le corps, et il m'a serré dans ses bras, de la même façon qu'il cajolait ses petits les nuits où ils avaient de la fièvre ou des cauchemars.

— Mais il n'a pas réussi à te faire rentrer...

— Je n'étais pas encore prêt et il l'a compris; j'ai dû attendre que mon deuil pathétique prenne fin. J'ignore toujours pourquoi je me suis fourré dans cette impasse, ajouta-t-il en haussant les épaules, je te jure que je n'en ai pas la moindre idée. En tout cas, je suis finalement parvenu à m'en sortir. Pour Aurora et pour moi-même; pour sa mémoire, pour ma raison et pour ma dignité. Lorsque j'ai été en mesure d'analyser ce que j'étais devenu, je me suis retrouvé face à un ex-toxicomane aussi isolé qu'un chien galeux, plus pauvre que Job et sans aucune perspective professionnelle dans l'immédiat. Malgré tout, j'avais réappris à vivre, debout, tête haute. Prêt à me battre pour être de nouveau heureux, mais peut-être pas tout à fait assez pour que quelqu'un défonce à coups de pied cette porte que je croyais fermée à double tour.

Les premiers rayons du soleil inondaient l'appartement lorsque je me réveillai. Il ne me fallut guère plus de deux secondes pour savoir où j'étais et me souvenir en un éclair de la nuit précédente. J'étais allongée sur le canapé, mais la place qu'il avait occupée était vide. Au fond, derrière une porte close, on entendait le bruit d'une douche. Par terre, des chaussures de sport qui n'étaient pas là auparavant, sans doute les vestiges d'un jogging matinal. Avait-il réussi à se reposer un peu? J'imaginai que non.

En me levant, je remarquai que ma tête pesait des tonnes. J'avais la bouche pâteuse, les articulations bloquées et les douloureux symptômes d'un torticolis. Pieds nus et engourdie, je préparai une cafetière. Les deux verres où nous avions bu étaient dans l'évier, la bouteille de bourbon dans la poubelle, vide.

Il apparut bientôt. Les cheveux mouillés, les vêtements propres et les yeux vitreux, il se dirigea vers moi en repliant les manches de sa chemise noire. Noire comme son humeur, comme son âme. Nous ne prononçâmes pas un mot, je lui tendis simplement un café. Il approcha ses deux mains de la mienne. Avec la gauche, il prit la tasse, la retira de mes doigts et la posa sur le plan de travail. Avec la droite, il m'attira vers lui.

— Viens ici.

Il m'étreignit.

— Merci de ne pas être partie. Ç'a été une nuit très longue. Très longue et très triste, une nuit où tous les coups étaient permis. Je n'avais jamais pensé que les fantômes pourraient revenir avec autant de force.

J'appuyai mon visage contre sa poitrine et je fermai les yeux, encore à moitié endormie. Nous restâmes ainsi une éternité.

38.

À midi, nous étions de retour pour la seconde fois dans l'appartement de Daniel et nous sortions du coffre de sa voiture les derniers tas de documents.

Auparavant, quand nous avions enfin repris pied dans la réalité, il m'avait informée de ses décisions nocturnes.

— Tu as vraiment l'intention de lui donner l'argent pour s'acheter un appartement contre plusieurs caisses de papiers dont tu ne connais même pas le contenu? demandai-je, incrédule.

— Je préfère courir ce risque plutôt qu'elle ne les brûle ou n'en fasse des confettis. En plus, c'est l'argent de Fontana qui va servir à payer, l'héritage qu'il a légué à Aurora sans soupçonner qu'ils mourraient tous les deux ensemble. Je n'y ai jamais touché, sauf pour financer ta bourse. Mais il y a largement assez; ses économies, d'abord, et une assurance-vie confortable. Au fil du temps tout cela a produit des intérêts et s'est transformé en une petite fortune. J'ai toujours envisagé de donner cette somme à l'université ou à une institution humanitaire, en aucun cas je ne l'aurais dépensée pour moi.

— Je continue à ne pas comprendre…

— Je ne tiens pas du tout à ce que Darla ait une meilleure qualité de vie dans sa déchéance; pour ce qui me concerne, elle peut bien crever la gueule ouverte. Mais j'ai au moins une consolation : à la longue, c'est la pauvre Fanny qui en profitera, elle sortira de cette maison misérable et aura un logement digne dont elle héritera. Je ne pense donc pas que ce soit la pire des solutions. Je suis sûr que Fontana aurait apprécié cet emploi de son argent.

Je n'insistai plus, ce n'étaient pas mes affaires, pourtant je n'étais pas entièrement convaincue et je m'interrogeais encore tandis qu'il téléphonait à sa banque et réglait les formalités.

À dix heures pile, conformément à notre accord, nous retournâmes chez Darla Stern. La lumière du jour ne parvenait pas à rendre l'atmosphère moins pathétique, tout restait aussi sordide que la veille au soir : les bibelots éparpillés par terre, une chaise renversée, le téléviseur allumé et sans son et ces relents nauséabonds de déchéance flottant dans l'air. La vieille était toujours dans son fauteuil, elle ne s'était sans doute pas couchée de la nuit. La seule différence, ce fut qu'elle se tut pendant toute la visite. Muette, à moitié assoupie, les yeux fermés. Peut-être sous sédatifs, peut-être épuisée. Ou bien elle faisait semblant, tout simplement.

Un homme corpulent, avec des lunettes cerclées de métal et une grosse bague en or au petit doigt, se présenta comme son représentant légal en charge de la transaction.

Il nous conduisit au garage en passant par la cuisine, sale, déglinguée et exhalant une légère odeur de pourriture. Il ouvrit ensuite difficilement une porte en la décoinçant d'un coup d'épaule. Il s'écarta, nous invita à entrer dans une sorte de décharge ou de débarras, où l'on pouvait à peine bouger, tant l'endroit était encombré de débris et de toiles d'araignée, de montagnes de sacs-poubelle attachés par des liens et de piles de journaux vieux de plusieurs dizaines d'années. À la lueur lugubre d'une ampoule couverte de crasse et d'insectes morts, l'avocat désigna un tas de cartons entassés contre un mur.

Tandis que Daniel négociait avec lui sans prendre la peine de lui cacher son antipathie, j'ouvris l'un des cartons pour examiner l'objet du chantage. Bien que la situation fût des plus répugnantes, je poussai un soupir de soulagement. En effet, je n'eus pas à fouiller beaucoup pour vérifier que tout cela correspondait aux documents manquants de Fontana.

Là se trouvait sans doute ce que j'avais tellement cherché pendant des semaines, presque des mois, alors que le fil conducteur des travaux de mon compatriote m'avait totalement échappé. Quoique jaunis et froissés, ces papiers au milieu d'une immense pagaille contenaient à coup sûr les éléments indispensables pour rendre cohérente la dernière étape de l'héritage.

La voix de Daniel me tira de mes pensées; il n'eut qu'à prononcer mon nom avec une nuance interrogative. Je lui répondis d'un geste. Concis et bref, définitif. Il sortit alors un chéquier de la poche intérieure de sa veste et apposa sa signature sur plusieurs chèques dont la main baguée de l'avocat s'empara aussitôt. Darla, en apparence étrangère à la transaction, continuait à somnoler dans le salon.

Il nous fallut plus de deux heures et deux voyages pour tout emporter en dehors de ce garage sinistre et remplir à ras bord le coffre et les deux places arrière de la Volvo de Daniel. Nous parlâmes à peine pendant les deux trajets, et pas davantage en transportant les cartons dans l'appartement, ni lorsque nous les contemplâmes, perplexes, comme s'il s'agissait d'un bataillon d'aliens au milieu de la pièce. Finalement, ce fut lui qui brisa le silence.

— Et à présent, qu'est-ce qu'on fait?

— Je ne sais pas, Daniel, je ne sais pas..., murmurai-je.

J'aspirai de l'air à pleins poumons, le rejetai.

— Je devine à quoi tu penses, et je crains que la réponse soit non. C'est trop tard, je suis désormais en dehors de cette histoire. En plus, je rentre chez moi très bientôt, tu le sais.

Je gardai mon regard fixé sur les cartons tandis que je sentais le sien sur moi.

— Tu ne peux pas ou tu ne veux pas?

— Je ne peux pas m'en charger, c'est une trop grosse masse de documents. Et, après tout ce qui est arrivé ces derniers jours, je n'ai plus de forces. Je ne serais pas capable de le faire en si peu de temps, c'est énorme, tu ne le vois pas? dis-je en montrant les caisses pleines dans un geste d'impuissance.

— Mais tu ignores aussi si tu le veux.

J'allai dans sa salle de bains sans lui demander la permission, lavai mes mains crasseuses. Autour de moi, les quelques objets d'un homme habitué à vivre seul. Brosse à dents et dentifrice, rasoir, une grande serviette accrochée au mur. Dans un coin, par terre, les vêtements sales du jogging matinal ; sur un rayon, une radio. Pas trace de produits superflus.

— Il s'est passé beaucoup de choses inattendues au cours des derniers jours, dis-je en retournant près de lui tout en finissant de sécher mes mains sur mon pantalon.

Il n'avait pas bougé, il fixait toujours les documents, ou en tout cas en avait l'air.

— Des choses qui nous ont bouleversés tous les deux, qui nous ont séparés, puis rapprochés…

— Tu es encore persuadée que je t'ai trompée, me coupa-t-il.

Nous levâmes les yeux ensemble. Les siens clairs, les miens sombres. Les siens fatigués, les miens également.

— Il me semble que je n'ai pas été capable de t'expliquer à quel point je regrette, poursuivit-il. Je pourrais te le répéter du matin au soir, et, malgré tout, il me serait impossible d'assumer ma maladresse. Je me suis conduit comme un imbécile et un lâche, je comprends ce que tu ressens et je donnerais n'importe quoi pour repartir d'un bon pied dans cette histoire. Malheureusement c'est exclu, Blanca. Dorénavant, nous devons regarder devant nous, il n'existe aucune façon de revenir en arrière. Voilà pourquoi je te supplie de remettre le compteur à zéro. De redémarrer ensemble sans rancœur.

Nous nous tenions debout devant les cartons, les bras croisés, immobiles.

— Tout devrait être fini la semaine prochaine, ajouta-t-il. Le délai pour introduire un recours contre le projet de Los Pinitos tombe le même jour que ton départ, tu ne serais pas obligée de changer la date.

— Il existe une solution beaucoup plus simple, Daniel : tu reprends le flambeau. Tu peux réaliser ce travail aussi bien que moi. Comme tu me l'as dit, nul besoin d'être spécialiste de quoi que ce soit. Il suffit d'appliquer de la rigueur et de la méthode.

— On n'a plus le temps, je serais incapable d'avancer à ton rythme, je devrais me replonger dans les documents précédents, tout revoir pour savoir exactement quoi chercher.

Et c'est sans doute trop tard. Dans les limites qui nous sont imparties, tu es la seule, en ce moment, à avoir une idée précise du déroulement des travaux : les antécédents, les lacunes à combler, les liens entre certains documents et d'autres, les pièces du puzzle qui restent à emboîter. La seule personne susceptible de clore définitivement ce chapitre, c'est toi.

Je quittai l'appartement, arc-boutée sur mon refus.

Je gagnai mon bureau, je donnai mon dernier cours de culture espagnole cet après-midi. Mais j'avais encore un travail à finir avant.

J'eus beau m'efforcer de me libérer l'esprit et de reprendre le cours d'une vie normale, les événements et les émotions des deux derniers jours avaient été si intenses qu'ils avaient bouleversé mes perceptions et mes sentiments. Il me fut ainsi très difficile de me concentrer sur ma tâche et je me trompai sans cesse de touches sur le clavier de mon ordinateur. Mes sens étaient en ébullition et mon cerveau ailleurs.

Au bout d'un long moment totalement improductif, je détachai mon regard de l'écran pour fixer les tas de documents ordonnés et classés, l'héritage de Fontana qui n'était au début qu'un amas de paperasses informe.

Ayant désormais renoncé à l'espoir de m'absorber dans mon travail, je m'enfonçai dans mon fauteuil et pensai à Fontana. Je me rappelai son visage énergique sur les vieilles photographies de la salle de réunion : sa barbe sombre, ses yeux vifs et perçants. Je revoyais mentalement ses écrits, ses lettres et les milliers de notes rédigées de son écriture ferme. Et, mêlé à tout cela, je reconstituai son parcours pendant les cinquante-six années de vie que lui avait accordées le destin. Pendant des mois, j'avais imaginé qu'il était mort beaucoup plus âgé. Mon vieux professeur, disait souvent Daniel, mais à présent il le dépassait en âge.

Presque à mon insu, des bruits et des images commencèrent à envahir ma tête, des flashs imaginaires de sa fin tragique. Phares aveuglants, coups de volant, crissement des pneus. Elle, le visage décomposé, ses doigts agrippés à lui comme des serres alors que le compte à rebours avait déjà débuté. Lumières éblouissantes, vitres brisées, cris. Le tambourinement des gouttes de pluie quand tout fut terminé, puis le silence. Et finalement l'obscurité.

Je me levai, m'approchai de la fenêtre. Debout, l'épaule appuyée contre le rebord et le visage à quelques centimètres de la vitre, je contemplai le campus presque désert à cette heure. Les élèves suivaient leurs derniers cours ou étaient en train de réviser leurs examens, l'automne se consumait, annonçant l'imminence de l'hiver, les feuilles mortes s'amoncelaient sur l'herbe et les branches des arbres montraient leur nudité sans pudeur.

Les paroles de Darla Stern me revinrent en mémoire, ainsi que le dernier épisode, peut-être avéré, dans l'existence du professeur. De même que Daniel, la vieille femme était convaincue qu'il était tombé amoureux d'Aurora. Était-ce le cas ? Le fils du mineur séduit par la femme de son pupille et ami, quelqu'un à jamais inaccessible. Attiré, au plus profond de lui-même, par cette compatriote jeune et belle dont il était séparé par une barrière infranchissable.

Je me tournai de nouveau vers les piles de documents classés. Une idée aussi vague qu'insistante prenait forme. Une intuition, un pressentiment. Quelque chose de diffus qui me soufflait que ces papiers cachaient peut-être une preuve, une information qui m'était passée sous les yeux et que je n'avais pas su découvrir.

Je regardai l'heure, indécise. Plus que cinq minutes avant mon dernier cours à Santa Cecilia. Le premier adieu.

Une heure plus tard, alors que la séance n'avait plus rien de scolaire et que nous échangions nos adresses mail, en prévision de ce voyage en Espagne que me promettaient tous mes élèves à une date imprécise, une lueur s'alluma dans le recoin le plus reculé de mon cerveau. Aussi ténue que celle d'une allumette au milieu d'un champ obscur. Presque imperceptible, mais assez forte pour éclairer ma mémoire et orienter ma recherche.

Je regagnai mon bureau en pressant le pas dans les couloirs, de plus en plus déterminée. J'entrai en trombe, m'agenouillai devant l'un des tas et fouillai dedans. Jusqu'à ce qu'elle apparaisse. Une feuille de papier jauni sur laquelle Fontana, avec une machine à écrire ancienne, avait tapé une strophe d'un poème de Luis Cernuda. Un document parmi d'autres, archivé dans ses écrits.

Les quatre vers initiaux du poème *Donde habite el olvido*, avec leur traduction.

Donde habite el olvido
En los vastes jardines sin aurora
sinaurora
aurora - a-u-r-o-r-a - Aurora
sin aurora sin Aurora
AURORA A-U-R-O-R-A
Donde yo sólo sea memoria de una piedra sepultada entre ortigas
Sobre la cual el viente escapa a sus insomnias
A-U-R-O-R-A
aurora
Sin Aurora
Jardines sin aurora
Sin Aurora
Aurora
Tú

Où qu'habite l'oubli,
Dans les vastes jardins sans aurore
sansaurore
aurore - a-u-r-o-r-e - Aurora
sans aurore sans Aurora
AURORA A-U-R-O-R-A
Où je ne serai que mémoire d'une pierre ensevelie parmi les orties
sur laquelle le vent échappe à ses insomnies
A-U-R-O-R-A
aurore
Sans Aurora
Jardins sans aurore
Sans Aurora
Aurora
Toi

Dès que j'eus fini de les lire, je fus envahie par une irrépressible envie de pleurer.

Dépouillés de l'apparence tortueuse et malveillante que Darla s'obstinait à leur imprimer, et proches des doutes qui avaient assailli Daniel dans ses moments les plus sinistres, les sentiments d'Andrés Fontana rejaillissaient d'entre les vers dans leur plus pure essence, clamant son amour muet pour cette compatriote inespérée qui, sans le vouloir, avait rempli la dernière étape de sa vie – un rêve qu'Andrès avait caressé très longtemps sans peut-être même le savoir.

Des échos de sa propre langue, de sa terre et de son enfance. Le son des voyelles et des consonnes. Des évocations reléguées au tréfonds de la mémoire, des proverbes et des exclamations qu'il n'avait plus entendus depuis plus de trente ans. Des souvenirs de marmites sur les braises, de chansons enfantines, de pâte de coing, d'Ave Maria et de quelques « grand Dieu ! ». Le parfum inconnu, le rire de la jeunesse, le frôlement involontaire de sa peau. La raison essayant de mettre un frein à ses sentiments, et ceux-ci, débridés, indociles, augmentant irrésistiblement.

Une passion muette, enfouie face au monde. Même pour elle, sans doute. Mais vivante et réelle, puissante. Andrés Fontana et Aurora Carranza. Le vieux professeur expatrié depuis longtemps et la jeune Méditerranéenne conduite dans cette terre qui n'était à aucun des deux. Tellement différents en tout. Tellement proches par leur fin.

Et soudain, bizarrement, je repensai à la scène d'hier et une nouvelle lumière s'alluma aussitôt. Nette, claire, illuminant ma propre vie et dissipant un instant la brume épaisse qui s'était accumulée sur moi. En acceptant la passion de Fontana pour Aurora, je comprenais aussi Alberto, d'une certaine manière. Grâce à eux, je saisis la raison simple, organique et élémentaire qui l'avait fait se séparer de moi : la force d'un amour qui avait croisé son chemin comme il aurait pu croiser le mien. Un sentiment qui l'avait dépassé.

Malgré les maladresses d'Alberto à mon égard, son comportement critiquable et blâmable, la souffrance qu'il m'avait infligée, l'amour du vieux professeur me démontrait que la raison était parfois impossible à appliquer face aux coups inattendus du destin.

Seulement alors, je me rendis compte que rien n'était terminé.

En réalité, presque tout restait à commencer.

Il n'y avait plus âme qui vive dans le Guevara Hall quand je sortis de mon bureau. Rien que du silence, des portes fermées et la tristesse des couloirs déserts.

En arrivant chez lui, je le découvris assis sur une chaise devant sa table, dans un état de totale déconcentration. *Come in !* s'écria-t-il quand je sonnai. Il ne se leva même pas pour m'ouvrir.

Le dos avachi contre le dossier du fauteuil, pieds nus, les mains nouées derrière la nuque, un crayon mordillé entre les dents. L'image vivante du blocage mental. Autour de lui, répandus par terre, des papiers tirés au hasard des cartons.

Il ne changea pas de position en me voyant. Il ne fut pas surpris ni ne me salua. Il se contenta de déplacer ses lunettes de lecture à la pointe du nez et de me regarder par-dessus.

— Tu as une mine horrible, allons faire un tour, lui dis-je sur le seuil de la porte.

Je l'attendis dans la rue, il apparut presque aussitôt.

— Je t'ai répondu non ce matin, mais à présent je réponds oui, lui annonçai-je après avoir parcouru quelques dizaines de mètres en silence. J'accepte de traiter le contenu de toutes les caisses de Darla, je suis prête à faire le maximum pour remettre en ordre la fin de l'héritage.

— Ne crois pas que…

— Je veux que tu saches la raison pour laquelle je le fais, ajoutai-je sans le laisser parler. Ce n'est pas à cause de l'aberration urbanistique de Los Pinitos, ni pour ma propre fierté professionnelle ni pour toi. Je le fais exclusivement pour Andrés Fontana, dont j'ai reconstitué la vie au cours de ces derniers mois, du fait de mon engagement à son égard. Pour que ses efforts ne tombent pas dans l'oubli comme sa vieille mission. Je ne le fais que pour lui, Daniel, penses-y bien. Rien que pour lui.

Nous continuions à marcher sans nous regarder, mais je remarquai du coin de l'œil que l'expression de son visage s'était modifiée.

— Et ne chante pas victoire trop tôt, le prévins-je. Je pose mes conditions. La première, c'est le respect de ma date de départ : ce sera le 22, quoi qu'il arrive. La seconde te concerne directement. Je ne t'ai pas menti avant, le volume de travail est énorme et je n'y parviendrai pas toute seule dans le peu de temps qui me reste. J'ai donc besoin de ton aide : c'est moi qui fixerai les règles, mais il me faut tes yeux, tes mains et ta tête à mes côtés, à cent pour cent, pendant toutes les heures nécessaires et sans garantie de tout finir dans les délais. Par conséquent, prépare-toi à laisser temporairement tes romanciers espagnols de cette fin de siècle dans le fossé, car tu seras obligé de regarder beaucoup plus en arrière.

Il s'arrêta net et se retourna vers moi. Son froncement de sourcils inquiet s'était effacé, comme emporté par le vent du soir.

— Je suis à ton entière disposition, ma chère Blanca.

Sans cesser de me dévisager, il écarta alors de mon visage une mèche de mes cheveux décoiffés après cette très longue journée.

— Complètement à toi jusqu'à la fin.

39.

De même qu'on bâtit un hôpital de campagne parmi les décombres d'un tremblement de terre ou qu'on dresse une jetée dans la mer, nous réussîmes la gageure de transformer l'appartement de Daniel en une espèce de laboratoire pour documents. Vêtus tous deux d'une manière frisant le laisser-aller, nous installâmes au milieu du salon une planche immense reposant sur des tréteaux et dessus nos ordinateurs, un scanner et l'imprimante que j'avais rapportée de mon bureau. En guise de contrepoids à la technologie moderne, un de ses anciens collègues nous obtint, Dieu seul sait dans quel débarras de l'université, un appareil préhistorique pour lire des microfilms, un vieux lecteur de bandes magnétiques et deux loupes antédiluviennes et gigantesques.

La décoration sommaire du logement nous facilita la tâche. Nous accrochâmes plusieurs cartes sur les murs nus, et sur le sol dégagé nous fîmes des tas avec cette quantité énorme de papiers. Il y avait de tout : des attestations officielles, des fiches griffonnées de l'écriture inimitable de Fontana, des manuscrits jaunis datant du XIXe siècle et des copies effectuées à l'aide de l'antique papier carbone. Nous trouvâmes même une croix. Une humble croix de bois, tout au plus deux petits bâtons mal attachés avec une ficelle effilochée.

— Où a-t-il bien pu trouver ça ? murmurai-je.

Daniel me la prit des mains.

— Comment savoir ? dit-il en la contemplant.

Il caressa du bout des doigts les nœuds du bois et les bords rugueux.

— Mais si elle lui a servi à quelque chose, à nous aussi.

Il l'appuya contre le vieux magnétophone, tels les pères franciscains plantant leurs croix dans leurs missions. Pour qu'elle nous accompagne comme eux dans la rudesse du chemin, pour mieux supporter la difficulté de notre entreprise. De même qu'Andrés Fontana, aucun de nous deux n'était mû par un quelconque sentiment religieux, pourtant cette croix nous rapprocha un peu plus de sa mémoire.

La mort l'avait frappé sans qu'il ait obtenu de résultats concluants quant à sa recherche, mais on comprenait que ses efforts avaient été titanesques. Il avait parcouru la quasi-totalité des archives et des bibliothèques de la Californie susceptibles de contenir des informations sur la présence espagnole dans la zone ; il avait visité une à une toutes les missions de l'État, ainsi que tous les diocèses et archidiocèses, et là où il ne pouvait pas se rendre par ses propres moyens il avait envoyé des centaines de lettres auxquelles avaient répondu leurs destinataires. Ses travaux avaient été exhaustifs et minutieux à l'extrême ; à nous de nous montrer à la hauteur.

Nous commençâmes le vendredi matin et oubliâmes complètement qu'il existait un week-end pour les gens qui menaient une vie normale. Parfois nous travaillions debout et parfois assis, circulant autour de la grande table, souvent éloignés l'un de l'autre, chacun concentré sur sa tâche, et d'autres fois, en revanche, réunis par la nécessité, penchés sur le même document. Cherchant, trouvant, marquant. Épaule contre épaule, têtes jointes, mes doigts frôlant les siens, ses doigts frôlant ma peau.

Les échanges verbaux étaient rares, presque télégraphiques. De stupeur, de déception ou de simple admiration devant ce que la dernière partie du legs offrait à nos yeux, nous poussions de temps à autre une exclamation. En anglais ou en espagnol, indistinctement. *Fuck !* Quel mec ! *Shit.*

Nous comparâmes des données, indiquâmes des lieux et constatâmes des coïncidences entre divers modèles de bâtiment. Puis vinrent les premières surprises.

— À Sonoma, tu m'as dit que le père Altamira avait été le fondateur de cette mission, n'est-ce pas? me demanda Daniel le samedi après-midi, depuis l'autre extrémité de la table. Le franciscain récalcitrant qui n'avait pas demandé la permission de ses supérieurs pour la bâtir, d'après toi.

— Tu as trouvé quelque chose sur lui? Moi, je l'ai déjà rencontré trois fois.

— Pareil pour moi, confirma-t-il. Et voici quelques notes manuscrites, écoute :

Décembre 1820 : Père José Altamira annonce au colonel Pablo Vicente de Solá, dernier Espagnol gouverneur de la Haute-Californie, sa nouvelle destination dans cette terre. Juin 1821 : Altamira remercie Solá de plusieurs faveurs. Octobre 1821 : Altamira informe Solá de la livraison de chargement de grains à un navire russe...

Ces informations n'étaient pas particulièrement significatives ni ne soulignaient un fait très important, néanmoins elles témoignaient des bonnes relations entre les hautes autorités civiles et le franciscain qui venait d'arriver.

— D'autres noms apparaissent avec une fréquence relative. Par exemple celui du père Señán, que j'ai trouvé quatre ou cinq fois, et celui du père Fortuni dans les mêmes proportions.

Au fur et à mesure de l'avancement de nos travaux, les traces des vieux pères franciscains devenaient de plus en plus nettes parmi tous les papiers.

— Mets Altamira à part, au cas où. Nous allons empiler tous ces documents ici, dis-je en désignant une extrémité du plateau. Il ne faut surtout pas qu'il se perde.

Et il ne se perdit pas. Ni lui ni aucun autre. Ni Altamira, ni Fortuni, ni Señán, ni les dizaines de moines, de missions, de présides, de lois ou de gouverneurs qui se succédèrent sous nos yeux. Sans baisser le rythme ni la garde, attentifs au moindre renseignement qui retiendrait notre attention.

Le samedi s'acheva, le dimanche passa en un éclair, puis ce fut le lundi. À la fin de chaque journée, nous sortions sur la petite terrasse de l'appartement vêtus de nos cabans et, laissant l'air froid éclaircir nos esprits, nous étirions les jambes sur la balustrade et buvions un verre de vin. Ou deux. Ou trois.

Le lundi après-midi, néanmoins, nous ne nous étions pas encore accordé un moment de répit lorsque notre paix fut perturbée.

— Elle est ici ! Elle est ici !

Il était près de dix-neuf heures et nous avions passé toute la journée à éplucher des documents et à écouter de vieilles bandes magnétiques. Des interviews de prêtres, d'archivistes et d'habitants, avec la voix ferme de Fontana en arrière-fond. Je fus émue de l'entendre. Daniel encore plus.

On frappa à la porte, il cria *come in !* et, sans avoir même eu le temps de la saluer, nous entendîmes Fanny crier comme une possédée :

— Elle est ici ! Je l'ai trouvée !

Dès que nous eûmes découvert à qui s'adressait un tel enthousiasme, nous échangeâmes un regard bref et déconcerté.

— Elle est ici, docteur Zárate ! Ce n'est pas la peine de continuer à la chercher ! La professeure Perea est ici, avec le docteur Carter !

La silhouette élancée de Luis Zárate apparut à la porte. J'étouffai un juron. Comment avais-je oublié de prévenir le directeur, d'expliquer mon absence par une excuse quelconque ?

Trop tard pour des regrets. Nous nous levâmes, le saluâmes et restâmes immobiles derrière la table. Lui pénétra à l'intérieur de l'appartement sans attendre que Daniel l'invite à le faire. Il parcourut alors lentement du regard les matériaux et les équipements disséminés autour de nous : papiers, plans, cartes. Nos ordinateurs. Le scanner. Les appareils préhistoriques. Mon imprimante, celle qu'il m'avait lui-même cédée.

La situation devint terriblement gênante pour tous les trois, et je me maudis à nouveau d'avoir négligé l'éventualité de cette scène.

Après ce moment de tension muette, ce fut lui qui intervint le premier :

— Que cette rencontre est intéressante ! s'exclama-t-il, ironique, sans s'adresser en particulier à l'un de nous deux.

Puis ses yeux se posèrent sur moi.

— Nous t'avons cherchée, Blanca, parce que Fanny était persuadée qu'il t'était arrivé quelque chose. Elle dit que tu n'es pas venue à ton bureau de tout le vendredi et aujourd'hui non plus. Nous t'avons téléphoné à ton appartement plusieurs fois, en vain, ton portable est éteint et Rebecca Cullen suit un cours à San Francisco, si bien qu'on n'a pas pu non plus lui demander où tu étais.

— Vois-tu, Luis, je...

— En tant que directeur, ce n'est bien sûr pas mon rôle d'aller récupérer dans les rues ceux qui désertent leur poste de travail, m'interrompit-il, mais Fanny était très inquiète et, face à son insistance, j'ai été obligé de lui prêter main-forte.

— Mille excuses, vraiment. J'aurais dû te prévenir de mon absence temporaire.

J'étais sincère. Je regrettais de ne pas l'avoir fait, mais tout s'était précipité d'une façon si convulsive que je n'avais même pas pensé à informer le département de mes intentions. À moins que cet oubli n'eût été qu'un mécanisme de défense destiné à m'éviter de dissimuler une vérité insupportable à Luis.

Je ne l'avais plus revu depuis sa visite surprise à mon bureau. Le jour où nous étions allés chez Darla Stern, où j'avais passé la soirée pelotonnée contre Daniel, sur son canapé, tandis qu'il nous racontait, aux ombres de la nuit et à moi, les moments les plus tristes de sa vie. Le jour où Luis Zárate, retranché dans le fief de son propre département, m'avait offert son soutien avec un état d'esprit à des années-lumière d'une attitude strictement professionnelle.

Cependant, vu les circonstances, il ne semblait rester plus rien de cette complicité. Je devinai donc que, pour le moment, il valait mieux me taire.

— Une absence très productive, à ce que je vois, persifla-t-il tout en se promenant au milieu des documents.

Il prit une carte de la côte californienne et l'examina avec un intérêt feint. Ensuite, il fit de même avec une lettre à en-tête de la bibliothèque Huntington de San Marino.

Finalement, il posa sa main gauche sur l'imprimante et la tapota deux fois.

Daniel et moi avions choisi de ne rien dire, en attendant la tournure que prendraient les événements. Fanny, de son côté, contemplait la scène, imperturbable, toute à la joie de m'avoir retrouvée et sans avoir la moindre idée de l'ampleur de l'incident qu'elle avait déclenché.

— D'après ce que j'observe ici, poursuivit alors Luis Zárate en s'adressant à moi et en ignorant Daniel avec hauteur, ça n'a pas été exactement des jours de vacances, n'est-ce pas, Blanca ? Je vois que tu as travaillé durement et, en outre, sans t'écarter de ta tâche.

— En effet, dis-je. Et le professeur Carter m'apporte son aide.

— Une situation qui ne me paraît pas très normale puisqu'il s'agit de quelqu'un d'extérieur à l'université. Par ailleurs, que font tous ces documents, propriété de notre institution, à son domicile ? Au cas où tu l'aurais oublié, ces papiers n'ont pas encore été classés et ils ne devraient pas quitter l'université sans autorisation.

Où était le Luis Zárate de la soirée à Los Olivos ? Celui qui préparait des cocktails pendant ma fête, celui qui me lançait des compliments sans pudeur devant un risotto aux champignons, qui avait mis ses doigts sur mon cou, qui avait essayé de poser ses lèvres sur les miennes, qui m'avait offert une affection apparemment sincère ?

— Ces matériaux n'appartiennent pas à l'université, ils sont à moi, précisa Daniel avant que je réponde.

Acerbe et catégorique, pour dissiper le moindre doute.

Aussitôt, tirant quelques billets de sa poche, il changea de ton, de langue et de destinataire.

— Fanny, ma chérie, ça t'embêterait d'aller chercher des pizzas ? Celles que tu voudras, choisis. Merci beaucoup, petite. Et prends ton temps, ce n'est pas pressé.

Libérés de la présence de Fanny, nous expliquâmes à Luis comment ces documents étaient arrivés entre nos mains. Nous lui cachâmes bien entendu une partie de la vérité. Nous mentionnâmes le garage de Darla Stern, mais non les chèques signés pour satisfaire ses exigences ; nous lui parlâmes de la lointaine relation de Fontana avec

Daniel, mais pas des trente années pendant lesquelles ce dernier avait relégué l'héritage dans l'oubli. Malgré tous nos efforts pour le convaincre, il refusa d'accepter notre version.

— Tout ça est très méritant, je n'en doute pas. Néanmoins une seule réalité s'impose à mes yeux, dit-il en tendant les mains vers la table couverte de papiers. Il s'agit là d'une partie du legs d'Andrés Fontana au département que je dirige à présent, et elle se trouve en cet instant au domicile d'un individu étranger à l'institution, et confiée de toute évidence de façon illicite par la chercheuse officiellement chargée de son traitement.

— Luis, je t'en prie..., le coupai-je, haussant la voix, incrédule.

— Par conséquent, à mon grand regret, il me semble que mon devoir institutionnel est d'exiger que tout cela sorte d'ici immédiatement et, ensuite, de rédiger un rapport stipulant cette accumulation d'irrégularités. Un rapport qu'il me faudra transmettre au doyen, bien entendu.

Daniel et moi nous regardâmes de nouveau, mais nous ne protestâmes pas.

— Et sans doute, poursuivit Luis d'un ton supérieur qu'il n'avait jamais employé en ma présence, serai-je obligé de faire parvenir ce rapport à ta propre université, Blanca.

— Je ne pense pas que cela les intéressera beaucoup, répondis-je avec une pointe d'insolence.

Il ignora mon commentaire.

— Et en ce qui vous concerne, Carter, soyez certain que je ferai en sorte d'expédier ce rapport à Santa Bárbara.

— Arrêtez de dire des conneries, Zárate, s'il vous plaît ! Et tâchez d'écouter nos explications.

— Beaucoup de nos collègues seraient certainement très curieux, continua-t-il comme s'il ne l'avait pas entendu, d'apprendre que l'éminent Daniel Carter utilise, pour ses recherches, des méthodes de travail, disons, peu conventionnelles.

Je remarquai que la patience de Daniel avait atteint ses limites.

— Vous commencez à me casser les couilles avec vos menaces, monsieur le directeur.

Je faillis éclater de rire. La situation était tendue, certes, mais aussi ridicule. Deux universitaires chevronnés mêlés à une dispute absurde, tels deux coqs de combat, incapables de céder un pouce de terrain dans la défense de leur territoire. Peut-être par respect pour moi, ou peut-être machinalement, ils s'exprimaient tous les deux en espagnol. Ils se vouvoyaient cependant, marquant la distance.

— Prenez-le comme ça vous chante, répondit Zárate, dédaigneux.

— Depuis combien de temps avez-vous une dent contre moi, Zárate ? lui demanda alors Daniel en tournant autour de la table pour s'approcher de lui et supprimer toute barrière entre eux.

Un silence épais s'étendit sur la pièce, jusqu'à ce qu'il soit brisé par Luis.

— Moi, je n'ai aucune…

— Parce que, clairement, toute cette histoire n'a pas démarré la première fois que nous nous sommes vus, pas vrai ?

Surprise, je fronçai les sourcils ; j'avais hâte de connaître la suite.

— Ç'a été notre premier face à face, et avant nous avions discuté au téléphone, vous vous souvenez ? Mais avant cet avant, il y a eu autre chose. Ou bien ce sont simples suppositions de ma part ?

— Nous n'avons jamais eu le moindre contact.

Luis Zárate se dressait, tendu, les mains croisées sur la poitrine, sans baisser les yeux, sur la défensive.

— Exact. Directement, jamais. Mais de façon indirecte, oui. Mountview University, mars 1992. Cela fait près de huit ans. Ça commence à vous revenir ?

— Ç'a été…

— Ç'a été un rapport négatif de ma part qui a freiné votre promotion. Après avoir étudié votre CV en qualité d'évaluateur externe, j'ai estimé que vous n'étiez pas le meilleur candidat pour ce poste. Mon erreur ultérieure a été d'oublier votre nom et de ne plus me souvenir de vous après tant d'années et tant de rapports similaires, pourtant il est évident que vous, vous m'avez conservé dans votre mémoire.

Les connexions souterraines, les dessous qui permettaient de tout savoir.

— Ça n'a rien à voir avec ce qui nous occupe en l'espèce, réfuta Luis avec un calme apparent.

Mais il paraissait de plus en plus tendu.

— Sûr ? Parce que je crois savoir que c'est mon vote qui a fait pencher la balance. À cause de moi, vous avez définitivement raté le poste auquel vous aspiriez.

Daniel avait depuis longtemps cessé d'être mon simple auxiliaire dans l'accomplissement d'une douteuse mission. Sous ses jeans usés et cette chemise à carreaux qui avait l'air d'être passée un million de fois à la machine à laver, réapparaissait l'universitaire réputé dont m'avait parlé Luis Zárate lui-même.

— Je regrette énormément les conséquences négatives de ma décision, reprit-il, implacable, mais je n'ai fait que mon travail, avec la rigueur qu'on exigeait de moi. Il n'y a pas eu d'entourloupes, mais la simple application de la règle du jeu académique. Pourtant, vous l'avez pris pour une attaque personnelle. Et des années plus tard, quand j'ai croisé par hasard votre chemin, je vous ai offert votre vengeance sur un plateau.

Touché ! L'insolence ne s'était pas complètement effacée du visage de Luis, mais elle s'était sans nul doute estompée. Il ne s'attendait pas du tout à voir Daniel ressortir ce linge sale. Bien qu'il ne fût pas non plus disposé à jeter l'éponge. Pas le moins du monde.

Ils se tenaient face à face, à peine séparés par un demi-mètre. Le directeur jaloux de son autorité, impeccable dans ses vêtements foncés. Daniel, le vieux renard, prêt à frapper là où cela faisait le plus mal et accoutré comme un étudiant. Et, séparée d'eux par un espace rempli d'appareils et de papiers, moi. Trois êtres, trois vies issues de trois environnements différents, réunis presque par accident dans une dispute fortuite.

— Et si on arrêtait d'exhumer de vieilles histoires dont on ne peut rien changer et qu'on essayait d'être productifs ? intervins-je, m'efforçant de détendre l'atmosphère.

Comme lorsque je raisonnais mes enfants quand ils faisaient leur mauvaise tête, mais dans ce cas j'avais affaire à deux ego plus que mûrs.

— Tout à fait d'accord, Blanca ! s'exclama Luis. En fait, ce n'est pas moi qui ai ramené à la surface des anecdotes qui n'ont rien à voir avec ce qui nous occupe à présent. Il faut d'abord résoudre cette... disons, irrégularité.

Daniel se dirigea vers le coin de la cuisine séparé du salon par un petit comptoir. Il ouvrit brusquement le réfrigérateur, prit une bouteille de bière, puis le referma en claquant la porte. Il ne se donna pas la peine de nous proposer quelque chose à boire. Luis et moi restions à la même place, face à face, de chaque côté de la table et des piles de documents. Négociant pour sortir de cette impasse dont les conséquences seraient fâcheuses pour les deux parties en cas de dérapage.

— Mis à part la propriété légale de tous ces papiers, j'aimerais au moins savoir exactement, ajouta Luis, ce qui se trame ici, parce que je suis certain que cela va au-delà d'un simple travail d'archivage. Faute d'une réponse satisfaisante, l'étape suivante consistera à demander des explications à la FACMAF.

Un éclat de rire sardonique de Daniel mit fin à notre dialogue. S'écartant du comptoir sur lequel il était appuyé, il se rapprocha lentement de la table, la bouteille de bière à la main, son visage sévère jurant avec sa tenue.

— Ne prenez pas cette peine, Zárate, dit-il en ouvrant les bras dans un geste théâtral. Je vous présente la FACMAF. Elle est tout entière devant vous.

Je fermai les yeux et aspirai de l'air avec force. Quel était le but d'une confession aussi risquée ? La réaction fut immédiate, il ne pouvait en être autrement.

— C'est un outrage, Carter ! Une infraction à n'importe quel code éthique ! Une absolue...

— Laissez-le s'expliquer, Luis, s'il vous plaît, le suppliai-je.

Il accepta, à ma grande surprise. Et Daniel parla, précisant tout ce que je savais déjà. Tout ce qui avait provoqué en moi un mélange semblable d'indignation et de désarroi plusieurs jours auparavant.

— Il n'y a rien d'autre, Zárate, rien d'autre, ajouta-t-il en guise de conclusion. À partir de là, c'est à vous de décider de ce que vous allez faire.

— Bien évidemment, je vais en premier lieu porter à la connaissance de l'université le caractère illégal de la prétendue FACMAF.

— Parfait, pourtant je vous conseille de bien y réfléchir, car cela pourrait se retourner contre vous. Si vous agissez ainsi, croyez bien que je saurai comment rendre publique la gestion désastreuse de ce département, qui reçoit des fonds par le biais d'une fondation frauduleuse sans en vérifier la provenance.

Ils recommençaient à se défier. Étrangers à tout, et en particulier à moi.

— Ce ne sera qu'une petite tache dérisoire dans mon CV, mais vous, vous apparaîtrez aux yeux de toute la communauté universitaire comme un délinquant, répliqua Luis.

— Je vous en prie ! Est-ce que vous pourriez…

Personne ne fit attention à moi.

— Au point où nous en sommes, reprit Daniel, provocateur, je m'en contrefiche, si l'on découvre tout ça. Je suis même prêt à m'accuser pourvu qu'on termine ce travail.

Ils criaient presque, sourds à mes prières pour qu'ils cessent cet affrontement.

— Je ne le tolérerai en aucun cas !

— Arrêtez…, insistai-je.

— Et qu'est-ce que vous allez faire ? Me dénoncer ? Appeler un huissier pour qu'il dresse un procès-verbal ?

Ce fut la bouteille de bière qui paya. Parce qu'elle était à portée de main. Et vide. Daniel avait commis l'erreur de la déposer sur la table. De fait, elle laissa un cercle humide sur un plan de la mission de San Rafael.

Seul le bruit du verre brisé réussit à les freiner. Je ratai ma cible mais j'arrivai à mes fins. Le fracas, d'abord, puis le silence. Pour me faire entendre. Enfin.

40.

Ils me regardèrent, ébahis. Je venais de casser une bouteille contre le montant d'une porte, j'en avais par-dessus la tête de leur violente joute verbale.

— C'est incroyable ! Vous êtes incapables de raisonner avec un minimum de bon sens !

Ils grommelèrent quelques excuses.

— Si vous continuez à vous chamailler et à camper sur vos positions, c'est moi qui vais étaler au grand jour le linge sale de la FACMAF. Je pars très bientôt, mais j'ai largement le temps de demander un rendez-vous au doyen et de lui exposer en détail les nombreuses irrégularités de mon embauche.

Aucun des deux ne répondit. Plutôt aucun des trois, car je restai muette moi aussi. Je dus reléguer ma colère dans un coin de ma tête avant de reprendre la parole. Je dus également mettre en ordre les conditions que j'allais leur imposer. Entre-temps, ils gardaient les yeux fixés sur moi. En attente, toujours surpris.

— C'est mon tour, à présent, et vous allez m'écouter, d'accord ? Et sans m'interrompre, s'il vous plaît. Bien, nous avons tous les trois des intérêts dans cette affaire. Des intérêts différents, mais importants pour chacun de nous. Toi, Luis, tu veux que tout suive la voie officielle et tu es par principe contre celui qui s'est moqué de tes prérogatives directoriales. D'un autre côté, mieux vaut pour toi cacher une partie de la vérité, sinon certaines de tes décisions pourraient être remises en cause et ta réputation professionnelle se retrouverait plus bas que terre. Toi, Daniel, tu as sans doute passé outre à la volonté de Zárate et aux règlements de Santa Cecilia, mais tu crains que cela ne t'échappe et transforme ce qui n'était, au début, qu'un innocent projet d'expiation et de réconciliation avec toi-même en un scandale universitaire de grande ampleur. Quant à moi, puisque j'ai décidé de m'occuper également de cette partie supplémentaire de l'héritage, je ne suis pas disposée à jeter par-dessus bord trois mois de travail sans arriver à la fin. Donc, si nous souhaitons tous les trois que tout s'achève de façon positive et que chacun y gagne, nous devons faire des concessions.

Zárate fut le premier à répondre. Toujours immobile, imperturbable.

— Je ne suis pas si sûr de…

— Eh bien, tu vas l'être, le coupai-je. N'oubliez pas que, dans cette procédure entachée de nombreuses et regrettables anomalies, vous n'avez pas seulement impliqué une simple étrangère célibataire qu'on peut emmener dîner quelque part. Je suis une chercheuse visitante, fonctionnaire de l'État espagnol et professeure titulaire d'une institution qui, si je l'informais de cette fraude, exigerait à coup sûr de l'université de Santa Cecilia les éclaircissements officiels pertinents.

Daniel retourna au réfrigérateur. Au lieu d'une seule bière, il en prit trois, cette fois-ci. Il m'en tendit une et posa la deuxième sur la table pour Luis. Je n'y touchai pas et le directeur non plus. Lui, en revanche, avala la moitié de la sienne d'un trait. Ensuite il s'assit, écroulé, ses longues jambes allongées et les pans de la chemise retombant de chaque côté, aussi dégoûté que moi de cette affaire.

— Que veux-tu que nous fassions ? demanda-t-il.

Il n'y avait aucune chaleur dans ses paroles. Pas d'animosité non plus. Juste la froideur de celui qui se sent obligé de respecter certaines règles. Par chance pour moi, il semblait avoir accepté l'idée que c'était moi qui fixerais les règles désormais.

— Pour commencer, tous ces documents doivent sortir de chez toi le plus vite possible. Zárate a raison : tant qu'on n'a pas prouvé qu'ils t'appartiennent légalement, tout laisse à penser qu'ils proviennent de l'héritage de Fontana.

— Mais toi tu connais la vérité, n'est-ce pas ? protesta-t-il en posant sa bouteille d'un geste brusque.

— Ce que moi je connais est sans importance. Nous allons essayer de satisfaire toutes les parties à partir de critères objectifs, pour voir si nous parvenons enfin à avancer.

— Tout revient donc au département, observa Zárate, qui avait l'impression d'avoir marqué le premier point.

Il s'était également assis, j'étais la seule debout.

— Même pas en rêve ! répliquai-je. Je te signale d'ailleurs que ces papiers ne peuvent pas y revenir puisqu'ils n'y ont jamais été. Non, ma proposition est de les laisser en terrain neutre.

— Où ? demandèrent-ils de concert.

— Chez Rebecca Cullen. C'est une employée de l'université et elle est amie avec tout le monde. Je suis certaine qu'elle acceptera sans poser de problème. Elle veillera fidèlement sur l'héritage, et moi j'irai travailler chez elle.

— Tout seule ? me coupa Daniel.

— Non, tu restes avec moi, j'ai besoin de toi.

— Pas question ! protesta Zárate, plus prompt que l'éclair.

— Luis, je crains que tu n'aies pas d'autre choix. Carter respecte la première condition, qui est de sortir tout cela de chez lui parce que son titre de propriété, quoique véridique, soulève certains doutes. Maintenant, c'est à toi de bouger un pion. Et ce que tu vas faire, c'est admettre qu'il me donne un coup de main pendant les prochains jours.

Je m'assis finalement en face d'eux et poursuivis :

— Quand toute cette affaire de Los Pinitos sera légalement terminée, et quel que soit le verdict, moi, je ne serai plus là, mais si...

Je fus interrompue par des coups retentissants sur la porte. Daniel cria son *come in !* habituel, mais personne n'entra. Il se leva pour ouvrir et apparut alors une silhouette croulant sous une pile de cartons carrés.

— Viens, Fanny, ma chérie, dit-il avec une cordialité feinte. Ces pizzas sentent la folie ! Ce serait un péché de les laisser refroidir.

— Moi, je m'en vais, déclara Luis.

— Reste, lui demandai-je, on doit encore discuter.

Il se dirigea vers la porte sans me prêter attention.

— Je crois que j'en ai assez entendu comme ça, à présent il faut que je réfléchisse.

— Demain matin, il n'y aura plus un seul document ici, je te le promets.

— Je l'espère.

Il referma la porte derrière lui. Je la rouvris immédiatement. Depuis l'appartement, on accédait à une espèce de plateforme en bois reliée à la rue par deux volées de marches d'un escalier extérieur. Il n'avait pas encore descendu la première quand je l'attrapai par le bras et l'obligeai à se retourner.

— Tu m'avais dit que je pouvais compter sur toi, tu te rappelles ?

— C'était avant que tu te conduises de cette façon.

— C'était quand tu as essayé de m'embrasser et que tu m'as offert un appui inconditionnel. Ou bien as-tu déjà oublié ?

La nuit était complètement tombée, il faisait froid. Je resserrai ma vieille veste en laine grise contre ma poitrine en croisant les bras. Il ne répondit pas.

— Nous avons tous de bonnes raisons de nous sentir déçus, et aussi pour continuer à avancer et ne pas regarder en arrière, ajoutai-je.

— Vos agissements sont impardonnables…

— Ne dis pas de bêtises, Luis, s'il te plaît.

Je me rapprochai de lui.

— Tout cela est très irrégulier, d'accord. Terriblement irrégulier. Cela enfreint toutes les règles imaginables et dépasse même parfois le simple bon sens. De plus, il s'est passé des choses qui nous ont pris par surprise, nous laissant désarmés, sans avoir ni le temps ni la capacité de réagir. Mais, si tu le souhaites, on peut aisément s'en sortir.

Il ne demanda pas quelle était la solution, mais je savais qu'il voulait la connaître.

— Cesse de nous mettre des bâtons dans les roues, lui dis-je à voix basse en m'approchant encore plus près. Il me reste moins de quatre jours parmi vous, tu le sais, et nous n'avons qu'un seul but : travailler. Ne dresse aucun obstacle sur notre route. Si tout se déroule favorablement, je t'assure que ton département en bénéficiera et que tu ne subiras aucun préjudice.

Nous n'étions éclairés que par la faible lueur d'une lampe fixée sur le mur au-dessus de nous. Les maisons sur le trottoir d'en face étaient déjà ornées de leurs décorations de Noël : un grand sapin s'allumait et s'éteignait par intermittence dans le jardin de l'une d'entre elles, une autre avait une guirlande d'ampoules multicolores accrochée aux fenêtres. La lune devait être quelque part dans un coin de ciel noir, mais je ne la vis pas.

— Pense à nous tous. Dis-toi que derrière les tonnes de papier du sous-sol, il y avait un homme en chair et en os qui mérite d'être reconnu ; que Daniel n'a pas agi mû par des intérêts personnels mais par pure impulsion sentimentale ; que l'affaire de Los Pinitos signifie beaucoup pour cette université et pour tous les habitants de Santa Cecilia.

— Rien de tout cela ne m'intéresse vraiment, rétorqua-t-il.

— Alors, si pendant tout ce temps tu as éprouvé de l'estime à mon égard, je te supplie de le faire pour moi.

Quand je rentrai de nouveau, les morceaux de verre de la bouteille brisée ne gisaient plus par terre. Daniel et Fanny bavardaient dans le coin cuisine tout en dévorant une extravagante pizza regorgeant de morceaux de saucisse, de sauce barbecue et de quelques cochonneries supplémentaires. En réalité, c'était elle qui n'arrêtait pas de parler tandis qu'elle mâchait gaiement en bougeant la tête en cadence. « Un appartement flambant neuf, ma mère, un héritage », bredouillait-elle, la bouche pleine.

Daniel feignait d'écouter. Peut-être même le faisait-il, mais en utilisant seulement la moitié de ses neurones. L'autre moitié se demandait sans doute depuis un moment ce qui se passait derrière la porte. Quels propos nous échangions, Luis et moi.

Nous avions passé de longs instants épaule contre épaule, de longues heures, de longues journées. Proches, complices, nous cherchant, puis nous écartant. Nous rapprochant et nous rejetant à la fois. Plongés dans une tâche urgente qui n'admettait ni interférences ni retards, même si parfois un souffle de folie nous suggérait quelque chose de complètement différent. Nous connaissant chaque fois plus.

Pour cette raison, je commençais à le percer à jour; je devinai ses pensées, je sus qu'il n'allait pas parler de nous, de ce que nous ressentions au plus profond de nous-mêmes et de ce qui pourrait arriver par la suite. Il visait à présent une autre cible : l'homme vêtu de couleur sombre qui en ce moment démarrait sa voiture en réfléchissant aux paroles d'une femme.

Nous devons éliminer le directeur coûte que coûte, voulait-il me dire. Il faut s'en débarrasser.

Avant qu'il n'eût englouti sa part de pizza et ne pût enfin s'exprimer, je levai un doigt impérieux.

— Je sais à quoi tu songes. La réponse est : pas question !

41.

Les documents atterrirent ensuite sur la grande table de la salle à manger de Rebecca. Celle où nous avions fêté Thanksgiving, lorsque nous avions adressé mille mercis à la vie et écouté un émouvant plaidoyer pour la compassion. Il ne s'était écoulé que quelques semaines depuis, cependant rien n'était plus pareil. Ce vieil ami de la famille qui était intervenu comme témoin du passé, celui qui nous avait bouleversés avec des mots débordant de tendresse et de sincérité, courait à présent d'un bout à l'autre de la pièce, renfrogné, poussant des soupirs tandis qu'il démêlait des câbles, cherchait des prises et branchait des appareils. Moi, je déballais à nouveau un tas de cartons et rangeais les papiers en piles en essayant de leur trouver une place.

La vieille croix de bois réapparut dans l'un des cartons que nous avions remplis en toute hâte un instant plus tôt. Je la pris de nouveau, caressai ses rugosités. Je la posai dans un coin, seule, couchée. Nous comptons sur toi, aurais-je voulu lui signifier. Pourtant je n'en fis rien. À quoi bon !

À vrai dire, cette maison était un quartier général cinq étoiles. Avec des tapis épais et des rideaux en lin qui laissaient passer la quantité exacte de lumière. Avec des fleurs fraîchement coupées, des tableaux éclatants et la belle table en chêne qui accueillait des générations entières quand la famille se réunissait. Néanmoins, sans que Daniel ni moi-même ne parvenions à l'exprimer, je savais que nous regrettions tous les deux la camaraderie qui régnait entre nous dans son austère appartement. La chaleur de notre relation malgré la pauvreté du mobilier, le sol nu et les murs vides. Le courant d'énergie positive que nous nous transmettions par le simple frôlement de ma main pour lui signaler la moindre trouvaille, de ses doigts sur mon épaule pour me demander comment ça allait. Un rire spontané déclenché par n'importe quelle bêtise et cette complicité qui nous faisait travailler frénétiquement sur une planche en bois, en oubliant que le dictionnaire mentionnait des mots tels que fatigue, déprime ou découragement.

Mais il n'y avait plus assez de temps pour la nostalgie. Ni même pour se dire que tout pourrait redevenir comme avant. L'arrivée intempestive de Luis Zárate avait brisé quelque chose entre nous, sans espoir de retour. La date butoir était devant nous : je partais dans trois jours, et c'était aussi la fin du délai contre le projet de Los Pinitos. Nous avions bien avancé depuis que nous avions récupéré les documents chez Darla, mais il restait encore beaucoup à faire, sans savoir si nous irions jusqu'au bout.

Au milieu de la matinée, alors que nous avions enfin repris notre rythme, je me levai pour passer un coup de fil.

— Tout est en ordre, dis-je seulement, puis j'écoutai quelques mots et raccrochai.

Pendant ce temps, Daniel n'avait pas décollé les yeux du papier qu'il était en train d'examiner. Comme s'il n'avait pas compris que j'avais appelé Luis Zárate, comme s'il ne m'avait pas entendue. Pourtant ce n'était pas le cas. Et il ne m'adressa plus la parole durant les deux heures suivantes.

— Tu as faim ? me demanda-t-il à la fin de ce laps de temps.

— Pas encore.

Je pensai qu'il m'attendrait pour déjeuner, comme d'autres fois, mais je me trompai. Face à mon refus, il gagna la cuisine et, avec l'assurance de qui se sent en territoire ami, il commença à remuer des objets. Je l'entendis fouiller dans le réfrigérateur, déchirer un sac en plastique, couper, séparer, verser, tartiner. Un couteau tomba dans l'évier, puis il ouvrit le robinet à la façon habituelle des hommes : à fond et sans économiser l'eau. Il sortit finalement dans le jardin, empruntant la même porte que nous avions franchie ensemble pour aller saluer Paul Cullen.

Je l'observai discrètement à travers la grande baie vitrée de la salle à manger. De dos, encore vêtu de ses jeans usés et d'un pull en laine bleu. Assis sur la pierre froide d'une marche, surveillé à distance par le somnolent Macán. Mangeant un sandwich, le regard fixé sur la triste piscine remplie de feuilles mortes. Réfléchissant. Peut-être à sa propre présence dans cette maison quand il n'était qu'un jeune professeur débordant d'ambition et de projets, à mille lieues d'imaginer les coups bas que lui réservait le destin. Ou bien à tous ceux qui l'avaient accompagné au fil des ans : à Aurora et à son rire communicatif, à ce philosophe lucide et plein d'humour s'ébattant sur le gazon avec ses enfants, à Andrés Fontana, amoureux transi de sa propre femme, une belle Espagnole.

À moins que, entre deux bouchées de son sandwich, son esprit ne fût plus morose, songeant aux limites de notre obstination commune, se remémorant Luis Zárate et sa regrettable irruption dans la complicité de notre travail. Ou bien ruminant ma prétendue trahison.

— Je t'ai préparé quelque chose, dit-il en rejoignant sa place.

— Merci, murmurai-je.

Je fus incapable de manger quoi que ce soit.

Après de longues heures passées à parcourir en vain des centaines de documents sans aucun lien entre eux, nous tombâmes sur une très vieille chemise en carton attachée par un simple ruban. À l'intérieur, quelques feuillets épars, peut-être blancs à une certaine époque mais offrant à présent toutes les nuances du jaune, du plus délavé au plus foncé. Entre les lignes et les taches, nous trouvâmes plusieurs notes griffonnées de la main de Fontana, preuve de l'intérêt qu'il portait à ce franciscain.

An 1823. 4 avril : Altamira réclame à Argüello des documents pour une meilleure administration de sa future mission. 10 juillet : Altamira annonce au père Señán la construction de la nouvelle mission à Sonoma.

22 juillet : Altamira presse Argüello de bâtir de nouvelles installations. 23 août : Père Sarría écrit à Altamira désapprouvant la fondation de sa nouvelle mission à Sonoma pour ne pas avoir demandé la permission à ses supérieurs.

Le père Altamira était devenu le personnage principal dont le professeur nous invitait à suivre la trace. Nous savions que le franciscain rebelle s'en était très bien sorti dans la construction de la mission de Sonoma. Malgré les réticences initiales de sa propre hiérarchie ecclésiastique qui refusait d'admettre sa décision unilatérale de fonder une nouvelle mission, il avait réussi à aller de l'avant. Les documents montraient cependant que le soutien sans faille que lui avait accordé au début le gouverneur Argüello avait peu à peu faibli.

D'autres papiers nous apprirent qu'en janvier 1824 Altamira avait demandé par lettre une cloche pour la mission de Sonoma; Argüello ne répondit sans doute même pas. Un an plus tard, en janvier 1825, nouvelle requête précisant qu'il ne s'agirait que d'un prêt temporaire, à nouveau en vain. Plus personne ne paraissait s'intéresser à ces missions obsolètes que le franciscain s'obstinait à sauvegarder.

La piste d'Altamira se perdait complètement à partir de l'été de 1826. Les Indiens, lassés des mauvais traitements que le prêtre leur infligeait, se révoltèrent contre lui et incendièrent la mission qu'il avait bâtie avec tant d'irrégularités et d'anomalies. Nous eûmes beau chercher partout et remuer des centaines de feuillets, nous fûmes d'abord incapables de retrouver la trace de l'impétueux religieux, qui ne retourna jamais à la mission Sonoma, semble-t-il.

Finalement, une référence à une lettre de mars 1828 adressée au père Sarría par un certain Ildefonso de Arreguín nous donna des indications sur son sort. Altamira réapparut, puis se volatilisa au début de cette année-là. Il quitta subrepticement la Haute-Californie en compagnie d'un autre prêtre, dénommé Antonio Ripoll. Probablement en route vers l'Espagne.

Ensuite, plus rien sur le séjour du franciscain en terre américaine. Où José Altamira passa-t-il tout ce temps-là, après que la mission eut été la proie des flammes? Que fit-il pendant une année et demie? Pourquoi Andrés Fontana le suivait-il de si près? Ces questions, nous ne les posions jamais à voix haute, mais nous y pensions sans arrêt à mesure que nous vidions un carton après l'autre.

Ce dossier fut ajouté au tas de preuves accumulées les jours précédents et qui augmentait peu à peu, et nous nous remîmes à la tâche.

Rebecca revint un peu avant sept heures, vêtue d'un trois-quarts à rayures, avec deux sacs en papier marron du Meli's Market et une nouvelle.

— L'affaire de Los Pinitos redémarre. On a convoqué une nouvelle assemblée générale et les gens se remobilisent.

— Mais ils n'ont toujours pas d'éléments concrets auxquels se raccrocher, j'ai discuté avec Joe Super il y a deux heures, dit Daniel.

— Rien de rien, confirma-t-elle, haussant la voix à mesure qu'elle s'éloignait en direction du coin cuisine. Mais le délai s'achève dans moins de trois jours et ils tiennent à faire du bruit jusqu'au bout. Un verre de vin?

Nous nous levâmes tous les deux pour accepter la proposition. Sans même regarder Daniel, je lui demandai :

— Tu penses y aller?

Il s'étira, ses longs bras touchant le plafond, soufflant avec force tel un géant fatigué.

— À l'assemblée? Non.

Quel réconfort de se sentir cajolé par des mains généreuses! Tandis que nous buvions ce premier verre, Rebecca prépara le dîner avec son efficacité habituelle. Savoureux, chaud, revigorant, servi dans de grandes assiettes blanches en faïence sur la table rustique de la cuisine sans nappe. Nous avions décidé tacitement de ne pas parler du travail, préférant nous aérer l'esprit et discuter de sujets futiles. Et ainsi, en un peu plus d'une heure, l'atmosphère se détendit peu à peu et il nous arriva même de sourire.

Soudain, alors que nous finissions de manger la glace du dessert, le portable de Daniel sonna du fond de sa poche.

— Quoi de neuf, Joe? dit-il en se levant.

Il revint une demi-minute après, son blouson à la main.

— Les étudiants ont décidé de camper cette nuit à Los Pinitos, annonça-t-il en sortant ses clés de voiture. Sans autorisation et en groupe. Je vais y faire un tour. Je reviendrai le plus vite possible pour retravailler.

Il ne me demanda pas si je voulais l'accompagner et je gardai le silence. Plus rien ne restait de la timide complicité qui s'était rétablie entre nous pendant le repas. Sa confiance en moi était encore chancelante.

Rebecca me proposa de voir un film avec elle, n'importe quelle comédie finissant bien ou un bon gros drame rempli de rebondissements qui nous transporterait dans une autre réalité, cependant je refusai son offre : je voulais poursuivre mon travail. En revanche, j'acceptai son invitation à dormir chez elle, dans la chambre de l'une de ses filles. Cela m'éviterait de retourner chez moi en pleine nuit et je me sentirais moins seule.

Je m'étais battue avec l'héritage de Fontana sans aucune aide pendant près de trois mois; pourtant, la présence de Daniel au cours de la dernière étape s'était révélée si intense que me plonger de nouveau dans cet univers sans l'avoir à mes côtés me parut bizarre. Bizarre et triste. Bizarre et amer. Néanmoins je surmontai mon découragement et continuai. Jusqu'à une heure avancée de la nuit, démêlant des informations relatives à diverses transactions : qui avait cédé deux douzaines de poules et trois mules? Qui avait accueilli quinze néophytes malades? Quelle mission avait sollicité auprès de la maison mère une statue de la Vierge, des outils pour une forge ou une quelconque autorisation? Vers deux heures moins le quart, alors que Rebecca dormait déjà depuis longtemps et que la maison était plongée dans l'obscurité et dans le plus profond silence, et Daniel toujours absent, une simple phrase dans un vieux document me sortit d'une torpeur de plus en plus envahissante.

Et Altamira devant V. R. s'excusa de ne pas avoir demandé de nouveau l'autorisation pour procéder à une telle fondation.

Rien de plus, le reste n'était qu'une accumulation de données sans grande importance, une espèce de procès-verbal incomplet sans en-tête ni signature.

Je notai les mots sur un feuillet. *De ne pas avoir demandé de nouveau l'autorisation.* Je soulignai *de nouveau*, je soulignai *autorisation*, je soulignai *fondation*. *De nouveau* signifiait à l'évidence qu'il ne s'agissait plus de la mission de Sonoma, la première qu'Altamira avait fondée illégalement, mais d'une entreprise différente. Qu'as-tu fait d'autre, Altamira, quoi d'autre, quoi d'autre? répétai-je entre mes dents tout en tapotant la table de la paume de la main, l'encourageant à sortir de sa cachette et à se laisser voir. Je poursuivis ma recherche, remplie d'espoir et d'entrain; en vain.

J'éteignis la dernière lampe et grimpai l'escalier beaucoup plus tard, me demandant jusqu'où nous mèneraient les pas de l'erratique franciscain. À condition qu'il y eût un endroit où aller.

Quand je me levai, le lendemain matin, je constatai que Rebecca avait fait preuve de son efficacité habituelle. Dans la salle de bains attenante à la chambre où j'avais dormi, je découvris mon vanity-case ainsi que des vêtements à moi. Elle possédait un jeu de clés de mon appartement, que je lui avais donné au cas où il se passerait quelque chose, avais-je vaguement pensé à l'époque. Eh bien, ce quelque chose s'était passé : Rebecca, toujours en avance, avait deviné qu'il n'était pas bon pour moi de perdre mon temps en allers et retours.

Daniel était déjà à sa place lorsque je descendis. Derrière lui, un grand tableau rappelait l'esthétique naïve de Frida Kahlo. À ses pieds, endormi, ce brave Macán. Au lieu de son éternel pull en laine, il portait un sweat-shirt orné de l'écusson et du nom de quelque université, pratiquement illisibles à force d'avoir été lavés. Ce qu'il avait dans la tête, je fus bien incapable de le deviner.

— Finalement, tu n'es pas revenu. Comment ç'a été? dis-je à la place de bonjour.

— Mal, répondit-il. Ils veulent résister coûte que coûte, mais sans aucun argument convaincant.

— Ils ont fini par camper?

— Plus de deux cents étudiants, juste à côté des pelles mécaniques qui sont déjà dans le coin. Sûr qu'ils ne vont pas commencer tout de suite à creuser, qu'on les a mises là pour impressionner, mais je crains que le compte à rebours ne soit entamé. Ils auront beau faire beaucoup de bruit, ça ne servira pas à grand-chose.

— À moins qu'on ne découvre nous-mêmes un truc, dis-je en lui tendant le document. Altamira est réapparu hier soir.

42.

Le mercredi s'écoula sans rien de particulier, puis ce fut le jeudi, accompagné de la pluie, intermittente et modérée, mais suffisante pour laisser voir, à travers la baie vitrée, une journée grise qui invitait à ne pas mettre le nez dehors. Toutes les lumières de la salle à manger étaient restées allumées depuis tôt le matin, répandant de la clarté sur nos têtes et sur les papiers dorénavant éparpillés sur la table, par terre et jusqu'au moindre recoin.

Rebecca revint lorsque le soir était tombé. Nous ne nous étions même pas arrêtés pour manger, une bouteille d'eau vide gisait sur le sol, et sur les rayonnages deux canettes de Coca-Cola, les trognons de trois pommes et un paquet de chips de maïs Doritos. À notre grand dam, c'était le scénario catastrophe qui s'annonçait. Il ne restait plus que quelques feuilles éparses au fond du dernier carton : le reçu chiffonné de plusieurs livres achetés en mars 1969 à la librairie Moe's à Berkeley. Un horaire de cérémonies liturgiques à la mission de Santa Clara. Une carte de routes départementales.

Et, derrière tout cela, la déception.

Nous étions arrivés à la fin sans parvenir à nous forger une opinion solide ; nous avions des intuitions, des pressentiments. Et mille données diverses et variées allant toutes dans le même sens. Le père Altamira, dont nous espérions qu'il nous conduirait à bon port, avait disparu de tous les témoignage écrits sans nous permettre de découvrir ce qu'il avait fait au cours de l'année 1827. Aucune des autres missions ne l'avait accueilli. Ses amis au sein des autorités avaient cessé de le mentionner. Fontana n'avait jamais réussi à savoir ce qu'il était devenu. Étant donné le caractère véhément et impulsif du franciscain, le professeur s'était imaginé, à tort, qu'il avait pu construire une nouvelle mission. Sans autorisation, sans permis. Sans acte fondateur, sans budget ni soutien, mû seulement par une foi à toute épreuve ou peut-être par une ambition aussi féroce qu'insensée. Ç'avait été le rêve de Fontana, celui qu'il nous avait transmis.

— Il n'y a rien d'autre, annonçai-je à voix basse.

Résignée face au constat de notre impuissance, je lançai le carton vide par terre. Il retomba à l'envers, comme une sorte de confirmation lugubre de notre échec.

Daniel s'écroula sur une chaise. Jambes écartées et regard absent. Abattu, tel un animal blessé incapable de se défendre.

J'esquissai le geste de ramasser le carton et de le remettre à l'endroit; je n'en eus pas la force. Je me laissai choir à côté de lui. Sur le magnifique parquet de Rebecca. Épuisée, adossée au mur.

— Quel crétin j'ai été! s'écria-t-il alors, le visage tourné vers le plafond.

Les yeux fermés, se passant les doigts sur la tête, les enfonçant dans ses cheveux depuis les racines jusqu'aux extrémités.

— Quel crétin!

— Ça ne sert à rien de te culpabiliser maintenant. Personne ne pouvait savoir ce que nous allions trouver, nous n'avions pas idée du résultat des recherches de Fontana.

— Il fallait être moins naïf, plus réaliste. Ne pas avoir compté aveuglément après tant d'années sur quelque chose d'aussi… d'aussi fragile, d'aussi incertain, d'aussi négligeable.

— C'était un risque. Tu as parié et tu as perdu. Et, au cas où ça te consolerait, tu as au moins atteint la moitié de ton objectif : l'héritage de ton maître est à présent sorti des ténèbres.

— Surtout, je n'aurais dû impliquer personne dans cette affaire, ni faire appel à toi, ni me confronter à Zárate, ni engager la responsabilité du département, ni…

Ce n'était qu'une apparence de dialogue. Nous avions l'air de nous adresser l'un à l'autre alors qu'en réalité chacun se parlait à soi-même à voix haute dans la lourde atmosphère de la salle à manger.

Nous nous tûmes finalement et commençâmes à réfléchir. Muets, ruminant notre désarroi. La cruelle réalité s'imposait à nous : rien, il n'y avait absolument rien à quoi se raccrocher. Rien de concluant permettant de se pourvoir contre le projet de Los Pinitos. De vagues données et des soupçons impalpables. Rien de plus.

— Qu'est-ce qu'on fait? On passe toute la nuit à pleurer sur notre sort ou on commence à ramasser?

Cette proposition vint de moi après quelques minutes. Retour à la vie, retour au présent. Nous avions échoué, d'accord. Mais moi, au moins, je savais que je devais me remettre à avancer. Adieu à Andrés Fontana et à ses fausses illusions. Adieu à son vieil élève et à sa tentative de rédemption, à un monde étranger et à des hommes qui m'avaient séduite et poussée en avant durant un certain temps, mais avec lesquels, en définitive, j'avais très peu de choses en commun. Le moment était en tout cas venu de tourner la page. Il ne servait à rien de se lamenter, il était trop tard. J'étais sur le départ, il fallait encore ranger l'appartement. Faire les valises, prendre congé, plus quelques sensations que j'aurais intérêt à oublier.

Comme tant d'autres fois dans ma vie, il était temps de me relever et de repartir.

— Haut les cœurs! voulus-je me dire à moi-même.

Ma voix me trahit néanmoins. Au lieu de ne s'adresser qu'à moi, l'exclamation m'échappa et se transforma en une injonction donnée à tous les deux.

Mon indomptable coéquipier obéit sans regimber. Il abandonna sa chaise avant que je me sois relevée et s'approcha pour me tendre la main. Une fois debout, sans échanger un seul mot, nous nous mîmes à remballer le chaos pour rendre à la pièce son aspect normal.

Il commença par une extrémité de la table et moi par l'autre. Empilant des documents et entassant des papiers. Machinalement, sans réfléchir.

— Ce salopard a même laissé des factures de téléphone, et pas la moindre piste…

— De quelles factures parles-tu ? Moi, je n'en ai pas vu.

— De celles-là, dit-il en soulevant un paquet de lettres. Attachées avec un élastique un peu lâche. Quelques-unes, pas beaucoup. Sept, huit, neuf, je ne réussis pas à les compter exactement à cette distance.

— Où étaient-elles ?

— Sous ce paquet de coupures de journal, j'ai cru que tu y avais déjà jeté un coup d'œil.

— Je ne les avais même pas vues.

— Je suppose qu'il n'y a rien d'intéressant, mais vérifie, au cas où.

Il me les lança ; je les attrapai au vol.

— Pendant ce temps, je transporte tout ça dans le coffre de ma voiture.

Deux lettres commerciales de la compagnie téléphonique Pacific Bell, trois de la Federal Reserve Bank de San Francisco, une de son assurance médicale et une autre d'un dentiste local pour changer la date d'un rendez-vous. Toutes datées de juin de l'année de sa mort. Peut-être que Darla les avait prises chez lui, outre des vêtements, des objets personnels, des photographies. Et c'était donc par hasard qu'elle avait joint ces lettres insignifiantes à ses documents de travail.

Au milieu des enveloppes, perdue parmi les publicités ennuyeuses de banques et de sociétés, il y en avait une plus petite. Plus épaisse, moins vide que les autres. Manuscrite, pour changer. *E. de C. y Villar, Fr.*, lisait-on laborieusement en haut à gauche. Une écriture de vieux, pensai-je. *Santa Bárbara Mission, CA.*

— Ça vient de ton village, dis-je lorsque Daniel rentra dans la salle à manger.

— Quel village ? demanda-t-il machinalement tout en prenant deux cartons et trois rouleaux de cartes.

— De Santa Bárbara, de la mission.

Je déchirai l'enveloppe, dépliai la lettre. Plusieurs lignes écrites d'une main tremblotante dans une calligraphie désuète en dévoilaient le contenu.

15 mai 1969, année du Seigneur

Très estimé professeur,

À la suite de votre visite la semaine dernière aux archives de notre mission, en rangeant de nouveau les registres consultés dans leurs rayons correspondants, est apparu ce simple fragment de lettre qui, semble-t-il, est passé inaperçu à vos yeux; celui-ci ne pouvant être catalogué par manque de données suffisantes, je vous le fais parvenir comme simple curiosité et témoignage de ma reconnaissance personnelle pour votre grand intérêt pour l'histoire de nos chères missions.

Dans l'attente d'une prochaine visite, je vous transmets mon salut affectueux dans la paix du Seigneur en vous priant de le communiquer à la chère et très aimable dame espagnole qui vous accompagnait à l'occasion de notre dernière rencontre.

L'image me frappa l'esprit avec une puissante luminosité. Avec une netteté absolue, comme éclairée par un flash. Un vieil archiviste dont les journées s'écoulaient au milieu des dossiers et des papiers poussiéreux et que nul n'avait consulté depuis des lustres, selon toute probabilité. Les visites successives d'un professeur curieux avec lequel il partageait la même langue. La femme superbe qui l'accompagnait lors de leur dernière entrevue, l'Espagnole au rire prompt dont les traits restèrent gravés dans la mémoire du vieil archiviste habitué au silence et à la solitude.

La lettre était datée de deux jours avant leur décès. Ils n'en avaient jamais lu le contenu.

— Lis ça, murmurai-je à Daniel quand il revint, prêt à charger d'autres cartons.

Je ne lui montrai pas la lettre du franciscain faisant allusion à Fontana et à Aurora; à quoi bon en rajouter dans cette histoire douloureuse? En revanche, je lui tendis la demi-page dépliée qu'il leur avait expédiée depuis les archives de la mission de Santa Bárbara. Celle que je venais de parcourir, incrédule. Sans en-tête ni destinataire. Sans formule de salutation ni date. Définitivement dépourvue d'une partie de sa substance. Et malgré tout d'une importance vitale.

— Altamira prenant congé de nous. Il était temps, le vieux salaud, dit-il ironiquement.

C'était la première fois que nous voyions son écriture et

sa signature dans ce qui ressemblait à la moitié d'une lettre qu'il n'avait peut-être jamais expédiée.

… et fut victime alors notre modeste construction de la très violente action d'Indiens obstinés dans leurs païennes erreurs, lesquels pourvus de massues et d'arcs avec des flèches se disposèrent à mettre en œuvre leur dépravé dessein. « Aimez Dieu, mes enfants », leur dis-je, mais les gentils ne parurent pas comprendre un tel salut dans leur désir d'attaquer. « Vive la foi en Jésus-Christ et périssent les ennemis de celle-ci », insistai-je, et ils n'y prêtèrent pas non plus attention, raison pour laquelle perdirent leur vie entre leurs mains sept néophytes, tous ceux-ci ayant été enterrés parmi les pins dans la terre consacrée de notre humble mission, sous de simples dalles gravées avec une croix du Seigneur et les initiales de leur nom chrétien en l'an 1827 de leur fin fatale.

Et avec cela je dis à Vôtre Grâce À Dieu jusqu'à une autre occasion, et que le Très Haut vous garde de nombreuses années dans son amour et dans sa grâce. Votre très affectueux serviteur qui se recommande à Votre Grâce du fond du cœur.

Fr. José Altamira

Une pauvre construction, sept néophytes enterrés au milieu des pins sous de simples pierres tombales avec la croix du Seigneur, an 1827, la terre consacrée de notre humble mission. De notre humble mission. Humble mission.

— Nous étions près, tout près, murmurai-je en me mordant la lèvre.

Daniel posa une main sur mon épaule, me la serra. Un geste inutile de consolation.

— Il n'y a pas de regrets à avoir. Allez, on va finir de ranger, il faut que cette salle à manger redevienne impeccable.

Juste à cet instant, son portable sonna.

— Quoi de neuf, Joe ? dit-il en me lâchant.

Les mêmes paroles que la dernière fois, la même réaction.

Avec la lettre d'Altamira dans la main et celle de l'archiviste dans la poche arrière de mon pantalon, je partis retrouver Rebecca dans la cuisine. Ce serait notre dernier dîner, le dernier jour où je m'assiérais à sa table, la dernière soirée ou je jouirais de son affection et de sa chaleur.

— Je peux t'aider ? lui demandai-je.

Peut-être qu'en remuant la sauce pour les pâtes qui cuisait sur le feu, je parviendrais à dissoudre également ma tristesse.

— Blanca ! entendis-je Daniel crier à peine avais-je empoigné la spatule. Blanca !

Il entra en trombe, m'appelant à grands cris, s'approchant à pas de géant jusqu'à se planter devant moi. Il m'attrapa par les bras avec force, fixa ses yeux dans les miens, me secoua presque.

— En creusant dans Los Pinitos pour faire une… une… let… lat… Bordel ! comment on appelle ce trou qu'on fait dans le sol pour les excréments ?

C'était la première fois que je l'entendais hésiter dans ma langue, la première fois que l'immensité de son vocabulaire espagnol lui jouait un mauvais tour.

— Latrine.

— Latrine, c'est ça. En creusant pour faire une latrine, les campeurs ont trouvé parmi les pins ce qui paraît avoir été un petit cimetière. Pour le moment, ils auraient découvert trois tombes, mais il peut y en avoir davantage. Très simples, à peine des pierres plates avec des inscriptions rudimentaires.

Je sentis un frisson me parcourir le dos.

— Chaque pierre porte des initiales.

— Et une croix ?

— Et une croix.

— Et une année ?

Il sourit dans sa barbe claire. La mimique de toujours, celle des jours où le soleil brillait entre nous.

— Une année aussi.

— 1827 ?

La spatule me tomba des mains et heurta bruyamment le sol. Les dalles et nos pieds furent couverts d'éclaboussures.

— L'année où ce fou d'Altamira s'est évanoui dans la nature.

43.

Nous avions à peine dormi, nos cheveux mouillés portaient encore la trace de la douche que nous avions prise et une chemise contenant des documents était posée sur le siège arrière.

Les cours et les examens étaient terminés, les étudiants attendaient leurs notes ou préparaient leurs bagages pour les vacances de Noël, la plupart étaient déjà retournés chez eux. Les plus combatifs, néanmoins, occupaient toujours Los Pinitos. Ils campaient à côté des humbles sépultures de sept néophytes sur cet endroit dont nous ne doutions plus qu'il avait accueilli une mission. La dernière mission franciscaine du légendaire Camino Real. Celle qui n'avait jamais été cataloguée, la numéro vingt-deux. La plus fragile et la plus éphémère, celle qu'Andrés Fontana avait à juste titre ou non appelée mission Olvido.

En passant devant la porte du bureau de Rebecca, nous lui lançâmes un bref salut silencieux. Elle savait que nous nous rendions ailleurs. Et aussi que nous n'avions pas une minute à perdre.

Luis Zárate avait été prévenu, je l'avais moi-même appelé la veille au soir.

— Nous disposons d'arguments solides contre le projet de Los Pinitos, lui avais-je annoncé. Tout doit être conclu demain matin. Mon avion décolle à six heures du soir, il faut que je quitte Santa Cecilia à deux heures.

Il nous fixa rendez-vous à neuf heures. Nous étions là à moins cinq.

J'avais à peine eu une trentaine de minutes pour passer chez moi, changer de vêtements et au passage commencer à ranger à la va-vite. Vidant des tiroirs et des rayonnages à pleines mains, entassant le tout dans les valises. Entièrement concentrée sur l'urgence de la tâche, sans m'accorder le moindre répit pour penser à ce que j'allais laisser derrière moi.

— Nous avons besoin de ton aide, Luis, dis-je quand nous fûmes installés devant lui.

— De quelle aide s'agit-il précisément? répliqua-t-il, assis à sa table impeccablement ordonnée comme toujours.

Je ne perçus aucune animosité dans sa réponse laconique, pas de sympathie non plus. Daniel, à ma droite, les jambes et les bras croisés, nous écoutait sans intervenir. Je savais qu'il ne présentait plus aucun danger – le fauve s'était assagi. Au cours de la matinée, tandis que nous nous escrimions devant l'écran de mon ordinateur, à quatre mains et les deux cerveaux remplis de caféine, afin de rédiger un rapport cohérent à même de synthétiser notre recherche, je lui avais arraché un oui. Oui à la participation de Zárate; oui à l'intégration des documents qui se trouvaient dans le garage de Darla, à la partie de l'héritage conservée jusqu'alors au département; oui à quelques autres points.

— Je propose que tu nous rejoignes, dis-je alors. Que tu le fasses en qualité de directeur de ce département avec lequel, que nous le voulions ou non, autrefois ou maintenant, nous avons tous un lien. Que tu oublies la FACMAF et ses irrégularités, que tu acceptes la fraction du legs appartenant à Daniel Carter comme une donation et que ce soit ton nom qui figure dans le recours que nous allons introduire. Que tu sois le porte-parole officiel de nos conclusions.

Le doute se peignit sur son visage, il n'en croyait pas ses oreilles. Je repris donc la parole, d'un seul jet.

— Je te demande d'accepter au nom d'Andrés Fontana. Ce que nous avons fait ces jours-ci, même ce que moi j'ai fait pendant plus de trois mois, représente une tâche insignifiante comparée à ses efforts titanesques. Nous nous sommes contentés de relier certains éléments séparés, mais celui qui a lutté durant des années pour tirer cette mission de l'oubli, c'est lui. Peut-être agissait-il au début pour des motivations purement personnelles, en distinguant dans ces vieilles missions une trace de l'âme de sa patrie et de sa propre essence. Et, par-dessus tout, il se conduisait en tant qu'universitaire, en tant qu'humaniste engagé dans la recherche et la diffusion de la connaissance, engagé aussi par rapport à ce département, à cette université et à cette ville. Lorsque la mort l'a emporté, il occupait le poste que tu occupes aujourd'hui, Luis. Comme toi, il veillait sur cette maison et sur son personnel, sur l'excellence académique et sur le bien commun.

Je montrai alors Daniel qui m'écoutait attentivement, affalé sur sa chaise.

— Il est sans doute son héritier intellectuel et sentimental, en raison de tout ce qui les a réunis pendant longtemps…

Je me tournai ensuite vers le directeur, vers son visage sérieux, son attitude réservée.

— … mais n'oublie pas que son héritier institutionnel est celui qui se trouve en ce moment à son poste. Et cet héritier, Luis Zárate, c'est toi. Daniel et toi vous avez donc l'obligation morale de vous respecter et d'œuvrer ensemble pour la dignité de l'homme et de l'héritage dont vous êtes dépositaires tous les deux.

Le silence s'étendit sur le bureau. Depuis le couloir et à travers le mur, on perçut, amorti, le cri hystérique d'une élève, peut-être une explosion de bonheur incontrôlable du fait d'une note plus élevée qu'elle ne l'espérait. Pendant ce temps nous restions muets, chacun absorbé dans ses pensées.

Finalement, Daniel se redressa, décroisa les bras, se noua les doigts et prit la parole.

— Il me semble que Blanca a parfaitement raison et qu'elle nous offre une solution sensée. Au début, mon intention était de transmettre nos résultats à la plateforme contre Los Pinitos et que ses membres décident de l'usage de ces documents. Mais elle m'a convaincu : il faut que la voix de Fontana soit entendue d'une façon ou d'une autre. Et la façon la plus cohérente, c'est par le biais de l'institution pour laquelle il a travaillé.

Il se racla la gorge, puis poursuivit :

— En ce qui me concerne, je regrette mon comportement. Je reconnais mon erreur et je te présente mes excuses, Luis, pour avoir empiété sur ton domaine pour mes propres intérêts.

J'hésitai entre pousser un cri de joie, brandir un poing victorieux ou le serrer bien fort dans mes bras. Mon pari de revendiquer Fontana l'avait convaincu de privilégier la mémoire de celui qui avait été son ami et son maître et de laisser de côté sa fierté, mais je ne m'attendais pas à de telles excuses de sa part. D'une sobre humilité sans simagrées. Il ne se leva pas pour tendre une main émue au directeur, pas plus qu'il ne prononça un douloureux mea culpa. Il le tutoya, simplement, l'appela par son prénom, et tout cela avait un accent de vérité.

Luis resta muet.

— Nous comptons sur toi, alors ? Nous avons toutes les preuves concluantes et un rapport rédigé, dis-je en lui montrant une chemise qui contenait les résultats de notre travail. On peut s'y mettre immédiatement.

Sa réponse fut remplie d'ambiguïté.

— Parfois, nous sommes aveuglés par l'arrogance et nous ne voyons pas à quel point les choses sont élémentaires. Jusqu'à ce que quelqu'un nous mette sous les yeux la réalité dans toute sa simplicité.

J'eus du mal à comprendre la signification de ses propos : était-ce une acceptation rhétorique des excuses de Daniel ou bien une reconnaissance de ses propres erreurs ? Ce n'était cependant pas le bon moment pour jouer aux devinettes. Le temps passait trop vite, impossible d'attendre.

— Alors, tu es prêt à... ? insistai-je.

Comme quelques jours auparavant, quand elle avait débarqué avec ses pizzas, ce fut Fanny qui m'ôta les mots de la bouche. Sans même se donner la peine de frapper, elle se pencha à la porte, le visage rougi par l'émotion, et m'interrompit.

— Le professeur Super vous cherche. Il dit que c'est urgent.

Daniel tâta machinalement les poches de son pantalon et de sa veste, puis il poussa un sonore *shit !* Dans l'agitation de cette matinée frénétique et après une nuit quasiment sans sommeil, il avait oublié son portable quelque part.

Fanny finit d'ouvrir la porte pour laisser passer le professeur.

Les yeux de Joe Super n'exprimaient pas à présent la bonhomie et le sens de l'humour qui agrémentaient mes cours ; ni même un zeste de la sympathie qu'il nous avait témoignée lorsque Luis et moi dînions à Los Olivos. Ce matin-là, ses yeux ne traduisaient que de l'inquiétude.

— La police est arrivée à Los Pinitos pour expulser les campeurs. Suite à la découverte des tombes, le juge a ordonné l'évacuation, mais les jeunes refusent de bouger et la situation devient de plus en plus tendue. Si vous avez l'intention de leur parler, il faudrait y aller le plus vite possible.

Nous nous levâmes aussitôt et regardâmes Luis Zárate, perplexes. Sans un mot, guettant son comportement. S'il acceptait de venir avec nous, ce serait un acte de foi aveugle, nous ne lui avions pas encore soumis nos conclusions. C'est sans doute pourquoi il mit un moment à réagir. Ensuite, en guise d'acceptation muette, il se leva à son tour.

Tandis que Daniel conduisait à vive allure en grillant quelques feux rouges, nous leur fournîmes d'une façon plutôt hachée les éléments de nos découvertes. Luis et Joe savaient depuis la veille au soir que nous possédions des preuves définitives, tout en en ignorant le détail. La longue matinée de travail nous avait permis d'introduire de l'ordre et de la cohérence dans nos recherches, nous disposions enfin d'un récit consistant des faits et d'arguments valables.

Nous atteignîmes Los Pinitos un peu après onze heures et demie, presque en même temps que deux voitures de la police qui s'apprêtaient à rejoindre les autres véhicules garés sur place avec les sirènes et les gyrophares en action. Près d'eux, deux énormes pelles mécaniques à l'arrêt et, tout autour, bon nombre d'automobiles particulières. L'immense panneau promettant *exciting shopping* et distractions à gogo se dressait encore, couvert de visages publicitaires, de sourires vides et de phrases dont le sens commençait à se diluer.

Nous dûmes marcher pas mal de temps pour atteindre la zone des campeurs : une bonne douzaine de tentes multicolores, d'innombrables pancartes et quelque cinquante ou soixante étudiants, plus un militant par-ci, par-là et un ou deux professeurs. Tous portaient par-dessus leurs vêtements le tee-shirt orange revendicatif qui était apparu sur le campus dès la première manifestation.

Autour d'eux, une foule de gens. Des membres moins agressifs de la plateforme, des sympathisants et des curieux de toutes sortes. Beaucoup prenaient des photos, il y avait des caméras de la chaîne de télévision locale. Sur une table de camping, derrière deux énormes thermos, les petites grands-mères à l'humeur belliqueuse distribuaient des gobelets en polystyrène remplis de café. D'autres bavardaient ou contemplaient simplement la scène, indécis sur la suite des événements.

La police avait bouclé le périmètre de ce que nous savions déjà être le minuscule cimetière de la mission. Un petit rectangle au milieu des pins. Quatre ou cinq mètres de longueur, pas plus de deux de largeur. La première chose que nous fîmes instinctivement, Daniel et moi, fut de nous diriger de ce côté.

— Hé, interdit de passer ! hurla un policier à distance.

Daniel s'était baissé pour franchir le cordon empêchant l'accès. En lettres noires sur fond jaune, celui-ci indiquait clairement *DO NOT CROSS.*

Comme s'il était sourd et qu'il ne savait pas lire, il me tendit la main.

— Allons ! m'ordonna-t-il. C'est ici que tu es venu, père Altamira, ajouta-t-il à voix basse lorsque nous nous arrêtâmes devant la première des sépultures.

Recouverte d'une pierre grisâtre d'à peine trente centimètres sur trente, grossière, irrégulière.

Derrière nous, Joe Super essayait de négocier avec l'agent qui voulait nous obliger à partir.

Nous nous accroupîmes. Les initiales E.F. avaient été maladroitement gravées, sans doute à l'aide d'un poinçon rudimentaire. Au-dessus d'elles, une humble croix et l'année en dessous, 1827. Une parenthèse entre l'incendie de la mission San Francisco Solano de Sonoma et le retour en Espagne de ce moine rebelle dont la soumission n'était de toute évidence pas la plus grande vertu.

— Quel dommage que Fontana ne soit jamais tombé dessus ! murmurai-je.

— Ç'aurait été difficile, le temps les avait bien cachées, regarde, dit Daniel en prenant une poignée de la terre qu'on avait déblayée pour les mettre au jour.

— En revanche, il a peut-être trouvé ça dans le coin, ajoutai-je en sortant la croix de bois de la poche de mon imperméable, la croix grossière attachée par un vieux bout de ficelle que nous avions trouvée au milieu des papiers dans l'un des cartons de Darla Stern.

Daniel me la prit des mains.

— Un bon compagnon de voyage, affirma-t-il en la contemplant.

Puis il me fixa dans les yeux et caressa l'une de mes joues avec deux doigts.

— Et toi aussi.

— Sortez de là immédiatement ! brailla le policier.

Nous fûmes obligés de nous exécuter.

Plusieurs membres de la plateforme avaient rejoint Joe Super et Luis Zárate. Ils étaient tous au courant de notre découverte depuis la veille au soir, quand Joe les avait informés suite à l'appel de Daniel.

— C'est le moment de rendre cela public, nous demanda-t-il alors.

Daniel me regarda en haussant les sourcils. Je le compris et répondis immédiatement.

— Non.

— Oui.

— Oui.

Le non catégorique était sorti de ma bouche. Les deux oui de la bouche de Daniel, puis de celle de Luis. Sérieux tous les deux, convaincus. J'avalai ma salive.

— À condition de parler en espagnol, acceptai-je après quelques secondes de désarroi. Si je le faisais en anglais, je ne pourrais pas exprimer dans mes mots la substance de cette histoire. J'ai besoin d'un traducteur.

— Allez, monsieur le directeur, dit Daniel. Puisque tu seras dorénavant le porte-parole de Fontana, le moment est bien choisi pour t'y mettre.

La nouvelle que quelqu'un allait faire une déclaration se

répandit comme une traînée de poudre. Les gens s'entassèrent autour de nous. Le jeune rasta que j'avais souvent aperçu lors de la manifestation et de l'assemblée générale sortit de dessous une tente son inséparable grosse caisse et la fit résonner en cadence, invitant la foule à se taire.

Quand le silence se fit, je commençai. Avec la voix de la tête et la voix du cœur. En mon propre nom et en celui de ceux qui m'avaient accompagnée dans cette aventure et, en premier lieu, au nom de ceux qui étaient restés en arrière.

— Pendant un peu plus de cinquante ans, quelques franciscains espagnols, moines austères mus par une foi d'airain et une loyauté aveugle à l'égard de leur roi, ont parcouru cette terre encore sauvage de la Californie, bâtissant des missions à la gloire de leur patrie et de leur Dieu. Ils ont débuté en 1769 avec San Diego de Alcalá et, avançant à pied et à dos de mule, ils se sont frayé un chemin à travers des territoires jamais explorés, dressant peu à peu les vingt et une constructions et créant ce qui a pris finalement le nom de Camino Real. Leur intention était de christianiser la population native et de les aider à entrer dans la civilisation, et même si de tels objectifs sont aujourd'hui remis en cause pour le prix excessivement douloureux qu'ont payé ces populations sous forme de maladies et de perte d'identité, nous ne pouvons négliger la tâche immense et méritoire de ces hommes qui ont traversé un océan pour accomplir ce qu'ils estimaient être leur devoir. Ils ont apporté à cette partie du monde leur langue et leurs coutumes, leurs fruits et animaux et leur façon de travailler. Ils y ont laissé une trace indélébile dans les centaines de noms qui sillonnent à présent les cartes et dans mille petits détails qui sautent aux yeux quotidiennement, depuis la couleur des murs jusqu'aux tuiles en argile, les vignes ou les fers forgés des fenêtres.

Je fis une pause pour que Luis, à ma droite, puisse traduire. Daniel s'était écarté. Il se tenait près de Joe, nous cédant la vedette à tous les deux. Tout autour, plus d'une centaine de paires d'yeux et d'oreilles me regardaient et m'écoutaient avec intérêt. Ils ne m'impressionnaient pas, j'étais plus qu'habituée à parler en public, à transmettre des connaissances et à instruire. Pourtant, il fallait que je raconte cette histoire avec discernement. Pour que tous comprennent ce qui était arrivé ici.

— Après plus d'un siècle et demi, les hasards de la vie ont conduit un professeur d'espagnol en ces lieux. Il a été ému en découvrant subitement tant d'échos de sa propre terre sur ces rivages lointains. À une époque où il avait déjà quitté son pays depuis longtemps, il a décidé d'effectuer des recherches sur la vie et les activités de ses compatriotes ici. Et au bout de longues années de travail, à la lumière de vieux documents, il a deviné que la mythique chaîne de missions fondées par les franciscains espagnols ne s'était pas achevée avec la construction, en 1823, de San Francisco Solano à Sonoma, comme on l'avait toujours imaginé. Il avait plus ou moins su qu'ils étaient allés plus loin, et c'est à cela qu'il a consacré le reste de sa vie : à chercher des preuves susceptibles de démontrer le bien-fondé de cette intuition. Malheureusement, il est mort avant d'achever son travail. Mais, grâce à son obstination et à sa constance, nous sommes arrivés à la conclusion que cette mission qu'il avait poursuivie comme un fantôme avait réellement existé. Les sépultures qui sont apparues hier confirment cette interprétation des faits et nous permettent d'établir ce qui s'est passé ici.

Luis me traduisit de nouveau; ensuite je mentionnai Altamira et ses antécédents, sa révolte contre la hiérarchie pour créer la mission de Sonoma, puis l'incendie atroce qui avait ravagé cette dernière.

— Défiant une fois de plus ses supérieurs, poussé sans doute par un mélange de frustration et de rébellion, ou bien par la force inébranlable de sa foi, le père Altamira, l'un des derniers moines à arriver en Californie en provenance de la vieille Espagne, se rendit à pied jusqu'à cette zone alors inhospitalière et, sans moyens, ni aide ni autorisation quelconque, il a fondé la plus modeste des missions. Il n'était accompagné que de quelques Indiens christianisés, ces néophytes qui avaient survécu avec lui à l'incendie de Sonoma et qui reposent maintenant sous ces dalles après avoir perdu la vie au cours d'une attaque indienne postérieure. Et bien que nous n'ayons aucune certitude à cet égard, peut-être sous l'influence de l'utopie d'Andrés Fontana, nous voulons penser que le père Altamira, dans une évocation de son propre abandon, baptisa cette mission « Nuestra Señora del Olvido ».

« Mon vieux compatriote aurait été fier de vous tous. De l'opiniâtreté avec laquelle vous avez lutté pour préserver cet environnement, de votre combat pour sauvegarder l'intégrité de cet endroit qui vous appartient à tous et qui avait une telle signification pour lui. Vous avez bataillé en ordre dispersé, mais en poursuivant le même but. Et après m'être complètement identifiée à lui et à sa mémoire au cours de ces mois, je me crois légitimée pour vous transmettre sa gratitude en son nom. »

Luis continua à traduire, puis l'on entendit un applaudissement, il y eut des cris de joie et le jeune rasta tapa à nouveau sur son tambour.

Ce fut ensuite au tour de Joe Super, qui aborda les aspects techniques et juridiques du recours contre le projet de centre commercial. L'Église catholique ne pourrait pas revendiquer la propriété de l'endroit : les franciscains n'avaient jamais possédé les terrains occupés par leurs missions, ils avaient simplement bénéficié d'un usufruit temporaire. Pourtant, il suffisait de prouver que cette zone avait été un territoire missionnaire pour qu'elle soit soumise à un traitement légal spécial et pour la résolution duquel il faudrait remonter à la nuit des temps. Ce serait bien sûr du ressort d'experts qui devraient déterminer avec la plus extrême rigueur ce qui s'était passé ici même avant de prendre leur décision. Il existait malgré tout de bonnes raisons d'être optimiste. Le pire, le plus difficile, le plus complexe était d'ores et déjà derrière nous.

Tandis que Joe était assailli de questions, la voix de Daniel résonna dans mon dos.

— Une heure moins le quart. Il faut y aller.

44.

— Juste une minute.

Je cherchai Luis Zárate du regard. Joe répondait aux questions, et les étudiants s'embrassaient et se serraient les mains au milieu des éclats de rire tout en démontant leurs tentes. Les curieux commencèrent à s'éloigner en direction de leurs automobiles, les grands-mères insistaient pour distribuer un café dont plus personne ne voulait, et la police, quoique toujours vigilante, ne suscitait plus aucune tension. Dans ce tohu-bohu de mouvements, de cris et de commentaires mêlés, je l'aperçus au milieu d'un groupe de membres de la plateforme, à quelques mètres de là.

— Vous permettez que je vous le vole ?

Sans attendre la réponse, je l'attrapai par le bras et l'entraînai.

— Je veux que tu saches que j'étais sûre que tu céderais tôt ou tard.

— Tu croyais que je me dégonflerais devant Carter ou que c'est toi qui réussirais à me convaincre ? demanda-t-il avec un petit sourire ironique.

Je me tus. Nous connaissions tous les deux la raison qui l'avait poussé à faire le dernier pas : ce n'était ni Daniel ni moi, mais lui-même.

— Promets-moi de t'y consacrer de bon cœur et avec sérieux.

— Promets-moi de revenir un jour. Tu enseigneras ce qui te chantera. « Approche des missions franciscaines », « Fontana et sa mémoire », ou « Comment séduire un directeur ».

Je ris sans grande envie.

— Préviens-moi quand tu passeras par Madrid. Il est resté certaines choses en suspens, nous pouvons encore être amis.

— Rien n'est resté en suspens, Blanca. On est arrivés là où on devait arriver.

Je m'arrêtai, le fixai droit dans les yeux.

— Il aurait été très fier de savoir que tout était en de bonnes mains.

Je sortis alors la vieille croix de la poche de mon imperméable.

— Je te passe son témoin. Je n'en ai pas la certitude, mais, avec une imagination peut-être un peu débridée, je pense maintenant qu'il l'a trouvée par ici à moitié enterrée. Elle était à nos côtés pendant tout ce temps ; d'une certaine façon, c'est comme s'il s'était tenu près de nous.

Il la prit et, tout comme Daniel et moi, il promena les doigts sur ses aspérités et frôla le bout de corde effiloché, la palpa, la caressa.

— Garde-la, dit-il en me la rendant. Tu as aussi une longue route devant toi.

Je refusai.

— Quelle qu'elle soit, ma route n'est plus ici. Et la sienne non plus, ajoutai-je en montrant du regard le dos de Daniel. Il n'y a qu'un seul responsable, à présent : toi.

Je la lui donnai à nouveau et serrai ses mains dans les miennes, jusqu'à ce qu'on n'aperçoive plus qu'un petit morceau de bois dans cet enchevêtrement de doigts.

— Veille sur elle et veille sur toi, dis-je sans le lâcher.

— Je vais essayer.

Il n'y eut ni étreinte émue ni grandes phrases d'adieu ; nous nous serrâmes de nouveau la main et tout fut dit. J'étais à peu près certaine qu'il ne m'appellerait pas, quand bien même il viendrait de nombreuses fois à Madrid, que nous ne nous reverrions plus jamais.

Je l'abandonnai au milieu des pins et me dépêchai d'aller retrouver Daniel. Je préférai ne pas regarder derrière moi.

Dix minutes plus tard, nous étions devant la porte de l'université, où j'avais deux, trois affaires à régler.

— Je serai à ton appartement à deux heures pile, dit Daniel en jetant un coup d'œil à sa montre. Je dois passer chez moi.

Le premier arrêt fut dans mon bureau ; deux choses m'y attendaient. Dès que j'ouvris la porte, je parcourus du regard les documents désormais rangés dans leurs cartons et les tas empilés contre le mur. Nous ignorions encore leur destination finale, mais j'étais sûre qu'ils seraient bien traités, quel que fût l'endroit.

Mais il n'était plus temps de se livrer à des spéculations. Je fourrai d'abord dans mon sac, en vue d'un futur mémoire sur mon travail, plusieurs disquettes aussitôt rejointes par mes feutres et par deux cahiers. Je pus m'occuper ensuite de mon second objectif, le plus important.

Je pris sur un rayonnage le vieil annuaire téléphonique et récupérai une feuille de papier pliée en deux que j'avais glissée entre ses pages.

```
Où qu'habite l'oubli,
Dans les vastes jardins sans aurore...
```

Je relus le poème de Cernuda. Puis encore une fois. Ensuite, je sortis une boîte d'allumettes du dernier tiroir de mon bureau. Anonyme, résidu d'un quelconque usager qui était passé un jour par ce réduit insignifiant au bout du couloir, oubliée à côté d'un taille-crayon à moitié rouillé, de la facture d'un chiropracteur et d'une poignée de trombones.

```
Où je ne serai que mémoire d'une pierre ensevelie
parmi les orties...
```

Les cendres noires finirent dans la corbeille à papier, et avec elles le grand amour d'un homme. Pour une raison qui m'échappait, j'imaginai que Fontana aurait aimé qu'on veillât à préserver son intimité.

Contrairement à ses habitudes, Fanny était à sa place, dévorant un donut au chocolat. Dans sa hâte pour me dire quelque chose dès qu'elle m'aperçut, elle avala de travers.

— J'ai un truc pour vous, professeure, un cadeau d'adieu, réussit-elle à bafouiller entre deux accès de toux.

Elle ramassa une boîte par terre, une vieille boîte maladroitement enveloppée d'un tissu à rayures vertes. Son œuvre, me dit-elle, de longtemps avant.

— Vous savez que nous allons déménager, n'est-ce pas? Maman m'a demandé de commencer à faire des cartons et j'ai déjà vidé des armoires.

— En effet, je suis au courant, Fanny.

— Eh bien, hier soir, en sortant des vieilleries d'un placard, regardez sur quoi je suis tombée…

Elle souleva le couvercle de ce réceptacle des souvenirs de son enfance et de sa jeunesse et, au milieu des cartes d'anniversaire et des cassettes des Bee Gees, elle en extirpa quelques photos. Des instantanés en mauvais état, carrés, petits, dans un format d'appareil rudimentaire qui n'existait plus depuis des dizaines d'années.

— Vous vous souvenez de cette journée que je vous ai racontée? Quand l'oncle Andrés nous avait emmenées au parc d'attractions de Santa Cruz? J'avais neuf ans mais je me rappelle très bien. Par contre, j'avais oublié ces photographies. Ou plutôt je me rappelais qu'on avait pris des photos, mais je ne savais plus où elles étaient, parce que si je m'en étais souvenue…

J'avais cessé de l'écouter au milieu de la première phrase, dès qu'elle eut mis les images sous mes yeux. Une Fanny gamine boudinée dans une robe jaune ornée d'une ancre marine sur le devant. Avec les mêmes cheveux raides coupés au ras de la mâchoire, souriante, comblée, une barbe à papa dans la main droite. Avec un homme à sa gauche. Un homme encore brun malgré la cinquantaine bien sonnée, brun de chevelure et de peau. Le torse large et les sourcils fournis. Des bras velus, une chemise marron clair entrouverte et une barbe drue qui commençait à blanchir par endroits. Une main sur l'épaule de la fillette, une cigarette dans l'autre. Un sourire discret, comme de convenance. Quatre photographies à peu près similaires. La cinquième, en revanche, changeait radicalement. Ce n'étaient plus deux personnes qui posaient, mais trois.

Derrière, quelques mots rédigés de l'écriture maladroite de la Fanny d'alors. *Santa Cruz Beach Boardwalk, summer 1966.* À l'endroit, Darla Stern, la même qu'aujourd'hui avec ses cheveux teints à la blondeur nordique et son rouge à lèvres éclatant, apparaissait aux côtés des deux autres. Elle devait friser la quarantaine, un brin excentrique avec son pantalon capri moulant et ses sandales à talons hauts. Elle prenait la pose pour styliser sa silhouette en arborant un sourire possessif et triomphant. Ma fille et mon homme, semblait-elle crier à la face du monde. Peut-être se faisait-elle des illusions. Peut-être pas.

Fontana ne souriait pas sur ce cliché; il avait l'air mal à l'aise, sans doute gêné d'être photographié par cet étranger à qui Darla avait demandé ce service. Mais il avait finalement accepté et s'était ainsi retrouvé à jamais fixé sur ce témoignage visuel que je contemplais maintenant, tandis que Fanny continuait à parler de manèges et de montagnes russes. Je scrutai avidement les détails : les visages, les vêtements, les mimiques. Ce fut surtout sa main qui retint mon attention. Sur la taille de la femme. Assurée, sans raideur. Tenant encore sa cigarette entre les doigts, comme si cette partie du corps de Darla constituait pour lui un territoire parfaitement familier.

— Laquelle voulez-vous garder, docteure Perea?

— Aucune, Fanny, répondis-je en cessant enfin de regarder les photos. Elles sont à toi, c'est ton patrimoine sentimental. Emporte-les dans ta nouvelle maison. Ne les perds jamais.

— Mais c'était un cadeau de ma part! protesta-t-elle.

— Mon cadeau, ce sera que tu m'écrives de temps en temps et que tu me dises comment tu vas.

Je la serrai dans mes bras avant que son esprit, toujours lent, eût le temps de réagir.

— Et fais attention à ta mère, ajoutai-je à la dernière seconde, sans savoir moi-même pourquoi.

Mon dernier arrêt fut pour Rebecca.

— Tu as une nouvelle amie espagnole, tu sais ça, hein?

Elle me raccompagna jusqu'à l'ascenseur tout en me promettant de se charger de certaines tâches que le manque de temps m'empêcherait d'effectuer : rendre quelques livres à la bibliothèque, prendre congé de plusieurs collègues, vider mon frigo…

Les portes se refermaient déjà quand elle appuya soudain sur le bouton extérieur. Elles se rouvrirent, Rebecca me fit un geste, je sortis.

— Tu as retrouvé ton cap, Blanca, dit-elle en m'agrippant par les poignets. Le pire est derrière toi. Évalue à présent les opportunités que la vie t'a offertes et écoute ton cœur.

Elle m'embrassa de nouveau et me laissa partir.

Je traversai rapidement le campus, il était déjà deux heures moins vingt. Tout en marchant d'un bon pas, je sentais bouillir entre les parois de mon cerveau, comme dans une grande marmite, une épaisse mixture remplie d'émotions et de pensées. La satisfaction d'avoir atteint notre objectif. Les amis inespérés que je venais de quitter. L'incertitude face à l'avenir qui s'ouvrait devant moi.

En quête d'apaisement, j'essayai de me raccrocher à la plus indolore de toutes mes sensations. Je me rappelai ainsi de nouveau Rebecca, une femme bonne, dans le sens le plus littéral de ce mot, au sens machadien[1], aurait expliqué n'importe lequel de mes collègues hispanistes dans son cours de littérature. Généreuse, honnête, compatissante. Toujours prête à tendre la main ou à écouter une confidence, à penser aux autres, à ne jamais dire non.

En contrepartie, l'image de Darla sur la photographie restait gravée dans ma mémoire. Sa pose artificielle pour paraître séduisante devant l'appareil photo, l'exhibition à la fois arrogante et incertaine de son pouvoir et de sa propriété.

Le côté lumineux et le côté obscur de l'être humain, incarnés dans deux femmes différentes de la racine des cheveux aux ongles des pieds. Les deux faces. Celle qui assume et avance et celle qui remâche ses rancœurs tel un vieux chewing-gum dont l'amertume subsiste après des dizaines d'années. Alors que je parcourais le campus presque vide à la veille de Noël, je fus soudain consciente de l'émotion qu'elles avaient toutes les deux éveillée en moi, chacune à sa manière,

1. Référence au poète Antonio Machado (1875-1939).

pendant la demi-heure passée au Guevara Hall : elles avaient en effet bataillé pour un but similaire. Celui pour lequel j'avais moi aussi lutté durant vingt-cinq années : voir grandir nos enfants, vivre aux côtés d'un compagnon, bâtir un foyer où la lumière du soleil se glisse chaque matin. Les instincts primaires qui avaient mû les femmes de l'humanité depuis que le monde est monde.

Nous avions perdu notre équilibre toutes les trois, néanmoins, et chuté dans la boue à un moment inattendu. Un jour funeste, on avait cessé de nous aimer. Face à l'abandon et à l'incertitude, face au désamour et à la cruauté irréversible de la réalité, chacune s'était défendue comme elle le pouvait et avec les armes dont elle disposait, qu'elles soient bonnes ou mauvaises, avec ce que l'intellect, les entrailles ou le pur instinct de survie mettaient à sa portée. Le partage des talents avait toujours été arbitraire, personne n'avait eu la liberté de choix.

Rebecca avait eu sa force morale pour surmonter cette situation et, ainsi qu'elle venait de me l'exprimer, j'étais en train de trouver ma voie sans bien savoir encore où me conduiraient mes pas. Darla, en revanche, n'y était jamais arrivée. Telle une pauvre bête mal en point, elle s'était réfugiée dans sa caverne sans réussir à panser ses blessures, prenant pour une basse trahison ou de machiavéliques manigances contre elle ce qui n'était que manifestation de la nature humaine dans toute sa simplicité. Sans comprendre que l'amour est inconstant, bizarre et arbitraire, qu'il est dépourvu d'explication et de rationalité. Agissant peut-être par peur de la pauvreté, de la solitude ou de l'incapacité à élever seule une fillette dépendante ; inventant des fantômes malveillants là où il n'y en avait pas, afin de pouvoir déverser sa fureur sur un coupable, se torturant elle-même et répandant le sang de ceux qui n'avaient rien à voir, du moins consciemment, avec son infortune.

Le klaxon d'une Volvo retentit deux fois à côté de moi et me tira de mes rêveries.

— Tu es bien sûre de devoir prendre un avion à San Francisco à six heures ?

45.

Nous quittâmes Santa Cecilia sous les nuages et nous engageâmes sur la route conduisant à la baie. Nous nous tûmes pendant quelques kilomètres, absorbés dans nos propres pensées. Daniel au volant, les yeux fixés devant lui derrière ses lunettes sombres. Moi, tournée vers la droite, le regard perdu au loin, m'efforçant de remettre de l'ordre dans mon esprit confus. La radio n'était même pas allumée, nous étions seulement accompagnés par le ronronnement du moteur. Finalement, ce fut lui qui rompit le silence.

— Raconte-moi tes projets, comment vas-tu passer ce dernier Noël du millénaire ?

— Je rangerai mon appartement, j'allumerai le chauffage, je ferai des courses, j'installerai l'arbre et la crèche…

Je parlai sans le regarder, mes yeux errant toujours au-delà de la vitre. J'énumérai mes tâches avec la même conviction que lorsque je faisais l'appel en cours ou que je dressais une liste d'achats indispensables.

— Tout sera différent cette année, poursuivis-je. Je sais seulement que nous passerons la nuit de Noël chez ma sœur África, qui est une vraie calamité en tant que maîtresse de maison et parfaitement capable de nous expédier avec des lasagnes surgelées et deux ou trois biscuits. Les soirées du jour de l'An, je les passais en général avec ma belle-famille ou bien je faisais un voyage avec des amis, mais c'est fini. Mes fils dîneront avec leur père, je suppose, le plus probable c'est donc que je termine l'année seule, que je voie un film couchée dans mon lit depuis dix heures jusqu'au matin de l'année suivante. Un superprojet, comme tu peux le constater.

Le paysage défilait rapidement sous nos yeux, Santa Cecilia était restée derrière nous depuis un bon moment. Une fois le sujet abordé, je continuai à décrire mes projets à Daniel, mettant en forme ce que je serais capable de faire près de six mois après le désastre.

— Et il faut que j'aille voir Alberto, c'est sans doute là le principal. J'ai remis de l'ordre dans mes pensées au sujet de ce qui est arrivé entre nous, à présent je vois tout d'une façon différente. J'ai commencé à comprendre, et le moment est venu d'en discuter.

— Ça, c'est bien.

— Tu me l'avais dit toi-même un jour, dans cette voiture. À notre retour de Sonoma, à la porte de mon appartement, tu te rappelles ?

Il hocha lentement la tête, de haut en bas, de bas en haut, le regard fixé sur la route.

— Parfaitement. Je t'ai dit qu'il faut toujours donner aux choses le dénouement dont elles ont besoin, même si c'est douloureux, parce que tout finit par guérir sans laisser de cicatrices. Si j'en avais été capable à l'époque, je me serais épargné des années d'angoisse.

— Tes années noires...

— Mes années noires, cette période effroyable où j'ai été incapable d'affronter sainement la réalité.

Je les connaissais déjà, je ne lui posai donc aucune question.

— Mais tout passe, Blanca, tout passe, crois-moi. On a du mal à supporter les aléas, mais finalement, et je sais de quoi je parle, on en vient au stade de la reconstruction. Tu te rouvres à la vie, tu avances, tu progresses. Voilà comment j'ai traversé les années depuis lors : dispensant mille cours et écrivant mes livres, forgeant de nouvelles amitiés et vivant d'autres amours, retournant en Espagne plusieurs fois par an... Et puis, sans bien savoir pourquoi, j'ai décidé, il y a quelques mois, de m'embringuer dans une affaire insensée et grandiose, et du coup j'ai croisé une Espagnole mince et tourmentée qui cherchait une nouvelle place dans le monde. Et me voici, l'emmenant prendre l'avion qui va la sortir de ma vie pour qu'elle puisse remettre en ordre la sienne, en ignorant ce que je ferai quand elle ne sera plus là.

Trop de turbulences, trop d'émotions confuses, trop de sentiments bloquant mes capacités de réaction. Incapable de prononcer le moindre mot, je ravalai ma salive et tournai de nouveau la tête vers l'extérieur.

Il semblait en revanche avoir ouvert des vannes qu'il ne pouvait plus refermer. Enfin détendu après la pression des derniers jours, libéré, il reprit la parole.

— Je me souviens du jour où je t'ai rencontrée comme si c'était ce matin même. Au Meli's Market, au rayon boulangerie. Je m'attendais à faire ta connaissance le lendemain, sur le campus. J'arrivais juste d'un congrès à Toronto, j'avais laissé ma valise chez Rebecca et nous étions sortis pour acheter quelque chose à apporter à dîner chez un ami commun. À un moment, d'un simple geste, elle m'a montré le dos d'une femme avec une chemise bleue qui choisissait laborieusement un pain comme si le destin de l'humanité dépendait d'une tâche aussi sommaire.

« Elle a touché ton épaule, tu t'es retournée et j'ai enfin aperçu ton visage. Tu avais les cheveux libres et ta peau était encore hâlée par le soleil estival, tu as souri avec soulagement à Rebecca, sa présence semblait représenter une espèce de bouée dans ton naufrage. Elle nous a présentés, je t'ai dit n'importe quelle bêtise et je t'ai attrapé une main, tu te rappelles ? Une de tes mains qui me sont à présent si familières mais qui alors m'avaient frappé par leur légèreté. Une main sans poids, comme une plume brune. Dès ce premier instant, je t'ai trouvée adorable, mais combien, combien de tristesse, il y avait dans tes yeux. Un ange aux ailes brisées perdu au milieu d'un supermarché. Et, à partir de ce moment-là, j'ai su aussi que je ne pourrais pas repartir. J'ai essayé deux fois. Mais à chaque absence je n'ai pu résister que trois ou quatre jours, et je suis donc définitivement revenu. Pour t'aider au sujet du legs du vieux Fontana, pour vérifier si tu découvrais de nouvelles pistes sur son improbable mission et, surtout et par-dessus tout, pour rester près de toi et t'accompagner dans ton périple sans avoir la moindre idée de là où nous aboutirions, ensemble ou séparés. »

Je l'écoutai toujours sans le regarder, sans interrompre ce flot de sincérité.

— Ç'a été des mois fascinants pour moi, Blanca, terriblement enrichissants à bien des égards. Parce que je me suis réconcilié avec le passé, parce que j'ai fait ta connaissance, parce que je me suis retrouvé avec moi-même. Et j'ai réalisé diverses choses que je croyais impossibles. J'ai écrit sur ma vie, par exemple. Dans la solitude de nombreuses nuits, j'ai creusé au plus profond de ma mémoire, j'ai réfléchi et j'ai ordonné un tas de souvenirs me concernant et aussi certains d'Andrés Fontana, des bribes du temps passé à ses côtés et des détails de sa propre vie qu'il m'avait racontés, dispersés, au fil des ans. Tu peux prendre cette enveloppe sur le siège arrière, s'il te plaît ?

Une enveloppe ordinaire en papier kraft, de celles que nous utilisions tous les jours à l'université pour nos documents.

— C'est pour toi, ce qu'il te reste à savoir sur mon professeur et sur moi, pour que tu nous comprennes un peu mieux. Pour que tu découvres ce qui nous a poussés tous les deux à faire le même pas en avant que toi : partir au loin et s'élancer vers l'inconnu sans filet, sans prévoir ni deviner ce qui nous attend. Se transformer en l'autre, en cet autre qui n'a pas d'attaches et qui, pour cette raison, est sans doute un peu plus libre.

Je rangeai l'enveloppe dans mon sac sans l'ouvrir, comme si elle me brûlait les doigts.

— Au fond, continua-t-il, Fontana, toi et moi, nous nous ressemblons vraiment. Et même si tu es sur le point de rejoindre ton univers de toujours, plus rien ne sera comme avant.

— Je n'en doute pas, répondis-je, sincère. Je suis sûre que je n'oublierai jamais ces derniers mois.

— Tu devrais le raconter toi aussi. Ce qui s'est passé pendant tout ce temps en toi et en dehors. Les autres vies que tu as connues, ce que tu as ressenti…

— Jusqu'à présent je n'ai écrit que des travaux universitaires et des lettres à mes enfants quand je les envoyais camper l'été en Angleterre.

— Moi non plus je n'avais aucune expérience de l'écriture auparavant; et maintenant je me suis rendu compte que c'est moins complexe et infiniment plus enrichissant que je ne le croyais. C'est comme si nous ajoutions un peu de cœur à cette production académique à laquelle nous sommes habitués. Cela t'aide à réfléchir sur beaucoup de choses, à creuser dans tes émotions et à voir la réalité sous un angle différent. Une sorte de catharsis qui fait…

Je l'interrompis.

— Voilà la sortie vers l'aéroport, le prévins-je. Si tu continues avec tes bêtises, tu vas la louper.

Nous arrivâmes au terminal. J'enregistrai mes bagages. Il restait tout juste le temps pour un adieu intense et précipité.

Il m'enveloppa de son grand corps, me serra contre sa poitrine.

— Prends bien soin de toi. Tu n'imagines pas à quel point tu vas me manquer, docteure Perea.

— Tu vas me manquer toi aussi, dis-je, la gorge nouée.

Il sembla ne pas m'avoir entendue. Il me caressa le visage, puis déposa un bref baiser sur mon front, à peine un frôlement, quasi imperceptible.

Je ne regardai pas derrière moi tandis que je me dirigeais vers le contrôle de sécurité, passeport et carte d'embarquement à la main. Je ne voulus pas le revoir une dernière fois. Mais je savais qu'il n'était pas parti, qu'il se tenait immobile avec ses cheveux trop longs, sa barbe claire et sa montre de joggeur. M'observant alors que je m'éloignais pour reprendre ma vie dans le pays qui l'avait tellement captivé dans sa jeunesse et dont il ne s'était jamais détaché.

Soudain, au dernier instant, alors qu'il n'y avait plus que trois ou quatre passagers devant moi, sa voix ferme retentit derrière mon dos.

— Je ne veux pas que tu commences l'année seule. Je ne veux pas que tu finisses seule le siècle, je ne veux pas que tu t'asseyes seule à ta table le soir du Nouvel An, ni que tu regardes des films seule dans ton lit, ni que tu traînes seule ta tristesse dans la vie.

Je me retournai comme s'il n'y avait plus que nous dans le hall rempli d'agitation. Personne d'autre, aucun autre adieu. Ni les haut-parleurs débitant leurs messages, ni un avion sur le point de décoller pour moi, ni un parking à rejoindre pour lui. Comme si l'univers s'était arrêté de fonctionner autour de nous.

— Viens avec moi, alors, dis-je en m'accrochant à son cou.

— Remets d'abord de l'ordre dans ta vie. Ensuite, appelle-moi.

Et avec la vigueur de celui qui sait où planter son drapeau, il m'étreignit et me donna un baiser long, tendre et chaud. Solide, sûr de lui, ses doigts au milieu de mes cheveux, son odeur contre la mienne, me transmettant à travers ses lèvres la saveur d'un homme ayant vécu mille vies et livré mille batailles, l'intensité profonde d'une vérité.

Deux raclements de gorge insistants nous obligèrent à nous séparer. Le gros de devant, en bermuda et tongs, sans doute en route vers une plage du Sud, venait d'accéder au contrôle. La suivante, c'était moi.

Daniel me caressa encore une fois, glissa ses derniers mots au creux de mon oreille.

— Je serai là quand tu voudras.

J'eus beau essayer de retenir sa main, il était déjà parti. Je vis sa silhouette s'éloigner et je sentis le froid de son absence me coller à la peau.

En face de moi, le visage morne d'un agent attendant mes documents et tambourinant de ses doigts sur le comptoir.

Il n'y eut pas de retard, nous embarquâmes aussitôt. Dès que je fus installée sur mon siège, je laissai mon regard vagabonder à travers le hublot. Sans fixer les yeux sur les véhicules, ni sur les employés s'activant tout autour ni sur les hôtesses qui nous expliquaient comment mettre les masques à oxygène ; je ne voulais plus penser. Je tentai de me concentrer sur des broutilles : quel menu nous servirait África le soir de Noël ? Quel temps ferait-il à Madrid ? Je m'efforçai de ne pas explorer ce tournant inattendu de mon existence, depuis qu'un Américain chevronné et doté d'un cœur à moitié espagnol, outre le poids des nombreux combats livrés et de quelques dettes encore en suspens, avait cru bon de m'entraîner avec lui.

Nous décollâmes. Adieu à la Californie, adieu à une période étrange. À un voyage qui avait transformé ma vision des choses dans des proportions qu'il m'était encore impossible d'évaluer. Je fermai les yeux pendant un temps infini. Quand je regardai de nouveau à l'extérieur, je n'aperçus que la plus noire des nuits.

Finalement, incapable de résister davantage à la tentation, j'ouvris l'enveloppe.

Ma chère Blanca,

J'ai passé une vie entière à grimper dans des trains en marche et, pourtant, mes deux uniques certitudes absolues ont surgi à des moments très simples, presque quotidiens, alors que j'avais baissé la garde et ne m'y attendais pas. Le premier eut lieu il y a des décennies, dans une pharmacie sur les rivages de la Méditerranée, quand je cherchais un médicament quelconque pour une grippe inopportune. Le second, il y a trois mois, lorsque mon souci le plus immédiat était de choisir un vin pour le dîner.

Moments différents, environnements différents et la conviction partagée d'avoir la plénitude devant moi.

Pour que tu saches comment fut cette autre fois, voici le restant de mon hier. La plus récente, tu la connais à la première personne.

À toi, pour toujours,

D. C.

Quand ma première larme coula sur la marge gauche et barbouilla le «À», je dus interrompre ma lecture. Après m'être retenue pendant des mois, je me mis enfin à pleurer, malgré moi.

Pour moi, pour lui, pour tous, survolant ce pays étranger d'une côte à l'autre et traversant l'Atlantique au cours d'une triste et interminable nuit. Pour Andrés Fontana et pour son amour tardif et impossible, qui était arrivé tellement à contretemps. Pour Aurora, pour ce qu'elle ne vécut jamais, pour son image éternellement vêtue de blanc, riant, les pieds nus, au cap San Lucas. Pour les années obscures de Daniel, l'immensité de sa douleur et sa lutte courageuse afin de reprendre pied dans le monde.

Pour Alberto et sa nouvelle vie, pour cet avenir que nous ne partagerions jamais. Pour mes fils, pour les enfants qu'ils avaient été et les hommes qu'ils commençaient à être. Pour le passé et pour le présent de nous tous. Pour ce que nous avions été avant, pour ce que nous étions désormais, pour ce qui nous attendait.

Il pleuvait à verse lorsque je changeai d'avion à Heathrow et la pluie continuait à l'atterrissage à Madrid. Je distinguai aussitôt mes fils dans la zone d'arrivée; ils agitaient les bras, riaient, m'appelaient à grands cris. Bruns comme leur père, minces comme moi. Avec la fraîcheur de la jeunesse peinte sur leur visage et la vie entière devant eux, se frayant un passage pour venir au-devant de moi.

En arrivant chez moi, je lus les autres documents contenus dans l'enveloppe.

Après je lui téléphonai et lui dis :

— Viens, tout de suite.

Et après cet après, les valises encore à moitié pleines, les pièces se réchauffant peu à peu et l'arbre de Noël pas encore installé, je traçai les lignes parallèles de trois vies et me mis à écrire.

Remerciements

Pour m'avoir inspirée et aidée à reconstituer la vie universitaire d'un monde que je connais de près mais qui n'est pas le mien, je veux exprimer ma reconnaissance à une poignée d'amis, des professeurs américains chevronnés qui conservent en eux une partie de l'âme espagnole.

À Malcolm Compitello, directeur du département d'Espagnol et de Portugais de l'université d'Arizona, pour m'avoir ouvert les yeux il y a vingt-cinq ans sur l'œuvre de Ramón J. Sender au milieu des neiges de l'université de Michigan State, et pour m'avoir servi maintenant de guide ô combien précieux depuis le désert en passant par Skype et par Madrid.

À Joe Super et à Pablo González, pour toutes ces conversations pendant mon séjour à l'université de West Virginia. À Joe, historien et Californien de pure souche, pour m'avoir fourni ses informations et ses réflexions au sujet des missions franciscaines du Camino Real et pour avoir accepté avec sa sympathie naturelle de devenir un personnage de ce roman. À Pablo pour sa chaleur colombienne, pour ses mémoires d'étudiant diplômé de l'université de Pittsburgh et cette exceptionnelle sangria des Appalaches avec laquelle nous nous sommes séparés.

À Francisco Lomelí, directeur du département d'Espagnol et de Portugais de l'université de Californie à Santa

Bárbara, pour son hospitalité bien mexicaine, pour m'avoir apporté des clés sur le système universitaire californien et, surtout, pour avoir cédé avec bonne humeur son poste à Daniel Carter tout au long d'une longue période.

Pour m'avoir aidée à grandir au sein du monde académique et pour m'accueillir généreusement chaque fois que je reviens dans ses murs, ma gratitude infinie à la Universidad de Murcia, mon chez-moi. Et à la faculté des sciences de l'entreprise de l'Université polytechnique de Cartagena, pour m'avoir reçue temporairement dans ses magnifiques installations de l'ancien Cuartel de Instrucción de Marinería, me procurant des mois de confort pour travailler sur ce projet.

Pour avoir parcouru le texte à divers moments et phases, à Manolo Cantera, qui arriva de l'autre côté de la Méditerranée, traînant derrière lui un chien, son savoir-faire et une bonne dose de sagesse, d'ironie et de complicité. Et à Miguel Zugasti, qui nous a fait entrer dans le campus d'USCB, a généreusement relevé le gant que je lui avais jeté et jugé mes écrits de son œil philologique et fleurant la Californie.

Pour m'avoir fourni des précisions, des souvenirs et des anecdotes sur le passage par Cartagena des marins de l'US Navy, je veux exprimer ma reconnaissance à plusieurs personnes. À l'amiral Adolfo Baturone, pour ses explications techniques sur la flotte américaine et son fonctionnement en Espagne. À Tata Albert, pour m'avoir ouvert les portes de sa maison, celle qui, dans mon imagination, fut aussi celle du capitaine Harris et de son inimitable épouse, Loretta. À Juan Antonio Gómez Vizcaino, qui m'a apporté, sans même le savoir, une foule d'informations grâce à ses articles de journaux très complets. Et, en élargissant le périmètre, à tous ceux qui m'ont fourni des souvenirs nostalgiques sur la vie dans cette ville au cours de ces années cinquante que je n'ai pas connues et, parmi ceux-ci, de façon très spéciale, à Juan Ignacio Ferrández.

En tournant mon regard vers mon environnement personnel, ma gratitude éternelle à mes enfants, Bárbara et Jaime – qui, comme ceux de Blanca Perea, commencent à grandir et à voler beaucoup trop vite – pour ne pas me laisser décoller mes pieds du sol, se moquer de moi, lutter pour ce qu'ils veulent et me donner juste le fil à retordre nécessaire. Et à leur père, Manolo Castellanos, pour garder le fort pendant mes absences et être mon soutien le plus inébranlable dans ma vie de tous les jours, qui est la plus importante.

Pour tout et comme toujours, à mes parents, à mes frères et sœurs et à leurs progénitures de plus en plus nombreuses, qui sont, sans l'ombre d'un doute, le sel de la vie. Et, bien entendu, à ma famille périphérique, de nouveau, si nombreuse, si chérie et si proche.

À mes amis du vin et d'autres plaisirs, qui sont ceux de toujours et occupent toujours la même place : un peu plus vieux, un peu plus sages, tout autant indispensables.

Pensant à tous ceux qui ont participé, de l'intérieur, à cette nouvelle aventure, ma gratitude au Grupo Planeta pour m'avoir une autre fois fait confiance et, en particulier, à toute la magnifique équipe de Temas de Hoy, qui a travaillé sous des angles divers pour rendre possible ce roman. À Isabel Santos, la meilleure chargée de communication du monde entier. À Ruth González, pour sa sympathie et son incroyable efficacité, à Emilio Albi pour son investissement et sa rigueur, à Germán Carrillo et à Helena Rosa, depuis Barcelone, pour leur infatigable créativité, à Silvia Axpe, pour m'avoir initiée aux finesses de l'informatique, à Diana Collado pour s'être montrée pleine d'envies et d'enthousiasme, et à Ana Lafuente, pour m'avoir toujours offert sa chaleur. À la tête de ces remarquables professionnels et de cette formidable maison d'édition, à Belén López Celada, notre directrice, que j'admirais tant auparavant et que, dans cette nouvelle et si importante étape de ma vie, j'admire encore plus à présent. Et, *last but not least,* comme disent les anglicistes, et du plus profond de mon cœur, à mon éditrice Raquel Gisbert, si intelligente, si complice, si humaine, si amie.

À mon agent Antonia Kerrigan pour me propulser dans le monde avec cette force de missile qu'elle est seule à posséder. À Lola Gulias – avec qui je partage tant de choses, que j'aime tant et à qui je dois tant – et au reste de la superbe équipe de l'agence littéraire pour sa compétence et sa disponibilité absolue.

Et enfin à tous les lecteurs qui, tout au long de trois années exceptionnelles, m'ont communiqué leur enthousiasme et m'ont demandé de continuer à écrire des histoires qui les touchent et leur fassent penser que, souvent, le meilleur de la vie est encore à venir.

**Cet ouvrage a été imprimé
en mai 2014 par**

CPI
FIRMIN-DIDOT

**27650 Mesnil-sur-l'Estrée
N° d'édition : 53206/01
N° d'impression : 122162
Dépôt légal : mai 2014**

Imprimé en France

La photocomposition de cet ouvrage
a été réalisée par
GRAPHIC HAINAUT
59163 Condé-sur-l'Escaut